차가운 벽

THE COMPLETE STORIES
OF TRUMAN CAPOTE by Truman Capote

Compilation copyright © 2004 Truman Capote Literary Trust
Introduction copyright © 2004 by Reynolds Price
All rights reserved.

Korean Translation Copyright © 2008, 2013 by Sigongsa Co., Ltd.
This translation is published by arrangement with Random House, an imprint of
Random House Publishing Group, a division of Random House, Inc.
through Imprima Korea Agency.

이 책의 한국어판 저작권은 Imprima Korea Agency를 통한
Random House, an imprint of Random House Publishing Group, a division of
Random House, Inc.와의 독점 계약으로 (주)시공사에 있습니다.
저작권법에 의해 한국 내에서 보호를 받는 저작물이므로 무단전재와 무단복제를 금합니다.

THE COMPLETE STORIES OF TRUMAN CAPOTE

차가운 벽

트루먼 커포티

박현주 옮김

시공사

차례

차가운 벽 7
자기만의 밍크코트 15
사물의 형태 23
은화 단지 30
미리엄 53
내 쪽의 관점 73
프리처의 일화 91
밤의 나무 111
머리 없는 매 130
마지막 문을 닫아라 169
생일을 맞은 아이들 194
불행의 대가 223
할인 판매 255
다이아몬드 기타 266
꽃들의 집 283
크리스마스의 추억 306
에덴으로 향하는 길 사이 328
추수감사절에 온 손님 350
모하비 사막 390
어떤 크리스마스 421
요트 여행 438

—

해설
쓸 수 있는 대답 _ 레이놀즈 프라이스
445

트루먼 커포티 연보
455

차가운 벽
(1943)

"……그래서 그랜트가 저 사람들에게 멋진 파티가 있는데 가지 않겠느냐고 한 거야. 글쎄, 그렇게 쉬웠다니까. 정말 저 사람들을 데려온 건 잘한 것 같아. 저 사람들이 이 칙칙한 분위기를 살려줄지 누가 알았겠어." 말하던 여자는 담뱃재를 페르시아 러그 위에 톡톡 털었다가 사과하는 표정으로 여주인을 바라보았다.

여주인은 산뜻한 검은 드레스의 주름을 펴며 짜증스럽다는 듯 입을 일자로 다물었다. 여주인은 아주 젊었으며 몸집이 작고 외모가 완벽했다. 윤기 있는 검은 머리는 창백한 얼굴을 두르고 있었고, 립스틱은 약간 짙은 감이 있었다. 벌써 2시가 넘은 시각이라 여주인은 피곤했고 다들 가주었으면 했지만 서른 명이나 되는 사람들을 내보내기란 쉬운 일이 아니었다. 특히 손님 대부분이 아버지의 스카치를 잔뜩 들이켜고 곤드레만드레 취한 상태이니 더욱 어려울 것이었다. 엘리베이터를 운행하는 남자가 소음에 항의하기 위해 두 번이나 올라왔다 갔다. 그래서 여주인은 결국 그가 노린 목적인 하이볼을 주었다. 그런데 이제는 저 해군들까지……. 오, 젠장. 될 대로 되라지.

"괜찮아, 밀드레드, 정말이야. 해군 몇 명쯤 더 있는 게 뭐 대수라고. 맙소사, 저 사람들이 뭐나 깨지 않았으면……. 부엌에 얼음이나 좀 있는지 봐주겠어? 나는 새로 온 친구들이 뭐 필요한 게 있나 살펴보고 올게."

"아냐. 그럴 필요 없어. 내가 알기로 저 사람들은 어디든 아주 편안히 적응한다니까."

여주인은 갑자기 찾아온 손님들에게로 갔다. 그들은 거실 한 구석에 모여서 그저 사람들을 바라보고만 있을 뿐, 별로 편안해 보이는 기색이 아니었다.

여섯 명의 해군 중 가장 잘생긴 군인이 초조하게 모자를 돌리며 말했다. "저희는 이런 종류의 파티인 줄 몰랐습니다, 아가씨. 저희들이 달갑지 않으시죠?"

"아니, 물론 환영해요. 제가 달가워하지 않는다면 여러분들이 여기서 대체 뭘 하는 거겠어요."

해군은 당황했다.

"저 밀드레드라는 아가씨와 그분의 친구가 어느 바에서 저희들을 데리고 왔거든요. 우리가 가는 데가 이런 집인 줄 꿈에도 생각하지 못했습니다."

"정말 우스운 일이네요. 진짜로 우스워요." 여주인이 대꾸했다. "남부에서 오셨죠?"

해군은 모자를 겨드랑이 밑에 끼고 좀 더 편안한 표정을 지었다. "전 미시시피 출신입니다. 가보신 적 없을 것 같은데, 가보셨나요?"

여주인은 창문 쪽으로 시선을 돌리며 혀로 입술을 핥았다. 그녀는 이 일이 지겨웠다. 너무 지겨웠다. "그럼요, 가봤어요." 여주인은 거짓말을 했다. "정말 아름다운 곳이죠."

해군은 빙그레 미소를 지었다. "다른 곳이랑 혼동하신 모양입니다. 미시시피에는 눈요기할 게 없어요. 아마도 나치즈 근처라면 모르지만."

"물론 나치즈 말하는 거예요. 학교 다닐 때 나치즈 출신의 동창 여자애가 있었거든요. 엘리자베스 킴벌리라고. 혹시 알아요?"

"아뇨. 아는 사람 같지는 않네요."

갑자기 여주인은 이 해군과 단둘이 있다는 사실을 깨달았다. 그의 동료들은 모두 레스가 콜 포터 곡을 치고 있는 피아노 쪽으로 가버렸다. 어디서나 적응 잘한다는 밀드레드의 말은 맞았다.

"자, 제가 술 한잔 만들어드릴게요." 여주인이 제안했다. "저분들은 각자 잘 알아서 할 수 있을 테죠. 제 이름은 루이스예요. 그러니까 저를 아가씨라고 부르지 마세요."

"제 여동생의 이름도 루이스인데. 전 제이크라고 합니다."

"정말 멋지네요! 우연의 일치가 멋지다는 뜻이에요." 여주인은 손으로 머리를 빗으며 너무 진한 립스틱을 바른 입술로 미소를 지었다.

두 사람은 사실私室로 들어갔다. 여자는 엉덩이 부근에서 드레스가 찰랑거리는 모습을 해군이 눈여겨보고 있다는 사실을 알았다. 여주인은 허리를 굽히고 쪽문을 지나 바 뒤로 들어갔다.

"자, 그럼 뭘로 해드릴까요? 미안해요. 우리는 라이 위스키와 럼주밖에 없어요. 럼앤코크 한잔 어때요?"

"뭐 권하신다면." 해군은 거울을 붙여놓은 바의 표면을 손으로 쭉 훑으며 말했다. "아시겠지만, 전 이전에 이런 집에는 와본 적이 없어서요. 정말 영화에 나오는 집 같습니다."

여주인은 칵테일용 막대로 유리잔에 든 얼음을 휘휘 저었다. "원하시면 40센트짜리 관광을 시켜드리죠. 꽤 큰 집이에요, 아파트치고는. 우리 시골 집은 훨씬, 훨씬 더 크답니다."

잘한 말 같지 않았다. 너무 오만하게 들렸다. 여주인은 몸을 돌리고 원래 자리에 럼주 병을 내려놓았다. 거울에 해군이 자기 뒤를 쳐다보는 모습이 보였다. 아니, 그는 여주인의 몸을 뚫고 그 너머를 보는 듯했다.

"몇 살이세요?" 해군이 물었다.

여주인은 잠깐 생각해야만 했다. 정말로 자기 나이를 헤아려 봐야 했다. 항상 나이를 속여왔기 때문에 가끔 자기도 알 수 없을 때가 있었다. 그가 진짜 나이를 알든 모르든 무슨 상관일까? 그래서 그녀는 말해주었다.

"열여섯이에요."

"그럼 한 번도 키스를 받아보지 않은……"

여주인은 웃었다. 진부한 표현 때문이 아니라 자기의 대답 때문에.

"한 번도 강간당하지 않았다는 뜻이겠죠."

여자는 남자를 돌아보고 남자가 정말로 충격을 받았다가 그다음에는 재미있어 하고, 그다음에는 뭔가 다른 기분을 느끼고 있다는 것을 알았다.

"오, 세상에. 그런 식으로 보지 마세요. 전 나쁜 여자가 아니에요." 군인이 얼굴을 붉히자 여자는 도로 쪽문을 타 넘고 나가 그의 손을 잡았다. "이리 오세요. 구경시켜 드릴게요."

여주인은 군인을 이끌고 거울들이 드문드문 걸려 있는 긴 복도를 지나며 방을 하나하나 구경시켜주었다. 그는 파스텔 빛깔의 부드러운 러그와 고전적인 가구, 그리고 현대적인 장식이 위화감 없이 융합된 실내장식에 감탄을 금치 못했다.

"여기가 제 방이에요." 여자는 군인이 안을 볼 수 있도록 문을 열고 잡으면서 말했다. "방이 좀 어지럽지만 흉보지 마세요. 다 제 물건은 아니거든요. 여자애들이 여기서 화장을 고치느라."

군인이 흉볼 만한 점은 없었다. 방은 아주 완벽하게 정리되어 있었다. 침대와 탁자, 전등은 모두 하얀색이었지만 벽과 러그는 차가운 느낌이 드는 심녹색이었다.

"음, 제이크……. 어떻게 생각하세요, 저한테 어울리나요?"

"한 번도 이런 방을 본 적이 없어서요. 여동생에게 말해줘도 안 믿을 겁니다. 하지만 벽은 좀 마음에 안 드네요. 이런 말을 해도 실례가 안 될지 모르겠지만……, 저 초록색은 너무 차가워 보이는군요."

여주인은 당황해서 전혀 영문을 모르겠다는 표정을 지으며 손을 뻗어 화장대 옆의 벽을 만졌다.

"그 말이 맞네요. 벽은 차가운 거잖아요." 여자는 그를 올려다보았다. 한순간 여자의 얼굴은 웃으려는 건지 울려는 건지 잘 알 수 없는 표정으로 변했다.

"제 말은 그런 뜻이 아니었어요. 제길. 무슨 말을 하려고 했는지도 모르겠네요!"

"모르는 거예요, 아니면 우리 둘 다 돌려서 말하는 거예요?" 이렇게까지 말해도 대답이 없자 여자는 하얀 침대 옆에 걸터앉았다.

"자, 여기 앉아서 담배나 한 대 피우세요. 술잔은 어쨌어요?"

군인은 여자의 옆에 앉았다. "바에 놓고 왔어요. 앞에서 저렇게 사람들이 소란을 피워서 그런지 여기 뒤는 꽤 조용한 느낌이네요."

"해군에 들어간 지는 얼마나 됐어요?"

"여덟 달째요."

"군 생활은 마음에 들어요?"

"마음에 들건 들지 않건 그런 건 중요하지 않아요……. 해군에 들어오지 않았으면 보지 못했을 곳들을 많이 봤으니까요."

"왜 입대했어요?"

"아, 어차피 징집될 예정이었고 해군이 제게 더 맞는 것 같더라고요."

"그런가요?"

"음, 말한 대로 전 이런 종류의 삶을 좋아하진 않아요. 다른 사람들이 저를 이리저리 휘두르는 걸 싫어하죠. 당신은 어때요?"

여자는 대답하지 않고 대신 입에 담배 한 개비를 물었다. 군인이 성냥을 켜주는 와중에 여자의 손이 그의 손을 스쳤다. 그의 손이 떨리면서 담뱃불도 따라서 살짝 흔들렸다. 여자는 담배를 한 모금 빨아들인 후 말했다. "나한테 키스하고 싶죠?"

여자는 군인을 빤히 바라보았고 그의 얼굴에 홍조가 천천히 퍼져가는 것을 보았다.

"왜, 싫어요?"

"당신은 그런 유의 여자가 아니잖아요. 당신 같은 여자에게 키스하는 게 두려워요. 게다가 지금 저를 놀리고 있을 뿐이잖아요."

여자는 웃으며 담배 연기를 천장으로 뿜었다. "그만둬요. 옛날 멜로드라마에서 나올 법한 대사잖아요. '그런 유의 여자'라는 게 뭐죠? 그런 건 그냥 관념일 뿐이에요. 당신이 내게 키스하든 안 하든 하나도 중요하지 않아요. 설명할 수 있지만 귀찮게 뭐하러 그래요? 어차피 나를 색정광으로 생각하고 말 텐데."

"그 말이 무슨 뜻인지조차도 모르겠습니다."

"그냥 그 말대로예요. 당신은 남자, 진짜 남자잖아요. 그리고 나는 레스처럼 약해빠지고 계집애 같은 남자애들은 정말 질렸어요. 난 그저 키스하면 어떤지 알고 싶었을 뿐이에요. 그게 다죠."

군인은 여자에게로 몸을 숙였다. "재미있는 사람이네요."

남자는 이렇게 말했고 다음 순간 여자는 남자의 팔에 안겼다. 남자는 여자에게 키스를 했고 그의 손이 여자의 어깨를 죽 훑다가 가슴을 꾹 눌렀다.

여자는 몸을 비틀며 남자를 격렬하게 밀쳐냈다. 남자는 차가운 초록 러그 위에 벌러덩 쓰러졌다.

여자는 일어서며 남자 위에 우뚝 섰고 두 사람은 서로를 쏘아보았다. "더러운 자식." 여자가 말하고는 당혹스러워하는 남자의 뺨을 때렸다.

여자는 문을 열고는 잠시 멈칫하더니 옷매무시를 가다듬고 파티장으로 돌아갔다. 남자는 잠시 바닥에 앉아 있다가 일어서서 현관으로 가는 길을 찾았다. 하얀 방에 모자를 남겨두고 왔다는 게 떠올랐지만 신경 쓰지 않았다. 그저 빨리 여기서 나가고 싶을 뿐이었다.

여주인은 거실 안을 들여다보고 밀드레드에게 나오라고 손짓을 했다.

"제발 밀드레드, 이 사람들 좀 여기서 쫓아내줘. 저 해군들. 도대체 저자들은 이게 뭐라고 생각하는 거야? 위문 잔치?"

"무슨 일이야? 그 남자가 너를 귀찮게 했니?"

"아니, 아냐. 그 남자는 이런 집은 구경도 못 해본 시골 촌뜨기인걸. 아마 그 때문에 머리가 좀 이상해졌나봐. 아주 지겨운 사람이라 내 머리가 지끈지끈 아프네. 아무튼 저 사람들 좀 쫓아내줘. 모두 다, 알았지?"

밀드레드는 고개를 끄덕였고 여주인은 다시 복도를 따라 내려가 어머니 방으로 갔다. 여자는 긴 벨벳 의자에 누워 피카소의 추상화를 쳐다보았다. 여자는 작은 레이스 베개를 집어 들고 있는 힘을 다해 베개로 얼굴을 꾹 눌렀다. 오늘 밤은 여기서 잠이 들 것이었다. 벽들이 연한 장밋빛을 띠어 따뜻한 이 방에서.

자기만의 밍크코트
(1944)

먼슨 부인은 마무리로 다갈색 머리카락에 마로 만든 장미꽃을 비틀어 꽂아 넣고 한 발짝 뒤로 물러나 그 효과가 어떤지 거울에 비춰보았다. 그런 다음 양손으로 엉덩이를 쭉 훑었다. 드레스가 너무 꽉 붙었지만 더 어쩔 도리가 없었다. "고쳐봤자 소용없을 거야." 먼슨 부인은 짜증을 내며 이렇게 생각했다. 부인은 마지막으로 거울에 비친 자기 모습을 탓하는 눈길로 쓱 쳐다보고는 몸을 돌려 거실로 나섰다.

창문이 열려 있어 방 안이 시끄럽고 소름 끼치는 비명 소리로 가득했다. 먼슨 부인은 3층에 살고 있었는데, 바로 길 건너에 공립학교 운동장이 있었다. 늦은 오후가 되면 소음은 거의 참을 수 없었다. 세상에, 아파트 임대 계약서에 서명하기 전에 이런 사태를 알기만 했더라도! 부인은 살짝 툴툴거리며 양쪽 창문을 닫았다. 부인 생각에는 앞으로 2년 동안은 계속 그런 식으로 닫아놓아야만 할 것 같았다.

하지만 먼슨 부인은 너무 흥분해서 언짢아 할 겨를도 없었다. 비니 론도가 그녀를 보러 오고 있었다. 생각해보라, 비니 론도가……. 게다가 바로 오늘 오후에! 그 생각을 할 때마다 먼슨 부인은 뱃속이 울렁거렸다. 마지막으로 만난 후 거의 5년 만이고, 그동안 비니는 줄곧 유럽에 가 있었다. 먼슨 부인은 전쟁에 관해 토론하는 무리에 낄 때마다 변함없이 이렇게 공언하고는 했다. "글쎄요, 다들 아시겠지만 제 가장 친한 친구가 지금 이 순간에도 파리에 있답니다. 비니 론도 말이에요. 독일군이 파리에 진주할 때 그 앤 바로 거기 있었다니까요. 그 애가 겪었을 일을 생각하면 밤에도 악몽을 꾼답니다!" 먼슨 부인은 마치 자기 목숨이 아슬아슬했던 양 말했다.

이전에 이 이야기를 듣지 못한 사람이 파티에 끼어 있다면 부인은 언제나 서둘러 친구에 대해 설명했다. "알겠지만," 부인은 이렇게 시작했다.

"비니는 정말 재능이 많은 여자고요, 예술 같은 온갖 종류의 일에 관심이 많아요. 돈도 꽤 많은 애라 적어도 1년에 한 번은 유럽에 갔죠. 결국 아버지께서 돌아가시자 짐을 다 싸서 아예 유럽으로 이사를 갔어요. 세상에, 그런데 거기서 바람이 났지 뭐예요. 그 후에 백작이라나 남작이라나 하는 사람하고 결혼을 했죠. 아마도 그 애 얘기를 들어본 적 있을 거예요. 비니 론도라고. 사교 칼럼니스트 촐리 니커보커도 그 애 이름을 항상 언급하곤 했는데." 그리고 부인은 마치 역사 강의를 하듯 비니 론도 이야기를 계속 늘어놓았다.

"비니가 미국에 돌아오다니." 먼슨 부인은 이 놀라운 사건에 기쁨을 감추지 못했다. 부인은 소파 위에 놓인 작은 녹색 베개를 부풀려놓고 앉았다. 그런 후 날카로운 눈으로 방 안을 살폈다. 손님이 온다고 해야 비로소 자기 주변을 잘 살펴보게 되다니 우스꽝스럽다. 어쨌든 먼슨 부인은 만족해서 숨을 내쉬었다. 새로운 하녀는 드물게도 전쟁 전 기준에 걸맞을 정도로 집 안을 되돌려놓았다.

갑작스레 초인종이 울렸다. 먼슨 부인은 지나치게 흥분해서 초인종이 두 번 울릴 때까지도 움직일 수가 없었다. 마침내 부인은 마음을 진정하고 문으로 나갔다.

처음에 먼슨 부인은 비니를 알아볼 수가 없었다. 지금 부인 앞에 서 있는 여자는 세련되게 위로 빗어 올린 머리 모양을 하고 있지 않았다. 오히려 머리카락은 탄력 없이 늘어져 제대로 빗지 않은 듯한 인상을 주었다. 1월인데 날염 드레스를 입다니? 먼슨 부인은 목소리에서 실망이 배어나지 않도록 억누르며 말했다. "비니, 하나도 안 변했네. 다른 데서 봤어도 금방 알아봤겠다."

여자는 여전히 문간에 서 있었다. 겨드랑이 밑에는 커다란 분홍색 상자를 끼고 있었고 회색 눈동자로는 먼슨 부인을 의아하다는 듯 쳐다보고 있었다.

"그러니, 버사?" 비니는 기이하게 속삭이는 목소리로 말했다. "잘됐네, 잘됐어. 나도 너를 금방 알아봤을 거야. 다소 살이 붙기는 했어도. 그렇지?" 그런 후 비니는 먼슨 부인이 내민 손을 잡으며 안으로 들어섰다.

먼슨 부인은 당황했고 할 말을 찾지 못했다. 두 사람은 팔짱을 끼고 거실로 들어가 자리에 앉았다.

"셰리주 마실래?"

비니는 작은 흑발을 살짝 흔들었다. "아니, 괜찮아."

"음, 그러면 위스키는 어때?" 먼슨 부인은 필사적으로 권했다. 벽난로 흉내를 낸 가짜 장식 선반 위에 놓인 인형 시계가 부드럽게 울렸다. 먼슨 부인은 그 소리가 그렇게 큰 줄 이전에는 미처 몰랐다.

"아니, 아무것도 필요 없어. 괜찮아." 비니는 단호하게 거절했다.

체념한 먼슨 부인은 소파에 도로 앉았다. "자, 비니, 이제 얘기 좀 해봐. 언제 미합중국에 들어왔니?" 부인은 그 어감이 마음에 들었다. "미합중국."

비니는 커다란 분홍색 상자를 다리 사이에 내려놓고 깍지를 꼈다. "여기 온 지는 1년쯤 됐어." 비니는 잠깐 말을 멈췄다가 부인의 놀란 표정을 보고 서둘러 말을 이었다. "하지만 뉴욕에 있었던 건 아니야. 만약 그랬다면 너한테 더 빨리 연락했겠지. 캘리포니아에 있었거든."

"아, 캘리포니아. 캘리포니아, 정말 좋지!" 먼슨 부인은 감탄했다. 하지만 실상 부인은 시카고 너머 서쪽으로는 가본 적도 없었다.

비니가 미소를 짓자 먼슨 부인은 비니의 치열이 고르지 않다는 걸 깨달았다. 또 양치질도 더 제대로 해야 할 것 같았다.

"그래서 말인데," 비니는 말을 이었다. "지난주에 뉴욕에 오자마자 네 생각이 나더라. 너를 찾으려고 정말 고생했어. 어디 네 남편 이름이 생각나야 말이지……."

"앨버트야." 먼슨 부인은 불필요한 대답을 해주었다.

"아무튼 결국 생각이 났으니까 여기까지 찾아온 거지. 버사, 정말 널 계속 생각했어. 내 밍크코트를 팔아야겠다고 생각한 때부터."

먼슨 부인은 비니의 얼굴이 갑자기 홱 붉어지는 것을 보았다.

"네 밍크코트?"

"그래." 비니는 분홍색 상자를 들어올렸다. "너, 내 밍크코트 기억하지? 항상 좋다고 그랬었잖아. 이제까지 본 코트 중에서 제일 예쁜 코트라고." 비니는 상자를 묶고 있던 너덜너덜한 실크 리본을 풀기 시작했다.

"물론이야, 물론 그랬지." 먼슨 부인은 "론"이라는 음절이 부드럽게 떨리도록 발음하면서 말했다.

"그래서 생각한 거야. '비니 론도, 도대체 그 코트가 무슨 필요가 있어? 버사에게 가지라고 하면 어때?' 그게, 버사, 나는 파리에서 정말 멋진 검은 담비털 코트를 샀거든. 너도 알겠지만 모피코트가 두 개나 있으면 뭐하겠니. 그것 말고도 은여우털 재킷도 하나 있고."

먼슨 부인은 비니가 상자 안의 박엽지를 풀어헤치는 모습을 보았다. 비니의 손톱 매니큐어의 끝은 벗겨져 있었다. 손가락에는 반지도 하나 끼고 있지 않았다. 갑작스레 너무나 많은 것들이 새삼 눈에 띄었다.

"그래서 네 생각이 나더라. 네가 필요 없으면 내가 그냥 계속 입지 뭐. 다른 사람이 입는다는 생각을 하면 참을 수가 없으니까." 비니는 코트를 들고 일어서서 이리저리 뒤집어 보여주었다. 아름다운 코트였다. 모피에는 윤기가 자르르 흘렀고 아주 매끄러웠다. 먼슨 부인은 손을 내밀어 손가락으로 섬세한 털들을 반대 방향으로 쓸어보았다. 부인은 생각 없이 불쑥 물었다. "얼마야?"

먼슨 부인은 마치 불을 만진 양, 재빨리 손을 도로 거두었다. 그때 피곤한 듯한 비니의 목소리가 작게 들려왔다.

"내가 살 땐 천 달러를 줬어. 천 달러는 너무 많지?"

거리 아래쪽 학교 운동장에서 귀가 멍멍할 정도로 시끄러운 고함 소리가 들려왔다. 처음으로 부인은 그 소리가 고마웠다. 그 소리 덕에 다른 곳에 집중할 수 있고 지금 느끼는 강렬한 감정을 누그러뜨릴 수 있었다.

"그건 너무 많은 것 같은데. 그 정도는 낼 여유가 없어." 먼슨 부인은 정신이 딴 데 팔린 사람처럼 말했다. 그러나 여전히 코트를 바라보고 있었다. 눈을 들어 건너편에 있는 여자의 얼굴을 보기가 두려웠다.

비니는 코트를 소파 위에 던졌다. "뭐, 난 너한테 넘기고 싶으니까. 돈은 큰 문제가 아냐. 하지만 나도 투자를 했으니 뭔가 돌려받긴 해야지······. 얼마나 줄 수 있는데?"

먼슨 부인은 눈을 감았다. 오, 이건 너무 끔찍했다! 그저 너무나도 끔찍한 일이었다.

"400달러 정도." 부인은 약하게 대답했다.

비니는 코트를 집어 들고 명랑하게 말했다. "자, 그럼 얼마나 잘 맞는지 보자."

두 사람은 침실로 갔고, 먼슨 부인은 전신 거울 앞에서 밍크코트를 입어보았다. 몇 군데 수선해야 했다. 소매도 줄여야 했고 윤기도 다시 내야 할 듯싶었다. 하지만 확실히 먼슨 부인에게 잘 어울렸다.

"오, 정말 예쁘구나, 비니. 내게 이 코트를 넘겨주다니 정말 다정해."

비니는 벽에 기댔다. 커다란 침실 창문으로 들어오는 확대된 햇빛을 받은 창백한 비니의 얼굴은 굳은 표정이었다.

"수표로 써주면 돼." 비니는 무심하게 말했다.

"그래, 물론이지." 먼슨 부인은 갑자기 지상으로 다시 내려왔다. 버사 먼슨이 자기만의 밍크코트를 갖게 되다니!

두 사람은 다시 거실로 돌아갔고 먼슨 부인은 비니 앞으로 수표를 써주었다. 비니는 조심스럽게 수표를 접어 작은 구슬 가방에 넣었다.

먼슨 부인은 대화를 하려고 무던히도 애썼으나 매번 새로운 화제를 꺼낼 때마다 차가운 벽에 부딪치고 말았다. 부인은 이런 질문을 하기도 했다.

"네 남편은 어디 있니, 비니? 앨버트와 얘기라도 나누게 언제 한번 같이 오렴." 그러자 비니가 대답했다. "아, 그 사람! 나도 그 사람 못 본 지 백만 년은 됐겠다. 내가 알기론 그 사람 아마 리스본에 있을 거야." 그리고 그게 다였다.

마침내 다음 날 전화하기로 약속하고 비니는 떠났다. 비니가 가버리자 먼슨 부인은 이런 생각이 들었다. "불쌍한 비니! 난민이 따로 없네!" 그러고 나서 부인은 새 코트를 가지고 침실로 들어갔다. 앨버트에게는 이 코트가 어디서 났는지 말하지 않을 작정이었다. 어쩌나, 남편이 돈에 대해서 알면 노발대발할 텐데. 부인은 코트를 옷장 맨 구석에 숨겨놓고 어느 날 갑자기 꺼내야겠다고 결심했다. "앨버트, 내가 경매에서 산 이 근사한 밍크코트 좀 봐요. 거의 공짜나 다름없이 얻었다니까."

부인은 옷장 안 어둠 속을 더듬어 고리에 코트를 걸었다. 그런데 살짝 잡아당기니까 뭔가 쫙 찢어지는 소리가 나서 화들짝 놀랐다. 재빨리 불을 켜보니 소매 부분이 찢어져 있었다. 부인은 찢어진 부분을 따로따로 잡고 살며시 잡아당겨 보았다. 코트는 조금 뜯어지는가 싶더니 점점 더 찢어졌다. 구역질이 날 정도로 공허한 기분을 느끼며 부인은 코트 전체가 삭아버렸다는 것을 깨달았다. "세상에, 당했구나. 완전히 제대로 당했어. 하지만 어쩔 도리가 없네. 어쩔 도리가 없어!" 먼슨 부인은 비니가 내일이건 언제건 다시 전화를 걸어오지 않으리라는 것을 깨달았다.

사물의 형태
(1944)

한 줌 정도 되는 하얀 머리를 뒤로 빗어 넘겨 부풀린 퐁파두르 스타일을 한 여자가 식당차 통로로 근들근들 걸어 들어와 창가 자리에 조금씩 들어가 앉았다. 여자는 연필로 주문서를 끄적이고 나서 근시처럼 눈을 가늘게 뜨고 건너편 탁자에 앉은 붉은 뺨의 해병과 하트형 얼굴의 어린 여자를 쳐다보았다. 여자는 어린 여자가 손가락에 낀 금반지와 머리에 꼬아 넣은 빨간 끈을 휙 훑어보고 싸구려 여자라고 결론지었다. 마음속으로 전쟁 신부라는 딱지를 붙여준 것이었다. 여자는 희미하게 웃으며 대화를 끌어내려 했다.

어린 여자가 이쪽을 쳐다보며 말했다. "이렇게 일찍 오셔서 다행이에요. 보통 많이 붐비더라고요. 우리는 점심도 못 먹었어요. 러시아 군인들이 밥을 먹는지 뭘 하는지 가득 있어서……. 참 나, 그 사람들을 보셨어야 하는데. 보리스 칼로프*처럼 생겼더라니까요. 정말이에요!"

어린 여자의 쨱쨱 지저귀는 찻주전자 같은 목소리를 들은 여자는 헛기침을 했다. "음, 그랬겠지요. 이 여행을 하기 전에는 세상에 그렇게 많은 줄 미처 몰랐어요, 군인들 말이에요. 기차 타기 전까지는 절대로 알 수가 없다니까. 나도 계속 혼잣말을 했어요. 이 사람들이 다 어디서 왔을까?"

"징병위원회에서 왔겠죠." 새댁은 바보같이 키들키들 웃었다.

그 남편은 사과하듯 얼굴을 붉혔다. "이 기차를 타고 계속 가십니까, 부인?"

"아마도요. 하지만 이 기차는 정말 느리네요. 마치……."

"굼벵이 같죠!" 어린 여자는 이렇게 소리를 지르며 숨도 쉬지 않고 계속 말을 이었다. "참, 제가 얼마나 흥분했는지 모르실 거예요. 하루 종일 꼼짝도 안 하고 풍경만 바라봤다니까요. 저는 아칸소 출신인데 거기는 다 평지뿐이거든요. 그래서 이 산들을 보니 발가락에서부터 소름이 짜르르 흐르더라고요." 어린 여자는 그러더니 남편 쪽을 향했다. "자기, 우리 지금 캐롤라이나에 있는 거예요?"

해병은 황혼이 짙어지는 유리창 밖을 내다보았다. 그는 푸른빛 속에 서로서로 섞여 메아리처럼 똑같은 모양이 반복되는 듯 보이는 둥근 언덕들을 휙 살폈다. 그러다가 다시 환한 식당 안을 바라보고는 눈이 부신지 눈을 깜박거렸다. "버지니아인 것 같아." 그는 추측하고 어깨를 으쓱했다.

*영국 출신 캐나다 배우. 〈프랑켄슈타인〉의 괴물 역 등 기괴한 인물을 연기한 배우로 유명.

객차가 있는 쪽에서 육군 상병 하나가 급작스럽게 그들 쪽으로 다가와 마치 헝겊 인형처럼 빈 자리에 털썩 주저앉았다. 군인은 체구가 작았고, 몸에 걸친 군복은 온통 구겨져 쭈글쭈글했다. 야위고 날카로운 얼굴은 해병의 얼굴과 대조되어 더 창백하게 보였고, 짧게 깎은 검은 머리는 불빛 아래서 물개 모피 모자처럼 빛났다. 군인은 다른 사람들과의 사이에 막이라도 쳐진 양 피곤한 눈빛으로 몽롱하게 그들을 관찰하며 소매에 꿰맨 계급장 두 개를 초조하게 만지작거렸다.

여자는 불편하게 자세를 바꾸어 창문 쪽으로 좀 더 붙어 앉았다. 여자는 신중하게 이 군인에게는 술주정뱅이라는 꼬리표를 붙여주었고, 어린 여자도 코를 실룩거리는 모습을 보아하니, 자기와 똑같은 판단을 내렸을 거라 생각했다.

하얀 앞치마를 두른 흑인이 음식을 내려놓는 사이 육군 상병이 말했다. "난 커피 줘요. 크림을 듬뿍 쳐서 한 주전자 가득."

어린 여자는 크림 소스 치킨에 포크를 찔러 넣었다. "이런 음식에 이렇게 비싼 값을 받다니 정말 심하다고 생각지 않아요, 자기?"

그때 일이 벌어졌다. 상병의 머리가 탁탁 제멋대로 젖혀지며 까닥거리기 시작했다. 그다음에는 머리가 기괴하게 앞으로 구부러지더니 축 늘어진 채로 가만히 멈췄다. 목 옆에서 근육 하나가 툭툭 뛰었다. 입은 흉하게 옆으로 늘어지고 목 정맥이 팽팽히 도드라졌다.

"어머나, 세상에!" 어린 여자는 비명을 질렀고, 다른 여자는 버터 칼을 떨어뜨리고 자동적으로 섬세한 손 하나를 들어 눈을 가렸다. 해병은 잠시 멍하니 바라만 보다가 재빨리 정신을 차리고 담뱃갑을 꺼냈다.

"자요, 한 대 피우는 게 좋아요." 해병이 권했다.

"감사……합니다. 아주 친절하시네요." 군인은 웅얼거리더니 하얀 손가락 마디가 붉어진 주먹으로 탁자를 두드렸다. 식기가 덜그럭거렸고 물이 유리판 위로 쏟아졌다. 허공에는 적막만이 흘렀고, 멀리서 일정한 간격을 두고 간간이 들려오는 웃음소리만이 객실 안의 고요를 갈랐다.

그때 어린 아가씨는 사람들의 눈을 의식하며 머리카락을 귀 뒤로 넘겼다. 여자는 고개를 들었다가 이 상병이 담뱃불을 붙이려고 애쓰려는 모습을 보고 입술을 깨물었다.

"자, 내가 해줄게요." 여자가 먼저 나섰다.

여자의 손도 너무 떨리고 있어 처음 붙인 성냥은 곧 꺼졌다. 두 번째에 성공하자, 여자는 간신히 진부한 미소를 지었다. 잠시 후 군인은 곧 진정되었다.

"정말 부끄럽군요……. 용서해주십시오."

"오, 우리는 이해한답니다." 여자가 위로했다. "이해하고 말고요."

"아픈가요?" 어린 여자가 물었다.

"아니, 아니요. 아프진 않습니다."

"아픈 것 같아서 겁이 났어요. 그렇게 보였거든요. 그럼 딸꾹질 같은 거겠죠?" 어린 여자는 누가 발길로 찬 것처럼 갑자기 화들짝 놀랐다.

상병은 손가락 하나로 탁자 가장자리를 훑다가 이윽고 말했다. "기차를 탈 때까지만 해도 괜찮았습니다. 군대 상부에서는 괜찮을 거라고 말했거든요. '괜찮을 거네, 상병.' 하지만 흥분해서 그런가 봐요. 마침내 미국에 와서 제대했고 진저리 나는 대기 기간도 이제 끝이라고 생각하니까." 군인은 눈을 비볐다.

"정말 죄송합니다." 그가 말했다.

그때 웨이터가 와서 커피를 놓아주자, 여자가 군인을 도우려 했다. 하지만 군인은 화를 내며 여자의 손을 탁 밀쳤다. "하지 마십시오. 나도 어떻게 하는지 정도는 아니까요." 민망하고 당황해서 여자는 창문 쪽을 향했고 그 위에 비친 자기 얼굴을 바라보았다. 얼굴은 침착해 보였지만 여자는 마치 두 꿈 사이에서 그네를 타는 양 아찔한 비현실감을 느꼈기 때문에 도리어 놀랐다. 생각을 다른 데로 돌리며 여자는 해병이 포크를 들어 접시에서 입으로 가져가는 엄숙한 광경을 바라보았다. 어린 여자는 이제 아주 게걸스레 음식을 먹어치웠으나, 여자 본인의 음식은 이미 차갑게 식어 있었다.

그때 다시 군인의 발작이 시작되었다. 이전만큼 격렬하지 않았다. 다가오는 기차의 탐조등 불빛이 아주 생생하게 비치는 바람에 창에 비친 얼굴은 흐려졌고 여자는 한숨을 내쉬었다.

군인이 부드럽게 내뱉는 욕설은 도리어 기도하는 듯한 소리에 가까웠다. 그러더니 군인은 미친 사람처럼 머리 양옆을 두 손으로 꼭 움켜잡았다.

"저기요. 의사한테 진찰을 받는 게 좋겠는데요." 해병이 제안했다.

여자는 군인이 올린 팔 위에 손을 얹었다. "내가 도와드릴 일

없어요?"

"군대에서 발작을 멈추기 위해서 쓴 방법은 내 눈을 들여다보는 것입니다. 내가 눈을 보는 동안 상대도 내 눈을 들여다보고 있으면 발작을 멈춥니다."

여자는 얼굴을 군인의 얼굴 가까이로 숙였다. "자." 군인은 곧 진정되었다. "자, 이제 되었습니다. 참 다정하신 분이군요."

"어디서 그랬던 거예요?"

여자의 질문에 군인은 찡그리며 대답했다. "여기저기요……. 신경병입니다. 모두 다 엉망진창이 되었거든요."

"그럼 이제 어디로 가나요?"

"버지니아요."

"거기가 고향인가 봐요?"

"네. 거기가 고향입니다."

여자는 손가락에 통증을 느끼고 그의 팔을 갑작스레 꽉 쥐었던 손을 풀었다. "거기가 고향이라면 다른 것들은 다 중요하지 않다는 사실을 기억해요."

"이거 압니까?" 군인이 속삭였다. "당신이 좋아요. 당신이 아주 멍청하고 순진하기 때문에, 사진으로 본 것 말고는 아무것도 모를 것이기 때문에 좋아요. 우리가 지금 버지니아에 있고, 나는 곧 고향에 갈 것이기 때문에 당신이 좋습니다." 여자는 어색하게 시선을 홱 돌려버렸다. 언짢은 긴장감이 침묵 위에 수놓아졌다.

"이게 다라고 생각하는 겁니까?" 군인은 탁자 위로 몸을 숙이고 졸립다는 듯 얼굴을 긁었다. "그렇다 쳐도 위엄이라는 문제가 있습니다. 내가 항상 알던 사람들에게 이런 일이 일어나면 어떨 것 같습니까? 나라고 저 사람들이나 당신 같은 사람들과 같은 탁자에 앉아 남들이 역겨워할 만한 짓을 하고 싶은 줄 아십니까? 저기 앉아 있는 여자애를 겁주고 자기 남편도 그런 일을 당할지 모른다고 생각하게 하고 싶은 줄 아세요? 나는 몇 달 동안 대기를 했습니다. 군대에서도 내 상태가 괜찮다고 했다고요. 하지만 처음……." 그는 말을 끊고 눈썹을 찌푸렸다.

여자는 계산서 위에 지폐 두 장을 쓱 올려놓고 의자를 뒤로 뺐다. "이제 내가 나갈 수 있게 좀 비켜줄래요?"

군인은 몸을 일으키고 일어나서 여자가 거의 손도 대지 않은 접시를 내려다보았다. "계속 밥이나 드쇼, 젠장." 군인이 말을 내뱉었다. "밥은 먹어야 할 거 아니에요!" 그러고 나서 뒤도 돌아보지 않고 객차 쪽으로 사라져버렸다.

커피값은 여자가 계산했다.

은화 단지
(1945)

방과 후 나는 발할라 드러그스토어에서 일했다. 내 삼촌 되는 에드 마셜 씨가 가게 주인이었다. 나는 삼촌을 마셜 씨라고 불렀는데 숙모를 비롯한 모든 사람이 마셜 씨라고 불렀기 때문이었다. 그렇기는 했어도 마셜 씨는 좋은 사람이었다.

드러그스토어는 구식이기는 했지만 크고 어두침침했으며 시원했다. 여름 몇 달 동안 마을에서 이보다 더 쾌적한 곳은 없었다. 들어서면 왼편에는 담배와 잡지를 파는 판매대가 있고, 그 뒤에는 보통 마셜 씨가 앉아 있었다. 삼촌은 땅딸막한 몸집에 얼굴은 네모나고 혈색이 불그스레한 사람으로, 돌돌 말린 남자다운 흰 콧수염을 길렀다. 판매대 너머에는 근사한 음료수 기계가 있었다. 이 기계는 고릿적 물건으로 질 좋은 노란 대리석으로 만들어졌는데, 손으로 매만지면 아주 매끈하지만 싸구려 유약의 흔적 따위는 없었다. 마셜 씨는 1910년대 뉴올리언스에서 열린 경매에서 이 물건을 샀고, 그걸 은근히 뿌듯하게 여기고 있었다. 높다랗고 섬세한 의자에 앉아 음료수 기계 건너편을 쳐다보면 일렬로 늘어선 골동품 마호가니 거울을 통해 촛불에 은은하게 비친 자신의 모습을 볼 수가 있었다. 일반 상품들은 모두 유리문을 청동 열쇠로 잠그는 골동품 같은 캐비닛에 진열되어 있었다. 공기 중에는 항상 시럽과 육두구, 여러 사탕들의 냄새가 떠돌았다.

발할라는 와차타 군 사람들의 모임 장소였으나 루퍼스 맥퍼슨이라는 사람이 마을에 와서 법원 광장 바로 건너편에 두 번째 드러그스토어를 여는 바람에 사정이 달라졌다. 이 루퍼스 맥퍼슨이라는 사람은 악한이었다. 즉, 삼촌의 손님들을 다 가로채 간 것이다. 그는 가게에 선풍기라든지 색깔 전등 같은 보기 좋은 장식들을 설치했다. 이 가게에선 또 주차한 차에다 직접 음식을 배달해주는 서비스도 시작했고 그릴드 치즈 샌드위치도 주문할 수 있었다. 자연스레 우리 가게에는 마셜 씨의 단골 몇 명만 남고, 대부분은 루퍼스 맥퍼슨의 매력에 저항하지 못하고 옮겨가 버렸다.

한동안, 마셜 씨는 맥퍼슨을 무시하기로 했다. 누군가 맥퍼슨의 이름을 꺼내기라도 하면, 삼촌은 코웃음을 치거나 손가락으로 콧수염을 쓰다듬으며 딴청을 피웠다. 하지만 삼촌이 화가 머리끝까지 났다는 건 쉽게 눈치챌 수 있었다. 그리고 삼촌의 화는 점점 커져만 갔다. 10월 중순으로 향하던 어느 날, 나는 발할라에 시적시적 들어섰다가 삼촌이 음료수 기계 앞에 앉아 도미노 게임을 하며 함무라비와 함께 포도주를 마시는 모습을 보았다.

함무라비는 이집트인으로 치과의사 같은 거였는데, 이 근방 사람들은 물이 좋아 죄다 이가 튼튼하여 환자가 별로 없었다. 그래서 그는 대부분의 시간을 발할라에서 빈둥거리며 지냈고 삼촌의 단짝이 되었다. 이 함무라비라는 남자는 잘생긴 사람으로, 피부가 검고 키가 거의 210센티미터에 육박할 정도로 컸다. 이 마을의 아주머니들은 딸들의 행실은 잡도리하면서도 본인들은 그에게 추파를 던지곤 했다. 함무라비의 영어에는 외국인 억양이 하나도 섞여 있지 않아 내가 보기에는 차라리 외계인이라면 모를까 전혀 이집트인 같지 않았다.

어쨌건 두 사람은 1갤런 들이 단지에서 이탈리아 적포도주를 따라 벌컥벌컥 마시고 있었다. 남들이 보면 약간 곤란한 광경이었다. 마셜 씨는 동네에서도 유명한 금주가였기 때문이다. 그래서 자연스럽게도 나는 이런 생각을 할 수밖에 없었다. 오, 이를 어째. 루퍼스 맥퍼슨이 마침내 삼촌의 부아를 완전히 돋우었구나. 하지만 그래서 그런 것이 아니었다.

"어이, 조카." 마셜 씨가 말했다. "이리 와서 포도주 한잔 들거라."

"그래." 함무라비도 거들었다. "와서 우리와 함께 다 마셔버리자꾸나. 기성품이니까 어차피 남기면 버릴 테니까."

한참 후, 단지가 텅 비게 되자 마셜 씨는 그 단지를 들어올리며 말했다. "자, 이제 두고 봐!" 그러고는 오후의 거리로 사라져버렸다.

"어디 가시는 거예요?"

내가 물었지만 함무라비는 "아" 하고 대답했을 뿐이었다. 그는 나를 골리기를 좋아했다.

반시간쯤 지나자 삼촌이 돌아왔다. 삼촌은 한 짐 짊어지고 몸을 구부정하게 구부린 채 툴툴거렸다. 삼촌은 단지를 음료수 기계 위에 올려놓고는 미소를 띠고 손을 맞비비며 한 발짝 물러섰다. "자, 어떤 것 같아?"

"아." 함무라비는 만족스럽게 목을 울렸다.

"어이구." 나의 대답이었다.

똑같은 포도주 단지였지만 이제는 근사하게 달라져 있었다. 그 안에는 5센트짜리와 10센트짜리 동전이 주둥이까지 가득 차 있어 두꺼운 유리 사이로 둔탁하게 빛을 발했기 때문이었다.

"예쁘지, 어?" 삼촌이 말했다. "저기 퍼스트 내셔널 은행에서 해온 거야. 5센트짜리보다 더 큰 건 들어가지 않아서. 하지만 저기 안에 들어 있는 돈은 제법 큰돈이다."

"하지만 이걸 어쩌시려고요, 마셜 씨?" 내가 물었다. "제 말뜻은, 무슨 생각이시냐는 거죠?"

마셜 씨의 미소는 이제 함박웃음으로 변했다. "여기에 있는 건 은화 단지라고 할 수 있다. 굳이 말하자면⋯⋯."

"무지개 끝에 묻어놓은 단지 말이야." 함무라비가 끼어들었다.

"그리고 무슨 생각이냐고 물으니 하는 말인데, 여기 마을 사람으로 하여금 이 안에 있는 돈의 액수가 얼마인지를 맞추게 할 거야. 예를 들어 네가 25센트어치 물건을 산다고 하자. 그러면 경품에 응모할 기회를 주는 거야. 물건을 더 많이 사면 살수록 응모 기회가 많아지지. 그러면 나는 사람들의 어림짐작을 장부에 적어두었다가 크리스마스 이브에 공개할 거다. 그리고 가장 근사치를 맞춘 사람이 돈을 전부 다 가지게 되는 거지."

함무라비는 엄숙하게 고개를 끄덕였다. "마셜 씨는 산타클로스 역할을 하려고 하는 거야. 전능하고 간교한 산타클로스. 나는 집으로 가서 책이나 한 권 써야겠다. '루퍼스 맥퍼슨 교묘히 살해당하다'나 말이야."

실상 함무라비는 가끔 단편소설을 써서 잡지에 보내곤 했다. 하지만 그 원고들은 언제나 퇴짜를 맞았다.

정말 기적처럼 놀랍게도 은화 단지에 대한 와차타 군의 반응은 대단했다. 철도 역장 툴리가 불쌍하게도 완전히 정신을 놓아버린 후 역 차고 뒤에서 유전을 발견했다고 우겨서 온 마을에 유전 시굴자들이 바글바글했던 때 이래로 발할라가 이렇게 성업을 이룬 적은 없었다. 심지어 위스키나 여자에 쓰는 돈 이외에는 한푼도 내놓지 않던 당구장 건달들까지 잔돈으로 밀크셰이크에 투자했다. 몇몇 노부인들은 마셜 씨의 사업이 도박이라며 공공연하게 항의했지만 별 문제를 일으키지도 않았고 가끔 기회를 틈타 가게에 와서는 내기를 걸기도 했다. 학교 다니는 아이들은 이 모든 소동에 아주 열광했고 나는 곧 인기인이 되었다. 아이들은 내가 답을 알고 있다고 짐작했기 때문이었다.

"이 모든 일이 어째서 이런 건지 얘기해주마." 함무라비는 뉴욕에 있는 지인에게서 우편으로 구입한 이집트산 담배에 불을 붙였다. "이건 네가 상상하는 그런 이유 때문이 아니다. 즉, 탐욕 때문이 아니라는 거지. 매혹적인 건 수수께끼야. 자, 저기 있는 동전들을 보면 무슨 생각이 드니? 아, 많구나! 아니, 아니야. 아마도 이렇게 생각할 거다. 아, 얼마나 많을까? 이건 실로 심오한 질문이란다. 여러 사람에게 여러 가지를 의미할 수 있는 질문이지. 이해 되니?"

아, 그리고 루퍼스 맥퍼슨은 길길이 날뛰었다. 사업을 하는 사람은 누구나 알겠지만 크리스마스 즈음은 연수입 중 큰 몫을 차지하는 때다. 그래서 맥퍼슨은 손님을 끌려고 혈안이 되었다. 심지어 단지와 비슷한 내기를 흉내 내기까지 했다. 하지만 그는 아주 구두쇠였으므로 단지에 오로지 1센트짜리 동전만 채웠다. 또한 우리 동네 주간지인 《배너》에 "마셜 씨는 순수한 아이들을 상습도박꾼으로 만들어 지옥으로 향하는 길로 보내는 자이니, 대중 앞에서 망신을 주고 처벌해야 한다!"는 편지까지 써 보냈다. 그런 후에 그가 얼마나 동네 웃음가마리가 되었는지는 익히 짐작하고도 남으리라. 이제 사람들은 맥퍼슨 씨를 경멸할 따름이었다. 그래서 11월 중순쯤이 되자, 그는 가게 보도에 서서 광장 건너편에서 열리는 축제를 침통한 표정으로 빤히 쳐다보는 신세가 되었다.

이 즈음, 애플시드와 그 여동생이 처음 모습을 드러냈다.

애플시드는 마을에서는 낯선 얼굴이었다. 적어도 그 이전에는 그 애를 본 사람은 한 명도 없었다. 애플시드는 인디언 브랜치스를 지나 1.6킬로미터 정도 떨어진 농장에 산다고 했다. 또 그 아이의 어머니는 몸무게가 고작 34킬로그램밖에 되지 않고, 하나 있는 형은 50센트만 주면 누구의 결혼식에서건 바이올린을 켜주는 일을 한다고 했다. 아이는 애플시드가 자기의 유일한 이름이며 열두 살이라고 했다. 하지만 여동생 미디는 오빠가 여덟 살이라고 했다. 애플시드의 머리카락은 곱고 진노란색이었다. 단단하게 굳고 햇볕에 탄 작은 얼굴에 박힌 걱정스러운 초록 눈에는 현명하고 세상사를 다 안다는 표정이 담겨 있었다. 아이는 작고 허약했으며 극도로 예민했고 항상 같은 옷을 입고 다녔다. 붉은 스웨터, 청 반바지, 걸을 때마다 덜컥덜컥 소리가 나는 어른 발 크기의 부츠.

처음 그 아이가 발할라에 오던 날에는 비가 내렸다. 머리카락은 비에 젖어 모자처럼 머리 위에 착 달라붙었고 시골길을 걸어오느라 부츠에는 붉은 흙이 덕지덕지 붙어 있었다. 음료수대로 카우보이처럼 거드럭거리며 들어오는 오빠 뒤에는 여동생 미디가 따랐다. 그때 나는 음료수대 앞에서 유리잔을 닦고 있었다.

"소문에 여기서 돈으로 가득 든 병을 거저 준다면서요." 애플시드는 나를 똑바로 쳐다보며 물었다. "그걸 거저 줄 것 같으면 우리에게도 주셨으면 좋겠어요. 내 이름은 애플시드고, 여긴 내 여동생 미디예요."

미디는 한없이 슬픈 표정의 아이였다. 남자애보다 약간 더 키가 크고 나이 들어 보이는 얼굴이었다. 보통 흔히 볼 수 있는 껑다리 아이였다. 누런 머리카락은 짧게 쳐버렸고 창백한 작은 얼굴은 불쌍해 보였다. 미디는 뼈가 앙상한 무릎에 깡충하게 내려오는 빛바랜 면직 원피스를 입고 있었다. 치아는 어딘지 모르게 이상했지만 미디는 마치 할머니들처럼 입술을 합죽 다물어서 감췄다.

"미안해. 그런 얘기라면 마셜 씨에게 물어봐."

애플시드는 삼촌에게 가 물었다. 나는 삼촌이 단지를 타기 위한 방법을 설명해주는 소리를 들었다. 애플시드는 간간이 고개를 끄덕거리면서 골똘히 이야기를 들었다. 이윽고 아이는 도로 단지 앞에 서더니 손으로 가볍게 어루만지며 말했다. "정말 예쁘지 않니, 미디?"

미디가 대꾸했다. "우리에게 단지를 준대?"

"아니. 이 안에 돈이 얼마나 들어 있는지를 맞춰야만 한대. 응모 기회를 얻으려면 25센트어치 물건을 사야 하고."

"흥, 우리에게는 25센트가 없잖아. 어디 가서 25센트를 얻어올 거야?"

애플시드는 얼굴을 찡그리더니 턱을 문질렀다. "그건 쉬우니까 그냥 나한테 맡겨둬. 하지만 다른 게 걱정이지. 응모 기회를 한 번 얻어서 대충 짐작할 수는 없잖아……. 확실히 알아야 돼."

며칠 후 아이들은 다시 나타났다. 애플시드는 음료수대 앞 의자에 앉아 대담하게도 물 두 잔을 부탁했다. 한 잔은 자기를 위해, 또 다른 한 잔은 미디를 위해. 애플시드가 자기 가족 이야기를 털어놓은 건 이때였다. "……그리고 파파 대디가 있어요. 엄마의 아빠고요. 케이준 인디언이에요. 그래서 그런지 영어를 잘 못해요. 우리 형은 바이올린을 켜는데요, 감옥에 세 번 갔다 왔어요……. 우리가 짐을 챙겨서 루이지애나를 떠나야 했던 건 형 때문이었죠. 형보다 열 살이나 연상인 여자를 두고 싸움을 벌여서 다른 남자를 면도날로 심하게 그어버렸거든요. 그 여자 머리카락이 노랬어요."

미디는 뒤에서 서성거리며 짜증을 냈다. "우리 사생활을 그런 식으로 말해버리면 안 돼, 애플시드."

"입 다물어, 미디." 그의 말에 미디는 입을 다물었다. "앤 착한 애예요." 애플시드는 몸을 돌려 동생의 머리를 토닥거리며 말했다. "하지만 너무 오냐오냐 해주면 안 돼요. 가서 그림책이나 보고 있어. 이빨은 그만 못살게 굴고. 애플시드는 여기서 계산해야 할 일이 있으니까."

이 계산이라는 게 마치 눈으로 단지를 삼켜버릴 듯 빤히 쳐다보는 일이었다. 애플시드는 턱을 손으로 괴고 눈꺼풀 한 번 깜박이지 않고 단지를 빤히 관찰했다. "루이지애나에 사는 어떤 아줌마가 나는 머리에 대망막大網膜*을 쓰고 태어났으니까 다른 사람이 볼 수 없는 것도 볼 수 있댔어요."

"저기 얼마 들어 있는지 본다고 맞출 수 있을 리가 없잖아." 나는 애플시드에게 말했다. "그냥 머릿속에 확 떠오르는 숫자를 말하는 게 어떠니? 그게 맞는 숫자일 수도 있어."

"어어, 그럼 너무 위험해요. 나, 그런 모험을 할 순 없어요. 내가 짐작한 대로라면 틀림없이 성공할 수 있는 방법은 딱 하나뿐이에요. 동전을 다 하나하나 세는 것."

"센다고?"

"뭘 세?" 함무라비가 막 안으로 들어와 음료수대 옆에 자리를 잡으면서 말했다.

"얘가 단지 안에 들어 있는 돈이 얼마인지 다 세겠대요." 내가 설명했다.

함무라비는 애플시드를 재미있다는 듯 쳐다보았다. "어떻게 할 계획이니, 얘야?"

---

*태아가 종종 머리에 쓰고 태어나는 양막의 일부다. 이런 아이는 행운, 혹은 악마의 상징으로 여겨지기도 하는데, 그 판단은 문화권에 따라 차이가 있다.

"아, 하나하나 세야지요." 애플시드는 무미건조하게 말했다.

함무라비는 웃었다. "그러려면 눈이 엑스선 기계여야 하겠다. 내가 해줄 수 있는 말은 그뿐이구나."

"아, 아니에요. 단지 머리에 대망막을 쓰고 태어나기만 하면 돼요. 루이지애나에 사는 아줌마가 그랬어요. 그 아줌마는 마녀예요. 아줌마는 나를 좋아했는데, 엄마가 나를 주려고 하지 않자, 엄마한테 마법을 걸어서 엄마가 고작 34킬로그램밖에 나가지 않게 된 거예요."

"아-주-재-미-있-구-나." 함부라비는 애플시드를 이상하다는 듯 쳐다보면서 이렇게만 말했다.

미디가 《영화계의 비밀》 한 부를 움켜쥐고 빈들빈들 걸어왔다. 미디는 애플시드에게 사진 하나를 가리켜 보였다. "이 여자 정말 예쁘지 않아? 봐 봐, 애플시드. 이빨이 참 예뻐. 빠진 이빨이 하나도 없어."

"뭐, 너도 이빨 못살게 굴지 마."

아이들이 떠나자 함무라비는 오렌지 니하이 소다를 하나 주문해서는 담배를 피우며 천천히 마셨다. "쟤 머리는 멀쩡한 것 같니?" 함무라비는 곧 영문을 모르겠다는 듯한 목소리로 말했다.

작은 마을은 크리스마스를 보내기에 제일 좋은 장소일 것이다. 이런 마을은 그 마술에 빠져 명절 기분을 재빨리 간파하고 변화하며 살아난다. 12월 첫째 주가 되면, 집집마다 문에 둥근 크리스마스 화환을 걸어 장식하고 상점 창문들은 붉은 종이로 만든 종과 반짝이는 운모로 만든 눈송이들로 번쩍거렸다. 아이들은 숲 속까지 가서 톡 쏘는 향내의 상록수들을 끌고 왔다. 여자들은 벌써 과일 케이크를 굽고, 잘게 썬 과일을 술에 재워놓은 단지를 뜯고, 블랙베리와 스커퍼농 포도로 담근 술병을 따느라고 바빴다. 법원 앞 광장에 있는 커다란 나무에는 은실과 색깔 전구들이 둘러져 해거름이 되면 불이 켜졌다. 저녁이 되면 장로교 교회에서 연례 성극을 위한 캐롤을 연습하는 합창단 소리가 들려왔다. 마을 전체에 동백나무가 활짝 피었다.

 이렇게 마음까지 따뜻해지는 분위기에 물들지 않는 것처럼 보이는 이는 오로지 애플시드뿐이었다. 그 아이는 단지 안의 돈을 다 세겠다고 선언한 대로 아주 끈질기고도 꼼꼼하게 그 일을 수행했다. 애플시드는 이제 매일 발할라에 와서 얼굴을 찡그리고 혼자 중얼중얼거리며 단지에 집중했다. 처음에는 우리 모두 흥미가 돋았으나 곧 시들해져서 이제 그 애가 무엇을 하든 아무도 신경 쓰지 않았다. 애플시드는 물건을 산 적이 한 번도 없었고 25센트를 벌 만한 능력도 전혀 없어 보였다. 그 애는 다정한 관심을 보여주며 가끔 가다 풍선껌이나 1센트어치의 감초 사탕을 사주는 함무라비에게 간혹 말을 걸 뿐이었다.

 "아저씬 아직도 저 애가 정신이 나갔다고 생각해요?"

 "나도 잘 모르겠다." 함무라비가 대답했다. "하지만 이것만은 말해두지. 이 아이는 영양 부족이야. 애를 레인보우 카페에 데려가서 바비큐 한 접시 사줘야겠어."

 "차라리 25센트를 주면 훨씬 더 감사할 걸요."

 "안 돼. 쟤한테는 바비큐 한 접시가 필요해. 게다가 쟤가 아예 응모를 하지 않는다면 더 좋은 일이야. 저렇게 남달리 섬세한 아이인데 쟤가 돈을 잃기라도 하면 나는 그 책임을 지고 싶진 않다. 그건 너무 가련하잖냐."

그때 나는 애플시드를 그저 웃긴 애라고 생각했다는 걸 인정해야겠다. 마셜 씨는 그 애를 동정했고 다른 아이들은 놀려댔지만 애가 반응을 보이지 않자 포기해버렸다. 이제 그 애가 이마를 찌푸리고 단지에서 절대 눈을 떼지 않은 채 하루 종일 음료수대에 앉아 있는 모습을 예사로 볼 수 있었다. 하지만 그 애는 다른 사람에게서 떨어져서 참으로 얌전히 있는 터라, 그 애가 아예 존재하지도 않는 듯한 느낌에 소름 끼칠 때도 있었다. 그리고 거의 그렇지 않나 싶을 무렵이면 아이는 깨어나 말을 하곤 했다. "저 안에 1913년에 만들어진 버펄로 5센트 동전이 있었으면 좋겠어요. 어떤 사람이 그러는데, 어디 가면 1913년 버펄로 동전은 50달러 가치가 있다고 하거든요." 이런 말도 했다. "미디는 대단한 영화 스타가 될 거예요. 그런 영화배우들은 돈도 많이 번다면서요. 그러면 앞으로 살아 있는 동안 콜라드* 요리는 다시 먹지 않아도 되겠죠. 하지만 미디는 치아가 고르지 않으면 영화배우가 될 수 없대요."

미디가 항상 오빠를 따라오는 건 아니었다. 동생이 따라오지 않을 때면 애플시드는 평소 모습답지 않았다. 수줍게 우물거리다 금방 떠나버렸다.

함무라비는 약속을 지켜 카페에서 바비큐 한 접시를 사주었다. "함무라비 씨는 정말 좋은 분이에요." 애플시드는 나중에 말

---

*케일과 비슷한 녹황색 채소.

했다. "하지만 생각이 약간 이상해요. 자기가 이집트라는 곳에 살았으면 왕이었을 거라나 뭐라나."

함무라비는 이렇게 말했다. "저 아이는 참으로 감동적인 신념을 갖고 있어. 참 아름다운 광경이지. 하지만 나는 점점 이 일 전체가 환멸스러워." 함무라비는 단지를 가리켰다. "이런 종류의 희망을 주는 건 어떤 사람에게는 너무 잔인한 일이야. 내가 그 일에 꼈었다는 것 자체가 미안하네."

발할라 주변에서 사람들이 가장 즐겨하는 잡담거리는 만약 단지를 타면 뭘 살까 하는 것들이었다. 이런 얘기에 낀 사람들로는 솔로몬 카츠, 피비 존스, 칼 쿤하트, 풀리 시먼스, 애디 폭스크로프트, 마빈 핑클, 트루디 에드워즈와 어스킨 워싱턴이라고 하는 흑인이 있었다. 그리고 이 사람들이 한 대답들은 이러했다. 버밍엄으로 이주해서 정착하는 것, 중고 피아노, 셰틀랜드산 조랑말, 황금 팔찌, 《로버 형제들》* 전집, 생명보험.

언젠가 마셜 씨가 애플시드에게 무얼 할 거냐고 물어본 적이 있었다. 애플시드는 "비밀이에요"라고 대답했고, 아무리 더 캐봤자 그 애의 입을 열게 할 수는 없었다. 그게 무엇이든 간에 그 아이가 너무나 절실히 바란다는 것은 분명해 보였다.

보통 진짜 겨울은 우리 군에서는 1월 중순까지는 오지 않고, 겨울이 온다고 해도 날씨가 온화해서 아주 짧은 시간만 지속될 뿐이었다. 하지만 지금 쓰고 있는 사건이 벌어졌던 그해에는 크리스마스 전 주에 독특하게도 추위의 마법이라는 축복을 받았

*20세기 미국에서 유행했던 어린이 책.

다. 몇몇은 그 추위가 너무 끔찍했다고 아직도 이야기한다. 수도관은 꽁꽁 얼어버렸고, 많은 사람들은 꼼지락거리며 잉걸불을 쑤석이는 것도 귀찮아 하루 종일 침대에 누워 퀼트 이불 밑에서 나오지 않았다. 하늘은 마치 폭풍우가 몰아치기 직전처럼 기묘하게 둔탁한 회색으로 변했고, 태양은 그믐달처럼 희미했다. 살을 에는 듯한 바람이 불어왔다. 바짝 말라버린 가을 낙엽이 얼음이 깔린 땅 위에 뒹굴었고 법원 광장에 세워진 상록수는 크리스마스 장식들이 벗겨져 헐벗은 모습이었다. 숨을 내쉬면 하얀 김이 구름이 되어 피어올랐다. 비단 공장 옆 아주 가난한 사람들이 사는 아랫동네에서는 식구들끼리 한밤 어둠 속에 꼭 껴안고 이야기를 나누며 추위를 잊으려 했다. 시골에서는 농부들이 여린 농작물들을 굵은 삼베 자루로 덮고 기도를 했다. 어떤 사람들은 이 날씨를 이용해서 돼지를 도살하여 신선한 소시지를 마을에 배달했다. 마을의 술주정뱅이인 R. C. 젓킨스라는 사람은 빨간 무명의상을 갖춰 입고서 싸구려 잡화점에서 산타클로스 역할을 했다. R. C. 젓킨스 씨는 대가족의 가장이라, 그가 멀쩡한 정신으로 1달러라도 식구들에게 벌어다주는 모습을 볼 수 있어서 모두들 기뻐했다. 몇몇 교회 모임이 있었는데, 마셜 씨는 그중 한 모임에 갔다가 루퍼스 맥퍼슨과 맞닥뜨리기도 했다. 신랄한 말이 오고 가기는 했지만 주먹다짐은 벌어지지 않았.

자, 앞에 말한 대로 애플시드는 인디언 브랜치스 아래에 1.6킬로미터 떨어진 농장에 살고 있었다. 시내에서는 대략 5킬로미터가량 떨어진 곳이었다. 걸어오자면 참으로 길고 외로운 길이었다. 하지만 이런 추위에도 불구하고 애플시드는 매일 발할라까지 와서 폐점 시간까지 머물렀다. 이제 해가 점점 짧아짐에 따라 가게도 해넘이 직후에 문을 닫았다. 간혹 집에 갈 때는 비단 공장의 십장이 태워주는 차를 얻어 타고 도중까지 가기도 했지만 흔히 있는 일은 아니었다. 아이는 피곤해 보였고 걱정 때문에 입가에 주름이 잡혔다. 항상 추워했고 몸을 바들바들 떨었다. 빨간 스웨터와 파란 바지 밑에 뭔가 따뜻한 속옷 같은 걸 입은 것 같지도 않았다.

크리스마스가 되기 사흘 전, 느닷없이 애플시드는 발표했다. "자, 끝났어요. 이제 병에 얼마나 있는지 알았어요." 어찌나 음울하고 엄숙하게도 자신 있게 말하던지 의심하기도 어려웠다.

"어, 그런 소리 마라, 얘야." 때마침 그 자리에 있었던 함무라비가 말했다. "그런 종류의 일은 알 수가 없는 거야. 그렇게 생각하는 건 잘못이다. 그래 봤자 나중에 마음만 더 아플 뿐이야."

"저한테 설교하실 필요는 없어요, 함무라비 씨. 전 제가 무슨 일을 하고 있는지 잘 알아요. 루이지애나에 살던 아줌마가……."

"그래, 그래, 그래. 하지만 그런 소리는 잊어버려. 내가 너라면 집에 가서 그냥 가만히 앉아 이 빌어먹을 단지 일은 잊어버릴 거다."

"형이 오늘 밤 체로키 시티에서 열리는 결혼식에서 바이올린을 켤 거예요. 그러면 저한테 25센트를 준다고 했어요." 애플시드는 고집스럽게 말했다. "내일 응모할게요."

다음 날, 나는 애플시드와 미디가 가게에 도착했을 때 마음이 달

떴다. 분명히 애플시드는 25센트를 가지고 왔다. 오다가 떨어뜨리지 않으려고 붉은 보자기의 모서리에 꼭 싸가지고 왔다.

두 아이는 손에 손을 잡고 진열장 사이를 헤집고 다니면서 무엇을 살지 소근소근 의논했다. 그러더니 마침내 엄지손가락 크기만 한 치자꽃 향수 병을 사기로 했다. 미디는 즉시 진열장 문을 열더니 머리에다 조금 뿌려보았다. "나한테서 마치……. 어머나, 세상에. 나한테서 이렇게 달콤한 향기가 난 적은 처음이야. 자, 애플시드. 머리에도 좀 뿌려줄게." 하지만 애플시드는 그러지 못하도록 말렸다.

마셜 씨는 내기를 기록해놓는 장부를 꺼냈고 그동안 애플시드는 천천히 음료수대로 걸어와 두 손으로 단지를 감싸고 부드럽게 쓰다듬었다. 눈은 반짝반짝 빛났고 뺨은 흥분해서 불그레하게 달아올랐다. 그때 가게에 있던 몇몇 손님들이 가까이 모여들었다. 미디는 조용히 뒤에 서서 다리를 긁으며 향수 냄새를 맡고 있었다. 함무라비는 그때 없었다.

마셜 씨는 연필심에 침을 묻히고 미소를 지었다. "됐다, 애야. 얼마라고 말할 거니?"

애플시드는 숨을 깊이 들이켰다. "75달러 35센트요." 애플시드는 답을 내뱉었다.

대부분은 평범하게 어림짐작으로 뭉뚱그린 숫자를 내놓기 마련이었으므로, 그렇게 딱 맞아떨어지지 않는 숫자를 고른 것만으로도 애플시드는 독창성을 보여준 셈이었다. 마셜 씨는 엄숙하게 그 숫자를 되뇌며 받아 적었다.

"제가 우승했는지 언제 알 수 있어요?"

"크리스마스 이브다." 누군가 대신 대답했다.

"그러면 내일이네요, 하?"

"어, 그렇지." 마셜 씨는 놀라지 않고 대답했다. "4시에 오려무나."

밤사이에 온도계의 눈금이 더 내려갔고, 새벽녘 여름처럼 빠른 폭풍우가 몰아친 탓에 다음 날은 환히 개긴 했으나 땅이 꽁꽁 얼어 있었다. 나무마다 하얗게 반짝이는 고드름이 얼어 있고 창문마다 서리꽃으로 덮여 있어, 마을은 마치 북쪽 지방의 풍경을 담은 그림엽서 같았다. R. C. 젓킨스 씨는 일찍 일어나서, 별 특별한 이유도 없이 저녁 종을 울리며 거리를 쿵쿵 걸어 다니다가 가끔씩은 발길을 멈추고 뒷주머니에 넣어두었던 위스키 병을 꺼냈다. 낮에는 바람 한 점 불지 않아, 여러 굴뚝에서 나오는 연기가 나른하게 잔잔하고 싸늘한 하늘을 향해 곧장 올라갔다. 오전에는 장로교회 성가대가 한창 신바람이 나서 노래를 불렀고 마을의 아이들은 (핼러윈 때처럼 무시무시한 가면을 쓰고) 광장을 빙빙 돌며 술래잡기 놀이를 하느라 부산을 떨었다.

함무라비는 정오쯤에 들러 우리가 발할라를 정리하는 것을 도왔다. 그는 귤 한 자루를 가지고 왔고, 우리는 마지막 하나까지 먹어 치운 후 껍질을 방 한가운데에 새로 설치한 배불뚝이 난로에 던져 넣었다. (난로는 마셜 씨가 자기 자신에게 준 선물이었다.) 그런 후 삼촌은 음료수 기계 위에 놓인 단지를 내려서 잘 닦아 따로 마련해둔 탁자 위에 올려놓았다. 그 일 직후에 삼촌은 가게 일은 하나도 돕지 않고 의자에 앉아서 초라한 초록 리본을 단지에 묶었다 풀었다 하느라 시간을 다 보냈다. 그래서 함무라비와 내가 나머지 일을 다 해야만 했다. 우리는 바닥을 쓸고 거울을 닦았으며 진열장의 먼지를 털고 빨간색과 초록색의 마분지로 장식 리본을 만들어 벽마다 걸었다. 다 끝마치고 나니 아주 섬세하고 우아해 보였다.

하지만 함무라비는 우리가 해낸 일을 슬프게 바라보더니 말했다. "자, 나는 이제 가봐야 할 것 같다."

"여기 있다가 가지 않고?" 마셜 씨는 충격을 받아 물었다.

"그래, 있을 수가 없어." 함무라비는 고개를 서서히 저었다. "그 아이의 얼굴을 보고 싶지 않아. 지금은 크리스마스고 야단법석을 떨면서 재미있게 보내야지. 하지만 양심에 거리끼는 일이 있으면 그럴 수가 없어. 아마도 잠도 이루지 못할 거야."

"맘대로 하게나." 마셜 씨는 어깨를 으쓱했으나 심기가 상한 기색이 역력했다. "인생이란 그런 거지. 그리고 혹시 누가 알아. 그 애가 단지를 타게 될지."

함무라비는 우울하게 한숨지었다. "걔가 얼마라고 하던가?"

"75달러 35센트요." 내가 대답했다.

"기가 막히는군. 정말 터무니없지 않나?" 함무라비는 마셜 씨 옆에 있는 의자에 털썩 주저 앉아 다리를 꼬고 담뱃불을 붙였다. "초콜릿바 있으면 하나만 주게. 입이 써."

오후가 점차 지나가는 동안 우리 셋은 아주 우울한 기분을 느끼면서 탁자 주위에 둘러 앉아 있었다. 아무도 별말 하지 않았고 아이들마저도 광장을 떠나자 오로지 들려오는 소리라고는 법원

시계탑에서 시간을 알리는 시계 소리뿐이었다. 발할라의 영업은 끝났지만 사람들은 계속 오가면서 창문 안을 들여다보았다. 3시가 되자 마셜 씨는 내게 문을 열라고 명했다.

20분 안에 가게는 사람들로 가득 찼다. 모두들 주일에 입는 제일 좋은 옷들을 입었고, 비단 공장에서 일하는 아가씨들이 바닐라 향이 나는 향수를 뿌리고 와서 공기 중에는 달콤한 향내가 떠돌았다. 사람들은 벽에 기대 있거나 음료수대 위에 올라가는 등 여유가 있는 데면 어디든지 비집고 들어가 앉아 있었다. 곧 사람들이 너무 넘쳐 보도와 차도에까지 늘어서게 되었다. 광장에는 농부들과 그 가족들이 시내까지 타고 온 마소 수레와 T 모델 포드 자동차들이 한 줄로 죽 늘어서 있었다. 사람들은 웃고 고함치며 농담을 주고받았다. 몇몇 격분한 숙녀들은 젊은 남자들이 욕설을 지껄이고 거칠게 밀어댄다며 불평을 하긴 했지만, 아무도 자리를 뜨지는 않았다. 옆문에서는 흑인 한 무리가 모여서 가장 흥겹게 놀고 있었다. 모두 다 이 행사를 한껏 즐기고 있었다. 보통 이 근처는 조용한 편이어서 별다른 사건이라고 할 만한 게 없었다. 환자와 루퍼스 맥퍼슨만 빼고는 근치에 사는 와차다 고 사람들 모두가 왔다고 말해도 될 정도였다. 나는 주변을 둘러보며 애플시드를 찾았지만 그 애의 모습은 어디에서도 보이지 않았다.

마셜 씨는 사람들에게 주의를 기울여달라며 헛기침을 하고 손뼉을 쳤다. 주변이 조용해지고 적당히 긴장된 분위기가 돌자, 마셜 씨는 경매사처럼 목소리를 높여 외쳤다. "자, 귀를 기울여주십시오, 여러분. 지금 여기 제 손에 봉투가 하나 들려 있습니다." 마셜 씨는 마닐라 봉투를 머리 위로 높이 쳐들었다. "자, 이 안에 정답이 들어 있습니다. 하느님과 이제까지는 퍼스트 내셔널 은행 말고는 아무도 모르는 정답이었죠, 하하. 그리고 이 책에는?" 마셜 씨는 빈 손으로 장부를 집었다. "여러분이 추측한 숫자를 적어두었지요. 질문 있습니까?" 모두들 침묵했다. "좋습니다. 그럼 이제 누구 나와서 발표하실 분······."

누구 한 명 손가락 하나 움직거리지 않았다. 다들 엄청나게 수줍어하는 듯했다. 평소에는 기질적으로 나서기 좋아하는 사람들도 발만 꼼지락거릴 뿐 부끄러워 앞으로 나서지 않았다. 그때 목소리 하나가 외쳤다. 애플시드였다. "제가 할게요! 저 좀 나가게 해주세요. 아주머니 좀 비켜주세요." 애플시드가 앞으로 밀고 나왔고 미디와 마르고 졸린 눈을 한 청년이 뒤를 따랐다. 청년은 바이올린을 켠다는 애플시드의 형이 분명했다. 애플시드는 평소와 다름없는 옷차림을 하고 있었으나 얼굴은 장밋빛이 돌도록 깨끗하게 문질러 닦았고, 부츠도 윤을 냈으며 스타콤 머리 크림을 발라 머리를 모두 뒤로 넘기고 있었다. "시간 내에 온 거죠?" 애플시드는 숨을 헐떡였다.

하지만 마셜 씨는 이렇게 말했다. "그래서 네가 하겠다고?"

애플시드는 당황한 표정이었지만 곧바로 힘차게 고개를 끄덕였다.

"이 아이가 발표하는 데 반대하시는 분 있습니까?"

여전히 쥐 죽은 듯 고요했다. 마셜 씨는 봉투를 애플시드에게 건넸고 아이는 침착하게 받았다. 애플시드는 봉투 뚜껑을 열기 전 잠시 관찰하며 아랫입술을 깨물었다.

모인 사람들 사이에서는 가끔 가다 들리는 기침 소리나 R. C.

젓킨스 씨가 저녁 종을 딸랑딸랑 울리는 소리 이외에는 아무런 소리도 들리지 않았다. 함무라비는 음료수대에 기대어 천장을 올려다보았다. 미디는 멍하니 오빠의 어깨를 넘겨다보았다. 마침내 애플시드가 봉투를 열기 시작하자 미디는 힘겹게 숨을 헉 내뱉었다.

애플시드는 분홍색 종이를 꺼내어 마치 깨지기 쉬운 물건처럼 살살 들고 그 위에 쓰여진 내용을 혼자 우물거렸다. 갑자기 아이의 얼굴이 창백해지더니 눈물이 눈에서 번득였다.

"어이, 큰 소리로 읽어라." 누군가 고함을 질렀다.

함무라비가 앞으로 나가 종이를 낚아챘다. 함무라비는 헛기침을 하고 읽기 시작했다. 그의 얼굴에는 아주 우스운 표정이 떠올랐다. "세상에, 하느님 맙소사……." 함무라비는 웅얼거렸다.

"큰 소리로 읽어! 더 큰 소리로!" 화난 사람들이 이구동성으로 합창했다.

"사기꾼 녀석들!" 그때쯤 이미 얼큰해진 R. C. 젓킨스 씨가 외쳤다. "내가 눈치를 챌 정도로 고린내가 풀풀 풍긴다!" 그 말에 야유와 휘파람 소리가 허공을 휘감았다.

애플시드의 형이 몸을 휙 돌리며 주먹을 휘둘렀다. "입 닥쳐! 당신들 멍청한 머리를 죄다 날려버리기 전에! 내 주먹 한 방 맞았다가는 머리에 수박만 한 혹이 생길 걸, 내 말 알아들어?"

"시민 여러분." 모우스 시장이 큰 소리로 말했다. "시민 여러분, 제 말씀은 크리스마스이고 하니…… 그런 고로……."

그때 마셜 씨가 의자 위로 올라가 손뼉을 치고 발을 굴러대서 마침내 어느 정도 질서가 회복되었다. 나중에 알게 된 바지만 루퍼스 맥퍼슨 씨가 소동을 일으키도록 R. C. 젓킨스 씨를 매수했음을 밝혀두는 게 좋으리라. 어찌되었건, 사람들의 분노가 가라앉자 마침내 그 쪽지가 누구의 손에 왔는가 하면…… 바로 나였다. 어쩌다 그렇게 되었는지는 묻지 마시라.

아무런 생각 없이 나는 외쳤다.

"75달러 35센트!"

당연하게도 나 또한 너무 흥분해서 처음에는 그 의미를 즉각 깨닫지 못했다. 처음에는 그냥 숫자였을 뿐이었다. 그다음 순간 애플시드의 형이 와아 하고 소리를 지르면서 앞으로 나오자 그때서야 나도 깨달았다. 당첨자의 이름이 순식간에 퍼졌고 경외에 찬 웅얼거림이 마치 폭풍우처럼 울려 퍼졌다.

오, 애플시드 본인은 아주 눈물겨운 모습이었다. 애플시드는 마치 죽을 만큼 상처를 입은 양 엉엉 울고 있었지만 관중들이 더 잘 볼 수 있도록 함무라비가 목말을 태워주자, 아이는 스웨터 소맷부리로 눈물을 닦고 빙그레 웃었다. R. C. 젓킨스 씨는 "협잡꾼! 더러운 사기꾼!"이라고 고래고래 소리를 질러댔지만 귀가 멀 정도의 우레와 같은 박수 소리에 곧 고함 소리는 삼켜졌다.

미디가 내 팔을 잡았다. "내 이빨." 소녀는 깩깩거렸다. "이제 이빨을 해 넣을 수 있어요."

"이빨이라고?" 나는 약간 어질어질한 상태로 물었다.

"가짜 이 말이에요." 소녀가 설명했다. "그 돈으로 의치를 할 거예요. 하얗고 예쁜 가짜 이."

하지만 그 순간 내 관심은 오로지 애플시드가 어떻게 숫자를 맞췄는가 하는 것이었다. "얘, 말해봐." 나는 절박하게 물었다.

"말해봐. 대체 어떻게 너희 오빠는 75달러 35센트를 정확히 맞춘 거니?"

미디는 내게 이런 표정을 지어 보였다. "아니, 우리 오빠가 말했잖아요." 소녀는 참으로 진지했다. "하나하나 셌다고."

"그래, 하지만 어떻게? 어떻게 그럴 수가 있어?"

"엄마야. 오빠는 세는 법도 몰라요?"

"하지만 그게 다야?"

"글쎄요." 소녀는 잠깐 말을 멈추고 생각에 잠겼다. "약간 기도도 했어요." 미디는 그 자리를 떠서 다른 쪽으로 가다가 다시 내 쪽을 돌아보았다. "게다가 오빠는 머리에 대망막을 쓰고 태어났거든요."

그게 그나마 수수께끼에 가장 가까이 간 대답이었다. 그 이후에 애플시드에게 "어떻게 했어?"라고 물어봤더라도 아마도 기묘한 웃음을 지으면서 화제를 바꾸었으리라. 몇 년이 흐른 후, 애플시드의 가족은 플로리다 어디로 이사를 갔고 다시는 소식을 들을 수 없었다.

하지만 우리 마을에서는 아직도 그의 전설이 남아 있다. 지난해 돌아가시기 전까지, 마셜 씨는 매해 크리스마스 날이면 침례교 성경학교에 초대받아 애플시드의 이야기를 해주었다. 함무라비는 한 번 이 이야기를 써서 여러 잡지에 우편으로 보냈지만 한 번도 출판되지는 않았다. 어떤 편집자는 이런 답장을 보냈다. "그 어린 소녀가 정말 유명 영화배우가 되는 결말이라면, 뭔가 얘깃거리가 될 겁니다." 실제로 그런 일은 일어나지 않는데 어째서 거짓말을 하겠는가?

미리엄
(1945)

 몇 해 동안 H. T. 밀러 부인은 이스트 강 근처, 갈색 사암으로 지은 개축한 건물 안, 작은 부엌에 방 두 개가 있는 쾌적한 아파트에서 홀로 살았다. 부인은 과부였다. H. T. 밀러 씨는 상당한 보험금을 남겨주었다. 관심사도 협소했고 이야기를 나눌 친구도 없었으며 모퉁이에 있는 식료품점 너머로 나가는 일도 없었다. 같은 아파트 주민들도 부인의 존재를 별로 알지 못하는 것 같았다. 옷차림은 무미건조했고, 철회색 머리카락은 짧게 잘라 아무렇게나 말았다. 화장도 하지 않았고, 외양도 평범하고 눈에 띄지 않았다. 부인은 지난 생일로 예순한 살이 되었다. 이제는 자발적으로 활동하는 일도 거의 없었다. 두 방은 꼼꼼하게 청소했고 가끔 담배를 피웠으며 자기 먹을 식사를 마련하거나 카나리아를 보살피는 일이 전부였다.
 그때 부인은 미리엄을 만났다. 그날 밤에는 눈이 내렸다. 밀러 부인은 막 저녁 설거지를 마치고 석간 신문을 뒤적이다가 동네 극장에서 상영한다는 영화 광고를 보았다. 제목이 괜찮아 보여서 부인은 비버 털코트를 찾아 입고 방수용 덧신 끈을 질끈 묶은 후 현관의 전등 하나를 켜두고 집을 나섰다. 부인은 어둠이 느껴지면 마음이 가장 불안했다.

미설이 조용히 내리고 있었지만 길 위에 쌓이지는 않았다. 교차로에 서자 강에서 불어오는 바람이 살을 에는 듯했다. 밀러 부인은 고개를 숙이고 무작정 땅 파는 두더지처럼 아무 생각 없이 서둘러 걸었다. 가는 길에 드러그스토어에 잠깐 들러서 박하사탕 한 통을 샀다.

극장 매표구 앞에는 사람들이 길게 줄 서 있었다. 부인은 맨 끝에 자리를 잡았다. (피곤한 목소리가 이렇게 외쳤다.) 모두 좌석에 입장하기까지 짧은 대기 시간이 있을 예정입니다. 밀러 부인은 가죽 가방을 뒤적거려 입장권 가격에 딱 맞는 액수를 꺼냈다. 줄이 줄어드는 데도 한참 걸려서 부인은 잠깐 구경거리가 있나 주위를 둘러보았다. 그때 갑자기 소녀 하나가 차양 가장자리 아래에 서 있는 모습이 눈에 들어왔다.

소녀의 머리카락은 이제껏 밀러 부인이 본 것 중에서 가장 길고 기묘했다. 마치 백색증에 걸린 사람처럼 순은색 머리카락이 매끄럽고 느슨하게 흘러내려 허리까지 찰랑였다. 소녀는 몸은 말랐고 뼈대가 연약했다. 맞춤형 자두색 벨벳 코트 주머니에 엄지손가락을 찔러 넣은 모습에서 소박하면서도 특별한 우아함이 엿보였다.

밀러 부인은 기묘한 흥분을 느꼈다. 소녀는 부인을 보더니 따뜻하게 미소를 지었다. 소녀는 걸어와서 물었다. "부탁 하나만 들어주시겠어요?"

"들어줄 수 있는 거면 들어주지." 밀러 부인이 대답했다.

"아, 아주 쉬운 거예요. 저 대신 극장 입장권 하나만 사주셨으면 해서요. 어른이 사주지 않으면 극장에 들어갈 수가 없어요. 자, 여기 돈은 드릴게요." 소녀는 우아하게 밀러 부인에게 10센트짜리 동전 두 개와 5센트짜리 동전 하나를 건넸다.

두 사람은 함께 극장에 갔다. 극장 안내원이 두 사람을 라운지로 안내했다. 20분 후 영화가 시작될 예정이었다.

"마치 범죄자가 된 기분이네." 밀러 부인은 자리에 앉으면서 명랑하게 말했다. "법에 어긋나는 일인 것 같아서, 그렇지 않니? 내가 무슨 잘못이나 저지른 게 아니면 좋겠구나. 네 어머니도 네가 지금 어디 있는지 아시겠지? 어머니도 알고 계시지?"

소녀는 아무 말 하지 않았다. 소녀는 코트 단추를 풀어 무릎 위에 개켜놓았다. 그 속에 입은 진청색 원피스는 단정했다. 목에 달랑거리는 금목걸이를 섬세하고 음악적으로 보이는 손가락으로 계속 장난치듯 만지작거렸다. 소녀를 좀 더 자세히 살펴본 밀러 부인은 정말로 눈에 띄는 특징은 머리카락이 아니라 눈이라는 결론을 내렸다. 개암빛 눈은 흔들림이 없었고 어린아이답다고 할 만한 특질이 하나도 없었다. 눈이 커다래서 작은 얼굴을 다 차지했다.

밀러 부인은 박하사탕을 하나 내밀었다. "네 이름이 뭐니, 얘?"

"미리엄이잖아요." 소녀는 기묘하게도 벌써 알고 있는 정보를 전하는 듯한 태도로 말했다.

"어머, 정말 우습구나. 내 이름도 미리엄인데. 게다가 아주 흔한 이름도 아닌데. 설마 네 성이 밀러인 건 아니겠지!"

"그냥 미리엄이에요."

"하지만 정말 우습지 않니?"

"다소는요." 미리엄은 이렇게 대답하고 박하사탕을 입에 밀어 넣었다.

밀러 부인은 얼굴을 붉히며 불편하게 자세를 바꾸었다. "넌 어린아이치고는 어려운 말을 쓰는구나."

"그런가요?"

"음, 그렇지." 밀러 부인은 서둘러 화제를 바꾸었다. "영화는 좋아하니?"

"잘은 모르겠어요." 미리엄이 대답했다. "이전에는 본 적이 없거든요."

여자들이 점차 라운지로 밀려들었다. 저 멀리 뉴스 영화에서 폭탄이라도 터지는지 우르르 쾅쾅 하는 소리가 들려왔다. 밀러 부인은 겨드랑이 밑에 지갑을 끼고 일어섰다. "자리에 앉으려면 이제 서둘러 가봐야 할 것 같아. 만나서 반가웠다."

미리엄은 아주 살짝만 고개를 까닥했다.

그 주 내내 눈이 왔다. 거리를 지나가는 자동차와 발소리도 전혀 들리지 않았다. 마치 살아가는 일이 창백하지만 뚫고 들어갈 수 없는 커튼 뒤에서 비밀리에 계속 이어지는 느낌이었다. 조용히 떨어지는 눈 속에서는 하늘과 땅의 구분이 없었다. 눈송이만이 바람에 날리며 유리창에 얼어붙거나 방에 냉기를 불어넣었고, 도시를 죽은 듯한 고요에 빠뜨렸다. 줄곧 전등을 켜두어야 했기에 밀러 부인은 날짜 관념을 잃어버렸다. 금요일은 토요일과 다르지 않았고, 일요일이 되어서야 식료품점에 갔던 것이다. 물론 가게는 닫혀 있었다.

그날 저녁 부인은 스크램블드에그와 토마토 수프를 만들었다. 그 후, 플란넬 가운을 두르고 얼굴에 영양크림을 바른 후 발밑에 뜨거운 물병을 넣어두고 침대에 누웠다. 〈타임스〉를 읽고 있는데 초인종이 울렸다. 처음에는 누가 잘못 찾아온 줄 알고 가만 놔두면 그냥 가리라고 생각했다. 하지만 초인종은 울리고 울리다 끊임없이 찌르릉거리는 소리로 굳어버렸다. 부인은 시계를 보았다. 11시가 조금 지난 시각이었다. 그 시간까지 깨어 있다니 있을 수 없는 일이었다. 부인은 항상 10시면 잠자리에 들었다.

부인은 침대에서 기어 나와 맨발로 거실을 가로질러 갔다. "간다고 가. 진득하니 기다려요." 걸쇠가 걸려 있었다. 부인이 그걸 이리저리 돌리는 동안 초인종 소리는 한시도 멈추지 않았다. "그만해요!" 부인은 소리를 질렀다. 마침내 빗장이 열렸고 부인은 문을 빠끔히 열었다. "도대체 무슨 일이에요?"

"안녕하세요."

미리엄이 인사했다. "어머……. 그래, 안녕." 부인은 현관 안쪽으로 머뭇머뭇 물러나며 답했다. "넌 그때 그 여자애구나."

"안 나오실 줄 알았지만 그냥 버튼에 손가락을 계속 대고 있었죠. 집에 계신 줄 알고 있었거든요. 저를 다시 보니 반갑지 않으세요?"

밀러 부인은 뭐라 대답해야 할지 몰랐다. 미리엄은 이전과 똑같은 자두색 벨벳 코트를 입었고 이제는 그에 어울리는 베레모까지 썼다. 은색 머리카락은 양 갈래로 땋은 후 거대한 하얀 리본으로 양 끝을 고리 모양으로 말아 올렸다.

"오래 기다렸으니까 저를 안으로 들여보내 주기는 하셔야 하는 거 아니에요?" 미리엄이 말했다.

"시간이 늦었는데……."

미리엄은 멍하니 부인을 쳐다보았다. "그게 무슨 상관이 있겠어요? 들여보내 주세요. 여기는 추운 데다가 전 실크 원피스를 입고 있단 말이에요." 그리고 미리엄은 밀러 부인에게 옆으로 비키라고 살랑 손을 흔들더니, 아파트 안으로 들어왔다.

미리엄은 코트와 모자를 벗어 의자에 놓았다. 정말로 실크 원피스를 입고 있었다. 하얀 실크로 만든 원피스였다. 2월에 하얀 실크옷이라니. 치마에는 아름답게 일정한 주름이 잡혀 있었고 소매는 길었다. 미리엄이 방을 걸어다닐 때마다 희미하게 바스락거리는 소리가 났다. "집이 좋네요. 러그도 좋고. 파란색은 내가 제일 좋아하는 색깔인데." 미리엄은 커피 탁자 위에 놓인 꽃병에 꽂아놓은 종이 장미를 만졌다. "조화네요." 미리엄은 맥없는 소리로 말했다. "정말 슬퍼요. 조화는 슬프지 않아요?" 미리엄은 섬세하게 치맛자락을 펼치며 소파에 앉았다.

"왜 왔니?" 밀러 부인이 물었다.

"앉으세요." 미리엄이 대답했다. "서 있는 사람들을 올려다보면 마음이 좀 불안하거든요."

밀러 부인은 낮은 소파 위에 털썩 앉았다. "왜 왔어?"

밀러 부인은 질문을 반복했다.

"제가 와서 별로 반갑지 않으신가 보네요."

순간 밀러 부인은 할 말을 잃었다. 부인은 모호하게 손짓했다. 미리엄은 킥킥 웃으며 사라사 무명 쿠션을 쌓아놓은 소파에 등을 기댔다. 밀러 부인은 소녀의 혈색이 기억만큼 창백하지는 않다는 것을 깨달았다. 뺨은 불그스름했다.

"내가 여기 사는지는 어떻게 알았니?"

미리엄이 얼굴을 찡그렸다. "뭘 그런 걸 물으세요. 아주머니 성함이 뭐죠? 내 이름이 뭐죠?"

"하지만 내 이름은 전화번호부에 나와 있지 않은데."

"아, 다른 얘기해요."

밀러 부인은 말했다. "이렇게 늦은 밤 시간에 너 같은 아이가 돌아다니도록 놔두다니 너희 어머니도 참 제정신이 아니구나. 게다가 그렇게 어이없는 옷을 입혀서. 정말 정신이 나갔지."

미리엄은 일어서서 천장 고리에 사슬을 걸어 매어놓은 새장 쪽으로 갔다. 지금은 그것을 천으로 덮어놓고 있었다. 미리엄은 덮은 천 밑을 슬쩍 들여다보았다. "카나리아네요. 깨워도 돼요? 노랫소리를 듣고 싶은데." 미리엄이 한마디 던졌다.

"타미는 가만히 놔두렴." 밀러 부인이 초조하게 말렸다. "걔를 깨우면 안 돼."

"그렇겠죠. 하지만 전 이 새가 노래를 왜 안 하는지 잘 모르겠어요." 그러더니 금방 화제를 바꾸었다. "혹시 먹을 것 좀 있으세요? 배고파 죽겠어요! 우유와 잼 샌드위치 정도라도 괜찮을 것 같은데."

"얘, 이것 좀 봐." 밀러 부인은 낮은 소파에서 일어섰다. "이것 좀 보렴. 내가 샌드위치 하나 만들어주면 착하게 집에 그냥 갈 거니? 벌써 자정이 넘었어."

"눈이 오잖아요." 미리엄이 나무라는 투로 말했다. "게다가 춥고 어둡기까지 한데."

"음, 그럼 애당초 여기 오질 말았어야지." 밀러 부인은 언성을 높이지 않으려고 애썼다. "난들 날씨를 어쩔 수 있겠니. 뭐라도 먹고 싶으면 곧 가겠다고 약속하렴."

미리엄은 뺨으로 흘러내린 땋은 머리를 쓸어넘겼다. 소녀의 눈은 마치 조건의 무게를 가늠하는 양 신중했다. 소녀는 새장 쪽으로 몸을 돌렸다. "좋아요. 약속할게요."

이 애는 몇 살이나 되었을까? 열 살? 열한 살? 밀러 부인은 부엌에서 딸기잼 병뚜껑을 따고 빵을 네 조각으로 자르면서 속으로 생각했다. 부인은 우유 한 잔을 따르고 담뱃불을 붙이기 위해 잠깐 멈추었다. 어째서 여길 왔을까? 성냥을 든 부인의 손이 흥분해서 떨렸고 그 바람에 손가락을 데었다. 카나리아가 노래를 했다. 아침 말고 다른 때는 절대 노래하지 않는 새인데 마치 아침처럼 노래를 했다. "미리엄." 부인이 불렀다. "미리엄, 타미를 괴롭히지 말라고 말했잖니." 대답이 없었다. 부인은 다시 불렀다. 하지만 들리는 건 카나리아의 노랫소리뿐이었다. 부인은 담배를 한 모금 빨았다가 담배 반대쪽에 불을 붙였다는 사실을 깨달았다. 오, 정말로 이성을 잃어서는 안 되는데.

부인은 음식을 담은 쟁반을 커피 탁자 위에 놓았다. 부인의 눈에 먼저 들어온 것은 새장에 아직도 야간용 덮개가 씌워져 있다는 것이었다. 그런데도 타미는 노래를 하고 있었다. 이 광경을 보자 기묘한 감각이 밀려들었다. 게다가 방에는 아무도 없었다. 밀러 부인은 벽감을 지나 침실로 갔다. 문간에 서서 숨을 죽였다.

"거기서 뭐 하니?" 부인은 물었다.

미리엄은 눈길을 들었다. 눈에는 평범하지 않은 표정이 어려 있었다. 그 아이는 화장대 옆에 서 있었고, 그 앞에는 부인의 보석 상자가 열려 있었다. 잠시 동안 아이는 눈싸움을 하듯 부인을 찬찬히 살피다가 미소를 지었다. "별로 좋은 물건은 없네요. 하지만 이건 마음에 들어요." 소녀의 손에는 카메오 브로치가 들려 있었다. "예쁜데요."

"그거……, 내려놓는 게 좋겠구나." 밀러 부인은 갑자기 누군가의 도움이 필요하다는 생각을 했다. 부인은 문틀에 기댔다. 머리가 참을 수 없이 무거웠다. 무언가가 심장을 짓누르는 느낌이었다. 빛이 불완전하게 파닥거렸다. "얘, 제발. 그건 내 남편이 준 선물이야……."

"하지만 갖고 싶은걸요." 미리엄이 말했다. "나한테 주세요."

밀러 부인은 그 자리에 선 채로 뭔가 브로치를 빼낼 말을 만들어내려고 노력했으나 아무도 기댈 사람이 없다는 생각이 떠올랐다. 부인은 혼자였다. 오랫동안 한 번도 해보지 않은 생각이었다. 이 같은 사실은 너무나 선연해서 아연실색할 정도였다. 하지만 눈으로 인해 모든 소리가 잦아든 이 도시 자신의 방에서는 그런 사실을 무시할 수도, 저항할 수도 없다는 것이 분명했다.

미리엄은 게걸스럽게 음식을 먹었다. 샌드위치와 우유가 사라졌는데도, 아이는 손가락으로 거미줄을 치듯 접시 위를 훑으며 부스러기를 주웠다. 소녀의 블라우스에 단 카메오 브로치가 번득였고 그 위에 새겨진 금발 여인의 모습은 소녀의 얼굴과 어딘가 모르게 닮아 있었다. "정말 맛있어요." 소녀는 한숨을 내쉬었다. "아몬드 케이크나 체리였으면 더 좋았겠지만요. 단 음식은 참 좋아요, 그렇지 않나요?"

밀러 부인은 불안정하게 낮은 소파에 자리 잡고 앉아 담배를 피웠다. 머리망은 비뚜름하게 흘러내렸고 삐쳐 나온 머리가 얼굴에 흩어진 채였다. 부인의 눈은 멍청하게 초점이 없었고 뺨에는 마치 따귀를 심하게 맞아 영원히 흉터가 남은 듯 붉은 반점이 얼룩덜룩했다.

"사탕이나 케이크 있어요?"

밀러 부인은 재를 러그에 털었다. 다시 눈의 초점을 맞추려 하자 머리가 살짝 흔들렸다. "샌드위치를 만들어주면 여기서 나가겠다고 했잖아."

"내가 그랬나요?"

"약속했잖니. 그리고 난 피곤하고 기분이 별로 좋지 않단다."

"안달복달하실 것 없어요. 잠깐 장난친 거니까."

미리엄은 코트를 집더니 팔에 끼고 거울 앞에 서서 베레모를 잘 맞춰 썼다. 이윽고 미리엄은 밀러 부인 가까이 몸을 숙이더니 속삭였다. "작별 인사로 뽀뽀해주세요."

"제발. 하고 싶지 않아."

미리엄은 한쪽 어깨를 으쓱하며 한쪽 눈썹을 치켰다. "좋으실

대로 하세요." 미리엄은 이렇게 말하더니 커피 탁자로 가서 종이 장미가 꽂힌 화병을 들었다. 그러고는 러그가 깔려 있지 않은 나무 마룻바닥 쪽으로 가져가서 아래로 뚝 떨어뜨렸다. 유리가 깨져 사방으로 튀었고, 미리엄은 꽃을 쿵쿵 짓밟았다.

그런 후, 미리엄은 천천히 문으로 걸어갔다. 하지만 문을 닫기 전 아이는 교활하고도 순진한 호기심이 어린 표정으로 밀러 부인을 돌아보았다.

다음 날, 밀러 부인은 내내 침대에만 누워서 보냈다. 카나리아에게 먹이를 주고 차를 한 잔 마시려고 딱 한 번 일어난 게 다였다. 부인은 체온을 재보았지만 열은 없었다. 하지만 꿈은 열에 들뜬 듯 심란했다. 눈을 훤히 뜨고 천장을 바라보며 누워 있는데도 꿈결 같은 불균형한 분위기가 어른거렸다. 복잡한 교향곡의 가닥이 잘 잡히지 않는 신비스러운 주제처럼 하나의 꿈은 다른 꿈으로 꿰어졌고, 꿈이 보여주는 광경은 마치 재능 있는 이가 강렬한 손으로 스케치한 양 윤곽이 날카로웠다. 웨딩드레스를 입고 나뭇잎 화관을 쓴 작은 소녀가 우중충한 회색의 행렬을 이끌고 산길을 내려갔다. 사람들은 이상할 정도로 침묵을 지켰지만 마침내 맨 뒤에 있던 여자가 물었다. "이 아이가 우리를 어디로 끌고 가는 거죠?" "아무도 모릅니다." 맨 앞에서 행진하던 노인이 말했다. "하지만 정말 예쁜 애 아니에요?" 세 번째 목소리가 끼어들었다. "마치 서리꽃 같아……. 저처럼 환히 빛나고 하얄 수가!"

화요일 아침이 되자, 부인은 좀 더 나은 기분으로 일어났다.

강렬한 햇살이 베니션 블라인드 틈으로 스며들어 부인의 불건전한 환상을 방해하는 빛을 드리웠다. 창문을 열어보니 눈이 녹아 봄처럼 날이 온화했다. 깨끗한 새 구름 무리가 계절을 잊은 듯 공활한 푸른 하늘 군데군데 뭉쳐 있었다. 야트막하게 늘어선 지붕들 건너로 강이 내다보였고 따뜻한 바람을 타고 예인선의 굴뚝에서 연기가 몽실몽실 올라왔다. 거대한 은색 트럭 한 대가 눈이 양쪽으로 쌓인 길을 밀고 지나갔고 기계 소리가 공기 중에 웅웅거렸다.

부인은 아파트를 정리한 후 식료품점에 가서 수표를 현금으로 바꿨다. 아침을 먹곤 하는 쉬래프트 가게로 가서 웨이트리스와 행복하게 수다를 떨었다. 오, 얼마나 상쾌한 하루인가. 마치 휴일 같았다. 이런 날 집에 가는 건 바보 같은 일일 터였다.

부인은 렉싱턴 대로에서 버스에 올라타고 86번가로 갔다. 바로 거기서 부인은 잠깐 쇼핑을 하기로 했다.

무엇을 사고 싶은지, 무엇이 필요한지 딱히 생각이 없었지만 하릴없이 걷다 보니 오로지 지나가는 사람들에게만 눈길이 쏠렸다. 사람들은 모두 분주한 듯 씩씩하게 걷고 있어서 부인은 자기 혼자 동떨어진 듯 불편했다.

잠깐 동안 3번가의 모퉁이에 서서 기다리고 있을 때 그 남자를 보았다. 나이가 들고 안짱다리인 남자. 한 팔에는 불룩한 짐을 한 아름 들고 구부정하게 서 있었다. 남자는 허름한 갈색 코트에 바둑판무늬 모자 차림이었다. 갑자기 부인은 두 사람이 미소를 주고받았다는 사실을 깨달았다. 친근함이 어린 미소가 아니라 서로 알아보았다는 기색이 차갑게 반짝한 것뿐이었다. 하지만 확실히 이전에 이 남자를 본 적이 없는 것만은 분명했다.

남자는 고가 전차 도로 기둥 옆에 서 있었고, 부인이 길을 건너자 남자도 몸을 돌려 그 뒤를 따랐다. 남자는 꽤 가까이까지 접근했다. 부인은 상점 유리창에 비친 남자의 모습을 힐끔힐끔 쳐다보았다.

블록 한가운데에 이르자 부인은 발걸음을 멈추고 남자에 맞섰다. 남자도 또한 발길을 멈추고 고개를 갸웃 기울인 채 빙그레 웃었다. 하지만 부인이 무슨 말을 할 수 있겠는가? 무슨 짓을 할 수 있겠는가? 환한 대낮, 86번가에서? 소용없는 짓이었다. 부인은 자신의 무력함을 경멸하면서 걸음을 재촉했다.

이제 2번가는 을씨년스러웠고 쓰레기 너부렁이가 널려 있었다. 일부는 자갈길로 되어 있었지만, 일부는 아스팔트, 일부는 시멘트가 깔려 있었다. 황량한 분위기는 영속적이었다. 밀러 부인은 아무와도 마주치지 않고 다섯 블록을 걸어갔다. 그동안에도 남자가 자박자박 눈 속을 걷는 소리는 가까이에서 일정한 간격을 두고 따라왔다. 부인이 꽃 가게에 이르렀을 때도 소리는 여전히 근처에 머물렀다. 서둘러 가게 안으로 들어가 유리문을 통해 내다보니 남자가 지나치는 모습이 보였다. 남자는 곧장 앞만 바라보았고 발걸음을 늦추지도 않았다. 하지만 한 가지, 이상하지만 또렷하게 눈에 띄는 행동을 했다. 그가 인사하듯 모자를 살짝 들어올렸던 것이다.

"하얀 걸로 여섯 송이라고 하셨나요?" 꽃 가게 점원이 물었. "그래요. 하얀 장미요." 부인은 남자 직원에게 대답했다. 꽃을 산 후 부인은 유리 물품 가게로 가서 미리엄이 깨뜨린 꽃병을 대체할 만한 것을 하나 골랐다. 가격은 너무나 비쌌고 꽃병 자체도 (부인 생각에는) 기괴할 정도로 천박했다. 하지만 마치 미리 준비된 계획을 따르듯 설명할 수 없이 물건들을 계속 사들이고 있던 터라 꽃병도 그냥 사버렸다. 부인은 전혀 알지도 못하고 조절할 수도 없는 계획에 따라 움직이는 듯했다.

밀러 부인은 또 설탕 바른 체리 한 봉지를 샀고, 니커보커 제과점이라는 곳에서는 40센트를 주고 아몬드 케이크 여섯 개를 샀다.

한 시간 동안 날씨는 다시 바뀌어 추워졌다. 희뿌연 렌즈를 통해 보는 것처럼 하얀 구름이 태양을 가렸고 이른 땅거미의 흐릿한 뼈대가 하늘을 물들였다. 축축한 실안개가 바람과 뒤섞였고 진창의 눈을 쌓아놓은 둔덕에 올라 뛰노는 몇몇 아이들의 목소리가 쓸쓸하고 기운 없이 들렸다. 곧 첫 눈송이가 떨어졌고, 밀러 부인이 갈색 사암 건물 앞에 도착했을 즈음에는 눈이 빠르게 떨어져 주위를 덮으면서 발자국은 찍히자마자 사라져버렸다.

하얀 장미는 꽃병에 예쁘게 꽂혔다. 설탕 바른 체리는 도기 접시 위에서 반짝거렸다. 설탕을 뿌린 아몬드 케이크는 먹어줄 사람을 기다렸다. 카나리아는 날개를 파닥거리며 먹이를 쪼았다.

5시 정각에 초인종이 울렸다. 밀러 부인은 누군지 알았다. 마룻바닥을 지나가는데 실내복 자락이 쓸렸다. "너니?" 부인이 물었다. "당연하죠." 미리엄이 대답했다. 복도에서부터 새된 말소리가 울려 퍼졌다. "문 열어요."

"가버려." 밀러 부인이 말했다.

"제발 빨리 좀 여세요. 짐이 무겁단 말이에요."

"가." 부인이 다시 한 번 말했다. 부인은 거실로 돌아가 담뱃불을 붙이고 자리에 앉아 침착하게 초인종 소리를 들었다. 초인종은 계속해서 연거푸 울려댔다.

"가는 게 좋을 거야. 난 널 들이지 않을 거니까."

곧 초인종 소리가 멈췄다. 10분여 동안 밀러 부인은 움직이지도 않았다. 그런 후 아무런 소리도 들리지 않자, 밀러 부인은 미리엄이 가버렸다는 결론을 내렸다. 부인은 발뒤꿈치를 들고 살금살금 문으로 가서 살짝 열어보았다. 미리엄은 아름다운 프랑스 인형을 팔에 안고 마분지 상자 위에 상체를 살짝 뒤로 젖힌 자세로 앉아 있었다.

"정말, 안 나오시는 줄 알았어요." 미리엄은 토라져서 말했다. "자, 이것 좀 안으로 가져갈 수 있도록 도와주세요. 어찌나 무거운지."

밀러 부인이 느낀 감정은 마법 같은 충동이 아니라 호기심 어린 수동성이었다. 부인은 상자와 미리엄, 인형까지도 안으로 들여보냈다. 미리엄은 코트나 베레모를 벗을 생각도 하지 않고 소파에 올라앉아 밀러 부인이 상자를 내려놓고 숨을 고르려고 바들바들 떨며 서 있는 모습을 무심하게 바라보았다.

"고마워요." 환한 대낮에 보니 미리엄은 수척했고 약간 위축되어 있으며 머리도 덜 빛나 보였다. 미리엄이 소중히 여기는 프랑스 인형은 분을 바른 정교한 가발을 쓰고 있었으며 백치 같은 유리 눈은 미리엄의 눈에서 위안을 찾고 있었다. "놀랄 만한 선물을 가지고 왔어요." 미리엄은 계속 말을 이었다. "제가 가지고 온 상자를 보세요."

밀러 부인은 무릎을 꿇고 상자 뚜껑을 열어 또 다른 인형을 꺼냈다. 부인이 극장에서 미리엄을 처음 본 날 입었던 것과 똑같은 파란 원피스를 입은 인형이었다. 나머지 물건을 보고 부인은 말했다. "모두 옷이구나, 왜?"

"아줌마랑 같이 살러 왔으니까요." 미리엄은 체리 줄기를 비틀어 떼내며 말했다. "체리를 사다 놓으시다니 정말 친절도 하시네요……."

"하지만 그럴 순 없어! 제발 가버려. 가라, 나 좀 혼자 놔둬!"

"장미꽃이랑 아몬드 케이크도? 정말 마음이 참 넓으세요. 이 체리들은 맛있네요. 지난번에는 늙은 아저씨랑 살았어요. 그 아저씨는 너무 가난해서 맛있는 걸 먹을 수가 없었죠. 하지만 여기서는 행복할 것 같아요." 미리엄은 말을 멈추고 인형을 좀 더 꼭 끌어안았다. "자, 그럼 어디다 제 짐을 놓을지 좀 알려주세요……."

밀러 부인의 얼굴은 스르르 변해 추한 붉은 선으로 그린 가면처럼 되었다. 부인은 울음을 터뜨렸다. 부자연스럽고 눈물도 나오지 않는 흐느낌이었다. 마치 오랫동안 울지 않아서 어떻게 우는지조차 잊어버린 울음. 조심스럽게 부인은 뒷걸음치며 문으로 향했다.

밀러 부인은 복도를 더듬어 나가 계단을 내려가서 아래 계단참에 이르렀다. 부인은 미친 사람처럼 가장 처음 찾은 아파트 문을 두드려댔다. 키가 작고 머리카락이 붉은 남자가 나오자 부인은 그 남자를 밀고 안으로 들어갔다. "어이, 이게 무슨 소동입니까?" 그가 물었다. "무슨 일이에요, 자기?" 부엌에서 나온 젊은 여자가 손을 닦으며 물었다. 밀러 부인은 여자 쪽을 향해 말했다.

"내 얘기 좀 들어줘요." 부인은 울음을 터뜨렸다. "이런 식으로 행동해서 너무 부끄럽지만……. 전 위층에 살고 있는 H. T. 밀러 부인이에요……." 부인은 손으로 얼굴을 꾹 눌렀다. "너무나 이상한 소리로 들리겠지만……."

여자는 부인을 의자로 데려갔고 그동안 남자는 흥분해서 주머니속 잔돈을 절그럭거렸다. "예?"

"난 위층에 사는데 어떤 여자애가 나를 찾아왔어요. 그 여자애가 너무 무서워요. 걔는 나가려고 하지 않고 나도 쫓아낼 수가 없어요. 그 여자앤 뭔가 끔찍한 짓을 저지르려고 해요. 벌써 내 카메오 브로치를 훔쳤지만 걔가 하려는 일은 그보다 훨씬 더 나쁜 일, 끔찍한 짓이에요!"

남자가 물었다. "그 여자애가 뭐 친척이라도 됩니까, 허?"

밀러 부인은 고개를 저었다. "그 애가 누군지도 모르겠어요. 이름은 미리엄이라고 하는데 걔가 누군지는 확실히 모르겠어."

"진정 좀 하세요, 부인." 여자는 밀러 부인의 팔을 토닥여주며 말했다. "여기, 해리가 그 아이를 처리해줄 거예요. 가봐요, 자기." 그러자 밀러 부인이 말했다. "문은 열려 있어요. 5A호예요."

남자가 나가자, 여자가 수건을 한 장 가지고 와서 밀러 부인의 얼굴을 닦아주었다. "정말 친절하네요." 밀러 부인이 고마워했다. "이렇게 바보처럼 행동하다니 정말 부끄러워, 이 사악한 애만 아니었더라도······."

"그렇고 말고요, 부인. 마음 편하게 드세요." 여자가 위로했다.

밀러 부인은 구부린 팔 위에 머리를 기댔다. 부인은 이제 졸음이 올 만큼 진정이 되었다. 여자는 라디오를 켰다. 피아노 음악과 쉰 목소리가 고요를 가득 채웠고 여자는 발을 톡톡거리며 즐거이 시간을 보냈다. "올라가봐야 할지도 모르겠어요." 여자가 말했다.

"난 그 애를 다시 보고 싶지 않아요. 그 애 근처에 가까이 가고 싶지도 않아."

"흠. 그러시면 어떻게 하시게요. 경찰을 불러야겠네요."

이윽고 남자가 계단을 내려오는 소리가 들렸다. 남자는 찌푸린 얼굴로 목덜미를 긁으면서 성큼성큼 들어왔다. "아무도 없던데요." 남자는 정말로 당황한 표정이었다. "걔는 벌써 가버렸나봐요."

"해리, 당신은 정말 바보예요." 여자가 알렸다. "우리가 여기 줄곧 앉아 있었는데, 한 명도······." 여자는 어색하게 말을 뚝 끊었다. 남자의 눈길이 날카로웠기 때문이었다.

"내가 구석구석 찾아봤어. 그런데 아무도 없었어. 아무도. 알겠어?"

"말해봐요." 밀러 부인이 일어서며 말했다. "혹시 커다란 상자는 못 봤어요? 아니면 인형이라도?"

"못 봤어요. 부인."

그러자 여자는 마치 판결을 내리듯 말했다. "음, 참 기막힌 일도 있지……."

 밀러 부인은 부드럽게 아파트로 들어왔다. 부인은 방 한가운데로 걸어가서 꼼짝 않고 섰다. 아니, 느낌상 달라진 건 없었다. 장미꽃과 케이크, 체리는 제자리에 있었다. 하지만 여기는 빈 방이었다. 가구나 익숙한 물건들이 마치 존재하지 않는 것처럼 이전보다 한층 더 텅 비었고, 장례식장처럼 생명이 없고 모든 게 그대로 굳어버린 느낌이었다. 미리엄이 이전에 그 자리에 앉아 있지만 않았더라도 이러한 공허의 의미는 그렇게 몸을 꿰뚫듯 깊지도, 끔찍하지도 않을 것이었다. 부인은 상자가 놓여 있었다고 기억하는 자리를 계속해서 바라보았고, 순간 낮은 소파가 절박하게 빙빙 돌았다. 부인은 창문 너머를 바라보았다. 분명히 강은 진짜였고 분명히 눈도 내리고 있었다. 하지만 그렇다고 사람이 무언가를 진짜 보았다고 할 수는 없는 것이었다. 여기 있었던 미리엄은 너무도 생생했다. 하지만 이제 그 애는 어디 있는가? 어디, 어디에?

 꿈결에 움직이듯 부인은 의자에 털썩 주저앉았다. 방은 형태를 잃어갔다. 지금도 어두운데 점점 더 어두워졌던 것이다. 부인은 손을 들어 전등을 켤 기운도 없었기에 어쩌지도 못했다.

 눈을 감자 아주 깊고 푸른 심연에서 솟아오르는 잠수부처럼 위로 솟구치는 느낌이 갑작스레 떠올랐다. 공포와 거대한 좌절이 닥쳐오는 때에는 마치 계시처럼 정신은 잠깐 대기하고, 침착한 느낌이 생각 위에 실타래처럼 이리저리 얽히기도 한다. 마치 잠, 아니면 초자연적인 환각과 같았다. 그리고 이런 소강 상태에서는 조용한 이성의 힘을 인식하게 된다. 혹시 미리엄이라는 소녀를 애초에 알고 있었던 게 아니라면? 거리에서 바보같이 겁에 질린 것이었다면? 궁극에는 다른 모든 것처럼 아무런 의미가 없었다. 부인이 미리엄에게 빼앗긴 건 자신의 정체성이었지만 부인은 이제 이 방에 살고 있는 사람을 다시 찾았음을 알았다. 자신의 식사를 요리하고 카나리아를 기르며 부인이 신뢰하고 믿을 수 있는 사람. 바로 H. T. 밀러 부인이었다.

만족감에 차 귀를 기울이고 있노라니 두 가지 소리가 들려왔다. 화장대 서랍을 여닫는 소리. 부인은 그 행동—서랍을 열고 닫는 일—이 다 끝나고 한참 뒤에야 그 소리를 들은 느낌이었다. 그러고 난 후 점차적으로 귀에 거슬리는 이 소리는 원피스가 바스락거리는 소리로 대체되었고, 희미하게 들리던 옷자락 소리가 점점 가까이 다가오며 강렬히 커져만 가자 벽이 진동으로 떨리고 방은 속삭임의 파도 속에서 함몰되어 갔다. 밀러 부인은 딱딱하게 굳어 눈을 뜨고 멍하니 앞을 바라보았다.

"안녕하세요." 미리엄이 인사했다.

내 쪽의 관점
(1945)

나는 사람들이 나에 대해 뭐라고 수군대는지 다 압니다. 내 편을 들든 그들 편을 들든, 그거야 각자 알아서 할 일이죠. 내 얘기는 유니스나 올리비아 앤의 얘기와는 다르고 두 눈이 멀쩡한 사람이라면 우리 중 어느 쪽이 사태를 똑똑히 보고 있는지 쉽게 알 겁니다. 난 모든 미국인들이 사실을 알길 바랄 뿐입니다. 그게 다예요.

진상은 이렇습니다. 올해 8월 12일 일요일, 유니스는 자기 아버지가 남북전쟁 때 쓰던 칼로 나를 죽이려고 했고 올리비아 앤은 35센티미터짜리의 사냥용 칼로 여기저기를 다 저며놓았지요. 다른 일들은 이루 다 말할 수도 없습니다.

사건은 여섯 달 전 내가 마지와 결혼하면서부터 시작되었습니다. 내가 처음으로 저지른 잘못이라고나 할까요. 우리는 만난 지 나흘 만에 모빌에서 결혼했습니다. 둘 다 열여섯 살이었고 마지는 내 사촌 조지아를 만나러 왔던 차였지요. 이제 그 일을 곱씹어볼 시간이 많으니 하는 말인데, 애당초 어떻게 내가 마지를 좋아하게 되었는지 당최 이해할 수가 없습니다. 마지는 외모도 시원찮고 몸매도 별로였고 지성미라고는 없는 여자예요. 하지만 마지는 타고난 금발이었고, 아마도 그 때문이었겠지요. 뭐, 어쨌거나 우리는 결혼을 했고 세 달이 지난 시점에서 마지는 느닷없이 임신을 해버렸습니다. 나의 두 번째 잘못이지요. 그때 마지는 갑자기 고래고래 고함을 지르며 엄마랑 살기 위해 집에 가야겠다고 했습니다. 하지만 마지에게는 엄마가 없고 오로지 이모 둘뿐이었죠. 유니스와 올리비아 앤. 그래서 마지 때문에 나는 캐시 앤캐리 상점의 좋은 자리를 포기해야 했고, 여기 애드머럴스 밀로 이사를 와야 했습니다. 아무것도 없고 좋게 말해봤자 길 한가운데 있는 촌동네일 뿐인 곳으로요.

마지와 내가 L&N 기차역에 내리던 날은 비가 억수같이 쏟아졌는데도 누구 하나 마중이나 나왔는지 아십니까? 41센트나 내고 전보도 미리 쳐놓았건만! 아내는 임신을 했는데 쏟아지는 폭우를 맞으면서 10킬로미터도 넘는 거리를 터벅터벅 걸어가야만 하다니. 마지에게도 힘든 일이었고, 나는 허리가 심각하게 아파서 짐을 들고 갈 수도 없었지요. 처음 이 집의 모습을 보았을 때 깊은 인상을 받았다는 건 고백해야겠습니다. 커다랗고 노란 집으로 정면에는 진짜 기둥이 있고, 희고 붉은 꽃을 가득 피운 동백나무가 마당 가장자리에 주르륵 서 있었지요.

유니스와 올리비아 앤은 우리가 오는 모습을 보고 현관 홀에서 기다리고 있더군요. 이 두 이모님의 모습을 직접 눈으로 봤어야 하는 건데! 정말 뒤로 넘어가고도 남을 겁니다. 덩치가 크고 뚱뚱한 유니스는 엉덩이가 100킬로그램은 나갈 성싶었습니다. 유니스는 비가 오든 볕이 나든 항상 구식 잠옷을 걸치고 집 주변을 돌아다녔지요. 나름 기모노라고 했으나 기모노하고 비슷한 구석이라고는 전혀 없고 더러운 플란넬 잠옷 나부랭이에 불과한 옷이었죠. 더욱이 유니스는 담배를 씹으면서도 숙녀인척 남몰래 침을 퉤퉤 뱉었습니다. 그리고 항상 자기가 얼마나 가방끈이 긴지에 대해서 떠들어댔는데, 나름대로 나를 기죽이려는 작전인 듯싶었지만 개인적으로는 별로 신경 쓰지 않았습니다. 유니스가 단어를 하나하나 짚어가지 않으면 만화 하나도 제대로 읽지 못한다는 사실을 알았기 때문이었죠. 하지만 하나는 인정해줘야죠. 돈 셈 하나는 어찌나 빠른지 워싱턴 DC에 가서 돈 다루는 부서에서 일하고도 남을 정도였습니다. 하지만 그렇다고 돈이 없는 것도 아니었어요! 당연히 유니스는 돈이 없다고 말했지만 어느 날 우연히 옆 베란다 위에 놓은 화분에 천 달러 뭉치가 숨겨져 있는 걸 찾을 뻔했던 사건 이후로 난 이모가 돈이 있다는 것을 알게 되었지요. 나야 1센트도 하나 건드리지 않았는데 유니스는 내가 100달러짜리 지폐를 한 장 훔쳐갔다고 했습니다. 처음부터 끝까지 사악한 거짓말이죠. 물론 유니스가 한 말은 모두 본부에서 내려온 명령과 같아서 애드머럴스 밀에 사는 사람이면 누구라도 그에 맞서서 돈을 가져가지 않았다고 할 수가 없었어요. 만약 유니스가, 찰리 카슨(병들고 거동이 불편해서 1896년 이후로 한 발짝도 제대로 걷지 못하는 아흔 살 난 장님 노인네)이 유니스를 때려눕히고 강간했다고 하면 이 마을 사람들은 성경에 대고 그 말이 진실이라고 맹세하고도 남습니다.

하지만 올리비아 앤 쪽이 더 심했습니다. 이건 정말 사실이에요! 다만 올리비아 앤은 타고난 반편이라 다락방에 가둬놓아야 할 정도라서 유니스처럼 신경을 건드리지는 않았던 거죠. 올리비아 앤은 정말로 창백했고 삐쩍 말랐고 콧수염도 났어요. 항상 자리에 쭈그리고 앉아 35센티미터 길이의 사냥용 칼을 들고 나무 막대를 깎아 만들면서 하루를 보내곤 했죠. 그렇지 않으면 해리 스텔러 스미스 부인에게 한 것처럼 사악한 장난을 쳤습니다. 나는 누구에게든 이 얘기를 하지 않겠다고 맹세했지만 한 사람 목숨을 빼앗으려는 악독한 살인미수 사건이 일어난 이 마당에 약속 따위를 지킬 필요가 뭐 있겠습니까?

해리 스텔러 스미스 부인은 유니스가 기르는 카나리아 새로, 그 이름은 펜서콜라*에서 만병통치약이랍시고 민간요법으로 약을 만들어 파는 여자의 이름에서 따온 겁니다. 유니스는 그 여자에게서 통풍에 듣는다는 약을 산 적이 있었다네요. 어느 날 응접실에서 아주 소란스러운 소리가 들려오길래 가보았더니 올리비아 앤이 해리 스텔러 스미스 부인이 들어 있던 새장을 활짝 열어 놓고 빗자루로 몰아 창문으로 휘이 내쫓고 있더란 말입니다. 내가 제때 들어가는 바람에, 올리비아 앤은 딱 걸리고 만 거죠. 그 여자는 내가 유니스에게 말할까 겁이 났는지 모든 사실을 실토하고 주님의 창조물을 이런 식으로 가둬놓는 건 정당하지 않다고 말했습니다. 게다가 해리 스텔러 스미스 부인의 노랫소리도

---

*플로리다 주 북서부의 도시.

참을 수 없었다던가요. 뭐, 나는 올리비아 앤에게 동정하는 마음을 느꼈고 2달러도 받은 터라 유니스에게 둘러댈 얘기를 꾸미는 일을 도와주었습니다. 물론 올리비아 앤의 양심을 편하게 해주려는 목적이 아니었다면 그 돈을 받지도 않았을 겁니다.

처음 내가 그 집에 발을 들여놓았을 때 유니스가 맨 처음 한 말은 이러했습니다. "그래, 이 사람이 네가 우리 뒤통수를 치고 도망가서 결혼한 남자니, 마지?"

마지는 이렇게 대답하더군요. "별로 잘생긴 편은 아니지요, 유니스 이모?"

유니스는 나를 위아래로 훑어봤습니다. "한번 돌아보라고 해 봐."

내가 등을 돌리자, 유니스는 말하더라고요. "쓰레기 중에서 골라도 어쩜 이런 꼬맹이를 골랐니. 이거 어디 어른 남자라고 할 수 있겠냐?"

인생에서 이렇게 움찔 놀란 적은 처음이었습니다! 내가 약간 땅딸막한 건 사실이지만, 아직 성장기도 미처 끝나지 않았으니까요.

"그렇지 않은걸요." 마지의 말이었습니다.

올리비아 앤은 파리가 들락날락할 정도로 입을 떡 벌리고 서 있더군요. "언니가 하는 얘기 들었잖아. 어쨌거나 제대로 된 남자가 아니라고. 이런 꼬맹이랑 사귀면서 성인 남자라고 우기다니! 남자 구실을 할 수나 있는지 모르겠다."

마지는 대꾸했습니다. "잊어버렸나 본데요, 올리비아 앤 이모. 이 사람은 내 남편이고 지금 뱃속에 있는 아기 아빠예요."

유니스는 아주 거슬리는 코웃음을 치며 이러더군요. "그래, 자랑이다."

정말 다정한 환영식 아닙니까? 게다가 캐시앤캐리 상점에서 대단한 자리도 포기하고 온 이 마당에.

하지만 그날 밤 생긴 일에 비하면 이 정도는 새 발의 피였습니다. 흑인 가정부 블루벨이 저녁 식탁을 다 치운 후에 마지는 가장 상냥한 태도로 피닉스 시에서 하는 영화를 보러 가게 차를 빌릴 수 있느냐고 물었죠.

"그런 생각 따윈 쓰레기통에 갖다 버려." 유니스가 딱 자르더군요. 솔직히 남이 봤으면 우리가 이모님한테 기모노라도 벗으라고 한 줄 알았을 거예요.

"그런 생각 따위는 쓰레기통에 버려." 올리비아 앤이 따라 했지요.

"벌써 6시야." 다시 유니스가 말했습니다. "그런데 내가 저 꼬맹이한테 거의 새 차나 다름없는 내 1934년형 쉐보레를 동네 앞까지라도 운전하도록 놔두겠니? 그런 생각 따위는 당장 버려라."

당연히 그런 말을 들은 마지는 울음을 터뜨렸죠.

"신경쓰지 마, 여보." 나는 마지를 위로했습니다. "난 이제껏 캐딜락 같은 건 수없이 몰아봤다고."

"흥." 유니스가 코웃음을 치더라고요.

"정말이에요." 나는 항변했습니다.

"저자가 쟁기라도 하나 제대로 끌어봤으면 내 손에 장을 지져." 유니스는 계속 비웃었습니다.

"내 남편을 그런 식으로 말씀하지 마세요." 마지가 따졌지요. "정말 별스럽게 구시네요. 뭐, 내가 아주 이상한 곳에서 아주 이상한 남자를 골랐다고 생각하시는가 봐요."

"제 눈의 안경이겠지!" 유니스는 이렇게 대꾸하더군요.

"저 겁쟁이가 우리 눈에 들 수 있을 거라고 생각하진 마라." 올리비아 앤은 수탕나귀가 암컷을 꾈 때 내는 울음소리와 하등 다르지 않은 목소리로 힝힝댔습니다.

"우리도 어제 태어난 갓난쟁이는 아니거든." 유니스도 거들었습니다.

마지도 지지 않고 대꾸했습니다. "나는 세 달 반 전에 자격 있는 치안판사에 의해 이 남자랑 합법적으로 결혼했어요. 죽음이 우리를 갈라놓을 때까지 그이랑 같이 살 거라는 사실을 이해해 주셨음 좋겠네요. 특히, 유니스 이모. 이 사람은 자유로운 몸이고 백인이고 열여섯 살이에요. 게다가 조지 파 실베스터는 자기 아빠를 그런 식으로 말하는 걸 들으면 좋아하지 않을걸요."

조지 파 실베스터는 우리가 아이에게 미리 붙여놓은 이름입니다. 정말 강하게 들리는 이름 아닙니까? 하지만 상황이 이런 터라 지금 어쨌든 그 문제는 어찌 되어도 좋다는 심정입니다만.

"도대체 애가 어떻게 애를 낳는다는 거니?" 올리비아 앤은 내 남성다움을 겨냥해 공격했습니다. "정말 오래 살고 볼 일이라니까."

"아, 시끄러워." 유니스가 꾸짖더군요. "아무튼 피닉스 시에 영화 보러 간다는 헛소리는 다시 꺼내지 마라."

마지는 흐느꼈죠. "흐흑. 하지만 주디 갈란드가 나온단 말이에요."

"신경 쓰지 마, 여보." 내가 달래주었죠. "10년 전에 모빌에서 그 영화를 이미 본 것 같아."

"정말 거짓말도 잘 꾸며대네." 올리비아 앤이 소리를 치더군요. "날건달 같은 놈. 주디는 10년 전에는 영화에 나오지도 않았어!" 올리비아 앤은 쉰두 해를 사는 동안(올리비아 앤은 누구에게도 얼마나 나이가 들었는지 말해주지는 않았지만, 몽고메리에 있는 주의회 의사당에 문의했더니 친절하게 답해주더군요) 한 번도 영화를 본 적 없었지만, 영화 잡지를 여덟 권이나 구독하고 있었습니다. 여자 우체국장인 들랜시의 말에 따르면 올리비아 앤이 받는 우편물이라고는 시어스로벅*에서 보내는 광고지 말고는 이 잡지들뿐이랍니다. 올리비아 앤은 병적으로 게리 쿠퍼에게 홀딱 반해서 게리 쿠퍼 사진을 여행 가방 한 개와 서류가방 두 개 가득 갖고 있죠.

그래서 우리가 식탁에서 일어서자 유니스는 창문으로 쿵쿵 걸어가더니 멀구슬나무가 있는 쪽을 내다보고 말하더군요. "새들이 둥지에 들었네. 우리도 자러 갈 시간이다. 마지, 넌 옛날 방을 쓰거라. 이 신사 분을 위해서는 뒤 베란다에 접이식 침대를 준비해두었다."

그 말을 이해하기까지는 한참 걸렸습니다.

결국 나는 입을 열었죠. "무례한 질문인지는 모르겠지만 그럼 이모님은 내가 합법적으로 결혼한 내 아내와 같이 자는 것을 반

---

*우편주문으로 유명해진 미국의 종합 유통업체.

대하신다는 뜻입니까?"

그러자 두 사람은 나를 향해 고함을 질러대지 뭡니까.

그래서 마지는 그 자리에서 즉시 성질을 부려댔습니다. "그만해요! 그만해, 그만하란 말이야! 더 이상은 참을 수 없어. 가요, 자기. 가서 어디든 이모가 자라는 데서 자요. 내일 보자고요……."

유니스가 말했죠. "적어도 얘가 일말의 상식은 아직 남아 있구나."

"불쌍한 것." 올리비아 앤은 마지의 허리를 팔로 감으며 데리고 나갔습니다. "불쌍한 것. 어려서 세상 물정을 몰라. 자, 가서 올리비아 앤 이모 어깨에 기대 엉엉 울렴."

5월, 6월을 지나 7월, 그리고 8월 대부분 동안 난 방충망도 하나 없이 빌어먹을 뒤 베란다에서 웅크리고 땀을 뻘뻘 흘리며 잤습니다. 그런데도 마지는 이모들에게 한마디 따지지도 않더라니까요. 앨라배마 지역은 습지가 많아 기회만 되면 버팔로도 죽여버릴 만한 모기들이 바글댔고 날아다니는 위험한 바퀴벌레들, 여기서부터 팀벅투까지 화물열차까지도 끌고 갈 만큼 커다란 토종 쥐들도 들끓었지요. 오, 뱃속의 조지만 아니었다면 벌써 한참 전에 뺑소니를 치고도 남았을 텐데요. 게다가 첫날 밤 이후로 마지와 단 5분도 단둘만 있어본 적이 없었습니다. 언제나 이모 중 한쪽이 따라다니며 감시했고, 지난주 마지가 방문을 잠그고 혼자 들어가 앉아 있고 내 모습은 어디에서도 찾을 수 없자 이모들은 화가 머리끝까지 나서 뚜껑이 열릴 뻔했지요. 실은 흑인들이 면화를 꾸러미로 만드는 일을 구경하고 있었는데, 그저 분풀이

내 쪽의 관점 **81**

로 유니스에게 나와 마지가 뭔가 나쁜 일을 하고 있었던 양 말해 버렸습니다. 그랬더니 블루벨까지 우리를 감시하게 되었죠.

그리고 그동안 전 담뱃값도 받지 못했습니다.

유니스는 매일같이 나에게 일자리를 얻으라고 몰아세웠지요. "도대체 하느님도 믿지 않는 저 꼬맹이 녀석은 자기 손으로 밥벌이할 생각은 없는 거냐?" 알아차리셨는지 모르겠지만, 유니스는 한 번도 내게 직접적으로 말을 한 적이 없었습니다. 유니스의 고귀한 얼굴 앞에 있는 사람이 오직 나뿐이라고 할지라도 말입니다. "저 녀석이 남자 구실이라도 제대로 하려면 내 식량 축내지 말고 자기가 빵 한 조각이라도 직접 벌어서 아내를 먹여 살려야 할 것 아냐." 정말 이 시점에서 내가 지난 세 달하고도 13일 동안 차가운 참마와 남은 찌꺼기만 먹고 살아서 마침내는 A. N. 카터 의사 선생님에게 두 번이나 진찰받으러 갔었다는 얘기를 밝혀두지 않을 수 없습니다. 의사 선생님은 내가 괴혈병에 걸렸는지 아닌지는 확실히 모르겠다고 하시더군요.

그리고 내가 일을 하지 않는 것에 대해 말하자면, 나 같은 능력을 가진 남자, 캐시앤캐리 상점에서 대단한 일을 하던 사람이 애드머럴스 밀 같은 촌구석에서 무슨 할 일을 찾을 수가 있었겠습니까. 여기에 가게라고는 딱 하나뿐이고, 주인인 터버빌 씨는 너무나도 게을러서 물건 하나 파는 데도 힘겨워 보이던데요. 그리고 모닝스타 침례교회도 있지만 벌써 목사가 있었습니다. 목사는 셸이라는 못된 늙은이로 어느 날 유니스는 이 늙은이를 꼬드겨 내 영혼을 구원해달라고 하더군요. 나는 이미 너무 가벼려서 가망이 없다고, 이 목사가 유니스에게 하는 소리를 내 귀로 똑똑히 들었습니다.

하지만 진짜 백미는 유니스가 마지에게 한 짓이었습니다. 유니스는 말할 수도 없는 가장 악독한 방식으로 마지를 꼬드겨서 내게 등돌리도록 한 겁니다. 뭐, 마지가 내게 말대답을 하는 지경에까지 이르자, 내가 한두 대 뺨을 때려서 그러지 못하도록 한 건 사실입니다. 내 아내가 나를 무시하도록 놔둘 순 없지요. 무슨 일이 있어도!

이제 팽팽한 전선이 형성되었습니다. 블루벨, 올리비아 앤, 유니스, 마지, 그리고 애드머럴스 밀의 나머지 주민(인구 342명)이 모두 한편이었죠. 내 동맹군? 아무도 없었습니다. 그런 상황에서 8월 12일 일요일, 내 목숨을 빼앗으려던 사건이 벌어지고 말았던 것입니다.

어제는 아주 조용하고 바위도 녹을 만큼 날이 뜨거웠습니다. 사건은 정확히 2시에 발생했습니다. 어떻게 시각을 정확히 알고 있는가 하면 유니스가 멍청한 뻐꾸기 시계를 하나 가지고 있었고, 항상 그 때문에 나는 소스라치게 놀라곤 했기 때문이었습니다. 그 시각, 나는 응접실에서 내 일, 즉 업라이트 피아노로 노래를 작곡하고 있었습니다. 이 피아노는 유니스가 올리비아 앤을 위해서 사준 것이었고, 일주일에 한 번 조지아 주 컬럼버스 시에서 선생님도 초빙했다더군요. 여자 우체국장인 들랜시는 별로 현명하지 않은 짓이라는 결론을 내릴 때까지는 나하고 친하게 지냈는데, 그 피아노 선생님에 관한 얘기를 해준 적이 있었습니다. 어느 날 오후, 이 근사한 선생님은 아돌프 히틀러가 뒤에서 쫓아오기라도 하는 양 집에서 뛰쳐나와 포드 쿠페에 올라타더니 다시는 소식을 들을 수 없었다고 하대요. 아무튼 앞에서 말한 대로, 나는 응접실에서 아무도 방해하지 않고 침착하게 있었는데, 올리비아 앤이 머리에 롤을 잔뜩 말고 나타나 새된 소리를 질러 댔습니다. "시끄러운 소리 당장 그만두지 못해! 사람이 잠시라도 가만히 쉬는 꼴을 못 봐? 게다가 내 피아노에서 당장 내려와. 이건 네 피아노가 아니라, 내 피아노라고. 당장 내려오지 않으면 9월 첫 월요일이 되자마자 너를 고소해버릴 테니까."

올리비아 앤은 다른 이유가 있는 게 아니라 내가 타고난 음악가이고 내가 작곡한 음악이 너무나 멋있으니까 질투를 하는 것이었죠.

"게다가 진품 상아로 만든 피아노 건반 위에 무슨 짓을 해놨는지 보시지, 실베스터 씨." 올리비아 앤은 피아노로 쿵쿵 걸어왔습니다. "솜씨가 보잘것없다 보니 건반이 모두 깨지려고 하잖아. 바로 네가 그런 거야."

내가 이 집에 들어왔을 때부터 이 피아노가 거의 고물 수준이었다는 건 올리비아 앤도 잘 알고 있을 텐데요.

그래서 나는 대답했습니다. "그렇게 척척박사면, 나도 재미있는 얘기 몇 가지가 있는데 그걸 들으면 좀 흥미 있어 하실지도 모르겠네요, 올리비아 앤 이모님. 다른 사람들이 알면 굉장히 고마워할 얘기들이요. 예를 들어서 해리 스텔러 스미스 부인이 어떻게 되었나 하는 얘기?"

해리 스텔러 스미스 부인은 기억하시겠죠?

올리비아 앤은 잠시 아무 말 않고 텅 빈 새장이 있는 쪽을 쳐다보더군요. "아무에게도 말 않기로 맹세했잖아." 올리비아 앤의 얼굴은 무시무시한 자줏빛으로 달아올랐습니다.

"한 것 같기도 하고, 안 한 것 같기도 하네요." 나는 딴청을 피웠습니다. "하지만 그런 식으로 유니스 이모님을 배신했을 때 이미 악행을 저지르신 거죠. 하지만 날 가만 놔두시면 눈감아드릴 수도 있어요."

뭐, 올리비아 앤은 아주 나긋나긋하고 조용하게 그곳에서 나가버리더군요. 그래서 나는 가서 소파에 몸을 쭉 펴고 누웠습니다. 그것은 정말 이제까지 본 것 중에서 가장 흉측한 가구였지요. 그런데 유니스가 1912년 애틀랜타에서 현금으로 200달러이나 주고 산 세트랍니다. 뭐, 그렇게 우기더군요. 이 세트는 검은색과 올리브색의 플러시 천을 씌워놓아서 습기 찬 날에는 젖은 닭 털 같은 냄새가 났습니다. 또 응접실 한구석에는 커다란 탁자가 하나 놓여 있었는데, 그 위에는 유니스와 올리비아 앤 이모의 부모님 사진이 놓여 있었죠. 아버지 되시는 분은 잘생겼다고도 할 수 있는 외모지만, 우리끼리니까 하는 얘기인데, 가계 어딘가에 흑인 피가 흐르고 있는 게 분명했습니다. 남북전쟁 당시 대위를 지내셨다는데, 벽난로 위에 검이 걸려 있어서 절대 잊을 수 없는 사실이었죠. 이 검은 이제 곧 일어날 사건에서 눈에 띄는 활약을 하게 됩니다. 어머니 쪽은 천박하고 올리비아 앤처럼 반편이 같은 표정을 하고 있었지만 엄마 쪽이 훨씬 더 그 표정이 잘 어울렸습니다.

그래서 내가 막 조금 졸리던 찰나 유니스가 고래고래 고함을 질러대는 소리가 들려왔습니다. "어디 있어? 그 자식 어디 있어?" 다음 순간 유니스는 문간에 나타나 하마 같은 엉덩이를 두 손으로 턱 짚고 섰습니다. 그 뒤에는 그 패거리들이 다 모여 있었죠. 블루벨, 올리비아 앤. 그리고 마지까지.

몇 초가 그렇게 흐르는가 싶더니 유니스는 나이아가라 폭포를 찍은 마분지 사진을 부채처럼 뚱뚱한 얼굴에 부치며 커다란 맨발을 쿵쿵거리면서 휙 다가왔습니다.

"어디다 뒀어?" 유니스는 이렇게 따졌습니다. "내가 마음 놓고 등 돌린 동안 저놈이 내 뒤에서 빼돌린 100달러 어디에 있어?"

"정말 쥐도 이렇게까지 궁지에 몰리면 고양이를 무는 법이라고요." 나는 대꾸했지만 너무 덥고 피곤해서 일어날 수도 없었죠.

"누가 누구를 무는지 한번 보자고." 유니스의 부리부리한 눈이 눈구멍에서 막 튀어나올 것 같았습니다. "내 장례식 비용으로 마련해둔 돈이니 도로 내놔. 저 자식이 죽은 사람에게 돈을 훔쳤다는 거 알아?"

"이 사람이 안 가져갔을지도 모르잖아요." 마지가 약간 편을 들어주더군요.

"넌 이 일에 상관하지 않는 게 좋을걸, 아가씨." 올리비아 앤이 말했습니다.

"저 자식이 돈을 훔쳐 간 게 분명해." 유니스는 우겼습니다. "눈을 봐. 찔려서 까매졌잖아!"

나는 하품을 하면서 말했습니다. "법정에서 하는 식으로 말해볼까요. 죄도 없는 사람에게 누명을 씌웠다가는 오히려 고발한 사람이 감옥에 가게 된다고요. 관련자들을 보호하기 위해서는 주교도소로 보내는 게 정당한 일일지도 모르지만요."

"저놈은 천벌을 받을 거야."

"언니도 참." 올리비아 앤이 말했습니다. "천벌까지 기다릴 필요가 있겠어."

그 말에 유니스는 아주 기묘한 표정을 띠고, 더러운 플란넬 잠옷을 바닥에 질질 끌면서 내게 다가왔습니다. 그 뒤를 올리비아 앤이 달라붙어 따라왔고 블루벨은 저 멀리 유팔라까지 들릴 만큼 커다란 신음을 질러댔습니다. 이 와중에 마지는 뒤에 서서 손을 쥐어짜면서 징징대더군요.

"흑흑." 마지는 흐느꼈습니다. "제발 이모에게 돈을 돌려줘요, 여보."

나는 이렇게 대꾸했죠. "브루투스, 너마저도?" 윌리엄 셰익스피어 작품에 나오는 대사죠.

"저놈 꼴을 봐." 유니스가 이러더군요. "우표 뒤를 핥는 것 말고는 하는 일 하나 없이 하루 종일 누워 있기만 한다니까."

"한심하지." 올리비아 앤이 혀를 쯧쯧 찼습니다.

"불쌍한 저 애 대신에 자기가 임신이라도 한 꼴이라니까." 유니스가 말합니다.

블루벨까지 자기 의견을 더했죠. "그게 사실 아닌가요?"

"뭐 묻은 개가 뭐 묻은 개 나무라는 꼴 아닌가요?" 내가 한마디 했죠.

"여기서 세 달이나 빈둥대고서도 그 꼬맹이가 내 면전에 대고 말대꾸를 할 용기는 있대?" 유니스는 굽히지 않았습니다.

나는 소맷부리에서 재를 털어내기만 했을 뿐 전혀 기죽지 않았습니다. "A. N. 카터 선생님이 그러시는데, 난 위험한 괴혈병에 걸려 있으니 조금만 흥분해도 큰일 난다고 하시더군요. 그러지 않으면 입에 거품을 물면서 다른 사람을 물어버릴지도 모른다고요."

그러자 블루벨이 끼어들지 뭡니까. "그냥 모빌에 있는 쓰레기장으로 가버리라고 하면 어때요, 유니스 아가씨? 저 사람 요강 치우는 것도 이제 진력이 나요."

당연히 이 시꺼먼 검둥이 말에 나는 화가 머리끝까지 치솟았죠. 그래서 눈앞에 보이는 게 없었습니다.

하지만 나는 아주 냉정하게 일어서서 모자걸이에서 이 우산을 집어 들었죠. 그리고 우산대가 반토막이 날 때까지 블루벨의 머리통을 내려쳤습니다.

"진짜 일제 비단 양산인데!" 올리비아 앤이 비명을 질렀지요.

마지는 엉엉 울어댔습니다. "당신이 블루벨을 죽였어요. 불쌍한 블루벨 아줌마를 죽이다니!"

유니스는 올리비아 앤을 한쪽으로 밀치더니 이러더군요. "저 자식은 완전히 정신이 나갔어! 뛰어! 가서 터버빌 씨를 데려와!"

"난 터버빌 씨가 싫은데." 올리비아 앤은 고집스럽게 말했습니다. "가서 내 사냥용 칼을 가져올게!" 그러고는 올리비아 앤은 문으로 돌진했습니다. 하지만 이제 두려울 게 하나 없는 나는 발을 걸어 올리비아 앤을 넘어뜨렸습니다. 하지만 그 바람에 허리가 어찌나 쑤셨던지요.

"저 자식이 올리비아 앤을 죽이려고 해!" 유니스는 온 집 안이 무너질 정도로 떠들썩하게 소리쳤습니다. "우리 모두를 살해하려고 해! 내가 경고했잖니, 마지. 빨리 움직여라, 애야. 아빠의 검을 가져와!"

그래서 마지는 할아버지의 검을 가져다가 유니스에게 건네주었습니다. 헌신적인 아내는 어디 간 걸까요! 하지만 그것만으로도 충분치 않았는지 올리비아 앤이 무릎으로 저를 한 대 치는 바람에 나는 놓아줄 수밖에 없었습니다. 다음 순간 올리비아 앤이 마당에 뛰어나가 으르렁거리는 목소리로 찬송가를 불러대는 소리가 들려왔습니다.

내 눈 주님 오심의 영광을 보네
주님께서 축적된 분노의 포도를 짓밟아
포도주를 짜내시네……

그동안 유니스는 여기저기를 돌아다니며 제 아버지의 검을 미친 듯 휘둘러댔고, 나는 가까스로 피아노 위에 올라갈 수 있었습니다. 그러자 유니스는 피아노 의자 위까지 따라 올라왔는데, 그 삐걱거리는 허약한 의자가 어떻게 유니스와 같은 괴물을 버텨냈는지는 절대 말하지 않으렵니다.

"거기서 내려오지 못해, 누렇게 뜬 겁쟁이 녀석아! 내가 널 찔러버리기 전에." 그러면서 칼을 한 번 휘두르더군요. 여기 그때 벤 1센티미터 정도의 상처를 보시면 알 겁니다.

이때쯤 되자 블루벨이 정신이 들었는지 비틀비틀 걸어나가 앞마당에서 예배를 보고 있는 올리비아 앤에게 합세했습니다. 두 사람은 제 시체를 기대하고 있는 것 같더군요. 마지가 그때 기절하지 않았더라면 그들 뜻대로 되었을지도 모르는 일입니다.

마지에 대해서 좋은 얘기를 해줄 게 있다면 그게 다예요.

그다음에 일어난 일은 정확히 기억나지 않습니다. 다만 올리비아 앤이 35센티미터 칼을 들고 한 떼의 이웃들과 함께 들이닥쳤다는 것 말고는요. 하지만 갑자기 마지가 주인공다운 관심을 끌었고 사람들이 마지를 방으로 옮겨준 것 같더군요. 어쨌거나 이웃들이 떠나자 나는 응접실 문에 바리케이드를 쳤습니다.

나는 검은색과 올리브색의 플러시 천을 씌운 의자들을 다 가져다가 문에다 대놓고 2톤은 될 법한 커다란 마호가니 탁자와 모자걸이, 다른 물건들도 옮겨다 놓았죠. 창문도 막고 커튼을 쳤습니다. 또 거기서 2킬로그램 들이 사탕 상자도 찾아내서 즙이 담뿍 나오는 크림 같은 초콜릿 체리를 우걱우걱 씹었죠. 가끔 사람들이 문 앞에 와서 두드리고 소리를 지르고 애원하기도 하지요. 아, 네. 게다가 여러 다른 음색으로 노래를 부르기도 했습니다. 하지만 나는 아주 명랑하다는 사실을 알려주기 위해서 가끔씩 그 사람들에게 피아노를 쳐줍니다.

프리처의 일화
(1945)

남쪽으로 움직이는 구름이 태양을 슬쩍 가리고 한 점 어둠, 그림자의 섬이 들판 위로 기어 내려오며 산마루 위를 떠돌았다. 이윽고 비가 내리기 시작했다. 여름에 내리는 여우비라 아주 잠깐만 내리고 그쳤다. 먼지가 가라앉고 이파리들이 반짝거릴 만큼만 내린 비다. 비가 멈추자 한 늙은 흑인―그의 이름은 프리처*였다―이 오두막 문을 열고 나와 비옥한 흙에 잡초들이 무성히 자란 들판을 바라보았다. 복숭아나무와 층층나무, 멀구슬나무 들이 그늘을 드리우는 바위투성이 마당과, 차나 수레, 사람이라고는 거의 볼 수 없는 도랑 파인 한적한 적토길, 세상 끝까지 펼쳐진 듯 둥그렇게 늘어선 푸른 언덕들까지도.

프리처는 거의 꼬마라고 할 정도로 키가 작았지만 얼굴에는

---

*일반명사로는 전도사라는 뜻이다.

주름이 자글자글했다. 푸른빛이 도는 두개골에는 회색 솜털만 돋아나 있었고 눈은 서글펐다. 허리는 너무 굽어서 녹슨 낫 같았고, 피부는 고급 가죽 같은 노란색이었다. 그는 농장에 남은 것들을 찬찬히 살피며 사려 깊게 손으로 턱을 쓰다듬는 듯했지만 딱히 별다른 생각을 하는 건 아니었다.

물론 사위는 조용했다. 서늘한 기운 때문에 몸이 떨려 프리처는 안으로 들어갔다. 그는 안락의자에 앉아 녹색 장미와 빨간 이파리가 그려진 퀼트 이불로 발을 감싸고 조용한 집 안에서 잠이 들었다. 창문을 열어놓은 터라 밝은 색의 달력과 벽에 붙여놓은 만화가 바람에 날렸다.

15분 뒤 프리처는 잠에서 깼다. 그는 결코 오래 자는 법이 없었고 하루하루가 낮잠 자고 깨는 일, 즉 잠과 빛의 연속이었다. 그리고 그 둘 사이에는 구분이 별로 없었다. 그는 춥지는 않았지만 불을 피웠고 파이프를 채운 후 안락의자를 흔들었다. 시선은 방 안을 헤맸다. 2인용 철제 침대에는 퀼트 이불과 베개가 어지러이 널려 있었고, 분홍색 페인트가 군데군데 벗겨져 있었다. 지금 그가 앉아 있는 의자의 팔걸이 하나는 황량하게도 떨어져 덜렁거렸다. 니하이 소다 병을 들고 있는 금발의 여자가 그려진 근사한 포스터는 입 부분이 닳아 있어서 여자가 사악하게 비웃는 듯 보였다. 그의 눈은 구석에 주저앉아 있는 숯 검댕이 낀 스토브에 잠깐 머물렀다. 프리처는 배가 고팠지만 더러운 냄비가 높이 쌓여 있는 스토브를 보니 피곤해져서 먹을 생각이 가셨. "어쩔 수가 없구먼." 프리처는 노인들이 자기 자신과 싸울 때처럼 중얼거렸다. "콜라드고 뭐고 이제 지겨워 죽겠구먼. 그냥 앉아서 굶어 죽어야제. 그게 내 운명 아니것어……. 내가 죽은들 슬퍼하는 사람 하나 없겄지. 뻔한 일이여." 이블리나는 항상 깨끗하고 단정하고 착했지만, 이제는 죽고 없었고 땅에 묻힌 지도 두 봄이 지난 터였다. 그리고 둘 사이에 낳은 자식 중 남은 아이라고는 애나 조뿐으로 그 애는 사이프러스시티에 일자리를 얻어 직장 기숙사에 살면서 매일 밤 신나게 놀러 다녔다. 아니, 적어도 프리처는 그럴 거라 생각했다.

프리처는 아주 신앙심이 깊었다. 오후가 되자 그는 난로 선반 위에서 성경책을 집어 마비된 손가락으로 활자를 따라갔다. 그는 글씨를 몰랐지만 읽는 척하는 걸 즐겼고 한동안 그러기를 계속했다. 자기 나름대로 이야기를 꾸며내고 삽화를 골똘히 연구하고는 했다. 이런 습관 때문에 이블리나는 항상 크게 걱정했었다.

"성경책을 뭘 그리 빤히 쳐다봐요, 프리처? 영감은 정말 생각이 없다니께……. 나만큼 까막눈인 양반이."

"뭔 말이여, 임자." 프리처는 설명했다. "성경은 아무나 읽을 수 있는 거여. 하느님이 그렇게 하도록 맨드셨다니께."

햇빛이 창문 모양 그대로 들어와 문 위에 비칠 때쯤, 프리처는 성경책을 덮고 현관 앞 베란다로 비척비척 걸어갔다. 푸르고 하얀 양치식물 화분들을 천장에 전선으로 매달아 놓아 꽃이 마치 공작 꼬리처럼 바닥에 끌렸다. 멜빵바지에 카키 셔츠를 입은, 노쇠하고 구부정한 모습의 프리처는 천천히, 매우 조심조심 나무둥치 모양을 본 딴 계단을 절뚝절뚝 내려가 마당 한가운데에 섰다. "자, 왔구먼. 해낼 줄은 몰랐는디……. 오늘 나한테 그런 힘이 있을 거라고는 상상도 못했제."

축축한 흙 냄새가 대기에 어렸고, 멀구슬나무 이파리가 바람에 날렸다. 어디선가 수탉이 꼬끼오 울어댔다. 웃자란 잡초 사이로 후다닥 날아가는 수탉의 주홍색 벼슬이 보이는가 싶더니 곧 집 아래로 사라졌다. "뛰는 게 좋을 것이여, 늙다리 수탉아. 그러지 않으면 도끼를 갖고 올 것인게. 그땐 조심해야 할 거여. 니 고기 맛 하나는 끝내주겠구먼!" 잡초가 맨발에 쓸리자 그는 발을 멈추고 한 줌 뽑았다. "소용없제. 또 금방 자랄 것인게. 지저분해 죽겄네."

길 가까이 선 층층나무에는 흐드러지게 꽃이 피었고 빗방울에 떨어져 흩어진 꽃잎은 그의 발에 부드럽게 밟히며 발가락 사이에 끼었다. 프리처는 플라티너스 지팡이의 도움을 받아 걸었다. 길을 건너고 야생 피칸 나무를 지나, 평소 습관대로 오솔길을 따라가기로 했다. 그 길을 따라 숲 속을 지나면 시내와 '그곳'으로 이어졌다.

매일 똑같은 여로, 똑같은 길, 똑같은 시간. 늦은 오후에 그 길을 지나는 건 뭔가 고대하고 있는 게 있기 때문이었다. 이 산책은 그가 처음 '결단'에 이른 어느 11월 날에 시작되었고, 땅이 얼고 솔방울 가시가 언 채로 발에 붙는 겨울에도 계속되었다.

지금은 5월이었다. 여섯 달이 지나갔다. 5월에 태어나고 5월에 결혼한 프리처는 이제 이 달에 자신의 사명이 끝나게 되리라 확신했다. 특히 오늘, 그런 징조가 있다고 믿었으므로, 그는 평소보다 좀 더 빨리 오솔길을 따라 내려갔다.

햇살이 고여 그의 머리카락 위에 어렸고, 물 위로 늘어진 나뭇가지에 구레나룻처럼 흐느적흐느적 길게 매달린 스페인 이끼의 색깔이 회색에서 진줏빛, 다시 푸른색에서 회색으로 변했다. 매미 한 마리가 울어댔다. 또 다른 매미가 화답했다. "입 닥쳐, 벌레들아! 당최 뭣 때문에 이리 소란이여? 외로운 거여?"

오솔길은 갈피를 잡을 수가 없었고, 길이라기보다 하도 다녀서 한 줄로 발자국이 남은 것에 불과했기 때문에 벗어나지 않고 따라가기가 어려웠다. 어느 지점에 이르자 길은 아래로 비탈지며 달콤한 수액 냄새 나는 구멍으로 이어졌다. 여기서부터는 다시 나무줄기가 무성히 뻗어 있어 한밤처럼 캄캄했고 잡목림이 뭐가 뭔지 모르게 흔들렸다. "썩 꺼져라, 악마들아! 니놈들이 나 프리처를 겁줄 수 있을 것 같어? 얼간이 새끼들이건 유령이건 조심하는 게 좋을 거여! 프리처가 너희들 머릿가죽을 벗겨버리고 눈알을 뽑고 머리를 깨부숴 줄 것인게. 죄다 짓밟아서 지옥 불로 밀어 넣어줄 거여!" 말은 이렇게 했지만 프리처의 심장은 더 빨리 뛰었고, 지팡이로 앞을 더듬더듬 짚었다. 야수가 뒤에 숨어 있다. 무시무시한 눈알을 희번덕거리며 자기들 소굴에서 훔쳐보고 있다!

이블리나는 결코 성령을 믿지 않았고 그 때문에 프리처는 기분이 상하곤 했다. "조용히 혀요, 프리처." 이블리나라면 이렇게 말할 터였다. "귀신 얘기라면 이제 지긋지긋혀요. 귀신은 영감 머릿속에나 있는 것이제, 그런 건 없다니께요." 오, 이블리나는 얼마나 무지했던가. 이젠 천국에 주님이 계시는 것을 확실히 알았겠지. 그리고 저기 어둠 속에서 사냥꾼들과 굶주린 눈을 한 자들 틈 사이에 껴 있으리라. 프리처는 잠시 간격을 두었다가 불러보았다. "이블리나? 이블리나……. 대답 좀 혀봐, 임자." 그 후 프리처는 갑자기 이블리나가 언젠가 자기 소리를 듣되 알아보지 못하고 통째로 삼켜버릴지 모른다는 생각에 무서워져 걸음을 빨리했다.

곧 시냇물 소리가 들려왔다. 거기서부터 '그곳'까지는 몇 발자국만 가면 되었다. 프리처는 가시가 돋은 쐐기풀을 헤치다가 아파서 신음 소리를 냈다. 그는 몸을 숙이고 둑을 따라갔고, 미리 연습해놓은 덕으로 정확하게 돌 하나하나를 밟으며 시냇물을 건넜다. 불안해진 송사리 떼가 맑고 얕은 물가를 따라 세심하게 헤엄쳤고 에메랄드 빛 날개의 날도마뱀이 수면 위를 떠다녔다. 반대편 기슭에는 벌새가 보이지 않을 정도로 날개를 파닥이며 거대한 참나리 속을 파먹었다.

나무가 점차 줄어들고 오솔길은 작은 정육면체 형상의 공터로 이어졌다. 이곳이 프리처의 '그곳'이었다. 제재소가 문을 닫기 전에는 여자들을 위한 빨래터였지만 그것도 오래전 일이었다. 제비 무리가 머리 위를 휙 스쳐 지나갔고 어딘가에서 낯선 새 한 마리가 기묘한 노래를 끈질기게 불러댔다.

프리처는 진이 빠져 숨이 찼다. 그는 지팡이를 독버섯이 자라는 썩은 참나무 등걸에 기대놓고 주저앉았다. 그 후 은색 리본을 끼워놓은 성경 페이지를 펴놓고는, 손을 깍지 끼고 머리를 들었다.

침묵하는 동안 그는 눈을 가늘게 뜨고 고리 모양의 하늘과 삐져나온 삼베 올 모양으로 흘러가는 구름을 뚫어지게 보았다. 우윳빛보다 더 투명한 구름은 파란 막을 배경으로 거의 움직이지 않는 듯했다.

그때 프리처는 속삭이듯 입을 열었다.

"예수님? 예수님?"

바람이 도로 속삭이듯 불어왔다. 그 바람에 겨우내 묻혀 있던 나뭇잎들이 일어서자 이끼 깔린 바닥 위로 수레바퀴 자국이 드러났다.

"지가 다시 돌아왔구먼요, 예수님. 시간 딱 맞췄지요. 예수님, 늙은 프리처에게 신경 좀 써 주시라니께요."

주님이 듣고 있다고 확신한 프리처는 슬프게 미소 지으며 손을 흔들었다. 이제 자기 의견을 말할 때였다. 프리처는 자신은 늙었다고 말했다. 정확히 몇 살인지는 몰랐다. 아흔 살일 수도, 백 살 일 수도 있었다. 게다가 이제 자기 일은 끝났으며 일가 친척도 모두 떠났다. 가족들이 있었다면 상황은 아주 달랐으리라. 호산나! 하지만 이블리나는 죽었고 아이들은 어떻게 됐나? 빌리 보이와 재스민, 랜디스와 르로이, 애나 조와 뷰티풀 러브는? 몇몇은 멤피스와 모빌, 버밍엄으로 갔고 몇몇은 무덤으로 갔다. 어쨌든 아이들은 이제 그와 함께 있지 않았다. 아이들은 프리처가 그처럼 열심히 일해 일군 땅을 떠났으며, 들판은 황폐해졌고, 프리처는 이제 낡은 집에서 친구 하나 없이 쏙독새 무리만 벗삼아 밤을 지내고 있었다. 그러니 이제 식구들이 어디로 갔든 다른 가족과 함께 있기를 바라는 이 마당에 프리처를 이 세상에 잡아두다니 이 어찌 몰인정한 일이 아닐쏘냐. "예수님의 영광 함께하셔요. 지는 이제 거북이처럼, 아니 그보다 더 늙었지라."

요새 그는 여러 번 간청하는 습관이 생겼고 더 오래 빌면 빌수록 목소리는 새되고 급박해져서 마침내는 격렬해지고 따지는 듯한 어조를 띠었다. 소나무 가지에 앉아 구경하던 큰어치새는 화도 나고 무섭기도 했는지 멀리 날아갔다.

프리처는 갑자기 말을 뚝 멈추고 고개를 갸웃한 채 귀를 기울였다. 메아리로 돌아오는 그의 목소리는 이상하고 거슬렸다. 그는 여기저기 두리번거리다 기적을 보았다. 관목 숲 위로 불타는 듯한 머리가 까닥까닥하며 그가 있는 쪽으로 다가오고 있었던 것이다. 머리카락은 곱슬거리고 붉었다. 환한 빛의 턱수염이 얼굴에서부터 흘러내렸다. 하지만 더욱 안 좋은 건 그보다 더 창백하고 환하게 빛나는 또 다른 환영이 그 뒤에 둥둥 떠올라 다가오고 있다는 것이었다.

너무나 무섭고 당황해서 프리처의 얼굴은 바짝 굳어졌고 입에서 신음 소리가 흘러나왔다. 칼루파 군 역사상 그렇게 불쌍한 소리는 없었으리라. 귀를 짧게 자른, 검정 바탕에 갈색 얼룩 개 한 마리가 입에서 침방울을 질질 흘리며 공터로 뛰어들었다. 그리고 낯선 남자 두 명이 그늘 속에서 걸어 나왔다. 녹색 셔츠의 목 부분은 단추를 채우지 않은 채 풀어헤쳤고, 뱀가죽으로 만든 멜빵으로 코르덴 바지를 고정시키고 있었다. 두 남자 다 키가 작았지만 덩치가 아주 좋았다. 한 남자는 곱슬머리에 주홍색 턱수염을 길렀고 다른 사람은 머리가 노랗고 뺨이 맨송맨송했다. 두 사람은 대나무 막대기에 죽은 스라소니를 꿰어 들쳐 멨고 옆에는 길다란 장총을 차고 있었다.

이것만으로도 충분했던 프리처는 다시 한 번 신음하며 벌떡 일어나 산토끼처럼 폴짝거리며 숲 속 오솔길로 뛰어 들어갔다. 얼마나 서둘렀던지 참나무 등걸에 세워놓은 지팡이와 이끼 위에 펼쳐놓은 성경책도 챙기지 못했다. 개는 앞으로 꼬리를 흔들며 나와 킁킁 성경 냄새를 맡더니 뒤쫓아 오려 했다.

"도대체 이것들이 다 뭐야?" 곱슬머리는 책과 지팡이를 집어 들었다.

"이런 빌어먹을 건 처음 보네." 노랑머리가 대답했다.

두 사람은 밧줄로 막대에 앞발을 묶여 대롱대롱 매달려 있는 스라소니를 넓은 어깨에 고쳐 맸다. 곱슬머리가 말했다. "저 개를 쫓아가는 게 좋겠어. 어쨌든 따라가 보자고."

"그러는 게 좋을지도 모르지." 노랑머리가 대꾸했다. "하지만 잠깐 쉬었다 갈 수 있으면 억만금이라도 주고 싶은데……. 반 달러 동전만큼 물집이 잡혀서 죽기 직전이야."

장총과 사냥한 동물의 무게에 휘청휘청하면서 두 사람은 노래를 흥얼거리며 어둑어둑해지는 소나무 쪽으로 갔다. 휘둥그레 뜨고 있는 스라소니의 흐릿한 금빛 눈은 석양빛이 반사되어 타오르는 듯했다.

그동안 프리처는 상당히 먼 거리까지 도망갈 수 있었다. 정말, 후프뱀이 쫓아와서 죽어라 뛰었던 날 이후로 그렇게 빨리 뜀박질을 해본 건 오랜만이었다. 그는 더 이상 약해 빠진 늙은이가 아니었고 날쌔게 뛸 수 있는 달리기 선수였다. 그의 다리는 오솔길을 굳건하고 확실하게 내디뎠고, 20년 전부터 고생해오던 요통도 그날 오후에는 재발하지 않았다. 어두운 구멍도 알아차리지 못하고 지나쳤고, 시내를 건널 때는 멜빵바지가 미친 듯 펄럭거렸다. 오, 그는 공포로 상처 입었고 달리는 발바닥은 맹렬히

두들겨대는 드럼 같았다.

막 층층나무에 도착하자 무서운 생각이 들었다. 너무 가혹하고 놀라운 생각이라 그는 넘어지며 나무에 쿵 부딪쳤다. 그 바람에 나뭇잎에 내린 빗방울이 흩날렸고, 그는 겁이 났다. 프리처는 아픈 팔꿈치를 문지르면서 혀로 입술을 날름 핥으며 고개를 끄덕거렸다. "하늘에 계신 주님. 도대체 지한테 어떻게 하신 거라요?" 그래, 그래, 프리처는 알고 있었다. 그는 이 낯선 사람들이 누군지 알았다. 성경에서 읽었으니까. 그러나 그렇게 생각한들 별로 위안이 되지 않았다.

그래서 그는 엎드린 채로 기어 마당을 지나 계단을 올랐다.

베란다에서 그는 몸을 들어 뒤를 흘끔 쳐다보았다. 여전히 조용했다. 그림자 외에는 아무것도 꼼짝하지 않았다. 땅거미가 산마루 위로 부채꼴 모양으로 퍼져갔다. 들판과 나무들, 관목들과 덩굴식물들 위에 여러 색깔의 햇빛이 거미줄처럼 얼기설기 얽혔다. 자줏빛과 장밋빛, 그리고 작은 복숭아나무는 은녹색이었다. 그렇게 멀지 않은 곳에서 개가 낮게 으르렁거렸다. 잠시 프리처는 몇 킬로미터 떨어진 사이프러스시티까지 도망갈까 생각했지만, 그래 봤자 목숨을 부지할 수 없으리라는 것을 알았다. "이 세상에서는 도망가봤자여."

문을 닫고 빗장을 채울까. 그래, 괜찮다! 이제 창문도. 오, 덧문이 망가졌네!

그래서 프리처는 무력하게 좌절감에 휩싸여 달빛이 창틀 너머 기어들어 온 자리에 생긴 텅 빈 정사각형 모양의 얼룩들을 바라보았다. 저게 뭘까? "이블리나? 이블리나! 이블리나!" 생쥐들이 벽을 긁었고 바람만이 달력 낱장을 휘날렸다.

 그래서 혼자 중얼거리며 프리처는 오두막을 돌아다니며 집을 정리하고 먼지를 털고 협박을 했다. "거미 새끼들아, 부끄러운 줄 알면 빨리 숨어. 힘세고 높으신 분이 나를 찾아 오시는구먼." 프리처는 청동 휘발유등(1918년 크리스마스에 이블리나에게 준 선물이었다)을 켰다. 불꽃이 빠르게 타오르자, 그는 흐린 사진(1년에 한 번씩 찾아오는 순회 사진사가 찍어준 것이었다. 이 사진에는 뺨이 처지고 술이 오른 얼굴빛의 이블리나가 하얀 머리그물을 쓰고 활짝 웃고 있었다) 하나가 놓인 난로 선반 위에 등을 두었다. 다음으로 프리처는 비단 베개(뷰티풀 러브가 1910년 사이프러스 지역 품평회의 퀼트 부분에서 우승했던 작품이었다)를 부풀려서 자랑스럽게 안락의자 위에 놓았다. 더 이상 할 일이 없었다. 그래서 이제 난롯불 쪽으로 가서는 장작을 던져놓고 앉아서 기다렸다.

 그리 오래 걸리지 않았다. 이윽고 노랫소리가 들려왔다. 굵직한 저음의 노랫소리가 거대하고 쾌활한 힘을 싣고 공기 중에 계속 메아리쳤다. "나는 철도에서 일했네, 평생토록……."

 프리처는 눈을 감고 엄숙하게 팔짱을 낀 채 그들이 명랑하게 다가오는 행로를 가늠해보았다. 피칸 나무를 지나 길 위로, 멀구슬나무 아래로…….

 (프리처의 아버지가 죽기 전날 밤, 무섭게 생긴 커다란 빨간 부리 새가 뜬금없이 방으로 날아들어 와 노인의 침대 위를 두 번 빙빙 돌다가 보고 있던 사람의 눈앞에서 휙 사라졌다는 말이 있었다.)

프리처도 지금 그런 징조를 반쯤 기대하고 있었다.

그들은 계단을 쿵쿵 밟고 현관 베란다로 올라왔다. 부츠가 무거워 판자가 축축 처졌다. 프리처는 노크 소리가 나자 한숨을 내쉬었다. 그들을 안으로 들여야 할 터였다. 그래서 프리처는 이블리나를 향해 미소를 지었고 괘씸한 자식들을 잠깐이나마 생각한 후, 천천히 문으로 가 빗장을 풀고 문을 활짝 열었다.

주홍색 턱수염을 길게 기른 쪽, 곱슬머리 남자가 목에 두른 스카프로 벌겋게 달아오른 네모진 얼굴을 훔치면서 먼저 걸어 들어왔다. 그는 마치 보이지 않는 모자를 들어올리는 양 인사했다.

"어서 오셔요, 예수님." 프리처는 할 수 있는 한 몸을 납죽 엎드리며 절했다.

"안녕하십니까." 곱슬머리가 인사했다.

노랑머리가 경쾌하게 휘파람을 불며 따라 들어왔다. 그의 걸음걸이는 잘난 척 건들거렸고, 손은 코르덴 바지 주머니 깊숙이 찔러 넣고 있었다. 그는 프리처를 머리부터 발끝까지 험악한 표정으로 훑어보았다.

"어서 오셔요. 성인 나으리." 프리처는 두 사람을 마음대로 구분하여 불렀다.

"안녕하십니까."

프리처는 두 사람이 불 앞에 다 자리를 잡고 나서야 걱정스럽게 걸어갔다. "두 분 기분은 어떠십니까?" 프리처는 물었다.

"별로 나쁘진 않습니다." 곱슬머리는 만화와 여자가 그려진 달력을 감상했다. "여자 보는 눈이 있으시군요, 영감님."

"아니, 아녀요." 프리처는 음울하게 대답했다. "지는 저런 여자들은 쳐다보지도 않는구먼요!" 프리처는 강조하는 의미로 고개를 절레절레 흔들었다. "지는 기독교인이구먼요, 예수님. 정직한 침례교인에, 사이프러스시티 모닝스타 교회에 근면하게 다니는지라."

"기분 상하게 할 뜻은 없었습니다." 곱슬머리가 말했다. "성함이 어떻게 되십니까?"

"이름요? 아, 예수님도 지 이름이 프리처라는 걸 아시지라. 지난 여섯 달 동안 주님하고 징하게 얘기했잖습니까?"

"뭐, 그랬던가 보죠." 곱슬머리는 그렇게 말하고 프리처의 등을 다정하게 토닥였다. "그랬고 말고요."

"이게 뭔 짓이야?" 노랑머리가 물었다. "대체 너 지금 무슨 짓거리야?"

"난들 아냐?" 곱슬머리가 어깨를 으쓱했다. "보세요, 프리처 영감님. 우린 하루 종일 고생해서 목이 좀 마른데요, 도와주시겠습니까?"

프리처는 약삭빠르게 웃으며 팔을 들었다. "지는 평생 술 한 모금 입에 안 댔구먼요."

"우리는 물 얘기를 한 겁니다, 영감님. 그냥 마실 물이면 됩니다."

"그리고 물 그릇이 깨끗한지 확인 좀 해요." 노랑머리가 말했다. 그는 쾌활하기는 했어도 아주 까다로운 사람이었고 약간 꼬인 사람이기도 했다.

"대체 이 불은 뭣 때문에 피워놓으신 겁니까, 영감님?"

"지 건강 때문입죠. 지가 솔찬히 추위를 타는지라."

노랑머리가 말했다. "이 흑인들은 모두 다 기계로 찍어낸 것처럼 똑같다니까. 모두 다 항상 골골거리고 머릿속이 다 이상하지."

"지는 아픈 게 아니구먼요." 프리처가 쏘아보았다.

"지는 괜찮구먼요. 지금처럼 기분 좋은 적도 없으니께!" 프리처는 안락의자 팔걸이를 쓰다듬었다. "여기 안락의자에 좀 앉아보시겠어요, 예수님. 푹신한 베개 보이시지라? 성인 나으리는⋯⋯ 침대에 좀 누우시든지."

"참 고맙습니다."

"앉는 것만으로도 충분합니다."

곱슬머리가 더 나이가 많고 잘생긴 편이었다. 머리는 섬세하게 손질했고, 눈은 짙은 푸른색이었으며, 통통하고 강한 얼굴에는 약간 진지한 표정이 어려 있었다. 그리고 그의 턱수염은 정말로 장엄한 기색을 띠었다. 그는 다리를 쫙 펴고 한쪽 다리를 안락의자의 팔걸이 너머로 흔들었다. 노랑머리는 좀 더 날카롭게 생겼고 얼굴빛이 좀 더 창백했다. 그는 침대에 털썩 주저앉아 이것저것을 보며 얼굴을 찡그렸다. 난롯불이 졸린 소리를 냈다. 등불이 부드럽게 탁탁 타올랐다.

"지 물건 좀 챙겨도 되겠죠?" 프리처의 목소리는 상당히 맥빠진 투였다.

대답이 없자 프리처는 맨 구석에 이불을 펴고 아무 말없이, 약간 비밀스럽게 이블리나의 사진과 그의 파이프, 한때는 결혼기념일에 마셨던 스커퍼농 포도주가 담겨 있었으나, 지금은 행운을 비는 일곱 개 분홍 자갈과 위에 먼지와 거미줄만 가득한 초록색 병, 빈 파라다이스 사탕 상자와 비슷한 가치가 있는 다른 물건들을 주섬주섬 챙겼다. 그러고는 세월의 냄새가 켜켜이 쌓인 삼나무 서랍장을 뒤져 반짝이는 다람쥐 털가죽 모자를 꺼내 썼다. 모자를 쓰니 기분이 좋고 따뜻했다. 아마도 이 여행은 아주 추울 것이었다.

프리처가 짐을 싸는 동안 곱슬머리는 단지에 꽂혀 있던 닭털로 꼼꼼하게 이를 쑤시며 영문을 모르겠다는 듯 찌푸린 표정으로 노인의 행동을 바라보았다. 노랑머리는 다시 휘파람을 불어 댔다. 그 휘파람 소리는 아주 단조로웠다.

한참 동안 프리처가 꾸물거리자, 곱슬머리는 헛기침을 하고 말했다. "저희한테 물 한 잔 주기로 하셨는데요. 지금 주시면 감사하겠습니다."

프리처는 비척비척 스토브 쓰레기 사이에 숨겨져 있던 두레박 쪽으로 걸어갔다. "이놈의 기억력이 어떻게 됐구먼요, 예수님. 집에 들어오면서 머리통을 바깥에 버리고 왔나 봅니다요." 프리처는 술잔을 꺼내 물을 잔에 가득 채웠다. 곱슬머리는 물을 다 들이켜고 나서 입을 쓱 닦았다. "정말 좋네요." 그런 후 곱슬머리는 부츠를 난롯가로 쭉 뻗고 나른한 리듬으로 안락의자를 까닥거렸다.

프리처는 이불을 묶는 손이 너무 떨려 다섯 번이나 풀었다 다시 묶었다. 일을 마친 노인은 두 남자 사이에 거꾸로 서 있는 통나무에 앉았다. 프리처의 맨발은 바닥에 거의 닿지도 않았다. 니하이 병을 들고 있는 금발 여자의 해진 입술은 샐쭉 미소 지었고, 불빛이 벽에 비쳐 매력적인 벽화를 그려냈다. 열린 창 틈으로 잡초 관목에 숨은 곤충들이 다양한 밤의 노래를 불어대는 소리가 들려왔다. 프리처가 평생 들어왔던 소리였다. 오, 그의 오두막은 얼마나 아름다워 보였는지, 그가 점점 멸시하게 되었던 것들이 얼마나 근사했던지! 이제까지 잘못 생각하고 있었던 것이다. 지긋지긋한 멍청이! 지금이 아니라면 여길 절대 떠날 수 없을 것이었다! 하지만 지금 그의 앞, 1미터 앞에 부츠 신은 발 네 개가 버티고 있고, 문은 그보다 한참 더 뒤에 있었다.

"예수님." 프리처는 어조를 조심스럽게 고르며 입을 열었다. "지가 가만가만 생각해보니께, 암만해도 두 분 나으리하고 함께 갈 수 없겠구먼요."

곱슬머리와 노랑머리는 이상하다는 눈길을 교환했다. 노랑머리는 침대에서 일어나 프리처 위에 몸을 숙이고 말했다. "왜 그러세요, 영감님? 열이라도 있으세요?"

죽도록 부끄러워진 프리처는 말했다. "부탁입니다요, 용서해 주셔요. 지는 아무 데도 가고 싶지 않구먼요."

"이보세요, 영감님. 말이 되는 소리를 하세요." 곱슬머리가 친절하게 말했다. "편찮으시면 저희가 읍내에 가서 의사를 불러오지요."

"소용없어라. 시간이 되긴 되었지만서도 나으리들, 지는 여기 두고 가시면 고맙겠구먼요."

"저희는 그냥 도와주려는 것뿐이에요." 노랑머리가 말했다.

"그렇고 말고요." 곱슬머리는 불 속으로 침을 퉤 뱉었다. "참으로 이상하신 분이군요. 모든 사람에게 다 수고롭게 호의를 베풀어줄 필요는 없는 거죠, 전혀 없어요."

"고맙구면요, 예수님. 두 분 나으리께 수고를 끼쳐드려서 면목이 없구면요."

"차라리 말을 해보세요, 영감님." 노랑머리가 목소리를 깔고 말했다. "무슨 일입니까? 여자 문젭니까?"

곱슬머리가 말렸다. "영감님하고 농담 그만해. 햇볕에 너무 오래 앉아 계셔서 그런 거야. 그런 게 아니라면 이런 경우는 본 적이 없어."

"나도 그래." 노랑머리가 대꾸했다. "하지만 이런 노망난 노인네들은 종잡을 수가 없어. 저러다가 눈 깜짝할 사이에 노발대발한다니까."

프리처는 거의 몸이 반으로 접힐 때까지 점점 더 몸을 숙였다. 턱이 움찔움찔 떨렸다.

"처음에는 마치 악마라도 본 사람처럼 뛰어갔잖아." 노랑머리가 계속 말을 이었다. "이젠 영문을 모르게 행동한다니까."

"그게 아니구먼요." 프리처는 놀라서 눈을 크게 떴다. "나으리들을 성경에서 봤구먼요. 지는 착한 사람이지라. 세상에서 젤 착한 사람이지라……. 남한테 모나게 한 적도 없고……."

"아아." 노랑머리가 웅얼거렸다. "난 두 손 들었어! 영감님……, 정말 상대해줄 수가 없네요."

"그게 정답이다." 곱슬머리가 말했다.

프리처는 머리를 숙이고 모자에서 흘러내려 뺨에 닿은 다람쥐 꼬리를 쓸었다. "지도 압니다요. 알고 말고요. 지야 바보 천치고, 이거야 복음이지요. 하지만 지를 가만 내버려두시면, 저기 마당이랑 들판에 난 잡초도 다 뽑고, 농사일도 다시 하고, 애나 조가 집에 와서 지 아비를 돌봐줄 때까지 기다릴 거구먼요."

곱슬머리는 턱수염을 잡아당겼다가 멜빵을 튕겼다. 그는 파란 눈을 멍하게 뜨고 프리처의 얼굴을 정확히 바라보았다. 마침내 그는 입을 열었다. "무슨 얘긴지 전혀 모르겠네요."

"아주 뻔한 얘기야." 노랑머리가 말했다. "머릿속에 악마가 들어차서 지껄이는 거지."

"지는 정직한 침례교인이라니께요." 프리처는 다시 한 번 상기시켜주었다. "사이프러스시티에 있는 모닝스타 교회에 다니고, 아직 일흔 살도 안 됐구먼요."

"자, 영감님." 노랑머리가 말했다. "좋게 봐줘도 백 살은 되셨겠는데요. 그런 허풍은 치지 마시고요. 그런 게 다 성경 말씀을 어기는 거라니까요. 그거 잊지 마세요."

"지는 그저 불쌍한 죄인이구먼요." 프리처가 말했다. "지가 가장 불쌍한 죄인은 아니겠지요?"

"글쎄요, 전 모르겠는데요." 곱슬머리는 이렇게 대답하고 미소 지으며 일어서서 하품했다. "자, 난 배가 너무 고파서 독버섯이라도 먹을 지경이야. 자, 제스. 이제 집에 가자. 마누라들이 우리 저녁을 돼지 먹이로 줘버리기 전에."

노랑머리가 대답했다. "제기랄, 한 발짝이라도 뗄 수 있을지 모르겠군. 물집이 불붙은 듯 아프네." 그러고는 프리처를 향해서 말했다. "그럼 영감님은 불쌍하게 계속 계십시오."

그러자 프리처는 그의 윗니 네 개와 아랫니 세 개(1922년 크리스마스에 이블리나가 선물로 해준 금니까지 포함해서)를 훤히 드러내며 빙긋 웃었다. 그의 눈은 격렬하게 깜박였다. 쭈글쭈글하고 약간 특이한 아이처럼 프리처는 춤추며 문으로 다가가 두 사람이 지나갈 때 손에 입을 맞추겠다고 우겼다.

곱슬머리는 계단을 통통 튀면서 내려갔다가 다시 와서 프리처에게 그의 성경과 지팡이를 건네주었다. 그동안 노랑머리는 어둠이 벌써 희미한 커튼처럼 내린 마당에 서서 기다렸다.

"이제 잃어버리지 마세요, 영감님." 곱슬머리가 말했다. "그리고 앞으로는 소나무 숲에서 저희를 봐도 도망가지 마시고요. 영감님같이 연로하신 분은 그러다간 큰일 나요. 그럼 몸조심하십시오."

"히히." 프리처는 킬킬댔다. "조심하다마다요. 그리고 고맙구먼요, 예수님. 성인 나으리도요……. 고맙습니다. 이 얘기를 남한테 하면 믿을랑가 모르겠네."

두 사람은 장총과 스라소니를 어깨에 둘러멨다. "행운을 빕니다." 곱슬머리가 말했다. "언젠가 다시 와서 물 한 잔 청할지도 모르겠네요."

"오래오래 건강히 사세요, 영감님." 노랑머리도 인사했다. 두 사람은 마당을 가로질러 길로 나갔다.

프리처는 현관 베란다에 서서 바라보다가 갑자기 뭔가 생각이 나서 불렀다. "예수님……. 예수님! 괜찮으시면 지 청 하나만 들어주셔요. 시간 있으시면 지 마누라 좀 찾아봐주시면 고맙겠구먼요. 이름은 이블리나, 프리처가 안부 전한다 해주셔요. 지가 행복하게 잘 지낸다고 전해주시면 됩니다요!"

"아침에 제일 먼저 해드리죠." 곱슬머리가 대답하자 노랑머리는 폭소를 터뜨렸다.

두 사람의 그림자가 길 위에 나타나자 얼룩 개가 도랑에서 기어 나와 뒤를 따랐다. 프리처는 뒤에서 부르며 손을 흔들었다. 하지만 두 사람은 웃느라고 정신이 없어서 듣지 못했다. 웃음소리는 반딧불이들이 작은 달처럼 푸른 대기 위를 점점이 수놓고 있는 산마루 너머로 두 사람이 넘어간 후까지도 바람을 타고 허공 속을 떠돌았다.

밤의 나무
(1945)

겨울이었다. 온기가 새어나간 듯한, 한 줄로 죽 꿰어진 전구들은 어두운 기차역의 춥고 바람 부는 플랫폼을 비추었다. 이날 오후 일찍이 비가 온 터라 이제 역사 처마에 고드름이 수정 괴물의 사악한 이빨처럼 주르륵 매달렸다. 황량한 역에는 여자 하나뿐이었다. 어리고 약간 키가 큰 여자였다. 회색 플란넬 정장에 비옷을 입고 체크무늬 스카프를 맨 차림이었다. 가운데 가르마를 타고 양옆을 단정히 말아 올린 머리카락은 금빛이 도는 갈색이었다. 얼굴이 너무 마르고 좁은 편이었지만 특출난 정도까지는 아니라도 매력적인 편이었다. 잡지 여러 권과 케이Kay라는 청동 철자가 고상하게 새겨진 회색 스웨이드 가방 말고도 여자는 눈에 확 띄는 녹색 웨스턴 기타를 들고 있었다.

기차가 증기를 내뿜고 빛을 발하며 어둠 속에서 나와 덜컹거리면서 멈추자, 케이는 소지품을 챙겨 들고 마지막 객차에 올라

탔다.

객차의 내부 장식은 이제 다 삭아가는 과거 유물이었다. 붉은 플러시 천을 씌운 오래된 좌석은 군데군데 벗겨졌고 요오드색 목재 부분도 껍질이 벗겨지고 있었다. 천장에 달려 있는 구식의 구리등은 낭만적으로 보이긴 했지만 어울리지 않았다. 우울하고 죽은 듯한 연기가 대기를 떠다녔다. 차 안은 사람들이 옹기종기 모여 있어 열기가 나오는 탓에 버려진 샌드위치나 사과 심지, 오렌지 껍질의 썩은 내가 더 고약했다. 종이컵과 탄산음료 병, 구겨진 신문지를 포함한 쓰레기들이 길다란 복도에 어지럽게 널려 있었다. 벽에 박힌 냉수기에서 차가운 김이 일정하게 흘러나와 바닥에 물방울이 뚝뚝 떨어졌다. 케이가 올라타자 지친 눈길로 올려다보는 승객들은 이런 불편함을 아랑곳하지 않는 듯했다.

케이는 코를 틀어막고 싶은 유혹에 저항하며 조심스레 복도를 따라갔다. 한 번, 졸고 있는 뚱뚱한 남자가 통로로 뻗은 다리에 걸려 넘어질 뻔했으나 별다른 사고는 없었다. 별 특징 없는 두 남자가 케이가 지나갈 때 흥미롭다는 듯 쳐다보았다. 한 아이가 좌석에서 일어서 꺅꺅 소리 질렀다. "엄마, 저 밴조 좀 보세요! 저기, 누나! 밴조 좀 켜줘요!" 결국 엄마에게서 한 대 얻어맞고 서야 아이는 얌전해졌다.

빈자리는 딱 하나뿐이었다. 케이는 객실 뒤편 다른 좌석과 떨어져 움푹 들어간 좌석 사이에서 빈자리 하나를 찾아냈지만, 거기엔 벌써 남자와 여자 하나가 건너편 빈자리에 다리를 나란히 올려놓고 있었다. 케이는 잠시 망설이다가 말했다. "여기 앉아도 돼요?"

단순히 질문을 들은 게 아니라 바늘로 찔리기라도 한 양 여자가 머리를 획 들었다. 그럼에도 불구하고 여자는 억지로 미소를 지었다. "자리를 차지하고 있는 처지라 안 된다는 말도 못 하겠네." 여자는 이렇게 말하면서 다리를 내렸고, 기이할 정도로 개인적인 감정은 실리지 않은 태도로 창밖만 내다볼 뿐 이쪽에는 별 신경을 안 쓰는 남자의 발을 들어 내려놓았다.

여자에게 감사를 표하고 케이는 코트를 벗은 후 자리에 앉아 가방과 기타를 옆에, 잡지를 무릎에 내려놓았다. 그럭저럭 편안하긴 했지만, 등에 괼 베개가 하나 있으면 더 좋겠다고 생각했다.

기차가 덜컹덜컹 움직이기 시작했다. 유령 같은 증기가 창문에 부딪치며 식식거렸다. 외로운 기차역의 더러운 불빛이 천천히 과거로 스러져버렸다.

"아유, 기차 쓰레기장 같은 곳이라니까." 여자가 말했다. "시내도 없고 아무것도 없어."

케이가 대답했다. "시내는 몇 킬로미터 떨어진 곳에 있어요."

"그래요? 거기 살아요?"

그런 건 아니었다. 케이는 삼촌의 장례식에 참석하러 왔다 가는 길이라고 말했다. 굳이 타인에게 설명할 건 없었지만 케이에게 저 녹색 기타 말고는 아무것도 유언장에 남겨준 것이 없는 삼촌이었다. 어디로 가느냐고? 오, 대학으로 돌아가는 길이었다.

잠깐 이 말을 곰곰이 생각해보더니 여자는 결론을 내렸다. "그런 데서 대체 뭘 배울 수 있죠? 이거 하나 말해주죠. 나도 꽤 교양 있는 여자지만 대학 문턱은 넘어본 적도 없다고."

"그러셨어요?" 케이는 예의 바르게 중얼거리며 짐짓 잡지를 퍼 대화를 끊어버렸다. 책을 읽기에 불빛은 너무 침침했고 관심을 끄는 기사도 하나 없었다. 그렇지만 마라톤처럼 이어질 대화에 끼고 싶은 생각은 없었으므로, 케이는 멍하니 잡지만 계속 바라보고 있었다. 하지만 누군가 은근하게 케이의 무릎을 쳤다.

"그만 읽어요." 여자가 말했다. "난 이야기 상대가 필요하니까. 쟤한테는 말해봤자 아무런 재미가 없어요." 여자는 엄지손가락으로 말없이 앉아 있는 남자를 가리켰다. "좀 아프거든요. 귀도 멀고 말도 못 해. 내 말뜻 알겠어요?"

케이는 잡지를 덮고 처음으로 여자를 좀 더 자세히 바라보았다. 여자는 키가 작았다. 다리가 바닥에 닿지도 않을 정도였다. 그리고 대개 키가 작은 사람들이 그러듯이 골격 구조도 이상했다. 여자의 경우에는 머리가 엄청나게 거대했다. 너무 환한 색의 입술연지를 바르고 있어 축 처지고 살이 통통한 얼굴만 봐서는 몇 살인지 짐작할 수 없었다. 아마도 쉰이나 쉰 다섯은 된 듯했다. 양처럼 커다랗고 유순한 눈은 눈앞의 광경을 신뢰할 수 없다는 듯 가늘게 뜨고 있었다. 머리카락은 염색한 게 분명한 빨간색이었고 바짝 볶아 꼬불꼬불한 고수머리로 말았다. 한때는 우아했었을 커다란 라벤더색 모자는 머리 옆에서 미친 듯 뒤집혀 있었고, 여자는 챙에 꿰매져 있는 합성수지 체리 송이를 계속 뒤로 넘기느라 정신이 없었다. 여자는 소박한, 어찌 보면 허름하다 할 만한 파란 드레스를 입고 있었다. 숨결에서는 달콤한 진 냄새가 선명하게 풍겼다.

"나랑 얘기해도 괜찮죠, 아가씨?"

"그럼요." 케이는 약간 흥미가 동해서 말했다.

"그러시겠지. 그럴 거야. 그래서 내가 기차를 좋아한다니까. 버스에 타면 사람들이 얼간이처럼 입을 꾹 다물고 있지. 하지만 기차는 사람들이 자기 패를 다 보여주는 곳이니까. 내가 항상 하는 말이죠." 여자의 목소리는 명랑했고 꽝꽝 울려댔으며 남자 목소리처럼 허스키했다. "하지만 쟤 때문에 항상 이 자리에 앉으려고 하죠. 여기는 개인실처럼 좀 더 사생활이 보장되니까, 그렇죠?"

"아주 쾌적하네요." 케이가 동의했다. "같이 앉게 해주셔서 고마워요."

"나야말로 기쁘지. 우린 별로 친구가 없으니까. 어떤 사람들은 쟤 주변에 오면 짜증을 내거든요."

마치 이 말을 부인하듯, 남자는 목구멍 깊숙이 가르릉 괴성을 내며 여자의 소맷부리를 붙잡았다. "나 좀 놔줘라, 얘." 여자는 마치 산만한 아이에게 말하듯 했다. "난 괜찮아. 우린 그냥 담소를 좀 나누는 것뿐이야. 얌전하게 행동하렴. 그렇지 않으면 이 예쁜 아가씨가 도망갈 테니까. 이 아가씨는 부자래. 대학에 다닌단다." 그러면서 여자는 눈을 찡긋했다. "쟤는 내가 술 취한 줄 아나 봐."

남자는 자리에 웅크리고 앉아 머리를 옆으로 흔들며 곁눈질로 케이를 빤히 관찰했다. 그의 눈은 마치 구름 낀 하늘색 대리석과 같은 색이었고 속눈썹이 짙었으며 이상할 정도로 아름다웠다. 어떤 아득한 느낌만 제외하면, 넓고 맨송맨송한 얼굴에는 표정이라고 할 만한 게 없었다. 마치 아주 가벼운 감정이라도 경험하거나 반영할 능력이 없는 듯했다. 회색 머리는 짧게 깎았고 앞으로 빗어서 앞머리를 삐뚤빼뚤하게 내렸다. 그는 마치 수상쩍은 방식으로 급속성장을 이룬 아이 같았다. 너덜너덜한 푸른색 능직 정장을 입었으며 냄새가 안 좋은 싸구려 향수를 뿌렸다. 손목에는 미키마우스 시계를 차고 있었다.

"쟤는 내가 술 취했다고 생각한다니까요." 여자는 되풀이했다. "웃긴 건 실제로 내가 취했다는 거지. 오, 젠장. 그럼 아가씨가 무슨 수를 내야죠, 그게 맞지 않아요?" 여자는 몸을 숙였다. "말해봐요, 그렇지 않을까?"

케이는 여전히 남자를 멍청히 바라봤다. 남자가 바라보는 눈길 때문에 그녀는 소름이 끼쳤지만 그에게서 눈을 뗄 수가 없었다. "그런 것 같네요."

"자, 그럼 우리 술 한잔합시다." 여자가 제안했다. 여자는 유포油布 가방에 손을 집어넣더니 반쯤 빈 진 술병을 꺼냈다. 여자는 뚜껑을 열려고 했으나 다시 생각해보더니 가방을 케이에게 건네주었다. "참, 아가씨가 같이 있다는 걸 잊었네. 가서 종이컵 좀 가져올게요."

케이가 미처 자기는 술을 마시지 않는다고 말하기도 전에 여자는 일어나서 약간 휘청휘청한 걸음걸이로 복도를 따라 냉수기가 있는 쪽으로 갔다.

케이는 하품을 하고 유리창에 이마를 기댔다. 손가락으로는 멍하니 기타를 튕겼다. 기타 줄은 팅 울리며 듣기 좋은 소리, 창문을 빠르게 스쳐가며 어둠 속에 흐리게 보이는 남부의 풍경처럼 단조로우면서도 마음을 달래주는 음들을 냈다. 얼음 같은 겨울 달이 가느다란 흰 바퀴처럼 기차 위 밤하늘을 굴러갔다.

그런데 그때 아무 예고 없이 이상한 일이 일어났다. 남자가 손을 뻗어 케이의 뺨을 부드럽게 쓰다듬은 것이다. 대단히 섬세한 움직임이라고는 해도, 너무나 대담한 손짓이었으므로 케이는 처음에는 놀라 어떻게 이해해야 할지 알 수가 없었다. 케이의 생각은 세 가지, 혹은 네 가지의 환상적인 방향으로 달려갔다. 그는 기이한 눈이 케이의 눈앞 아주 가까이 올 때까지 몸을 앞으로 내밀었다. 그의 몸에서 나는 향수 냄새는 메스꺼웠다. 두 사람이 서로 탐색하는 눈길을 주고받는 동안 기타는 아무 소리도 내지 않았다. 갑자기 케이는 마음속 어딘가에 있는 동정심의 샘에서부터 그에 대한 안타까움이 솟아올랐다. 하지만 동시에 압도적인 반감, 절대적인 혐오감 또한 억누를 수 없었다. 그에게는 확실히 말할 수 없는 알쏭달쏭한 면이 있었다. 케이에게 무언가를 떠올리게 하는 특질이었지만 그게 무얼까?

　잠시 후, 남자는 엄숙히 손을 내리고 도로 좌석에 기댔다. 그는 마치 절묘한 묘기를 보이고 박수갈채를 기다리는 광대처럼 아둔하게 싱긋 웃었고, 그 때문에 얼굴 인상이 바뀌었다.

　"일어서! 일어나라! 꼬마 카우보이……." 여자가 소리를 질렀다. 그러더니 자리에 앉아 큰 소리로 말했다. "머리가 팽팽 도네! 기운이 다 빠져! 휴!" 한 손 가득 종이컵을 들고 온 여자는 두 개를 빼내고 나머지는 아무렇지도 않은 듯 블라우스 밑에 쑤셔 넣었다. "나머지는 젖지 않게 잘 보관해야지, 하하하……." 여자는 기침을 발작적으로 터뜨렸지만, 기침이 멎자 더 진정이 되는 듯했다. "내 남자 친구가 재미있게 해주었어?" 여자는 자기 가슴을 숭배하듯 두드렸다. "아, 참 다정한 애지." 여자는 곧 드레만드레 취한 듯 보였다. 케이는 차라리 여자가 그러기를 바랐다.

"전 마시고 싶지 않아요." 케이는 병을 돌려주었다. "전 술 안 마셔요. 술맛을 싫어하거든요."

"분위기 깨지 마요." 여자가 단호하게 말했다. "자, 착한 아가씨답게 컵을 들어요."

"아뇨, 저는……."

"세상에, 가만히 들고 있어요. 아가씨 같은 나이에 손을 벌써 떨면 어째? 나야 나뭇잎처럼 바들바들 떨지만, 그럴 만하니까 그런 거고. 아, 이유가 있다니까."

"하지만……."

위험한 미소가 떠오른 여자의 얼굴은 추악하리만큼 일그러졌다. "뭐가 문제야? 내가 술상대로 싫다는 뜻이야?"

"오해하지는 마세요." 케이의 목소리는 떨렸다. "그냥 난 하기 싫은 일을 억지로 강요당하는 게 싫어요. 자, 이 잔을 저기 신사 분에게 드리면 어떨까요?"

"쟤? 그런 소리 마. 그나마 남은 정신이라도 챙겨야지. 자, 아가씨, 쭉 들이켜요."

케이는 반항해봤자 소용없다는 걸 알고 차라리 순순히 마셔 소동을 일으키지 않는 편이 낫다고 생각했다. 케이는 한 모금 마시고 몸을 떨었다. 아주 싸구려 진이었다. 술이 목구멍을 타고 넘어가자 눈에 눈물이 고였다. 그러다가 재빨리 여자가 안 보는 사이에 컵 속의 내용물을 기타 울림통에 쏟아버렸다. 하지만 그 광경을 남자가 우연히 보고 있었다. 케이는 눈길을 깨닫고는 무모하게도 이르지 말라는 눈신호를 보냈다. 하지만 그의 멍한 표정으로 봐서는 그가 얼마나 알아들었는지는 알 수 없었다.

"아가씬 고향이 어디지?" 곧 여자가 물었다.

한순간 당황해서 케이는 대답을 할 수가 없었다. 몇몇 도시의 이름들이 동시에 떠올랐다. 마침내 이런 혼란스러운 상황에서 케이는 대답을 꺼냈다. "뉴올리언스요. 제 고향은 뉴올리언스예요."

여자는 눈을 환히 빛냈다. "뉴올리언스는 내가 은퇴하면 가고 싶은 곳이지. 언젠가, 아, 1923년에 거기서 규모는 작지만 근사한 점집을 한 적이 있었어. 어디 보자, 그래 세인트피터 갔어." 여자는 잠시 말을 멈추고 몸을 수그려 빈 진 병을 탁자 위에 놓았다. 병은 떨어져 복도까지 떼구르르 굴렀고 둔중한 소리를 내며 앞뒤로 까닥거렸다. "난 텍사스에서 자랐어. 커다란 목장에서. 우리 아빠는 부자였거든. 우리 아이들은 언제나 항상 제일 좋은 것만 갖고 살았지. 심지어 옷도 프랑스 파리제였다니까. 아가씨도 크고 근사한 집에 살고 있을 것 같은데. 정원은 있어? 꽃을 기르나?"

"라일락 정도만요."

차장이 객차로 들어왔고 뒤를 따라 차가운 바람 한 줄기가 복도에 있는 쓰레기들을 날려 지루했던 분위기에 잠시나마 활력을 불어넣었다. 차장은 좌석을 따라 쿵쿵 걸어오며 가끔씩 멈춰서 표에 구멍을 뚫거나 승객과 대화를 나누었다. 자정이 넘은 시각이었다. 누군가 능숙하게 하모니카를 불었다. 또 다른 누군가는 어떤 정치인의 이점을 설파하고 있었다. 한 아이가 잠에서 깨어나 울음을 터뜨렸다.

"우리 진짜 신분을 알게 되면 아가씨도 그렇게 도도하게 굴 수는 없을걸?" 여자는 거대한 머리를 까닥거리면서 말했다. "우리는 보통 시시한 사람들이 아니거든. 전혀 아니지."

당황한 케이는 초조하게 담뱃갑을 꺼내 담배 한 개비에 불을 붙였다. 케이는 저기 앞에 빈 자리가 없을까 생각했다. 이제 잠깐이라도 이 여자를, 그리고 남자도 참을 수가 없었다. 하지만 이전에는 이와 조금이라도 비슷한 상황에 놓여본 적이 없었다. "괜찮으시면, 저는 이만 가볼게요. 여기 자리가 아주 편하긴 하지만, 기차에서 친구를 만나기로 해서……."

거의 눈에 보이지 않을 정도로 민첩하게 여자는 케이의 손목을 잡아챘다. "아가씨 엄마가 거짓말은 죄악이라고 가르쳐주지 않았어?" 여자는 연기하듯 속삭였다. 라벤더 모자가 머리에서 굴러 떨어졌지만 여자는 도로 쓰려고도 하지 않았다. 여자의 혀가 날름대며 입술을 축였다. 케이가 일어서자 여자는 붙잡은 손목에 힘을 가했다. "앉아요, 아가씨……. 친구는 없잖아. 왜, 우리가 유일한 친구잖아. 그리고 우리를 절대 떠나지 않겠지."

"솔직히 거짓말한 게 아니에요."

"앉아요, 아가씨."

케이가 담배를 떨어뜨리자, 남자가 주웠다. 그는 구석에 웅크리고 앉아, 가운데가 비어 있는 눈처럼 위로 올라가다 사라져버리는 담배 연기 고리를 만드는 데 골몰했다.

"뭐, 우리를 놔두고 가면 저 애 마음이 상할 텐데 그러고 싶은 건 아니지?" 여자가 부드럽게 달랬다. "앉아, 앉아요. 자, 그래야 착한 아가씨지. 어머, 정말 예쁜 기타네. 정말로 예쁜 기타야……." 여자의 목소리가 스러져 갈 때쯤 두 번째 기차가 지나가며 휙 하는 잡음이 들려왔다. 순간 객실의 전등이 꺼졌다. 어둠 속에서 스쳐 가는 반대편 기차의 황금빛 창문이 까망-노랑-까망-노랑-까망-노랑으로 깜박거렸다. 남자의 담배는 반딧불이의 불빛처럼 율동감 있게 움직였고 담배 연기로 만든 고리는 평온하게 위로 계속 올랐다. 바깥에서 종소리가 미친 듯이 울려댔다.

불이 다시 들어오자, 케이는 여자의 강한 손가락 힘 때문에 아린 팔찌 자국을 남긴 손목을 문질렀다. 케이는 화났다기보다 황당했다. 차장에게 다른 좌석을 찾아줄 수 있느냐고 물어볼 작정이었다. 하지만 차장이 차표를 검사하러 오자, 이 부탁의 말은 지리멸렬하게 입술에서만 파드득거렸다.

"네, 손님?"

"아무것도 아니에요."

그러자 차장은 가버렸다.

구석 자리에 들어앉은 삼인조는 수수께끼 같은 침묵 속에서 서로를 바라보기만 했다. 마침내 여자가 입을 열었다. "나 아가씨에게 보여주고 싶은 게 있어." 여자는 다시 한 번 유포로 만든 손가방을 뒤적거렸다. "이걸 한번 보면 더 이상 그렇게 도도하게 굴지 못할걸."

여자가 케이에게 건네준 건 노란 옛날 종이에 찍은 전단으로, 마치 몇 세기는 묵은 것 같았다. 곧 찢어질 듯 얇은 종이에 과하게 멋 부린 글씨체로 이렇게 쓰여 있었다.

나사로
생매장당한 남자
기적을 눈으로 직접 확인하세요!
성인 25센트, 어린이 10센트

"난 항상 찬송을 부르고 설교를 읽어." 여자가 말했다. "정말로 슬프지. 어떤 사람들은 울기도 해. 특히 늙은이들은. 게다가 아주 우아한 의상을 입으니까. 검은 베일에 검은 드레스, 오, 얼마나 어울린다고. 쟤는 정말 멋진 맞춤 신랑 양복을 입고 터번을 두르고 얼굴에 텔컴 파우더를 뿌리지. 봐, 정말로 우리는 할 수 있는 한 진짜 장례식처럼 보이게 해. 하지만 요새는 잘난 척하면서 웃음이나 터뜨리는 얼간이밖에 없어. 그래서 나는 지금처럼 쟤가 아픈 게 가끔은 정말 기쁘기도 해. 그렇지 않다면 마음에 상처를 받을지도 모르니까."

"그럼 서커스단 소속으로 곁들이 공연 같은 걸 하신단 말이에요?"

"아니, 우리끼리만." 여자는 떨어진 모자를 주우면서 말했다. "몇 년 동안이나 해왔어. 남부에 있는 작은 도시는 다 돌아다니면서. 미시시피 주 싱어송, 루이지애나 주 스펑키, 앨라배마의 유레카……." 이외 다른 마을의 이름들이 여자의 입에서 음악적으로 굴러 나와 비처럼 흘러내렸다. "찬송가를 부르고 설교를 한 후에는 쟤를 묻어."

"관에다가요?"

"비슷해. 정말 멋있어. 은별을 뚜껑에다 다 그려놨거든."

"그러면 숨막힐 것 같은데요." 케이는 놀라서 말했다. "산 채로 얼마나 오래 묻혀 있는 건가요?"

"다 해서 한 시간 정도. 물론 미끼 놓는 시간은 빼고."

"미끼요?"

"으흠. 쇼 전날 밤에 하는 거야. 봐, 우리는 가게 하나를 찾아. 큰 유리창이 있는 상점이면 어디나 괜찮지. 그럼 주인을 찾아서 이 애를 거기 창문 앞에 앉아 있게 하는 거지. 뭐, 자기 최면이라고나 할까. 마치 부지깽이처럼 뻣뻣하게 밤을 새며 앉아 있으면 사람들이 오고 가며 봐요. 그 사람들에게 죽을 만큼 겁을 주는 거지……." 이야기를 하는 동안 여자는 한 손가락을 귓속에 넣어 쑤시다가 가끔씩 꺼낸 귀지를 살피곤 했다. "한번은 떠돌이 미시시피 보안관이 어쩌려고 했냐면……."

그 후로 이어진 얘기는 중언부언에 요점이 없었다. 케이는 귀를 기울일 생각도 하지 않았다. 하지만 이미 들은 이야기가 백일몽을 불러일으켰다. 삼촌의 장례식을 어렴풋하게나마 재현해본 것이다. 솔직히 말하자면 케이는 삼촌을 잘 알지도 못했기 때문에 그 사건에 별로 영향을 받지는 않았다. 하지만 멍하니 그 남자를 바라보고 있으려니 관 속 하얀 비단 베개 위에 놓인 삼촌의 얼굴이 눈앞에 나타났다. 남자와 삼촌, 두 얼굴을 동시에 바라보자 소위 기묘한 평행 관계를 보는 듯했다. 남자의 얼굴에는 죽은 삼촌의 얼굴과 비슷한 유의, 충격적이고 향유를 바른 듯 비밀스러운 고요함이 어렸고, 어떤 의미에서 그는 마치 유리관 안에 들어 있는 전시물처럼 남이 바라보는 데도 무관심하고 남을 바라보는 데는 별로 흥미가 없는 듯했다.

"죄송해요, 뭐라고 하셨죠?"

"이렇게 말했지. 사람들이 우리에게 진짜 묘지를 쓸 수 있도록 허락해주었으면 좋겠다고. 지금은 할 수 있는 데면 아무 데서든 쇼를 하니까……. 십중팔구 냄새 나는 역 앞 공터 같은 데서 해. 그건 별로 도움은 안 돼. 하지만 내가 말했듯이 우리 연기가 좋으니까 그게 최고지. 기회가 있으면 꼭 보러 오는 게 좋을 거야."

"아, 그러고 싶네요." 케이는 건성으로 대답했다.

"아, 그러고 싶네요, 라니." 여자가 흉내 냈다. "뭐, 누가 물어 봤어? 누가 부탁이라도 했어?" 여자는 치마를 들어 올리더니 너덜너덜한 속치마 밑단으로 코를 팽 풀었다. "진짜야, 그렇게 해서 1달러도 벌기 힘들어. 지난달 우리가 얼마 벌었는지나 알아? 53달러라고! 아가씨도 언젠가 그 정도 가지고 먹고살려고 해봐." 여자는 코를 킁킁거리더니 다시 조신하게 치마를 정리했다. "뭐, 언젠가는 착한 저 아이가 정말 죽어 누워 있게 되는 날도 오겠지. 그런데도 어떤 사람들은 여전히 사기라고 할 거야."

이 순간 남자는 주머니에서 꼼꼼하게 니스 칠한 복숭아씨처럼 보이는 물건을 꺼내 손바닥 위에 올려놓았다. 그는 케이를 바라보고 케이가 관심을 보이고 있다는 것을 충분히 확인한 후 눈을 크게 뜨고 그 씨를 뭐라 표현할 수 없이 음란한 태도로 꼭 쥐고 쓰다듬었다.

케이는 얼굴을 찡그렸다. "저분은 왜 저러는 거죠?"

"저걸 사주었으면 하는 거지."

"저게 뭔데요?"

"부적이야, 사랑의 부적."

그때 누군가의 하모니카 소리가 뚝 끊겼다. 별로 특이하다고 할 수 없는 다른 소리들이 바로 귀에 들어왔다. 코 고는 소리, 술병 구르는 소리, 졸음에 차 말다툼하는 목소리, 기차 바퀴가 아련히 웅웅대는 소리.

"이보다 어디서 사랑을 더 싸게 살 수 있겠어, 아가씨?"

"멋있네요. 그러니까 귀엽다고요……." 케이는 시간을 끌었다. 남자는 씨를 바지 자락에 문질러 윤을 냈다. 그는 애원하듯 애통히 머리를 숙였고 씨가 은으로 만들어졌다고 증명이라도 하려는 듯 잇새에 넣고 깨물어보기도 했다. "부적은 항상 제게 불행만 가져다줘서요. 게다가…… 부탁인데 저렇게 행동하지 말라고 좀 해주시겠어요?"

"겁낼 거 없어." 여자는 어조를 싹 바꾸어 단조롭게 말했다. "쟨 아가씨를 해치지 않으니까."

"그만두게 하세요, 젠장!"

"나보고 어쩌라고?" 여자는 어깨를 으쓱했다. "돈 있는 사람은 아가씨야. 자긴 부자잖아. 저 애가 원하는 건 1달러뿐이야. 달랑 1달러라고."

케이는 가방을 겨드랑이 사이에 꼈다. "학교에 돌아갈 여비밖에 없어요." 케이는 이렇게 거짓말을 하며 재빨리 일어나서 복도로 나섰다. 케이는 소동이 일어날 거라 생각하고 잠깐 그 자리에 서 있었다. 하지만 아무 일도 일어나지 않았다.

여자는 다시 고의로 무관심한 척하며 한숨을 내쉬더니 눈을 감았다. 점차 남자는 진정하는가 싶더니 부적을 도로 주머니에 넣었다. 그러고는 손을 서서히 좌석 위로 뻗어 여자의 손을 느슨하게 잡았다.

케이는 문을 닫고 기차 맨 뒤 전망칸으로 나갔다. 지붕이 없는 공기 중으로 나오니 살이 쓰라릴 정도로 추웠다. 비옷을 구석 자리에 놓고 나온 터였다. 케이는 스카프를 풀어 머리에 둘둘 감았다.

이전에 이곳을 지난 적이 없었건만 기차는 이상할 정도로 눈에 익은 곳을 지나고 있었다. 높다란 나무들은 악의적인 달빛에 비쳐 신비하고 창백하게 보였고, 끊이지도 않고 기찻길 옆 양쪽에 죽 솟아 있었다. 나무 위의 하늘은 그 속을 가늠할 수 없을 정도로 짙푸른 색으로, 여기저기 빛바랜 별들이 무리지어 있었다. 기차 엔진에서 나오는 연기가 마치 심령체처럼 길게 흘러가는 게 보였다. 전망칸 한쪽에서는 휘발유 등이 다채로운 빛을 던졌다.

케이는 담배를 찾아 불을 붙이려 했다. 바람 때문에 계속 성냥불이 꺼졌고 결국 한 개비만 남았다. 케이는 등불이 타고 있는 구석으로 걸어가 성냥불이 꺼지지 않게 손을 모아 바람을 가렸다. 성냥불은 켜졌다가 파닥거리더니 다시 꺼졌다. 케이는 화가 나서 담배와 빈 성냥갑을 내던져 버렸다. 몸속에 고여 있던 긴장감이 분통이 터질 만큼 높아져서 케이는 벽을 주먹으로 내려치고 짜증 난 아이처럼 조용히 낑낑 흐느껴 울었다.

너무 추워서 머리가 다 아릴 정도여서 따뜻한 객실로 들어가 자고 싶었다. 하지만 그럴 수가 없었다. 적어도 아직은 들어갈 수 없었다. 왜냐고 물어보는 건 말도 안 된다. 벌써 그 이유는 잘 알고 있었으니까. 덜그럭덜그럭 부딪치는 이를 진정시키기 위해서, 또 자기 목소리를 다시 확인해보려고 케이는 큰 소리로 말했다. "우리는 지금 앨라배마에 있을 거야. 그러면 내일이면 애틀란타에 가 있겠지. 나는 지금 열아홉 살이고, 8월이면 스무 살이 돼. 나는 2학년이야……." 케이는 첫새벽의 기미가 있나 싶어 어둠 속을 두리번거렸으나 눈앞에 보이는 건 아까와 똑같이 끝없이 이어진 나무들과 서리에 젖은 달뿐이었다. "난 그 남자가 싫어. 그는 끔찍해. 그 남자가 싫어……." 케이는 말을 멈추었다. 자신의 어리석은 행동이 부끄러웠고 너무 지쳐서 진실을 피할 수도 없었다. 그녀는 두려웠다.

갑자기 케이는 무릎을 꿇고 등불을 만져보고 싶은 괴상한 충동이 일었다. 우아한 유리관 깔때기는 따뜻했고 붉은 불빛이 손에 스며들며 손바닥이 빛났다. 열기 덕에 언 손가락이 녹고 팔이 따끔거렸다.

케이는 너무 생각에 깊이 빠져 있어 문 열리는 소리를 듣지 못했다. 칙칙폭폭 달리는 기차 바퀴 소리에 남자의 발소리가 가려졌다.

마침내 미묘한 무감각이 케이에게 경고를 주었다. 하지만 돌아볼 엄두를 내기까지 몇 초가 흘렀다.

남자는 아무 말 없이 초연하게 머리를 한쪽으로 기울이고 양팔을 그대로 옆구리로 늘어뜨린 채 서 있었다. 전등 빛에 비쳐 환히 빛나는 그의 무해하고 생기 없는 얼굴을 들여다보면서 케이는 자기가 무엇을 두려워하는지 알았다. 바로 기억이었다. 공포스러운 유년 시절의 기억. 아주 오래전, 유령 들린 가지를 팔다리처럼 늘어뜨린 밤의 나무처럼, 머리 위에 맴도는 기억. 이모들, 요리사들, 타인들. 모두들 이야기를 지어내거나 유령과 죽음, 불길한 징조와 정령, 악마가 나오는 동요를 가르쳐주려고 혈안이 되어 있었다. 그리고 언제나 끝에는 마술사 할아버지가 나온다는 협박이 있었다. 집에서 멀리 떨어지면 절대 안 돼! 아니면 마술사 할아버지가 너를 휙 데리고 가서 산 채로 잡아먹어 버릴 거야! 마술사 할아버지는 어디에나 살았고 어디서나 위험했다. 밤에 침대에 있을 때도. 할아버지가 창문 두드리는 것 들려? 들어봐!

난간을 꼭 붙들고 케이는 조금씩 몸을 일으켜 똑바로 섰다. 남자는 고개를 끄덕이더니 손을 문 쪽으로 흔들었다. 케이는 숨을 깊이 들이쉬며 앞으로 한 발짝 내디뎠다. 두 사람은 함께 안으로 들어갔다.

객실 안에는 졸음으로 몽롱한 분위기가 감돌았다. 외로운 전등 하나만이 객실을 비추며 인공적인 어스름을 드리웠다. 기차가 천천히 굴러가며 버려진 신문지만 슬금슬금 바스락거릴 뿐 아무것도 움직이지 않았다.

여자 홀로 또렷이 깨어 있었다. 아주 흥분한 기색이 역력했다. 여자는 곱슬머리와 합성수지 체리를 만지작거렸고, 통통하고 짤막한 다리를 발목에서 꼬고 동요한 듯 앞뒤로 흔들었다. 케이가 자리에 앉아도 별다른 관심을 기울이지 않았다. 남자는 자리로 가 다리 한쪽을 몸 밑에 깔고 앉은 채 가슴에 팔짱을 꼈다.

아무렇지도 않은 듯 보이려고 케이는 잡지를 하나 집어 들었다. 남자가 한시도 눈을 떼지 않고 그녀를 보고 있다는 사실을 깨달았다. 케이는 알고 있었지만 확인하기가 두려웠고 소리를 질러 객실의 다른 사람을 깨우고 싶었다. 하지만 다른 사람들이 듣지 못하면 어쩌지? 정말로 자고 있는 게 아니라면! 눈물이 고여 잡지에 있는 글자들이 점점 확대되며 비틀려 보이다가 흐리게 얼룩졌다. 케이는 급작스럽게 격렬한 태도로 잡지를 탁 덮고 여자를 바라보았다.

"사겠어요." 케이는 말했다. "부적 말이에요. 살게요. 그게 다라면. 원하시는 게 그게 다라면."

여자는 아무런 반응을 보이지 않았다. 여자는 남자 쪽으로 몸을 돌리며 냉담하게 미소 지었다.

케이가 바라보자 남자의 얼굴은 형태를 바꾸는가 싶더니 마치 달 모양의 바위가 수면 아래로 미끄러져 가라앉듯 뒤로 물러섰다. 따뜻한 나른함이 밀려와 케이는 점점 긴장이 풀렸다. 케이는 여자가 자기 가방을 가져갔을 때, 비옷을 부드럽게 머리 위로 뒤집어쓰며 어렴풋이 나른함이 밀려드는 것을 인식했다.

머리 없는 매
(1946)

빛을 싫어하는 사람이 있다. 그들은 빛이 밝혀주는 것을 알지 못하며, 빛이 밝혀주는 길로 가지 않는다: 도둑들은 대낮에 털 집을 보아두었다가, 어두워지면 벽을 뚫고 들어간다. 이런 자들은 하나같이 밝은 한낮에는 익숙하지 못하다: 그들은 한낮을 무서워하고, 오히려 어둠 속에서 평안을 누린다.

—욥기 24장: 13절, 16절, 17절

1

빈센트는 화랑의 불을 껐다. 문을 잠그고 밖으로 나가면서 우아한 파나마모자 챙을 펴고 3번가를 향해 걷기 시작했다. 우산대가 보도에 부딪치며 딱딱 소리를 냈다. 비의 기운으로 새벽부터 어둑어둑했고, 부풀어 오른 구름이 오후 5시의 해를 가렸다. 하지만 날씨는 덥고 열대의 물안개처럼 습했으며 회색 7월 거리를 따라 멍멍하고 기이하게 울리는 목소리들은 안달복달하는 기미를 품었다. 빈센트는 마치 바다 밑을 걷는 기분이었다. 57번가를 관통하여 시내를 가로지르는 버스들은 배 부분이 초록색인 물고기 같았고 행인들의 얼굴은 파도에 휩쓸리는 가면처럼 어렴풋이 다가오며 흔들렸다. 그는 지나가는 행인 하나하나 샅샅이 살피다가 이윽고 그 여자를 보았다. 초록색 비옷을 입은 젊은 여자. 여자는 57번가와 3번 대로 사이 시내 모퉁이에 서 있었다. 그저 서서 담배를 피우며 콧노래를 흥얼거리고 있는 듯 보이는 여자였다. 비옷은 투명했다. 여자는 검은 바지에 남성용 흰 셔츠 차림이었고, 양말을 신지 않은 맨발에 가죽끈으로 만든 샌들을 신었다. 머리는 엷은 황갈색이었고 소년처럼 짧게 깎았다. 여자는 빈센트가 길을 건너 자기 쪽으로 다가오는 것을 보자 담배를 떨어뜨리고 서둘러 보도를 내려가 골동품 가게 문쪽으로 갔다.

  빈센트는 발걸음을 늦추었다. 그는 손수건을 꺼내 이마를 훔쳤다. 만약 여기서 빠져나갈 수 있다면, 케이프 코드*로 가서 일광욕이라도 하고 싶었다. 그는 석간신문을 하나 사고 부스럭대며 잔돈을 꺼냈다. 동전은 도랑으로 또르르 굴러 하수구 뚜껑 속으로 떨어져버렸다. "5센트 동전인데요, 뭐." 신문 파는 사람이 말했다. 빈센트가 실제로 잃어버린 동전이 얼마짜리인 줄은 몰랐지만 가슴이 무너지는 표정을 지었기 때문이었다. 그리고 요새는 종종 그런 식이었다. 타인과 접촉하지 않았고 발을 앞뒤,

---

*메사추세츠 주에 있는 반도. 휴양지로 유명하다.

좌우 어디로 내디뎌야 할지도 확실히 알 수 없었다. 아무렇지도 않게 그는 우산 손잡이를 한 팔에 걸고 대체 무슨 소리를 하는지 알 수 없는 신문의 머리기사를 읽으며 시내를 계속 내려갔다. 피부가 까무잡잡한 여자가 쇼핑백을 들고 그를 밀치고 나갔다. 여자는 그를 쏘아보며 거칠다고 할 만큼 억양이 강한 이탈리아어로 웅얼거렸다. 뾰족뾰족 날 선 목소리가 모직 옷을 뚫고 들어오는 듯했다. 녹색 비옷을 입은 여자가 기다리는 골동품 가게로 다가가면서 그는 한층 더 걸음을 늦추며 숫자를 속으로 세었다. 하나, 둘, 셋, 넷, 다섯, 여섯. 여섯 만에 그는 진열장 앞에 멈춰 섰다.

진열장은 마치 다락방의 모퉁이 같았다. 한평생 버려진 물건들이 아무런 가치 없는 잡동사니 피라미드를 이루고 있었다. 텅 빈 사진 액자, 라벤더색 가발, 고딕풍의 면도용 컵. 구슬 달린 전등. 천장의 철사에 매달아놓은 동양풍의 마스크도 하나 있었다. 가게 실내에 틀어놓은 전기 환풍기에서 나오는 바람 때문에 마스크는 천천히 빙빙 돌았다. 빈센트는 차츰 시선을 들어 여자를 정면으로 바라보았다. 여자가 문간에서 서성이고 있어서 이중 유리문 사이로 녹색 비옷을 입은 여자의 모습이 구불구불 일그러져 보였다. 고가 전차가 머리 위로 쿵쿵 지나가자 창문이 흔들렸다. 여자의 모습은 은식기 위에 비친 영상처럼 쫙 퍼졌다가 다시 서서히 굳어졌다. 여자도 그를 바라보고 있었다.

빈센트는 올드 골드 담배를 입에 물고 성냥을 더듬어 찾았으나 찾지 못하자 한숨을 내쉬었다. 여자는 문간에서 걸어 나왔다. 여자는 소형 싸구려 라이터를 내밀었다. 불이 붙자, 고양이처럼 녹색에 옅고 얕은 여자의 눈동자가 놀랄 정도로 강렬하게 그를 빤히 쳐다보았다. 휘둥그레 뜬 여자의 눈에는 끔찍한 사고를 목격한 사람처럼 놀라고 충격받은 표정이 어려 있었다. 제멋대로 자른 듯한 앞머리가 이마를 덮었다. 소년같이 자른 머리카락 때문에, 좁고 뺨이 푹 들어간 얼굴의 아이답고 시적인 특질이 한층 더 강조되었다. 가끔 중세 젊은이들을 그린 그림에서 볼 수 있는 얼굴이었다.

빈센트는, 담배 연기를 코로 내뿜으며 물어본들 소용은 없겠지만, 항상 그렇듯 여자가 뭘 해서 먹고사는지, 어디 사는지 궁금해졌다. 그는 애초부터 별로 피우고 싶은 마음도 없었기에 담배를 던져버리고 몸을 휙 돌려 빠르게 고가 전차 도로로 건너갔다. 보도에 가까이 갔을 때쯤 갑자기 브레이크를 밟는 소리가 터지면서 마치 귀에서 귀마개를 뺀 듯 도시의 소음이 밀려들었다. 택시 기사가 고함을 질렀다. "이 아가씨가 미쳤나, 빨리 비키지 못해!" 하지만 여자는 고개를 돌리지도 않았다. 몽유병 환자처럼 몽롱하게 눈을 뜨고 전혀 흔들림 없이 바라보고 있던 빈센트를 똑바로 응시하며 여자는 길을 건너왔다. 화려한 자주색 양복을 입은 흑인 청년이 여자의 팔꿈치를 잡았다. "어디 아프세요, 아가씨?" 남자가 여자를 앞으로 인도했지만 여자는 아무런 대답도 하지 않았다. "정말 상태가 안 좋아 보이는데요, 혹여 아프시면……." 그러다 여자의 눈길이 닿는 곳을 바라본 흑인 남자는 손을 놓았다. 여기엔 뭔가 남자의 마음속을 진정시키는 점이 있었다. "아하." 남자는 치석이 덕지덕지 낀 누런 이빨을 드러내며 싱긋 웃고는 뒤로 물러섰다.

빈센트는 다시 진지하게 걷기 시작했다. 그의 우산이 암호처럼 보도블록을 똑똑 쳤다. 셔츠는 간지러운 땀에 흠뻑 젖었고 이제 너무나 거세게 밀려드는 소음이 머릿속에서 쿵쿵 울렸다. 〈미국, 그대들의 나라〉를 연주하는 장난감 자동차 경적 소리. 우르르 쾅쾅 울리는 철로에서 푸른 전기 불꽃이 탁탁 튀는 소리, 맥주 냄새 절은 술집의 육중한 문 사이로 터져 나오는 위스키 냄새 묻은 웃음과 딸꾹질 소리, 그 술집 안 연보랏빛 주크박스에서 흘러나오는 〈내겐 딸랑딸랑 울리는 박차가 있네〉라는 미국 민요의 노랫소리. 가끔씩 빈센트는 여자를 흘끔흘끔 돌아보았다. 얼음 조각이 깔려 있는 해변에서 일광욕을 하고 있는 진홍색 가재가 그려진 폴 해물요리 전문점 유리창에 그녀의 모습이 드문드문 비쳤다. 여자는 비옷 주머니에 두 손을 찔러 넣고 그를 바짝 따라갔다. 극장의 차양에 전등이 깜박거리자 그는 여자가 얼마나 영화를 좋아했는지 떠올렸다. 살인 사건 영화, 스파이물, 서부 영화. 그는 이스트 강으로 향하는 곁길로 들어섰다. 여기는 마치 일요일처럼 모든 소리가 잦아들어 조용했다. 에스키모 파이*를 우물우물 씹으며 어슬렁거리고 있는 선원 같은 남자, 줄넘기를 하고 있는 기운찬 쌍둥이, 레이스 커튼을 살짝 들어 올리며 비로께느른하고 침침해진 골목을 내다보는, 치자꽃 같은 백발의 조용한 노부인. 7월의 도시 풍경이었다. 그리고 그 뒤에서 타박거리는 부드러운 샌들 소리가 간간이 울렸다. 2번 대로의 신호등이 빨간 불로 바뀌었다. 모퉁이에 서 있던 팝콘 맨 루비, 턱수염

---

*초콜릿을 씌운 아이스바 상표명.

을 기른 난쟁이가 구슬프게 말했다. "버터 바른 뜨거운 팝콘 사세요. 큰 봉지로 드릴게요, 네?" 빈센트가 고개를 젓자 난쟁이는 아주 성난 표정을 지었다. "보여요?" 그는 코웃음 치며 불 밝힌 상자 안으로 작은 삽을 넣었다. 안에서는 미친 나방처럼 팝콘이 팍팍 튀고 있었다. "보시라고요. 저 아가씨는 팝콘이 영양가 있다는 걸 안다고요." 여자는 10센트어치 팝콘을 샀다. 팝콘이 담긴 초록색 봉지는 여자가 입은 비옷과 여자의 눈 색깔하고 어울렸다.

여기는 우리 동네, 우리 거리이고, 문이 있는 저 집은 내가 사는 곳이야. 빈센트는 현실 감각을 시간과 공간 감각으로 대치해 버린 만큼 이 사실을 반드시 떠올려야만 했다. 그는 찌뿌둥한 얼굴을 하고 시들어가는 여자들과 갈색 사암 건물의 현관 계단에 주저앉아 뻐끔뻐끔 담배를 피워대는 남자들을 감사한 마음으로 힐끔거렸다. 얼굴이 하얀 소녀 아홉이 구석에 있는 꽃수레 주위에 몰려서 머리에 꽂을 데이지꽃 하나만 달라고 소리를 질러댔지만 잡상인은 "휘이!" 하며 아이들을 쫓았다. 소녀들은 마치 끊어진 팔찌의 구슬처럼 알알이 흩어져 거리로 퍼져 나갔다. 기운 찬 소녀들은 깔깔거리며 폴짝폴짝 뛰었고 수줍은 아이들은 아무 말 없이 홀로 떨어져 여름 열기에 지친 얼굴을 들어 하늘을 바라보았다. 비는 오지 않는 걸까?

반지하에 살고 있는 빈센트는 몇 계단을 내려가 열쇠 지갑을 꺼냈다. 복도 현관문 안으로 들어간 그는 잠깐 멈춰서 문에 뚫린 구멍을 통해서 밖을 내다보았다. 여자는 아직도 보도 위에 서성였다. 여자는 갈색 사암 건물의 난간에 기대었다. 그녀가 양팔을 축 늘어뜨리자 팝콘이 눈송이처럼 발치에 쏟아졌다. 더러운 소년이 슬금슬금 다가와 다람쥐처럼 버려진 팝콘을 주워 먹었다.

2

그날은 빈센트에게 휴일이었다. 아침 내내 화랑에는 아무도 오지 않았다. 북극같이 추운 날씨를 생각하면 특이한 일도 아니었다. 그는 책상에 앉아 귤을 까먹으며 《뉴요커》과월호에 실린 제임스 터버의 단편을 재미있게 읽었다. 소리 내며 웃느라 여자가 들어오는 소리를 듣지도 못했고 여자가 짙은 카펫을 가로질러 가는 모습도 보지 못했다. 실상 전화가 울릴 때까지 여자의 존재를 전혀 알아차리지 못했다. "네, 갈란드 화랑입니다." 여자는 괴상했다. 아마도 깔끔하지 못한 머리 모양과 깊이를 알 수 없는 눈매 때문이었을 것이다. "아, 폴. 콤 시 콤 사.* 폴은?" 옷차림도 기괴하기 이를 데 없었다. 코트도 입지 않고 단지 벌목꾼용 셔츠에 군청색 바지. 그리고 장난일까? 분홍색 발목 양말에 샌들을 신고 있었다. "발레? 누가 나오는데? 아, 그 여자!" 여자는 겨드랑이 밑에 이상한 종이로 둘둘 싼 납작한 꾸러미를 끼고 있었다. "저기, 폴. 내가 나중에 전화하면 안 될까? 여기 누가 와서……." 빈센트는 수화기를 내려놓고 접대용 미소를 띠며 일어섰다. "네?"

추위로 갈라진 여자의 입술은 무슨 언어장애라도 있는 사람처

---

*프랑스어로 '그냥 그래'라는 뜻이다.

럼 말을 제대로 만들지 못하고 떨렸으며 눈알은 헐렁한 구슬처럼 눈 안쪽에서 이리저리 굴렀다. 흔히 아이들에게서 볼 수 있을 만한 어색한 수줍음이었다. "그림이 하나 있어요." 여자가 입을 열었다. "그림도 사시나요?"

이 말에 빈센트의 미소는 굳어버렸다. "우리는 전시만 합니다."

"내가 그렸어요." 쉬고 부정확한 여자의 목소리에는 남부 사투리가 섞여 있었다. "내 그림이에요. 내가 그렸어요. 어떤 아주머니에게 들었는데 이 근처에 그림을 사는 곳이 있다고 했어요."

빈센트는 대답했다. "아, 물론 그렇죠. 하지만 사실……," 그러면서 그는 어쩔 수 없다는 몸짓을 했다. "사실 저는 여기 책임자가 아니에요. 아시겠지만 갈란드 씨가 주인이신데, 지금 출장 중이세요." 널따란 고급 카펫 위에 서 있는 여자의 몸이 꾸러미의 무게 때문에 한쪽으로 기울어져 있어 마치 슬픈 헝겊 인형처럼 보였다. "어쩌면……," 빈센트는 다시 입을 열었다. "어쩌면 64번가에 있는 헨리 크뤼거 화랑에서는 그림을 살지도 모릅니다." 하지만 여자는 귀를 기울이고 있지 않았다.

"내가 직접 했어요." 여자는 부드럽게 우겼다. "화요일하고 목요일이 그림 그리는 날인데, 1년 내내 작업했죠. 다른 사람들은 계속 망치기만 해서 데스트로넬리 씨가……." 갑자기 경솔함을 깨달은 듯, 여자는 말을 멈추고 입술을 깨물었다. 여자는 눈을 가늘게 떴다. "그분이 친구 분은 아니시죠?"

"누구요?" 빈센트는 어리둥절해서 물었다.

"데스트로넬리 씨요."

빈센트는 고개를 흔들면서 어째서 저런 기이한 것들을 보면 마음속에서 호기심에 찬 경탄이 솟아오르는 걸까 의아하게 생각했다. 어렸을 때 카니발에 나오는 기인을 보았을 때 느꼈던 감정이었다. 또한 그가 사랑했던 사람들에게는 언제나 항상 이상하고 어딘가 망가진 듯한 점이 있었다는 것도 사실이었다. 하지만 이런 특질들은 처음에는 매혹적이지만 그의 경우에는 언제나 그런 것들을 파괴하면서 끝이 났다. "물론 전 책임자는 아닙니다." 빈센트는 귤 껍질을 쓸어 쓰레기통에 버리면서 반복했다. "하지만 괜찮다면 당신 작품을 한번 보고 싶은데요."

잠시 침묵이 흘렀다. 그러더니 여자는 바닥에 무릎을 꿇고 그림을 싼 이상한 종이를 풀어헤치기 시작했다. 빈센트는 그 종이가 〈뉴올리언스 타임스-피카윤〉 신문의 낱장임을 알아보았다. "남부 출신이군요?" 빈센트의 물음에도 여자는 고개를 들지 않았다. 하지만 여자의 어깨가 굳어지는 것을 빈센트는 놓치지 않았다. "아니에요." 빈센트는 미소를 지으며 속이 뻔히 보이는 저런 거짓말을 벗겨봤자 눈치 없는 행동일 거라 생각했다. 아니면 여자가 잘못 이해한 걸까? 순간 그는 여자의 머리에 손을 대고 소년 같은 머리카락을 쓸어보고 싶은 강한 욕망을 느꼈다. 그는 손을 주머니에 쑤셔 넣고 창문을 쳐다보았다. 2월 서리가 낀 창에 지나가던 행인이 욕설을 써놓았다. "자요." 여자가 말했다.

수도사 같은 옷을 입은, 머리가 없는 인물이 보드빌 쇼*에 등

---

*춤과 노래를 곁들인 가볍고 풍자적인 통속 희극 쇼.

장하는 듯한 천박한 가방 위에 기분 좋게 몸을 뒤로 젖힌 채 앉아 있었다. 여자는 한 손에는 연기를 뿜는 파란색 촛불을, 다른 손에는 모형 황금 새장을 들었다. 여자의 잘려나간 머리는 피를 흘리며 발치에 놓여 있었다. 이 머리는 바로 그림을 가지고 온 여자의 머리였지만 머리카락이 아주 길었다. 또 수정처럼 빛을 발하는 눈을 가진 하얀 고양이가 마치 머리카락이 실뭉치라도 되는 듯 풀어헤쳐진 머리끝을 장난스레 움켜쥐고 있었다. 머리가 없고 가슴 부분이 붉으며 구리 같은 발톱을 한 매의 날개가 마치 해거름의 하늘처럼 배경에 드리웠다. 남성적 잔혹함으로 형태가 빚어진, 딱딱한 순색들로 채색된 조잡한 그림이었다. 그러나 그림에 기술적 이점이 없다고는 해도 원시적으로 깊이가 느껴지는 무언가에서 가끔씩 볼 수 있듯이 전달 방식에서는 힘이 느껴졌다. 빈센트는 가끔 음악 한 구절이 내적인 인식의 음을 깨웠을 때나 시의 한 구절이 자기 자신에 관한 비밀을 드러내 보였을 때와 비슷한 반응을 보였다. 유쾌한 전율이 등 뒤에 쫙 흘렀다. "갈란드 씨는 플로리다에 계십니다." 빈센트는 조심스레 말했다. "하지만 이 그림을 꼭 보여드려야 할 것 같네요. 여기 한 일주일만 놔두고 가시겠습니까?"

"난 반지도 팔았어요." 빈센트는 여자가 환각 상태에서 말하고 있다는 느낌을 받았다. "근사한 반지였죠. 글씨가 써 있는 결혼반지였어요. 아, 내 결혼반지는 아니에요. 오버코트도 팔아버렸죠." 여자가 셔츠 단추를 비트는 바람에 단추는 마침내 떨어져 나가 마치 진주알처럼 바닥에 또르르 굴렀다. "많이도 바라지 않아요. 50달러면 너무 과한 가격은 아니죠?"

"너무 많아요." 빈센트는 원래 의도보다도 더 딱 잘라 말했다. 그는 여자의 그림을 원했다. 화랑을 위해서가 아니라 자기가 갖고 싶어서. 창조된 형태보다 그 작품을 만든 창조자에게 더 흥미를 갖게 하는 그런 예술품들이 있다. 보통 이런 형태의 작품들에서는 그 순간까지는 개인적이어서 표현할 수 없는 감각이라고 생각되었던 무언가를 찾아낼 수가 있기 때문이다. 그러면 이런 의문이 든다. 나를 아는 이 사람은 누구인가? 그리고 어떻게 아는 거지? "30달러 내죠."

순간 여자는 바보같이 입을 벌리고 그를 쳐다보더니 숨을 들이쉬며 손바닥을 위로 해서 내밀었다. 이런 단도직입적인 태도는 너무 순진해서 언짢아할 수도 없었고 그의 경계심을 무장해제시켰다. 빈센트는 약간 당황했다. "미안하지만 수표로 부쳐줘야 할 것 같은데요. 혹시?" 그때 갑자기 전화가 울려 말이 끊겼다. 그가 전화를 받으러 가자, 여자는 손을 뻗은 채로 따라왔다. 광기 어린 표정으로 얼굴이 일그러졌다. "아, 폴, 내가 나중에 전화할게. 알겠어. 그럼 잠깐만 기다려줘." 그는 어깨에 수화기를 끼고 메모지와 연필을 책상 건너로 밀었다. "자, 여기 이름과 주소를 써요."

하지만 여자는 고개를 저었다. 어리둥절하고 걱정스러운 표정이 더 깊어졌다.

"수표 말이에요." 빈센트가 말했다. "수표를 부쳐줄 테니까. 자, 이름하고 주소." 마침내 여자가 쓰기 시작하자, 그는 격려하듯 싱긋 웃었다.

"미안해, 폴……. 누구 파티라고? 아, 그 여자. 초대도 안

했……. 이봐요!" 여자가 문 쪽으로 움직이자 그는 소리를 질렀다. "잠깐요, 이봐요!" 차가운 공기가 화랑에 싸늘하게 밀려왔고 문이 삐걱 유리 소리를 내며 쿵 닫혔다. 여보세요 여보세요 여보세요. 빈센트는 대답하지 않았다. 그는 그저 거기 서서 메모지에 적혀 있는 이상한 정보를 보고 어안이 벙벙했다. DJ―YWCA 여보세요 여보세요 여보세요.

그 그림은 이제 그의 벽난로 위에 걸렸다. 잠들지 못하는 밤이면 그는 위스키를 한 잔 따라 머리 없는 매에게 말을 걸며 이런저런 인생 얘기를 털어놓았다. 그는 한 번도 시를 쓰지 않은 시인이었으며, 한 번도 그림을 그리지 않은 화가, 한 번도 사랑해보지 않은(전혀!) 연인이었다고 고백했다. 즉 그는 방향도 없고 머리도 없는 사람이었다. 오, 하지만 그가 노력하지 않았다고 할 수는 없었다. 언제나 시작은 좋았지만 항상 끝이 안 좋았다. 빈센트, 서른 여섯의 백인 남성, 대졸자. 해변에서 80킬로미터 떨어진 곳에 사는 선원, 자기 자신에 의해서건 남에 의해서건 살해당하기 위해 태어난 희생자, 일자리 없는 배우. 모든 게 그 안에 있었다. 그 그림 안에. 끊기고 비뚤어진 모든 것이. 이 여자는 누구이기에 이 모든 것을 알고 있을까? 그는 여기저기 수소문을 해보았지만 허사였다. 다른 화상들은 그 여자를 알지 못했고, YWCA에 산다는 DJ를 찾아나서는 것도 어리석은 일이었다. 그리고 그때는 여자가 다시 나타날 거라고 기대하고 있었다. 하지만 2월이 지나가고 3월이 또 지났다. 어느 날 저녁 플라자 호텔 앞의 광장을 지났을 때 빈센트는 이상한 일을 겪었다. 광장에 예스러운 이륜마차를 줄 세워놓고 기다리고 있던 마부들은 땅거미가 내리자 마차 등불을 켰다. 등불 빛은 굴러가는 낙엽들을 비추었다. 그때 한 마차가 출발하더니 저녁 어스름 속으로 굴러갔다. 마차 안에는 손님이 한 명 타고 있었는데, 얼굴이 보이지 않는 이 승객은 황갈색 머리카락을 바짝 자른 젊은 여자였다. 그래서 그는 벤치에 자리를 잡고 앉아 시간을 죽이며 군인 하나와 시를 인용하는 호모 흑인 청년, 닥스훈트를 산책시키던 남자와 잡담을 나누었다. 그가 예상하던 한밤의 인물들이었다. 하지만 그가 정말로 기다리던 마차 탄 손님은 돌아오지 않았다. 언젠가는 또 지하철 계단을 내려가는 여자의 모습을 본 적이 있었다. (아니, 보았다고 생각했다.) 이번에는 화살표 무늬와 스피어민트 사탕 자동판매기가 줄지어 서 있는 비스듬한 터널 안에서 여자를 놓쳤다. 마치 여자의 얼굴이 그의 마음속에 각인된 듯했다. 죽어가는 사람의 눈에는 마지막으로 본 영상이 남는다는 전설처럼 그는 이제 여자의 얼굴을 떨칠 수가 없었다. 4월 중순, 그는 시집간 누나가 사는 코네티컷에 가서 일주일을 보냈다. 누나는 달뜨고 신랄해진 빈센트가 원래 모습 같지 않다고 불평했다. "무슨 일이니, 비니. 돈이 필요하면……." "아, 헛소리 마!" 그는 딱 잘라 말했다. "연애하나 봐." 매형이 놀렸다. "자, 비니 고백해봐. 어떤 여자야?" 이 모든 일들이 너무 언짢았던 빈센트는 다음 기차를 타고 집으로 와버렸다. 그랜드센트럴 역의 공중전화에서 그는 사과하려고 전화를 걸었으나 메스꺼울 정도로 초조한 심사가 속에서 웅웅거려 교환원이 전화를 연결하던 중 그냥 끊어버렸다. 그는 술 한잔하고 싶었다. 코모도어 바에 가서 한 시간 정도 머무르며 다이키리 칵테일 네 잔을 들이부었다. 토요일이었고 저녁 9시였으며 혼자 하는 일 이외에는 할 일이 없었기 때문에 서글펐다. 공립도서관 뒤 공원에서는 연인들이 나무 아래서 속삭이며 걸어다녔고 식수대의 물은 연인들의 목소리처럼 부드럽게 보글보글 흘렀다. 하지만 이 환한 4월 저녁에 무슨 의미가 있든 술을 약간 마시고 거니는 빈센트는, 숨을 헐떡이며 벤치에 앉아서 시간을 보내는 노인네들과 별다를 바가 없었다.

  시골의 봄은 자그마한 사건들이 조용히 일어나는 계절이다. 정원에 심은 히아신스에 새순이 돋고, 버드나무가 갑자기 불을 피우듯 초록색 이파리들을 틔우며, 흐르는 듯한 저녁볕이 오래 남아 오후가 길어지고, 한밤에 내린 비에 라일락이 꽃송이를 피운다. 하지만 도시에서는 거리의 풍각쟁이가 팡파레를 울리고 겨울바람에도 희석되지 않은 냄새가 공기 중에 달라붙어 있다. 오랫동안 닫혔던 창문들이 열리고 대화 소리가 방을 타고 흘러나와 거리 행상인의 짤랑대는 종소리와 부딪친다. 장난감 풍선과 롤러스케이트가 난무하고, 마당에서 노래하는 바리톤 가수들이나 상자 뚜껑을 열면 튀어나오는 장난감처럼 기괴한 직업을 가진 남자들이 돌아다니는 광기의 계절이다. 어떤 노인은 망원경과 간판을 들고 있다. "단돈 25센트로 달을 보세요! 별을 보세요! 25센트면 됩니다." 어떤 별도 도시의 불빛을 뚫을 수는 없지만, 빈센트는 그림자가 낀 둥근 흰색 덩어리인 달을 볼 수가 있었다. 그리고 번쩍거리는 전구들이 있었다. 포 로지즈*, 빙 크로……. 그는 캐러멜 향이 섞인 썩은 냄새를 뚫고 움직였고 치

---

*버번 위스키의 한 종류.

즈처럼 창백한 얼굴과 네온사인, 어둠이 흘러가는 대양 속을 헤엄쳤다. 주크박스가 쿵쿵 울려대는 소리 위로 총알이 발사되면 마분지로 만든 오리가 뚝 떨어지고 누군가 외친다. "여, 이기!" 브로드웨이 유령의 집과 1페니짜리 오락기가 늘어선 오락장은 토요일 밤 돈을 쓰러 나온 사람들로 발 디딜 틈 없이 꽉꽉 들어찼다. 그는 1페니짜리 영화 〈구두닦이는 무엇을 보았나〉를 보고 유리장 뒤에서 조소하는 밀랍 마녀에게서 점을 보았다. "당신은 천성이 다정하고……." 하지만 주크박스 가까이서 사람들의 눈길을 끄는 소동이 벌어지는 바람에 더 이상 읽을 수 없었다. 한 떼의 아이들이 재즈에 맞춰 손뼉을 치며 두 춤꾼 주위를 빙 둘러싸고 있었다. 둘 다 흑인 여자애였다. 두 소녀는 마치 연인처럼 편안하게 몸을 천천히 흔들며 까닥이기도 하고 발을 쿵쿵거리며 진지해 보이는 야생의 눈동자를 이리저리 굴렸다. 아이들의 근육은 물결처럼 떨리는 클라리넷 소리와 점점 높아져 가는 열정적인 드럼 리듬에 맞춰 움직였다. 군중들을 죽 훑어보던 빈센트의 눈길이 그 속에서 여자의 모습을 발견하자 환한 전율이 온몸에 흘렀다. 과격한 춤의 어떤 요소가 여자의 얼굴에도 투영되었기 때문이다. 거기 키가 크고 못생긴 소년 옆에 서 있는 여자는 마치 흑인들이 나오는 꿈을 꾸는 사람 같았다. 흑인 여자의 쉰 목소리 뒤로 크게 울려 퍼지는 트럼펫-드럼-피아노 반주가 근사한 끝 부분을 향해 흘러갔다. 박수가 끝나자 춤꾼들은 흩어졌다. 이제 여자는 혼자였다. 빈센트는 본능적으로 여자가 눈치채기 전에 떠나야 한다고 생각했지만, 그는 앞으로 나아가서 마치 자는 사람을 살짝 깨우듯이 여자의 어깨를 가볍게 건드렸다. "안녕하세요." 그의 목소리는 너무 컸다. 여자는 몸을 돌리고 그를 빤히 바라보았다. 그 눈은 맑고 멍해 보였다. 처음에는 공포가, 그다음에는 당혹감이 무표정한 얼굴에 떠올랐다. 여자는 한 발짝 뒤로 물러섰지만, 다시 주크박스에서 음악이 흘러나오기 시작하자 그는 그녀의 손목을 잡았다. "날 기억하죠?" 그는 운을 뗐다. "화랑 말입니다. 그림 팔았잖아요?" 여자는 눈을 깜박거렸다. 눈꺼풀이 졸린 듯 눈을 덮었다. 빈센트는 여자의 팔에서 서서히 긴장이 빠져나가고 있음을 느꼈다. 여자는 빈센트의 기억보다 더 말랐고 더 예뻤다. 여자의 머리는 이제 조금 자라서 아무렇게나 헝클어져 있었다. 흐트러진 머리카락 한 움큼을 묶은 작은 크리스마스 리본이 슬프게 대롱대롱 매달려 있었다. 빈센트는 말을 꺼냈다. "술 한잔 사고 싶은데요." 하지만 여자는 마치 아이처럼 머리를 그의 가슴에 기댔다. "나와 함께 집으로 갈래요?" 빈센트의 말에 여자가 고개를 들었다. 여자의 입에서 나온 대답은 거의 숨소리, 속삭임에 가까웠다. "부탁해요." 여자가 말했다.

빈센트는 자기 옷을 벗어 벽장 속에 단정히 개켜놓은 후 거울에 비친 자신의 나신을 감탄하며 바라보았다. 그는 본인 생각만큼 잘생긴 건 아니었지만, 어쨌거나 잘생긴 편이었다. 키는 중간 정도였지만 균형이 아주 잘 잡힌 몸매였다. 머리카락은 짙은 노란색이고 섬세하지만 약간 코가 들린 얼굴은 고운 붉은 빛이었다. 물이 졸졸 흐르는 소리가 정적을 깼다. 여자가 욕실에서 목욕 준비를 하고 있었다. 그는 몸에 헐렁하게 맞는 플란넬 파자마를 입고 담뱃불을 붙였다. "다 괜찮아요?" 물 흐르는 소리가 뚝 끊기더니 한참 침묵이 흘렀다. 그러다가 대답이 들렸다. "네, 고마워요." 집으로 돌아오는 택시 안에서, 빈센트는 대화를 시도하려 했지만 여자는 아무 말도 하지 않았다. 심지어 아파트에 들어왔을 때조차 말이 없었다. 마지막 행동은 좀 언짢았다. 그는 약간 여자다운 허영기가 있어서 집에 대한 칭찬을 기대했기 때문이었다. 그의 아파트는 거대할 정도로 천장이 높은 방과 욕실, 작은 부엌, 뒷마당이 딸린 집이었다. 가구는 골동품과 현대적인 물건을 골고루 섞어 남다른 결과를 빚어냈다. 벽에는 툴루즈 로트렉 그림 복제화 세 점과 서커스 포스터 액자, DJ가 그린 매 그림, 릴케와 니진스키, 엘레오노라 두세*의 사진이 걸려 있었다. 책상 위에는 가느다란 푸른 초가 타고 있는 가지 모양 촛대가 놓여 있었다. 방 전체가 환각에 빠진 듯 일렁거렸다. 여닫이 유리문은 뒷마당으로 이어졌다. 깨끗이 정리할 수가 없어서 별로 쓰지 않는 마당이었다. 죽은 튤립 줄기 몇 개가 달빛에 비쳐 어두침침하게 보였다. 거기에는 왜소한 가죽나무 한 그루와 지난 세입자가 남기고 간, 비바람에 바랜 의자도 하나 있었다. 빈센트는 차가운 공기에 취기가 빠져나가기를 바라며 차디찬 포석 위를 바장였다. 가까이에서 피아노를 난폭하게 다루는 소리가 들리더니 위쪽 창문에 아이의 얼굴이 쓱 비쳤다. 풀잎을 엄지손가락으로 쓸고 있는데, 여자의 그림자가 길게 뒷마당에 어렸다. 여자가 문간에 서 있었다. "밖으로 나와선 안 돼요." 빈센트는 이렇게 말하

---

*니진스키는 폴란드계의 러시아 무용가이고, 두세는 이탈리아의 여배우이다.

며 여자 쪽으로 향했다. "날씨가 차가워졌어요."

이제 여자에게는 매력적인 부드러움이 엿보였다. 이전보다 각진 면이 덜 부각되었고, 보통 사람들과 어긋나는 면도 덜 보였다. 빈센트는 셰리주 한 잔을 따라주었는데, 여자가 술을 입술에 갖다 댈 때 보이는 섬세한 태도가 마음에 들었다. 여자는 타올 천으로 된 가운을 입고 있었다. 여자에게는 한참 큰 옷이었다. 여자는 소파 위에 앉아서 맨발을 들어 올려 옆으로 오그렸다. "마치 글래스힐 같아요. 저 촛불요." 여자는 미소 지었다. "할머니가 글래스힐에 살았거든요. 좋았던 시절이죠. 가끔은요. 할머니가 뭐라고 하셨는지 알아요? 할머니는 이렇게 말씀하시곤 했죠. '촛불은 마법 지팡이야. 하나를 켜면 동화책 세상이 되지.'"

"아주 따분한 분이셨겠네요." 술이 얼큰해진 빈센트는 이렇게 내뱉었다. "우린 서로 싫어했겠는데요."

"할머니는 좋아하셨을 거예요. 남자라면 다 좋아하셨거든요. 이제까지 만난 남자는 다요. 데스트로넬리 씨까지도."

"데스트로넬리요?" 이전에 들어본 적 있는 이름이었다. 여자는 장난스럽게 곁눈질을 했다. 마치 이렇게 말하는 듯한 눈길이었다. 우리 사이엔 발뺌할 필요가 없어요. 서로를 이해하는 우리는 그럴 필요가 없으니까요. "아, 아시잖아요." 여자는 좀 더 평범한 상황이었다면 놀랐을 만한 확신을 가지고 말했다. 하지만 그는 이제 마치 일시적으로 놀라는 기능을 상실한 것 같았다. "모두들 그 사람을 알아요."

빈센트는 한 팔을 여자에게 두르고 좀 더 가까이 끌어당겼다. "난 모르겠는데요." 그는 여자의 입과 목에 키스했다. 여자는 딱히 반응을 보이지 않았다. 하지만 그는 청소년처럼 떨리는 목소리로 말했다. "이름이 뭐든 그런 사람 만난 적이 없어요." 빈센트는 한 손을 슬쩍 여자의 가운 안에 밀어 넣고 어깨에서 벗겨냈다. 한쪽 가슴 위에 작은 별 모양 반점이 있었다. 남자는 거울이 있는 문을 흘깃 보았다. 흐릿한 불빛에 그들의 영상이 어른거리며 창백하고 불완전하게 보였다. 여자는 미소를 지었다. 빈센트는 물었다. "그 사람은 어떻게 생겼나요?" 희미하게 어린 미소가 스러지며 작은 원숭이 같은 찡그린 표정이 설핏 떠올랐다. 여자는 벽난로 위에 걸려 있는 자기 그림을 쳐다보았다. 그는 여자가 이제서야 그림을 처음으로 알아봤다는 걸 깨달았다. 여자는 그림 속에 있는 특정한 물체를 찬찬히 살피는 듯했지만, 그게 매인지 머리인지는 알 수 없었다. "뭐." 여자는 그에게로 몸을 가까이 붙이며 조용히 말했다. "당신과 닮았어요. 나와 닮기도 했고. 다른 사람들과도 닮았어요."

비가 내렸다. 축축한 정오의 햇빛 속에 양초 두 자루가 아직도 타올랐다. 열어놓은 창문에서는 회색 커튼이 외롭게 펄럭였다. 빈센트는 팔을 쓱 뺐다. 여자의 몸무게 때문 팔이 저렸다. 소리를 내지 않으려고 조심하면서 빈센트는 침대에서 빠져나와 촛불을 불어 끄고 깨금발로 욕실로 가 얼굴에 찬물을 끼얹었다. 부엌으로 가면서 그는 팔을 휘휘 돌려 풀었다. 오랜만에 힘 속에서 강한 남성적 즐거움, 인간으로서의 건강한 완전성이 느껴졌다. 그는 식사를 만들어 쟁반 위에 오렌지 주스와 건포도 토스트, 찻주전자를 놓았다. 솜씨가 서툴러 쟁반 위에 놓인 것들이 덜그럭거렸지만 아침 식사를 안으로 무사히 가지고 가서 침대 옆에 있는 탁자 위에 놓았다.

여자는 움직이지 않았다. 헝클어진 머리가 베개 위에 부채처럼 펼쳐졌고 한 손을 빈센트가 베었던 빈 자리에 올려놓고 있었다. 빈센트는 몸을 숙여 여자의 입술에 키스했다. 잠으로 퍼렇게 된 여자의 눈꺼풀이 파르르 떨렸다. "네, 네. 일어나요." 여자는 웅얼거렸다. 공기 중에 떠다니는 빗방울이 파도처럼 창문에 확 퍼졌다. 빈센트는 그녀에게는 보통 여자들이 쓰는 교묘한 책략 같은 게 없다는 것을 깨달았다. 눈을 피하지도 않고 부끄러운 얼굴을 하지도 않으며 책망하는 듯 입을 다물고 있지도 않았다. 여자는 팔꿈치로 몸을 짚고 일어섰다. 그녀는 마치 남편을 보듯 빈센트를 바라보는 것 같았다. 그는 여자에게 오렌지 주스를 건네며 고맙다는 의미의 미소를 지었다.

"오늘이 무슨 요일이에요?"

"일요일." 빈센트는 이불 밑으로 들어가 쟁반을 다리 사이에 놓았다.

"하지만 교회 종소리가 울리지 않는데. 비도 오지 않고요."

빈센트는 토스트 한 조각을 반으로 나눴다. "그런 데 신경이 쓰이진 않지? 빗소리가 참 평화롭군." 그는 차를 따랐다. "설탕? 크림?"

여자는 이 말을 무시하고 말했다. "오늘이 무슨 일요일이에요? 내 말은 무슨 달이냐고요?"

"도대체 이제까지는 어디서 살았던 거야? 지하철?" 빈센트는 싱긋 웃었다. 하지만 여자가 진지하다는 생각을 하자 오히려 당황스러웠다. "오, 4월. 4월 며칠일 거야."

"4월." 여자가 반복했다. "내가 여기 얼마나 있었어요?"

"지난 밤에 왔잖아?"

"아."

빈센트는 차를 저었다. 찻잔에 부딪친 숟가락이 종소리를 냈다. 토스트 부스러기가 시트 위에 흩어졌다. 빈센트는 〈트리뷴〉과 〈타임스〉가 문밖에 배달되어 있을 거라고 생각했지만 오늘 아침에는 별로 끌리지 않았다. 따뜻한 침대에 그녀 옆에 누워 차를 마시며 빗소리를 듣는 게 제일 좋았다. 이상하다. 잠깐 생각해보면 정말 이상한 일이었다. 여자는 그의 이름을 몰랐고, 빈센트도 마찬가지였다. 그래서 빈센트는 말했다. "그러고 보니 당신에게 30달러를 아직도 주지 않았네. 알고 있었어? 물론 당신 잘못이야. 그렇게 바보 같은 주소를 써주다니. 게다가 DJ라니. 도대체 그게 무슨 뜻이었어?"

"이름을 알려주지 않는 편이 좋다고 생각했어요." 여자가 대답했다. "이름은 쉽게 지어낼 수 있어요. 도로시 조던이라거나 델리아 존슨이라거나. 알아요? 어떤 이름이라도 지어낼 수 있죠. 그렇지만 그 사람이 아니었더라면 당신에게는 맞는 이름을 알려주었을 거예요."

빈센트는 쟁반을 바닥에 내려놓았다. 그는 모로 누워서 여자를 마주보았다. 심장 박동이 빨라졌다. "그 사람이 누구야?" 여자의 표정은 침착했지만, 분노 때문에 목소리가 탁해졌다. "그 사람을 모른다면 왜 내가 여기 있는 거죠?"

침묵이 흘렀다. 바깥에 내리던 비도 갑작스레 잠깐 멈추고 허공에 떠 있는 듯했다. 뱃고동 소리가 강에서 울어댔다. 빈센트는 여자를 꼭 끌어안고 손가락으로 머리카락을 쓸어내렸다. 그는 여자가 자기를 믿어주기를 간절히 바랐다. "내가 당신을 사랑하니까."

여자는 눈을 감았다. "그 사람들은 어떻게 됐어요?"

"누구?"

"당신이 그런 얘기를 한 다른 사람들."

다시 이어졌다. 비가 음울하게 창문을 톡톡 두드리며 소리가 죽은 일요일의 거리 위에 떨어졌다. 빈센트는 이 소리에 귀를 기울이며 기억을 떠올렸다. 기억 속에 떠오른 건 그의 사촌 루실이었다. 가련하고 아름답고 어리석은 루실. 하루 종일 앉아서 천쪼가리에 비단 꽃을 수놓고 있는 루실. 그리고 앨런 T. 베이커. 그들은 아바나에서 겨울을 함께 보내기도 했다. 두 사람이 함께 살았던 집, 장밋빛 바위처럼 허물어져 가던 허름한 방. 불쌍한 앨런. 그는 둘 사이가 영원할 거라고 생각했다. 또 고든도 있다. 노란 곱슬머리에 머리 한가득 옛날 엘리자베스 시대의 연가를 넣고 다니던 사람. 그가 총으로 자살했다는 게 사실일까? 또 코니 실버가 있다. 배우가 되고 싶었던 귀머거리 소녀. 그녀는 어떻게 되었을까? 아니, 헬렌, 루이스, 로라는? "딱 한 명뿐이었어." 빈센트의 귀에도 이 말은 진실되게 울렸다. "딱 한 명이었어. 그 여자는 죽었지."

다정하게 마치 동정하듯이 여자는 그의 뺨을 어루만졌다. "그 남자가 그 여자를 죽였을 거예요." 여자의 눈이 아주 가까이에 있어서 빈센트는 초록 눈 속에 갇힌 자기 얼굴의 윤곽까지도 볼 수 있었다. "그 사람이 홀 양을 죽였어요. 아시겠지만요. 정말 세상에서 제일 상냥한 여자였죠, 홀 양은. 게다가 숨이 턱 막힐 정도로 예뻤고. 나는 피아노 레슨을 함께 받는데, 홀 양이 피아노를 칠 때나 안녕, 혹은 잘 가라고 인사할 때면 심장이 멎는 듯했어요." 여자는 마치 다른 세대에 속해 있어서 자신은 직접적으로 관련이 없는 문제를 이야기하듯 개인적 감정을 담지 않은 목소리로 말했다. "홀 양이 그 남자와 결혼한 건 여름 끝자락이었어요. 아마도 9월이었던 것 같아요. 홀 양은 애틀란타로 가서 거기서 결혼했어요. 그러고는 돌아오지 않았죠. 그렇게 갑작스러웠죠." 여자는 손가락을 툭툭 꺾었다. "그런 식이었어요. 나는 그 남자의 사진을 신문에서 봤어요. 가끔 나는 생각해요. 내가 얼마나 그녀를 사랑했는지 홀 양이 알았다면—어째서 우리에겐 말로 전할 수 없는 얘기가 있는 걸까요?—그 남자와 결혼하지 않았을 텐데. 그랬더라면 모든 게 달라졌을 텐데. 내가 원했던 대로." 여자는 얼굴을 베개에 파묻었다. 울음을 터뜨린 건지는 모르지만 아무런 소리도 들리지 않았다.

5월 20일 DJ는 열여덟이 되었다. 믿을 수 없는 일이었다. 빈센트는 여자가 그보다는 훨씬 더 나이가 많을 거라고 생각했었다. 그는 깜짝 파티를 열어 여자를 소개하고 싶었지만 별로 적합하지 않은 계획임을 인정하지 않을 수 없었다. 먼저, 언제나 이 얘기가 혀끝에 걸려 막 나오기 직전이긴 했지만 그는 아직까지는 한 번도 친구들에게 DJ의 이야기를 꺼낸 적이 없었다. 둘째로, 현재 같은 아파트를 쓰고 있기는 하지만 이름은커녕 아무것도 모르는 여자를 만나게 해주면 친구들이 이를 얼마나 흥미로워할지 의기소침해질 정도로 눈에 훤했다. 그래도 생일이니까 뭔가 특별한 식사를 해야 했다. 하지만 저녁 식사를 하러 가거나 극장에 갈 수도 없었다. 비록 빈센트의 잘못은 아니지만 여자에게는 적절한 옷가지가 없었다. 빈센트는 여자에게 옷을 사라고 40달러 넘게 돈을 주었건만 여자가 사온 옷이라고는 가죽 윈드브레이커, 군용 빗 세트, 비옷, 담배 라이터뿐이었다. 여자가 아파트로 가지고 온 여행 가방에도 호텔 비누나 머리를 다듬을 때 쓰던 가위, 성경 두 권과 지독히도 물이 들어버린 사진 한 장뿐이었다. 이 사진에는 땅딸막한 중년 여인이 억지로 웃고 있었다. 그 밑에는 글자가 새겨져 있었다. 안녕과 행운을. 마사 러브조이 홀.

여자는 요리를 할 줄 몰랐기 때문에 두 사람은 외식을 했다. 그의 주머니 사정과 여자 의상 사정으로 인해 두 사람은 주로 자동판매 식당—여기서는 여자가 제일 좋아하는 음식, 마카로니를 판다—이나 3번가에 있는 술집형 식당에 갈 수밖에 없었다. 따라서 생일 저녁 식사도 자동판매 식당에서 할 수밖에 없었다. 여자는 피부가 빨갛게 빛날 때까지 얼굴을 문질렀고 머리를 다듬고 샴푸로 감았다. 게다가 성인 흉내를 내는 여섯 살짜리 아이 같은 어설픈 솜씨로 손톱도 칠했다. 옷은 가죽 윈드브레이커를 입고 그 위에는 빈센트가 준 제비꽃 송이를 핀으로 달았다. 이 장식은 우스꽝스러웠기 때문에 그들과 같은 자리에 앉은 경박한 아가씨 두 명이 미친 듯이 킥킥댔다. 빈센트는 그들에게 입을 당장 닥치라고 경고했다.

"어머, 아저씬 자기가 뭐 대단한 사람이라도 되는 줄 아나

봐?"

"슈퍼맨인가 보지. 저 자식은 자기가 슈퍼맨이라고 생각하나 봐."

너무 심한 말에 빈센트는 이성을 잃고 말았다. 그는 케첩 단지가 흔들릴 정도로 자리에서 벌떡 일어났다. "여기서 나가자." 하지만 DJ는 무슨 일이 일어나든 전혀 신경 쓰지 않고 블랙베리 파이를 퍼먹기 시작했다. 그는 노발대발하기는 했지만 그녀가 식사를 마칠 때까지 조용히 기다렸다. 그는 세상과 동떨어진 듯한 그녀의 태도를 존경했지만 어떤 시절을 살아왔는지 궁금했다. 하지만 빈센트는 그녀의 과거를 물어봤자 허사라는 걸 알았다. 그녀는 가끔 현재밖에 인식하지 못하는 것처럼 보일 때가 있었다. 또 미래는 아무런 의미가 없어 보였다. 여자의 마음은 황량한 방에 파란 공간을 비치는 거울 같았다.

"이젠 뭘 하고 싶어?" 거리로 나가면서 빈센트가 물었다. "택시를 타고 공원을 지나갈 수 있어."

여자는 소맷부리로 입가에 묻은 블랙베리 크림을 쓱 닦았다. "영화 보러 가고 싶어요."

또 영화다. 지난달만 해도 그는 너무나 많은 영화를 보아서 할리우드 영화의 대사 토막토막이 꿈속에서 울려 퍼졌다. 어떤 토요일에는 여자가 우겨서 각각 다른 극장 세 군데에 가기도 했다. 화장실의 소독약 냄새가 공기 중에 진동하는 싸구려 극장이었다. 또 매일 아침 일하러 가기 전에 빈센트는 난로 선반 위에 50센트씩 놓아두곤 했다. 해가 뜨건 비가 오건 여자는 영화를 보러 갔다. 민감한 빈센트는 그 이유를 알 수 있었다. 그 또한 인생의 과도기에는 매일 영화를 보러 가서 한자리에 앉아 똑같은 영화를 몇 번씩이나 반복해서 보곤 했다. 어떤 면에서는 종교와 같았다. 검은 빛과 흰 빛이 변화하는 패턴을 바라보면서 고백성사를 하는 사람이 느낄 수 있는 것과 비슷하게 양심의 해방을 느낄 수가 있었기 때문이었다.

"수갑 있잖아요." 여자는 베벌리 극장에서 하는 히치콕 영화 회고전에서 〈39계단〉을 보고 와서 영화에 나오는 사건을 언급했다. "저 금발 여자와 남자는 같이 수갑을 차게 돼요. 음, 그걸 보니까 딴 생각이 들더라고요." 여자는 그의 파자마를 입고 제비꽃 코르사주를 베개 가장자리에 꽂아 반듯하게 접었다. "사람들은 그렇게 잡혀서 한데 묶이죠."

빈센트는 "으흠" 하품하며 불을 껐다. "다시 한 번 생일 축하해. 행복한 생일이었지?"

여자가 대답했다. "내가 일전에 이곳에 왔었을 때 두 여자가 춤추고 있었어요. 두 사람은 너무도 자유로워 보였죠. 오직 두 사람뿐이고 다른 사람은 없었어요. 마치 석양처럼 아름다운 광경이었죠." 여자는 한동안 아무 말도 하지 않았다. 그러더니 느릿한 남부 말투로 말을 끌어냈다. "제비꽃을 사주다니 정말 다정해요."

"마음에 든다니 기쁜데." 빈센트가는 졸리운 듯 대답했다.

"이 꽃이 시들어버려야 하다니 참 안타까워요."

"뭐, 그렇지. 잘 자."

"잘 자요."

클로즈업. 오, 존. 나를 위해서가 아니에요. 애들 생각도 해야죠. 이혼하면 애들 인생은 엉망이 될 거예요! 페이드아웃. 스크린이 떨린다. 흔들리는 드럼 소리, 높아지는 트럼펫 소리. RKO 영화사 제공…….

여기는 출구 없는 홀, 끝없는 터널이다. 머리 위에서는 샹들리에가 반짝이고 바람에 휘어지는 촛불이 공기의 흐름 속에 떠다닌다. 그의 앞에는 흔들의자에 앉아 있는 한 노인이 있다. 노랗게 염색한 머리, 분을 바른 뺨, 인형 같은 입술. 빈센트는 빈센트를 알아본다. 저리 가버려! 젊고 잘생긴 빈센트가 소리친다. 하지만 늙고 추악한 빈센트는 네 발로 기어 그의 등을 거미처럼 타고 오른다. 협박, 애원, 타격, 어떤 짓을 해도 그를 떼어낼 수 없다. 그래서 그는 그림자를 매달고 돌진한다. 등에 매달린 사람은 위아래로 흔들린다. 뱀과 같이 가느다란 빛이 번쩍이더니 갑자기 터널에 사람이 들끓는다. 하얀 넥타이와 연미복을 입은 남자들, 실크 드레스를 입은 여자들. 그는 부끄럼을 느낀다. 그렇게 우아한 모임에 흉측한 늙은 노인을 신드바드처럼 등에 업고 나타난 자기를 보고 사람들은 얼마나 눈치 없다고 생각할까. 손님들은 짝을 지어 멍하니 서 있고 대화는 하지 않는다. 빈센트는 그들 중 많은 사람들이 자기처럼 더 흉측한 자아, 내면의 썩은 부분이 외부로 드러난 존재를 매달고 있다는 것을 깨닫는다. 바로 그의 옆에는 도마뱀처럼 생긴 남자가 눈알이 하얀 흑인을 타고 있다. 한 남자가 그에게로 다가온다. 파티의 주인이다. 키가 작고 안색이 불그레하며 대머리인 남자는 반들반들한 신발을 신고 가볍고 정확하게 걸어온다. 딱딱하게 구부린 한쪽 팔에는 머리 없는 거대한 매를 얹고 있다. 매의 발톱이 손목에 들러붙어 피가 흐른다. 주인이 의기양양하게 걸어가자 매가 날개를 펼친다. 한 단상 위에는 구식 축음기가 올려져 있다. 주인은 손잡이를 돌리며 레코드를 튼다. 금속성의 낡은 왈츠 음조가 나팔관에서 흘러나온다. 그가 한 손을 들자 소프라노의 목소리가 알린다. "집중해주십시오! 춤이 곧 시작됩니다!" 매를 든 주인이 이리저리 빙글빙글 도는 사람들 틈 사이를 헤집고 다닌다. 벽이 넓어지고 천장이 점점 높아진다. 한 소녀가 빈센트의 팔 안으로 미끄러져 들어오고, 그의 목소리와 비슷한 갈라지고 잔인한 목소리가 말한다. "루실, 정말 훌륭해. 이 좋은 향기는 제비꽃이야?" 소녀는 사촌인 루실이다. 그리고 그때 두 사람이 방 안을 돌 때 루실의 얼굴이 변한다. 이제 그는 다른 사람과 왈츠를 추고 있다. "아, 코니, 코니 실버! 다시 만나서 정말 반가워!" 코니는 귀가 먹었기 때문에 그 목소리는 소리를 질러댄다. 갑자기 총알에 머리가 부서진 신사가 끼어든다. "고든, 용서해. 난 그럴 마음이 아니었어……." 고든과 코니는 함께 춤을 추며 사라져버린다. 그때 새로운 파트너가 나타난다. DJ이다. 여자 또한 또 다른 존재를 등에 매달고 있다. 매력적인 다갈색 머리를 한 아이. 마치 순진함의 상징처럼 여자아이는 가슴에 하얀 새끼 고양이를 안고 있다. "난 보기보다 무거워요." 아이가 말하자, 저 끔찍한 목소리가 되받아친다. "하지만 내가 제일 무거워." 두 사람이 손을 맞잡는 순간 빈센트는 자신에게 지워진 짐이 줄어드는 것을 느낀다. 늙은 빈센트가 사라지고 있다. 발이 바닥에서 떨어졌고 그는 여자의 품에서 떨어져 위로 떠오른다. 빅터 축음기는 이제까지보다 더 시끄럽게 울려대지만, 그는 점점 높이 오르고 저 아래 멀어지는 하얀 얼굴들은 어두운 습지에 돋은 버섯들처럼 빛을 발한다.

주인은 매를 놓아주고 매는 하늘 높이 솟구친다. 빈센트는 별로 중요하지 않다고 생각한다. 매는 눈이 멀었으니까. 사악한 자는 눈먼 자들 사이에서 안전하다. 하지만 매는 그의 위를 빙빙 돌다가 아래로 휙 내려오며 발톱으로 할퀴려 한다. 마침내 그는 자유란 없다는 것을 알게 된다.

그리고 방의 어둠이 그의 눈을 채웠다. 한 팔이 침대 가장자리로 늘어져 있고 베개는 바닥에 떨어져 있었다. 본능적으로 그는 손을 뻗어 옆에 누운 여자에게서 어머니 같은 위안을 구했다. 시트는 매끄럽고 차가웠다. 공허와 마른 제비꽃의 천박한 냄새. 그는 바로 일어나 앉았다. "당신, 어디 있는 거야?"

여닫이 유리문이 열려 있었다. 재 같은 달빛의 흔적이 문간에 어렸으나 그래도 아직 새벽빛은 들지 않았다. 부엌에 있는 냉장고가 거대한 고양이처럼 가르릉거렸다. 종이 한 뭉치가 책상 위에서 바스락거렸다. 빈센트는 자기 목소리를 못 들어서 대답이 없었던 것이기를 바라며 이번에는 부드럽게 불러보았다. 그는 일어나서 휘청거리는 다리로 비틀비틀 걸어 뒷마당으로 나갔다. 여자는 거기 가죽나무에 기대어 반쯤 무릎을 꿇고 있었다. "무슨 일이야?" 그 말에 여자가 돌아보았다. 여자의 모습은 어두침침한 형체로만 보일 뿐 잘 알아볼 수가 없었다. 여자가 좀 더 가까이 왔다. 여자는 한 손가락을 입술에 댔다.

"무슨 일이야?" 그가 속삭였다.

여자는 발뒤꿈치를 들고 그의 귀에 속삭였다. "경고예요. 안으로 들어가요."

"바보 같은 짓은 그만둬." 그는 보통 때와 같은 목소리로 말했다. "여기 맨발로 있다가는 감기에……." 하지만 여자는 한 손으로 그의 입을 막았다.

"그 사람을 봤어요." 여자가 속삭였다. "그 사람 여기 있어요."

빈센트는 여자의 손을 치웠다. 여자의 뺨을 때리지 않으려고 무진 애를 썼다. "그 사람! 그 사람! 그 사람! 도대체 어떻게 된 거야? 당신……." 그 말을 돌리기에는 너무나 늦었다. "미친 거야?" 그제서야 그동안 줄곧 알고는 있었지만 의식적으로는 구체화하지 않으려 했던 무언가가 떠올랐다. 그래 봤자 무슨 차이가 있겠는가? 남자는 자기가 사랑하는 사람들을 설명해야 할 책임을 질 수 없는데. 불성실했다. 정신이 나약했던 루실은 실크에 모자이크를 새기며 그의 이름을 스카프에 수놓았다. 코니는 조용한 귀머거리 세상에서도 그의 발소리를 분명히 알아들었다. 그의 사진을 넘기던 앨런 T. 베이커는 여전히 사랑을 필요로 했지만 이젠 늙고 자포자기했다. 이들 모두가 배신당했다. 또한 빈센트는 재능을 낭비하고 항해를 떠나지도 않으며 약속을 지키지도 않음으로써 자기 자신도 배신했다. 이제 그에게는 아무것도 남은 것 같지 않았다. 오, 어째서 그는 항상 연인에게서 자신의 깨어진 모습을 찾는가? 이제 그는 점점 늙어가는 새벽빛 속에서 그녀를 바라보자. 죽어버린 사랑으로 그의 심장은 차갑게 식었다.

여자는 그에게서 떨어져서 나무 아래로 갔다. "나를 여기 그냥 놔둬요." 여자는 아파트의 창문을 훑었다. "잠깐이면 돼요."

빈센트는 기다리고 또 기다렸다. 사방에서 창문들은 꿈속의 문처럼 내려다보았고, 4층 위 머리 위에서는 한 가족의 빨래가 빨랫줄에서 휘날렸다. 새벽녘의 지는 달이 해거름의 이른 달, 수증기를 뿜는 수레바퀴처럼 보였다. 어둠이 빠져나가는 하늘은 회색으로 씻겼다. 해돋이의 바람이 가죽나무의 이파리를 흔들었고, 희붐한 빛 아래 마당은 어떤 형태를 갖추며 사물들의 자리를 배치했다. 지붕 위에서는 목마른 아침 비둘기들이 구구거렸다. 불이 하나 커졌다. 또 하나 들어왔다.

그리고 마침내 여자는 고개를 숙였다. 무엇을 찾고 있든 간에 여자는 찾지 못했다. 아니, 여자가 입술을 삐죽거리며 그에게로 돌아섰을 때 그는 궁금했다. 정말 찾고 있었던 것이기는 할까?

"어머, 집에 일찍 돌아오셨네요, 워터스 씨?" 관리인의 아내인 안짱다리 브레넌 부인이었다. "참, 워터스 씨. 날씨가 좋네요, 그렇죠? 그나저나 우리 할 얘기가 있는 것 같은데요."

"브레넌 부인." 숨쉬기도, 말하기도 너무나 힘들었다. 말을 끄집어내려니 아픈 목을 득득 긁는 듯했고 목소리가 천둥소리처럼 크게 울렸다. "지금 몸이 좀 아픈데요. 괜찮으시면……." 그는 관리인의 부인을 쓱 지나쳐버리려 했다.

"어머, 그것 참 안됐네요. 식중독, 분명히 식중독일 거예요. 내가 하려는 말은 우리는 매사에 꽤 조심해야 한다는 거예요. 유대인들 있잖아요. 그 사람들이 정육점을 다 운영하니까요. 아, 나는 그런 유대인 음식을 먹지 않죠." 부인은 문 앞으로 걸어 나와 그의 길을 가로막고 훈계하듯 손가락질을 했다. "워터스 씨의 문제는 정상적인 생활을 하지 않는다는 거예요."

아픔이 마치 머리 한가운데에 해로운 보석처럼 틀어박힌 듯했다. 고통스러운 동작을 할 때마다 색깔이 있는 보석의 뾰족한 끄트머리가 타오르는 것 같았다. 관리인의 아내는 계속 꿍얼거렸지만 운 좋게도 그의 귀에는 들리지 않는 텅 빈 순간이 있었다. 마치 라디오 볼륨을 낮춰놓았다가 갑자기 제일 큰 소리로 올린 듯했다. "이젠 그 아가씨가 정숙한 기독교인인 건 알게 되었어요, 워터스 씨. 그렇지 않고서야 워터스 씨 같은 신사가 그런 일을, 음. 어쨌든 실상 쿠퍼 씨가 거짓말을 한 건 아니에요. 게다가 그분은 아주 조용한 분이시거든요. 이 동네에서 가스 검침 일을 얼마나 오래 했는지 기억이 안 날 정도인데." 트럭 한 대가 물을 뿌리며 거리를 지나갔고, 그 소음에 가려진 여자의 목소리가 다시 상어처럼 솟아올랐다. "쿠퍼 씨야 그 아가씨가 자신을 죽이려고 했다고 생각하는 것도 당연하죠. 글쎄 생각해보세요. 아가씨가 가위를 들고 소리를 고래고래 지르는데, 쿠퍼 씨를 이탈리아 이름으로 부르더라고요. 자, 보시면 알겠지만 쿠퍼 씨는 이탈리아 사람이 아니거든요. 그럼 알겠죠. 워터스 씨, 그런 소동이 이 집에 얼마나 나쁜……."

미약한 햇볕이 그의 눈 속 깊숙이 침투해 들어와 눈물이 흘렀다. 그 바람에 손가락을 계속 흔들어대는 관리인 부인의 모습은 조각조각으로 분리되었다. 코, 턱, 빨갛고 빨간 눈. "데스트로넬리 씨." 그는 중얼거렸다. "죄송합니다. 브레넌 부인. 정말 죄송합니다." 부인은 내가 술 취했다고 생각해. 나는 아픈 건데. 이 여자 눈에는 내가 아픈 게 안 보이는 건가? "저희 집 손님은 갈 겁니다. 여자 분은 오늘 떠나서 다시 돌아오지 않을 거예요."

"어머나, 지금은 그런 말씀은 마세요." 브레넌 부인이 혀를 차며 말했다. "아가씨는 휴식을 취해야겠던데. 불쌍하기도 하지. 어찌나 얼굴이 창백하던지. 물론 나도 누구보다 이탈리아인하고는 상대하고 싶지 않은 사람이에요. 쿠퍼 씨가 이탈리아 사람이라고 생각해봐요. 하지만 그 사람도 워터스 씨나 나처럼 백인이거든." 부인은 위로하듯 그의 어깨를 톡톡 두드렸다. "아프다니참 안됐네요, 워터스 씨. 식중독이라고 내가 그랬죠. 매사에 아무리 조심해도……."

복도에는 요리 냄새와 소각로 재 냄새가 가득했다. 그의 아파트는 아래층에 있었기 때문에 그가 한 번도 쓰지 않았던 계단이 바로 앞에 있었다. 성냥이 딱 켜지는 소리가 들렸다. 빈센트는 길을 더듬어 가다가 작은 소년이 계단 아래 앉아 있는 것을 보았다. 서너 살도 안 되어 보이는 소년이었다. 소년은 부엌에서 쓰는 큰 성냥 상자를 가지고 놀았고 빈센트가 거기 있다고 해서 관심을 보이는 것 같지도 않았다. 소년은 성냥 하나를 또 켰다. 빈센트가 질책할 기운도 없어 그냥 서서 혀가 꽁꽁 묶여 아무 말도 하지 못한 채 기다리고 있노라니, 어떤 문, 그의 집 문이 열렸다.

숨어야 한다. 그녀가 빈센트의 모습을 보게 되면 뭔가 잘못되었다는 것을 알리라. 의심하게 되리라. 그리고 여자가 입을 열면, 두 사람의 눈이 마주치면 이 일을 끝낼 수가 없을 것이다. 그래서 그는 소년 뒤 어두운 구석으로 숨어들었다. 소년이 물었다. "뭐 하시는 거예요, 아저씨?" 여자가 나오고 있었다. 샌들이 딱딱거리는 소리, 초록색 비옷이 바스락거리는 소리. "뭐 하시는 거예요, 아저씨?" 그의 심장이 가슴속에서 빠르게 쿵쾅거렸고, 빈센트는 몸을 굽혀 아이가 소리를 내지 못하도록 손으로 입을 막고 꼭 끌어 당겼다. 빈센트는 여자가 지나가는 모습을 보지 못했다. 한참 뒤, 앞문이 짤각 열리는 소리가 들리자 그는 여자가 가버렸다는 사실을 알았다. 소년은 바닥에 털썩 주저앉았다. "도대체 뭐 하시는 거예요, 아저씨?"

아스피린 네 알을 하나씩 삼키고 방으로 돌아갔다. 침대는 일주일 동안이나 정리를 하지 않았고 재떨이가 바닥에 쏟아져 있었으며 옷가지가 절대 올라갈 수 없는 곳, 전등 갓이나 이런 데까지 널려 있었다. 하지만 내일 기분이 좋아지면 대청소를 하리라. 아마 벽도 새로 칠하고 마당도 정리할 것이다. 내일이면 다시 친구들을 떠올리고 초대를 받아들여 재미있게 지내리라. 그러나 이런 미래를 미리 맛본들 아무런 맛도 느껴지지 않았다. 전에 그가 알았던 모든 것들은 이제 그에게 너무 메마르고 사이비처럼 느껴질 뿐이었다. 복도의 발소리. 여자가 벌써 돌아왔을까? 영화가 끝나고 오후가 지난 것일까? 열 때문에 시간이 너무나 기이하게 흘러갔고, 한순간은 마치 뼈가 몸에서 둥둥 떨어져 나가는 느낌도 들었다. 짝짝. 아이의 방정치 못한 발소리다. 발소리가 계단을 올라가자 빈센트는 천천히 몸을 움직여 거울이 있는 벽장 쪽으로 갔다. 그는 서두르고 싶었다. 서둘러야 한다는 걸 알고 있었다. 하지만 공기는 끈끈한 유체처럼 혼탁했다. 그는 벽장에서 여자의 여행 가방을 꺼내 침대 위에 놓았다. 잠금쇠가 녹슬고 가죽이 뒤틀려 구슬프게 보이는 싸구려 여행 가방이었다. 그는 마음의 가책을 느끼며 가방을 바라보았다. 여자는 어디로 갈까? 어떻게 살게 될까? 코니나 고든, 다른 사람과 헤어졌을 때, 적어도 거기에는 어떤 위엄이 있었다. 하지만 정말 아무리 곰곰이 생각해봐도 다른 도리가 없었다. 그래서 그는 여자의 소지품을 챙겼다. 마사 러브조이 홀이 가죽 윈드브레이커 아래서 삐죽 얼굴을 내밀었다. 음악 교사의 얼굴은 희미하게 비난하는 미소를 띠고 있었다. 빈센트는 그 액자를 뒤집어놓고 거기에 20달러가 든 봉투를 끼워놓았다. 이 정도면 글래스힐, 혹은 어디든 가고 싶은 곳으로 갈 수 있는 표를 살 수 있으리라. 이제 그는 가방을 닫으려고 했지만 열 때문에 기운이 없어서 침대에 쓰러지고 말았다. 노란 날개가 빠르게 창문 속으로 미끄러져 들어왔다. 나비였다. 이 도시에서는 나비를 본 적이 한 번도 없었는데. 나비는 어떤 징조처럼 떠다니는 신비스러운 꽃잎 같았다. 나비가 허공 속에서 왈츠를 추는 동안 그는 공포에 질려 쳐다보았다. 바깥 어디선가 거지의 화려한 손풍금 소리가 시작되었다. 마치 망가진 자동피아노 소리 같은 손풍금은 〈라 마르세예즈〉를 연주하고 있었다. 나비는 DJ의 그림에 내려앉아 유리 눈알 위를 기더니 떨어진 머리 위에 리본처럼 날개를 납작하게 폈다. 빈센트는 여행 가방을 뒤져 여자의 가위를 찾아냈다. 처음에는 나비의 날개를 난도질할 작정이었으나 나비는 천장 위로 빙글빙글 날아올라 별처럼 매달렸다. 가위가 매의 심장을 뚫고 먹이를 찾아 헤매는 강철 입처럼 캔버스를 먹어 치웠다. 그림 조각이 억센 머리털처럼 바닥에 떨어졌다. 그는 무릎을 꿇고 기어가서 조각을 한

데 그러모은 후 여행 가방 안에 넣고 뚜껑을 쾅 닫았다. 그는 울었다. 그리고 눈물 때문에 천장에 붙은 나비는 더욱 확대되어 마치 새만큼, 아니 그보다 더 크게 보였다. 경쾌하게 깜박이는 노란색 무리. 마치 바닷가에 밀려드는 파도처럼 외롭게 속삭였다. 날개에서 나오는 바람이 이 방을 우주로 쓸어 보냈다. 그는 여행 가방을 다리에 부딪쳐 가며 앞으로 나가 문을 확 열었다. 성냥 하나가 타올랐다. 어린 소년이 물었다. "뭐 하시는 거예요, 아저씨?" 빈센트는 수줍게 웃으며 가방을 복도에 세워놓았다. 그는 도둑처럼 문을 닫으며 빗장을 걸고 의자를 끌어와 문손잡이 밑에 괴어놓았다. 고요한 방 안에는 미묘하게 변하는 햇빛과 기어 다니는 나비밖에 없었다. 나비는 교묘하게 오린 도화지 조각처럼 아래로 나풀나풀 떨어지다 양초 위에 내려앉았다. 가끔 그 사람은 인간이 아니에요. 여자는 여기 침대 위에 웅크리고 누워 해 뜨기 전 몇 분간 빨리 얘기하고는 했다. 가끔 그 사람은 아주 다른 존재가 돼요. 매, 어린이, 나비. 그리고 이런 말도 했었다. 그 사람들이 나를 데려간 곳에는 할머니 수백 명이 있었어요. 그리고 젊은 남자들도 있었죠. 그중 한 남자는 자기가 해적이라고 말했고 아흔 살이 다 된 할머니 한 분은 나한테 계속 자기 배를 만져보라고 했죠. "느껴봐." 할머니는 이러셨어요. "애기가 발로 세게 차는 게 느껴지지?" 이 할머니는 미술 수업도 들었어요. 할머니의 그림은 마치 미친 퀼트와 같았죠. 그리고 당연히 그 사람이 이 자리에 있었어요. 데스트로넬리 씨. 하지만 그는 자기 자신을 검이라고 불렀어요. 검 박사. 하지만 그 사람은 내 눈까지 속일 수는 없었어요. 비록 회색 가발을 쓰고 아주 늙고 친절한 사람처럼 꾸미긴 했어도 나는 알았죠. 내가 떠나던 날, 도망쳐서 라일락 덤불 아래 숨었을 때 한 남자가 빨간 소형차를 타고 왔어요. 생쥐 털 같은 콧수염을 기르고 작은 눈이 잔인해 보이는 남자였죠. 하지만 그건 바로 그 사람이었어요. 내가 누구냐고 묻자, 그는 나보고 차에서 내리라고 하더군요. 그 후엔 또 다른 남자를 필라델피아에 있는 카페에서 만났어요. 그는 나를 뒷골목으로 데리고 가더군요. 그는 이탈리아 말을 했고 온몸에 문신투성이였죠. 하지만 역시 그 사람이었어요. 그리고 다음 남자는 발톱에 색칠한 사람이었는데 영화관에서 내 옆에 앉았죠. 나를 남자애라고 생각했거든요. 하지만 내가 그렇지 않다는 걸 알아도 화를 내지 않고 그의 방에서 같이 살게 해주고 맛있는 것들을 요리해주었어요. 하지만 이 사람은 은제 로켓*을 걸고 있었는데 어느 날 안을 보니 홀 양의 사진이 들어 있더군요. 그래서 그 사람이라는 걸 알았어요. 그리고 그녀가 죽었고 나를 죽이려 한다는 걸 알았죠. 그리고 그는 정말 그렇게 할 거예요, 그렇게 하고 말 거예요. 해거름이 되고, 밤이 내렸다. 침묵이라고 불리는 소리의 실들이 반짝이는 푸른 가면을 짰다. 잠에서 깨어난 빈센트는 눈꺼풀 사이로 내다보고 손목시계의 미친 듯한 박동 소리와 자물쇠에 열쇠 긁히는 소리를 들었다. 이 시간이 되면 해거름의 어디선가 살인자가 그늘에서 나와 밧줄 하나를 들고서 위 계단으로 올라가는 실크 스타킹 신은 다리를 따라간다. 그리고 여기 가면을 통해 응시하는 몽상가들은 기만의 꿈을 꾼다. 살펴보지 않았

---

*사진이나 기념물 따위를 넣어 목걸이에 다는 작은 갑.

지만 그는 여행 가방이 없어졌다는 것, 여자가 왔다가 가버렸다는 것을 알았다. 어째서 안전해져서 기쁘다는 느낌은 별로 들지 않고 오로지 속은 기분만이 들까? 그리고 한없이 작아진, 마치 노인의 망원경을 통해 달을 쳐다봤을 때의 밤처럼 작아진 느낌이 드는 걸까?

3

오래된 편지 조각처럼 바닥에 흩어진 팝콘은 밟혀서 납작해졌고 여자는 관찰자의 태도로 몸을 기대고 마치 여기저기 떠 있는 말을 해독하여 대답을 찾아내려는 듯 팝콘 속으로 사냥꾼의 눈길을 보내고 있었다. 그러다 여자의 눈은 조심스럽게 계단을 올라가는 남자, 빈센트에게로 옮겨갔다. 그에게서는 샤워젤과 면도크림, 콜롱의 상큼한 냄새가 풍겼지만 지친 푸른빛이 눈가에 어려 있었다. 또한 그가 바꿔 입은 사각사각한 시어서커 양복은 헐렁헐렁했다. 한 달 동안 폐렴을 앓고 밤마다 열에 들떠 깨어나는 바람에 5킬로그램 이상 살이 빠진 것이었다. 매일 아침, 매일 저녁 여자를 집 앞에서나 화랑 근처, 점심을 먹는 식당에서 마주치는 바람에 이름 모를 병에 사로잡히고 시간과 정체성이 마비되었다. 무언의 추적극이 그의 심장을 졸아들게 했다. 여자가 단지 한 명이 아니라 여러 명인 것 같고, 여자의 그림자가 거리 곳곳의 그늘에 스며 계속 따라오는 듯한 혼수상태의 나날들이 이어졌다. 언젠가 단둘만 엘리베이터를 탄 적이 있었을 때, 그는 소리를 질렀다. "난 그 사람이 아니야! 그냥 나라고, 나일 뿐이야!"

하지만 여자는 마치 발톱을 칠한 남자에 대해서 말할 때 미소 지었던 것처럼 미소를 지을 뿐이었다. 결국 여자는 알고 있었기 때문이다.

저녁 시간이었지만 어디서 식사를 할지 정하지 못하고 그는 그저 가로등 아래에 섰다. 갑자기 확 켜진 가로등은 돌 위에 복잡한 빛을 부챗살처럼 펼쳤다. 거기서 기다리고 있는 동안 천둥이 치자 두 사람, 그와 여자만 제외하고 거리를 따라 걷던 모든 이들이 하늘을 향해 고개를 들었다. 강에서 불어오는 산들바람을 타고, 회전목마처럼 서로서로 팔짱을 끼고 폴짝폴짝 뛰어가는 아이들의 웃음소리와 창문에서 몸을 내미는 엄마의 목소리가 날아왔다. 비 온다, 레이첼. 비야. 비가 올거야, 비가! 길가의 꽃장수가 한 눈으로 슬며시 하늘을 흘겨보며 비 피할 곳을 따라 뛰는 동안 글라디올러스와 담쟁이가 덮인 꽃수레가 미친 듯이 덜그럭거렸다. 그 바람에 제라늄 화분이 떨어져버렸고 소녀들은 꽃 주위에 모여들어 꽃을 귀 뒤에 꽂았다. 타닥타닥 뛰어가는 발소리와 톡톡 떨어지는 빗소리가 한데 섞여들며 실로폰 같은 보도에 울렸다. 문을 쿵 닫는 소리, 창문을 쾅 내리는 소리. 그 후에는 침묵과 비만이 흘렀다. 이윽고 느리게 발을 질질 끄는 걸음으로 여자는 가로등으로 와서 그의 옆에 섰다. 하늘은 천둥으로 갈라진 거울 같았고 깨진 유리 커튼처럼 틈새로 빗방울이 떨어져 내렸다.

마지막 문을 닫아라
(1947)

1

"월터, 내 말 들어. 누가 자기를 싫어하거나 나쁜 일을 하면 그 사람들이 괜히 그런다고 생각하지 마. 자기가 그런 상황을 만든 거야."

애나가 그 말을 했을 때 월터의 건전한 면은 애나가 악의적으로 그런 말을 한 게 아니라고 했지만(애나가 친구가 아니라면, 누가 친구라 하겠는가?), 그는 그 말 때문에 사방팔방 돌아다니면서 그가 애나를 얼마나 멸시하는지, 애나가 얼마나 나쁜 년인지 떠벌리고 다녔다. 그 여자 말이지, 절대 애나를 믿으면 안 돼! 애나의 노골적인 태도는 억누르고 있는 반감을 위장하기 위한 행동에 지나지 않아. 게다가 엄청난 거짓말쟁이지. 그 여자가 하는 말은 하나도 믿을 수 없어. 위험하지, 세상에! 당연하게도 그가 한 말은 애나에게 도로 들어갔다. 그래서 함께 가기로 한 연극 개막일 약속 때문에 그가 전화를 하자, 애나는 이렇게 말했다. "미안해, 월터. 난 더 이상 자기를 감당하지 못하겠다. 난 자기를 잘 이해하고 있고, 어느 정도 동정도 해. 당신 악의는 강박적인 거라서 탓할 수도 없지. 하지만 더 이상 자기를 보고 싶진 않아. 내 몸 하나 감당하기도 벅차니까." 하지만 왜? 그가 어쨌기에? 물론 애나에 대해서 흉을 좀 보기는 했다. 하지만 진심으로 그런 것도 아니고 결국 지미 버그먼에게 말한 것처럼(만약 여기 두 얼굴의 배신자가 있다면 지미를 의심해볼 만하다) 객관적으로 논할 수 없다면 친구가 있어봤자 무슨 소용 있겠는가?

그가 그러는데 네가 그러는데 그 사람들이 그러는데 우리가 그러는데 돌고 돈다. 지금 천장에서 빙빙 돌아가는 환풍기처럼 말은 돌고 돈다. 아무리 돌아도 썩은 공기 냄새는 효과적으로 빠지지 않았고, 사위가 조용한 가운데 시계 초침처럼 틱틱 소리가 났다. 월터는 침대의 시원한 쪽으로 가서 어둡고 작은 방 안을 보지 않으려 눈을 감아버렸다. 그날 저녁 7시, 그는 뉴올리언스에 도착했고 7시 반에 이름도 알 수 없는 곁길에 위치한 이 호텔에 투숙했다. 8월의 붉은 밤하늘은 마치 모닥불을 피운 듯 타올랐다. 그는 기차에서 바깥 풍경을 꼼꼼히 관찰했고, 기억 속에서 되살린 모든 다른 일들을 모조리 좋게 생각해보려 애썼지만, 그러면 그럴수록 이 부자연스러운 남부 풍경은 세상의 끝까지 왔다는 느낌만 한층 더 강하게 만들 뿐이었다.

하지만 어째서 이 먼 곳 마을, 찌는 듯한 호텔에 와 있는지는 자신도 알 수 없었다. 방 안에는 창문이 있었지만 열 수 있을 것 같지도 않았고, 사환을 부르기도 두려웠다. (그 아이의 눈은 얼마나 기이하던지!) 또 길을 잃을까 무서워서 호텔을 나설 수도 없었다. 만약 길을 잃는다면, 완전히 자기 자신도 잃을 것만 같았다. 그는 배가 고팠다. 아침 이후로 아무것도 먹지 못해서 새러토가에서 산 꾸러미에 남아 있는 땅콩버터 크래커를 찾아내 병 바닥에 한 2센티미터 정도 남아 있던 포 로지즈 버번에 담가 먹었다. 그랬더니 속이 메슥거렸다. 그는 휴지통에 토한 후 비틀비틀 침대에 돌아가 누워서 베개가 흠뻑 젖을 때까지 울었다. 잠시 후, 그는 뜨거운 방에서 몸을 부들부들 떨며 누워 있었다. 그냥 가만히 누워 천천히 돌아가는 환풍기나 바라보았다. 환풍기의 동작에는 시작도 끝도 없었다. 그냥 원만 그릴 뿐이었다.

눈비, 지구, 나무의 나이테, 모든 게 원이고, 모든 원에는 중심이 있다고 월터는 말했다. 이제껏 일어난 일이 다 월터가 자초한 일이라고 한 애나의 말은 미친 소리였다. 만약 그에게 정말로 잘못된 점이 있다면, 그의 힘으로 조절할 수 없는 환경 때문에 그렇게 된 것이리라. 교회에 열심히 다니는 어머니, 하트포드에서 보험 판매원을 했던 아버지, 마흔 살이나 연상인 남자와 결혼한 누나 세실. "난 그냥 집에서 나오고 싶었을 뿐이야"라는 게 누나의 변명이었고 실상 월터도 상당히 말이 되는 변명이라고 생각했다.

하지만 자기 자신에 대해서는 어디서부터 시작해야 할지, 자신의 중심을 어디서 찾아야 할지 알 수가 없었다. 처음으로 걸려 온 전화? 아니 그건 고작 사흘 전의 일로, 제대로 말하자면 끝이지 시작이 아니었다. 음, 어빙이 처음이라고 얘기할 수는 있을 것이다. 뉴욕에서 처음 알게 된 사람이 어빙이었으니까.

다정한 유대인 청년 어빙은 체스에는 뛰어난 재능이 있었으나 다른 일에는 젬병이었다. 머리결은 비단처럼 부드러웠고 뺨은 아기처럼 발그레해서 열여섯 정도로밖에 보이지 않았다. 실제로 그는 스물세 살, 월터와 같은 나이였다. 두 사람은 그리니치 빌리지의 바에서 만났다. 월터는 혼자였고 뉴욕에서 아주 외로웠던 참인데 이 다정하고 어린 어빙이란 청년이 아주 친절하게 대해오자 월터도 앞일은 모르니까 역시 친절하게 대해주는 게 좋겠다고 생각했다. 어빙은 좋은 사람들을 많이 알고 있었고 모두들 어빙을 좋아했다. 어빙은 월터를 모든 친구들에게 소개해주었다.

그리고 마거릿이 있었다. 마거릿은 어빙의 여자 친구에 가까웠다. 외모는 평범했지만(눈은 튀어나왔고, 입술에는 항상 립스틱이 조금 묻어 있었으며 열 살짜리 아이처럼 옷을 입었다) 월터가 매력적이라 생각할 만큼 정신없이 똑똑한 면이 있었다. 월터는 애초에 왜 마거릿이 어빙에게 신경을 쓰는지 이해할 수 없었다. "어째서 그래?" 어느 날 두 사람이 센트럴파크를 산책하고 있을 때, 월터가 말을 꺼냈다.

"어빙은 다정해." 마거릿이 대답했다. "그리고 나를 아주 순수하게 사랑해. 누가 알겠어. 나는 그 사람이랑 결혼하는 게 좋을지도 몰라."

"정말 바보 같은 짓이야. 어빙이 네 남동생이라면 몰라도 남편은 될 수 없어. 어빙은 모든 사람의 남동생이지."

마거릿은 영리한 여자라 이 말의 진실을 놓치지 않았다. 그래서 어느 날, 월터가 사랑을 나누면 안 되겠느냐고 물었더니 마거릿은 그가 원한다면 괜찮다고 말했다. 그래서 두 사람은 그 이후에도 종종 관계를 가졌다.

결국에는 어빙도 이 사실을 알았다. 어느 월요일, 기이한 우연의 일치로 두 사람이 처음 만난 바에서 낯부끄러운 소동이 벌어졌다. 그날 저녁에는 키트 쿤하트(쿤하트 광고회사의 사장이자 마거릿의 상사)를 기념하는 파티가 있던 날로 마거릿과 월터는 그 파티에 갔다가 마무리로 한잔하러 이 바에 들렀던 것이다. 어빙과 바지를 입은 여자 몇 명 말고는 사람 없이 한적했다. 바에 앉은 어빙의 뺨은 벌겠고 눈은 약간 흐렸다. 다리가 짧아 의자의 발걸이에도 닿지 않았기 때문에 마치 어른 흉내를 내는 소년처럼 보였다. 두 발은 마치 인형처럼 대롱거렸다. 마거릿은 어빙을 알아본 순간 몸을 돌려 걸어나가려고 했으나 월터가 놓아주질 않았다. 어쨌거나 어빙도 그들을 보았다. 그는 두 사람에게서 눈을 떼지 않고 위스키를 내려놓고 천천히 의자에서 내려와 슬프게, 억지로 강한 척하면서 앞으로 걸어나왔다

"안녕, 어빙." 마거릿이 인사를 했지만 그가 무섭게 쩨려보자 입을 다물었다.

어빙은 턱을 바들바들 떨었다. "꺼져버려." 마치 어린 시절에 학대했던 사람을 비난하는 듯한 태도였다. "너희 둘 다 역겨워." 그리고 권투 선수가 아주 느린 동작으로 움직이는 것처럼 어빙은 칼을 움켜쥔 양 주먹을 월터의 가슴을 향해 휘둘렀다. 대단한 일격은 아니어서 맞은 월터는 미소만 지었을 뿐이었고, 오히려 어빙이 비명을 지르면서 주크박스에 부딪쳤다. "한판 붙자, 겁쟁이 녀석. 자, 내가 널 죽여줄 테니. 하늘에 맹세코 끝장을 보여

주지." 그리하여 두 사람은 그를 놔두고 술집을 나섰다.

집으로 걸어오는 길에 마거릿은 지친 듯 부드럽게 흐느끼기 시작했다. "어빙은 이제 다시 다정한 사람이 되지 못할 거야." 월터는 대답했다. "무슨 뜻인지 모르겠네."

"무슨 소리, 알면서." 마거릿은 속삭이는 목소리로 말했다. "알고 말고. 우리 두 사람은 이제 어빙에게 증오하는 법을 알려 준 거야. 어쨌든 그는 이전에는 절대 몰랐을 텐데."

월터가 뉴욕에 온 지 넉 달 되던 때였다. 본전으로 가지고 왔던 500달러는 이제 15달러만 남았고, 브레부르트에 있는 셋집의 1월 집세는 마거릿이 빌려주었다. 어째서 좀 더 싼 데로 옮기지 않는 건지 마거릿은 궁금해했다. 글쎄. 좋은 주소를 가지고 있는 게 좋잖아, 월터는 대답했다. 그럼 직장을 얻으면 어때? 언제 일을 시작할 거니? 아니, 시작하긴 할 거야? 물론이지. 그는 답했다. 실상 그는 이게 좋은 거래라고 생각했다. 하지만 하찮은 일거리나 따자고 돌아다닐 마음은 없었다. 그는 뭔가 좋은 일자리, 전망이 있는 일자리, 말하자면 광고 일 같은 걸 원했다. 좋아, 마거릿은 자기가 도와줄 수 있을 것 같다고 했다. 어쨌든 상사인 쿤하트 씨에게 말해보겠다고.

2

소위 KKA라고 하는 이 회사는 중소기업 수준이었지만, 아주 좋은 중견회사, 그중에서도 일급 회사라는 게 있는 법이다. 1925년 회사를 설립한 커트 쿤하트는 기이한 평판을 가진 기이한 남자였다. 마르고 금욕적인 이 독일인은 독신으로 서른플레이스에 있는 우아한 검은 집에 살고 있었다. 피카소 그림 세 점, 최상급 오디오, 폴리네시아에서 온 가면과 퉁명스러운 덴마크 청년 하인을 둔 꽤 흥미로운 집이었다. 그는 항상 수제자를 뽑아댔으므로 그 순간 가장 좋아하는 직원을 집으로 불러서 저녁 식사를 하고는 했다. 이런 동맹관계가 되는 건 항상 변덕스럽고 불확실하다는 점 때문에 위험한 일이었다. 그 전날 밤 수제자가 되어 은혜로운 사장님과 함께 즐겁게 저녁 식사를 했더라도 다음 날 당장 구인광고를 확인해야 하는 신세가 될 수도 있었다. 마거릿의 조수로서 KKA에 온 지 2주 만에 월터는 쿤하트에게서 점심을 같이하자는 쪽지를 받았다. 물론 월터는 이 일에 말할 수 없이 흥분했다.

"흥을 깬다고?" 마거릿은 그의 넥타이를 펴주고 옷깃에 붙은 보푸라기를 떼어주었다. "그런 건 아니야. 단지, 쿤하트 사장님은 너무 깊이 얽히지 않으면 일하기에 좋은 상사지. 아니면 일하지 않게 되거나. 거기서 얘기 끝이야."

월터는 마거릿이 무슨 일을 꾀하고 있는지 알고 있었다. 마거릿은 한순간도 그를 속일 수 없었다. 그는 그렇게 말하고 싶었지만 꼭 억눌렀다. 아직은 때가 아니었다. 하지만 언젠가는 이 여자랑 끝낼 작정이었다. 곧. 마거릿을 위해서 일하다니 자신의 격을 낮추는 일이었다. 게다가 요새는 자기를 자꾸 주저앉히려는 경향이 있었다. 하지만 아무도 그럴 수가 없었다. 월터는 쿤하트 씨의 바다처럼 파란 눈을 들여다보면서, 누구도 자기를 주저앉힐 수 없다고 생각했다.

"당신은 정말 바보야." 마거릿이 말했다. "난 사장님이 이처럼 사소한 친절을 베푸는 걸 정말 여러 번 봐왔어. 하지만 그런 건 아무 뜻도 없어. 사장님은 전화교환원처럼 이 사람 저 사람하고 다 친하게 지내지. 하지만 사장님이 원하는 건 오로지 놀려먹을 사람일 뿐이야. 내 말 믿어, 월터. 지름길은 없어. 중요한 건 자기 일을 어떻게 해내는가야."

월터는 대꾸했다. "그래서 그 점에 대해 불만이라도 있어? 나는 기대대로 잘 해내고 있잖아."

"기대대로라는 게 무슨 뜻이냐에 달렸지."

그 후 오래지 않아 어느 토요일, 월터는 그랜드센트럴 역에서 마거릿과 약속을 했다. 두 사람은 하트포드로 가서 그날 오후 월터의 가족과 함께 보낼 작정이었다. 이날을 위해, 마거릿은 드레스에 모자, 신발까지 새로 샀다. 그렇지만 그는 약속에 나오지 않았다. 대신에 그는 쿤하트 씨와 함께 차를 타고 롱아일랜드로 가, 로자 쿠퍼의 데뷔 무도회에 모인 손님 300명 틈에 껴서 가장 열렬히 경탄해 마지 않았다. 로자 쿠퍼(이전 이름은 쿠퍼만)는 쿠퍼 유업의 상속녀로, 피부가 거무스름하고 통통하며 유쾌한 여자였다. 쿠퍼 양은 주이트 양이 운영하는 기숙학교에 4년 다닌 결과로 부자연스러운 영국 억양을 썼다. 로자는 애나 스팀슨이라는 친구에게 편지를 썼고, 애나는 후에 그 편지를 월터에게 보여주었다. "정말 근사한 남자를 만났어. 그 사람이랑 춤을 여섯 번이나 췄지 뭐야. 춤도 정말 잘 춘단다. 광고회사 사장이고, 정말 외모도 근사해. 우리는 데이트를 했어. 저녁을 같이하고 극장에도 갔지!"

마거릿은 이 일을 언급하지 않았고, 월터도 말하지 않았다. 마치 아무 일도 없었던 듯 지냈지만 이제는 일 얘기가 아니라면 말을 나누지도 않았고 서로 보지도 않았다. 어느 날 오후, 월터는 마거릿이 집에 없다는 걸 확인하고는 그녀의 아파트로 가서 오래전에 받았던 보조 열쇠로 안으로 들어갔다. 거기 남겨놓은 물건이 몇 개 있었다. 옷가지, 책, 파이프. 여기저기 뒤져 짐을 다 챙기던 월터는 자기 사진 위에 빨간 립스틱으로 낙서가 되어 있는 것을 보았다. 그 사진을 보는 순간 그는 꿈속에서 떨어지는 느낌이 들었다. 또한 그녀에게 주었던 유일한 선물, 열지 않은 뢰르 블뢰 향수도 보았다. 그는 침대에 앉아 담배를 피우며, 차가운 베개를 쓸었다. 마거릿의 머리가 그 위에 놓였던 모습과 두 사람이 일요일 그 침대에 누워 함께 바니 구글, 딕 트레이시, 조 팔루카의 만화를 읽던 기억을 떠올리면서.

월터는 또한 라디오를 바라보았다. 초록색 작은 상자. 두 사람은 모든 종류의 음악, 재즈, 교향곡, 합창곡에 맞추어 사랑을 나누었다. 마치 그들만의 신호처럼 마거릿은 그를 원할 때면 이렇게 말하곤 했다. "음악 들을래, 자기?" 어쨌거나 이제 모두 끝났다. 그는 마거릿을 증오했고 기억할 일은 그뿐이었다. 그는 다시 한 번 향수병을 찾아내서 주머니 속에 넣었다. 로자는 깜짝 선물을 좋아하리라.

다음 날 사무실에서 월터는 냉수기에 물 뜨러 갔다가 그 앞에 서 있는 마거릿과 마주쳤다. 마거릿은 그를 빤히 바라보며 미소 지었다. "당신이 도둑인지는 몰랐네." 두 사람 사이의 반감이 처음으로 드러난 순간이었다. 갑자기 월터에게는 이제 사무실에 자기 편이 한 명도 없다는 생각이 들었다. 쿤하트? 절대로 그를 믿을 수는 없었다. 그리고 모든 이들은 적이었다. 잭슨, 아인슈타인, 피셔, 포터, 케이프하트, 리터, 빌라, 비어드. 오, 물론 그들은 모두 영리한 이들이었으므로 커트 쿤하트가 계속 월터를 총애하는 한은 노골적으로 적대하지는 않을 것이었다.

뭐, 싫어하는 마음은 적어도 긍정적이었다. 그가 참을 수 없는 건 모호한 관계였다. 아마도 그 자신의 감정이 우유부단하고 양가적이기 때문일 것이었다. 그는 자기가 X라는 사람을 좋아하는지 싫어하는지 마음을 정할 수가 없었다. X의 사랑을 원하기는 했지만 그 자신은 사랑할 능력이 결여되어 있었다. 결국 X에게 신실하지도 못했고, 50퍼센트 이상의 진실을 말하지도 않았다. 반면, X에게는 그와 같은 불완전함을 허락할 수 없었다. 어느 지점에 이르면 월터는 자신이 배반당할 것이라고 확신했다. 그는 X를 두려워했고 겁에 질렸다. 고등학교에서 한번 그는 시를 표절해서 교지에 기고한 적이 있었다. 그는 그 시의 마지막 행을 잊을 수가 없었다. "우리의 모든 행위는 공포의 행위다." 그리고 선생님에게 걸렸을 때, 그에게 그것보다 더 불공정하게 보인 일이 있었던가?

3

그는 초여름 주말의 대부분을 로자 쿠퍼의 롱아일랜드 저택에서 보냈다. 그 집은 보통 건장한 예일이나 프린스턴 학부생들이 와서 직원으로 일했는데, 월터에게는 언짢은 일이었다. 하트포트 근처에서 월터는 그런 청년들만 보면 속이 메스거렸다. 그들은 같이 어울릴 수도 없는 부류였다. 로자 본인으로 말하자면 귀염둥이였다. 모두들 그렇게 말했다. 심지어 월터도 그렇게 불렀다.

하지만 귀염둥이들은 대체적으로 진지하지 않았고, 로자도 월터에게 진지하지 않았다. 월터는 별로 개의치 않았다. 그 집에서 보낸 주말 동안 그는 좋은 인맥을 많이 만들 수 있었다. 테일러 오빙턴, 조이스 랜돌프(신인 여배우), E. L. 맥어보이 등 열두엇 정도 되는 휘황찬란한 이름들이 월터의 주소록을 장식했다. 어느 날 저녁, 그는 애나 스팀슨과 함께 랜돌프가 주연한 영화를 보러 갔다. 두 사람이 자리를 잡고 앉자마자 그 주변의 모든 이들은 그녀가 그의 친구인 줄 알았고, 그녀가 술을 너무 마신다는 것, 난잡하다는 것, 할리우드 영화에 나오는 것만큼 실제로 예쁘지 않다는 것을 알았다. 애나는 월터에게 그가 십대 소녀나 다름없다고 말했다. "자기는 딱 한 가지 면에서만 남자지."

월터는 로자를 통해서 애나 스팀슨을 만났다. 패션지의 편집장인 애나는 키가 거의 180센티미터에 달했으며, 검은 정장을 입고 외알 안경과 지팡이, 쩽그랑거리는 멕시코제 은제 장식품들을 달고 다녔다. 애나는 두 번 결혼한 전력이 있었는데 한 번은 서부극 아이돌인 벅 스트롱이 그 상대였다. 지금은 '교정 학교'에 가 있는 열네 살 난 아들도 하나 있었다.

"정말 말 안 듣는 애였지." 애나는 말했다. "22구경 권총을 들고 창밖을 되는 대로 쏴대질 않나. 물건을 내던지고 울워스 백화점에서 물건도 훔치고. 자기처럼 정말 악당이었어."

하지만 애나는 그에게 친절했으며 우울한 기분이 좀 낫거나 악의가 좀 덜할 때는 월터가 자신의 문제에 대해서 불평하거나 자기가 왜 지금처럼 되었는지 설명하는 동안 친절하게 들어주었다. 일생 동안 무슨 속임수가 있어서 그는 언제나 나쁜 패만 뽑았다. 애나에게 모든 악덕은 다 어리석음에서 비롯된 것이라고 하면서, 그는 애나를 자신의 고백성사를 들어주는 신부로 이용했다. 애나가 합당하게 반대할까 싶어서 하지 못할 얘기는 없었다. 그는 이런 이야기도 털어놓았다. "난 쿤하트에게 마거릿에 대해서 수없이 많은 거짓말을 했어요. 아주 못된 짓거리라고 생각은 하지만, 마거릿도 내게 마찬가지로 했을걸요. 그리고 어쨌거나 마거릿을 해고하라고 한 건 내 생각이 아니에요. 하지만 시카고 사무실로 전근시키라고 한 정도는 말했을지도 모르죠."

또 이런 말도 했다. "이전에 서점에 갔을 때 거기 서 있던 한 남자와 대화를 나누게 되었죠. 중년에 친절하고 아주 지적인 남자였어요. 내가 밖으로 나가자 남자가 약간 거리를 두고 따라왔어요. 내가 길을 건너자, 그도 길을 건너더군요. 내가 걸음을 빨리하자, 그 남자도 걸음을 빨리했어요. 이렇게 예닐곱 블록 정도 걸어갔을 때 나는 마침내 무슨 일이 일어나고 있는지 알아채고 간지러워졌어요. 그 사람을 좀 놀려주고 싶었죠. 그래서 모퉁이에 멈춰서 택시를 잡았어요. 그런 후 돌아서서 이 남자를 아주 한참 쳐다보았어요. 그랬더니 남자는 환히 웃으면서 내 쪽으로 뛰어오더군요. 나는 택시에 올라타고 문을 쾅 닫은 후 창문 밖으로 몸을 내밀고 큰 소리로 웃었죠. 그 남자 얼굴에 떠오른 표정은 정말 끔찍했어요. 마치 예수 그리스도 같았죠. 정말 잊을 수 없을 거예요. 말해주세요, 애나. 어째서 나는 이렇게 미친 짓을 했을까요? 아마도 내게 상처를 준 사람들에게 되갚아주고 싶어서였을지도 모르지만, 그것 말고 다른 이유도 있을 거예요." 그는 애나에게 이런 이야기를 하고 집으로 가서 잠이 들었다. 그런 날이면 꿈은 맑고 푸르렀다.

 이제 월터는 사랑에 대한 문제로 걱정했다. 주로 그는 그걸 문제라고는 생각지 않았다. 그럼에도 사랑받지 못하는 것을 의식했다. 이런 깨달음은 그의 몸 안에 또 다른 심장 하나가 뛰는 것과 같았다. 그렇지만 아무도 없었다. 아마도 애나 정도. 애나는 그를 사랑할까? "아, 세상일이 겉보기와 같은 적 있었어? 올챙이였다가 나중에 보면 개구리가 되어 있지. 금인 줄 알았는데 손가락에 끼어 보면 풀반지일 때도 있고. 내 두 번째 남편을 봐. 좋은 남자 같더니만 나중에 알고 보니 역시 별다를 바 없는 날건달이었잖아. 여기 이 방만 해도 그래. 저 벽난로에는 실제로 불을 피울 수 없지. 저 거울은 넓어 보이려고 달아놓은 거야. 거짓말을 하는 거지. 세상 어떤 것도 겉보기와 같은 건 없어, 월터. 크리스마스 트리는 셀로판지로 만들었고 눈은 비누 조각일 뿐이야. 우리 안에 날아다니는 이걸 영혼이라고 하는데 죽어서도 죽은 게 아니고 살아서도 산 게 아니지. 내가 자기를 사랑하는지 알고 싶어? 바보 같은 소리 하지 마, 월터. 우리는 심지어 친구도 아니야……."

4

귀를 기울여봐. 환풍기 소리. 속삭이는 바퀴 소리. 그가 그리는

데 네가 그러는데 그 사람들이 그러는데 우리가 그러는데 빠르고 느리게 돌아간다. 끝없는 수다 속에 시간이 다시 살아난다. 낡고 부러진 환풍기의 날개만이 침묵을 깬다. 8월 3일. 3일. 3일!

8월 3일, 금요일. 바로 그날 윈첼의 칼럼에 그의 이름이 났다. "광고계의 거물 월터 래니와 쿠퍼 유업의 상속녀 로자 쿠퍼가 친한 지인들에게 결혼식에 뿌릴 쌀을 미리 사놓으라고 귀띔했다는 소문이다." 월터 본인이 직접 이 기삿거리를 윈첼의 친구의 친구에게 건네주었다. 그는 아침 식사를 먹는 웰런 식당의 계산대에 있는 청년에게 이 기사를 보여주었다. "이게 납니다. 내가 이 남자예요." 청년의 얼굴에 떠오른 표정을 보니 소화가 잘되는 느낌이었다.

월터는 그날 아침 늦게 사무실에 도착했다. 책상들이 늘어선 통로를 따라가는데 그의 앞에서 타자수들이 살짝 수선스럽게 움직이는 모습을 보니 기분이 좋았다. 하지만 아무도 대놓고 말하지는 않았다. 아무것도 하지 않고 단지 희열에 들뜬 한 시간이 지난 11시쯤 그는 커피 한 잔 사기 위해 아래층에 있는 드러그스토어로 갔다. 거기엔 사무실의 남자 직원인 잭슨과 리터, 비어드가 있었다. 월터가 안으로 들어서자 잭슨이 비어드를 쿡 찔렀고, 비어드가 리터를 꾹 찔러 세 사람 모두 뒤를 돌아보았다. "뭐라고, 거물?" 나이보다 이르게 머리가 벗겨진 혈색 좋은 잭슨이 이렇게 말하자 나머지 두 남자들이 웃음을 터뜨렸다. 월터는 못 들은 척하고 공중전화로 부스로 갔다. "개자식들." 월터는 전화번호를 돌리는 척했다. 마침내 그들이 가기를 한참 기다린 후, 월터는 진짜로 전화를 걸었다. "로자, 안녕. 내가 잠 깨웠어?"

"아니."

"음, 윈첼 칼럼 봤어?"

"응."

월터는 웃음을 터뜨렸다. "어디서 그런 기삿거리를 얻었을까?"

침묵이 흘렀다.

"무슨 일 있어? 약간 목소리가 이상하네."

"그래?"

"뭐, 화라도 난 거야?"

"그냥 실망한 것뿐이야."

"뭐에?"

또 침묵. 그다음에 로자의 목소리가 들려왔다. "그런 건 싸구려 짓거리야, 월터. 아주 싸구려지."

"무슨 얘긴지 모르겠어."

"안녕, 월터."

밖으로 나온 월터는 아까 잊어버렸던 커피 한 잔을 샀다. 건물 안에는 이발소가 있었다. 그는 이발소로 들어가 면도를 하고 싶다고 했다. 아니, 머리를 자르고 싶다고, 아니, 손톱 손질을 하고 싶다고 했다. 갑자기 천을 두르고 거울에 비친 자신의 창백한 얼굴을 보니 자기가 무엇을 원하는지 알지 못했다는 것을 깨달았다. 로자 말이 맞았다. 그는 싸구려였다. 그는 항상 자신의 잘못을 고백하고 싶었다. 잘못을 인정하면 잘못이 더 이상 존재하지 않을 것 같았기 때문이었다. 그는 도로 2층에 올라가서 자기 자리에 앉았다. 마치 안에서 피를 흘리는 듯한 느낌이었다. 그는 신의 존재를 너무나 믿고 싶었다. 창문 바깥쪽 창턱에 비둘기 한 마리가 으쓱대며 걸어가고 있었다. 그는 한동안 햇빛에 비쳐 빛나는 깃털과 비틀거리면서도 침착한 그 동작을 관찰했다. 다음 순간, 미처 자기 행동을 인식하기도 전에 그는 유리 문진을 집어 들어 내던졌다. 비둘기는 침착하게 위로 날아올랐고 문진은 거대한 빗방울처럼 흔들흔들 떨어졌다. 저 멀리서 비명이 들린 것 같았다. 만약 누군가에게 맞았다면? 그 사람이 죽었다면? 하지만 아무 일도 일어나지 않았다. 오로지 타자수들이 타닥타닥 손가락을 움직이는 소리, 문을 두드리는 소리만 들릴 뿐이었다.
"어이, 래니. 사장님이 보자셔."

 "미안하네." 쿤하트 씨는 금 만년필로 끼적댔다. "추천서는 써주겠네, 월터. 언제든지."

 이제 엘리베이터에는 적들이 모두 그를 에워싸고 짓눌렀다. 마거릿도 머리에 파란 리본을 달고 그들 틈에 끼어 있었다. 마거릿은 그를 보았다. 그녀의 얼굴은 다른 사람들의 얼굴과는 달랐다. 그들만큼 공허하지도 메마르지도 않았다. 아직도 그 얼굴에는 동정심이 있었다. 하지만 마거릿은 그를 바라보면서 그를 꿰뚫어 보고 있었다. 이건 내 꿈이야. 그는 다르게는 믿지 않을 작정이었다. 하지만 그는 겨드랑이 밑에 꿈이라는 사실을 반박해주는 증거물을 들고 있었다. 책상에서 챙겨 온 개인 소지품이 들어 있는 마닐라 봉투. 엘리베이터가 로비에서 멈추고 모두들 빠져나갔을 때, 월터는 마거릿과 이야기를 나눠야 한다는 것을 알았다. 자기를 용서해주고 보호해달라고 부탁해야만 했다. 하지만 마거릿은 빠르게 출구로 빠져나가며 적들 사이로 사라져버렸다. 사랑해, 그는 마거릿 뒤를 쫓아갔다. 사랑해. 그는 소리 없이 말했다.

"마거릿! 마거릿!"

그녀는 돌아보았다. 파란 리본은 마거릿의 눈 색깔과 어울렸고 그를 올려다보는 그녀의 눈길은 부드럽고 약간 친절하기까지 했다. 아니, 불쌍하게 여기는지도 몰랐다.

"부탁이야. 술 한잔만 하자. 베니 술집 어때? 이전에 우리 베니 술집 좋아했잖아, 기억나?"

마거릿은 고개를 저었다. "데이트가 있어. 이미 늦었어."

"아."

"그래. 음……. 늦어서 이만." 마거릿은 이렇게 말하고 뛰어가버렸다. 월터는 가만히 서서 마거릿이 거리를 뛰어 내려가는 모습을 바라보았다. 마거릿의 리본이 나부끼며 짙어가는 여름 햇빛 속에서 반짝였다. 그리고 마거릿의 모습은 사라져버렸다.

월터가 사는 곳은 그래머시 공원 근처에 도보 거리에 있는 방 하나짜리 아파트로, 환기도 해야 하고 청소도 해야 했지만 술을 들이부은 월터는 그런 건 다 집어치우고 소파에 드러누웠다. 그래봤자 무슨 소용이람? 무슨 짓을 하든, 얼마나 노력을 하든 마침내 모두 무로 돌아갈 텐데. 모든 것, 모든 곳, 모두가 다 속임을 당하고 있는데 누구를 원망하리? 하지만 이상한 일이었다. 회색 땅거미가 내려앉는 방 안에 누워 위스키를 찔끔찔끔 마시고 있노라니 그는 아주 오랜만에 기분이 차분해졌다. 마치 대수학 시험에 실패했을 때 오히려 안도하고 자유로웠던 기분이 들었던 때와 같았다. 실패가 정해지고 확실해지자 그 확실성에 오히려 평화가 찾아왔다. 이제 그는 뉴욕을 떠나 휴가를 갈 것이었다. 수중에 몇백 달러는 있으니 가을이 올 때까지는 버티리라.

어디로 갈까 생각하다 보니, 갑자기 영화 필름이 머릿속에 돌아가는 것처럼 실크해트와 체리색과 레몬색, 정교한 물방울 무늬 셔츠 차림에 체구는 작지만 얼굴은 똑똑해 보이는 남자들이 떠올랐다. 눈을 감은 월터는 다섯 살 난 아이로 돌아갔다. 환호성과 핫도그. 아버지의 커다란 쌍안경에 대한 기억은 감미로웠다. 새러토가! 저무는 햇빛 속에 그늘이 그의 얼굴을 가렸다. 그는 전등을 켜고 술 한 잔을 더 만든 후 룸바 판을 축음기에 걸고 춤을 추기 시작했다. 신발 밑창이 카펫 위에서 속삭이듯 움직였다. 그는 종종 약간만 훈련을 받았더라면 자기도 전문 댄서가 되지 않았을까 생각하고는 했다.

음악이 끝나자마자 전화가 울렸다. 그는 전화를 받기가 두려워서 그저 거기 서 있었다. 전등, 가구, 방 안의 모든 물건이 완전히 죽어버렸다. 마침내 전화벨이 그쳤나 싶었더니 다시 더 큰 소리로 울리기 시작했다. 이번에는 좀 더 끈질기게 들렸다. 그는 발걸이 의자에 걸려 넘어지며 수화기를 받으려다 떨어뜨리고 다시 들었다. "여보세요?"

장거리 전화였다. 펜실베이니아의 어떤 마을에서 이름도 모르는 사람에게 걸려온 전화라고 했다. 달까닥 소리가 발작적으로 이어지는가 싶더니 성별을 구분할 수 없는 건조한 목소리가 들려왔다. 월터가 이제껏 한 번도 들어본 적 없는 사람이었다. "안녕, 월터."

"누구시죠?"

반대편에서는 아무런 소리도 들리지 않고 오로지 고르게 내쉬는 거센 숨소리만이 들려올 뿐이었다. 연결 상태가 어찌나 좋은지 바로 누군가가 월터의 옆에 서서 그의 귀에 입술을 바짝 갖다 댄 느낌이었다. "농담은 취미 없어요. 누구시죠?"

"오, 나를 알텐데, 월터. 오랫동안 아는 사이였잖아." 딸깍. 그리고 아무 소리도 들리지 않았다.

5

기차가 새러토가에 도착했을 때는 밤이었고 비가 내렸다. 그는 여행 내내 차 안의 덥고 축축한 공기 속에서 땀을 흘리면서 줄곧 잠만 잤다. 꿈속에는 늙은 칠면조들이 살고 있는 오래된 성이 나오기도 했고, 아버지나 커트 쿤하트, 얼굴이 없는 사람, 마거릿과 로자, 애나 스팀슨과 다이아몬드 같은 눈을 한 기묘하고 뚱뚱한 부인이 등장했다. 그는 길고 괴괴한 거리 위에 서 있었다. 장의차 같은 검은 차들이 천천히 행진을 할 뿐, 사람의 흔적은 보이지 않았다. 하지만 그는 보이지 않는 눈들이 창문마다 숨어서 그의 벌거벗은 몸을 관찰하고 있다는 것을 알았다. 그는 가장 앞에서 지나가는 리무진을 향해 미친 듯 손을 흔들었다. 차가 멈추더니 한 남자, 바로 월터의 아버지가 초대하듯 문을 열어주었다. 아빠, 월터는 소리를 지르면서 앞으로 뛰어갔지만 문이 쾅 닫히는 바람에 손가락을 찧고 말았다. 아버지는 웃음을 껄껄 터뜨리면서 창밖으로 몸을 내밀고 거대한 장미 가시관을 던져주었다.

두 번째 차에는 마거릿이 타고 있었고 세 번째에는 다이아몬드 눈을 한 여자가 있었다. (옛날 대수학 교사였던 케이시 선생님인가?) 네 번째 차에는 쿤하트 씨와 얼굴이 없는 그의 새로운 수제자가 타고 있었다. 이 행렬은 조용한 거리를 부드럽게 미끄러져 갔다. 끔찍한 비명을 지르면서 월터는 장미꽃이 가득 핀 산으로 떨어져 내렸다. 가시가 살갗을 찢어 상처를 냈고 갑자기 회색 폭우가 쏟아져 내려 꽃송이를 흩트리고 이파리에 묻은 희미한 핏방울을 씻어냈다.

반대편에 앉은 여자가 빤히 바라보는 바람에 월터는 자기가 자면서 큰 소리로 비명을 질렀다는 사실을 바로 깨달았다. 그는 여자를 향해 수줍게 웃었고 여자는 무안해서인지 고개를 돌려버렸다. 여자는 절름발이였는데, 왼쪽 발에 커다란 신발을 신고 있었다. 후에 새러토가 역에 도착했을 때, 월터는 여자가 짐을 내리는 것을 도와주었고 두 사람은 함께 택시를 탔다. 대화는 없었다. 각자 구석에 앉아서 비와 빗물에 흐려진 불빛을 바라보았다. 몇 시간 전 뉴욕에 있을 때, 월터는 은행 예금을 다 인출했고 아파트의 문을 잠그고 아무런 전갈도 남겨놓지 않은 채 떠났다. 더욱이 이 마을에는 그를 아는 사람은 한 명도 없었다. 좋은 기분이었다.

호텔은 만원이었다. 경마를 보러 온 사람들은 말할 것도 없고 의료 학술대회가 있기 때문이라고 접수원은 말해주었다. 죄송합니다. 다른 곳에도 방이 있는진 모르겠습니다. 아마도 내일은 있겠지요.

그래서 월터는 바를 찾아갔다. 밤을 새워야만 한다면 술이 취한 상태로 있고 싶었다. 바는 아주 컸고 아주 덥고 시끄러웠으며, 여름철의 기괴한 광경들로 반짝반짝 빛났다. 축 늘어지는 은여우 모피 장식을 걸친 숙녀들, 성장이 멈춘 몸집이 작은 기수들, 싸구려 체크무늬 옷을 입은 목청만 커다란 창백한 남자들. 하지만 술을 몇 잔 들이켠 후에는 소리가 아련해졌다. 월터는 주위를 둘러보다 그 절름발이 여자를 보았다. 여자는 혼자 앉아 조신하게 박하술을 홀짝홀짝 마시고 있었다. 두 사람은 미소를 교환했다. 월터는 자리에서 일어나 여자 옆에 가서 앉았다. "처음 보는 사이 같지가 않아요." 월터가 자리에 앉자 여자가 말했다. "경마 보러 오신 거겠죠?"

"아니요, 잠깐 쉬러 왔어요. 당신은요?"

여자는 입을 샐쭉 다물었다. "아마도 제 발이 선천적으로 기형이라는 것을 눈치채셨겠죠. 오, 됐어요, 놀란 표정 하실 필요 없어요. 아시겠지만 모두들 그러는걸요. 자 보세요." 여자는 유리잔 속의 빨대를 휘휘 저었다. "제 주치의가 여기 학술대회에서 강연을 하세요. 제 경우가 아주 특이한 사례라서 저에 대해서 강연을 하실 예정이죠. 어찌나 무서운지. 사람들 앞에서 발을 보여야 한다는 게요."

월터가 유감이라고 하자 여자는 전혀 유감스러워할 일이 아니라고 했다. 결국 그 때문에 짧게나마 휴가를 받을 수 있었으니까. "도시를 벗어난 게 6년 만의 일이에요. 베어 마운틴 여인숙에서 일주일 휴가를 보낸 이후로 6년 만이죠." 여자의 뺨은 다소 얼룩덜룩하게 붉었고 미간이 너무 좁은 눈의 눈동자는 강렬한 라벤더색이었다. 절대 깜박이는 것 같지 않은 눈이었다. 여자는 결혼반지를 끼는 손가락에 금반지를 끼고 있었지만 분명히 위장용이었다. 그런 걸로는 아무도 속일 수 없었다.

"저는 가사 도우미예요." 여자는 질문에 대답했다. "전혀 나쁜 일도 아닌걸요. 정직한 직업이고 저는 그 일을 좋아해요. 제가 일해주는 집의 아이는 로니라고 하는데 정말 귀여워요. 엄마보다 그 애에게 더 잘해주고 그 애도 저를 더 사랑하죠. 아이가 그렇게 말했어요. 그 애 엄마는 항상 술에 취해 있거든요."

그런 얘기를 듣는 건 우울했지만 월터는 갑자기 혼자 있는 게 두려워졌으므로 그냥 그 자리에서 술을 마시고 한때 애나 스팀슨에게 하던 대로 속내를 털어놓았다. 쉿! 어느 시점에 이르자 여자가 주의를 주었다. 그의 목소리가 너무 높아져서 상당히 많은 사람들이 쳐다보고 있었기 때문이었다. 월터는 저 사람들 따위에는 신경도 안 쓴다고 했다. 그의 뇌는 마치 유리로 만들어졌고 마신 위스키가 망치로 변한 것 같았다. 그는 깨진 유리가 머릿속에서 덜그럭거리며 초점을 흐리고 사물의 형상을 왜곡시키는 느낌을 받았다. 절름발이 여자도 순간 한 사람이 아니라 여러 사람으로 보였다. 어빙, 어머니, 보나파르트라는 이름의 남자, 마거릿, 그 외 모든 사람들. 점점 더 그는 경험이라는 것은 고립되지도 않고 잊히지도 않는 순간의 원이라는 사실을 깨닫게 되었다.

6

바는 문을 닫을 시각이었다. 두 사람은 계산서의 액수를 반반 나누웠다. 거스름돈을 기다리는 동안 아무도 입을 열지 않았다. 깜박이지 않는 라벤더색 눈으로 그를 바라보면서 여자는 아주 절제된 듯 보였지만 마음속 어딘가에서 미묘한 동요가 있음을 월터는 느낄 수 있었다. 웨이터가 돌아오자 두 사람은 거스름돈을 나누었고 여자가 말했다. "원하시면 제 방으로 올 수 있어요." 두드러기 같은 홍조가 여자의 얼굴을 덮었다. "제 말은 잘 곳이 없으시면……." 월터는 손을 뻗어 여자의 손을 잡았다. 여자가 보여준 미소는 감동적일 정도로 수줍었다.

싸구려 가게에서 산 향수 냄새를 풀풀 풍기면서 여자는 싸구려 살색 기모노에 끔찍한 검은 신발만 신고 욕실에서 나왔다. 그때서야 월터는 결코 이런 일을 끝낼 수 없으리라는 것을 깨달았다. 그는 그때만큼 결코 자기 자신을 가련하게 여긴 적이 없었다. 심지어 애나 스팀슨이라고 해도 이 일만은 용서하지 않을 것이었다. "보지 마세요." 여자의 목소리에는 떨림이 섞여 있었다. "사람들이 제 발을 보는 게 싫어요."

그는 느릅나무 이파리가 빗속에서 바스락거리는 창문으로 갔다. 너무나 멀어 소리는 들리지 않았지만 번개가 하얗게 깜박거렸다. "됐어요." 여자가 말했지만 월터는 움직이지 않았다.

"됐어요." 여자는 불안하게 반복했다. "불을 끌까요? 제 말은 당신이 어둠 속에서 준비하는 게 더 좋다면……."

월터는 침대 끄트머리로 가서 몸을 숙이고 여자의 뺨에 입을 맞췄다. "당신이 아주 다정한 사람이라는 걸 알아요, 하지만……."

그때 전화가 울려 말이 끊겼다. 여자는 그를 멍하니 바라보았다. "세상에." 여자는 손으로 수화기를 덮었다. "장거리 전화예요! 로니에게 무슨 일이 생긴 게 분명해요! 애가 아픈 걸까! 오, 여보세요? 뭐요? 래니요? 참, 아니에요. 전화 잘못 거셨……."

"잠깐." 월터가 전화기를 받았다. "접니다. 월터 래니예요."

"안녕, 월터."

둔탁하고 성별을 알 수 없는 아련한 목소리가 그의 배 속 깊숙이 떨어져 내렸다. 방이 시소처럼 기우뚱거렸다. 땀방울이 윗입술 위에 송글송글 맺혔다. "누굽니까?" 월터가 말을 너무 천천히 내뱉는 바람에 단어가 이어지지 않을 정도였다.

"오, 내가 누군지 알잖아, 월터. 우린 오랫동안 아는 사이지."

그 후에는 침묵뿐이었다. 누군지 몰라도 전화를 끊어버린 것이었다.

"세상에." 여자가 내뱉었다. "어떻게 당신이 내 방에 있는지 안 거죠? 제 말은…… 나쁜 소식인가요? 얼굴이 마치……."

월터는 여자에게로 다가가 그녀의 몸을 움켜쥐며 젖은 뺨을 그녀의 뺨에 갖다 댔다. "날 좀 안아줘요." 월터는 자신에게 아직도 울 능력이 남아 있음을 알았다. "나 좀 안아줘요, 제발."

"불쌍하기도 하지." 여자는 그의 등을 토닥여주었다. "불쌍한 사람 같으니. 우리는 이 세상에서 너무도 외로워요. 그렇죠?" 이윽고 그는 여자의 팔 안에서 잠이 들었다.

하지만 그는 그 이후로는 잠자지 못했다. 지금도 잠들 수 없었다. 심지어 나른하게 돌아가는 환풍기 소리도 듣고 있지 않았다. 대신에 그는 기차 바퀴가 돌아가는 소리는 들을 수 있었다. 새러토가에서 뉴욕, 뉴욕에서 뉴올리언스. 뉴올리언스를 고른 건 딱히 특별한 이유가 있어서가 아니라 그곳이 낯선 자들의 도시, 멀리 떨어진 곳이기 때문이었다. 네 개의 환풍기 날, 바퀴와 목소리가 돌고 돈다. 그리고 결국 이런 악의의 연쇄는 무엇이 되었든 아무것도 끝이 없다는 걸 그는 이제 알게 되었다.

  물이 벽에 든 하수관을 타고 내려왔고 발걸음이 머리 위를 지나갔으며 열쇠가 복도에서 쩔렁거렸고 뉴스 진행자가 저 멀리 어디에서 웅얼거렸다. 옆방에서는 소녀가 묻는 소리가 들렸다. 왜? 왜? 왜! 그러나 아직도 이 방에는 침묵만 흘렀다. 채광창의 가로살 사이로 들어오는 빛을 받은 그의 발은 마치 절단된 돌 같았다. 반짝이는 발톱은 열 개의 작은 거울이 되어 모두 초록색으로 반사되었다. 그는 일어나 앉으며 땀을 수건으로 닦아냈다. 이제 열기보다 더 두려운 건 없었다. 그로 인해 자신의 무력함을 손에 잡힐 듯 생생히 알게 되었기 때문이었다. 그는 수건을 방 건너로 던져버렸고 수건은 전등 갓에 내려앉으며 앞뒤로 흔들렸다. 이 순간 전화가 울렸다. 울리고 또 울려댔다. 전화 소리는 점점 더 커져 호텔의 모든 방에서 들을 수 있을 정도였다. 한 떼의 사람들이 그의 방에 와서 문을 쿵쿵 두드려댈 것만 같았다. 그래서 그는 베개에 얼굴을 파묻고 손으로 귀를 막아버렸다. 그리고 생각했다. 아무것도 생각하지 마. 바람만 생각해.

생일을 맞은 아이들
(1948)

앤드류 린든에게 이 이야기를 바친다

어제 오후 6시 버스가 보빗 양을 치었다. 그 사건에 대해서 뭐라 해야 할지 모르겠다. 어쨌거나 보빗 양은 고작 열 살일 뿐이고, 이 마을에 사는 누구도 그 애를 잊지는 못할 것이다. 무엇보다도 그 애가 한 일은 모두 다 평범하지 않았다. 우리가 그 애를 처음 보았을 때부터 그랬다. 그게 1년 전이었다. 보빗 양과 어머니는 바로 그 6시 버스, 모빌을 지나오는 버스를 타고 왔다. 그날은 공교롭게도 내 사촌 빌리 밥의 생일이었기 때문에 마을 아이들 대부분이 우리 집에 있었다. 우리가 현관 앞 베란다에 대자로 누워 투티 프루티 아이스크림과 데블 케이크를 먹고 있었을 때 버스가 급커브 길을 돌아 질풍같이 달려왔다. 아주 가문 여름날이었다. 녹슨 듯한 건조한 기운이 사물 위에 덧씌워졌다. 가끔 차가 한 대 지나갈 때면 먼지가 일어 고요한 대기 속에 한 시간 넘게 떠돌고는 했다. 엘 숙모는 시에서 도로포장 공사를 곧 하지 않으면 해변가로 이사 가버리겠다고 했다. 하지만 숙모가 그런 말을 한 게 어제오늘 일이 아니었다. 어쨌든 우리는 베란다에 앉아 접시 위에서 녹고 있는 투티 프루티를 먹고 있었는데, 우리가 마치 무슨 일이 일어나기를 바라기라도 한 것처럼 갑자기 무언가가 벌어졌다. 즉, 빨간 길 먼지 속에서 보빗 양이 나타난 것이다. 풀을 빳빳하게 먹인 레몬색 파티 드레스를 입은 철사같이 바짝 마른 소녀. 보빗 양은 어른 같은 말투로 건방지게 말을 했는데, 한 손은 엉덩이에 대고 다른 손으로는 숙녀처럼 우산을 받치고 서 있었다. 그 애의 어머니는 마분지 여행 가방 두 개에 수동 축음기를 들고 뒤에서 질질 따라왔다. 마르고 팔다리가 긴 엄마는 고요한 눈에 허기진 미소를 짓고 있었다.

베란다에 있던 어린아이들은 순간 조용해졌다. 말벌이 윙윙 날아왔는데도 여자애들은 평소처럼 비명을 질러대지 않았다. 아이들의 관심은 이제 문까지 다가온 보빗 양과 어머니에게만 쏠렸다. "실례합니다만," 보빗 양은 예쁜 리본 조각처럼 매끄럽기도 하고, 유치하기도 한 목소리로 영화배우나 선생님처럼 아주 똑부러지게 말했다. "이 집 어른과 얘기할 수 있을까요?" 이 말은 물론 엘 숙모를 뜻하거나 적어도 나를 가리키는 것이었다. 하지만 빌리 밥과 다른 아이들 모두 열세 살이 넘지 않았음에도 우리 뒤를 따라 문까지 내려왔다. 소년들의 얼굴을 보면 이제껏 여자애를 한 번도 못 봤다고 생각할 정도였다. 물론 보빗 양 같은 소녀는 처음이었다. 엘 숙모 말대로 화장한 여자애가 있다니 누군들 들어봤겠나? 보빗 양은 탠지 사에서 나온 오렌지색 입술연지를 칠했고 마치 연극용 가발 같은 머리카락에는 장미 리본을 주렁주렁 달았으며 눈에는 멋지게 연필로 비스듬히 선을 그려놓았다. 그럼에도 불구하고 보빗 양에게는 숙녀로서의 얄팍한 위엄이 있었다. 더욱이 사람을 바라볼 때는 남자처럼 눈을 똑바로 쳐다보았다. "전 릴리 제인 보빗 양이에요. 테네시 주 멤피스에서 온 보빗 양이죠." 보빗 양은 엄숙하게 말했다. 소년들은 발가락만 바라보았지만 베란다에서는 그 당시 빌리 밥이 따라다니고 있던 코라 맥콜이 여자애들을 부추겨 모두 킥킥 웃음을 터뜨렸다. "시골 아이들이란……." 보빗 양은 이해한다는 미소를 띠며 양산을 멋지게 휙 흔들며 말했다. "제 어머니와……," 이 말에 평범한 어머니는 자신의 신분을 확인하듯 어색하게 고개를 까닥했다. "제 어머니와 저는 이곳에 방을 하나 얻었는데요. 실례지만 집 좀 알려주시겠어요? 소여 부인의 집이라고 합니다." 그럼, 물론이지. 엘 숙모가 대답했다. 바로 길 건너가 소여 부인의 집이란다. 그곳은 이 동네의 유일한 하숙집으로, 낡고 높은 침침한 건물의 지붕에 스무 개가 넘는 피뢰침이 여기저기 박혀 있었다. 소여 부인은 번개에 맞아 죽을까 봐 벌벌 떠는 사람이었다.

사과처럼 얼굴이 벌게진 빌리 밥이 말했다. 엄마, 날도 더운데 이분들이 잠깐 여기에 쉬시면서 투티 프루티 좀 들고 가게 하시는 건 어때요? 엘 숙모는 허락해주었다. 그래, 그렇게 하세요. 하지만 보빗 양은 고개를 절레절레 저었다. "너무 기름지답니다, 투티 프루티는. 하지만 친절한 제안 감사드려요. 메르시." 모녀는 길을 건너기 시작했다. 보빗 양의 어머니는 먼지 속에서 짐짝을 질질 끌었다. 그 순간 진지한 표정을 지으며 보빗 양이 돌아보았다. 해바라기처럼 노란 눈빛은 더 짙어 보였다. 보빗 양은 마치 시의 한 구절을 떠올리듯 살짝 눈을 옆으로 굴렸다. "제 어머니는 혀에 이상이 있어요. 그래서 제가 어머니 대신 말해야만 하죠." 보빗 양이 빠르게 말하고는 한숨을 폭 내쉬었다. "어머니는 아주 솜씨가 좋으신 재봉사예요. 멤피스와 탤러하시를 비롯, 여러 도시와 마을에서 사교계 사람들을 위해 드레스를 만드셨죠. 물론 이미 제 드레스에 감탄하셨을 테니까 알아보셨겠지만요. 한 땀 한 땀 어머니께서 다 손으로 뜨셨죠. 어머니는 어떤 패턴도 그대로 본 딸 수 있고 최근에는 〈레이디스 홈 저널〉에서 25달러 상금을 타기도 하셨어요. 또 코바늘 뜨기도 하시고 대바늘 뜨기, 자수도 할 줄 아시죠. 바느질이 필요하시면 언제든지 어머니에게 오세요. 친구 분이나 가족 분들에게도 알려주시고요. 감사합니다." 그러고는 보빗 양은 치맛자락을 바스락거리며 휙 몸을 돌려 사라져버렸다.

코라 맥콜과 여자아이들은 머리에 단 리본을 초조하고도 회의적으로 잡아당겼다. 모두들 어리둥절해서 얼굴이 벌겋게 달아올랐다. 나는 보빗 양이에요. 코라는 일부러 얼굴을 일그러뜨리며 못된 흉내를 냈다. 나는 엘리자베스 공주야. 그게 바로 나지, 하하하. 더욱이 저 드레스는 아주 촌스럽다고 생각해. 코라는 덧붙였다. 내 옷은 다 애틀란타에서 사온 거야. 신발 한 켤레는 뉴욕에서 가지고 왔고. 멕시코시티에서 수입해 온 은 터키석 반지는 말할 것도 없어. 엘 숙모는 같은 아이들끼리 이 도시에 갓 도착한 아이에게 그렇게 행동하면 안 된다고 타일렀지만 여자애들은 계속 마녀들처럼 흥을 봤고 여자애들과 같이 있기를 좋아하는 멍청한 남자애들 몇몇도 여자애들 틈에 껴서 엘 숙모 얼굴이 벌게질 만한 이야기를 해댔다. 결국 숙모는 애들을 다 집에 돌려보내겠다고 했고, 거기 더해 아버지들에게 일러바치겠다고 으름장을 놓았다. 하지만 숙모가 이런 위협을 실행에 옮기기도 전에 희한한 새 옷으로 갈아입은 보빗 양이 소여 씨네 하숙집 현관 베란다로 아치랑아치랑 걸어 나오는 바람에 다들 입을 다물었다.

여자애들이 보빗 양을 홍보는 동안, 빌리 밥이나 프리처 스타처럼 좀 더 나이 든 소년들은 보빗 양이 신비롭고 야망에 가득 찬 얼굴을 하고 사라진 집 안을 조용히 앉아서 쳐다보고 있었다. 그들은 이제 몸을 쭉 펴고 일어서서 문으로 천천히 걸어갔다. 코라 맥콜은 코웃음을 치면서 아랫입술을 삐죽 내밀었지만 나머지는 계단 위에 가서 앉았다. 보빗 양은 어쨌든 우리에게는 별로 신경 쓰지 않았다. 소여 씨네 마당에는 뽕나무가 들어차 침침했고 잔디와 관목이 깔려 있었다. 가끔 비가 내리면 달콤한 관목 향이 우리 집까지 풍겨왔다. 마당의 한가운데에는 1912년에 페인트 양동이에 빠져서 죽은 보스턴 핏불 테리어 강아지 서니를 기리기 위해 소여 부인이 설치한 해시계가 있었다. 보빗 양은 빅터 축음기를 안고 마당으로 총총 걸어 나와 해시계 위에 올려 놓고 축음기를 감아서 레코드를 틀었다. 축음기에서는 〈뤽상부르 궁전〉이라는 노래가 흘러나왔다. 때마침 황혼녘 반딧불이들이 날아다니는 시간으로, 희뿌연 유리가 낀 듯 푸르스름한 빛이 깔렸고 새들이 화살처럼 아래로 내려와 겹쳐진 나무들 틈으로 날아들었다. 폭풍 전이라 이파리와 꽃 들은 은밀한 빛과 색으로 타올랐고, 파우더 퍼프 같은 하얀 치마를 입고 금빛 실을 섞어 짠 리본을 머리에 묶은 보빗 양은 주위의 어둠살과 대조되어 한층 빛을 발하는 느낌이었다. 보빗 양은 팔을 머리 위로 둥글게 올리고 손을 백합처럼 늘어뜨린 채 발끝으로 똑바로 섰다. 소녀가 한참을 그렇게 서 있자 엘 숙모는 참 멋있다며 찬탄했다. 다음 순간, 보빗 양은 왈츠를 추며 빙글빙글 돌았다. 어찌나 계속 돌던지 엘 숙모는 보는 것만으로도 머리가 어지럽다고 할 지경이었다. 보빗 양은 딱 한 번, 빅터 축음기를 다시 감아야 할 때만 멈췄을 뿐이었다. 달이 산마루 아래로 굴러 나오고 저녁 식사 시간을 알리는 마지막 종소리가 울려 모든 아이들이 집으로 돌아가고 달맞이꽃이 봉오리를 펴기 시작했을 때도, 보빗 양은 여전히 어둠 속에서 팽이처럼 빙빙 돌며 그 자리에 남아 있었다.

그 후로 한참 동안 우리는 보빗 양을 보지 못했다. 프리처 스타는 매일 아침 우리 집으로 와 저녁 식사 시간까지 눌러앉아 있곤 했다. 프리처는 빨강 머리를 상고머리로 자른 삐쩍 마른 소년이었다. 형제가 자그마치 열한 명이나 되었지만 성격이 괄괄했고 질투심이 강하며 야비하기로 유명했으므로 친형제들조차 프리처를 무서워했다. 지난 독립기념일에는 올리 오버튼을 얼마나 심하게 때렸는지, 올리의 가족들은 펜사콜라에 있는 병원으로 올리를 데려가야만 했다. 한번은 노새의 귀를 반쯤 물어뜯어 씹다가 땅바닥에 내뱉은 적도 있었다. 빌리 밥이 작았을 때는 못살게 괴롭히기도 했다. 도꼬마리를 빌리 밥의 옷 속에 집어넣거나 후추를 눈에 문지르거나 숙제한 것을 찢어버리기도 했다. 하지만 지금 이 둘은 동네에서 제일 친한 단짝이었다. 말투나 걸음걸이도 비슷했다. 가끔은 며칠씩 함께 아무도 모르는 곳으로 사라져버리기도 했다. 하지만 보빗 양이 모습을 드러내지 않은 며

생일을 맞은 아이들

칠 동안 둘은 집에만 붙어 있었다. 마당에서 어정거리면서 전화선에 앉은 참새를 새총으로 쏘거나 할 뿐이었다. 가끔 빌리 밥이 우쿨렐레를 연주하면 군 판사로 일하는 빌리 밥 삼촌이 법원까지 들린다고 할 정도로 큰 소리로 노래를 부르기도 했다. "내게 편지를 보내요. 우편으로 보내요. 버밍엄 감옥으로." 보빗 양은 그 노랫소리를 듣지 못한 모양이었다. 어쨌든 문밖으로 머리를 내미는 법도 없었다. 어느 날 소여 부인이 설탕 한 컵을 빌리러 와서는 새 하숙인들에 대해서 한참을 떠들고 갔다. 부인은 병아리처럼 밝은 눈을 가늘게 뜨고서 그 남편은 사기꾼이었다고 했다. 아이가 직접 말해주었다는 것이다. 전혀 부끄러워하지도 않더라고요. 병아리 눈곱만큼도. 자기 아빠는 테네시 주에서 가장 자상한 아빠고 가장 노래를 잘했다나……. 그래서 내가 그랬죠. 애, 아버지는 어디 계시니? 그랬더니 한치의 망설임도 없이 이러더군요. 오, 아빠는 교도소에 계셔서 소식이 없어요. 그런 얘기 들으면 오싹하지 않아요? 아, 참. 그리고 그 애 엄마 말이에요. 외국인이 아닌가 싶은데. 한마디도 안 해요. 가끔 보면 사람들이 한 말도 전혀 알아듣지 못하는 것 같더라고요. 그리고 이거 알아요? 그 사람들은 모든 음식을 생으로 먹어요. 날계란에 생순무, 당근. 고기는 먹지도 않는다니까요. 애는 건강상의 이유 때문이라는데, 무슨 소리! 지난 화요일부터 열이 나서 아픈 바람에 침대에 누워만 있으면서.

바로 그날 오후 엘 숙모가 장미꽃에 물을 주러 가봤더니 꽃들이 다 사라지고 없었다. 이 장미는 엘 숙모가 모빌에 있는 화훼 대회에 출품하려고 심어놓은 특별한 품종이어서 숙모는 당연히 히스테리에 빠졌다. 숙모는 보안관에게 신고했다. 들어보세요, 보안관님, 여기 좀 빨리 와주세요. 누군가 제 레이디 앤 장미를 다 훔쳐 가버렸어요. 초봄부터 몸과 마음을 바쳐 가꾸어놓은 꽃들인데. 보안관의 차가 우리 집 밖에 서자 이 거리에 사는 이웃 사람들이 모두 현관 베란다로 구경 나왔다. 얼굴 전체에 하얀 콜드크림을 덕지덕지 바른 소여 부인도 길을 건너왔다. 어머나, 젠장. 부인은 누가 살해당하거나 총에 맞은 게 아니라는 걸 알고 실망한 눈치였다. 이 집 장미는 도둑맞은 게 아니에요. 이 집 빌리 밥이 이 장미를 가지고 와서 보빗네 딸한테 갖다 주던데. 엘 숙모는 한마디도 하지 않았다. 단지 복숭아나무 쪽으로 걸어가서 가지를 하나 꺾었을 뿐이었다. 야, 빌리 밥. 숙모는 빌리 밥을 부르며 길을 따라 내려가다가 마침내 스피디 차 정비소에서 그 애를 찾아냈다. 빌리 밥과 프리처는 스피디가 차를 분해하고 있는 모습을 구경하고 있었다. 숙모는 그 애의 머리채를 잡고 집으로 질질 끌고 왔다. 하지만 숙모가 아무리 그런들 빌리 밥은 미안하다는 말도 하지 않고 울지도 않았다. 숙모가 회초리질을 멈추자 빌리 밥은 뒷마당으로 가 피칸 나무 끝까지 올라가더니 다시는 내려오지 않겠다고 맹세를 했다. 그때 빌리 밥의 아빠가 창문에 나와 소리쳤다. 아들아, 우리는 화난 게 아니니까 내려와서 저녁밥이나 먹으렴. 하지만 빌리 밥은 꼼짝하지 않았다. 엘 숙모는 가서 나무에 등을 기댔다. 숙모는 오로라처럼 부드러운 목소리로 말했다. 미안하구나, 아들아. 그렇게 세게 매질할 생각은 아니었는데. 저녁밥 맛있게 해놨어. 감자 샐러드랑 익힌 햄, 맵게 양념한 달걀이야. 가요. 빌리 밥이 대꾸했다. 저녁 먹고 싶지 않아. 엄마가 너무 싫어. 빌리 밥의 아빠는 어머니에게 말대꾸하지 말라고 했고, 숙모는 울기 시작했다. 숙모는 나무 아래에 서서 치맛자락으로 눈을 연신 훔치며 흐느꼈다. 난 널 싫어하지 않아, 아들……. 내가 널 사랑하지 않았다면, 회초리질도 안 했을 거야. 피칸 이파리가 떨리기 시작했다. 빌리 밥은 천천히 땅으로 내려왔고 엘 숙모는 아들의 머리카락을 쓸어주며 꼭 끌어안았다. 에이, 엄마, 빌리 밥이 말했다. 에이 엄마도.

저녁 식사 후, 빌리 밥이 와서 내 침대 발치에 앉았다. 걔는 남자애들이 흔히 그러듯 시큼하고 달짝지근한 냄새가 풍겼고 꽤 걱정스러운 표정이어서 나는 빌리 밥이 가여웠다. 그 애의 눈은 걱정 때문에 거의 꽉 감겨 있었다. 아픈 사람에게는 꽃을 보내는 거잖아. 빌리 밥은 이치에 맞다는 듯 말했다. 이 순간 빅터 축음기 소리, 경쾌한 음악 소리가 멀리에서 들려왔고 그 소리를 따라 불나방 한 마리가 열린 창문을 넘어 공기를 타고 흘러들어 왔다. 하지만 이제 너무 어두워서 보빗 양이 춤을 추고 있는지는 알 수 없었다. 빌리 밥은 몸이 아픈 양, 접이식 나이프처럼 침대에서 몸을 구부렸다. 하지만 얼굴은 갑자기 맑아졌고 지저분하고 소년다운 눈은 촛불처럼 깜박거렸다. 걘 정말 귀여워, 빌리 밥은 말했다. 내가 본 여자애 중 제일 귀여워. 제기랄. 뭔들 어때. 중국에 핀 장미라도 죄다 꺾어줄 거야.

프리처 또한 중국에 핀 장미를 죄다 꺾어줄 태세였다. 그 애 또한 빌리 밥처럼 보빗 양에게 홀딱 반했다. 하지만 보빗 양은 소년들의 존재를 알지도 못했다. 우리가 보빗 양하고 말을 주고받은 게 있다면 오로지 꽃을 보내줘서 고맙다고 엘 숙모에게 보낸 쪽지뿐이었다. 매일매일 보빗 양은 항상 남을 압도할 만큼 옷을 쫙 차려입고 베란다에 앉아 자수를 놓거나 머리에 컬을 말거나 웹스터 사전을 읽곤 했다. 보빗 양의 태도는 형식적이었지만 충분히 친절했다. 인사를 하면 답례를 해주었다. 그렇기는 해도 소년들은 보빗 양에게 다가가 말을 걸 엄두를 내지 못했고, 아이들이 시선을 끌려고 거리 위를 어정거려도 단지 아이들을 넘겨다보기만 했다. 소년들은 씨름도 하고 타잔 놀이도 하고 바보 같은 자전거 묘기도 선보였다. 그래 봤자 안타깝기만 할 뿐이었다. 마을에 사는 여자애들 대부분은 한 시간에도 두세 번 그저 시선 한번 받아볼까 싶어 소여 부인의 하숙집 옆을 유유히 걸어 다녔다. 이런 여자애 중에는 코라 맥콜, 메리 머피 존스, 재니스 애커만 등도 껴 있었다. 그러나 보빗 양은 역시 이 아이들에게도 별다른 관심을 보이지 않았다. 코라는 이제 빌리 밥과 더 이상 말을 하지 않았다. 재니스와 프리처 사이도 마찬가지였다. 실상 재니스는 가장자리에 레이스 장식이 된 종이에 빨간 잉크로 편지를 써서 프리처에게 주었다. 내용인즉, 프리처는 인간 중에서도 말할 수 없을 정도로 가장 못된 인간이며, 두 사람의 약혼은 깨졌으니 자기에게 주었던 다람쥐 박제도 도로 찾아가라는 것이었다. 프리처는 그저 정중하게 행동하고 싶었을 뿐이라며 다음번 재니스가 우리 집 앞을 지나갈 때 불러 세우더니, 원한다면 다람쥐 박제는 그냥 가지라고 말했다. 그 애는 어째서 재니스가 그처럼 소리를 버럭버럭 지르며 뛰어가 버렸는지 이해하지 못했다.

  어느 날, 소년들은 평소보다도 더 미친 행동을 했다. 빌리 밥은 아빠가 세계대전에 참전했을 때 입었던 군복을 입고 돌아다녔고 프리처는 웃통을 벗어젖히고 엘 숙모의 오래된 립스틱으로 가슴에 벌거벗은 여자 그림을 그렸다. 둘은 아주 바보 멍텅구리처럼 보였으나 그네에 기댄 보빗 양은 그저 하품만 해댈 뿐이었다. 오후였고 거리에는 거의 행인도 없었다. 오직 아기처럼 오동통하고 설탕에 절인 자두처럼 생긴 흑인 소녀 하나가 블랙베리 한 양동이를 들고 콧노래를 부르며 걸어가고 있을 뿐이었다. 하지만 소년들은 각다귀처럼 소녀를 괴롭히며 손을 맞잡고 통행세를 낼 때까지는 지나갈 수 없다고 으름장을 놓았다. 통행세 얘기는 들어보지도 못했는데요? 소녀가 말했다. 무슨 통행세를 말하는 거예요? 헛간에서 파티 한번, 프리처는 이를 악물고 말했다. 헛간에서 거하게 파티 한번 하자고. 소녀는 어깨를 뚱하게 으쓱하며 대답했다. 허. 그런 파티는 알지도 못해요. 빌리 밥이 소녀의 블랙베리 양동이를 쏟아버리자 절망한 소녀는 돼지 같은 비명을 지르며 몸을 숙이고 도와달라고 헛되이 손을 흔들었다. 악마처럼 야비한 프리처가 여자애의 등을 힘껏 걸어차는 바람에 흑인 소녀는 블랙베리와 먼지가 범벅이 된 길바닥에 젤리처럼 흐물흐물 대자로 뻗었다. 보빗 양은 손가락을 메트로놈처럼 까닥까닥 흔들면서 길을 건너왔다. 그러고는 학교 선생님처럼 손뼉을 치고 발을 굴렀다. "신사들이라면 무슨 일이 있어도 숙녀들을 보호해야 한다는 건 잘 알려진 사실이에요. 멤피스나 뉴욕, 런던, 할리우드, 파리 같은 도시에서 소년들이 이런 식으로 행동할 것 같은가요?" 소년들은 뒤로 물러서 손을 주머니에 쑤셔 넣었다. 보빗 양은 흑인 소녀가 일어설 수 있도록 도와주고 먼지를 털어주고 눈을 닦아준 다음 손수건을 건네어 코를 풀도록 했다.

"정말 야단이네. 숙녀가 대낮에 안전하게 대로를 걸어 다닐 수도 없다니."

그러고는 두 소녀는 도로 가서 소여 부인의 현관 베란다에 앉았다. 그다음 해 내내 보빗 양과 이 꼬마 코끼리, 로잘바 캣은 잠시라도 떨어지지 않았다. 처음에 소여 부인은 로잘바가 자기 집에 자주 온다며 수선을 떨었다. 소여 부인은 엘 숙모에게 검둥이가 자기네 집 앞 베란다에서 빈둥거리는 모습이 눈에 훤히 띄는 건 자기 구미에 맞지 않는다고 불평했다. 하지만 보빗 양에게는 마술 같은 힘이 있어서 무슨 일이든 완벽하게 해냈고 너무나 직설적이고 엄숙해서 받아들일 수밖에 다른 도리가 없었다. 예를 들면 마을 상인들은 그 애를 보빗 양으로 부르면서 킥킥대곤 했었다. 하지만 점차 보빗 양이라는 호칭은 자연스러워졌고 그 애가 양산을 돌리면서 돌아다닐 때면 뻣뻣하게 목례를 하게 되었다. 보빗 양은 모든 사람들에게 로잘바와 자매라고 말했고 그 때문에 사람들은 여러 농담을 해댔다. 하지만 보빗 양의 생각들 대부분이 그렇듯이 차츰 그런 말도 자연스러워졌으며, 두 소녀가 서로 로잘바 자매, 보빗 자매라고 부르는 것을 듣게 되어도 아무도 웃지 않았다. 하지만 로잘바 자매와 보빗 자매는 특이한 짓을 하곤 했다. 그중 하나는 개와 관련된 것이었다. 이 마을에는 떠돌이 개가 많았다. 쥐잡이 테리어, 새몰이 개, 블러드하운드. 이런 개들은 인적이 없는 정오의 뜨거운 거리를 나른하게 몇 마리씩 떼 지어 다니며, 어둠이 내리고 달이 뜨기만을 기다렸고 외로운 시간이 다가오면 밤새 울어댔다. 어떤 사람은 죽으려고 했고, 어떤 사람들은 벌써 죽은 듯 포기했다. 보빗 양은 보안관에게 불평했다. 어떤 개들은 항상 그 집 앞 창문 밑에 서 있었다. 애초에 보빗 양은 잠을 얕게 자는 아이였다. 로잘바는 더욱이 그 개들은 개가 아닌 악마일 거라고 했다. 당연히 보안관은 아무런 조치도 취하지 않았다. 그래서 보빗 양은 자기 손으로 그 문제를 처리했다. 어느 날 아침, 특별히 시끄러웠던 밤이 지나자, 보빗 양은 로잘바를 옆에 끼고 마을로 나왔다. 로잘바는 돌맹이가 가득 든 꽃바구니를 들고 있었다. 두 사람은 개를 한 마리씩 볼 때마다 멈춰 섰고 보빗 양은 개를 빤히 관찰했다. 가끔은 머리를 가로로 저었지만 대부분 이렇게 말했다. "맞아, 개 중 하나야, 로잘바 자매." 그러면 로잘바 자매는 맹렬한 기세로 바구니에서 돌을 집어 개 눈 사이를 명중시켰다.

또 다른 일은 헨더슨 씨와 관련된 일이었다. 헨더슨 씨는 소여 부인의 하숙집 뒷방에 살았다. 거칠지만 키가 작은 헨더슨 씨는 이전에 오클라호마에서 석유 채굴을 하던 사람으로 이제 거의 일흔 살 가까이 되었으며 노인들이 대개 그렇듯 몸의 기능에 강박적으로 집착했다. 또 그는 술고래였다. 한번은 2주 동안 술에 취해 있던 때도 있었다. 헨더슨 씨는 보빗 양과 로잘바 자매가 집 주변을 돌아다닐 때마다 계단 끝까지 올라와서 소여 부인에게 자기 방 벽 속에 있는 화장실 휴지를 훔쳐 가려고 하는 꼬마 난쟁이들이 있다고 고래고래 고함을 질러댔다. 그 계집애들이 벌써 15센트어치는 훔쳐 갔을걸. 헨더슨 씨는 이렇게 주장했다. 어느 날 저녁, 두 소녀가 마당 나무 아래 앉아 있을 때, 헨더슨 씨가 잠옷 하나 달랑 걸치고 소녀들이 있는 쪽으로 쿵쿵 걸어왔다. 내 화장지 훔칠 테면 훔쳐봐라. 노인네는 소리를 질렀다. 이 꼬맹이들에게 본때를 보여주지……. 누구 나도 좀 도와주쇼. 그렇지 않으면 이 난쟁이 계집년들이 동네에 있는 종이란 종이는 다 훔쳐 도망칠 테니. 어른들이 와서 헨더슨 씨를 묶을 때까지 말려준 건 다름 아닌 빌리 밥과 프리처였다. 보빗 양은 존경스러울 만큼 침착하게 행동하며 남자들에게 제대로 된 매듭법을 모르냐고 탓한 뒤 본인이 직접 일을 맡았다. 보빗 양의 매듭이 어찌나 훌륭했든지 헨더슨 씨의 손과 발에는 피가 통하지 않을 정도였고 결국 한 달이 지나서야 다시 걸을 수 있었다.

그 직후에 보빗 양은 우리 집을 방문했다. 보빗 양이 찾아온 건 일요일이었는데, 때마침 다른 가족들은 다 교회에 간 터라 혼자 집에 있었다. "교회 냄새는 너무 거슬린답니다." 보빗 양은 손을 단정하게 앞에 모은 자세로 몸을 숙였다. "그렇다고 저를 이교도라고 생각하지는 않아주셨으면 좋겠어요, C 씨. 신과 악마가 있다는 건 알 만큼 저도 경험이 있으니까요. 하지만 교회에 가서 악마가 얼마나 죄악이 많고 야비한 바보인지 들어봤자 악마가 길들여지는 건 아니죠. 예수님을 사랑하듯 악마를 사랑해야 해요. 왜냐면 악마는 힘이 세고 우리가 자기를 신뢰한다는 걸 알면 보답을 해줄 테니까요. 악마는 제게 여러 번 보답을 해주었어요. 멤피스에 있는 무용학원 다닐 때, 전 매년 발표회를 할 때마다 주역을 맡게 해달라고 악마를 부른 적이 있어요. 그런 건 상식이에요. 아시겠지만 예수님은 무용에 대해선 관심이 없으시잖아요. 사실을 말씀드리자면 최근에도 악마를 불렀답니다. 저를 이 마을에서 빼내줄 수 있는 유일한 존재니까요. 정확히 말하면 제가 여기 산다고도 할 수 없어요. 전 항상 다른 곳을 생각하니까요. 모든 사람이 거리에 나와 춤출 정도로 모든 것들이 춤추는 동네. 생일을 맞은 아이들처럼 모든 것이 예쁜 동네. 저희 아버님께서는 저보고 하늘에 사는 사람이라고 하셨어요. 하지만 아버님이야말로 하늘에 좀 더 오래 사셨다면 원하는 만큼 부자가 되었겠죠. 제 아버님의 문제는 악마를 사랑하지 않았는데도 악마가 아버님을 사랑하도록 놔두었다는 거랍니다. 하지만 그 점에 있어서 전 아주 영리해요. 전 두 번째로 좋은 게 가장 좋은 것인 경우가 많다는 걸 알죠. 우리에게 두 번째로 좋은 건 이 마을로 이사 오는 것이었어요. 여기서는 제가 마음껏 일할 수 없으니까. 다음으로 좋은 건 곁다리로 작은 사업을 하는 거죠. 이제까지 제가 해온 게 그런 거예요. 저는 이 군의 유일한 잡지 총판으로서 여러 가지 잡지들을 구비하고 있답니다. 《리더스 다이제스트》나 《대중 자동차 수리》《여성 탐정》과 《아동 생활》. 확실히 말씀드리는데, 저는 이곳에 잡지를 팔러 온 게 아니에요, C 씨. 하지만 마음속에 이런 생각은 가지고 있어요. 여기서 항상 빈둥거리는 소년 둘이 있던데, 어쨌거나 이 아이들도 남자라는 생각이 들더군요. 이 사람들이 조수가 되어줄 수 있을 것 같은가요?"

빌리 밥과 프리처는 보빗 양을 위해서, 또한 로잘바 자매를 위해서 열심히 일했다. 로잘바 자매는 듀드롭이라는 화장품 라인을 들여왔고, 물품을 고객에게 배달하는 게 소년의 일이었다. 빌리 밥은 저녁이 되면 기진맥진해서 저녁밥을 제대로 먹을 수 없을 정도였다. 엘 숙모는 정말 안타깝고 불쌍하다고 말했다. 마침내 어느 날 빌리 밥이 더위를 먹고 들어오자, 숙모는 말했다. 자, 이제 그만 됐다. 빌리 밥이 보빗 양의 일을 그만둬야 한다는 것이었다. 하지만 빌리 밥은 엄마에게 욕을 해댔고 결국 아버지한테 끌려가 방에 갇히고 말았다. 방 안에서는 죽어버릴 거라고 협박했다. 언젠가 우리 집에 있던 요리사가 그 애에게 당밀을 뿌린 콜라드를 먹으면 총 맞은 것처럼 죽는다고 한 적이 있었는데, 빌리 밥은 바로 그 말을 따랐다. 난 죽어가. 빌리 밥은 침대 위에서 데굴데굴 굴렀다. 난 죽어가지만 아무도 신경 안 써.

보빗 양이 와서 그 애를 진정시켰다. "너한텐 아무 이상 없어, 애. 단지 배앓이를 하는 것뿐이야." 그다음 보빗 양은 엘 숙모가 뒤로 넘어갈 만한 일을 했다. 빌리 밥의 이불을 걷어 옷을 벗기고 알코올로 그 애를 머리부터 발가락까지 닦아준 것이었다. 엘 숙모가 이런 건 어린 여자애가 할 만한 점잖은 일이 아니라고 하자 보빗 양이 대답했다. "점잖은 일인지 아닌지는 모르겠지만 이렇게 하면 기분이 좋아지는 건 확실해요." 그 후 엘 숙모는 빌리 밥이 다시 보빗 양 일을 하지 못하도록 갖은 수를 다 썼지만, 결국 빌리 밥의 아버지는 그 애를 가만 놔두라고 했다. 애가 자기 인생을 알아서 살 수 있게 하라고.

보빗 양은 돈에 대해서는 아주 정직했다. 빌리 밥과 프리처에게 정확한 이윤을 떼서 주었으며 드러그스토어나 극장에서 대접을 하겠다고 남자애들이 우겨도 그렇게 하지 못하게 했다. "돈은 절약하는 게 좋아요." 보빗 양은 소년들을 타일렀다. "대학에 가게 될지도 모르잖아요. 두 분 다 장학금을 탈 만한 머리는 없고, 그렇다고 특기생이 될 만큼 축구를 잘하지도 않으니까요." 하지만 결국 빌리 밥과 프리처가 크게 싸우고 멀어지게 된 것은 돈 때문이었다. 물론 그게 진짜 이유는 아니었다. 진짜 이유는 두 사람이 점점 보빗 양을 두고 서로를 질투하게 된 것이었다. 그래서 어느 날, 프리처는 뻔뻔하게도 빌리 밥이 보는 앞에서 보빗 양에게 빌리 밥이 수금한 돈을 다 내지 않는 것 같으니 꼼꼼하게 확인해보라고 말했다. 새빨간 거짓말이야. 빌리 밥은 이렇게 말하며 프리처에게 왼쪽 주먹을 깨끗하게 날린 후, 그를 소여 부인 하숙집의 베란다에서 금련화 화단으로 떨어뜨린 후 덤벼들었다. 하지만 프리처가 일단 기선을 잡게 되자 빌리 밥은 승기를 잡지 못했다. 프리처는 심지어 빌리 밥의 눈에 흙까지 뿌렸다. 이 소동이 벌어지는 동안 소여 부인은 2층 창문에서 몸을 내밀고 독수리처럼 비명을 질러댔고 로잘바 자매는 기운이 펄펄 넘쳐 누구를 응원하는지 알 수 없는 소리를 질렀다. 죽여! 죽여! 죽여! 하지만 보빗 양만이 적절한 처신을 알고 있었다. 보빗 양은 잔디밭의 호스를 틀고 소년들의 눈이 보이지 않을 정도로 가까운 거리에서 물을 쏘았다. 프리처는 숨을 헐떡거리며 비틀거렸다. 아가씨, 프리처는 마치 젖은 개처럼 몸을 털며 말했다. 아가씨, 이제 결정해야만 해. "뭘 결정해요?" 보빗 양은 그 자리에서 거만하게 경멸하는 투로 말했다. 아가씨, 프리처가 씨근거렸다. 우리가 서로 죽이는 걸 원하지는 않겠죠. 둘 중 누가 진짜 아가씨 애인인지 결정해요. "애인이라니, 맙소사." 보빗 양이 대꾸했다. "난 이런 시골 아이들과 얽힐 만큼 바보는 아니에요. 두 분이 나중에 어떤 사업가가 될 거죠? 자, 잘 들어요, 프리처 스타. 난 애인을 원하지 않아요. 원한다고 해도 프리처는 아니에요. 사실 숙녀가 방 안에 들어오는데도 프리처는 자리에서 일어나지도 않잖아요."

프리처는 땅에 침을 뱉고 빌리 밥 쪽으로 비틀비틀 걸어갔다. 프리처는 마치 아무 일도 일어나지 않은 것처럼 말했다. 자, 쟤는 정말 냉정한 애야. 우리 두 친구 사이를 갈라놓는 것밖에는 원하지 않아. 잠깐 동안 빌리 밥은 친구와 평화로운 동맹을 맺으려는 것처럼 보였다. 하지만 갑자기 제정신이 든 빌리 밥이 뒤로 물러서며 손짓을 했다. 두 사람은 한 1분 동안 서로를 빤히 바라보았다. 둘 사이의 친근감이 추하게 변색하고 있었다. 하지만 사랑하지 않는다면 그렇게 증오할 리도 없는 것이다. 프리처의 얼굴은 이 사실을 여실히 보여주었다. 즉 그는 그 자리에서 떠날 도리밖에 없었다. 오, 프리처. 어찌나 어쩔 줄 모르는 사람처럼 보였는지, 나는 그날 처음으로 너를 좋아하게 되었지. 너무나 깡마르고 비열하고 어찌할 줄 모르는, 홀로 길을 내려가던 너를.

프리처와 빌리 밥 두 소년은 화해하지 않았다. 원치 않아서가 아니라 우정이 다시 생길 만큼 직설적인 성격이 아니었기 때문이다. 하지만 그렇다고 우정을 아예 포기할 수도 없었다. 두 사람은 항상 다른 사람이 무엇을 하고 있는지 인식하고 있었다. 프리처가 새 단짝을 찾자 빌리 밥은 며칠 동안 돌아다니면서 물건을 주웠다가 다시 떨어뜨리기도 하고 손가락을 고의로 선풍기에 쑤셔 넣는 등 이상한 짓을 하기도 했다. 가끔 저녁에 프리처는 문 앞에 서서 엘 숙모와 이야기를 하곤 했다. 오로지 빌리 밥을 고문하려는 목적 같기는 했으나 다른 사람들하고는 모두 사이 좋게 지냈으며 크리스마스 때는 우리에게 땅콩 한 상자를 선물하기도 했다. 심지어 빌리 밥에게도 선물을 남겼다. 셜록 홈스 소설이었다. 그리고 표지 안 앞장에는 이렇게 쓰여 있었다. "벽에 붙은 담쟁이 같은 친구는 반드시 떨어진다." 내가 이제까지 본 것 중에 가장 진부하기 짝이 없는 짓이었다. 빌리 밥은 이렇게 말했다. 젠장, 이런 멍청이가 다 있나. 하지만 그 후 추운 겨울 날이었는데도 불구하고 빌리 밥은 뒷마당으로 나가 피칸 나무에 올라가서는 푸르스름한 12월의 나뭇가지 사이에 오후 내내 웅크리고 앉아 있었다.

하지만 빌리 밥은 대부분 행복했다. 보빗 양이 있었고, 이제는 보빗 양이 항상 빌리 밥에게 다정했기 때문이었다. 보빗 양과 로잘바 자매는 빌리 밥을 한 남자로 대했다. 또 한편으로는 세 사람이 하는 브리지 게임에서 빌리 밥이 이기도록 해주었고 그 애의 거짓말에 질문하는 법도 없었으며 기를 꺾는 일도 없었다. 잠깐이나마 행복한 나날이었다. 하지만 학교가 개학하자 문제가 다시 시작되었다. 보빗 양이 등교를 거부한 것이다. "바보 같은 짓이에요." 어느 날 학교 교장인 코플랜드 씨가 조사를 하러 왔을 때 보빗 양은 이렇게 대답했다. "정말로 바보 같은 짓이에요. 나는 읽고 쓸 수도 있고 이 마을에 사는 몇몇 사람들은 내가 돈을 셀 수 있다는 것도 알고 있죠. 아뇨, 코플랜드 선생님. 잠깐만 생각해보시면 선생님과 둘 다 이 문제를 가지고 씨름할 시간도 없고 그럴 정력도 없다는 걸 아실 거예요. 결국 이건 누구의 기운이 먼저 빠지냐의 문제죠. 선생님 아니면 저. 게다가 저한테 뭘 가르쳐주시려고요? 뭐, 춤이라도 출 줄 아시면 그거야 다른 문제죠. 하지만 이런 상황하에서는, 네, 코플랜드 선생님, 이런 상황하에서 이 문제는 그냥 넘겨야만 해요." 코플랜드는 정말 그러고 싶었다. 하지만 마을 사람들은 보빗 양이 혼쭐이 나야 한다고 생각했다. 호레이스 디슬리는 신문에 '비극적 상황'이라는 제목으로 기고문을 썼다. 그의 의견에 따르면 어린 여자아이가 어떤 이유에서든 미합중국의 헌법에 저항한다면 그게 바로 비극적 상황이라는 것이었다. 이 기고문은 이런 질문으로 끝맺었다. "소녀는 과연 아무런 처벌 없이 빠져나갈 수 있을까?" 하지만 보빗 양은 그렇게 했다. 로잘바 자매도 마찬가지였다. 다만 로잘바는 흑인이었기 때문에 아무도 신경 쓰지 않았다. 하지만 빌리 밥은 운이 없었다. 실상 빌리 밥은 학교도 그렇게 싫어하지 않았다. 하지만 학교가 미친 영향을 생각하면 집에 있는 게 나을 뻔했다. 처음 받은 성적표에서 빌리 밥은 세 과목에서 낙제를 했다. 하지만 빌리 밥은 영리한 소년이었다. 다만 나는 그 애가 보빗 양이 없는 시간을 견딜 수가 없었을 거라고 생각한다. 보빗 양 옆에 있지 않은 때는 항상 반쯤 자고 있는 거나 다름없는 듯이 보였다. 게다가 언제나 싸움을 했다. 눈이 퍼렇게 멍이 들거나 입술이 찢어졌고 절뚝절뚝 걸어 다녔다. 집에 와서는 이런 싸움에 대해서 말한 적이 없었지만, 보빗 양은 영리한 아이였으므로 이유를 쉽게 짐작했다. "빌리 밥은 정말 다정한 사람이에요, 나도 알아요. 고마워요, 빌리 밥. 하지만 나 때문에 사람들과 싸우지 마세요. 물론 사람들이 나에 대해서 나쁜 이야기를 하겠죠. 하지만 왜 그러는 줄 알아요? 그건 일종의 칭찬이에요. 마음속 깊은 곳에서는 내가 정말 대단하다고 생각하는 거죠."

그리고 보빗 양의 말이 맞았다. 존경하지 않는다면 아무도 굳이 반대하거나 하는 수고를 하지 않는다. 하지만 우리가 보빗 양의 진가를 깊이 깨닫게 된 것은 매니 폭스라는 남자가 나타나고 나서였다. 2월 말의 일이었다. 처음으로 우리가 매니 폭스에 대해서 들은 소식은 마을 주변의 상점들에 붙은 명랑한 플래카드들을 통해서였다. "매니 폭스가 부채 없는 부채춤 무용수를 선보입니다." 그 밑에는 더 작은 글씨로 이렇게 써 있었다. "지역 주민이 참여할 수 있는 아마추어 프로그램 열풍. 1등에게는 할리우드 영화 오디션 기회 제공." 이 모든 게 다 다음 주 목요일에 열리기로 되어 있었다. 표 값은 1달러였는데, 이 동네에서는 큰돈이었다. 하지만 이 동네에서는 이렇게 번쩍거리는 유흥 거리가 별로 없었으므로 사람들은 돈을 긁어모아 모두 다 보러 가기로 했다. 드러그스토어에서 어정거리는 건달들은 일주일 내내 부채 없는 부채춤 무용수에 대해서 저속한 농담을 해대곤 했다. 이 무용수는 나중에 알고 보니 매니 폭스 부인이었다. 두 사람은 고속도로변에 있는 처클우드 여행자 야영지에 머물렀지만, 하루 종일 네 문짝에 매니 폭스의 이름을 대문짝만하게 찍은 구식 패커드 자동차를 타고 마을을 돌아다녔다. 매니 폭스의 부인은 피망 색깔 빨강 머리에 입술이 촉촉하고 눈꺼풀에 물기가 있는 무표정한 여자였다. 부인의 체구는 상당히 컸으나 매니 폭스는 그 부인마저 연약해 보일 만큼 거구였다.

두 사람은 당구장을 본부로 삼았고 매일 오후 거기 가보면 그들이 동네 양아치들과 술을 마시고 농담을 나누는 모습을 볼 수 있었다. 그러다가 매니 폭스의 사업은 단지 극장업에만 국한하지 않았다. 그는 직업소개소도 운영했다. 서서히 그는 150달러만 내면 뉴올리언스에서 남아메리카까지 가는 과일 운송선에서 일하는 1급 일자리에 모험심 강한 소년들을 소개시켜줄 수 있다는 소문을 냈다. 매니 폭스는 이걸 일생일대의 호기라고 불렀다. 이 동네에서는 5달러도 기꺼이 낼 수 있는 소년이 없었다. 그럼에도 불구하고 열두어 명 되는 소년들은 돈을 걸어보려고 했다. 에이다 윌리엄은 남편 무덤에 세울 천사 묘석을 사려고 모아두었던 돈을 꺼냈고 에이시 트럼프의 아빠는 목화 수확에서 얻을 이윤을 팔아버렸다.

마침내 쇼가 열리는 밤이 다가왔다! 그날 밤에는 다른 모든 일들은 잊혔다. 저당도, 부엌 싱크대에 담가 놓은 설거지 거리도. 엘 숙모는 오페라에 갈 때는 모두들 한껏 맵시를 내고 달콤한 냄새를 풍기며 차려입는다고 했다. 오데온 극장은 은제 식기를 경품으로 내걸었던 날 이후로 이렇게 사람이 들어찬 적이 없었다. 실질적으로 모든 이들의 친척이 이 쇼에 출연하고 있었기 때문에 다들 초조함과 싸우고 있었다. 우리가 정말로 잘 알고 있는 출전자는 보빗 양뿐이었다. 빌리 밥은 앉아 있을 수도 없었다. 그 애는 자꾸자꾸 보빗 양 말고 다른 사람에게 박수를 쳐서는 안 된다고 강조했다. 엘 숙모가 그렇게 하면 아주 무례한 행동이라고 말하자 빌리 밥은 다시 안절부절못했다. 빌리 밥의 아버지는 우리 모두에게 팝콘을 사주었으나 빌리 밥은 손에 기름기가 낀다며 손도 대지 않았다. 또 보빗 양이 공연하는 동안 소란스럽게 하면 안 되니까 팝콘은 먹지 말라고까지 했다. 우리는 보빗 양이 출연한다는 걸 막바지에 알고 놀랐다. 생각해보면 충분히 그럴 만한 일이고 그런 징조도 여럿 있었다. 실상 보빗 양이 소여 부인의 하숙집 바깥으로 나온 게 도대체 며칠 만인가? 새벽녘까지 축음기 소리가 계속 들려왔고 빙빙 도는 보빗 양의 그림자가 창문 커튼에 비쳤다. 게다가 보빗 양의 건강에 대해서 로잘바 자매에게 물어보면 그 얼굴에는 비밀을 꾹꾹 눌러 넣은 표정이 떠오르곤 했다. 그리하여 거기 보빗 양의 이름이 두 번째로 프로그램에 실려 있었던 것이다. 하지만 보빗 양은 한참 동안 출연하지 않았다. 처음에는 머리에 잔뜩 기름을 바른 매니 폭스가 나와 히죽히죽 웃으여 계속 기이한 농담을 하면서 손뼉을 쳐댔다. 하, 하. 엘 숙모는 매니 폭스가 저런 농담을 한 번만 더 하면 집에 가버리겠다고 엄포를 놓았다. 하지만 매니 폭스가 농담을 계속해도 숙모는 집에 가지 않았다. 보빗 양이 나오기 전에 열한 명이 출연했다. 유스타시아 번스타인은 유명 영화배우들의 성대모사를 했는데 모두 다 그냥 유스타시아처럼 들렸고, 저기 시골에서 왔다는 특이한 버스터 라일리는 귀가 쑥 튀어나온 오래된 모직 모자를 쓰고 〈왈츠 추는 마틸다〉를 톱으로 연주했다. 지금까지는 버스터 라일리가 쇼에서 제일 히트를 쳤다. 그렇다고 사람들의 반응에 크게 차이가 있었던 건 아니었다. 모두들 너그럽게 박수를 쳐주었다. 프리처 스타만 빼고. 프리처는 우리보다 두 줄 앞에 앉아 있었는데, 매번 연기가 끝날 때마다 시끄럽게 우우 야유를 보냈다. 엘 숙모는 다시는 프리처와 얘기를 하지 않겠다고 했다. 프리처가 박수갈채를 보낸 출연자는 보빗 양뿐이었다. 확실히 악마는 보빗 양의 편이었지만 보빗 양은 그럴 만한 자격이 있었다. 보빗 양은 엉덩이와 고수머리를 흔들며 눈알을 이리저리 굴리면서 무대로 나왔다. 언뜻 듣기에도 보빗 양이 이제까지 해오던 곡이 아님을 알 수 있었다. 보빗 양은 새침하게 하늘색 치마 옆을 치켜들고서 무대 위로 탭댄스를 추면서 나왔다. 세상에서 제일 귀여워. 빌리 밥은 허벅지를 치며 말했고 엘 숙모도 보빗 양이 정말 귀엽다는 데 뜻을 같이 할 수밖에 없었다. 보빗 양이 빙빙 돌기 시작하자 모든 관중들이 자발적으로 박수갈채를 보냈다. 그래서 보빗 양은 다시 한 번 하면서 피아노를 치던 불쌍한 아델라이드 양에게 "빨리, 더 빨리요"라고 속삭였다. 아델라이드 양은 주일학교에서 반주하던 실력을 최대한으로 발휘할 수밖에 없었다. "난 중국에서 태어나 일본에서 자랐어요……." 우리는 이전에 보빗 양이 노래하는 걸 한 번도 들어본 적 없었다. 보빗 양은 소란스럽고 사포처럼 깔끄러운 목소리를 지니고 있었다. "……내 복숭아가 싫다면 내 통조림에는 손도 대지 마요, 오호, 오호!" 엘 숙모는 숨을 헉 들이쉬었다. 게다가 보빗 양이 선정적으로 허리를 휙 튕기며 스커트를 살짝 젖혀 푸른 레이스가 달린 속옷을 보여주자 다시 한 번 숨을 들이켰다. 하지만 그 동작에 남자애들은 이제까지 부채 없는 부채춤 무용수를 위해 아껴두었던 휘파람을 다 불어 보냈다. 나중에 밝혀진 바지만 매니 폭스의 부인은 〈선생님께 드릴 사과〉라는 곡과 사람들의 환호성에 맞춰 수영복을 입고 평소에 하던 무용을 보여준 게 고작이었다. 하지만 엉덩이를 보여준 게 보빗 양이 마지막으로 성공한 묘기는 아니었다. 아델라이드 양이 검은 선반을 쿵쿵 두드리며 불길한 음조를 연주하기 시작하자, 원통 모양 폭죽을 환히 밝혀 든 로잘바 자매가 무대로 뛰어나와 다리 찢기 묘기를 시도하고 있는 보빗 양에게 건네주었다. 보빗 양이 그 묘기를 성공하는 순간 폭죽이 터지면서 빨간색과 하얀색, 파란색의 불꽃이 사방팔방 터져 나왔고, 보빗 양이 미국 국가를 열창했기 때문에 우리 모두는 일어서야 했다. 나중에 엘 숙모는 미국 무대에서 그렇게 멋있는 건 처음 봤다고 말했다.

뭐, 보빗 양은 분명히 할리우드 오디션을 볼 자격이 있었고, 경연대회에서 우승한 것을 고려하면, 마치 할리우드 오디션을 받으러 갈 것처럼 보였다. 매니 폭스는 그렇다고 말했다. 아가, 넌 정말 스타 자질이 있구나. 다만 매니 폭스는 다음 날 진심 어린 약속만 남기고 줄행랑을 쳐버렸다. 우편물을 잘 봐, 친구들. 내가 곧 소식을 보내줄 테니. 매니 폭스는 돈을 뜯어간 소년들과 보빗 양에게 이렇게 말했다. 우편물은 하루에 세 번 도착했고, 그럴 때마다 많은 사람들이 우체국에 모였다. 처음에는 명랑했던 사람들은 점점 활기를 잃었다. 편지가 그들의 우편함으로 들어올 때마다 사람들의 손이 얼마나 떨리던지. 하루하루 지나갈 때마다 끔찍한 침묵이 내려앉았다. 다들 다른 사람이 무슨 생각을 하는지 다 알고 있었지만, 아무도 감히 그런 말을 하지 않았다. 심지어 보빗 양도 마찬가지였다. 하지만 우체국장 패터슨 부인은 간단하게 말했다. 그 남자는 사기꾼이야. 처음부터 사기꾼인지 알았다고. 그리고 너희 면상을 하루라도 더 들이밀면 다 총으로 쏴버리겠어.

마침내 2주일이 지난 끝에 마법을 깬 사람은 보빗 양이었다. 보빗 양의 눈은 더 이상 그럴 수 없을 정도로 공허해졌지만 어느 날 마지막 우편물이 도착하고 난 후에 옛날 성질이 돌아왔다.

"자, 여러분, 이제는 린치를 실행할 때예요."

보빗 양은 이렇게 말하고 군중을 이끌고 집으로 돌아왔다. 이것이 바로 매니 폭스 교수형 클럽의 첫 회합이었다. 이 모임은 매니 폭스가 잡혀서 이른바 매달린 후에도 좀 더 사교적인 형태로 발전되어 오늘날까지도 지속되고 있다. 이 모임을 세운 공로는 전적으로 보빗 양에게 가야 할 것이다. 일주일 만에 보빗 양은 매니 폭스의 인상착의 300장을 써서 남부 일대의 보안관들에게 부쳤다. 그 후 좀 더 대도시들의 신문에 편지를 써 더 많은 관심을 끌었다. 결과적으로 돈을 갈취당했던 소년 넷은 미국 과일 회사에서 보수가 좋은 일자리를 제의받았고 올해 늦봄에 매니 폭스가 아칸소 주 업하이 시에서 똑같은 사기를 치다가 체포되자 보빗 양은 미국 선빔 소녀협회에서 선행표창장을 받았다. 무슨 이유에선가 보빗 양은 이런 상을 받아봤자 별로 기쁘지도 않다고 재차 강조했다. "나는 이 협회가 마음에 안 들어요. 말로만 시끄럽게 떠들죠. 진심도 없고 여자답지도 않고. 어쨌거나 선행이 뭐예요? 누구에게건 속아 넘어가서는 안 되죠. 선행이란 뭔가 보답으로 받고 싶을 때 하는 짓이에요." 보빗 양의 말이 틀렸고 마침내 보빗 양이 친절함과 사랑의 보답을 받았다고 할 수 있다면 얼마나 마음 놓이는 일이겠는가. 하지만 이 경우에는 그렇지 못했다. 일주일 전 사기 사건에 연루된 아이들은 매니 폭스에게서 손해배상을 받았고 보빗 양은 퉁명스럽고도 단호한 태도로 교수형 클럽의 모임에 나타났다. 이제 그 모임은 매일 목요일 저녁마다 사람들이 모여서 맥주 마시고 포커를 치는 구실이 되었다. "보세요, 여러분." 보빗 양은 솔직히 말을 꺼냈다. "여러분 중 누구도 다시는 그 돈을 보리라 생각하지 않았겠죠. 하지만 이제 그 돈을 받았으니 뭔가 실용적인 일에 투자해야 해요, 저처럼." 이 말인즉, 소년들은 돈을 모아 보빗 양이 할리우드로 가는 여비를 대줘야 한다는 것이었다. 그러면 보답으로 보빗 양이 스타가 된 직후에 수입의 1할을 받을 수 있다고 했다. 그리고 보빗 양이 스타가 되기까지는 그렇게 오래 걸리지도 않을 테니 그들은 모두 부자가 될 수 있을 것이었다. "적어도 이 나라의 이 동네에서는 부자로 행세할 수 있을 거예요." 소년들 중 누구도 돈을 내놓고 싶지 않았다. 하지만 보빗 양이 쳐다보는데 달리 뭐라고 하겠는가?

월요일 이후 햇빛 사이로 간간히 여름 는개비가 내렸지만 밤이 되어 어두워지면 사방이 소리로 가득 찼다―나뭇잎에서 뚝뚝 물 떨어지는 소리, 물에 젖은 풍경 소리, 잠 못 들고 뒤척뒤척 하는 소리. 빌리 밥은 이제 무슨 일을 할 때마다 동작이 얼어버린 듯 굼뜨고 혀도 뻣뻣이 굳어버렸지만 밤이면 잠 못 들고 마른 눈을 번쩍 뜨고 있었다. 보빗 양이 떠난다니 빌리 밥이 받아들이기에 쉬운 일은 아니었다. 보빗 양은 그 애에게 있어서 그 이상의 의미였기 때문이었다. 무엇 이상이라는 걸까? 열세 살짜리의 풋사랑 이상의 의미였다. 보빗 양은 마치 피칸 나무나 책을 좋아하는 것, 자기에게 상처를 주는 사람들에 대해 신경 쓰는 것처럼 그에게 있어서는 기이한 부분을 의미했다. 보빗 양은 아무에게도 보여주고 싶지 않은 존재였다. 어둠 속에서 음악 소리가 빗소리 사이로 섞였다. 이제는 밤에 진짜 음악을 들을 수 없는 걸까? 이제는 오후에 그림자가 모두 한데 뒤섞이는 일도 없고, 예쁜 리본 조각처럼 우리 집 앞 잔디밭을 가로지르는 보빗 양의 모습을 볼 수 없는 걸까? 보빗 양은 빌리 밥의 말을 웃어넘겼다. 그 애의 손을 잡고 심지어 키스까지 해주었다. "난 죽으러 가는 게 아니에요." 보빗 양은 말했다. "빌리 밥도 세상으로 나오세요. 우리 산을 넘어요. 그리고 모두 다 같이 사는 거죠. 당신과 나와 로잘바." 하지만 빌리 밥은 일이 그렇게 되지 않으리라는 것을 알고 있었다. 그리하여 음악이 어둠 속에서 흘러나오자, 빌리 밥은 머리 위에 베개를 덮어버렸다.

어제는 기이할 정도로 날씨가 청명했다. 바로 어제가 보빗 양이 떠나는 날이었다. 정오가 되자 해가 달콤한 등나무 향을 풍기는 대기를 비추었다. 엘 숙모의 노란 레이디 앤 장미가 다시 꽃송이를 피웠고, 엘 숙모는 너무나 관대하게도 빌리 밥에게 이 꽃을 따서 보빗 양에게 작별 인사로 주라고 했다. 오후 내내 보빗 양은 현관 베란다에 앉아 작별 인사를 하러 온 사람들에게 둘러싸여 있었다. 보빗 양은 마치 종교 모임에 가는 사람처럼 온통 하얀색 옷을 입고 하얀 양산까지 썼다. 로잘바 자매는 보빗 양에게 손수건을 주었지만 계속 훌쩍거렸기 때문에 준 손수건을 도로 빌려야만 했다. 또 다른 여자아이가 버스 안에서 먹으라고 치킨을 가져왔다. 다만 문제가 있다면 창자를 제거하지 않았다는 것뿐이었다. 보빗 양의 어머니는 괜찮다고 말했다. 치킨은 치킨일 뿐이니까. 어머니가 처음으로 자기 의견을 말하다니 정말 기억할 만한 일이었다. 오직 신랄한 한마디뿐이었지만. 몇 시간 동안 프리처 스타는 길모퉁이에서 서성였다. 가끔은 길 위에서 동전을 던지기도 하고 가끔은 아무에게도 모습을 보이기 싫다는 듯 나무 뒤에 숨기도 했다. 그 때문에 모든 사람들의 신경이 날카로워졌다. 버스가 도착하기 20분 전이 되어서야 프리처는 어슬렁어슬렁 걸어나와 우리 문 앞에 기대 섰다. 빌리 밥은 아직까지도 정원에서 장미를 따고 있었다. 지금까지 딴 것만 해도 모닥불을 피울 만큼 잔뜩이었고 꽃향기가 바람처럼 강하게 진동했다. 프리처는 빌리 밥이 고개를 들 때까지 그 애를 빤히 쳐다보았다. 둘이 서로를 바라보았을 때 바다 물방울처럼 곱고 무지갯빛처럼 영롱한 비가 내리기 시작했다. 아무 말 없이 프리처는 정원으로 들어가 빌리 밥이 꽃을 갈라 거대한 꽃다발 두 개로 만들 수 있도록 도왔다. 두 사람은 함께 꽃을 들고 보도 쪽으로 갔다. 길 건너에는 사람들이 재잘재잘 수다를 떨고 있었지만, 보빗 양은 꽃에 가린 얼굴이 마치 노란 달처럼 보이는 두 소년을 보자 팔을 뻗으며 계단을 달려 내려왔다. 그다음에는 무슨 일이 일어났는지 알리라. 우리는 고함을 질렀다. 우리의 목소리는 빗속의 번개처럼 울려 퍼졌지만 장미 속에 파묻힌 두 개의 달을 향해 달려가는 보빗 양은 듣지 못한 것 같았다. 바로 이때 6시 버스가 보빗 양을 치었다.

불행의 대가
(1949)

현관 대리석 바닥에 부딪쳐 또각거리는 자신의 하이힐 소리를 들으니 유리잔 속에서 달그락거리는 얼음 덩어리가 떠올랐고, 꽃들, 현관 앞 단지에 꽂아놓은 가을 국화는 손을 대면 얼음 먼지가 되어 부서져 흩어질 것만 같았다. 집은 따뜻하고 심지어 난방을 과하게 틀고 있었지만 추웠다. 실비아는 몸을 떨었다. 마치 눈처럼 하얗고 폐물처럼 부어 오른 비서의 얼굴처럼 추웠다. 모차르트 양은 간호사라도 되는 양 모두 하얀 옷 일색이었다. 아마도 정말 그런지도 몰랐다. 물론 그러면 해답이 될 터였다. 리버콤 씨, 당신은 미쳤고 이 사람은 당신 간호사군요. 실비아는 잠깐 동안 그에 대해 생각해보았다. 아니, 아니다. 그때 집사가 실비아에게 스카프를 가져다주었다. 집사의 잘생긴 외모가 깊은 인상을 남겼다. 날씬하고 신사적인 태도. 주근깨 있는 얼굴에, 붉은 기가 돌며 반사되지 않는 눈동자를 가진 흑인. 집사가 문을 열자 모차르트 양이 나왔다. 풀을 먹인 제복은 현관에서 건조하게 바스락거렸다. "다시 와주셨으면 좋겠어요." 모차르트 양이 말하며 실비아에게 봉한 봉투를 건네주었다. "리버콤 씨가 특별히 기뻐하셨어요."

밖에는 파란 파편들처럼 땅거미가 깔렸고, 실비아는 11월의 거리를 따라 시내를 가로질러 한적한 5번 대로 위쪽 구역에 도착했다. 그때서야 공원을 가로질러 집으로 걸어가야겠다는 생각을 했다. 이건 거의 헨리와 에스텔에 대한 반항이나 다름없는 행동이었다. 두 사람은 이 도시를 잘 안다는 티를 한껏 내며 "실비아, 어두워진 후에 공원을 건너면 얼마나 위험한지 몰라" 하고 몇 번이고 일렀다. 머틀 캘리서가 무슨 일을 당했는지 봐. 여긴 이스턴이 아냐. 두 사람은 이 말도 몇 번이나 했다. 아, 실비아는 이제 그 말에 진저리가 났다. 하지만 실비아가 일하는 속옷 회사인 스너그페어의 다른 타자수들 몇몇을 제외하고 이 도시에 달리 아는 사람이 누가 있겠는가? 오, 실비아가 그들과 살아야만 하는 게 아니라면, 작게나마 자기 방을 얻을 여유가 있다면 괜찮았을 것이다. 하지만 사라사 무명으로 여기저기 장식을 해놓은 비좁은 아파트에서 살면서 실비아는 두 사람 목을 졸라버리고 싶은 기분이 들 때도 있었다. 그리고 실비아는 어째서 뉴욕에 왔을까? 이유가 무엇이든 지금은 점점 그 이유도 모호해졌고, 이스턴을 떠나고 싶었던 주된 이유는 헨리와 에스텔에게서 빠져나가고 싶었던 것이었다. 아니, 에스텔은 실제로 신시내티 북쪽에 있는 이스턴 출신이긴 했지만 두 사람과 비슷한 사람들에게서 빠져나가고 싶었다는 게 더 맞는 표현이리라. 에스텔과 실비아는 함께 자랐다. 헨리와 에스텔의 진짜 문제는 두 사람의 부부 생활이 괴로울 정도로 깨가 쏟아진다는 것이었다. 말랑말랑하고 아기자기하고. 두 사람은 모든 것에 이름을 붙였다. 전화는 찌릉찌릉 상자, 소파는 우리 넬, 침대는 큰 곰돌이. 부부 수건에, 부부 베개까지 가관이었다. 정말 사람을 미치게 하고도 남았다. "미치겠어!" 실비아는 큰 소리를 질렀다. 공원의 적막에 목소리가 지워졌다. 이맘때 공원은 아름다웠으므로 나뭇잎 사이로 지나는 바람과 둥근 가로등, 신선한 빛과 아이들이 그려놓은 분필 낙서, 분홍 새, 푸른색 화살표, 초록 하트가 있는 공원을 걷기로 한 건 잘한 결정이었다. 하지만 갑자기 음란한 욕설 두 마디가 떨어진 듯한 길 위에 두 남자애가 나타났다. 그들은 여드름이 난 얼굴에 싱긋 웃음을 지으며 마치 악의에 찬 불꽃처럼 황혼 속에서 기분 나쁘게 다가왔다. 그들이 지나가자 마치 불꽃을 스친 것처럼 온몸이 활활 타오르는 듯했다. 두 사람은 몸을 돌리더니 황량한 놀이터를 지나는 실비아를 따라왔다. 한 애는 나무 막대로 철제 울타리를 득득 긁었고 다른 애는 휘파람을 불었다. 이 두 소리는 한데 섞여 마치 다가오는 엔진 소리처럼 실비아 주위를 돌았다. 그러다 한 애가 웃으며 고함쳤다. "이봐요, 어딜 그렇게 급하게 가시나?" 실비아는 숨을 쉬느라 입을 실룩댔다. 하지 마. 실비아는 가방을 내려놓고 뛰어갈까 생각했다. 하지만 그 순간 개와 산책하는 한 남자가 옆길에 나타났고 실비아는 그 사람의 뒤를 따라 출구까지 갔다. 헨리와 에스텔은 의기양양해 하겠지. 이 이야기를 하면 자기들이 그토록 일러두지 않았냐고 하지 않을까? 설상가상으로 에스텔은 집에 편지를 쓸 테고 그러면 이스턴 전체에 실비아가 센트럴파크에서 강간당할 뻔했다는 소문이 쫙 퍼지겠지. 실비아는 집에 돌아가는 내내 뉴욕을 경멸했다. 그 익명성과 고결한 공포를. 물소리조차도 말하는 듯한 배수관과 밤새 켜져 있는 불빛, 그칠 줄 모르는 미식축구 경기, 지하철 통로, 3C라는 번호가 붙어 있는 문을.

"쉿, 조용히 해줘." 에스텔이 부엌에서 슬쩍 빠져나왔다. "붓시가 숙제를 하고 있어." 어련하시겠어. 콜럼비아 법학 대학원에 다니는 헨리는 응접실에서 웅크리고 앉아 책을 보고 있었다. 실비아는 에스텔의 부탁대로 신발을 벗고 깨금발로 걸어 들어갔다. 일단 방으로 들어가자 침대에 털썩 누워 두 손으로 눈을 가렸다. 오늘 일은 실제 있었던 일일까? 모차르트 양과 리버콤 씨가 정말 78번가의 높다란 집에 살고 있었을까?

"그래, 얘. 오늘은 어땠니?" 에스텔이 노크도 없이 들어왔다.

실비아는 팔꿈치로 침대를 짚고 일어나 앉았다. "별일 없었어. 편지를 아흔일곱 통이나 타자 친 것 말고는."

"무슨 내용이었는데?" 에스텔은 실비아의 빗으로 머리를 빗으며 물었다.

"뭘 것 같은데? 스너그페어, 학계와 산업계의 지도자들을 안전히 받쳐줄 속옷."

"어머, 얘. 그렇게 짜증스럽게 말하지 마. 가끔 도대체 네가 왜 그러는지 모르겠더라. 네 말투가 얼마나 짜증스러운 줄 아니? 아야! 새 빗을 하나 사렴. 이건 머리가 죄다 엉켜서……."

"대부분 네 머리카락이야."

"뭐라고 했니?"

"됐어."

"아, 네가 뭐라고 한 줄 알았지. 어쨌든 이제까지 말했듯이 네가 퇴근할 때 그렇게 기분이 언짢지 않았으면 좋겠어. 내 개인적 바람이야. 내가 이 얘기를 어젯밤 붓시에게 했더니 그이도 내 말에 100퍼센트 동의한다더라. 그래서 내가 그랬지. 붓시, 실비아는 결혼해야 할 것 같아. 개처럼 신경이 날카로운 애는 긴장을 좀 풀어줄 필요가 있어. 네가 결혼하지 못할 이유도 없잖니? 일반적 관점에서 보면 별로 예쁘지 않을지는 모르지만 그래도 눈도 예쁘고 지적인 인상에 정말 성실해 보이거든. 사실 너는 전문직종 남자와 결혼하면 좋을 것 같아. 그래서 너도 결혼하고 싶지 않을까 했지……. 내가 헨리랑 결혼한 후 얼마나 다른 사람이 되었는지 봐. 우리의 행복한 모습을 보면 외롭지 않니? 이 말은 꼭 해줘야겠다. 밤에 남편 팔베개를 하고 누워 있는 것보다 더 좋은 건 없어."

"에스텔! 제발!" 실비아는 침대에 벌떡 일어나 앉았다. 분노 때문에 뺨이 연지를 바른 듯 붉어졌다. 하지만 잠시 후 실비아는 입술을 깨물고 눈꺼풀을 내리깔았다. "미안해. 소리치려던 건 아니었어. 그렇지만 그런 식으로 말하진 않았으면 좋겠어."

"그래." 에스텔은 멍청하게 영문을 모르겠다는 식으로 미소 지었다. 그러더니 실비아에게 다가와서 뺨에 입을 맞췄다. "이해해. 너는 그냥 지친 것뿐인지도 몰라. 그리고 이제까지 밥도 못 먹었지. 부엌으로 와. 스크램블드에그 해줄게."

에스텔이 달걀 요리를 차려주자 실비아는 아주 부끄러웠다. 어쨌든 에스텔은 다정하게 대해주려는 의도였다. 그래서 보상하는 의미로 실비아는 말을 꺼냈다. "오늘 무슨 일이 있었어."

에스텔은 커피 한 잔을 들고 탁자 건너편에 앉았고 실비아는 계속 말을 이었다. "어떻게 말해야 할지 모르겠다. 아주 희한한 일이야. 하지만, 어쨌든…… 오늘 자동판매 식당에서 점심을 먹고 있는데 세 남자와 같은 자리에 앉았어. 내가 거의 투명인간이라도 되는지 세 남자는 나는 아랑곳 않고 개인적인 이야기를 나누더라. 그중 한 남자가 그러는데 자기 여자 친구가 임신을 했는데 어디서 돈을 구해야 할지 모르겠다는 거야. 그랬더니 다른 남자가 뭘 좀 팔면 어떠냐고 하더라. 첫 번째 남자는 팔 만한 물건이 없다고 했지. 그랬더니 세 번째 남자가(이 남자는 약간 섬세해 보였고 다른 두 사람과 같은 부류로 보이진 않았어) 팔 만한 게 있지 않느냐고 하는 거야. 꿈을 팔면 된다고. 나조차 웃음을 터뜨렸지만 남자는 고개를 절레절레 저으면서 아주 진지하게 진짜 사실이라는 거야. 그 사람 처이모인 모차르트 양이라는 사람이 꿈을 사는 부자 밑에서 일한다고. 보통 밤에 꾸는 꿈을 아무한테나 산다더라. 그러면서 남자의 이름과 주소를 적어 친구에게 주었어. 하지만 그 남자는 쪽지를 그냥 탁자에 놔두고 가버렸지. 자기 귀에는 정말 미친 소리처럼 들린다면서."

"나도 그런 것 같은데." 에스텔은 약간 공명정대한 태도로 말했다.

"난 잘 모르겠어." 실비아는 담뱃불을 붙이면서 말했다. "하지만 머릿속에서 그 생각을 떨칠 수가 없었어. 쪽지에 쓰여 있는 이름은 A. F. 리버콤이었고 주소가 이스트 78번가였지. 잠깐만 주소를 흘끔 봤을 뿐이지만……. 모르겠어. 잊을 수가 없어서 머리까지 지끈지끈 아파오더라. 그래서 사무실에서 조퇴를 했어……."

천천히 강조하듯이 에스텔은 커피 잔을 내려놓았다. "얘, 설마 그 사람을 만나러 갔다는 얘긴 아니겠지? 이 리버콤이라는 정신병자를?"

"그럴 마음은 아니었어." 실비아는 금방 부끄러워졌다. 이 얘기를 꺼낸 게 실수임을 깨달았다. 에스텔은 아무런 상상력이 없는 애라 결코 이해해줄 리가 없다. 그래서 실비아는 거짓말을 할 때면 언제나 그러듯이 눈을 가늘게 떴다. "그래서 사실상 가지 않았어." 실비아는 단조롭게 말했다. "그러려고 했지. 하지만 얼마나 바보 같은 짓인지 깨닫고 대신 산책을 했어."

"잘했네." 에스텔은 부엌 싱크대 위에 접시들을 쌓기 시작했다. "무슨 일이 생겼을지 생각해봐. 꿈을 사다니! 그런 얘기를 누가 들어봤겠니. 어허, 이스턴에서는 상상도 못 해."

부엌에서 나오기 전 실비아는 세코널* 한 알을 먹었다. 평소에는 좀처럼 약을 먹지 않았다. 하지만 그렇지 않고서는 이렇게 널뛰는 듯한 마음으로 잠들 수 없으리라는 것을 알았다. 또한 기이한 슬픔을 느꼈다. 마치 실제의, 또는 도덕적 절도행위의 피해자라도 된 양, 그리고 공원에서 만난 남자애들이 실제로 자기 지갑을 낚아채 간 양 상실감에 빠졌다. 느닷없이 실비아는 불을 켰다. 모차르트 양이 건네준 봉투, 그것이 지갑에 있었는데 까맣게 잊고 있었다. 실비아는 봉투를 열었다. 안에는 지폐 한 장을 싼

---

*진정. 수면제.

파란 쪽지가 들어 있었다. 쪽지에는 이렇게 쓰여 있었다. "꿈 하나에 대한 대가로 5달러 지급." 이제 실감이 났다. 정말로 일어난 사건이었다. 그리고 실비아는 리버콤 씨에게 꿈을 팔았다. 정말로 그렇게 간단할 수 있을까? 실비아는 살짝 웃고는 다시 불을 껐다. 만약 꿈을 일주일에 두 번만이라도 팔 수 있다면 그 돈으로 할 수 있는 일들이 많을 거야. 혼자 살 수 있는 집을 구할 수도 있겠지. 실비아는 점점 잠에 빠져들며 생각했다. 편안함은 난로 불빛처럼 실비아 위를 떠돌았고, 어슴푸레한 환등 슬라이드 같은 순간이 점점 깊이 미끄러져 들어왔다. 그의 입술, 그의 팔. 중첩되며 내려온다. 혐오감에 사로잡힌 실비아는 이불을 차버렸다. 이 차가운 남자의 팔이 에스텔이 말했던 그 팔인가? 리버콤 씨가 실비아의 잠 안으로 깊이 몸을 숙일 때 그의 입술이 실비아의 귀를 스쳤다. 말해주겠어? 그는 속삭였다.

그 후 일주일이 지난 12월 초의 일요일 오후, 실비아는 그를 다시 찾았다. 실비아는 영화를 보러 갈 작정으로 아파트를 나섰지만, 자기도 모르게 리버콤 씨의 집에서 두 블록 떨어진 매디슨 대로에 서 있었다. 날씨가 추웠고 하늘은 은빛이었다. 바람은 매서웠고 접시꽃처럼 매혹적이었다. 상점 진열장에는 고드름처럼 매달린 크리스마스 장식술이 반짝이는 스팽글로 만든 눈더미 한가운데서 빛을 발했다. 모두 실비아를 의기소침하게 만들었다. 실비아는 외로움을 타는 명절을 가장 싫어했다. 그렇지만 어떤 창문의 장식은 너무 장관이어서 우뚝 멈춰 설 수밖에 없었다. 전기 장치로 만든 실물 크기의 기계식 산타클로스가 미친 듯 즐거워하며 앞뒤로 까닥거렸다. 두꺼운 유리판 너머로 산타클로스가 배를 두드리며 껄껄 시끄럽게 웃어대는 소리가 들릴 정도였다. 바라보면 바라볼수록 산타클로스는 점점 사악하게 보였고, 마침내 실비아는 부르르 떨리는 몸을 돌려 리버콤 씨의 집이 있는 거리로 향했다. 그 집은 겉에서 볼 때는 평범한 집이었다. 다른 집들에 비해서는 약간 때가 꼈고 덜 위압적이었지만 그래도 상대적으로 더 장대해 보였다. 겨울바람에 시든 담쟁이덩굴이 납을 바른 유리창 위를 타고 돌다가 문 위에 걸린 문어발 밧줄을 감고 늘어졌다. 문 양옆에는 눈알이 없는 눈을 가진 작은 돌사자 두 마리가 세워져 있었다. 실비아는 숨을 들이쉬고 초인종을 눌렀다. 리버콤 씨의 창백하고 매력적인 흑인 집사가 실비아를 알아보고 정중한 미소를 지었다.

이전 방문 때 실비아가 리버콤 씨를 만나보기 위해 기다렸던 대기실은 텅 비어 있었다. 하지만 지금은 다른 사람들이 대기하고 있었다. 외모가 다 제각각인 여자들과 안달복달 어쩔 줄 몰라 하는 각다귀 같은 눈망울의 젊은이 한 명. 굳이 이 무리를 의사 대기실에서 기다리는 환자들에 비유하자면, 이 남자는 아이가 나오기를 기다리는 아버지거나 무도병 환자 같은 행색이었다. 실비아는 그 남자 옆에 자리를 잡고 앉았고, 남자는 안절부절못하는 눈으로 실비아를 재빨리 벗겨보았다. 하지만 실비아를 어떻게 봤든 별로 흥미가 없는 모양이었다. 실비아는 남자가 본래대로 안달복달하는 상태로 돌아가자 감사할 지경이었다. 하지만 점차 실비아는 여기 모인 사람들이 자신에게 지대한 관심을 보인다는 걸 의식하게 되었다. 화분들이 빽빽이 놓여 있는 방 안, 침침하고 의심에 찬 빛 속을 가르는 사람들의 시선은 앉아 있는 의자보다도 더 딱딱했다. 한 여자는 특히 가차 없었다. 보통이라면 부드럽고 평범하게 다정했을 얼굴이었지만, 지금 실비아를 바라보고 있을 때는 불신과 질투로 추하게 보였다. 마치 갑자기 이를 드러내며 뛰어나온 야수를 길들이려는 듯한 태도로 여자는 벼룩 먹은 모피 목도리를 쓰다듬으며 앉아 있었고 모차르트 양의 지진 같은 발소리가 복도에 울릴 때까지 공격적인 눈길을 거두지 않았다. 소리가 들리는 즉시, 모여 있던 사람들은 마치 화들짝 놀란 학생들처럼 제각각 개인의 정체성으로 갈라져 정신을 집중했다. "포커 씨." 모차르트 양이 꾸짖었다. "다음 순서예요!" 그러자 포커 씨는 두 손을 쥐어짜고 눈알을 굴리면서 모차르트 양 뒤를 따랐다. 황혼이 내린 방 안에 모인 사람들은 햇빛 속의 티끌처럼 가라앉았다.

그때 비가 내리기 시작했다. 창문에 흘러내리는 빛이 벽에 반사되며 떨렸고, 리버콤의 젊은 집사가 방 안으로 스며들듯 들어와 벽난로의 불을 쑤석인 후 찻잔 세트를 탁자 위에 올려놓았다. 난로에 가장 가까이 앉은 실비아는 온기와 빗소리 때문에 나른해졌다. 머리가 한쪽으로 기울어졌고 실비아는 비몽사몽간에 눈을 감았다. 한참 동안 시계의 수정 진자가 흔들리는 소리만이 리버콤 씨 저택의 반들반들한 침묵을 득득 긁을 뿐이었다. 그때 급작스레 복도 쪽에서 엄청난 소동이 벌어지며 방이 성난 소리로 뒤집혔다. 황소처럼 깊고, 붉은색처럼 천박한 목소리가 고함을 질러댔다. "감히 오레일리를 막아? 집사 주제에? 또 누가 막아 보시지." 이 목소리의 주인공은 원통형 체구에 살빛이 벽돌색인 키 작은 남자였다. 그는 응접실 문지방을 넘어 들어와서는 술 취해서 양옆으로 비치적거렸다. "이런, 이런, 이런." 술에 취해 쉬어버린 목소리가 낮아졌다. "이 숙녀 분들이 내 앞이로군? 하지만 오레일리는 신사니까 순서를 기다리지."

"여기선 안 돼요." 모차르트 양이 남자 뒤로 슬쩍 들어와 엄격하게 그의 멱살을 잡았다. 그의 얼굴은 더욱 벌게졌고 눈은 튀어나왔다. "목이 졸리잖아." 남자는 숨을 헐떡였지만 모차르트 양은 참나무 뿌리처럼 강하고 푸르스름한 손으로 남자의 넥타이를 더 세게 움켜쥐고 문 쪽으로 밀어냈고, 남자가 문에 쿵 부딪치며 주변의 사물들이 흩어졌다. 찻잔이 달가닥거렸고 마른 달리아 이파리가 상공에서 떨어졌다. 모피를 두른 여자는 아스피린 한 알을 입에 넣었다. "진저리 나." 여자가 말하자 실비아를 제외한 다른 여자들이 살짝 감탄하듯 웃었고, 모차르트 양은 손을 털면서 걸어 나갔다.

실비아가 리버콤 씨 댁을 떠날 때는 더 세차고 어두운 비가 내렸다. 실비아는 택시를 잡기 위해 인적 없는 거리를 둘러보았다. 하지만 차 한 대 지나가지 않았고 아무도 없었다. 아니 누군가 있기는 했다. 소동을 피웠던 술 취한 남자. 외로운 도시의 아이처럼 그는 주차되어 있는 차에 기대어 고무공을 위아래로 튀기고 있었다. "봐요, 아가씨." 그가 실비아에게 말을 걸었다. "봐. 이 공을 막 주웠거든. 행운의 표시 같지 않아요?" 실비아는 그를 보고 미소를 지었다. 그가 저지른 온갖 무모한 짓거리에도 불구하고 실비아는 남자가 별로 위험하진 않다고 생각했다. 남자의 얼굴에는 화장을 지운 광대처럼 쓸쓸한 미소와 슬픔이 어렸다. 남자는 공을 빙글빙글 던지며 매디슨 가로 향하는 실비아를 폴짝폴짝 따라왔다. "저기서 내가 바보짓을 저질렀죠." 남자가 말을 걸었다. "저런 짓을 할 때면 그냥 주저앉아 울고 싶어요." 빗속에 한참 서 있더니 이제 조금 제정신이 드는 모양이었다. "하지만 그 여자가 나를 그딴 식으로 목을 졸라서는 안 되죠. 제길. 기운도 장사지. 내가 알고 지냈던 사람들 중 힘센 여자들이 몇 있었어요. 누나 베레니스만 해도 사나운 황소에게 낙인을 찍을 정도였으니. 하지만 그 여자가 그중에서도 제일 거칠다니까요. 마크 오레일리가 장담해요. 그 여자는 나중에 전기의자에서 인생 종칠 거야." 남자는 쩝쩝거렸다. "나를 그런 식으로 취급할 이유가 없다고. 어쨌거나 모두 다 그자의 잘못인걸. 애초부터 나는 가진 것도 별로 없었는데, 그자가 하나도 남김없이 다 가져가 버린 거야. 그래서 이젠 니엔테*야. 아가씨. 니엔테라고."

"안됐네요." 실비아는 무엇에 동정해야 하는지 몰랐지만 일단 위로했다. "오레일리 씨는 광대신가요?"

"과거에 그랬지요."

두 사람은 매디슨 가에 도착했지만 실비아는 택시를 잡을 생각조차 하지 않았다. 한때 광대였던 이 남자와 빗속을 걷고 싶었다. "내가 어렸을 땐 오직 광대 인형만 좋아했어요. 집에 있는 내 방은 마치 서커스 같았죠." 실비아가 남자에게 말했다.

"광대 말고도 다른 일을 한 적 있어요. 보험 판매원도 했고."

"그래요?" 실비아는 실망했다. "그럼 지금은 뭘 하세요?"

오레일리는 킥킥 웃더니 공을 특히 높이 던졌다. 공을 잡은 후

---

*이탈리아어로 아무것도 없다는 뜻.

에도 여전히 머리는 위를 향했다. "하늘을 보지. 여행 가방을 들고 푸른 허공을 여행해요. 아무 데도 갈 곳이 없을 때 여행할 수 있는 곳이죠. 하지만 이 지구에서 내가 뭘 하겠어? 훔치고 구걸하고 꿈을 팔고. 모두 위스키를 사고자 하는 목적에서지. 술병이 없이는 푸른 허공을 여행할 순 없거든. 그럼 요점을 얘기해보죠. 내가 1달러만 빌려달라고 하면 어떻겠어요?"

"괜찮아요." 실비아는 일단 대답했지만 다음에 무슨 말을 해야 할지 몰라 잠깐 침묵을 지켰다. 두 사람은 천천히 걸어갔다. 딱딱한 비가 두 사람을 세상에서 갈라놓고 짓누르듯 내리며 주변을 감쌌다. 실비아는 이제 어린 시절의 인형이 기적적으로 자라 살아 움직이며 함께 걷는 듯한 느낌을 받았다. 실비아는 손을 뻗어 그의 손을 잡았다. 푸른 허공을 여행하는 사랑스러운 광대. "하지만 난 1달러도 없어요. 70센트가 전 재산이에요."

"괜찮아요." 오레일리가 말했다. "하지만 솔직히 요새 그 사람이 그 정도밖에 안 줍니까?"

실비아는 오레일리가 누구를 뜻하는지 알았다. "아니, 아니에요. 사실은 그 사람에게 꿈을 팔지 않았어요."

실비아는 설명하려 들지 않았다. 자기 자신도 이해할 수 없었으니까. 보통 노인네와 별다른 특색이 없는 리버콤 씨(약품 냄새 같은 콜롱 냄새에 둘러싸인, 저울처럼 정확하고 흠 하나 없는 사람. 단조로운 회색 눈은 이름 없는 얼굴에 씨앗처럼 박혀 강철의 둔탁한 렌즈 안에 봉인되어 있었다)를 대면하자 실비아는 꿈을 하나도 기억하지 못해서 공원에서 자기를 따라오며 놀이터의 그네를 들락날락했던 좀도둑 둘에 대한 얘기를 했다. "'그만해.'

그 사람은 저보고 그만하라고 했어요. 꿈은 꿈이지만 진짜 꿈이 아니라고. 그건 내가 지어낸 거라고. 그 사람이 어떻게 알았을까요? 그래서 나는 다른 꿈 이야기를 했어요. 그 사람에 대한 꿈. 풍선이 떠오르고 달이 사방에 떨어지는 밤에 그가 나를 잡았던 꿈. 하지만 그 사람은 자신에 대한 꿈에는 관심이 없다고 했어요." 그런 후 그는 꿈을 속기하던 모차르트 양에게 다음 사람을 부르라고 명령했다. "거기 다시 갈 것 같지는 않아요." 실비아는 말했다.

"하지만 가게 될 걸요." 오레일리가 말했다. "날 봐요. 나도 다시 가잖아. 나랑은 끝난 지가 한참 되었는데. 그 불행의 대가大家랑."

"불행의 대가요? 어째서 그 사람을 그렇게 부르는 거죠?"

두 사람은 그 광기 어린 산타클로스가 몸을 앞뒤로 흔들고 껄껄 웃는 모퉁이 상점에까지 도착했다. 빗소리가 삑삑 울리는 거리 위로 산타클로스의 웃음소리가 메아리쳤다. 오레일리는 산타클로스를 등지고 미소 지었다. "그 사람을 불행의 대가로 부르는 건 그게 그 사람의 진짜 정체이기 때문이죠. 불행의 대가. 어쩌면 당신은 다른 이름으로 부를 수도 있을 거예요. 하지만 그래도 동일인물이에요, 아가씨도 이제 그 사람의 정체를 알았겠지만. 엄마들은 모두 애들에게 그의 이야기를 하죠. 나무 속 빈 구멍에 살고 있어요. 한밤에는 굴뚝을 타고 내려와 무덤에 숨어 있기도 하고 다락방을 걷는 발소리가 들리기도 하죠. 개자식. 그자는 도둑에 협박꾼이야. 그 사람은 아가씨가 가진 모든 것들을 빼앗아갈 거고, 나중에는 아무것도 남기지 않겠지. 심지어 꿈까지도. 우!" 남자는 소리를 지르더니 산타클로스보다 더 크게 웃었다. "자, 이제 그 사람이 누군지 알겠죠?"

실비아는 고개를 끄덕였다. "누군지 알아요. 우리 가족은 다른 이름으로 불렀죠. 하지만 뭔진 모르겠어요. 너무 오래전이라."

"하지만 기억은 하죠?"

"네, 기억해요."

"그러면 그 사람을 불행의 대가라고 불러요." 그는 공을 튀기더니 실비아에게서 멀어졌다. "불행의 대가." 그의 목소리는 그저 길게 늘어지다 나방의 날갯짓처럼 퍼덕이는 소리가 되어 사라졌다. "불-행의 대-가."

에스텔을 바라보기가 어려웠다. 에스텔은 창 앞에 서 있었다. 창문은 바람 섞인 태양빛으로 가득 차 실비아는 눈이 부셨고 유리창이 덜그럭거리자 머리가 아팠다. 또, 에스텔은 잔소리 중이었다. 콧소리 섞인 목소리를 들으면 목에 녹슨 칼날이 들어 있나 싶었다. "너도 자신을 직시하기를 바라." 에스텔이 말했다. 이거 아주 오래전에 했던 말 아닌가? 어찌되었든 상관없었다. "네가 왜 이리 되었는지 모르겠다. 몸무게가 45킬로그램도 안 나가겠어. 뼈와 혈관이 다 보여. 게다가 그 머리, 꼭 푸들 같아."

실비아는 한 손으로 이마를 쓸었다. "지금 몇 시나 되었니, 에스텔?"

"4시야." 에스텔은 하던 말을 끊고 한참 동안 들여다보았다. "그런데 너 시계는 어쨌어?"

"팔았어." 실비아는 너무 피곤해서 거짓말을 할 기력도 없었다. 그런 건 중요하지 않았다. 실비아는 너무나 많은 물건을 팔았다. 비버 털 코트와 외출용 금실 가방도.

에스텔은 고개를 저었다. "정말 두 손 두 발 다 들었어. 그건 네 엄마가 졸업 선물로 주신 시계잖아. 그걸 팔다니 부끄러운 일이야." 에스텔은 노처녀처럼 깐깐하게 혀를 찼다. "안타깝고 부끄러운 일이지. 도대체 네가 왜 우리 집을 나갔는지 알다가도 모르겠어. 그거야 네가 알아서 할 바지만. 네가 우리 집을 나간 게 얼마나 되었더라? 이, 이것 같은……."

"쓰레기 때문에?" 실비아가 조언해주듯 말을 맺었다. 실비아가 사는 곳은 2번 대로와 3번 대로 사이 이스트 60번가에 있는 가구 딸린 방이었다. 접이식 침대와 백내장 걸린 눈처럼 희뿌연 거울 하나가 달랑 달려 있고 매끄럽게 마감하지 않아 나뭇결이 일어난 화장대 하나가 간신히 들어갈 정도의 작은 방이었다. 딱 하나 있는 창으로는 너른 공터가 내다보였고(가끔 오후에는 필사적으로 뛰어가는 남자애들의 거친 목소리가 들려오기도 했다), 멀리서는 마치 지평선에 대한 느낌표처럼 공장의 검은 굴뚝이 있었다. 이 굴뚝은 종종 실비아의 꿈에도 등장했다. 이 얘기를 하면 언제나 모차르트 양은 흥미를 보였다. "남근, 남근의 상징이야." 모차르트 양은 속기를 하다 말고 고개를 들며 중얼거리곤 했다. 방바닥은 완전히 쓰레기통이 되어, 읽기 시작했으나 끝맺지 못한 책들과 옛날 신문, 심지어 오렌지 껍질과 과일 심지와 속옷, 쏟아진 파우더까지 널려 있었다.

에스텔은 이런 쓰레기를 발로 차고 다가와 침대에 걸터 앉았다. "얘, 내가 얼마나 걱정한 줄 아니. 나도 자존심이 있는 사람이라 네가 싫다고 하면 할 수 없지. 하지만 이런 식으로 살면서 한 달 동안이나 연락도 없으면 어쩌니. 그래서 오늘 붓시에게 말했어. 붓시, 실비아에게 무슨 큰일이 생긴 것 같아. 네 사무실에 전화했을 때 4주 동안 출근 안 했다고 해서 얼마나 놀랐는지 아니? 도대체 어떻게 된 거야? 해고당했어?"

"응, 해고당했어." 실비아는 일어나 앉았다. "제발, 에스텔. 난 준비해야 해. 약속이 있어."

"진정해. 무슨 일이 있었는지 내게 말해줄 때까지는 아무 데도 못 가. 아래층에 사는 집주인이 그러는데 네가 몽유병에 걸렸다더라……."

"어째서 그 여자랑 얘기를 한 거야? 나를 염탐하려고?"

에스텔은 당장 울음을 터뜨릴 것처럼 눈을 깜박였다. 에스텔은 실비아의 손을 덮고 부드럽게 토닥였다. "말해봐, 얘. 남자 때문이니?"

"그래 남자 때문이야." 실비아의 목소리에는 웃음기가 묻어 있었다.

"그럼 나한테 먼저 왔어야지." 에스텔이 한숨지었다. "남자라면 내가 훤하잖니. 부끄러울 것 하나 없어. 여자들이 다른 일은 모두 잊어버리게 하는 수를 쓰는 남자들이 있지. 헨리가 지금처럼 전도유망한 변호사 지망생이 아니라도, 나는 그 사람을 사랑할 거고, 남자와 함께 사는 게 얼마나 충격적이고 끔찍한 일인지 알게 됐더라도 그 사람을 위해 뭐든지 할 거야. 하지만 얘, 지금 너랑 사귀는 이 남자는 너를 이용하고 있어."

"그런 종류의 관계가 아니야." 실비아는 일어나서 스타킹을 찾아 뒤죽박죽인 화장대 서랍을 뒤적거렸다. "이건 사랑하고 아무 관계가 없어. 잊어버려. 그냥 집에 가서 나에 대해서도 잊어버려."

에스텔은 눈을 가늘게 뜨고 실비아를 바라보았다. "겁난다, 실비아. 너 정말 무서워." 실비아는 웃어버리고는 계속 옷을 입었다. "오래전에 내가 너보고 결혼해야 한다고 했던 말 기억나니?"

"으흠. 그래, 이제 내 말을 들어봐." 실비아가 몸을 돌렸다. 입에는 머리핀을 한 움큼 물고 있었다. 실비아는 말하면서 핀을 한 번에 하나씩 뺐다. "마치 결혼이 절대적인 해답이라도 되는 양 말했지. 좋아. 어느 정도까지는 나도 그렇게 생각해. 물론, 나도 사랑받고 싶어. 누군들 그렇지 않겠어? 하지만 내가 타협을 하고 싶다고 해도 나랑 결혼할 남자가 어디 있대? 있다고 하면 분명 맨홀로 떨어졌을걸. 진지하게 말하는데 뉴욕에는 남자가 없어. 있다고 해도 어떻게 만나? 내가 만난 남자는 다 조금도 매력이 없거나 결혼했거나 너무 가난해서 결혼할 수 없거나 동성애자인데. 어쨌거나 여긴 사랑에 빠질 만한 곳이 아냐. 여기는 사랑에 빠지는 걸 극복해내고 싶을 때 와야 하는 곳이지. 물론 나도 누구랑 결혼할지 몰라. 그렇지만 난 결혼하고 싶은 걸까? 그럴까?"

에스텔은 어깨를 으쓱했다. "그럼 네가 원하는 건 뭔데?"

"내게 주어진 이상의 것." 실비아는 마지막 머리핀을 제자리에 꽂아 넣고 거울 앞에서 눈썹을 말끔히 쓰다듬었다. "난 약속이 있어, 에스텔. 이제 좀 가줘."

"너를 이 상태로 놔두고 갈 수 없어." 에스텔은 무력하게 손으로 방 안을 휘휘 저었다.

"실비아, 너는 내 어린 시절 소꿉친구야."

"그게 바로 요점이야. 우리는 더 이상 어리지 않다는 거. 적어도 나는 아니야. 아니, 난 네가 너희 집으로 돌아가길 바라. 여기 다시 오지 않았으면 좋겠어. 나를 그냥 잊어줘."

에스텔은 손수건으로 눈가를 훔쳤고, 문 앞에 섰을 때는 큰 소리로 울었다. 실비아는 어떤 악의도 감당할 여력이 없었다. 이제까지 실컷 못되게 굴었기 때문에 더 이상 못되게 굴 수도 없었다. "계속해." 실비아는 에스텔을 따라 복도로 나갔다. "그리고 네 마음껏 나에 대해서 헛소리를 담은 편지를 집에 써서 보내라." 에스텔은 다른 하숙인들이 문밖에 나와 볼 만큼 긴 울음을 터뜨리며 계단을 뛰어 내려갔다.

이 일이 있은 후, 실비아는 방 안으로 도로 들어가 입 안의 텁텁한 맛을 씻어내기 위해 설탕 한 덩이를 빨았다. 할머니가 가르쳐준 화풀이 비법이었다. 그 후 실비아는 무릎을 꿇고 침대 밑에 숨겨놓은 담배 상자를 꺼냈다. 이것을 열면 집에서 만들어 약간 조잡하게 들리는 노래 〈오 내가 아침에 일어나는 걸 얼마나 싫어하는지〉가 흘러나왔다. 이 뮤직박스는 오빠가 실비아의 열네 살 생일 선물로 만들어준 것이었다. 실비아는 설탕을 먹으며 할머니를 생각했고 음악을 들으면서 오빠를 생각했다. 예전에 살았던 집의 방이 실비아 앞에서 빙글빙글 돌았다. 모두 어두웠고 실비아는 마치 그들 사이에서 움직이는 불빛 같았다. 계단을 올라갔다 내려오고, 밖으로 나갔다가 통과하고. 봄의 달콤함과 라일락의 그림자가 공중에 어렸고 현관 베란다에 매달아놓은 그네가 삐걱거리는 소리가 들렸다. 모두 다 사라졌어. 실비아는 그들의 이름을 부르며 생각했다. 이젠 난 완전히 혼자야. 음악이 멈췄다. 하지만 머릿속에서는 계속 울려 퍼졌다. 공터에서 아이들이 지르는 고함 소리 위로 음악 소리는 계속 메아리쳤다. 그 때문에 책을 읽을 수가 없었다. 실비아는 상자 안에 숨겨놓은 작은 일기장을 읽었다. 이 책에 실비아는 꿈의 요점을 적어놓고는 했다. 이제 꿈들은 끝이 없어서 기억하기가 힘들었다. 오늘은 리버콤에게 장님 아이 세 명에 대해서 말할 것이다. 아마도 좋아하겠지. 그가 치르는 가격은 다양했는데 이번 것은 적어도 10달러짜리는 되리라고 확신했다. 담배 상자에서 나오는 음악이 계단을 내려가 거리를 가로지를 때까지 그녀를 따라왔고 실비아는 그 음악이 사라져버리길 바랐다.

산타클로스가 있던 상점에는 이제 그만큼이나 사람 맥 빠지게 하는 새 전시품이 놓여 있었다. 지금처럼 리버콤과의 약속에 늦은 날에도 실비아는 꼭 그 진열장 앞에 서곤 했다. 강렬한 유리 눈을 한 석고 소녀가 자전거를 타고 미친 듯이 달리고 있었다. 바퀴는 최면을 걸듯 빙빙 돌았지만, 자전거는 꼼짝하지 않았다. 그 모든 노력에도 불구하고 불쌍한 소녀는 아무 데도 갈 수 없었다. 가련한 인간의 처지, 실비아가 항상 가슴을 찌르는 듯한 아픔을 느끼며 자기 처지와 동일시하는 상황이었다. 뮤직박스가 머릿속에서 다시 돌아갔다. 음악, 오빠, 집, 고등학교 무도회, 집, 그 음악! 리버콤에게는 그 음악이 들리지 않는 걸까? 사람을 뚫어 보는 듯한 눈길에는 아주 막연한 의심을 싣고 있었다. 하지만 그는 실비아의 꿈에 기뻐하는 듯했고 실비아가 집을 나설 때, 모차르트 양은 10달러가 들어 있는 봉투를 주었다.

"난 10달러짜리 꿈을 꿨어요." 실비아는 오레일리에게 말했고, 오레일리는 손바닥을 맞비볐다. "좋아! 좋았어! 하지만 오히려 내가 운이 좋은걸, 아가씨. 여기 이렇게 일찍 오지 말았어야 했어. 내가 끔찍한 짓을 저질렀거든. 저기 거리 위에 있는 주류판매점에 가서 한 병 집어 도망쳤지." 실비아는 그가 핀으로 여민 코트에서 벌써 반쯤 마셔버린 버번 병을 꺼낼 때까지 그 말을 믿을 수 없었다. "그러다간 언젠가 큰 말썽이 생길 거예요." 실비아가 걱정했다. "그럼 나는 어떻게 돼요? 나는 당신 없이는 어떻게 할지 모르겠단 말이에요." 오레일리는 웃더니 위스키를 물잔에 따랐다. 두 사람은 야간에도 영업하는 식당에 앉아 있었다. 푸른 거울과 조잡한 벽화가 생생하게 번쩍거리는 간이식당이었다. 실비아가 보기에는 지저분한 장소였지만 두 사람은 종종 저녁 식사를 하러 거기서 만났다. 그렇지만 실비아가 여력이 있다고 해도 다른 곳으로 갈 수 있을지는 알 수 없었다. 두 사람이 함께 있는 광경은 그 자체로도 기묘했기 때문이다. 젊은 아가씨와 몸을 부들부들 떠는 술주정뱅이. 심지어 여기 있는 사람들조차도 두 사람을 바라보았다. 사람들이 너무 오래 빤히 보고 있으면, 오레일리는 갑자기 위엄 있게 몸을 뻣뻣이 세우고 말했다. "어이, 거기 섹시한 입술. 옛날부터 기억하고 있다고. 아직도 남자 화장실에서 일해?" 하지만 보통 두 사람은 다른 사람 간섭 없이 둘만 남아 있었고, 가끔은 새벽 두세 시까지 앉아서 얘기하곤 했다.

"불행의 대가 주변에 모인 사람들이 그가 아가씨에게 10달러를 준다는 걸 모르는 게 다행이야. 그들 중 한 사람은 당신이 꿈을 훔친다고 하던데. 한 번 그런 일을 당한 적이 있지. 그 사람들 다 완전히 먹었어. 그런 상어 떼를 본 적이 없어. 배우나 광대, 사업가들보다 더 심하지. 그런 생각을 하면 미칠 거야. 잠이 올까 안 올까, 꿈을 꿀까 안 꿀까 걱정하게 되고. 돌고 도는 거지. 그러다가 2달러 정도 받으면 가장 가까운 주류 판매점으로 달려가는 거야. 아니면 가장 가까운 수면제 판매기로 가든가. 그러면 그럴수록 화장실 뒷골목을 달려가게 된다는 걸 꼭 명심해야 하지. 음, 아가씨. 그게 어떤지 알아? 그게 바로 인생이라는 거야."

"아니에요, 오레일리. 그게 아니에요. 그건 인생이랑 하나도 관련이 없어요. 그건 오히려 죽는 것과 관련이 있어요. 마치 모든 걸 빼앗긴 느낌이에요. 마치 도둑이 나를 싹 다 벗겨 먹은 것 같은 느낌. 오레일리. 난 아무런 야망이 없어요. 과거에는 그렇게도 많았는데. 나는 이제 이해할 수 없고 어떻게 해야 할지 모르겠어요."

오레일리는 싱긋 웃었다. "그래서 삶이 그렇지 않다고 말하는 거야? 누가 삶을 이해하고 누가 어떻게 해야 할지 알고 있지?"

"좀 진지해져봐요. 진지한 태도로 그 위스키 좀 치우고 수프가 차갑게 식어버리기 전에 좀 먹어요." 실비아는 담뱃불을 붙였다. 담배 연기가 눈을 찔러 실비아는 얼굴을 더 심하게 찡그렸다. "그 사람이 그 꿈을 가지고 뭘 하고 싶어 하는지만 알기만 해도……. 꿈 내용을 다 타자를 쳐서 파일로 보관하니까요. 그걸

가지고 뭘 하려는 걸까요? 그 사람을 불행의 대가라고 한 말이 맞아요……. 그는 단순한 바보에 미치광이가 아니에요. 그렇게 의미 없는 짓은 아닐 거예요. 하지만 왜 꿈을 원할까요? 날 좀 도와줘요, 오레일리. 생각해봐요, 네? 그게 무슨 의미일까요?"

한 눈을 살짝 가늘게 뜨고, 오레일리는 술 한 잔을 더 따랐다. 광대처럼 비틀렸던 입이 굳어지며 학자처럼 엄격하게 다물어졌다. "그거 어려운 질문이로군, 아가씨. 좀 더 쉬운 질문을 하면 어때? 감기 낫는 방법이라든가 말야. 그래, 그게 무슨 의미일까? 나도 참 많이 생각했어. 여자와 사랑을 할 때도 생각하고, 포커 게임 하는 중에도 생각했어." 오레일리는 술을 목구멍으로 넘기고 몸을 부르르 떨었다. "이제 소리 하나만 들려도 꿈을 꿔. 밤중에 차 한 대가 지나가는 소리만 들려도 수백 명의 잠든 사람들이 가장 깊은 심연에 빠져들지. 어둠 속을 질주하는 차 한 대가 그렇게 수많은 꿈을 끌고 간다는 생각만 해도 우스워. 섹스, 갑작스러운 빛의 변화, 아주 작은 티끌 하나, 이 모든 게 우리의 내면을 열 수 있는 작은 열쇠가 돼. 하지만 대부분의 꿈은 우리 마음속에 모든 문을 열어 젖힐 수 있는 분노 때문에 생겨나지. 난 예수를 믿지 않지만 사람들의 영혼은 믿어. 그리고 이런 식으로 이해하지. 꿈이라는 건 영혼의 정신이고 우리에 관한 비밀스러운 진실이야. 불행의 대가는 이제 영혼을 갖고 있지 않으니까, 아가씨 영혼을 야금야금 빌리는 거야. 인형을 훔치거나 접시에 놓인 닭 날개를 훔치는 것처럼. 수백 개의 영혼이 그에게로 흘러 들어가고 파일함으로 사라져버렸지."

"오레일리, 좀 진지하게 말해요." 실비아는 그가 농담을 한다고 생각하고 화가 나서 재차 말했다. "봐요. 수프가……." 실비아는 오레일리의 얼굴에 떠오르는 기묘한 표정에 깜짝 놀라 말을 뚝 그쳤다. 그는 입구를 보고 있었다. 세 남자가 들어왔다. 경찰관 두 명과 점원 제복을 입은 민간인 한 명. 점원은 그들이 앉아 있는 탁자를 가리켰다. 오레일리는 절망 어린 눈으로 방 안을 두리번거렸다. 그러더니 한숨짓고 자리에 기대며 허세 부리듯 술을 한 잔 더 따랐다. "안녕하시오, 신사 분들." 경찰관들이 그 앞에 서자 오레일리는 인사를 했다. "술 한잔 같이 드시려오?"

"이 사람을 체포할 순 없어요!" 실비아가 외쳤다. "광대를 체포할 순 없어요!" 실비아는 10달러 지폐를 그들 앞에 던졌지만 경찰관들은 아무런 관심도 기울이지 않았다. 실비아는 탁자를 쿵쿵 내려쳤다. 이제 그 식당에 있던 모든 손님들이 그를 바라봤고 지배인이 못마땅해하며 달려왔다. 경찰은 오레일리에게 일어나라고 했다. "분명히 내가 그런 짓을 하긴 했지만 더 큰 도둑놈들이 사방천지에 멀쩡히 걸어 다니는 판에 나 같은 좀도둑을 잡으려고 애를 쓰다니 충격적이구려. 예를 들자면 여기 예쁜 아가씨." 오레일리는 경찰관들 사이로 들어서면서 실비아를 가리켰다. "이 아가씨는 최근에 아주 커다란 절도 사건의 피해를 입었거든. 불쌍한 사람, 영혼을 도둑맞았으니."

오레일리가 체포된 후 이틀 동안, 실비아는 방 밖을 나서지 않았다. 태양이 창문에 떠올랐다가 어둠이 찾아왔다. 사흘째 되던 날, 실비아는 담배를 사러 나가봐야 했으므로 구석에 있는 식료품점까지 발을 내디디는 모험을 했다. 실비아는 컵케이크 한 꾸러미와 정어리 한 통, 신문과 담배 하나를 샀다. 이때까지는 아무것도 먹지 않았기 때문에 음식이 들어가자 가볍고 맛있으며 날카로운 감각이 확 밀려들었다. 하지만 계단을 오르는 운동이나 문을 닫았다는 안도감만으로도 너무 기진맥진해서 접이식 침대를 펼 수도 없었다. 실비아는 마룻바닥에 스르르 쓰러지며 다시 낮이 될 때까지 움직이지 못했다. 나중에 정신이 들어보니 그 자리에 한 20분 정도 그렇게 있었던 듯했다. 실비아는 라디오를 최대한 시끄럽게 틀어놓고 의자를 창문 옆에 끌어다 놓은 후 무릎 위에 신문을 폈다. "라나 터너 부인하다, 러시아 거절하다, 광부들 협상 타결하다." 이 모든 일들 중에서도 가장 슬픈 건 삶이 계속된다는 것이었다. 만약 누군가 자신의 연인을 떠난다면, 인생은 그를 위해 멈춰야 하고, 누군가 세상에서 사라진다면 세상도 멈춰야만 한다. 하지만 그런 일은 결코 일어나지 않는다. 그리고 그게 바로 대부분의 사람들이 아침에 일어나는 진짜 이유다. 중요하기 때문이 아니라 중요하지 않기 때문에. 하지만 리버콤이 모든 사람의 머리에서 꿈을 모으는 일에 마침내 성공을 거둔다면 아마도……. 이때 생각이 다른 데로 흘러 라디오와 신문과 함께 뒤섞이고 말았다. "기온 강하." 콜로라도 일대로 이동하면서 서쪽으로 가로질러 작은 마을에 떨어지고, 불빛을 노랗게 물들이고, 축구 경기장을 가득 채우며 여기저기 떨어지는 눈폭풍. 그렇지만 눈폭풍은 얼마나 빨리 다가왔던가. 지붕, 공터, 아련한 먼 풍경까지 모두 깊이 눈 속에 파묻혔고 잠처럼 점점 깊어만 갔다. 실비아는 신문을 보고 눈을 보았다. 하루 종일 눈이 왔던 것 같았다. 지금 갓 내린 눈이 아니었다. 차들이 지나가는 소리도 들리지 않았다. 공터 안, 바람에 빙글빙글 날리는 쓰레기 사이에서 아이들이 모닥불 주위를 빙 둘렀다. 길 옆에 세워진 차 한 대는 깊이 파묻혀 전조등만 깜박거렸다. 도와줘, 도와줘! 좌절한 심장처럼 조용해진다. 실비아는 컵케이크 부스러기를 주워 모아 창틀 위에 뿌렸다. 북방에 사는 새들이 와서 실비아의 벗이 되어주리라. 실비아는 새들을 위해 창문을 조금 열어두었다. 눈바람이 눈송이를 바닥 위에 흩뿌렸지만 마치 만우절의 보석처럼 바닥에 닿자마자 눈은 녹아버렸다. "〈인생은 아름다워〉를 보내드립니다." 라디오 소리 줄여! 숲의 마녀가 실비아의 방문을 두드렸다. 네, 할로란 부인. 실비아는 대답하며 라디오도 함께 꺼버렸다. 눈에 덮인 고요, 잠에 빠진 침묵. 오로지 모닥불 놀이를 하며 즐거워하는 아이들의 노랫소리만 멀리서 들려왔다. 방 안은 추위로 푸르렀고 동화 속에 나오는 추위보다 더 추워졌다. 내 마음은 눈꽃 사이에 누웠네. 리버콤 씨, 어째서 문간 옆에서 나를 기다리나요? 아, 들어오세요. 밖은 너무 춥잖아요.

하지만 잠이 깼을 때는 따뜻하게도 누군가의 품이었다. 창문은 닫혔고 남자의 팔이 그녀의 몸을 감싸고 있었다. 그는 실비아에게 상냥하면서도 경쾌한 목소리로 노래를 불러주고 있었다. "체리베리, 머니베리, 해피베리 파이. 그렇지만 제일 좋은 파이는 러브베리 파이……."

"오레일리예요? 정말 당신이에요?"

그는 실비아를 꼭 안았다. "아기가 이제 깨어났네. 기분이 어때?"

"내가 죽은 줄 알았어요." 실비아는 대답했다. 행복한 마음이 솟아오르며 한때 날개가 꺾였지만 다시 힘을 내 파닥거리며 나는 새처럼 주위를 빙빙 도는 느낌이었다. 실비아는 그를 안으려 했으나 너무 기력이 없었다. "사랑해요, 오레일리. 유일한 친구인 당신이 없어서 난 너무 무서웠어요. 다시는 당신을 못 볼 줄 알았어요." 실비아는 무슨 생각이 떠올라 잠깐 말을 멈췄다. "그런데 어떻게 감옥에서 나왔어요?"

오레일리의 얼굴은 근지러운 표정을 띠더니 분홍색으로 물들었다. "감옥에 간 적 없어." 오레일리는 수수께끼 같은 말을 했다. "하지만 먼저 뭐 좀 먹자. 오늘 아침 저기 식료품점에서 먹을거리 좀 사왔어."

실비아는 갑자기 몸이 둥둥 떠오르는 것 같았다. "여기 얼마나 오래 있었어요?"

"어제부터." 그는 꾸러미를 풀고 종이 접시를 꺼내느라 부산을 떨었다. "당신이 직접 문 열어주었잖아."

"그럴 리가요. 전혀 기억이 안 나요."

"알아." 오레일리는 그 문제는 더 이상 꺼내지 않았다. "자, 착한 아이처럼 우유 좀 마셔. 그다음에 진정으로 멋진 이야기를 해줄 테니. 오, 정말 엉뚱한 이야기야." 그는 기쁘게 옆구리를 치며 약속했다. 이제 그는 좀 더 광대다운 모습이었다. "자, 말한 대로 난 감옥에 가진 않았어. 이런 행운이 온 건 내가 경찰들에게 이끌려 거리로 나갔을 때 때마침 지나가던 고릴라 같은 여자와 딱 마주쳤기 때문이지. 누군지 알아? 바로 모차르트 양이었지. 그래서 난 그 여자에게 인사했지. 안녕하세요? 면도하려고 이발소 들렀어요? 모차르트 양이 이랬지. 이제 체포당할 때도 됐죠. 그러면서 경찰 중 한 명을 보고 웃었어. 임무를 다해주세요, 경관님. 그래서 내가 말했어. 오, 난 체포되는 게 아니에요. 나는 지금 경찰서에 가서 당신네들에 대한 진상을 신고하려는 거죠. 더러운 공산주의자들을. 그때 그 여자가 얼마나 고래고래 고함을 질러대던지. 여자가 나를 잡았고, 경찰들이 그 여자를 잡았지. 미리 경고를 안 했다고 할 수는 없어. 조심해요, 경찰 양반. 저 여자는 가슴에도 털이 나 있다고. 그랬더니 모차르트 양이 사방팔방으로 주먹을 휘둘러 대더라. 그래서 나는 그냥 그 자리를 빠져나왔지. 이 도시 사람들이 그러듯 둘러서서 싸움 구경하면 뭐 하겠어."

오레일리는 주말 동안 방에서 실비아 옆에 있어주었다. 실비아의 기억 속에 있던 어떤 파티보다 아름다운 파티였다. 그렇게 많이 웃어본 적이 없었다. 이제껏 누구도, 가족 중의 누구도 그렇게 사랑받는 느낌을 준 적이 없었다. 오레일리는 훌륭한 요리 솜씨로 작은 전기 풍로 위에서 맛있는 요리를 만들어냈다. 한번은 창틀에 쌓인 눈을 퍼서 딸기 시럽으로 맛을 내어 셔벗도 만들어주었다. 일요일까지 실비아는 몸이 회복되어 춤도 출 수 있을 정도가 되었다. 두 사람은 라디오를 켰고 실비아는 숨이 차서 주저앉을 때까지 웃으며 춤추었다. "다신 무서워하지 않을 거예요. 애초에 뭘 무서워했는지조차 모르겠어요."

"다음번에도 같은 걸로 무서워할 거야." 오레일리는 조용히 말했다. "그게 바로 불행의 대가의 특질이지. 아무도 그의 진짜 정체를 몰라. 아이들은 거의 모든 걸 아는데도, 아이들조차도 모르지."

실비아는 창문으로 갔다. 극지방의 하얀 빛이 도시를 덮었다. 하지만 눈은 어느새 그쳤고 밤하늘은 얼음처럼 맑았다. 강 위에서 실비아는 저녁의 첫 별을 보았다. "첫 별을 보았어요." 실비아는 손가락을 포개어 행운을 빌었다.

"첫 별을 보면 무슨 소원을 빌어?"

"또 다른 별을 보게 해달라고요. 적어도 평소에는 그래요."

"오늘은?"

실비아는 바닥에 앉아 그의 무릎에 머리를 기댔다. "오늘 밤에는 내 꿈을 되찾게 해달라고 빌었어요."

"우리 모두가 그렇지 않아?" 오레일리는 실비아의 머리를 쓰다듬었다. "하지만 그러면 어떻게 할 거야? 그러니까 꿈을 도로 찾으면 어떻게 할거야?"

실비아는 잠시 아무 말도 하지 않았다. 입을 열었을 때 눈은 진지하게 아련한 빛을 띠었다. "집으로 돌아갈 거예요." 실비아는 천천히 대답했다. "끔찍한 결정이죠. 그렇게 되면 다른 꿈들을 대부분 포기해야 하니까. 하지만 리버콤이 내 꿈을 돌려주면, 내일 집으로 갈 거예요."

아무 말도 하지 않고 오레일리는 벽장으로 가 실비아의 코트를 꺼내주었다. "왜요?" 실비아는 오레일리가 코트를 입혀주는 동안 물었다. "신경 쓰지 마. 그냥 내가 하라는 대로 해. 우린 리버콤을 찾아갈 거고 당신은 그에게 꿈을 돌려달라고 부탁해. 이게 기회야."

실비아는 머뭇머뭇 문으로 갔다. "제발, 오레일리. 나를 보내지 마요. 난 할 수 없어요. 제발. 무서워."

"다신 무서워하지 않을 거라고 말했던 것 같은데."

하지만 일단 거리에 나서자 오레일리가 바람을 안고 나아가며 너무 서둘러 재촉하는 바람에 실비아는 두려워할 틈도 없었다. 일요일이어서 상점들은 닫혀 있었고 신호등만이 그들을 위해서 깜박였다. 눈 덮인 길 위에는 차 한 대 없었다. 실비아는 심지어 어디로 가는지도 잊어버리고는 자질구레한 수다를 떨어댔다. 여기 이 골목에서 그레타 가르보를 보았다느니 저기에서는 노부인이 차에 치었다느니. 하지만 이윽고 실비아는 숨이 차기도 하고 갑작스런 깨달음에 마음을 주체할 수가 없어서 우뚝 멈춰 서버리고 말았다. "난 못하겠어요, 오레일리." 실비아는 그를 뒤로 끌었다. "그 사람에게 뭐라고 해요?"

"사업상 거래처럼 해. 단도직입적으로 꿈을 도로 원한다고 말해. 그가 꿈을 주면 돈을 도로 줘. 당연히 할부로 해야지. 간단해. 어째서 돌려주지 않겠어? 모두 다 그 파일함에 들어 있는데."

그의 말이 어쨌든 기운을 불어넣어준 덕에 실비아는 약간의 용기를 얻어 언 발을 쿵쿵 내디디며 앞으로 나갔다. "그래야 내 아가씨지."

오레일리가 칭찬했다. 두 사람은 3번 대로 앞에서 헤어졌다. 오레일리가 리버콤 바로 옆에 있는 건 그 순간에는 안전하지 않을 거라는 의견이었다. 그는 문간에 숨어서 가끔 성냥불을 붙이면서 큰 소리로 노래를 불렀다. "하지만 가장 좋은 파이는 위스키베리 파이라네." 늑대처럼 마르고 긴 개가 고가 전차 도로 아래 달빛이 비친 판석 위를 타박타박 걸어 길을 건너갔다. 바 주변에 모여 있는 남자들의 형체가 신비스럽게 보였다. 그들에게서 술 한잔 얻어먹을까 하는 생각을 하니 오레일리는 맥이 다 빠져 휘청거렸다.

그가 막 그런 시도를 하려는 찰나, 실비아가 나타났다. 오레일리가 미처 그녀의 모습을 알아보기도 전에 실비아는 그의 팔 안으로 뛰어들었다. "그렇게 끔찍하진 않았지. 자기." 오레일리는 할 수 있는 한 다정하게 끌어안으며 부드럽게 말했다. "울지 마. 울기에는 여기 날씨가 너무 추워. 얼굴이 다 부르틀 거야." 실비아가 말을 쥐어짜내는 동안 울음은 점점 떨리며 부자연스러운 웃음으로 바뀌었다. 공기 중에는 실비아가 웃을 때 나오는 입김으로 가득 찼다. "그 사람이 뭐라고 했는지 알아요?" 실비아는 숨을 헐떡였다. "내가 꿈을 돌려달라고 하니까 그 사람이 뭐라고 했는지 알아요?" 실비아는 머리를 뒤로 젖혔고 웃음소리는 점점 높아져 마치 끈이 떨어진 색깔 영롱한 연처럼 거리 위로 날아갔다. 오레일리는 마침내 실비아의 어깨를 잡고 흔들어 정신을 차리게 했다. "그 사람이 그랬어요. 돌려받을 수 없다고. 벌써 다 써버렸기 때문에."

그 후에 실비아는 입을 다물었다. 얼굴은 부드러워지며 무표정하게 침착해졌다. 실비아는 오레일리의 팔짱을 꼈고 두 사람은 거리를 따라 함께 내려갔다. 하지만 두 사람은 마치 서로 각자 다른 기차를 기다리며 플랫폼 위를 어슬렁거리는 친구 같았다. 마침내 모퉁이에 이르자 오레일리는 헛기침을 했다. "난 여기서 가는 게 좋겠어. 여기가 제일 적당한 곳 같아."

실비아가 그의 소맷부리를 붙들었다. "어디로 갈 거예요, 오레일리?"

"푸른 허공을 여행해야지." 오레일리는 미소를 지으려 했지만 잘 되지 않았다.

실비아는 지갑을 열었다. "술병이 없이는 푸른 허공을 여행할 수 없다면서요." 실비아는 그의 뺨에 입을 맞추고 주머니에 5달러를 넣어주었다.

"행복해, 아가씨."

그 돈이 실비아의 전 재산이었다는 사실과 이제 그녀는 집까지 혼자 걸어가야 한다는 사실은 중요하지 않았다. 쌓인 눈은 마치 바다의 하얀 파도 같았고, 실비아는 바람과 달의 조수에 밀려 눈의 파도 위를 타고 나아갔다. 나는 내가 무엇을 원하는지 몰라. 아마도 영원히 모를지 몰라. 하지만 내가 첫 별을 볼 때마다 빌었던 소원은 항상 또 다른 별을 보는 것이었지. 그리고 정말로 나는 무섭지 않아. 실비아는 생각했다. 두 남자가 바에서 나와 실비아를 바라보았다. 어떤 공원에서 오래전에 실비아는 두 남자를 보았던 적이 있었고 아마 같은 사람들일지도 몰랐다. 정말로 난 무섭지 않아. 실비아는 두 남자가 그녀 뒤를 따라오는 발소리를 들으며 생각했다. 어쨌건 더 이상 훔쳐 갈 것도 남아 있지 않잖아.

할인 판매
(1950)

체이스 부인의 남편에게는 부인이 마음에 들지 않는 점이 여럿 있었다. 예를 들어 목소리. 남편은 항상 포커 게임에 내기를 거는 듯한 목소리로 말했다. 남편의 눈치 없는 느릿한 말투를 들으면 진이 빠졌다. 특히 지금처럼 전화로 얘기하면 부인은 흥분해서 목소리가 높아졌다. "물론 한 벌 가지고 있지. 나도 알아. 하지만 당신은 이해 못해, 여보. 할인 판매잖아." 체이스 부인은 마지막 단어를 강조하고 이 마술이 효능을 일으킬 때까지 잠시 간격을 두었다. 침묵이 흘렀다. "무슨 말 좀 해봐. 아니, 지금 가게가 아니라 집이야. 앨리스 시번이 점심 먹으러 오기로 했어. 내가 말하려고 한 게 바로 그 여자 코트야. 당신 앨리스 시번 기억하지?" 질질 새는 기억력도 짜증스러운 점이었다. 그리니치에서 아서와 앨리스 시번을 종종 만났고 같이 즐거운 시간을 보내지 않았느냐고 상기시켜줘도, 남편은 이름을 모르는 척했다.

"그건 중요하지 않아." 부인은 한숨을 내쉬었다. "어쨌든 그 코트를 한번 보기는 할 거야. 점심 잘 먹어요, 여보."

나중에 부풀린 머리카락을 꼼꼼하게 마느라 부산을 떨면서 체이스 부인은 남편이 시번 부부를 똑똑히 기억할 이유가 없긴 없다고 인정했다. 부인은 앨리스 시번의 이미지를 떠올리려 했으나 자기도 잘 생각나지 않자 이 사실을 깨달았다. 부인은 그래도 거의 가깝게 이미지를 그려낼 수 있었다. 장밋빛 살결에 호리호리한 여자. 서른이 안 되었고 항상 아이리시 세터 사냥개와 금빛이 도는 빨간 머리를 한 예쁜 아이 둘을 대동하고 스테이션왜건을 타고 다녔다. 앨리스의 남편은 술주정뱅이라는 소문이 있었다. 아니 그 반대였던가? 어쨌거나 두 사람은 신용불량자가 될 위험이 있었던 것 같다. 적어도 체이스 부인은 그 집 부부가 어마어마한 빚이 있다고 들은 기억이 났다. 그리고 누군가 앨리스 시번에게는 방랑자적 기질이 있다고 했다. 아니, 본인이 한 말이었나?

도시로 이사오기 전 체이스 가족은 그리니치에 있는 집에 살았는데, 체이스 부인에게는 너무나 지루했던 곳이었다. 부인은 자연에 가까운 생활을 싫어했고 화려한 뉴욕 상점 진열장 쪽을 더 선호했다. 그리니치에 살 때, 체이스 가족은 칵테일파티나 철도 역에서 종종 시번 부부와 마주쳤고, 교류라고 해봤자 그게 다였다. 우리는 친구도 아니었지. 부인은 약간 놀란 마음으로 결론지었다. 가끔 과거에 알던 사람, 다른 환경에서 알던 사람들에게서 뜬금없이 연락을 받는 일은 종종 있다. 하지만 다시 생각해봐도 1년 동안이나 만나지 않은 앨리스 시번이 밍크코트를 싸게 주겠다고 연락해온 것은 꽤나 특이했다.

　체이스 부인은 부엌으로 가서 점심 식사로 수프와 샐러드를 해달라고 했다. 모든 사람이 다이어트를 하는 건 아니라는 생각은 부인에게 떠오르지 않았다. 부인은 술병에 셰리주를 채워 응접실로 가져갔다. 응접실은 초록색 유리를 끼운 환한 방으로, 옷을 고를 때도 나이에 비해 젊어 보이고 싶어하는 부인의 취향을 그대로 반영했다. 아파트는 맨해튼 시내가 내려다보이는 고층에 있어서 세찬 바람이 창문을 흔들고 지나갔다. 부인은 축음기에 프랑스어 회화 판을 걸고는 뻣뻣한 자세로 앉아 프랑스어 구절을 발음하는 긴장된 목소리에 귀를 기울였다. 4월에 체이스 부부는 20주년 결혼기념일을 축하하기 위해 파리 여행을 가기로 되어 있었다. 이런 이유로 부인은 축음기로 프랑스어 공부를 했다. 또한 이런 이유로 부인은 앨리스 시번의 코트를 생각했다. 중고 밍크를 입고 여행하는 편이 좀 더 실용적일 거야. 나중에는 코트를 숄로 고쳐 입을 수도 있겠지.

　앨리스 시번은 약속보다 몇 분 일찍 도착했다. 어쩌다 보니 그렇게 되었을 것이었다. 앨리스는 안절부절못하는 사람이 아니었기 때문이다. 적어도 절제되고 느긋한 태도로 봐서는 그러했다. 앨리스는 깔끔한 신발에 이미 한참 전에 유행이 지난 트위드 정장 차림이었고, 쪼가리 끈으로 묶은 상자를 들고 있었다.

　"오늘 아침에 전화해주셔서 아주 기뻤어요. 정말 오랜만이죠. 하지만 우리는 이제 그리니치에 가지 않으니까요."

　미소를 짓긴 했지만 손님이 아무 말 하지 않자, 지나치게 감정적인 태도를 내보였던 체이스 부인은 약간 머쓱해졌다. 두 사람이 자리에 앉자 부인은 젊은 여자를 찬찬히 살폈다. 만약 우연히 만났더라면 알아보지 못했을 거란 생각이 들었다. 앨리스의 외모가 너무 많이 바뀌어서가 아니라, 이전에 체이스 부인이 앨리스를 한 번도 자세히 본 적이 없었기 때문이었다. 앨리스 시번은 눈에 띄는 외모였으므로 이상할 만했다. 만약 좀 더 키가 작고 체구가 자그마했다면, 사람들은 앨리스가 매력적이라고 말하면서 그냥 지나치고 말았으리라. 실제로 빨간 머리와 눈에 띤 야련한 느낌, 주근깨가 있는 성숙한 얼굴, 수척하고 강한 손을 가진 앨리스는 아름다웠고 그녀에게는 쉽게 무시해버릴 수 없는 특징이 있었다.

"셰리주 마실래요?"

앨리스는 고개를 끄덕였다. 가는 목에 아슬아슬하게 얹혀 있는 머리는 마치 줄기에 비해 너무 무거운 국화꽃 같았다.

"크래커는요?" 체이스 부인은 너무나 마르고 팔다리가 길게 뻗은 사람은 말처럼 먹어야 한다는 듯 과자를 권했다. 수프와 샐러드 식사가 너무 빈약하다고 생각하니 부인은 갑작스레 마음이 꺼림칙해졌고 그래서 거짓말로 둘러댔다. "마사가 점심으로 뭘 준비했는지 모르겠네. 너무 갑자기 온다고 하니까 미리 준비하기가 어렵네요. 자, 말 좀 해봐요. 요새 그리니치는 어때요?"

"그리니치요?" 앨리스는 마치 예기치 않은 빛이 방 안에 활활 타오르기라도 한 양 눈꺼풀을 파닥였다. "전혀 모르겠는데요. 우리도 거기서 살지 않은 지 한참 됐어요. 한 여섯 달 됐나?"

"아, 그래요? 내가 얼마나 소식이 뒤처졌는지 알겠죠. 그럼 이제 어디 사나요?"

앨리스 시번은 뼈만 남아 어색한 손을 치켜들면서 창문 너머로 흔들었다. "저기 어디요." 앨리스는 기묘하게 대답했다. 목소리는 평탄했으나 감기에 걸린 사람처럼 지친 기색이었다. "시내요. 우리는 별로 그 동네를 좋아하지 않아요. 프레드가 특히."

침침한 기억을 되살리며 체이스 부인은 되물었다. "프레드라고요?" 부인이 똑똑히 기억하기로 이 손님의 남편 이름은 아서였다.

"네, 프레드요. 우리 개. 아이리시 세터. 부인도 보신 적 있잖아요. 그 애는 넓은 공간에 익숙해져 있는데 지금 아파트는 너무 작아요. 실제로는 방 한 칸이라고 해야겠죠."

시번 부부가 방 한 칸짜리 아파트에 산다면 생활이 좋지 않은 게 분명했다. 체이스 부인은 호기심이 잔뜩 일었지만 자제하고 더 이상 캐묻지 않았다. 부인은 셰리주를 마시고 말했다. "물론 그 개 기억나요. 아이들도요. 빨간 머리 세 개가 스테이션왜건 밖으로 삐죽 나와 있었죠."

"아이들은 빨간 머리가 아니에요. 금발이죠. 아서처럼."

앨리스가 아무런 유머도 섞지 않고 말을 정정하자 체이스 부인은 당황스러워서 살짝 웃어버리고 말았다. "그럼 아서는 어떻게 지내나요?" 부인은 일어서서 점심 식사를 하자고 안내하려 했다. 하지만 앨리스의 대답 때문에 부인은 다시 자리에 앉고 말았다. 침착하고 꾸밈 없는 표정을 별로 바꾸지도 않고 앨리스는 단지 "더 살이 쪘죠"라고만 대답했다.

"더 살이 쪘죠." 앨리스는 한 박자 쉬고 다시 반복했다. "마지막으로 봤을 때는 그랬어요. 그게 아마 일주일밖에 안 됐어요.

어기적어기적 길을 건너가고 있더군요. 그 사람이 나를 봤더라면 난 웃어버렸을 거에요. 그 사람은 항상 자기 몸매에 민감했거든요."

체이스 부인은 입술을 만졌다. "그럼 앨리스와 아서는 헤어진 거예요? 정말 놀랍네요."

"우리는 헤어지지 않았어요." 앨리스는 거미줄을 걷어내듯 손으로 허공을 쓸었다. "난 어렸을 때부터 그 사람을 알고 지냈어요. 우리 둘 다 어렸을 때부터. 그런데 어떻게……." 앨리스는 조용히 말했다. "우리가 서로 헤어질 수 있다고 생각하실 수가 있나요, 체이스 부인?"

이름을 정확하게 부르자 체이스 부인은 따돌림을 당한 듯했다. 순간 부인은 딱 가로막힌 기분이었다. 식당으로 함께 가면서 체이스 부인은 두 사람 사이에 적대감이 오가는 느낌을 받았다. 앨리스 시번의 마른 손이 주섬주섬 냅킨을 펼쳐놓는 모습을 보고서야 실은 그렇지 않다는 쪽으로 마음이 기울었다. 정중한 말 몇 마디만 나눴을 뿐 두 사람은 아무 말 없이 식사를 했고, 체이스 부인은 이제 할 얘기가 더 없을까 봐 걱정이 되기 시작했다.

마침내 앨리스 시번이 입을 열었다. "사실 우리는 지난 8월에 이혼했어요."

체이스 부인은 잠시 기다렸다. 그러다 숟가락으로 수프를 펐다가 들어올리며 물었다. "참 안된 일이네요. 아서의 술버릇 때문인 건가요?"

"아서는 술을 전혀 마시지 않아요." 앨리스는 경쾌하지만 약간 놀란 듯한 미소를 지었다. "다시 말하면 우리 둘 다 술을 마시지 않아요. 가끔은 흥을 깨지 않기 위해 마시기는 하죠. 여름에는 아주 좋았어요. 우리는 시내 쪽으로 내려가 박하 잎을 따서 박하술을 담갔죠. 과일 단지에 넣을 만큼 많이. 언젠가 날이 너무 더워 우리 모두 밤에 잠을 못 이루던 밤, 보온병에 차가운 맥주를 잔뜩 채운 후 애들을 깨웠어요. 그러고는 차를 타고 해변으로 갔어요. 맥주를 마시고 수영하며 모래밭에 누워서 자는 건 재미있었죠. 정말 좋은 시절이었어요. 한번은 날이 밝을 때까지 머물러 있기도 했어요. 아니……." 앨리스의 얼굴은 무슨 진지한 생각을 하는지 일그러졌다. "말하자면 이래요. 난 항상 아서보다 머리 하나는 컸고, 남편은 그 때문에 항상 고민이었죠. 우리가 어렸을 때 아서는 나보다 더 키가 자랄 거라고 항상 생각했지만 그러지 않았어요. 그는 나와 춤추는 걸 싫어했지만 춤은 좋아해요. 주위에 사람들을 두는 것을 좋아했지만 다 목소리가 새되고 키가 작은 사람들뿐이어요. 하지만 나는 우리 둘만 있기를 바랬죠. 그런 식으로는 내가 그의 비위를 맞출 수가 없었어요. 지니 비요크먼 기억하시죠? 얼굴이 둥글고 고수머리, 키는 부인 정도 되는 여자요."

"그런 것 같네요. 적십자위원회에 있는 여자였죠. 무섭기도 했지."

"아니에요." 앨리스 시번은 생각하며 말했다. "지니는 무서운 사람이 아니었어요. 우리는 아주 좋은 친구였죠. 이상한 건 아서는 항상 지니를 싫다고 말했다는 거예요. 하지만 사실 아서는 지니에게 항상 반해 있었던 게 아닌가 해요. 아마 지금도 그럴 거예요. 애들도 마찬가지고. 어쨌든 애들은 지니를 좋아하지 않기를 바라고 있죠. 물론 그런다고 해도 기분 나빠하진 않겠지만요. 애들은 그 여자랑 같이 살아야 하니까요."

"사실이 아니죠? 앨리스의 남편이 그 끔찍한 비요크먼이라는 여자와 결혼했다니!"

"8월에 했어요."

체이스 부인은 잠깐 말을 쉬었다가 커피는 응접실에서 마시자고 제안했다. "뉴욕 같은 데서 혼자 살기란 정말 기가 찰 만큼 힘든 일이겠네요. 적어도 애들이랑 같이 살 수도 있었을 텐데."

"아서가 아이들을 맡겠다고 했어요." 앨리스 시번은 간단하게 답했다. "그리고 난 혼자 사는 게 아니에요. 프레드는 내 가장 친한 친구니까."

체이스 부인은 짜증스럽다는 듯 손짓을 했다. 부인은 환상을 즐기지 않았다. "개라니 말도 안 돼요. 그런 말을 하면 다들 바보로 생각할 뿐이죠. 나를 짓밟고 지나가려고 하는 남자가 있으면 나는 그의 발을 토막 내버릴 거예요. 앨리스는 심지어 아서와 정리도 해놓지 않은 모양이네요." 부인은 잠깐 망설였다. "생활비를 받을 수 있도록요."

"이해하지 못하시네요. 아서도 돈이 없어요." 앨리스 시번은 어른들도 결국은 그다지 논리적이지 않다는 사실을 발견한 아이처럼 절망적으로 말했다. "그 사람도 심지어 차를 팔았고요. 역까지 걸어 다녀요. 하지만 그 사람은 행복한 것 같아요."

"당신이 꿈에서 깰 수 있도록 한 번 세게 꼬집어줘야 할 것 같네요." 체이스 부인은 마치 직접 그렇게 해줄 기세로 말했다.

"내가 신경 쓰이는 건 프레드예요. 그 애는 넓은 공간에 익숙해졌는데, 저 혼자만으로는 별로 잘해줄 수가 없으니까요. 내가 과정을 마치면 캘리포니아에서 직업을 얻을 수 있지 않을까요? 난 지금 경영 학교에서 공부하고 있어요. 그런데 별로 진도가 빠르진 않아요. 특히 타자가요. 손가락이 싫어하나 봐요. 피아노 연주와 비슷한 것 같아요. 아주 어렸을 때 배워놓아야 능숙해지죠." 앨리스는 곰곰이 생각에 잠겨 손을 바라보며 한숨지었다. "3시에 수업이 있어요. 그럼 이제 코트를 보실래요?"

보통 물건을 상자에서 꺼낼 때면 체이스 부인은 흥분에 들뜨고는 했으나, 이번에는 뚜껑을 열자마자 금방 우울하고 불편해졌다.

"이건 내 어머니의 코트였어요."

확실히 누군가 60년 동안 입은 코트 같다고 체이스 부인은 거울을 보며 생각했다. 코트는 부인의 발목까지 내려왔다. 부인은 윤기도 하나 없는 벗겨진 모피를 손으로 문질러보았다. 코트에서는 마치 해변의 다락방에 놓여 있던 것처럼 곰팡내가 났다. 부인은 코트를 입고도 추워서 몸을 부르르 떨었지만, 동시에 얼굴이 확 달아올랐다. 그때 막 앨리스 시번이 어깨 너머로 빤히 바라보고 있는 모습이 보였기 때문이었다. 앨리스의 긴장된 표정에는 이제까지 보지 못했던 품위 없는 기대감이 깃들어 있었다. 체이스 부인은 동정심을 발휘해야 할 때면 절약을 생각했다. 즉 남에게 동정을 베풀어야 할 때면 미리 끈을 달아서 언제든 도로 당길 수 있도록 했던 것이다. 하지만 지금 앨리스 시번을 보고 있노라니, 마치 그 끈이 잘린 느낌이었고, 처음으로 부인은 정면으로 동정심의 의무와 맞닥뜨렸다. 부인은 몸을 꿈틀거리며 빠져나갈 구멍을 찾았으나 자신을 바라보고 있는 두 눈과 마주치자 그럴 곳이 없다는 걸 알았다. 프랑스어 회화 레코드에서 배운 단어를 쓰니 어려운 질문을 좀 더 쉽게 할 수 있었다. "콩비앙?"*

"별로 가치가 나가지 않겠죠?" 이 질문에는 솔직함보다는 당혹감이 묻어 있었다.

"별로 나가진 않을 것 같네요." 체이스 부인은 거의 성질을 부리듯 지친 어투로 말했다. "하지만 어디 쓸 데는 있을지도 몰라요." 부인은 다시 묻지 않았다. 가격을 정하는 건 자신의 일이라는 게 분명했다.

투박한 코트를 질질 끌며 부인은 책상이 있는 방구석으로 가서 원망하듯 손을 놀리며 계좌에서 인출되는 수표를 썼다. 남편에게는 알리지 않을 작정이었다. 무엇보다도 체이스 부인은 손해를 본다는 느낌을 경멸했다. 열쇠를 잘못 두거나 동전을 떨어뜨리면 도둑맞았다는 감각이나, 인생에서 사기당했다는 인식이 빠르게 들곤 했다. 지금 앨리스 시번에게 수표를 건넬 때의 느낌도 그와 비슷했다. 앨리스는 액수를 보지도 않고 수표를 접어 웃옷 주머니에 넣었다. 액수는 50달러였다.

"앨리스." 체이스 부인은 짐짓 걱정스러운 척하며 엄격하게 말했다. "종종 전화해서 안부 좀 전해주세요. 외로워하지 말고."

앨리스 시번은 고맙다는 말도 하지 않았고 문을 나설 때 작별 인사도 하지 않았다. 대신 체이스 부인의 한 손을 잡고 개를 칭찬해주듯 상냥하고 가볍게 토닥였다. 체이스 부인은 문을 닫으

---

*프랑스어로 얼마냐는 뜻.

며, 자신의 손을 바라보다가 입술로 가져갔다. 다른 사람 손의 느낌이 아직도 남아 있었다. 부인은 그 자리에 서서 그 느낌이 서서히 빠져나가기를 기다렸다. 이윽고 부인의 손은 다시 싸늘하게 식었다.

다이아몬드 기타
(1950)

교도소 농장에서 가장 가까운 마을은 30여 킬로미터 정도 떨어져 있었다. 교도소 농장과 마을 사이에는 빽빽한 소나무 숲이 있었고, 이 숲 한가운데서 재소자들이 노역을 했다. 송진에서 테레빈유를 채취하는 작업이었다. 교도소 자체도 숲 속에 있었다. 붉은 흙에 바퀴 자국이 팬 길 끝을 쭉 따라가다 보면 포도나무 덩굴처럼 전선을 둘둘 감아놓은 벽 너머에 있는 교도소에 다다랐다. 그 안에는 109명의 백인과 97명의 흑인, 1명의 중국인이 수감되어 있었다. 타르지를 바른 지붕을 얹은 녹색 목조 대형 건물 두 채가 숙소였다. 백인들이 한쪽 숙소에 살고 흑인들과 중국인 한 명이 다른 숙소에 있었다. 숙소에는 각각 거대한 배불뚝이 난로가 한 대씩 있었지만 이곳의 겨울은 추웠다. 서리 맞은 소나무 가지들이 가볍게 흔들리고 얼어붙은 달빛이 떨어지는 밤이면 철제 침대에 몸을 펴고 누운 남자들은 일렁이는 난로 불빛만 바라보며 잠을 이루지 못했다.

 교도소 내에서도 주요 인물들만이 난로에서 가장 가까운 침대에 누울 수 있었다. 다른 이들이 존경하거나 두려워하는 사람, 섀퍼 씨는 그중 하나였다. 섀퍼 씨는—이 호칭 자체가 특별한 존경의 표시였다—빼빼 마르고 남의 일에 잘 끼어들지 않는 내성적인 사람이었다. 빨간 머리는 희끗희끗해졌고, 수척한 얼굴은 종교적이라 할 만했다. 살이라고는 하나도 없는 마른 사람이었다. 움직일 때면 뼈의 움직임이 그대로 보였고, 눈은 빈한하고 탁한 빛을 띠었다. 섀퍼 씨는 읽고 쓸 수도 있었고 덧셈도 할 수 있었다. 다른 남자들은 편지를 받으면 섀퍼 씨에게 가져왔다. 이런 편지들은 대부분 슬펐고 불평하는 내용이 많아서 종종 섀퍼 씨는 좀 더 명랑한 내용으로 지어 말해주고, 편지에 쓰여 있는 진짜 내용은 읽어주지 않았다. 숙소에는 글을 읽을 수 있는 사람이 두 명 더 있었다. 그래도 이 중 한 사람은 자기 편지를 섀퍼 씨에게 가져왔고, 섀퍼 씨는 호의를 베풀어 결코 진짜 내용을 읽어주지 않았다. 섀퍼 씨 본인은 편지를 받는 적이 한 번도 없었다. 심지어 크리스마스에도 그랬다. 그는 감옥 너머에는 친구도 없는 듯 보였고 실제로도 없었다. 즉 특별한 친구는 없다는 뜻이었다. 그러나 언제나 그러했던 건 아니었다.

 몇 년 전 어느 겨울의 일요일, 섀퍼 씨는 숙소 계단에 앉아 목각인형을 새기고 있었다. 그는 목각에 뛰어난 재능이 있었다. 그는 인형 부위를 하나하나 따로 깎아낸 뒤 용수철 전선으로 조립했다. 인형은 팔다리가 움직였고 머리가 앞뒤로 돌아갔다. 섀퍼 씨가 이런 인형 여남은 개를 끝내면 교도소장이 마을로 가져가 일반 상점에 팔았다. 이런 식으로 새퍼 씨는 사탕과 담배를 살 돈을 벌 수 있었다.

그날 오후 새퍼 씨가 앉아서 작은 손에 달 손가락들을 깎고 있을 때, 트럭 한 대가 교도소 마당에 멈춰 섰다. 소년 하나가 교도소장과 함께 수갑을 차고 트럭에서 나오더니 어슴푸레한 겨울해를 보고 눈을 깜박이며 서 있었다. 새퍼 씨는 그저 흘긋 소년을 바라볼 뿐이었다. 그는 50대였고 농장에 산 지도 어언 17년이 되었다. 새 죄수가 도착한다고 해서 들뜰 일도 없었다. 일요일은 농장의 휴일이어서 마당을 어슬렁어슬렁 돌아다니고 있던 다른 남자들은 트럭 주위로 몰려 들었다. 후에 픽 액스와 구버가 새퍼 씨에게 다가와서 말을 걸었다.

픽 액스가 먼저 입을 열었다. "외국인이래요. 새로 온 애. 쿠바에서 왔다는데. 하지만 머리가 노래."

"칼질을 했다고 교도소장이 그러더라고." 구버 본인도 칼로 사람을 찌르는 바람에 교도소에 들어왔다. "모빌에서 선원 한 놈을 찔렀대."

"두 놈이라던데." 픽 액스가 말했다. "그런데 그냥 술집에서 좀 싸움이 붙은 거지. 선원들은 하나도 다치지 않았대."

"한 놈은 귀가 잘렸다던데? 그게 하나도 안 다친 거야? 그래서 2년 형을 받았다고 교도소장이 그랬어."

픽 액스가 다른 정보를 주었다. "걘 보석이 가득 박힌 기타를 가지고 있어."

너무 어두워지자 더 이상 작업을 할 수가 없었다. 새퍼 씨는 인형의 부위를 다 맞춘 후 작은 손을 들고 무릎 위에 올려놓았다. 그는 담배 한 개비를 꺼냈다. 해넘이 빛 속에 잠긴 소나무 숲은 파르스름했고 담배 연기가 어두워지는 차가운 공기 속에서 맴돌았다. 새퍼 씨는 소장이 마당을 가로질러 오는 모습을 보았다. 새 죄수, 금발 소년은 느린 걸음으로 뒤에서 따라왔다. 그는 별빛처럼 반짝이는 유리 다이아몬드가 가득 박힌 기타를 들고 있었다. 새 죄수복은 소년에게는 너무 컸다. 마치 핼러윈 의상 같았다.

"자네가 맡아줄 친구가 있어, 새퍼." 소장은 숙소 계단에 멈춰 섰다. 소장은 엄격한 사람이 아니었다. 가끔 새퍼 씨를 사무실로 초대해서 신문에서 읽은 이런저런 기사에 대해서 이야기를 나누었다. "티코 페오야." 소장은 마치 새 이름이나 노랫소리라도 되는 양 발음했다. "여긴 새퍼 씨. 이 사람처럼 하면 너도 여기서 잘 버틸 거다."

새퍼 씨는 소년을 올려다보고 미소를 지었다. 그는 원래 그러려던 것보다 오래 미소를 지었다. 소년은 하늘을 한 조각 떼어놓은 것 같은 눈을 가지고 있었다. 겨울 저녁만큼 파란 눈. 소년의 머리카락은 소장의 금니처럼 금빛이었다. 소년은 잘 놀게 생긴 얼굴이었고 날래고 영민해 보였다. 소년을 보고 있노라니 새퍼 씨에게는 명절과 좋았던 시절이 떠올랐다.

"내 여동생 같네요." 티코 페오는 새퍼 씨의 인형을 만졌다. 쿠바 억양이 섞인 목소리는 바나나처럼 부드럽고 달콤했다. "여동생도 내 무릎 위에 앉고 그랬는데."

새퍼 씨는 갑자기 수줍어졌다. 소장에게 꾸벅 인사하고 새퍼 씨는 마당 그늘로 걸어가 버렸다. 그는 그 자리에 서서 머리 위에서 꽃송이처럼 활짝 핀 저녁 별들의 이름을 속삭였다. 별들을 바라보면 항상 마음이 즐거웠지만 오늘 밤에는 아무런 위안이 되지 않았다. 별들을 봐도 이 지상에서 우리에게 일어난 일들은 저 끝없는 영원의 빛 속에서 사라져버린다는 생각이 오늘은 들지 않았다. 그 별들을 바라보며 그는 보석 박힌 기타와 세속적으로 반짝이는 빛을 생각했다.

섀퍼 씨는 인생에서 나쁜 일을 딱 하나 저질렀다. 사람을 죽인 것. 어쩌다가 그렇게 되었는지는 중요하지는 않다. 다만 그 남자는 죽어 마땅했고 섀퍼 씨는 그 벌로 99년하고도 하루에 해당하는 형을 받았다. 아주 오랫동안—실상 몇 년 동안이나—그는 농장에 오기 전의 삶은 어땠는지 생각하지 않았다. 그 시절에 대한 기억은 이제는 아무도 살지 않고 가구도 다 썩어 문드러져버린 집과 같았다. 하지만 오늘 밤에는 그 음울하고 죽었던 방들마다 불을 환히 밝혀놓은 듯했다. 티코 페오가 번쩍이는 기타를 들고 어스름 저녁 빛 속에서 걸어 나왔을 때 마음속의 불들은 하나둘씩 켜지기 시작했다. 그 순간까지만 해도 그는 외롭지 않았다. 하지만 이제 자신의 외로움을 인식하자 오히려 살아 있다는 느낌이 들었다. 살아 있다는 것은 물고기가 뛰노는 갈색 강과 한 여자의 머리카락에 내려앉은 햇빛을 기억한다는 것이었다.

섀퍼 씨는 고개를 들었다. 환한 별빛을 보니 눈에 눈물이 고였다.

숙소는 평소에는 남자들의 고린내가 진동하고, 갓을 씌우지 않은 전구 빛에 눈이 찌릿한 침울한 장소였다. 하지만 티코 페오가 등장하자 차가운 방 안에 열대의 기운이 흐른 듯 변모했다. 별 구경을 하고 돌아온 섀퍼 씨는 열광적이고 야하다 싶을 정도로 화려한 장면에 맞닥뜨리게 되었다. 티코 페오가 한 침대 위에 다리를 꼬고 앉아 흔들거리는 긴 손가락으로 기타를 뜯으며 짤랑거리는 동전처럼 명랑하게 노래를 부르고 있었다. 가사는 비록 스페인어였지만 남자 몇몇은 노래를 따라 불렀고 픽 액스와 구버는 함께 춤추었다. 찰리와 잉크는 각각 따로 춤을 추었다. 남자들의 웃음소리를 듣는 건 기분이 좋았고, 마침내 티코 페오가 기타를 내려놓자 새퍼 씨도 다른 사람들 틈에 끼어 그를 칭찬했다.

"멋진 기타를 가질 만하군."

"이건 다이아몬드 기타예요." 티코 페오는 보드빌 쇼의 화려한 빛을 내뿜는 기타 위로 손을 올리며 말했다. "한때는 루비로 장식된 것도 있었어요. 하지만 그건 도둑맞았죠. 아바나에서 내 여동생이, 그 뭐라나, 기타 만드는 곳에서 일해요. 그래서 이걸 얻었죠."

새퍼 씨는 여동생이 몇 명이냐고 물었고 티코 페오는 싱긋 웃으며 네 손가락을 펴 보였다. 그러다 티코 페오는 갈망하는 듯 파란 눈을 뜨고 물었다. "혹시 제 여동생 두 명에게 줄 인형 좀 얻을 수 있을까요?"

다음 날 저녁, 새퍼 씨는 그에게 인형을 가져다주었다. 그 후, 그는 티코 페오의 가장 친한 친구가 되었고, 두 사람은 항상 함께 있었다. 언제나 두 사람은 서로를 생각했다.

티코 페오는 열여덟 살이었고 2년 동안 카리브 해의 화물선에서 일했다. 어렸을 때는 수녀들이 운영하는 학교에 다녔다. 그래서 목에는 황금 십자가를 걸고 있었다. 또 묵주도 가지고 있었다. 티코 페오는 이 묵주를 다른 세 보물과 함께 초록색 실크 스카프에 싸서 보관했다. '파리의 저녁'이라는 향수병 하나, 주머니 거울과 랜드 맥널리 세계지도. 그의 소지품이라고는 이것들과 기타뿐이었고 아무도 손대지 못하게 했다. 티코 페오는 지도를 가장 소중하게 여기는 듯했다. 밤에 소등하기 전, 티코 페오는 지도를 꺼내서 섀퍼 씨에게 자기가 갔던 곳들을 보여주곤 했다. 갤버스턴, 마이애미, 뉴올리언스, 모빌, 쿠바, 아이티, 자메이카, 푸에르토리코, 버진 제도. 그리고 가고 싶은 곳들도 가리켰다. 그는 거의 모든 곳에 가보고 싶어 했지만 특히 마드리드와 북극을 좋아했다. 이 두 곳 다 섀퍼 씨에게는 매력적으로 보이면서도 두렵기도 했다. 티코 페오가 바다로 나가 멀리 가버린다는 생각만 해도 마음이 아팠다. 섀퍼 씨는 가끔 방어적으로 친구를 바라보며 생각했다. "넌 그냥 게으른 몽상가일 뿐이야."

티코 페오가 게으름뱅이라는 건 사실이었다. 첫날 저녁 이후로는 기타 연주도 억지로 시켜야만 했다. 새벽녘 간수가 와서 난로를 망치로 쿵쿵 두드리며 사람들을 깨울 때면 티코 페오는 어린아이처럼 잉잉거렸다. 가끔은 아픈 척 끙끙대며 배를 문지르기도 했다. 하지만 그렇게 한들 절대로 땡땡이를 부릴 수는 없었고 소장은 그 애를 다른 남자들과 함께 일터에 보냈다. 티코 페오와 섀퍼 씨는 고속도로 공사 무리에 함께 끼었다. 언 흙을 파고 부서진 돌덩이가 가득 든 자루를 날라야 하는 힘든 일이었다. 티코 페오는 뭔가에 기대어 서서 시간을 대충 때우려고 했으므로 간수는 항상 호통을 쳤다.

매일 정오, 새참 담은 바구니가 돌 때면 두 친구는 함께 앉았다. 마을에서 사과나 캔디 바 같은 걸 살 여유가 있는 새퍼 씨의 바구니에는 먹을 만한 음식이 들어 있었다. 그는 이런 간식을 친구에게 주는 게 좋았다. 친구가 아주 맛있게 먹어주었기 때문이었다. 새퍼 씨는 생각했다. '넌 한창 자랄 때야. 완전한 성인이 될 때까지는 한참 걸리겠다.'

모든 남자들이 다 티코 페오를 좋아한 건 아니었다. 질투 때문이기도 했고 좀 더 미묘한 이유 때문에 몇몇은 그에 대해 추악한 이야기를 지어내기도 했다. 티코 페오 본인은 이런 분위기를 별로 깨닫지 못하는 듯했다. 남자들이 주위에 모여들면 티코 페오는 기타를 연주하고 노래를 불렀고, 다른 사람들에게 사랑받는다고 느꼈다. 실로 대부분 남자들이 그에게 사랑을 느꼈다. 사람들은 저녁 식사가 끝나고 소등하기까지의 시간을 기다렸고 그 시간에 마음을 기댔다. "티코, 연주 좀 해봐." 사람들은 그렇게 말하고는 했다. 그리고 연주를 들은 후에는 이전보다 더 깊은 슬픔이 자리 잡았다. 잠은 산토끼처럼 깡충깡충 뛰어넘어 사라져버렸고 생각에 빠진 눈길은 난로 창살 뒤에서 타닥타닥 타오르는 불빛 위를 떠돌았다. 새퍼 씨만이 그들의 심란한 감정을 이해하는 유일한 사람이었다. 그 또한 마찬가지 느낌이었다. 그의 친구가 물고기가 뛰놀던 갈색 강과 햇살에 머리카락이 반짝이는 여자들을 되살려놓았다.

곧 티코 페오는 난로에서 가까운 새퍼 씨의 바로 옆 침대를 차지할 수 있는 영예를 얻었다. 새퍼 씨는 줄곧 그의 친구가 새빨간 거짓말쟁이임을 알고 있었다. 그는 티코 페오가 해준 모험과 정복, 유명한 사람들을 만난 얘기에서 진실을 찾기 위해 귀를 기울이지는 않았다. 대신 잡지에서 읽은 평범한 이야기처럼 그런 이야기에서 즐거움을 얻었고, 어둠 속에서 속삭이는 친구의 열대지방 목소리를 듣고 있노라면 몸이 훈훈해졌다.

농장에 그런 종류의 소문이 전혀 없었던 건 아니지만 두 사람이 몸을 결합하는 일은 없었고 그럴 생각도 하지 않았다. 그것 말고는 둘은 연인이나 다름없었다. 계절 중에서 봄이 가장 진이 빠졌다. 겨울 동안 딱딱해진 흙 부스러기를 뚫고 나오는 줄기, 오랫동안 죽은 채로 있던 나뭇가지에서 삐죽 솟아나는 새순, 신록 사이를 헤치고 다니는 춘곤증 어린 바람. 그리고 새퍼 씨에게 있어 봄은 언제나 같았다. 해빙. 딱딱해진 근육의 이완.

1월도 거의 끝나갈 즈음이었다. 두 친구는 손에 담배 한 개비씩 들고 숙소 앞 계단에 앉았다. 레몬 껍질처럼 얇고 노란 달이 그들 위에 떠 있었다. 달빛 아래에서 실처럼 가늘게 깔린 땅의 서리가 은색 달팽이가 지나간 자리처럼 반짝였다. 여러 날 동안 티코 페오는 계속 침울했다. 그는 그늘 속에서 기다리는 강도처럼 아무 말도 하지 않았다. 그에게 기타 연주를 해달라고 부탁해봤자 소용없었다. 티코 페오는 단지 매끄럽고, 마취제에 취한 듯한 눈으로 빤히 바라보기만 할 뿐이었다.

"얘기 좀 해봐." 친구의 마음속을 헤아릴 수 없자 초조해지고 무력감을 느낀 새퍼 씨가 졸랐다. "마이애미에서 경마 갔을 때 얘기 좀 해봐."

"경마 같은 건 가본 적도 없어요." 티코 페오는 가장 황당했던 이 거짓말을 인정해버렸다. 수백 달러의 돈도 따고 빙 크로스비도 만났다고 허풍 떤 거짓말이었다. 그래도 이제는 신경 쓰지 않는 듯했다. 그는 빗을 꺼내 뚱하게 머리를 빗었다. 며칠 전 이 빗은 격렬한 싸움의 소지가 됐었다. 다른 죄수 윙크는 티코 페오가 자기 빗을 훔쳤다고 우겼고, 티코는 대답 대신 그의 얼굴에 침을 뱉었다. 뒹굴고 싸우는 두 사람을 새퍼 씨와 다른 사람이 뜯어말렸다. "이거 내 빗이죠? 저 사람에게 말 좀 해주세요!" 티코 페오는 새퍼 씨에게 자기편을 들어달라고 했다. 하지만 새퍼 씨는 조용하고도 단호하게 아니라고 답했다. 이건 친구의 빗이 아니라고. 싸움과 관련된 모든 사람들을 다 무색하게 하는 대답이었다. "아우," 윙크가 말했다. "그게 그렇게 갖고 싶으면 저 개자식 보고 가지라고 해." 나중에 티코 페오는 당혹스럽고 자신 없는 목소리로 따졌다. "새퍼 씨는 내 친구인 줄 알았는데." '그래.' 새퍼 씨는 이렇게 생각했지만 아무 말 하지 않았다.

"난 경마에 가본 적 없어요. 과부 얘기도 사실이 아니고요." 티코 페오는 불이 활활 타오를 때까지 담배를 뻐끔뻐끔 피웠고 곰곰이 생각에 빠진 표정으로 새퍼 씨를 바라보았다. "아저씨 돈 좀 있으세요?"

"아마도 20달러 정도." 새퍼 씨는 이 이야기의 결론이 뭘까 두려워하며 망설이듯 대답했다.

"그렇게 많진 않네요, 20달러면." 티코는 실망한 눈치는 아니었다. "중요하진 않아요. 우리 나름대로 해나갈 수 있으니까. 모빌에 내 친구 프레데리코가 있어요. 우리한테 보트 하나를 마련해줄 수 있을 거에요. 별 문제도 없을 거고." 그는 마치 날씨가 더 추워진다는 식의 평범한 이야기를 하는 투였다.

새퍼 씨의 심장이 죄어왔다. 아무 말을 할 수 없었다.

"여기 사람들은 아무도 티코 뒤를 쫓아올 순 없어요. 티코는 제일 달리기가 빠르니까."

"엽총이 훨씬 더 빠르지." 새퍼는 거의 산 사람 같지 않은 목소리로 말했다. "나는 너무 늙었어." 나이에 대한 인식이 마치 새퍼 씨의 몸속에서 구역질처럼 마구 치밀었다.

티코 페오는 귀를 기울이지 않았다. "그다음엔 세계를 구경해요. 세계, 엘 문도. 친구." 티코는 일어서서 마치 젊은 말처럼 몸을 부들부들 떨었다. 모든 게 그에게 가까이 다가오는 듯했다. 달, 올빼미의 새된 울음소리. 빠르게 흘러나온 그의 숨결은 입김이 되어 허공으로 피어올랐다. "마드리드에 갈까요? 난 투우를 배울 수 있을지도 몰라. 아저씨도 그렇게 생각하지 않아요?"

새퍼 씨는 듣고 있지 않았다. "난 너무 늙었어. 너무 늙어빠졌어."

다음 몇 주 동안 티코 페오는 계속 그를 따라다녔다. 세계, 엘 문도. 친구. 새퍼 씨는 숨고 싶었다. 화장실 문을 잠그고 들어앉아서 머리를 감쌌다. 그럼에도 불구하고 새퍼 씨도 가슴이 뛰고 호기심이 일었다. 정말 이 꿈이 실현되면 어떨까? 티코와 함께 숲을 가로질러 바다로 도망갈 수 있다면? 그는 보트를 탄 모습을 상상했다. 한 번도 바다를 구경하지 못한 그가. 일생을 땅에 붙박여 살아온 그가. 이 시기에 죄수 한 명이 죽었고 마당에서는 관 만드는 소리가 들려왔다. 못 하나하나가 제자리에 박힐 때마다 새퍼 씨는 생각했다. '이건 나를 위한 거야. 내 관이야.'

티코 페오는 이전보다 기분이 좋았다. 그는 직업 댄서처럼 멋있고 우아하게 어슬렁거렸고 만나는 사람마다 농담을 했다. 저녁을 먹은 후 숙소에서 그의 손가락은 장난감 화약처럼 기타를 튕겼다. 티코는 남자들에게 올레, 하고 외치는 법을 가르쳐주었고 몇몇은 모자를 허공 위로 날려 보내기도 했다.

도로 공사가 끝나자 섀퍼 씨와 티코 페오는 숲으로 다시 이동되었다. 발렌타인데이, 두 사람은 소나무 앞에서 점심을 먹었다. 섀퍼 씨는 마을에서 오렌지 열두 개를 주문해서 천천히 껍질을 깠다. 껍질이 빙글빙글 나선형으로 벗겨졌다. 즙이 더 많은 조각을 친구에게 주자, 그는 씨앗을 멀리까지 뱉을 수 있다며 자랑했다. 씨는 족히 3미터까지 날아갔다.

춥고 아름다운 날이었고 햇빛 조각이 마치 나비처럼 그들 주위를 날아다녔다. 섀퍼 씨는 숲 일을 좋아했으므로 멍하니 행복한 기분에 젖어 있었다. 그때 티코 페오가 말했다. "저자는 입에 들어간 파리 한 마리도 못 잡을 거예요." 티코가 말한 사람은 암스트롱이었다. 턱살이 돼지처럼 늘어진 그는 가랑이 사이에 엽총을 세워놓고 앉아 있었다. 암스트롱은 간수 중에서 가장 어렸고 농장에서는 신참이었다.

"모르겠네." 섀퍼 씨는 대답했다. 암스트롱을 바라보니, 뚱뚱하고 허영심 많은 사람들이 그러듯이 이 신참 간수도 미끄러지듯 민첩하게 움직인다는 것을 알 수 있었다. "저 사람이 자네를 놀리는 걸 수도 있지."

"내가 저자를 놀려줄 수도 있죠." 티코는 암스트롱 쪽으로 오렌지 씨앗을 뱉었다. 간수는 그를 보고 얼굴을 찡그리더니 호루라기를 불었다. 작업을 재개하라는 신호였다.

오후 작업을 하면서 두 친구는 다시 모였다. 즉, 두 사람은 나란히 서 있는 나무의 테레빈유를 받는 양동이에 못질하는 일을 맡게 되었다. 저 멀리 아래에서는 힘차게 흐르는 좁다란 시내가 숲 사이로 굽이쳤다. "물에 들어가면 냄새가 안 나요." 티코 페오는 마치 이전에 들었던 얘기를 기억해내듯 꼼꼼하게 말했다. "물속으로 도망쳐요. 어두워질 때까지는 나무에 올라가 있고요. 네, 아저씨?"

섀퍼 씨는 계속 망치질만 했다. 하지만 손이 떨리는 바람에 망치가 엄지손가락을 내리쳤다. 그는 어질어질해서 두리번거리며 친구를 바라보았다. 얼굴에는 전혀 고통의 기색이 엿보이지 않았고, 보통 사람들이 그러하듯이 엄지손가락을 입에 넣지도 않았다.

티코 페오의 푸른 눈이 거품처럼 부풀어 오르는 듯했다. 소나무 꼭대기 위에 부는 바람 소리보다 더 조용한 목소리로 입을 열었을 때 섀퍼 씨가 보고 있던 건 오로지 그 눈뿐이었다. "내일."

"내일요, 아저씨?"

"내일." 섀퍼 씨가 대답했다.

아침의 첫 빛깔이 숙소 벽 위에 떨어질 무렵, 밤새 거의 잠 못 이룬 섀퍼 씨는 티코 페오도 깨어 있다는 것을 알았다. 악어처럼 피곤한 눈으로 섀퍼 씨는 옆 침대에 누운 친구의 움직임을 관찰했다. 티코 페오는 보물들을 싸놓은 스카프의 매듭을 풀고 있었다. 주머니 거울을 맨 처음 꺼냈다. 해파리 같은 빛이 파르르 떨리며 그의 얼굴에 어렸다. 잠시 동안 그는 진지한 희열을 느끼며 자신의 모습을 찬탄하더니 파티에라도 갈 준비를 하는 양 머리를 빗고 매끄럽게 가다듬었다. 그런 다음 묵주를 목에 걸었다.

향수는 열어보지도 않았고 지도도 펼치지 않았다. 마지막으로는 기타를 조율했다. 이상한 행동이었다. 그 기타를 다시는 연주할 일이 없으리라는 것을 티코도 알았을 텐데.

안개 낀 아침, 숲으로 가는 남자들 뒤로 새들의 새된 노랫소리가 따랐다. 죄수들은 일렬종대로 걸었다. 열다섯 명을 한 조로 하고 매 줄마다 맨 뒤에는 간수가 섰다. 섀퍼 씨는 더운 날처럼 땀을 흘렸고, 앞서 걸어가는 친구에 맞춰 행진할 수가 없었다. 티코는 손가락을 튕기고 새를 향해 휘파람을 불곤 했다.

신호는 미리 정해놓았다. 티코는 "휴식 시간이에요"라고 하고 나무 뒤에 숨는 척할 예정이었다. 하지만 섀퍼 씨는 언제 신호가 올지 알 수가 없었다.

암스트롱이라는 간수가 호루라기를 불었고 그 밑의 죄수들은 줄에서 벗어나 각각 위치로 흩어졌다. 섀퍼 씨는 할 수 있는 한 자신이 맡은 일을 열심히 하긴 했지만, 티코 페오와 간수에게 계속 눈을 둘 수 있는 위치에 서도록 신경을 썼다. 암스트롱은 나무 그루터기에 앉아 얼굴을 일그러뜨리며 담배를 씹었고 총은 태양을 향하도록 세워놓았다. 그는 카드 사기꾼처럼 교활한 눈을 하고 있었다. 어디를 바라보고 있는지 도대체 짐작할 수가 없는 남자였다.

한번 다른 남자가 신호를 보낸 적이 있었다. 섀퍼 씨는 친구의 목소리가 아니란 사실을 즉시 알았지만, 공포가 그의 목을 밧줄처럼 죄어왔다. 아침이 점점 지나자 귓속은 둥둥 울려댔고 그는 막상 신호가 왔을 때 듣지 못할까 봐 걱정이 되었다.

태양이 하늘 한가운데까지 올라왔다. '그 애는 단지 게으른 몽상가야. 절대 할 수 없을걸.' 새퍼 씨는 한순간 이렇게 믿어보려고 했다. 하지만 간수들이 새참 바구니를 시냇가 둑에 차리자 티코 페오는 현실적인 태도로 "먼저 밥부터 먹고요"라고 말했다. 두 사람은 마치 서로에게 원한을 품은 사람처럼 아무 말 없이 먹었다. 하지만 식사가 끝날 무렵, 새퍼 씨는 친구의 손이 자기 손 위에 포개지며 부드럽게 누르는 것을 느꼈다.

"암스트롱 씨, 휴식 시간이에요……."

이전에 시냇가에서 새퍼 씨는 소합향나무 하나를 본 적이 있었다. 그는 이제 곧 봄이 오면 씹기 좋은 소합향이 자라리라고 생각했다. 미끌미끌한 강둑을 주르륵 미끄러져 시냇물로 들어가면서 면도날 같은 돌에 긁혀 손바닥이 찢겼다. 새퍼 씨는 몸을 일으켜 뛰기 시작했다. 새퍼 씨는 다리가 길었기에 거의 티코 페오와 어깨를 나란히 할 수 있었다. 얼음처럼 차가운 물은 온천이 솟듯 튀어 올랐다. 숲 속 앞뒤에서 남자들의 고함 소리가 동굴 속에 울리는 목소리처럼 멍멍히 울렸다. 간수들이 거위 떼 사냥을 하는 양 세 발의 총성이 하늘 높이 솟았다.

새퍼 씨는 시내에 걸쳐 있는 통나무를 미처 보지 못했다. 그는 아직도 뛰고 있다고 생각했지만 다리는 물속을 허덕이고 있었다. 마치 뒤집혀서 오도 가도 못하는 거북이나 다름없었.

새퍼 씨가 물속에서 발버둥치는 동안 위에서 내려다보는 친구의 얼굴은 하얀 겨울 하늘의 일부가 된 것만 같았다. 너무나 멀었고 냉정히 비판하는 표정이 떠올랐다. 그 얼굴은 마치 벌새처럼 거기 한순간 떠 있다 날아갔지만, 그때 새퍼 씨는 깨달았다.

티코 페오는 그가 탈출에 성공하기를 바라지 않았다는 것을, 한 번도 그가 탈출에 성공하리라고는 생각지 않았다는 것을. 그는 언젠가 그 친구가 어른이 되기까지는 한참 걸릴 것이라고 생각했던 기억을 떠올렸다. 간수들에게 발견되었을 때, 섀퍼 씨는 마치 여름날 오후인 양 발목 깊이의 물속에 그대로 누워 나른하게 시내 위를 떠내려가고 있었다.

그날 이후 세 번의 겨울이 지나갔다. 이 겨울들은 매번 가장 춥고 가장 긴 겨울로 전해졌다. 최근 두 달 동안 내린 비가 농장으로 난 진흙 길 위의 깊은 바퀴 자국을 씻어 내려, 이전보다 농장으로 가기도 어려웠고 떠나기도 어려웠다. 탐조등 한 쌍이 벽에 더해져 밤마다 거대한 올빼미 눈처럼 빛났다. 그것 말고는 큰 변화가 없었다. 예를 들면 섀퍼 씨는 이전과 비슷했다. 다만 머리카락에 더 짙은 서리가 내렸다는 것과 발목이 부러졌던 후유증으로 약간 절면서 걷게 된 것 말고는. 섀퍼 씨가 티코 페오를 잡으려 했다가 발목이 부러졌다고 말한 사람은 바로 소장 본인이었다. 심지어 신문에 섀퍼 씨의 사진이 실리고 아래에 이런 설명도 붙었다. "탈옥을 막으려 했던 동료 죄수." 그때 섀퍼 씨는 굴욕감을 느꼈다. 다른 사람들이 비웃는 것을 알아서가 아니라 티코 페오가 볼 거라고 생각했기 때문이었다. 어쨌건 그는 신문 기사를 오려 친구에 관한 몇 건의 기사와 함께 봉투에 넣어 보관했다. 어떤 독신 여자가 경찰에 신고하기를 티코 페오가 그 여자의 집에 침입해서 키스를 하고 갔다는 얘기나 모빌 근교에서 두어 번 목격되었다는 얘기. 마침내는 이 나라를 떠난 것으로 보인다는 얘기.

섀퍼 씨가 기타를 갖겠다고 했을 때 아무도 뭐라 하지 않았다. 몇 달 후, 새 죄수 하나가 숙소로 들어왔다. 신참이 기타 연주를 잘한다는 소문이 돌았고, 다들 섀퍼 씨에게 그 기타를 빌려주라고 졸랐다. 하지만 그 친구가 친 곡은 모두 엉망이었다. 티코 페오가 마지막 날 아침에 기타를 조율해놓기는 했지만, 저주 또한 걸어놓았기 때문이었다. 이제 기타는 섀퍼 씨의 침대 밑에 얌전히 놓여 있고 유리 다이아몬드는 누렇게 변색되고 있다. 밤이면 가끔 그는 손으로 기타를 더듬어보고 손가락은 줄 위를 떠돈다. 그러면 세상이 펼쳐진다.

꽃들의 집
(1951)

오틸리는 포르토프랭스*에서 가장 행복한 소녀여야만 했다. 베이비는 이렇게 말해주곤 했다. 네 모든 장점들을 생각해봐. 예를 들면요? 오틸리는 되물었다. 그녀는 허영심이 많아 돼지고기나 향수보다 칭찬을 더 좋아했다. 예를 들자면 너의 외모지. 베이비는 이렇게 말해주었다. 너는 피부도 사랑스럽게 밝은 편이고, 눈동자도 거의 파란색에 가깝고 얼굴도 예쁘고 귀엽잖니. 이 거리에서 너보다 더 단골손님이 많은 여자는 없어. 그리고 손님 모두 네가 실컷 마실 수 있을 만큼 맥주를 사주잖아. 오틸리는 그 말을 수긍했고 미소를 띠며 자신의 재산을 계속 합산해보고는 했다. 실크 드레스가 다섯 벌이고 녹색 새틴 구두가 한 켤레 있어요. 3만 프랑이나 나가는 금니도 세 개고, 재미슨 씨나 다른 사람

---
*아이티의 수도.

이 팔찌를 또 사줄 것 같아요. 하지만 베이비. 오틸리는 한숨을 지으며 자신의 불만족스러운 마음을 제대로 표현하지 못했다.

베이비는 오틸리와 가장 친한 친구였다. 또 로지타라는 친구도 있었다. 베이비는 마치 바퀴 같았다. 둥글었고, 굴러다녔다. 싸구려 반지들을 끼고 다니는 바람에 통통한 손가락에 녹색 반지 자국이 남았고 치아는 타버린 나무 그루터기처럼 검었다. 또 웃을 때는 바다에까지 그 소리가 들릴 정도였다. 적어도 선원들은 그렇게 우겼다. 또 다른 친구인 로지타는 보통 남자들보다 키가 크고 힘도 셌다. 밤이면 손님들을 옆에 끼고 여기저기 새침하게 돌아다니며 바보 같은 인형처럼 혀짤배기 소리로 지지배배거렸지만, 낮 시간에는 성큼성큼 느긋이 걸어 다니면서 군인 같은 저음으로 말을 내뱉고는 했다. 오틸리의 친구 둘 다 도미니카공화국 출신이었고 당연하게도 자신들은 피부색이 더 검은 이 나라의 토박이들과는 다르다고 생각했다. 오틸리가 여기 토박이라는 건 두 사람에게는 별로 문제가 되지 않았다. 넌 머리가 있잖아. 베이비는 말했다. 확실히 베이비는 머리가 좋은 사람을 맹목적으로 사랑했다. 오틸리는 가끔 자기가 읽고 쓸 줄 모른다는 걸 친구들이 알아챌까 봐 두려웠다.

그들이 살고 일하는 집은 첨탑처럼 가늘어서 흔들거렸으며, 부겐빌리아 덩굴이 둘둘 감고 있는 무너지기 쉬운 발코니가 딸려 있었다. 간판은 달려 있지 않았지만, 다들 이 집을 샹젤리제라고 불렀다. 이 집 마담은 노처녀 같은 인상에 감정을 억누른 표정을 하고 있는 병자로 위층 방 안락의자에 앉아 까닥거리며 하루에 코카콜라를 열 개에서 스무 개까지 마시면서 집안 전체를 관리했다. 마담 밑에는 모두 여덟 명의 아가씨가 일했다. 오틸리를 제외하고 서른 이하는 아무도 없었다. 저녁이면 아가씨들은 현관 앞 베란다에 모였고 거기서 수다를 떨거나 환각에 빠진 나방 같은 더운 공기를 쫓으려 종이 부채를 부쳐댔다. 오틸리는 나이 많고 못생긴 언니들 사이에 낀 명랑하고 꿈이 많은 어린아이처럼 보였다.

오틸리의 어머니는 돌아가셨고 플랜테이션 농장 노동자였던 아버지는 오래전에 프랑스로 떠나버렸다. 그래서 오틸리는 산속에서 거친 농사꾼 가족에게 길러졌는데, 그 집 아들들은 모두 어린 나이에 푸른 잎과 그늘이 있는 곳에서 오틸리와 함께 굴러본 역사가 있었다. 오틸리는 열네 살이었던 3년 전에 처음으로 포르토프랭스에 있는 시장으로 내려갔다. 1박 2일이나 걸리는 길을 오틸리는 4.5킬로그램이나 되는 곡식자루를 지고 걸었다. 오틸리는 짐을 덜기 위해 낟알이 약간 쏟아지도록 놔두었고, 그러다 보니 낟알은 점점 빠져 시장에 도착했을 때는 하나도 남아 있지 않았다. 오틸리는 곡식 판 돈도 없이 집에 돌아가면 그 집 가족들이 불같이 성을 내리라는 생각에 엉엉 울어버렸다. 하지만 이 눈물은 그리 오래가지 않았다. 아주 명랑하고 친절한 남자가 그녀의 눈물이 마르도록 도와준 것이었다. 그는 오틸리에게 코코넛 한 조각을 사주고 자기 사촌에게로 데려갔다. 이 사촌이 바로 샹젤리제의 마담이었다. 믿을 수가 없는 행운이었다. 주크박스에서 흘러나오는 음악과 새틴 구두, 농담을 지껄이는 남자들은 오틸리의 방 안에 있는 전구만큼이나 이상하고 놀라웠다. 오틸리는 계속 전구를 껐다 켰다 해보았지만 절대로 진력이 나지 않았다. 곧 오틸리는 이 동네에서 사람들 입에 가장 많이 오르내리는 아가씨가 되었다. 여주인은 오틸리의 몸값을 두 배로 받을 수 있게 되었으며, 오틸리는 거울 앞에서 몇 시간이나 자세를 잡고 서 있을 정도로 점점 허영기가 많아졌다. 산 속에 있던 집을 생각하는 일은 거의 없었지만 3년이 지난 지금에도 산의 많은 부분은 아직도 그녀에게 남아 있었다. 산바람이 아직도 주위를 빙빙 도는 듯했고 딱딱하고 높이 치켜진 엉덩이는 말랑해지지 않았으며 도마뱀 가죽 같은 발바닥도 마찬가지였다.

친구들이 사랑이나 사랑했던 남자들에 대해서 얘기할 때면 오틸리는 뚱해졌다. 사랑에 빠지면 어떤 기분이에요? 오틸리는 물었다. 아, 로지타는 황홀한 눈으로 대답해주었다. 마치 심장에 후추를 뿌린 듯한 기분, 작은 물고기가 혈관에서 헤엄치는 기분이지. 오틸리는 고개를 절레절레 흔들었다. 로지타 말이 사실이라면 그녀는 한 번도 사랑에 빠져본 적이 없었다. 이 집에 오는 어떤 남자에게도 그런 감정을 느껴본 적이 없었으므로.

이 때문에 오틸리는 꽤나 심란해졌고 결국 마을 위 언덕에 살고 있는 훈간*을 만나러 갔다. 친구들과 달리 오틸리는 방 벽에다 기독교 성화를 붙여놓거나 하지 않았다. 오틸리는 하느님의 존재를 믿지 않았지만 여러 신을 믿었다. 음식의 신, 빛의 신, 죽음과 파멸의 신. 훈간은 이런 신적인 존재들에 접근할 수 있었다. 그는 신들의 비밀을 제단에 가지고 있으며 표주박을 달가닥거리면 그 소리 속에서 신의 목소리를 듣고 그 힘을 묘약에 넣을

---

*아이티 부두교의 남성 사제.

수 있었다. 훈간은 신들을 통해서 오틸리에게 이런 전갈을 남겼다. 야생 벌을 잡아야만 한다. 훈간은 말했다. 그리고 벌이 빠져나가지 못하도록 한 손에 넣고 주먹을 꼭 쥐어……. 만약 벌이 쏘지 않는다면, 그때 사랑을 찾았다는 것을 알게 될 거다.

집으로 오는 길에 오틸리는 재미슨 씨를 생각했다. 그는 쉰 살이 넘은 남자로 무슨 기술 공사와 관련된 일을 하는 미국인이었다. 오틸리의 손목에서 짤랑대는 금팔찌는 그가 준 선물이었다. 오틸리는 인동덩굴이 눈처럼 하얗게 덮인 울타리를 지나면서 재미슨 씨와 사랑에 빠진 게 아닌가 생각했다. 검은 벌들이 인동덩굴 위에 꽃줄처럼 내려앉아 있었다. 오틸리는 손을 용감하게 내밀어 졸고 있는 벌 한 마리를 잡았다. 벌침이 얼마나 아팠던지 오틸리는 한 대 얻어맞은 사람처럼 털썩 주저앉았다. 그렇게 그 자리에 무릎을 꿇은 채로, 벌이 쏜 게 손인지 눈인지 알 수 없을 정도로 눈이 퉁퉁 부을 때까지 오틸리는 엉엉 울었다.

때는 바야흐로 3월, 모든 일들은 다가오는 카니발로 모아졌다. 샹젤리제의 여자들은 의상을 바느질했다. 오틸리는 의상을 입지 않기로 했으므로 손 놓고 빈둥빈둥 놀았다. 열광적인 주말 동안 떠오르는 달을 따라 북소리가 높아질 때 오틸리는 창가에 앉아서 이리저리 떠도는 마음을 안고 합창단이 춤추고 북 치며 길을 따라 행진하는 광경을 구경했다. 휘파람 소리와 웃음소리가 들려왔지만 낄 마음은 별로 없었다. 누가 보면 너 천 살은 먹은 줄 알겠다. 베이비가 말했다. 로지타도 거들었다. 오틸리, 우리와 닭싸움 구경 안 갈래?

로지타가 말한 건 평범한 닭싸움이 아니었다. 섬 곳곳에서 출전자들이 가장 사나운 닭을 들고 나왔다. 오틸리는 가보는 게 좋겠다고 생각하고 진주 귀고리를 달았다. 여자들이 도착했을 때 전시는 벌써 한참 진행 중이었다. 거대한 천막 안에 바다처럼 몰린 군중들이 흐느끼며 소리쳤고 들어가지 못한 군중들은 천막 밖에 진을 치고 있었다. 하지만 샹젤리제에서 온 여자들은 아무런 문제 없이 입장했다. 경찰 친구가 새치기를 해주고 링 옆에 있는 긴 의자에 자리를 마련해준 덕분이었다. 주위를 둘러싼 시골 사람들은 그렇게 세련된 아가씨들 옆에 앉게 되어서 당황한 눈치였다. 그들은 수줍게 베이비의 예쁘게 색칠한 손톱, 로지타의 머리에 꽂은 인조 보석 장식 빗, 오틸리의 반짝반짝 빛나는 진주 귀고리를 쳐다보았다. 하지만 닭싸움이 아주 흥미진진하게 진행되자 아가씨들은 곧 잊히고 말았다. 베이비는 자신들이 무시당하는 상황이 언짢았고, 자기들 쪽을 쳐다보는 눈길을 찾아 이리저리 눈알을 굴렸다. 갑자기 베이비는 오틸리의 옆구리를 쿡 찔렀다. 오틸리, 너를 좋아하는 남자가 있다. 저기 남자를 봐. 마치 네가 시원한 음료수라도 되는 양 빤히 바라보는데.

처음에 오틸리는 자기가 아는 사람인 줄 알았다. 그 청년은 오틸리가 자기를 알아봐야 할 것처럼 바라보고 있었기 때문이다. 하지만 그렇게 아름다운 사람, 다리가 길고 귀가 작은 사람을 이전에 봤더라면 모를 수가 있었겠는가? 오틸리는 남자가 산에서 온 사람임을 알았다. 촌스러운 밀짚모자와 두꺼운 천으로 만든 물 빠진 파란색 셔츠를 보면 짐작할 수 있었다. 남자의 머리카락은 불그스름했고, 피부는 레몬처럼 환히 빛났고 구아바 이파리처럼 매끈했다. 머리를 살짝 기울인 모습이 그가 손에 들고 있는 검정색과 선홍색이 뒤섞인 깃털의 닭처럼 오만해 보였다. 오틸리는 남자들을 향해 대담하게 미소를 보내는 데 익숙한 여자였다. 하지만 지금 그녀의 미소는 조각조각 부서졌고 케이크 부스러기처럼 입술에 매달렸을 뿐이었다.

드디어 휴식 시간이 되었다. 경기장은 텅 비었고 그 안에 몰려 있던 사람들은 오케스트라가 타악기와 현악기로 카니발 음악을 연주하는 동안 춤추고 발을 쿵쿵 굴렀다. 바로 그때 젊은 남자가 오틸리에게로 다가왔다. 오틸리는 남자의 닭이 마치 앵무새처럼 어깨 위에 올라앉아 있는 걸 보고 웃음을 터뜨렸다. 꺼져. 베이비는 농군이 오틸리에게 춤추자고 하는 데 분개했다. 로지타는 분연히 일어나 남자와 친구 사이를 가로막고 섰다. 청년은 단지 미소만 지을 뿐이었다. 부탁입니다, 부인. 따님하고 이야기를 하고 싶습니다. 오틸리는 몸이 허공에 붕 뜬 듯한 기분이었다. 그녀는 음악의 리듬에 맞춰 엉덩이가 그의 엉덩이와 슬쩍 부딪치는 걸 느꼈지만 전혀 개의치 않고 사람들이 빽빽히 얽혀 춤추는 사이로 그를 따라 들어갔다. 로지타가 말했다. 너 들었어? 저 자식이 나를 오틸리 엄마라고 하는 걸? 베이비는 로지타를 위로하며 험상궂게 대답했다. 어쨌건 뭘 바라? 두 사람 다 여기 토박이잖아. 쟤가 돌아오면 우리 모른 척하자.

공교롭게도 오틸리는 친구들에게 돌아가지 않았다. , 이 청년의 이름은 루아얄이었다. 루아얄 보나파르트. 루아얄은 애초부터 춤을 추고 싶었던 게 아니라고 오틸리에게 말했다. 우리 조용한 데로 가요. 루아얄은 말했다. 내 손을 잡아요. 내가 데려갈게요. 오틸리는 그가 이상하다고 생각했지만 그와 함께 있는 느낌이 이상하지는 않았다. 산은 여전히 오틸리와 함께 있었고, 그도 산의 일부였다. 오틸리의 손을 잡고, 무지갯빛 수탉을 어깨 위에 올려놓은 채, 두 사람은 천막을 떠나 하얀 길을 한가로이 헤매고 다녔다. 그러다가 비스듬히 솟은 초록 아카시아 나무 사이로 햇빛을 받은 새들이 파드득 날아다니는 부드러운 오솔길을 따라갔다.

난 이제까지 계속 슬펐어요. 그는 슬프지 않은 표정으로 말했다. 우리 마을에서는 쥐노가 챔피언이에요. 하지만 여기 새들은 강하고 추악하죠. 여기서 싸움을 붙여봤자 쥐노가 죽을 뿐이죠. 그래서 나는 그대로 집으로 데리고 가 쥐노가 우승했다고 말할 거예요. 오틸리, 코담배 좀 있어요?

오틸리는 에취, 하고 세차게 재채기를 했다. 코담배는 어린 시절을 떠올리게 했고, 과거의 세월을 의미했다. 향수가 멀리까지 뻗어 나가는 마술봉처럼 오틸리를 건드렸다. 루아얄, 오틸리는 말했다. 잠깐만 가만히 있어요. 신발 좀 벗고 싶어요.

루아얄은 신발을 신지 않았다. 그의 황금색 발은 늘씬하고 가뿐했다. 그 발이 남긴 발자국은 마치 섬세한 동물의 흔적 같았다. 루아얄은 말했다. 어떻게 내가 여기서 당신을 찾을 수 있었을까요? 세계의 이곳에서. 좋은 것이라고는 하나도 없는 곳, 럼 주는 썩었고 사람들은 도둑인 이곳에서? 어떻게 내가 당신을 여기서 찾았을까요, 오틸리?

그야 내가 나의 길을 가야 하기 때문이죠. 당신과 마찬가지로. 그리고 여기에 내 집이 있어요. 나는 음, 호텔 같은 곳에서 일해요.

 우리도 우리끼리 사는 동네가 있어요. 고개턱마다 집이 있고 언덕마루에는 멋있는 우리 집이 있어요. 오틸리, 그 집에 가볼래요?

 말도 안 되는 소리예요. 오틸리는 그를 약 올렸다. 정말 미친 소리예요. 오틸리는 나무 사이로 뛰어들어 갔고 루아얄이 그녀 뒤를 쫓았다. 그는 마치 그물을 펼치듯 손을 뻗었다. 쥐노는 날개를 퍼덕이며 꼬꼬 울더니 땅 위로 내려앉았다. 바스락거리는 이파리와 부드러운 이끼가 그늘과 그림자 사이를 헤집고 경쾌하게 뛰어다니는 오틸리의 발바닥에 오싹하게 스쳤다. 갑자기 발꿈치에 가시가 박히며 오틸리는 베일같이 펼쳐진 무지갯빛 고사리밭 속으로 쓰러졌다. 루아얄이 가시를 뽑아내자 오틸리는 몸을 움찔했다. 루아얄은 가시가 박혀 있던 자리에 입을 맞췄다. 그의 입술이 오틸리의 손을 지나 목덜미까지 올라왔다. 오틸리는 마치 떠다니는 이파리 사이에 있는 느낌이었다. 그녀는 루아얄의 냄새를 들이마셨다. 제라늄이나 무거운 나무의 뿌리 같은 짙고 깔끔한 냄새였다.

 이만하면 됐어요. 오틸리는 애원했다. 하지만 진심은 아니었다. 오직 그와 한 시간 남짓 함께 있었을 뿐인데, 오틸리의 심장은 다 녹아버릴 것 같았다. 순간, 그는 조용히 아무 말도 하지 않았다. 간질간질한 머리카락이 난 머리를 그녀의 가슴에 얹었다. 쉬, 오틸리는 잠에 빠진 그의 눈 주변에 모여든 각다귀를 쫓았다. 쉬, 오틸리는 총총 걸어와 하늘을 보고 꼬꼬댁 울어젖히려는 쥐노를 조용히 시켰다.

그 자리에 누워 있는 동안, 오틸리는 옛날의 원수, 벌떼를 보았다. 벌떼들은 조용히 개미 떼처럼 줄지어서 오틸리에게서 멀지 않은 곳에 서 있는 부러진 나무 그루터기를 들락날락했다. 오틸리는 루아얄의 팔에서 빠져나와 땅에 자리를 편편히 펴고 누웠다. 벌들이 오가는 행로에 살며시 놓은 오틸리의 손이 떨렸다. 맨 앞에서 오고 있던 벌이 오틸리의 손바닥으로 떨어졌다. 오틸리가 손가락을 오므렸을 때, 벌은 그녀를 쏘려고 하지 않았다. 오틸리는 확실히 하기 위해서 열까지 세었다가 손을 폈다. 벌은 빙글빙글 호를 그리더니 명랑한 노래를 부르면서 허공 위로 올라갔다.

마담은 베이비와 로지타에게 충고를 한마디 했다. 그 애를 그냥 놔둬. 보내줘. 몇 주 후면 돌아올 거야. 여주인은 침착하게 운명을 받아들이는 패자처럼 말했다. 오틸리를 붙잡기 위해서 이 집에서 제일 좋은 방도 주고 새 금니와 코닥 카메라, 전기 선풍기까지 주겠다고 했지만 오틸리는 전혀 흔들리지 않았다. 그녀는 즉시 마분지 상자에 소지품을 모두 다 챙겼다. 베이비는 도와주려 했으나 너무 많이 울어서 오틸리가 말려야만 했다. 이런 건 불운을 가져와요. 신부의 물건에 눈물을 떨어뜨리면. 또 로지타에게는 이렇게 말했다. 로지타, 거기 서서 툴툴거리지만 말고 이리 와서 나를 위해 기뻐해줘요.

닭싸움이 있고 나서 겨우 이틀 만에 루아얄이 마분지 상자를 어깨에 둘러메고 그녀를 데리고 산을 향하여 걸어갔다. 오틸리가 더 이상 상젤리제에서 일하지 않는다는 소문이 퍼지자 많은 손님들이 다른 가게로 옮겨갔다. 몇몇 단골들은 의리를 지키긴 했지만 공기가 침울하다며 불평을 했다. 어떤 저녁에는 아무도 아가씨들에게 맥주 한잔 사지 않는 경우도 있었다. 마침내 오틸리가 돌아오지 않을 것처럼 느껴졌다. 여섯 달이 지날 무렵, 마담은 단언했다. 그 애는 죽은 게 분명해.

루아얄의 집은 꽃들의 집이나 다름없었다. 등나무 덩굴이 지붕을 감쌌고, 덩굴이 커튼처럼 늘어져 창문에 그늘을 드리웠으며, 문간에는 백합이 피어 있었다. 집은 높은 곳에 자리하고 있었기 때문에 창문 앞에 서면 저 멀리 희미하게 깜박이는 바다까지도 내다보였다. 여기서는 태양이 뜨겁게 타올랐지만 그늘은 차가웠다. 집 안은 언제나 어둡고 시원했으며, 벽에는 분홍색과 초록색 신문지를 발라놓아 바스락거리는 소리가 났다. 방은 하나뿐이었다. 방 안에는 난로와 대리석 탁자 위에 놓여 까닥거리는 거울, 뚱뚱한 남자 셋이 함께 자도 될 만큼 커다란 청동 침대 하나가 있었다.

  하지만 오틸리는 이 장대한 침대에서 자지 못했다. 심지어 그 위에 앉을 수조차 없었다. 이 침대는 루아얄의 할머니, 보나파르트 할멈의 소유였기 때문이었다. 난쟁이처럼 안짱다리에, 대머리 독수리처럼 머리가 밋밋한 시커먼 혹투성이 할멈. 보나파르트 할멈은 이 근방에서는 주술사로 존경받고 있었다. 할멈의 그림자가 자기에게 떨어질까 두려워하는 사람들도 많았다. 심지어 루아얄조차도 자기 할머니를 경계했으며 집에 아내를 데리고 왔다고 말할 때도 더듬거렸다. 늙은 여자는 오틸리에게 가까이 오라고 손짓을 하더니 사악하게 여기저기를 꼬집어 멍을 내놓고는 손자에게 새댁이 너무 말랐다고 했다. 저러다가는 첫애 낳다가 죽겠다며.

매일 밤 두 사람은 보나파르트 할멈이 잠들 때까지 기다렸다가 사랑을 나누곤 했다. 가끔 오틸리가 달빛이 비치는 밀짚 침대에 누워 있노라면 보나파르트 할멈이 말똥말똥 깨어서 자기들을 보고 있다고 느낄 때도 있었다. 한번은 유명 배우에 홀린 사람처럼 부은 눈이 어둠 속에서 반짝거리는 것을 본 적도 있었다. 루아얄에게 불평해봤자 소용없었다. 그는 단지 웃어넘기기만 할 뿐이었다. 산전수전 다 겪은 노인네가 우리 좀 더 본다고 해로울 게 있겠어?

루아얄을 사랑했기에 오틸리는 불평불만을 걷어버리고 보나파르트 할멈을 원망하지 않으려고 애썼다. 잠시 동안은 행복했다. 포르토프랭스의 친구들이나 삶을 그리워하지 않았다. 그렇더라도 그 시절의 기념품들을 항상 잘 수선해 보관했다. 베이비가 결혼 선물로 준 반짇고리를 가지고 오틸리는 실크 드레스들과 이제는 결코 신고 갈 데가 없는 초록색 실크 스타킹을 수선했다. 마을에 있는 카페에는 오로지 남자들만 모여 닭싸움을 할 뿐이었다. 여자들은 만나고 싶으면 빨래터에 모였다. 하지만 오틸리는 할 일이 너무 많아서 외로울 겨를도 없었다. 동이 틀 때면 유칼립투스 나뭇잎을 모아서 불을 피우고 식사 준비를 해야 했다. 병아리 모이도 줘야 했고, 염소 젖도 짜야 했으며, 계속 잔소리를 늘어놓는 보나파르트 할멈의 시중도 들어줘야 했다. 하루에 서너 번씩 식수를 길어다 양동이를 채운 후, 집에서 1.6킬로미터 정도 떨어진 사탕수수 밭에서 일하는 루아얄에게 날라다 주었다. 오틸리는 이렇게 밭에 나갈 때마다 루아얄이 퉁명스럽게 굴어도 별로 신경 쓰지 않았다. 밭에서 같이 일하면서 그녀를 볼 때마다 쪼개진 수박처럼 실실 웃는 다른 남자들 앞에서 루아얄이 으스대고 싶어서 그런다는 것을 오틸리도 알았다. 하지만 밤에 루아얄이 집에 돌아오면, 오틸리는 남편의 귀를 잡아당기고 자기를 개처럼 취급한 데 대해 입술을 삐죽거렸기 때문에 급기야 루아얄은 반딧불이들이 타오르는 어두운 마당에서 오틸리를 안고 아내가 웃어줄 말을 속삭여주곤 했다.

두 사람이 결혼한 지 다섯 달 되었을 무렵, 루아얄은 결혼 전 습관으로 돌아갔다. 남자들은 저녁에 카페에 가서 일요일 내내 죽치고 앉아 닭싸움을 보았다. 루아얄은 어째서 오틸리가 이 일에 불평을 늘어놓는지 이해할 수가 없었다. 하지만 오틸리는 남편이 이런 식으로 행동할 권리가 없다고 했다. 그리고 자기를 사랑한다면 밤이고 낮이고 저 고약한 할멈과 단둘만 놔두고 나가 버리지는 않을 거라고도 했다. 당신을 사랑해. 루아얄은 말했다. 하지만 남자라면 남자의 즐거움을 누려야만 하는 거야. 달이 하늘 한가운데 올 때까지 루아얄이 남자의 즐거움을 즐기는 밤들이 있었다. 오틸리는 그가 언제 집에 돌아올지 알지 못했으며 밀짚 침대에 누워 뒤척거리면서 남편의 품 안이 아니면 잠들 수 없다는 생각을 했다.

하지만 보나파르트 할멈이야말로 진짜 고문이었다. 할멈은 오틸리가 정신이 나갈 정도로 걱정거리를 만들어댔다. 오틸리가 요리를 하고 있으면 끔찍한 할망구는 꼭 난로 주변을 쑤시고 다녔고, 음식이 마음에 들지 않으면 한 입 물었다가 바닥에 뱉곤 했다. 또, 생각해낼 수 있는 모든 방법을 동원해서 집 안을 엉망진창으로 만들었다. 이불에 오줌을 지리고, 염소를 방에 들여놔야 한다고 우겼으며 손대는 건 뭐든지 쏟거나 깨버렸다. 루아얄에게는 남편을 위해 집 하나 깨끗이 관리하지 못하는 마누라면 하등 쓸모가 없다고 투덜거렸다. 할멈은 하루 종일 방해만 했고 자비심이라고는 하나 없는 빨간 눈을 언제나 말똥말똥 뜨고 있었다. 하지만 무엇보다도 가장 고약한 짓거리, 마침내 오틸리가 죽여버리겠다고 협박까지 하게 된 할멈의 못된 습관은 갑자기 뜬금 없이 슬금슬금 나타나 손톱자국이 남을 정도로 세게 꼬집는 것이었다. 한 번만 더 하면, 정말 한 번만 더 하면 저 칼을 가져와 할머니 심장을 도려내버릴 거예요! 보나파르트 할멈은 오틸리의 말이 진담이라는 것을 알고 꼬집는 일은 그만두었지만 다른 장난거리를 생각해냈다. 예를 들면, 오틸리가 마당에 가꿔 놓은 텃밭을 짐짓 모르는 양 밟고 다니는 것이었다.

어느 날 이례적인 일이 두 가지 벌어졌다. 마을에서 한 남자아이가 오틸리에게 온 편지를 갖고 온 것이 그중 하나였다. 샹젤리제에 있을 때는 한때 오틸리와 즐거운 시간을 보냈던 선원들이나 여행 다니는 남자들이 가끔가다 우편엽서를 보내고는 했지만 이건 정말 처음으로 받아보는 편지였다. 오틸리는 글을 읽을 줄 몰랐으므로, 처음에는 찢어버리고 싶다는 충동이 불쑥 들었다. 편지를 붙들고 있어봤자 아무런 소용이 없었다. 그렇지만 물론 언젠가 오틸리도 글을 배울 날이 올 수도 있었다. 그래서 오틸리는 편지를 반짇고리에 숨겨두기로 했다.

반짇고리를 열었을 때, 오틸리는 불길한 예감이 들었다. 털뭉치 같은 노란 고양이의 잘린 머리가 들어 있는 것을 보고 소름이 끼쳤다. 그래, 이 할망구가 새로운 장난을 친단 말이지! 나한테 마술을 걸려고 한 거야. 오틸리는 하나도 겁을 집어먹지 않았다. 오틸리는 한쪽 귀를 잡아 고양이 머리를 얌전히 들어올려 난로로 가져가 끓는 물에 넣었다. 점심 때 보나파르트 할멈은 이를 핥으며 오틸리가 오늘 만들어준 수프는 특히 맛있었다고 칭찬했다.

다음 날 아침, 점심 식사 시간에 딱 맞춰, 오틸리는 반짇고리에서 작은 녹색뱀을 발견하고 움찔했다. 오틸리는 역시 이 녹색뱀도 모래처럼 잘게 저며 스튜 위에 솔솔 뿌렸다. 매일 오틸리의 창의력은 시험을 받았다. 어느 날은 거미를 굽기도 했고, 어느 날은 도마뱀을 튀기기도 했으며 대머리독수리를 삶기도 했다. 보나파르트 할멈은 매번 몇 그릇이나 먹었다. 그러면서도 불안하게 눈을 반짝이며 이제 오틸리에게서 마술의 효과가 나타나지 않나 살폈다. 낯빛이 안 좋아 보이는구나, 오틸리. 할망구는 식초 같은 목소리에 당밀처럼 달콤한 기운을 살짝 섞으며 말했다. 깨작깨작하기는. 자, 어째서 너는 이 맛있는 수프를 먹지 않는 거냐.

그건 말이죠. 오틸리는 감정의 변화 없이 대답했다. 난 대머리독수리가 들어간 수프를 좋아하지 않거든요. 거미 넣은 빵이나 뱀 넣은 스튜도 좋아하지 않고요. 그런 식성은 없어요.

보나파르트 할멈은 사태를 깨달았다. 혈관이 부풀어 오르고 혀는 충격을 받아 힘을 잃은 할멈은 부들부들 떨리는 발로 일어서더니 탁자 위로 쿵 쓰러졌다. 밤이 되기도 전에 할멈은 죽었다.

루아얄은 조문객을 불러모았다. 마을과 이웃 언덕에서 온 사람들은 집을 둘러싸고 한밤중의 개처럼 울어댔다. 나이 든 여자들은 벽에다 머리를 연신 찧어댔고 곡을 하는 남자들은 엎드렸다. 이것은 슬픔의 기술로, 비탄을 가장 잘 흉내 내는 사람들이 크게 존경받았다. 장례식 후, 모든 사람들은 훌륭하게 해냈다고 만족하며 떠났다.

이제 집은 오틸리의 것이 되었다. 보나파르트 할멈의 감시와 치워야 할 난장판이 없으니 여유가 좀 더 생겼지만 그 시간 동안 뭘 해야 할지 알 수가 없었다. 오틸리는 거대한 청동 침대에 대자로 누워보기도 하고 거울 앞에 서보기도 했다. 단조로운 음이 머릿속에 웅웅댔다. 파리가 윙윙 나는 듯한 소리를 몰아내기 위해 오틸리는 샹젤리제의 주크박스에서 듣고 배웠던 노래를 불렀다. 땅거미 속에 서서 루아얄을 기다리고 있노라면 이 시간에 포르토프랭스에 있는 친구들은 베란다에서 수다를 떨면서 들어오는 차의 전조등 불빛을 기다리고 있었다는 기억이 떠올랐다. 하지만 루아얄이 오솔길을 유유히 걸어오는 모습, 옆구리에 초승달처럼 생긴 사탕수수 칼을 들고 슬슬 흔드는 모습을 보면 그런 생각은 까맣게 사라졌다. 오틸리는 만족한 마음으로 그를 맞으러 뛰어나갔다.

어느 날 밤, 비몽사몽으로 누워 있을 때 오틸리는 갑작스레 방 안에 있는 다른 존재의 기운을 느꼈다. 그때, 이전에 보았던 대로 침대 발치에서 감시하듯 번득이는 눈이 보였다. 그리하여 한동안 의심만 했던 일을 확신하고 말았다. 보나파르트 할멈은 죽었지만 사라지지는 않은 것이다. 언젠가 집에 혼자 있을 때 웃음소리를 들은 적도 있었고, 또 한번은 마당에 나가 있을 때 보니 염소가 아무도 없는 한곳을 빤히 쳐다보면서 할머니가 머리를 긁어줄 때처럼 귀를 깜박이기도 했다.

침대 좀 그만 흔들어. 루아얄이 탓했다. 그러면 오틸리는 손가락을 들어 눈을 가리키며 저게 보이지 않느냐고 남편에게 속삭이듯 물었다. 남편이 그냥 꿈꾼 것뿐이라고 대답하자 오틸리는 그 눈에 손을 뻗었다가 공기만을 느끼고 소리를 질렀다. 루아얄은 전등을 켰다. 그는 오틸리를 무릎에 앉히고 머리를 쓰다듬어주었다. 그동안 오틸리는 반짇고리에서 찾아낸 동물들 얘기와 그 동물들을 어떻게 처리했는지를 털어놓았다. 할머니가 한 일은 잘못한 것 아닌가요? 루아얄은 알 수 없었다. 그가 대답할 수 있는 문제가 아니었다. 하지만 오틸리는 벌을 받아야 한다는 게 루아얄의 의견이었다. 왜요? 그야 할머니가 벌 주기를 바라니까. 벌을 주지 않으면 할머니는 결코 오틸리를 평화롭게 놓아두지 않을 테니까. 그게 유령을 대하는 방식이었다.

이에 따라 루아얄은 다음 날 아침 밧줄을 하나 찾아와서 오틸리를 마당에 있는 나무에 묶겠다고 했다. 오틸리는 거기 묶인 채로 어두워질 때까지 음식도 물도 먹지 말아야 했고, 지나가는 사람은 그녀가 치욕스럽게 벌을 받는 상태라는 것을 알게 될 것이었다.

하지만 오틸리는 침대 밑으로 기어 들어가면서 나오지 않으려 했다. 나 도망칠 거예요. 오틸리는 잉잉 울었다. 루아얄, 당신이 나를 저 늙은 나무에 묶어버리면 나는 도망칠 거예요.

그러면 나는 당신을 억지로 잡아올 수밖에 없어. 루아얄이 말했다. 그러면 사태는 더 나빠질 거야.

루아얄은 오틸리의 발목을 붙잡고 침대 밑에서 질질 끌어냈다. 마당으로 가는 길 내내 오틸리는 손에 잡히는 대로 아무거나 붙잡으려고 했다. 문, 나무줄기, 염소 수염. 하지만 어떤 걸 붙들어도 버틸 수가 없었고 루아얄은 전혀 머뭇거리지 않고 오틸리를 나무에 묶었다. 루아얄은 밧줄을 세 번 매듭짓고 오틸리에게 물린 손을 핥으며 일터로 갔다. 오틸리는 남편이 언덕을 넘어 사라질 때까지 온갖 욕지거리를 퍼부었다. 염소와 쥐노, 병아리들이 모여서 오틸리의 굴욕을 빤히 쳐다보았다. 땅으로 몸을 구부정하게 숙이고서 오틸리는 동물들을 향해 혀를 날름 내밀었다.

오틸리는 거의 잠 속에 빠진 상태였기 때문에, 이 마을 출신 아이를 대동한 베이비와 로지타가 산뜻한 우산을 들고 아찔한 하이힐로 오솔길을 또각또각 걸어오며 자기 이름을 부를 때도 꿈이라고 생각했다. 이들은 꿈속의 사람들이기 때문에 자기가 나무에 묶여 있는 모습을 봐도 놀라지 않을 것이었다.

세상에, 너 미쳤니? 베이비는 실제로 오틸리가 미쳤을 경우에 대비해서 멀찌감치 거리를 두고 비명을 질렀다. 말해봐, 오틸리!

눈을 깜박이고, 킥킥 웃으면서 오틸리는 인사했다. 만나서 반가워요, 로지타! 제발 나 좀 풀어줘요. 내가 두 사람 다 껴안을 수 있게.

그럼 그 짐승이 이런 짓을 한 거니, 로지타가 밧줄을 풀며 말했다. 그 자식 어디 두고 보라지. 너를 이렇게 때리고 마당에 묶어놓다니!

아니, 그런 게 아니에요. 오틸리가 부인했다. 루아얄은 나를 절대로 때리지 않아요. 그냥 오늘만 벌을 받는 거야.

네가 우리 말을 듣지 않아서 그래. 베이비가 탓했다. 이게 어떻게 된 꼴인지 봐. 그 남자 어디 변명해보라지. 베이비는 우산을 휘두르며 덧붙였다.

오틸리는 친구들을 껴안고 입을 맞췄다. 정말 예쁜 집이죠? 오틸리는 친구들을 집 쪽으로 안내했다. 마치 꽃을 한 수레 꺾어서 그걸로 집을 지은 것 같죠. 나는 그렇게 생각해. 더운데 땡볕에서 나와요. 안은 시원하고 냄새도 향긋해요.

로지타는 향긋한 냄새라고는 전혀 맡을 수 없다는 듯 코를 킁킁거렸다. 그리고 특유의 저음으로 선언했다. 그래, 땡볕을 벗어나는 편이 좋겠구나. 애가 햇볕을 너무 쬐어서 머리가 좀 어떻게 된 것 같으니까.

우리가 와서 정말 다행이다. 베이비는 거대한 가방 안을 뒤졌다. 그에 대해서는 재미슨 씨에게 고마워 해야 해. 마담 언니는 네가 죽었다고 하고, 너는 답장을 쓰지 않아서 우리는 정말 그런 줄 알았잖아. 하지만 재미슨 씨는 정말 세상에서 제일 다정한 분이시지. 그분이 너의 가장 친한 친구인 나와 로지타를 위해 차를 빌려주셨단다. 여기 와서 우리 오틸리한테 무슨 일이 일어나는지 알아보라고. 오틸리, 내가 여기 가방에 럼주 한 병 가지고 왔으니 잔 좀 가져다주렴. 우리 한잔씩 하자.

창문 너머로 슬쩍 엿보던 안내인 소년은 도시 아가씨들의 우아하고 이국적인 태도와 번쩍이는 장신구들에 완전히 홀렸다. 오틸리도 오랜만에 입술 연지와 향수 냄새를 맡으니 새삼 깊은 인상을 받았다. 베이비가 럼주를 따라주자 오틸리는 자기 새틴 구두와 진주 귀고리를 가져왔다. 애, 로지타는 오틸리가 치장을 마치자 말했다. 여긴 너한테 맥주 한 통 사줄 사람 하나 살지 않는 것 같다. 너같이 예쁜 애가 사랑하는 사람들에게서 이처럼 떨어져 고생하면서 살다니!

별로 고생도 아니에요. 오틸리는 대답했다. 아주 가끔인걸요.

지금은 말하지 마. 베이비가 위로했다. 아직 그 얘기를 할 필요는 없단다. 어쨌든 모두 끝난걸. 자, 애, 네 잔 좀 다시 보자꾸나. 좋았던 옛 시절과 앞으로 올 날을 위해 건배! 오늘 밤 재미슨 씨가 모두를 위해 샴페인을 내시겠대. 마담이 반 가격에 주겠다고 했지.

오, 그래요. 오틸리는 친구들이 부러웠다. 그래, 오틸리는 사람들이 자신에 대해 뭐라고 하는지 궁금했다. 아직도 기억하고 있을까?

오틸리, 넌 모를 거야. 베이비가 대답했다. 이전에 본 적도 없는 남자들이 가게에 와가지고는 오틸리가 어디 있느냐고 묻는다니까. 네 소문을 저 멀리 아바나와 마이애미에서까지 들었대. 재미슨 씨는, 다른 여자애들을 쳐다보지도 않아. 그냥 베란다 자리에 앉아서 혼자 술을 마시지.

그렇군요. 오틸리는 서글프게 말했다. 그분은 언제나 내게 친절했죠. 재미슨 씨요.

이윽고 해가 기울고 럼주 병도 4분의 3 정도 비었다. 뇌우가 한순간 언덕을 적시고 지나갔지만 이제는 그쳤다. 창문을 통해 내다보니 언덕은 잠자리의 날개처럼 어른어른 빛을 발했고, 비에 젖은 꽃 향기를 잔뜩 머금은 산들바람이 방 안으로 밀려들어와 벽에 붙은 초록과 분홍색 신문지를 바스락바스락 스쳤다. 여러 이야기들이 오고 갔다. 어떤 이야기는 재미있었고 몇몇은 슬펐다. 샹젤리제 시절, 한밤에 나누었던 수다와 비슷했고 오틸리는 다시 그 일부가 될 수 있어 기뻤다.

하지만 점점 시간이 늦어지네. 베이비가 말했다. 우리는 자정 전까지는 돌아가기로 약속했어. 오틸리, 우리가 짐 싸는 것 도와줄까?

친구들이 함께 떠나기를 기대하고 있다는 것은 미처 깨닫지 못했지만, 몸에 도는 술기운 때문에 그럴 법한 생각처럼 여겨졌다. 오틸리는 미소를 지으며 생각했다. 그 사람에게 간다고 말해야겠어. 하지만 일주일도 채 즐길 수가 없을 거예요. 오틸리는 큰 소리로 말했다. 루아얄이 곧 와서 나를 데려갈 테니까.

두 친구 모두 비웃었다. 넌 참 바보구나. 우리 집에 오는 남자 손님들이 루아얄을 혼쭐내는 꼴을 보고 싶은걸.

루아얄에게 해코지하면 난 참고 보지 않을 거예요. 오틸리가 말했다. 그러다가 집에 돌아오면 루아얄이 더 화를 낼걸요.

베이비가 말했다. 하지만, 오틸리. 너는 그 사람하고 이곳에 다시 돌아오지 않을 거잖아.

오틸리는 킥킥대며 마치 다른 사람에게는 보이지 않는 것을 본 사람처럼 방을 휙 둘러보았다. 왜, 돌아올 건데요.

눈알을 굴리면서 베이비는 부채를 꺼내 얼굴 앞에서 흔들었다. 그런 미친 소리 처음 들어본다. 베이비는 이를 악물면서 말했다. 너 이런 미친 소리 들어본 적 있니, 로지타?

오틸리가 너무 고생을 해서 그래. 로지타가 말했다. 애, 우리가 짐을 대신 싸줄 테니, 넌 그냥 침대에 누워 있을래?

오틸리는 친구들이 자기 소지품을 싸기 시작하는 모습을 바라보았다. 친구들은 빗과 머리핀을 그러모아 놓고 실크 스타킹을 둘둘 감았다. 오틸리는 좀 더 멋진 옷을 입으려는 사람처럼 예쁜 옷을 벗었으나 도로 옛날 드레스로 갈아입었다. 그리고는 조용하게 마치 친구들을 돕는 양 모든 물건들을 원래 있던 자리에 갖다놓았다. 베이비는 눈앞에서 벌어지는 일을 보고 발을 쿵쿵 굴렀다.

내 말 좀 들어보세요, 오틸리가 말했다. 베이비 그리고 로지타, 내 친구라면 내 말대로 해주세요. 여기 왔을 때처럼 나를 마당에 그대로 묶어주세요. 벌에게 쏘이지 않게 잘.

애, 아주 술에 맛이 갔군. 베이비가 말했다. 하지만 로지타가 입 다물라고 했다. 로지타는 한숨을 지었다. 오틸리는 사랑에 빠졌나 봐. 루아얄이 오틸리를 도로 찾아오려고 하면 앤 함께 돌아갈 거야. 그리고 이런 식이라면 두 사람은 집에 가서 마담 말이 맞았다고 하는 게 나을 것이었다. 오틸리는 죽었다고.

그래요. 오틸리는 이 극적인 결말이 마음에 들었다. 사람들에게 내가 죽었다고 하세요.

그래서 그들은 마당으로 나갔다. 가슴을 추켜올리고 머리 위에서 휙 움직이는 한낮의 달처럼 눈을 둥그렇게 뜬 베이비는 오틸리를 나무에 묶는 일에 가담하지 않겠다고 했다. 그래서 결국

로지타가 혼자 그 일을 해야 했다.'이별할 때 가장 많이 운 사람은 오틸리였다. 하지만 그녀는 두 사람이 떠나는 모습을 보고 기뻤다. 그들의 모습이 사라지자마자 다시는 친구들을 생각하지 않으리라는 것을 알았기 때문이었다. 하이힐을 신고 내리막길을 또각또각 걸어가던 두 친구는 돌아서서 손을 흔들었지만 오틸리는 도로 흔들어줄 수가 없었다. 그리고 두 사람이 시야에서 사라지자마자 그들을 잊어버렸다.

술 냄새를 지우기 위해 유칼립투스 나뭇잎을 씹으면서 오틸리는 저녁 빛이 꿈틀대는 서늘한 공기를 느꼈다. 낮에 뜬 달에 노란빛이 깊어졌고 둥지를 찾아 돌아가는 새들은 나무 어둠 속으로 날아들었다. 갑자기 루아얄이 오솔길을 걸어오는 소리가 들리자, 오틸리는 다리를 축 구부리고 목을 늘어뜨린 후 눈을 까뒤집었다. 멀리서 보면 오틸리는 마치 격렬히 몸부림치다 불쌍하게 인생의 끝을 맞은 여자처럼 보였다. 루아얄이 점점 발걸음을 빨리하다가 결국에는 뛰어오는 소리에 귀를 기울이며 오틸리는 행복하게 생각했다. 이러면 저 사람 겁 꽤나 집어먹겠지.

크리스마스의 추억
(1956)

11월 하순의 어떤 아침을 상상해보시기를. 벌써 20년도 전, 겨울이 다가오는 조짐이 보이는 아침을. 한 시골 마을, 옆으로 널따란 낡은 집의 부엌도 머릿속으로 그려보라. 이 부엌에서 가장 눈에 확 들어오는 물건은 거대한 검은색 풍로다. 또 커다란 원형 탁자도 있고 앞에 안락의자 두 개가 놓여 있는 벽난로도 하나 있다. 때마침 오늘, 벽난로는 드디어 제철을 맞아 소리를 내지르기 시작한 참이다.

백발을 짧게 자른 여인이 부엌 창가에 서 있다. 여인은 테니스 신발을 신고 여름옷처럼 가벼운 무명 원피스 위에 모양 없는 회색 스웨터를 입고 있다. 체구가 작고 당닭처럼 씩씩하지만, 젊었을 때 오랫동안 병을 앓아 여인의 어깨는 가련하리만큼 구부정하다. 남다른 얼굴은 링컨의 얼굴과 별로 다르지 않을 만큼 볼이 울퉁불퉁 홀쭉하고 햇볕과 바람에 찌들어 바랬다. 하지만 생김

새가 섬세하고 뼈대가 고우며 황갈색 포도주 빛깔의 눈은 소심해 보이기도 한다. "어머나!" 여인이 외치자 숨결이 입김이 되어 창문에 어린다. "과일 케이크를 만들기에 좋은 날씨네!"

이 여인이 말을 걸고 있는 사람은 다름아닌 바로 나다. 그 당시 나는 일곱 살이고 여인은 예순 살이 넘었다. 우리는 사촌간이다. 촌수가 좀 먼 사촌. 그리고 함께 살았다. 음, 적어도 내가 기억하는 한 우리는 줄곧 함께 살았다. 이 집에는 다른 사람들도 살고 있다. 다 친척들이다. 이들은 우리를 맘대로 휘두르고 종종 우리를 울리기도 하지만, 우리 두 사람은 보통 이들이 있건 없건 별로 개의치 않는다. 우리는 제일 친한 친구 사이다. 나의 사촌은 이전에 가장 친한 친구였던 소년의 이름을 따 나를 버디라고 부른다. 이쪽 버디는 사촌이 아직 어린아이였던 1880년대에 죽었다고 한다. 하긴 사촌은 여전히 어린이나 다름없다.

"침대에서 일어나기도 전에 그럴 것 같더라." 사촌은 눈에 의미심장한 흥분을 담고 창문에서 몸을 돌린다. "법원의 종이 너무나 차갑고 맑게 울리더라고. 그리고 새들의 노랫소리도 들리지 않았고. 따뜻한 지방으로 가버렸나 봐. 그렇고말고. 오, 버디. 비스킷은 이제 그만 입에 쑤셔 넣고 우리 손수레 좀 가져오렴. 내 모자도 찾아주고. 과일 케이크를 서른 개나 구워야 해."

매년 똑같다. 11월의 어느 아침이 되면 내 친구는 상상력을 자극하고 가슴을 뜨겁게 하는 크리스마스 계절이 도래했음을 공식적으로 선포하듯이 똑같은 말을 하는 것이다. "과일 케이크를 굽기에 좋은 날씨구나! 우리 손수레를 가져오렴. 내 모자 좀 찾아주고."

모자는 곧 찾아낸다. 벨벳 장미 코르사주가 달려 있는 챙 넓은 야외용 밀짚모자. 한때는 우리 집안에서 가장 세련된 친척이 쓰던 건데 이젠 빛이 바랬다. 우리는 손수레, 낡아서 망가진 유모차를 함께 몰아 정원으로 나가고 피칸 나무 숲 속으로 들어간다. 이 유모차는 내 것이다. 즉, 내가 태어났을 때 나를 태우려고 샀다는 뜻이다. 버드나무로 짠 유모차는 이제 매듭이 풀려 너덜너덜하고 술주정뱅이가 비틀거리듯 바퀴가 후들후들 떨린다. 그래도 아직까지는 말 잘 듣고 멀쩡히 움직이는 물건이다. 봄이면 우리는 수레를 숲 속으로 밀고 들어가 현관 베란다에 놓을 화분에 심을 꽃이며 허브, 야생 덩굴식물 들을 가득 실었다. 여름에는 소풍 바구니와 사탕수숫대로 만든 낚싯대를 싣고 시냇가로 밀고 간다. 겨울에도 쓸모가 있다. 마당에서 쪼갠 장작을 싣고 부엌으로 나르는 수레로 쓰기도 하고, 퀴니의 침대로 쓰기도 한다. 퀴니는 우리가 기르는 버릇 없는 암캉아지로, 주황색과 흰색이 섞인 랫 테리어다. 퀴니는 개홍역에도 걸렸었고 방울뱀에 두 번이나 물렸지만 멀쩡하게 살아남았다.

세 시간 후, 우리는 바람에 떨어진 피칸 열매를 유모차 한 가득 싣고 부엌으로 돌아온다. 피칸을 줍느라 등이 욱신욱신 쑤신다. 아프다. 수북이 덮인 나뭇잎과 서리에 얼어붙어 잘 보이지 않는 풀숲을 헤치고 피칸을 찾는 일은 얼마나 어려운지. (나무를 털어서 수확한 피칸은 우리가 아니라 과수원 주인이 모아다가 판다.) 우지직! 피칸 껍질이 깨지면서 체리 크런치를 씹을 때처럼 자그마하게 천둥이 치는 듯한 소리가 연이어 나고 황금색 속껍질 안에 든 달콤하고 기름진 상아색 알맹이가 우윳빛 유리그릇 안에 소복이 쌓인다. 퀴니가 먹어보고 싶어서 낑낑거리면, 내 친구는 우리는 손대지 않아야 한다고 우기면서도 퀴니에게는 가끔씩 몰래 조금 떼어 준다. "우리는 손대서는 안 돼, 버디. 일단 먹기 시작하면 걷잡을 수 없어. 별로 많지도 않잖니. 케이크를 서른 개나 구워야 하는데." 부엌은 점점 침침해진다. 저녁 어스름이 비쳐 창문은 거울처럼 빛을 반사한다. 난롯가 옆에서 일하는 우리 모습이 난롯불에 비쳐 창문에 어리며 떠오르는 달과 섞여버린다. 마침내 달이 하늘 높이 오르면 우리는 마지막 껍질을 불 속에 던져버리고 거기에 불이 붙는 모습을 보면서 동시에 휴우 한숨을 내뱉는다. 손수레는 비고, 그릇은 테두리까지 차 있다.

우리는 저녁을 먹고(차가운 비스킷과 베이컨, 블랙베리 잼), 내일 일을 의논한다. 내일부터는 내가 제일 좋아하는 일이 시작된다. 물건 사기. 체리와 시트론 열매, 계피와 바닐라, 하와이 파인애플 깡통, 오렌지 껍질, 건포도, 호두와 위스키. 아, 밀가루도 잔뜩 사고 버터, 달걀도 많이 사야지. 양념, 향료. 참, 이걸 다 싣고 수레를 끌고 오려면 조랑말이 필요하겠다.

하지만 물건을 구입하기 전에 돈을 어디서 구해올까 하는 문제가 있다. 우리 둘 다 돈은 한 푼도 없다. 이 집 사람들이 아주 가끔 좀스럽게 내놓는 잔돈푼이나(10센트도 꽤 생색내며 준다) 우리가 여러 허드렛일을 해서 번 돈을 빼면. 우리는 잡동사니를 그러모아 바자회를 열거나 손으로 딴 블랙베리, 집에서 만든 잼이나 사과 젤리, 복숭아 병조림을 팔았고 장례식과 결혼식을 위한 꽃다발도 만들어 팔았다. 한번은 전국 축구 대회에서 79등을 해서 상금으로 5달러를 받기도 했다. 축구에 대해서는 쥐뿔도 모르지만 우리는 이름 들어본 대회는 무조건 나간다. 이 순간에 우리는 5만 달러 상금이 걸린 커피 브랜드 이름 공모전에 희망을 걸고 있다. (우리는 'A. M.'이라는 이름을 응모했다. 내 친구는 "A. M.! 아멘!"이라는 슬로건이 약간 불경하지 않을까 해서 조금 망설이기는 했다.) 툭 까놓고 말하자면, 우리가 유일하게 이윤을 낸 사업은 두 해 전 여름, 뒷마당의 장작 헛간에 차렸던 재밋거리 괴물 박물관밖에 없었다. 재밋거리는 워싱턴과 뉴욕의 광경을 담은 입체 환등기로, 실제 그 도시들을 가봤던 친척 아주머니가 빌려준 것이었다. (이 아주머니는 우리가 환등기를 빌려 간 이유를 알고 펄펄 뛰었다.) 괴물은 우리가 기르던 암탉이 낳은 세 다리 병아리였다. 동네 사람들이 모두 이 병아리를 보고 싶어 했다. 우리는 어른에게는 5센트를 받았고, 아이들은 2센트만 내게 했다. 제일 중요한 구경거리였던 이 병아리가 죽는 바람에 결국 박물관은 문을 닫았지만 그때까지 족히 20달러는 벌었다.

하지만 이런저런 방법으로 우리는 매년 크리스마스에 쓸 돈을 모아 과일 케이크 기금을 마련했다. 우리는 이 돈을 골동품 구슬 지갑에 넣어 내 친구 방 침대 밑에 놓인 요강 아래 마룻바닥의 헐렁해진 널을 뜯고 숨겨놓았다. 돈을 넣을 때나 매주 토요일에 돈을 뺄 때 빼고는 지갑을 이 안전한 장소에서 빼내는 일은 거의 없었다. 토요일은 내가 10센트를 받아 영화를 보러 갈 수 있는 날이었다. 내 친구는 한 번도 극장에 가본 적 없었고 갈 마음도 없었다. "난 너한테 얘기를 듣는 편이 더 좋아, 버디. 그러면 좀 더 상상을 잘할 수 있거든. 더욱이 내 나이 정도 된 사람은 눈을 너무 쓰면 안 돼. 주님께서 오실 때 내 두 눈으로 똑똑히 봐야 하니까." 친구는 영화를 한 번도 본 적 없을 뿐 아니라 식당에 가본 적도 없었고 집에서 8킬로미터 이상 떨어진 곳에 여행을 가본 적도 없었다. 또 전보를 받거나 쳐본 적도 없었고 만화나 성경 말고는 책을 읽은 적도 없었다. 게다가 화장을 해본 적도, 욕을 해본 적도, 다른 사람이 나쁘게 되기를 바란 적도, 고의로 거짓말을 한 적도, 굶주린 개를 못 본 척한 적도 없었다. 내 친구가 했던, 지금도 가끔 하고 있는 일은 이런 것들이다. 호미로 이 군에서 본 가장 큰 방울뱀을 쳐 죽이기(모두 다 해 열여섯 마리), 코담배 피우기(그것도 남몰래), 벌새 길들여서 손가락 위에 올라앉게 하기(되나 안 되나 한번 해본 정도), 7월 더위에도 오싹해질 만큼 무서운 유령 얘기하기(우리 둘 다 유령을 믿는다), 혼잣말하기, 빗속에 산책하기, 마을에서 가장 예쁜 동백나무 키우기, 사마귀 없애는 비법을 포함, 온갖 종류의 옛날 인디언 민간요법 약 만들기.

이윽고 저녁 식사가 끝나면 우리는 집의 외진 구석에 있는 방으로 슬쩍 물러간다. 내 친구가 제일 좋아하는 장미 분홍색을 칠한 철제 침대에 조각 퀼트 이불을 덮고 자는 방이다. 아무 말 없이, 우리는 함께 일을 꾸미는 사람끼리만 느낄 수 있는 즐거움을 나누며 방으로 가서 비밀 장소에서 구슬 지갑을 꺼내 내용물을 조각 이불 위에 쏟아놓는다. 초록색 지폐는 5월에 돋는 꽃봉오리처럼 돌돌 말려 있다. 색이 칙칙한 50센트짜리 동전은 죽은 사람의 눈알만큼이나 무겁다. 동전 중에서도 가장 예쁜 10센트짜리는 정말로 짤랑짤랑 소리를 낸다. 5센트짜리와 25센트짜리는 시냇가의 조약돌처럼 닳아서 반들반들하다. 하지만 동전들 중 대다수는 얄밉게도 쓰디쓴 냄새가 나는 1센트짜리들이다. 지난 여름 다른 식구들은 우리가 파리 스물다섯 마리를 죽일 때마다 1센트를 주기로 약속했다. 오, 8월의 대학살이여! 그때 죽어간 파리들에게 명복을! 그다지 자랑스러워할 만한 일은 아니었다. 어쨌든 우리는 자리에 앉아 죽은 파리 수를 세듯 1센트 동전을 센다. 우리 둘 다 셈에는 젬병이다. 우리는 느릿느릿 세다가 잊어버리기도 해서 다시 처음부터 센다. 친구의 계산에 따르면 우리의 총 재산은 12달러 73센트다. 내 계산에 따르면 13달러다. "네 계산이 틀렸으면 좋겠구나, 버디. 열셋이라는 숫자와 얽혀봤자 좋을 게 하나도 없어. 케이크가 풀썩 엎어질걸. 누군가가 세상을 뜰지도 몰라. 뭐, 난 13일에는 침대에서 나올 꿈도 안 꾼단다." 이 말은 사실이었다. 내 친구는 13일이면 언제나 침대에 누워서 꼼짝도 하지 않는다. 그래서 아예 마음을 푹 놓을 수 있도록 우리는 1페니를 빼서 창문 밖으로 버린다.

우리의 과일 케이크 안에 들어가는 모든 재료 중에서도 위스키가 가장 비싸고 구하기도 제일 어렵다. 주법에 의하면 술은 판매가 금지된다. 하지만 하하 존스 씨한테 가면 한 병 구할 수 있다는 건 모두가 아는 상식이다. 그래서 다음 날 우리는 좀 더 쉽게 구할 수 있는 물건들은 다 사놓은 후 하하 씨의 영업점을 향한다. 생선 튀김과 무도장이 있는 강변 카페는 (사람들 의견을 빌리자면) "죄악이 넘치는" 곳이다. 우리는 이전에 똑같은 용무로 그곳에 간 적이 있었다. 하지만 지난 해까지 우리는 주로 하하 씨의 부인과 상대했다. 부인은 요오드처럼 거무스레한 피부에 과산화수소로 머리카락을 탈색해버린 인디언 여자로 언제나 죽도록 피곤해하는 성향이 있다. 실제로 우리는 그 남편을 직접 본 적은 한 번도 없었지만 남편도 인디언이라는 소문을 듣기는 했다. 그는 뺨에 면도날 상처가 있는 거인이라고 한다. 사람들이 하하라고 부르는 건 이 사람이 너무 음침하고 절대 웃지 않는 남자이기 때문이었다. 이 카페(안과 밖에 야하다 싶을 정도로 휘황찬란한 전구 사슬을 감아놓은 통나무 카페는 회색 물안개처럼 나뭇가지까지 이끼가 덮인 강변 나무 그늘 밑에 서 있다)에 다가가면 갈수록 우리의 발걸음은 점차 느려진다. 심지어 퀴니도 폴짝폴짝 뛰어가다 멈추고 우리 옆에 바짝 붙는다. 하하 카페에서는 살인 사건이 여러 번 일어났었다. 그것도 칼에 난도질당하거나 머리를 얻어맞거나 해서 죽은 사건들이. 다음 달에 법원에서 관련 재판도 하나 열릴 예정이다. 당연하게도 이런 일들은 색깔 전구들이 괴상한 모양을 만들고 빅터 축음기가 울어대는 밤에 일어난다. 낮에 보면 하하 카페는 초라하고 황량하다. 나는 문을 두드리고 퀴니는 짖어대고 내 친구는 소리쳐 부른다. "하하 부인, 부인 있어요? 아무도 집에 없어요?"

발소리가 들린다. 문이 열린다. 우리의 심장은 벌러덩 뒤집힌다. 하하 존스 씨 본인이다! 정말 거인이다. 진짜로 얼굴에 흉터도 있다. 정말 웃지도 않는다. 아니, 웃음은 고사하고 악마처럼 쭉 찢어진 눈으로 우리를 노려보면서 대답을 요구한다. "하하 부인은 뭐하러 찾아?"

순간 우리는 바짝 얼어붙어서 아무 말 하지 못한다. 이윽고 내 친구는 목소리를 쥐어짜낸다. 그래 봤자 기어들어가는 소리다.

"괜찮으시면 하하 씨, 하하 씨가 파시는 최고급 위스키를 반 갤런 사고 싶어서요."

그는 눈을 더 가늘게 뜬다. 이 말을 하면 믿을 수 있을까? 하하 씨가 미소를 짓고 있다! 웃는다! "둘 중 누가 마실 거요?"

"과일 케이크를 만들 거예요, 하하 씨. 요리용으로요."

이 말에 하하 씨는 갑자기 술이 깬 듯 진지해진다. 그는 얼굴을 찡그린다. "좋은 위스키를 그렇게 낭비하면 쓰나." 그렇지만 하하 씨는 그림자 진 카페 안으로 들어가더니 잠시 후 노란 데이지빛이 도는 액체가 담겨 있고 상표도 붙어 있지 않은 병 하나를 들고 나타난다. 그는 반짝반짝하는 술을 햇빛에 비추어 보여주고는 말한다. "2달러요."

우리는 5센트짜리와 10센트짜리, 1센트짜리 동전으로 셈을 치른다. 한 주먹 가득한 주사위처럼 동전을 쩔렁대던 하하 씨의 얼굴이 갑작스레 부드러워진다. "있잖소." 그는 동전을 우리의 구슬 지갑에 도로 쏟아 넣어준다. "돈은 됐고 과일 케이크나 하나 보내쇼."

"참." 내 친구는 집에 오는 길에 말한다. "그 사람 참 자상하기도 하지. 하하 씨 케이크에는 건포도를 한 컵 더 넣어주자."

석탄과 장작을 넣어 활활 타고 있는 검은 풍로는 핼러윈에 불 밝힌 호박머리처럼 환히 빛난다. 달걀 거품기가 돌아가고 숟가락은 버터와 설탕을 넣은 그릇을 휘젓는다. 바닐라 향기가 공기를 달콤하게 물들이고, 생강은 톡 쏘는 냄새를 퍼뜨린다. 사르르 녹으며 코를 간질이는 냄새가 부엌에 스며들어 집 전체를 뒤덮고 굴뚝으로 몽실몽실 피어 오르는 연기를 타고 세상으로 퍼져

나간다. 나흘 후 우리 작업은 끝이 난다. 위스키를 듬뿍 적신 서른한 개의 케이크가 창틀과 선반에 놓여 해바라기를 한다.

이 케이크를 누구에게 줄 거냐고?

친구들에게. 반드시 이웃 친구들을 의미하는 것만은 아니다. 실로, 이 케이크들 중 큰 몫은 우리가 한 번 만났거나 한 번도 만나본 적이 없는 사람들에게 주려고 만든 것이다. 우리가 멋지다고 생각한 사람들. 예를 들면 루즈벨트 대통령. 지난 겨울 우리 동네에 와서 강연을 해주었던 침례교과 보르네오 선교사인 J. C. 루시 목사 부부. 아니면 2년에 한 번씩 마을에 들르는 꼬맹이 칼갈이. 아니면 모빌에서 오는 6시 버스를 운행하는 운전기사 애브너 패커. 애브너는 매일 흙먼지를 휙 일으키며 지나갈 때마다 우리에게 손을 흔들어 인사한다. 아니면 신혼부부인 위스튼 씨네. 캘리포니아 출신인 이 부부는 어느 날 오후 차가 고장 나서 우리 집 앞에 섰다가 현관 베란다에 있는 우리와 한 시간 정도 유쾌하게 수다를 떨다 갔다. (위스튼 부인은 우리 스냅 사진을 찍어주었다. 우리가 찍은 유일한 사진이다.) 이런 낯선 사람들, 얼굴만 아는 사람들이 우리의 가장 진정한 친구처럼 여겨지는 것은 내 친구가 낯선 사람을 제외하고는 모든 이에게 수줍음을 타기 때문이 아닐까? 나는 아마도 그럴 거라고 생각한다. 또 백악관 편지지에 적혀서 온 감사 편지, 가끔씩 캘리포니아와 보르네오에서 보내온 편지, 칼갈이가 준 1센트짜리 엽서들을 모아놓은 스크랩북들을 볼 때마다 우리는 조각난 하늘이 보이는 우리 집 부엌 너머 신나는 일이 가득한 세계와 연결되어 있다는 느낌을 받는다.

이제 헐벗은 12월의 무화과 나뭇가지가 창문을 득득 긁는다. 부엌은 텅 비어 있고, 케이크는 다 사라졌다. 어제 우리는 마지막 남은 케이크를 우체국으로 싣고 갔고, 지갑을 탈탈 털어서 우표 값을 냈다. 이제 우리는 빈털터리다. 그런 생각을 하면 나는 약간 침울해지지만, 내 친구는 축하하자고 한다. 하하 씨의 병에 5센티미터 가량 남아 있는 위스키로. 퀴니는 커피 그릇에 한 숟가락 정도 얻는다(퀴니는 치커리 맛이 나고 향이 강한 커피를 좋아한다). 나머지 위스키는 둘이서 젤리 유리 잔에 나누어 마신다. 우리는 둘 다 스트레이트 위스키를 마신다는 생각에 잔뜩 부풀어 있다. 입에 한 모금만 대도 혀가 꼬이고 몸이 파들파들 떨린다. 하지만 이윽고 우리는 노래를 불러대기 시작한다. 우리 둘은 동시에 다른 노래를 부른다. 나는 내가 부르는 노래 가사를 잘 모른다. 단지 "같이 가요, 같이 가요, 어두운 마을의 멋쟁이 무도회로"라는 부분밖에. 하지만 나는 춤을 출 수 있다. 내가 추려는 건 영화에서 본 탭댄스다. 내가 춤추는 그림자가 벽에 어려 까불댄다. 우리 목소리는 도자기 그릇도 깰 정도로 시끄럽다. 우리는 보이지 않는 손이 간질이는 것처럼 킥킥댄다. 퀴니는 뒤로 발라당 누워 네 발을 허공에 대고 휘적거린다. 함박웃음 같은 게 쭉 늘어진 검은 입술에 떠오른다. 내 안에서는 통나무처럼 따뜻하고 타닥타닥 불꽃이 튀는 기분이 들고, 나는 굴뚝을 도는 바람처럼 속 편하다. 내 친구는 초라한 무명 치맛자락을 마치 예쁜 파티 드레스라도 되는 양 손가락으로 살짝 쳐들고 풍로 주위에서 왈츠를 춘다. "집으로 가는 길을 알려주세요." 친구는 노래한다. 테니스 신발이 바닥을 스치면서 끽끽 소리를 낸다. "집으로 가는 길을 알려주세요."

 그때 우리 친척 두 명이 등장한다. 매우 화가 나 있다. 눈으로는 윽박지르고 혀로는 사람을 태울 수 있는 사람들이다. 그들이 하는 말을 들어봐야 하는데. 단어가 굴러 나와 분노에 찬 노래가 된다. "일곱 살짜리 애가! 입에서 술 냄새가 나다니! 정신 나간 거야? 일곱 살짜리 애에게 술을 먹여? 망령이 들었나! 망조야, 망조! 케이트 사촌이 어찌 되었는지 잊었어? 찰리 삼촌은? 찰리 삼촌의 매제는 어떻게 된 줄 알아? 부끄러운 줄 알아야지! 소문이라도 나면 어째! 이게 웬 망신이야! 무릎 꿇고 하느님에게 기도하며 빌어!"

 퀴니는 풍로 밑으로 슬쩍 숨어든다. 내 친구는 신발코만 바라본다. 턱이 파르르 떨린다. 친구는 치맛자락을 들어 코를 풀고는 방으로 뛰어간다. 마을 사람들이 모두 잠이 들고 땡땡 울리는 시계 소리와 불이 파닥파닥 사그라지는 소리 외에 집 안이 모두 고요해진 한참 뒤에도, 친구는 이미 과부의 손수건처럼 흠뻑 젖은 베개에 머리를 파묻고 울고 있다.

 "울지 마." 나는 지난 겨울 마셨던 감기약 냄새가 풍기는 플란넬 잠옷을 입고 바들바들 떨면서 침대 발치에 앉아 있다. "울지 마요." 나는 친구의 발가락에 장난치고 발을 간질이면서 애원한다. "나이 든 사람이 그렇게 질질 짜면 어째요."

 "내가 우는 건 너무 나이 들었기 때문이야." 친구는 딸꾹질을 한다. "나이 들고 이상한 사람이라서."

 "이상하지 않아. 재미있는 거지. 세상에서 제일 재미있는 사람이야. 자, 이제 울음 그치지 않으면 너무 힘이 빠져서 내일 나무 베러 갈 수가 없잖아요."

친구는 몸을 일으킨다. 퀴니는 침대로 뛰어 올라 친구의 뺨을 핥는다(퀴니는 보통 침대에 오르지 못하게 한다).

"예쁜 나무를 찾을 수 있는 곳을 알아, 버디. 그리고 호랑가시나무도. 네 눈망울만큼이나 커다란 열매가 달려 있어. 저기 한참 떨어진 숲 속에 있지. 이제까지 가보지 않은 먼 곳이야. 아빠가 크리스마스 트리를 가지러 우리를 데리고 갔던 곳이지. 아빠는 나무를 어깨에 메고 왔어. 벌써 50년도 전의 일이네. 그래. 빨리 아침이 되었으면 좋겠다."

아침. 찬 서리가 풀잎을 덮어 반들거린다. 오렌지처럼 둥글고, 더운 날씨의 달처럼 오렌지 빛인 태양이 지평선 위에 떠올라 은색으로 빛나는 겨울 숲을 달군다. 야생 칠면조가 울어댄다. 우리를 뛰쳐나간 돼지가 덤불 밑에서 꿀꿀댄다. 곧, 무릎 깊이의 급류가 흐르는 시내 가장자리에 이르자, 우리는 유모차를 포기한다. 퀴니가 먼저 폐렴에 걸릴 만큼 차갑고 빠른 급류에 불평이라도 하듯 멍멍 짖으면서 철벅철벅 걸어 물을 건넌다. 우리는 신발은 손에 들고 도구(손도끼와 삼베 자루)를 머리 위에 얹고서 퀴니의 뒤를 따른다. 1.6킬로미터 더 나아간다. 따끔따끔한 가시와 잔가시 열매, 들장미들이 우리 옷에 달라붙는다. 또 화려한 버섯과 털갈이 때 떨어진 깃털들이 붙어서 반짝반짝 빛나는 녹빛 솔방울들도. 여기저기, 반짝, 파드득. 가끔씩 희열에 찬 듯 끽끽 우는 소리가 들리면 아직 새들이 모두 남쪽 나라로 날아가지는 않았음을 실감한다. 항상, 오솔길은 레몬색 햇빛이 내린 웅덩이를 지나 칠흑 같은 덩굴 터널로 이어진다. 또 한 번 시내를 건너야 한다. 인기척에 깜짝 놀란 점박이 숭어 떼가 우리 주위를 돌며 거품을 보글보글 내뿜고, 접시만큼 큰 개구리가 배치기로 물속에 퐁당 뛰어든다. 비버 목수는 댐을 짓고 있다. 벌써 건너편까지 간 퀴니는 몸을 부르르 떨며 물을 턴다. 내 친구도 몸을 파르르 떤다. 추워서가 아니라 마음이 달떠서다. 친구가 고개를 들어 솔 냄새가 짙게 밴 공기를 들이마시자 모자에 달린 누더기 장미꽃에서 꽃잎이 하나 떨어진다. "거의 다 왔어. 냄새가 나지, 버디?" 친구는 마치 우리가 바다에라도 가까이 온 양 말한다.

실로 여기는 어떤 면에서 바다와 같다. 향기 나는 크리스마스 나무들과 따끔따끔한 이파리가 달린 호랑가시나무들이 몇 제곱미터씩이나 펼쳐져 있다. 중국 종처럼 반짝거리는 빨간 열매들. 검은 까마귀가 까옥거리며 열매 위에 내려앉는다. 우리는 삼베 자루에 여남은 개의 창문은 족히 장식하고도 남을 초록색 이파리와 선홍색 열매를 따서 잔뜩 채우고는 나무를 고르기 시작한다. "우리 나무에는 꼭 조건이 있어." 내 친구가 유심히 살피며 말한다. "반드시 남자아이보다 키가 두 배는 되어야 해. 그래야 올라가서 별을 따지 못하지." 우리가 고른 나무는 내 키의 두 배다. 용감하고 잘생긴 나무로, 서른 번이나 손도끼로 찍고서야 겨우 빠지직 비명을 내지르며 쓰러진다. 우리는 나무를 사냥감처럼 질질 끌며 긴 여정을 다시 시작한다. 하지만 몇 미터 나아갈 때마다 우리는 안간힘을 쓰다 말고 자리에 앉아 숨을 헐떡여야만 한다. 하지만 우리는 사냥감을 잔뜩 잡아 의기양양한 사냥꾼만큼이나 힘이 세다. 거기에다 나무에서 풍기는 남성적이고 얼음같이 차가운 향기를 맡자 다시 힘이 솟고 자극을 받아서 계속 앞으로 나아간다. 해넘이 즈음 불그스레한 진흙 길을 걸어 마을로 돌아가는 동안 수많은 찬사가 쏟아진다. 하지만 내 친구는 지나가는 사람들이 우리 유모차에 얹힌 보물을 칭찬해도 의뭉스럽게 어물쩍 넘긴다. 이렇게 멋있는 나무는 도대체 어디서 찾았담? "저기서요." 친구는 애매모호하게 우물거린다. 한번은 차가 멈추더니 부유한 제분소 사모님이 몸을 내밀고 콧소리로 잉잉거린다. "그 나무 나한테 25센트에 팔아요." 여느 때라면 내 친구는 싫다는 말을 하지 못한다. 하지만 이 때는 즉각 고개를 절레절레 젓는다. "1달러를 줘도 안 팔 거예요." 제분소 사모님은 끈질기다. "1달러라니! 어림없는 소리! 50센트면 족해요. 더 이상은 못 줘요. 세상에, 아줌마. 아줌마는 또 한 그루 가져오면 될 거 아니야." 내 친구는 곰곰 생각한다. "그럴 순 없어요. 이런 나무는 똑같은 게 없으니까."

집에 도착한다. 퀴니는 불 옆에 쓰러지더니 사람처럼 코를 드르렁드르렁 골면서 다음 날 아침까지 푹 잔다.

다락방에 있는 트렁크에는 이런 물건들이 들어 있다. 산족제비 꼬리가 들어 있는 신발 상자(언젠가 이 집에 하숙했던 신비스러운 부인의 오페라용 망토에서 떼어낸 것이다), 세월이 지나 누레지고 닳아 해진 금속실 한 뭐리, 은별 하나, 여기저기 부서져서 이제는 위험하기 짝이 없는 사탕 모양 전구가 달려 있는 짤막한 전선. 나름대로 훌륭한 장식물이기는 하지만, 이것만 가지고는 어림없다. 내 친구는 우리 트리가 '침례교회의 창문'처럼 휘황찬란하게 빛날 수 있도록, 나뭇가지가 축축 늘어질 수 있도록,

장식품을 눈처럼 소복이 달아놓고 싶어 한다. 하지만 우리는 동네 싸구려 잡화점에서 일본제 구슬을 살 돈도 없다. 그래서 우리는 항상 하던 대로 한다. 며칠 동안 부엌 탁자에 앉아 색종이를 가위로 오리고 크레용으로 그림을 그린다. 내가 밑그림을 그리면 내 친구가 그림대로 오려낸다. 고양이와 물고기는 많이 만든다(그리기 쉬우니까). 사과 조금, 수박 조금. 아껴두었던 허시 초콜릿 은박지를 오려 만든 날개 달린 천사들. 안전핀을 이용해 이 색종이 장식물을 나무에 붙인다. 끝으로 나뭇가지에다 잘게 찢은 목화솜(이렇게 쓸 목적으로 여름에 따놓은 것)을 흩뿌린다. 내 친구는 멀찍이 서서 전체적인 모양을 보더니 손뼉을 친다. "정말, 버디야. 먹음직스러울 만큼 예쁘지 않니?" 퀴니는 정말로 천사 하나를 먹어 치우려고 한다.

호랑가시나무 화환을 꿰어서 앞 창문에 리본으로 달아놓고 나면 그다음으로는 식구들에게 줄 선물을 예쁘게 포장하는 일을 해야 한다. 여자들에게는 홀치기 염색을 한 스카프, 남자들에게는 집에서 레몬과 감초, 아스피린을 섞어 빚은 시럽이다. 이 시럽은 '감기 기운이 처음 올라왔을 때나 사냥 후에' 마시면 좋다. 하지만 막상 서로의 선물을 만들 때가 되면 내 친구와 나는 각각 떨어져서 비밀스레 포장했다. 나는 친구에게 진주 손잡이가 박힌 칼이나 라디오, 초콜릿을 씌운 체리 450그램을 주고 싶다. (우리는 이 체리를 딱 한 번 먹어봤을 뿐인데도, 친구는 언제나 이렇게 말하곤 했다. "평생 그것만 먹어도 살 수 있겠다, 버디. 하느님께 맹세코 그럴 수 있을 것 같아. 이렇게 말해도 주님의 이름을 욕되게 하는 건 아니겠지?") 하지만 대신에 친구를 위해서 연을 만들고 있다. 친구는 나에게 자전거를 주고 싶어 한다. (친구는 몇 백만 번씩 한 말을 하고 또 했다. "할 수 있다면 꼭 자전거를 사주고 싶어, 버디. 갖고 싶은 걸 갖지 못하는 인생이란 얼마나 슬프니. 절대 그럴 순 없지! 그보다 내가 정말 약 오르는 일은 다른 사람이 원하는 걸 주고 싶은데도 주지 못하는 거야. 하지만 버디, 난 언젠가 네게 꼭 자전거를 사주고 말 테야. 어떻게 할 거냐고는 물어보지 마. 훔쳐서라도 줄지 모르니까.") 대신에 내 친구도 나를 위해 연을 만들고 있는 게 분명하다. 지난해도 그랬고, 지지난해도 그랬다. 그 전해에는 서로 새총을 교환했다. 어쨌든 난 다 좋다. 우리는 선원처럼 바람의 방향을 연구하는 연날리기 챔피언이니까. 내 친구는 나보다 훨씬 솜씨가 좋아서 구름도 떠다니지 않을 만큼 바람이 잔잔해도 연을 하늘 높이까지 띄울 수 있다.

크리스마스 이브 오후에는 5센트짜리 동전을 탁탁 그러모아 퀴니가 예전부터 좋아하는 선물을 사러 푸줏간에 간다. 바로 갉아먹기 좋은 쇠뼈다귀다. 우리는 이상한 종이에 이 뼈를 싸서 크리스마스 트리의 은 별 가까이 높은 자리에 놓아둔다. 퀴니는 벌써 뼈다귀가 거기 있다는 것을 눈치챈다. 퀴니는 나무 발치에 쭈그리고 앉아 식탐 때문에 정신을 잃고 위를 올려다본다. 잘 시간이 되어도 옴짝달싹하지 않는다. 퀴니의 들뜬 기분은 거의 나와 맞먹는다. 나는 크리스마스 이브의 밤이 열대야라도 되는 양 이불을 차고 베개를 뒤집으면서 잠 못 이룬다. 어딘가에서 수탉이 꼬꼬댁 운다. 하지만 거짓 신호다. 태양은 아직도 세상의 반대편에 있다.

"버디, 아직 잠 안 자니?" 친구가 바로 내 방 옆에 붙어 있는 자기 방에서 부르는 소리다. 그리고 잠시 후, 친구는 촛불을 들고 내 침대에 와 앉는다. "글쎄, 난 한숨도 못 잤지 뭐니." 친구가 딱 잘라 말한다. "가슴이 마치 산토끼처럼 이리저리 뛰는 거야. 버디, 루즈벨트 영부인이 우리 케이크를 저녁 식사에 낼 것 같니?" 우리는 침대에 앉아 꼭 껴안고, 친구는 사랑한다는 의미로 내 손을 꼭 쥔다. "네 손도 예전에는 훨씬 조그마했는데. 네가 자라는 게 싫구나. 네가 어른이 되어도 우리는 여전히 친구일까?" 나는 언제나 친구일 거라고 대답한다. "하지만 마음이 좋지 않구나, 버디. 네게 자전거를 선물하지 못해서 정말 마음이 안 좋아. 실은 아빠가 내게 주신 카메오 브로치를 팔려고 했어." 친구는 창피한 듯 머뭇거린다. "너한테 줄 연을 또 만들었단다." 그러면 나도 연을 만들었다고 고백한다. 그리고 우리는 함께 웃는다. 초는 다 타올라 이제 잡을 수 없을 만큼 짧아진다. 촛불이 꺼지면서 별빛이 드러난다. 별빛은 눈에 보이는 캐럴 소리처럼 창가에 빙빙 맴돌다가 새벽녘이 되자 서서히, 아주 서서히 고요해지듯 빠져나간다. 아마도 우리는 존 모양이다. 하지만 먼동이 터 오는 빛이 찬물처럼 우리 위에 쏟아진다. 우리는 눈을 반짝 뜨고 벌떡 일어나 다른 사람들이 잠에서 완전히 깨길 기다리는 동안 여기저기 헤매고 다닌다. 내 친구는 부러 부엌 바닥 위에 주전자를 떨어뜨린다. 나는 닫힌 문 앞에서 탭댄스를 춘다. 하나둘씩 식구들이 모습을 드러낸다. 다들 우리를 죽일 기세다. 하지만 오늘은 크리스마스이므로 식구들은 감히 우리에게 싫은 소리를 하지 못한다. 먼저 푸짐한 아침 식사를 먹는다. 머릿속에 있는 음식이라고는 다 차려져 있는 진수성찬. 핫케이크와 다람쥐 튀김부터 옥수수 가루와 벌집 꿀까지. 그 덕에 식구들의 기분이 풀린다. 나와 내 친구만 제외하고는. 솔직히 우리는 선물을 펴보고 싶어 좀이 쑤시기 때문에 한 입도 제대로 삼킬 수가 없다.

하지만 나는 실망한다. 누군들 실망하지 않을까? 선물이라고는 고작 양말과 주일학교에 입고 갈 셔츠, 손수건 몇 장, 다른 사람이 물려준 스웨터와 아동용 종교 잡지《어린 양치기》1년 구독권인데. 나는 심통이 난다. 정말로 부아가 치민다.

내 친구가 거둔 수확은 좀 낫다. 귤 한 자루가 제일 좋은 선물이다. 하지만 결혼한 여동생이 떠준 하얀 모직 숄을 제일 자랑스러워한다. 그렇지만 가장 좋아하는 선물은 내가 만들어준 연이라고 말한다. 이 연은 참으로 예쁘다고. 그래도 친구가 내게 만들어준 연이 더 예쁘다. 푸른색 바탕에 금색과 녹색으로 된 선행 표창장 별이 여기저기 붙어 있다. 무엇보다도 내 이름 '버디'를 써놓았다

"버디, 바람이 불고 있어."

바람이 불고 있다. 우리는 딴 생각할 겨를 없이 집 아래 목초지로 뛰어간다. 퀴니는 우리보다 앞서 이곳으로 달려가 자기 뼈다귀를 묻고 있다(이듬해 겨울에는 퀴니도 바로 이곳에 묻히게 된다). 허리 높이까지 껑충하게 자란 풀숲을 헤치며 우리는 연줄을 푼다. 연은 실에 묶인 채로 하늘을 나는 물고기처럼 꿈틀거리며 바람 속을 헤엄친다. 만족스러운 기분과 햇볕에 훈훈해진 우리는 잔디밭 위에 몸을 쫙 펴고 누워 귤을 까먹으면서 우리 연이 신나게 날아가는 모습을 본다. 곧 양말이나 물려받은 스웨터 따

위는 잊어버린다. 나는 벌써 커피 브랜드 이름 공모전에서 대상을 타서 5만 달러를 받은 듯 행복하다.

"참, 나 참 멍청하기도 하지!" 내 친구는 비스킷을 오븐에 넣어놓고 깜박 잊고 있다가 나중에 생각해낸 여자처럼 화들짝 놀라며 소리친다. "내가 항상 무슨 생각을 한 줄 아니?" 친구는 대단한 발견이라도 한 듯한 어조로 묻는다. 미소는 내가 아니라 저 멀리 어딘가를 향해 있다. "난 항상 몸이 아프고 죽어갈 때가 되어야 주님을 뵐 수 있을거라 생각했어. 주님께서 오시면 마치 침례교회 창문을 보는 느낌이 아닐까 상상했지. 색유리에 쏟아지는 햇빛만큼 예쁜 광경. 점점 어두워질 때는 알지 못하는 광채 있잖니. 그러면 안심이 되었단다. 이 광채가 온갖 으스스한 기분을 다 가져가 버린다고 생각하니까. 하지만 절대 그런 건 아닐 거야. 마지막에 가면 우리 육신은 주님께서 이미 모습을 일찍감치 드러내셨다는 것을 깨닫게 돼. 지금 우리 곁에 있는 사물에,"—친구는 손으로 구름과 연, 풀밭과 땅에 드러누워 뼈를 쥐어뜯는 퀴니를 한 번에 다 담을 수 있는 동그라미를 그렸다— "항상 보았던 것들에 주님의 모습이 계셨다는 사실을 우리는 깨닫게 되는 거야. 나는 세상을 떠날 때 오늘의 광경을 내 눈에 담아 가고 싶어."

이게 우리가 함께 보낸 마지막 크리스마스다.

삶의 행로가 우리를 갈라놓는다. 세상일을 자기들이 제일 잘 안다는 듯 잘난 척하던 사람들이 나를 군대식 사립학교에 보내기로 한다. 그리하여 그 후로 나는 나팔소리 요란한 감옥들부터 시작해 엄숙한 기상나팔 소리에 따라 움직여야 하는 여름 캠프들을 비참하게 전전한다. 새 가정도 생긴다. 하지만 이건 가정이라고 할 수 없다. 내 가정, 내 집은 내 친구가 있는 곳이고 내가 결코 돌아갈 수 없는 곳이다.

그리고 그곳에 내 친구는 남는다. 부엌을 엉기적엉기적 돌아다니면서. 퀴니와 단둘이. 그 후에는 외톨이로. ("사랑하는 버디." 친구는 알아보기 힘든 글씨체로 편지를 쓴다. "어제 짐 메이시의 말이 퀴니를 심하게 걷어찼단다. 별로 아파하지 않고 가서 다행이야. 난 질 좋은 마에 퀴니를 감싸고 유모차에 실어서 심슨네 목초지로 데리고 갔어. 거기라면 묻어놓은 뼈다귀 옆에 누워 쉴 수 있겠지⋯⋯.") 그 후 몇 해 동안, 내 친구는 11월이 되면 혼자서 과일 케이크를 굽는 일을 이어간다. 그렇게 많이는 아니어도 몇 개는 굽는다. 물론 항상 내게 '가장 잘 구워진 케이크'를 보내준다. 또, 편지를 보낼 때마다 10센트를 두루마리 화장지에 곱게 싸서 같이 보낸다. "영화 보고 내게 이야기해주렴." 하지만 차츰 내 친구는 편지를 쓰면서 나를 1880년대에 죽은 친구 버디와 혼동하게 된다. 이제는 13일에만 침대에 누워 있는 게 아니라 더 많은 날에도 일어나지 못하고 누워만 있게 된다. 어느 11월의 아침, 나뭇잎은 다 지고 새들도 날아오지 않는 겨울 아침이 와도 일어나서 "어머나, 과일 케이크를 굽기에 좋은 날씨구나!"라고 외칠 수 없게 된다.

그리고 그렇게 되었을 때, 나는 벌써 마음속으로 깨닫고 있다. 그 소식을 전해준 편지는 이미 내가 비밀스러운 방식을 통해 받았던 메세지를 다시 한 번 확인해주는 것에 지나지 않는다. 그렇지만 그 소식은 내게서 다시 되돌릴 수 없는 귀중한 부분을 떼어 내, 줄 끊어진 연이 날아가듯 어딘지 모를 곳으로 놓아 보낸다. 그리하여 지금, 바로 이 12월 아침에 나는 학교 교정을 걸어가면서도 줄곧 하늘을 올려다보는 것이다. 마치 우리의 마음속처럼, 갈 곳 잃은 연 두 개가 서둘러 천국을 향해 날아오르는 모습을 볼 수 있을까 하고.

에덴으로 향하는 길 사이
(1960)

3월의 어느 토요일, 바람이 상쾌하게 불고 구름이 둥둥 떠가는 날이었다. 이보르 벨리 씨는 브루클린 꽃 가게에서 예쁜 노랑 수선화 꽃다발을 사 들고, 지하철을 타고 퀸스에 내려 거대한 공동묘지까지 걸어갔다. 지난 가을 아내가 죽은 이후로 한 번도 찾아보지 않았던 곳이었다. 오늘 감상적인 기분이 들어서 묘지에 가보는 것은 아니었다. 그와 아내는 스물다섯 해 동안 결혼 생활을 했고 슬하에 둔 두 딸은 벌써 장성해서 시집을 갔다. 벨리 부인은 다양한 성격을 가진 여자였지만, 대부분은 정말 참기가 어려운 것들뿐이었다. 벨리 씨는 아무리 영혼이라고 해도 별로 위안이 되지 않는 인간관계를 되살리고 싶은 마음은 없었다. 실은 차가운 겨울이 막 지나간 터라, 벨리 씨는 운동 겸 신선한 공기를 쐴 필요를 느꼈던 것뿐이었다. 다가오는 봄의 기분을 담은 화창한 날씨 속에 산책하면 마음이 한결 가뿐해질 듯했다. 물론, 여분의 배당금 격으로 딸들에게 애들 엄마 성묘를 갈 거라고 해두는 것도 괜찮았다. 특히 큰딸은 벨리 씨가 홀아비 생활을 너무 편안하게 받아들인다고 원망했으므로 성묘를 갔다고 하면 토라진 마음을 약간 달래줄 수 있을지도 몰랐다.

공동묘지는 평화롭고 아름다운 곳이 아니었다. 되려 두려운 장소라 할 만했다. 띄엄띄엄 풀이 나 있고 그늘 하나 없는 대지 위에 안개 빛 묘석들이 가로세로 몇백 미터씩 이어져 있었다. 이 위치에서는 맨해튼 고층건물들이 훤히 내다보여 마치 무대 장치 같은 아름다운 광경을 볼 수 있었다. 도시의 윤곽은 조용한 사람들, 이제 기력이 다 떨어져 죽은 과거의 시민들을 기념하기 위한 거대한 머릿돌처럼 무덤 위에 우뚝 솟아 있었다. 이 두 광경을 나란히 보고 있노라니 벨리 씨는 그저 미소만 나왔다. 아니, 과거에 회계사여서 가학적인 역설을 즐길 수 있게 된 그는 킥킥거리다시피 웃었다. 하지만 하느님 맙소사, 그 숨겨진 의미를 생각해보니 또한 소름이 끼치기도 해서 딱딱한 자갈이 깔린 묘지 오솔길을 따라가는 들뜬 발걸음은 풀이 죽고 말았다. 그는 천천히 속도를 늦추다가 마침내는 멈춰 서서 생각했다. '모티를 동물원에 데려가 줬어야 하는 건데.' 모티는 이제 세 살이 되는 외손자였다. 하지만 지금 여기서 돌아가 봤자 아깝고 원망만 사기 쉬웠다. 또 이미 꽃다발도 샀으니 낭비해서 무엇하겠는가? 성묘를 가는 일은 돈도 헛되이 쓰지 않고 도덕적으로도 옳은 일이라 생각하고 벨리 씨는 다시 앞으로 나아갈 힘을 얻었다. 마침내 아내의 무덤에 도착했을 때는 서둘러 가느라 숨이 턱에까지 차올랐다. 그는 몸을 숙여 거친 회색 석판 위에 놓인 단지 위에 수선화 꽃다발을 꽂았다. 석판에는 묘비명이 고딕체로 새겨져 있었다.

사라 벨리

1901~1959

이보르의 헌신적 아내이자

아이비와 레베카의 사랑하는 어머니

 참 나, 이 여자의 혀가 마침내 잠잠해진 걸 알기에 망정이지. 하지만 이 평화로운 안도감과 더불어 새로 살게 된 조용한 독신 아파트를 생각하면 마음이 훨씬 든든하기는 해도, 아내가 이제 죽었다는 생각은 보다 젊은 시절에 활활 타오르다가 갑자기 꺼져버린 불사의 감각이라거나 살아서 기쁘다는 느낌의 불씨를 다시 피우지는 못했다. 처음에 길을 나설 때는 신선한 공기라거나 산책에서 오는 즐거움과 봄이 오는 향기 같은 걸 기대했었다. 그렇지만 지금은 목도리라도 하고 나올 걸 하는 생각이 들었다. 햇살은 환하긴 해도 전혀 따사롭지 않았고 바람은 점점 거칠어지는 듯했다. 벨리 씨는 수선화를 예쁘게 꽂아놓고 보니, 좀 더 오래 갈 수 있도록 물을 주지 않았던 게 후회스러웠다. 그렇지만 일단 단념하고 자리를 뜨려고 몸을 돌렸다.

 한 여자가 그의 앞을 가로막고 있었다. 묘지에는 다른 조문객이 별로 없었지만, 벨리 씨는 이 여자의 존재를 알아차리지도 못했고 다가오는 소리를 듣지도 못했다. 여자는 옆으로 비켜서지 않았다. 그러면서 수선화를 흘끔 바라보았을 뿐이었다. 잠시 후 은테 안경을 낀 눈이 다시 돌아와 벨리 씨를 향했다.

"아, 친척 분 조문 오셨나 봐요."

"아내입니다."

벨리 씨는 뭐라도 소리를 내는 게 의무라도 되는 양 한숨을 크게 내쉬었다.

여자도 한숨을 지었다. 뭔가 기쁨이 어려 있는 듯한 기묘한 한숨이었다. "저런, 안됐네요."

벨리 씨는 샐쭉한 얼굴을 했다. "뭐, 그렇죠."

"안타까운 일이에요."

"네."

"오래 앓다가 가신 게 아니면 좋겠네요. 힘들게 가신 게 아니면."

"전혀요." 그는 발을 떼며 말했다. "자는 중에 갔거든요." 뭔가 불만족스러운 침묵을 감지한 벨리 씨는 덧붙였다. "심장이 나빴죠."

"어머, 저희 아버지도 심장 때문에 돌아가셨는데. 최근에요. 우리도 공통점이 있네요, 뭔가." 여자는 놀라울 정도로 평탄한 어조로 말했다. "서로 나눌 만한 얘기가."

"……지금 심정이 어떠신지 알겠습니다."

"적어도 고통받지 않고 가셨으니까요. 그나마 위안이 되죠."

벨리 씨의 인내심에 붙은 도화선이 짧아졌다. 그는 처음 여자를 슬쩍 본 이후부터 지금까지는 적당하게 눈길을 낮추고 여자의 신발코만 내려다보고 있을 뿐이었다. 나이 든 여자들이나 간호사들이 흔히 신는 류의 튼튼하고 취향이 좋다 말할 수 있는 구두였다. "대단히 위안이 되죠." 벨리 씨는 세 가지 일을 동시에 수행하면서 말했다. 눈을 들고 모자를 살짝 들었다 놓으면서 한 발짝 앞으로 내딛기.

다시 한 번 여자는 버티고 서서 비켜주지 않았다. 그를 붙잡으라고 고용된 사람이 아닐까 의심스러울 정도였다. "시간 좀 알려주시겠어요? 제 시계는 오래되어서." 여자는 부자연스럽게 손목에 찬 고상한 기계를 살짝 두드렸다. "고등학교 졸업 선물로 받은 시계예요. 그래서 이제는 시간이 잘 맞지 않나 봐요. 아주 오래되었거든요. 하지만 차면 예쁘게 보이니까요."

벨리 씨는 어쩔 수 없이 외투 단추를 풀고 조끼 주머니에 넣어 두었던 금시계를 꺼냈다. 그동안 그는 여자를 세심히 관찰하면서 냉정하게 뜯어보았다. 여자는 어렸을 때는 금발이었던 모양으로, 전체적인 머리 색깔이 그런 분위기를 풍겼다. 스칸디나비아인처럼 깨끗하게 빛나는 피부, 농군처럼 건강한 홍조가 오른 포동포동한 뺨, 상냥해 보이는 푸른 눈. 비록 은테 안경을 끼고 있기는 했으나 정직한 눈빛이 매력적이었다. 하지만 담갈색 펠트 모자 아래로 슬쩍 보이는 머리카락 자체는 별다른 색깔 없이 흉하게 파마를 해서 부석거렸다. 여자는 벨리 씨보다 약간 키가 커서 신발 굽까지 더해 173센티미터 정도 되었고 몸무게도 더 나갈 듯싶었다. 어쨌든 기분 좋게 선뜻 저울에 올라설 만한 무게는 아니었다. 손은 부엌일을 많이 한 손이고, 손톱은 깨물어서 삐뚤빼뚤했지만 이상할 정도로 빛이 나는 진줏빛 매니큐어를 발라놓았다. 입고 있는 갈색 코트는 수수했고, 들고 있는 가방도 평범했다. 이런 요소들을 잘 뜯어서 재조립해놓으면 벨리 씨가 좋아하는 외모인 아주 점잖은 사람이 되었다. 물론 매니큐어는 마음에 들지 않았다. 하지만 벨리 씨는 이런 외모를 가진 사람이라면 신뢰할 수 있을 듯했다. 벨리 씨가 에스더 잭슨을 신뢰하듯이. 잭슨 양은 그의 비서였다. 실제로 이 여자는 잭슨 양을 생각나게 하는 점이 있었다. 물론 이 비교가 정당하다는 건 아니다. 잭슨 양은 한때 벨리 씨가 부부 싸움을 하다가 부인에게 말한 대로 "지적인 우아함은 물론이고 다른 면에서도 우아한" 여자였다. 하지만 여기 지금 그의 앞에 서 있는 여자는 비서인 잭슨 양, 아니 에스더(최근에 벨리 씨는 무심코 비서를 이름으로 부르곤 했다)에게서 볼 수 있듯이 선의가 가득했다. 더욱이 두 사람은 동년배인 것처럼 보였다. 마흔 고개를 넘지 않은 나이.

"정각 12시군요."

"고맙습니다! 어머, 몹시 허기지시겠어요." 여자는 무슨 바이킹 뷔페라도 차릴 수 있을 정도로 먹을거리가 가득한 소풍 바구니를 열듯 가방을 열고 그 안을 들여다보았다. 여자는 가방에서 땅콩을 한 움큼 꺼냈다. "전 거의 땅콩으로 연명해요. 아빠가……, 요리할 사람이 없어진 이후로는요. 말은 이렇지만 전 사실 요리가 다시 하고 싶답니다. 아빠는 항상 제가 어떤 식당 요리사보다도 낫다고 하셨거든요. 하지만 저 혼자 먹으려고 거하게 차려봤자 아무런 재미가 없어요. 하다 못해 이파리처럼 가벼운 페스트리를 하나 굽더라도요. 자, 좀 드셔보세요. 갓 볶은 땅콩이에요."

벨리 씨는 땅콩을 받았다. 그는 항상 어린아이처럼 땅콩을 좋아했고, 아내의 무덤 옆에 앉아 땅콩을 먹고 나니 좀 더 먹었으면 하는 아쉬움이 들었다. 그는 여자에게 손을 흔들어 자기 옆에 앉으라고 신호를 보냈다. 벨리 씨는 이런 초대에 여자가 당황해하는 모습을 보고 약간 놀랐다. 벨리 부인의 무덤에서 앉아 사랑을 속삭이자고 한 것도 아닌데, 그렇지 않아도 불그레한 뺨이 갑자기 더 분홍빛으로 물들었다.

"선생님은 괜찮으시겠죠, 가족이니까요. 하지만 전 아니죠. 사모님께서 낯선 사람이 안식처 위에 앉는 걸 좋아하실까요?"

"사양하지 말고 앉으십시오. 사라는 신경 안 쓸 겁니다." 벨리 씨는 죽은 사람은 귀가 없다는 사실에 감사했다. 생전에 아내는 항상 사소한 일에도 소란 피우기 좋아하는 여자여서 남편이 밖에 가서 립스틱 자국이나 금발 머리카락을 묻혀 오지 않나 눈에 불을 켜고는 했다. 만약 남편이 매력이 전혀 없지 않은 여자와 자기 무덤 위에 함께 앉아 땅콩이나 까먹는 걸 알면 뭐라 말할지 생각해보니 겁도 나고 재미있기도 했다.

그러나 여자가 무덤 가장자리에 얌전하게 살짝 걸터앉을 때, 벨리 씨는 여자의 다리가 남다르다는 것을 비로소 알아챘다. 왼쪽 다리. 여자는 지나가는 사람의 발이라도 걸려는 사람처럼 왼쪽 자리를 뻣뻣이 내밀고 있었다. 남자가 쳐다보고 있음을 알아채고 여자는 다리를 위아래로 들며 미소를 지었다. "사고를 당했어요. 아이였을 때요. 코니아일랜드 유원지에 놀러갔다가 롤러코스터에서 떨어졌지요. 정말이에요. 신문에도 났는걸요. 다들 살아 있는 게 용하다고 했어요. 다리를 구부리지 못해서 문제죠. 그것 말고는 보통 사람과 별로 다르지도 않아요. 춤을 추지 못하는 것하고. 춤 좋아하세요?"

벨리 씨는 입안에 땅콩이 가득 차 있어 고개만 절레절레 저었다.

"그럼 공통점이 하나 더 있네요. 춤이요. 다리가 성했을 때는 좋아했던 것도 같은데. 지금은 아니지만요. 하지만 음악은 좋아해요."

벨리 씨는 수긍하는 의미로 고개를 끄덕였다.

"꽃도 좋아하고요." 여자는 노랑 수선화 꽃다발을 건드리면서 덧붙였다. 그러더니 손가락을 쓱 움직여 마치 점자를 읽는 사람처럼 대리석 위에 새겨진 그의 이름을 쓸었다. "아이버." 여자는 그의 이름을 잘못 발음했다.

"아이버 벨리 씨군요. 제 이름은 메리 오미건이에요. 하지만 저도 이탈리아인이었으면 좋겠다고 생각하죠. 제 여동생은 그래요. 아, 이탈리아인하고 결혼했다고요. 제부는 얼마나 재미있는 사람인지. 다른 이탈리아인들처럼 명랑하고 외향적인 사람이죠. 제가 만든 스파게티가 세상에서 제일 맛있다고 했어요. 특히 해물 소스로 만든 스파게티를요. 벨리 씨도 언제 한번 드셔봐야 하는데."

벨리 씨는 땅콩을 다 먹고 껍질을 무릎에서 털었다. "대접해야 할 손님 하나가 더 늘었군요. 하지만 이탈리아 손님은 아닐 겁니다. 벨리라는 이름이 이탈리아인처럼 들리긴 하지만, 전 유대인이거든요."

여자는 얼굴을 찡그렸다. 못마땅해서가 아니라 마치 벨리 씨가 기묘하게 자기 기를 꺾었다는 표정이었다.

"제 가족들은 러시아 출신입니다. 저도 거기서 태어났지요."

마지막 말에 여자의 정열은 되돌아왔고 오히려 더 활활 타올랐다. "전 신문에서 하는 얘기는 별로 신경 쓰지 않아요. 러시아 사람들도 다른 사람들이나 다름없잖아요. 인간이죠. 볼쇼이 발레를 텔레비전에서 보셨나요? 그런 걸 보면 러시아인인 게 자랑스럽지 않으세요?"

그는 잠시 생각에 잠겼다. 여자는 악의가 있어서 그러는 건 아니었다. 그래서 그저 입을 다물었다.

"사워크림을 친 붉은 양배추 수프도 맛있잖아요. 차갑게 먹든, 따뜻하게 먹든. 흐음, 여기요." 여자는 땅콩을 다시 한 움큼 꺼내주었다. "배가 정말 고프셨나 봐요. 가여우셔라." 여자는 한숨 지었다. "사모님이 해주신 요리가 정말 그립겠어요."

그건 사실이었다. 벨리 씨는 정말 아내의 요리가 그리웠다. 식욕에 대해 대화를 나눠야 하는 압박감 때문에 한층 그 사실이 사무쳤다. 사라는 요리 솜씨가 정말 좋았다. 가짓수도 다양했고, 항상 제때 차려냈으며, 맛은 훌륭했다. 그는 계피향이 풍기는 성찬을 즐겼던 날들을 떠올렸다. 그레이비 소스와 포도주, 풀을 빳빳이 먹인 냅킨, '훌륭한' 식기들을 내놓았던 오후의 식사. 그 후에는 낮잠을 즐겼다. 더욱이 사라는 그에게 설거지한 접시를 닦으라고 하지도 않았고(지금도 부엌에서 아내가 조용히 흥얼거리던 콧노래 소리가 들리는 듯했다), 가사가 힘들다고 불평하지도 않았다. 또, 두 딸을 시종일관 용의주도하고 애정을 담아 별다른 어려움 없이 길러냈다. 애들 키우는 데 벨리 씨가 힘을 보탠 바라고는 옆에서 그저 감탄하면서 지켜봐준 것밖에 없었다. 딸들이 이렇게 자랑스럽게 자란 건(아이비는 치과의사와 결혼해서 브롱크스빌에 살았고, 둘째 사위는 피네건, 로엡, 크라카우어 법률사무소의 부대표인 A. J. 크라카우어였다) 다 사라 덕이었다. 아이들은 아내의 업적이라 할 만했다. 사라에게는 칭찬할 만한 점이 많았고, 벨리 씨는 아내의 좋은 점을 떠올리는 자기 자신이 새삼 기뻤다. 아내는 벨리 씨가 포커를 치거나 여자 뒤꽁무니를 따라다니는 습관이 있다고 의심하고 끊임없이 잔소리를 늘어놓았지만, 그는 지옥 같은 시간이 아니라 아내와 함께 보냈던 다정했던 시간들을 기억하고 있었던 것이다. 직접 만든 모자를 자랑하는 사라, 눈 내리는 창문 틀에 겨울 비둘기들 모이로 빵 부스러기를 놓아주던 사라. 이런 환영들이 파도처럼 밀려와 더 가혹했던 추억들을 쓰레기 더미처럼 바다로 쓸어 보냈다. 그는 이제서야 아내의 죽음이 서글펐으며, 좀 더 일찍 미안해하지 않았다는 점이 미안했다. 또 이런 감정을 느끼게 되어 급작스레 행복해졌다. 하지만 갑자기 사라의 가치를 순수하게 인정하게 되기는 했어도 두 사람이 함께 보낸 시간이 끝났다고 아쉬운 척할 수도 없었고 현재의 생활이 전체적으로 더 마음에 드는 것도 부인할 수 없었다. 하지만 노랑 수선화 대신 양란을 사올 걸 하는 생각이 들긴 했다. 아내는 양란을 특별한 행사용으로 생각해서 딸들이 데이트 상대에게 양란을 받아오면 달라고 해서 냉장고에 시들 때까지 보관하곤 했다.

"……그렇지 않은가요?" 벨리 씨는 말소리에 정신이 퍼뜩 들어 누가 이 말을 했나 싶어 눈만 끔뻑거리다 그제서야 메리 오미건의 존재를 깨달았다. 그녀는 듣는 사람 하나 없는데도 혼자 계속 지껄였다. 수줍고 마음을 달래는 목소리. 그렇게 튼실한 체구에서 나오는 것이라고는 믿을 수 없을 정도로 작고 젊은 소리였다.

"정말 귀여울 것 같다고 말했어요. 그렇지 않은가요?"

"네, 뭐." 벨리 씨는 안전하게 이렇게만 대답했다.

"오, 겸손하지 않으신걸요. 하지만 정말 그럴 것 같아요. 아버지 쪽을 닮았다면요. 하하, 제 말 심각하게 듣지는 마세요. 농담이니까요. 하지만 정말, 저는 아이들을 참 예뻐한답니다. 애들은 이 세상 어떤 어른보다 낫죠. 동생은 애가 다섯이에요. 아들 넷에 딸 하나. 닷, 제 동생 이름이에요. 언제나 저보고 아이들을 봐달라고 해요. 이제 시간이 많고 항상 아버지 수발을 들지 않아도 되니까요. 동생과 프랭크는, 아까 말한 제 제부요, 항상 이래요. 메리 언니처럼 애들을 잘 다루는 사람은 없어. 게다가 애 보기는 재미있기도 하고요. 하지만 너무 쉬워요. 뜨거운 코코아를 주고 베개 싸움을 하게 하면 애들은 곧 잠드니까요. 아이비," 오미건은 묘석에 써 있는 음침한 문자를 큰 소리로 읽었다. "아이비와 레베카군요. 귀여운 이름이네요. 선생님이 정말 최선을 다하셨겠어요. 엄마도 없이 어린 딸들을 키우려면."

"아니, 아닙니다." 벨리 씨는 마침내 무슨 얘기인지 감을 잡고 말했다. "아이비는 벌써 애 엄마인걸요. 게다가 베키도 임신 중이고."

여자의 얼굴은 못 믿겠다는 듯 순간적으로 찌푸려졌다. "할아버지가 되신다고요? 선생님이요?"

벨리 씨에게는 몇 가지 허영심이 있었다. 예를 들자면 다른 사람보다 건강하다는 점. 또, 길눈이 밝다는 점. 위장이 튼튼한 것이나 책을 거꾸로 읽을 수 있는 능력도 자긍심을 높이는 부분이었다. 하지만 거울에 자신의 모습을 비춰보면 별로 박수를 쳐줄 마음이 들지 않았다. 자기 외모가 마음에 들지 않는다는 것은 아니었다. 벨리 씨는 그저 자기 외모가 아주 그저 그런 편임을 알고 있었다. 벌써 몇십 년 전부터 머리숱이 적어지기 시작했다. 이제 머리는 거의 황무지나 다름없었다. 코는 나름대로 특색이 있긴 했으나 턱은 아무리 두 배의 노력을 기울인들 평범했다. 어깨는 넓었지만, 체구 전체가 그랬다. 물론 그는 깔끔한 편이었다. 항상 신발을 윤이 나도록 닦았으며 빨래도 항상 깨끗하게 했고, 하루에 두 번씩 얼굴을 빡빡 문질러 닦고 푸른 턱에 탤컴 파우더도 뿌렸다. 하지만 그렇게 한들 평범한 중산층의 중년 외모가 가려지기는커녕 오히려 한층 더 강조되는 편이었다. 그럼에도 불구하고 그는 메리 오미건의 아첨을 그냥 흘려보내지 않았다. 어쨌건 어울리지 않는 칭찬이 종종 가장 강력한 법이다.

"무슨 말씀을, 저는 쉰하나입니다." 그는 네 살을 뺐다. "나이를 실감한다고 말할 순 없지만요." 그리고 정말로 실감하지 못했다. 아마도 바람이 수그러지고 햇볕이 점점 진짜 봄처럼 따뜻해지기 때문이었을지도 모른다. 이유가 뭐든 이전에 가졌던 기대에 다시 불이 붙고, 다시 한 번 불사의 인간, 앞을 미리 계획하는 남자가 되었다.

"쉰한 살. 아무 것도 아니네요. 인생의 정점이잖아요. 자기 몸을 스스로 돌볼 수 있으면 그렇죠. 선생님 정도 나이가 되는 분은 보살핌이 필요해요. 누군가가 시중을 들어드려야 하죠."

분명 공동묘지는 남편감을 찾는 여자들로부터 안전한 곳이 아니었던가? 마음속에 이러한 질문이 스쳐 갔지만, 그는 잠깐 판단을 멈추고 여자의 편안하고 속기 쉬운 얼굴을 찬찬히 살펴보며 그 눈길에 흑심이 섞여 있지 않나 시험해보았다. "아버님 말입니다. 혹시……," 벨리 씨는 손을 어색하게 휘둘렀다. "근처에 묻혀 계시나요?"

"아빠요? 오, 아니에요. 아빠는 아주 의지가 굳으신 분이었어요. 매장은 싫다고 완강히 거부하셨죠. 그래서 집에 모셨어요." 심란한 이미지가 벨리 씨의 머릿속에 모여들었다. 곧 이어진 여자의 말로도 그 이미지를 완전히 몰아낼 수 없었다. "재를 모셨다는 말이죠." 여자는 어깨를 으쓱했다. "뭐, 아빠가 원하신 일이에요. 아, 그럼 제가 왜 여기 와 있는지 궁금하신 거죠? 전 여기서 멀지 않은 곳에 살아요. 걸어갈 만한 거리에 있죠. 그리고 전망이……," 두 사람은 목을 돌려 고층 건물의 뾰족한 탑이 하늘에 뜬 구름을 찌르고, 햇빛에 비친 창문이 마치 수백만 개의 운모 조각처럼 반짝이는 도시 윤곽을 응시했다. 오미건은 갑자기 외쳤다. "퍼레이드 하기에 완벽한 날씨네요!"

벨리 씨는 생각했다. '정말 좋은 여자군.' 그리고 그 생각은 입 밖으로도 나와버렸다. 그는 그 말을 한 것을 후회했다. 자연스레 여자는 이유가 뭐냐고 물었기 때문이었다. "왜냐하면 좋은 말씀을 하시니까. 퍼레이드에 대해서."

"그렇죠? 정말 우리는 공통점이 많네요! 저는 퍼레이드는 꼭 챙겨본답니다." 여자는 의기양양하게 말했다. "나팔도 좋아요. 직접 연주도 하는걸요. 아니, 성심교회에 다닐 때 연주했었죠. 참, 그러고 보니……," 여자는 엄숙한 어조로 말해야 하는 화제에 접근하는 양, 목소리를 낮추었다. "선생님은 음악을 좋아하신다고 말씀하셨죠. 전 옛날 레코드판이 수천 장이나 있답니다. 아, 수백 장이라고 해야 하나. 아버지께서 그런 업종에 종사하셨거든요. 은퇴하시기 전까지는요. 레코드 공장에서 레코드에 유약 바르는 일을 하셨어요. 헬렌 모건 기억하세요? 제가 정말 좋아하는 가수예요."

"세상에나." 루비 킬러, 진 할로. 한때 홀딱 빠졌지만 그 가수들은 잊을 수 있었다. 하지만 피부가 백랍처럼 새하얀 헬렌 모건이 반짝이 의상을 입고 지그펠드 극장의 조명을 받아 유령처럼 빛나던 모습만은 잊을 수 없었다. 정말로, 정말로 그가 사랑하는 가수였다.

"믿을 수 있으세요? 그 여자가 결국 알코올 중독으로 죽었다는 게? 그것도 어떤 조직폭력배 때문이었다면서요?"

"그런 건 중요하지 않아요. 정말 예쁜 여자였으니까."

"가끔, 전 혼자 외롭고 약간 진력이 났을 때는 그 여자 흉내를 내곤 해요. 나이트클럽에서 노래하는 흉내를요. 재미있답니다. 아시겠어요?"

"알 것 같네요." 벨리 씨 본인이 가장 좋아하는 환상도 투명인간이 되어 이런 저런 모험을 하는 상상이었다.

"외람되지만 부탁 하나 드려도 될까요?"

"제가 해드릴 수 있는 거라면 해드리죠."

여자는 마치 수줍음이 파도처럼 밀려와 그 밑에 잠긴 듯 숨을 훅 들이켜고 멈추었다. 그러다 그 위로 떠올랐다. "제 모창 좀 들어주시겠어요? 그리고 솔직히 의견을 말씀해주실래요?" 그러더니 여자는 안경을 벗었다. 은테 안경이 너무 꼭 끼었던지 얼굴에 자국이 남았다. 안경을 쓰지 않은 여자의 눈은 촉촉하고 무력해 보였고 갑작스러운 자유에 화들짝 놀란 듯했다. 속눈썹이 드문드문 난 눈꺼풀은 오랫동안 새장에 갇혀 있다가 급작스레 풀려난 새처럼 파드득거렸다. "자, 모든 게 부드럽고 연기에 가린 듯 흐릿해요. 그럼 이제 마음껏 상상력을 펼쳐보세요. 제가 피아노 앞에 앉아 있다고 생각해보세요. 어머나, 죄송해요, 벨리 씨."

"신경 쓰지 마세요. 좋아요. 지금 피아노 앞에 앉아 있는 겁니다."

"전 피아노 앞에 앉아 있어요." 여자는 낭만적인 자세가 될 때까지 꿈꾸듯 머리를 뒤로 젖혔다. 그러고는 뺨을 쪽 빨았다가 입술을 벌렸다. 바로 그 순간에 벨리 씨는 입술을 깨물었다. 성적 매력이 메리 오미건의 불룩한 장밋빛 얼굴에 어울리지 않게 요령 없이 찾아왔기 때문이었다. 애당초 받아줘서는 안 될 것이었다. 완전히 주소를 잘못 찾았다. 여자는 신호가 되는 음악에 귀를 기울이듯 기다렸다. "나를 떠나지 마요, 지금 여기 있잖아요. 당신이 떠난다면, 모두 잘못된 거죠." 벨리 씨는 헬렌 모건의 목소리와 똑같은 목소리를 듣고 충격을 받았다. 연약한 달콤함, 세련미, 부드럽게 떨리는 고음은 남의 목소리를 빌려온 게 아니라 메리 오미건 자신의 목소리였고 숨겨둔 정체를 자연스럽게 드러내는 표현이었다. 조금씩 오미건은 극적인 자세를 포기하고 눈을 꼭 감은 채 꼿꼿이 일어나 앉아 노래를 불렀다. "난 너무 당신에게 기대죠. 위안이 필요할 때 언제나 당신에게 달려가요. 나를 떠나지 마요! 당신이 떠난다면 달려갈 사람이 없으니." 여자나 벨리 씨나 너무 늦게서야, 관을 든 사람들이 두 사람의 은밀한 순간 속에 침범해 들어왔다는 사실을 깨달았다. 차분한 흑인들이 줄지어서 들어오다가 술 취한 도굴꾼 한 쌍을 마주친 듯, 이 백인 남녀를 바라보고 있었다. 다만 조문객 중 한 사람, 눈물기라고는 하나도 없는 어린 소녀 하나만이 주체하지 못하고 웃음을 터뜨렸다. 딸꾹질처럼 신나게 웃어젖히던 소리는 행렬이 저 먼 구석으로 사라진 한참 뒤까지도 울려 퍼졌다.

"내 자식이면 혼쭐을 내줄 텐데." 벨리 씨가 말했다.

"참 민망하네요."

"그러지 마세요. 뭐가 민망합니까? 아름다운 노래였어요. 진심입니다. 노래 잘하시네요."

"고마워요." 여자는 마치 눈물을 막는 바리케이드를 치듯 안경을 꾹 눌러썼다.

"진짜예요. 전 감동받았는데요. 정말 앙코르를 부탁드리고 싶군요."

여자는 마치 그에게서 풍선이라도 하나 받은 아이 같은 표정을 지었다. 점점 부풀어 오르는 특이한 풍선을 따라 몸이 위로 떠올라 발가락만 간신히 땅을 디디고서 춤을 추는 아이 같은 표정. "여기가 아니라면요." 여자는 입을 열었다. 몸이 좀 더 허공으로 떠오른 양 밝고 경쾌하게 말했다. "언젠가 제가 저녁 식사 해드릴 때 오시면요. 러시아 식단으로 준비할게요. 그런 후에는 레코드를 들을 수 있을 거예요."

아까 까치발로 슬쩍 지나갔던 어렴풋한 의심이 좀 더 쿵쿵대는 발걸음으로 다시 돌아왔다. 벨리 씨의 마음속에서 몰아낼 수 없는 뚱뚱한 네 발 짐승이 되어. "고맙군요, 오미건 양. 기대할 만한 일이 생겼네요." 그는 일어서서 모자를 고쳐 쓰고 코트를 여몄다. "차가운 돌 위에 너무 오래 앉아 있으면 몸에 안 좋습니다."

"언제요?"

"뭐, 언제라도요. 언제라도 차가운 돌 위에 앉으면 안 되죠."

"언제 저녁 식사 하러 오실 건가요?"

벨리 씨는 이제까지 변명을 지어내는 기술로 생계를 유지한 사람이었다. "언제라도요." 그는 번지르르하게 대답했다. "하지만 금방은 안 되겠네요. 저는 세무사라서요. 아시겠지만 저희 같은 사람들은 3월에 일이 많지 않습니까. 네, 그럼." 그는 다시 한 번 주머니 속의 시계를 꺼냈다. "단조로운 일로 돌아가야죠." 하지만 그는 사라의 무덤에 앉아 있는 이 여자를 단순하게 떨치고 가버릴 수가 없었다. 그럴 수 있을까? 오미건은 그에게 호의를 베풀어주었다. 별것은 아니라도 땅콩도 주었고, 더 중요한 건 이 여자 덕분에 냉장고에서 시들어가는 사라의 양란도 기억해낼 수 있었다. 또, 어찌되었건 호감이 가는 여자로서 낯선 사이인데도 아주 친절하게 대해주었다. 그는 날씨 탓을 해볼까 생각했지만 날씨는 변명 거리가 안 되었다. 구름도 몇 점 없었고 태양이 환히 비추었다. "쌀쌀해지네요." 그는 손을 비비면서 슬쩍 말을 던졌다. "비가 올지도 모르겠어요."

"벨리 씨, 아주 개인적인 질문 하나만 드릴게요." 여자는 단어 하나하나 아주 단호하게 발음했다. "제가 아무나 저녁 식사에 초대하는 그런 여자라고 생각하시는 게 싫어서요. 제 뜻은……," 단도직입적인 태도를 보였던 여자는 가면무도회에서 잘 맞지 않은 가면을 쓴 사람처럼 눈 둘 곳을 몰라하며 목소리를 낮추었다. "그래서 좀 개인적인 질문을 드리려고요. 혹시 재혼하실 생각이 있으신가요?"

벨리 씨는 마치 소리가 나오기 직전의 라디오처럼 끙 하는 소리를 냈다. 그 소리는 마치 라디오 잡음 소리에 맞먹었다. "아, 제 나이에 무슨. 개도 기르기 힘든걸요. 그저 텔레비전이나 보고, 맥주나 마시고. 일주일에 한 번 포커나 치는 거죠. 게다가 누가 저와 결혼하고 싶어하겠습니까?" 그러다가 움찔하고 레베카의 시어머니 A. J. 크라카우어 시니어 부인을 떠올렸다. 치과의사인 폴린 크라카우어는 넉살 좋게도 가족들의 책략에 가담해왔다. 또 사라와 가장 친한 친구였던 브라우니 폴록은 얼마나 끈질겼던가? 이상하지만, 사라가 살아 있는 동안에는 그도 브라우니의 연모하는 마음을 즐겼고 가끔은 이용하기도 했다. 하지만 후에는 결국 그 여자에게 더 이상은 전화하지 말라고 말해야 했다. (그 말에 브라우니는 소리를 버럭 질렀다. "사라가 한 말이 다 맞았군요. 뚱뚱하고 털만 덥수룩한 개자식이라고.") 그다음에는 잭슨 양이 있었다. 생전에 사라는 두 사람 관계를 의심하고 나중에는 거의 확신하기까지 했지만, 그와 유쾌한 에스더 사이에는 어떤 별다른 감정도, 아주 별다른 감정도 일어난 적이 없었다. 하지만 요 몇 달간 언젠가 볼링광인 에스더에게 술이나 식사, 아니면 볼링이나 한판 치자고 제안할까 하는 생각은 항상 하고 있었다. "물론 이전에 결혼은 했었죠. 27년간이나. 그걸로 평생 할 결혼 생활은 충분히 했습니다." 하지만 이 말을 한 순간 벨리 씨는 결론에 도달했다는 걸 깨달았다. 그는 에스더에게 저녁 식사를 같이하자고 할 것이다. 볼링장에도 데리고 가고, 라벤더색 리본이 달린 보라색 양란도 사주리라. 4월에 사람들은 어디로 신혼여행을 가는지도 불현듯 궁금해졌다. 아니면 5월 말에는? 마이애미? 버뮤다? 버뮤다가 좋겠군! "아니, 생각도 해본 적 없습니다. 재혼은요."

메리 오미건의 주의 깊은 자세를 보았더라면 누구나 그 여자가 벨리 씨의 말에 넋을 잃고 귀를 기울이고 있다고 생각했을 것이다. 하지만 여자의 눈은 파티에서 또 다른, 좀 더 가능성 있는 얼굴을 찾듯이 딴 데 팔려 있었다. 여자의 얼굴에서 핏기가 쫙 빠져나갔다. 그와 함께 건강한 매력도 사라져버렸다. 여자는 기침을 했다.

벨리 씨도 기침을 했다. 그는 모자를 들어올려 인사했다. "만나서 반가웠습니다, 오미건 씨."

"저도요." 여자는 자리에서 일어섰다. "문까지 같이 걸어도 괜찮겠죠?"

실은 괜찮지 않았다. 그는 홀로 빨리 빠져나가 이 환한 봄날과 퍼레이드 하기 좋은 날씨에서 오는 짜릿한 활력을 한껏 들이마시고 싶었다. 에스더에 대한 이런저런 생각을 하며 희망과 열의, 영원한 삶에 대한 기분을 혼자 즐기고 싶었다. "그럼요." 그는 뻣뻣한 다리로 살짝 절뚝거리며 천천히 걷는 여자의 발걸음에 맞춰 보폭을 조절했다.

"하지만 이건 정말 괜찮은 생각 같았는데요." 여자는 따지듯이 말했다. "애니 오스틴 아줌마가 살아 있는 증거예요. 아무도 더 좋은 생각을 못 해냈죠. 제 말은 모두 다 저를 들볶는다는 거예요. 결혼하라고. 아빠가 죽은 날부터 동생이랑 모두 다 그래요. 불쌍한 메리. 앞으로 어떻게 될까? 타자 하나 못 치면서. 속기를 배워. 다리는 또 어떻게 해. 하다 못해 식당 일도 못 하잖아. 아무것도 모르고 일 한 번 해본 적이 없는 여자애가, 아니 어른 여자가 어떻게 되겠어? 요리하고 아버지 수발밖에는 모르는 애인데. 제가 들은 얘기는 그뿐이에요. 메리, 결혼해야 해."

"그러세요. 뭐하러 다툽니까? 오미건 씨처럼 좋은 분이라면 결혼하셔야죠. 남자를 아주 행복하게 해줄 겁니다."

"저도 그렇게 생각해요. 하지만 누구랑 하나요?" 여자는 팔을 쑥 내뻗더니 한 손으로 맨해튼과 그 너머 시골, 더 먼 곳의 대륙까지 가리켰다. "그래서 찾아봤죠. 전 천성적으로 게으른 여자가 아니에요. 하지만 솔직히 말하자면 사람들은 어떻게 남편을 찾는 거죠? 아주 예쁘거나 춤을 잘 추지 않는다면요. 그저 평범하다면요."

"아니, 그렇지 않아요." 벨리 씨는 웅얼거렸다. "평범하지 않으세요. 재능을 이용해보면 어떠십니까? 목소리 말예요."

여자는 우뚝 멈춰서더니 지갑을 닫았다 열었다 했다. "말장난은 하지 마세요. 제발요. 제 인생이 걸린 문제란 말이에요." 여자는 계속 우겼다. "난 평범해요. 애니 아줌마도 그렇죠. 그런데 애니 아줌마가 말해줬어요. 남편감으로 적당한 점잖고 편안한 남자를 찾기 적당한 곳은 바로 부고란이라고."

길눈이 밝은 사람으로 자처하고 있던 벨리 씨는 이제 길을 잃은 듯한 감정이 밀려오면서 초조해졌다. 하지만 300미터 앞에 있는 공동묘지 정문을 보니 안도감이 들었다. "아, 그러셨던가요? 그렇게 말씀하셨어요? 애니 오스틴이라는 분이?"

"네, 그리고 애니 아줌마는 아주 현실감각이 뛰어나요. 일주일에 58.75달러로 여섯 명을 먹여 살린답니다. 음식, 옷, 모든 생활비를 그걸로 충당해요. 그래서 애니 아줌마가 설명하는 방식이 아주 합리적으로 들렸어요. 부고란에는 독신 남성들이 넘친다고. 홀아비들이요. 그저 장례식에 가서 자기 소개를 하면 된다고 했어요. 동정을 보이면서. 아니면 공동묘지도 좋다고 하더군요. 날씨가 좋은 날 여기를 오든지 우드론 묘지에 가라고. 그러면 항상 주변에 어슬렁어슬렁 걸어 다니는 홀아비들이 있다고. 가정 생활을 몹시도 그리워하고 다시 재혼하기를 바라는 남자들이라고."

여자가 정말 진지하다는 걸 깨닫자, 벨리 씨는 오싹하게 소름이 끼쳤다. 하지만 재미있기도 했다. 그래서 주머니에 손을 쑤셔 넣고 머리를 뒤로 젖히면서 껄껄 웃어버렸다. 여자도 그와 함께 웃음을 터뜨렸다. 그 덕에 혈색이 다시 발그레하게 돌았다. 여자는 웃어대며 마치 종달새처럼 그에게 몸을 부딪쳤다. "내가 봐도……," 여자가 그의 팔을 잡으며 말했다. "내가 봐도 웃겨요." 하지만 그 모습은 오래가지 않았다. 여자는 갑자기 엄숙해졌다. "하지만 애니 아줌마는 이렇게 해서 남편감들을 만난걸요. 둘 다요. 처음에는 크룩섕크 씨, 다음에는 오스틴 씨. 그러니 실현 가능한 생각인 거죠. 그렇게 생각하지 않으세요?"

"아, 그럼요."

여자는 어깨를 으쓱했다. "하지만 이제까지는 별로 잘되지 않았어요. 우리만 해도 보세요. 공통점이 그렇게 많은 듯 보였는데."

"언젠가는 되겠죠." 벨리 씨는 걸음을 빨리했다. "좀 더 활기찬 남자 분을 만나면요."

"잘 모르겠어요. 이제까지 괜찮은 사람들을 몇몇 만났는데. 언제나 이렇게 끝나더라고요. 우리처럼……." 여자는 더 할 말을 남겨둔 채로 끝맺었다. 새로운 순례자가 막 공동묘지로 들어오고 있어서 그쪽에 관심이 쏠렸기 때문이었다. 명랑하게 휘파람을 불며 손을 딱딱 튀기며 걸어가는 키 작고 활기찬 남자. 벨리 씨도 그 남자를 알아보았고, 남자의 환한 녹색 코트 소매에 검은 상장을 두르고 있다는 것도 눈치챘다. 벨리 씨는 한마디 해주었다. "행운을 빕니다, 오미건 씨. 땅콩 고마웠어요."

추수감사절에 온 손님
(1967)

리에게 바친다

어디 한번 비열함의 정수를 보여줄까. 오드 헨더슨이야말로 내 경험상 가장 비열한 인간이다.

내가 지금 말하고 있는 사람은 달랑 열두 살 난 소년이다. 타고난 사악한 성격이 오랜 시간에 걸쳐 무르익은 어른이 아니라, 최소한 오드는 1932년에 열두 살이었고 그때 우리는 둘 다 앨라배마 시골 작은 마을에 있는 초등학교 2학년이었다.

오드는 나이에 비해 키가 컸고 탁한 빨간 머리에 노란 실눈을 한 깡마른 소년이었다. 오드는 같은 반의 어떤 애보다 키가 월등히 컸는데, 그도 그럴 것이 걔를 뺀 우리 모두는 고작 일곱 살 아니면 여덟 살이었기 때문이다. 오드는 1학년을 두 번이나 유급했고 지금 2학년을 2년째 다니고 있다. 이렇게 안타까운 성적은 멍청해서가 아니었다. 오드는 똑똑했다. 아니 교활하다는 게 더 맞는 표현일 것이었다. 하지만 오드는 집안 식구들을 먹여 살려야만 했다. 그 집 식구들은(아버지인 대드 핸더슨을 빼고 모두 다 해 열 명이나 되는 가족이었다. 대드는 밀주를 하다가 감옥 신세를 지고 있었다. 이 집 식구들은 흑인 교회 바로 옆 네 개짜리 방에서 꾸역꾸역 모여 살았다) 죄다 의욕이 없고 뚱한 사람들로, 하나같이 남에게 못되게 굴었다. 오드가 그 식구들 중 최악은 아닐 정도니, 거참, 그것만으로도 알 만하다.

우리 학교에 다니는 많은 아이들의 가정 환경은 헨더슨 네보다 더 불우했다. 오드는 적어도 신발은 신고 다녔지만 다른 남자아이들이나 여자아이들은 혹독한 날씨에도 맨발로 버텨야만 했다. 대공황의 여파가 앨라배마에도 심하게 불어닥친 까닭이었다. 하지만 누가 되었든 오드보다 더 완전히 망해서 빈한해 보이는 사람은 없었다. 오드는 주근깨투성이에 가죽만 남은 말라깽이였고 조직폭력배 죄수도 입으라 하면 부끄러워 못 입을 정도로 땀에 절고 낡은 멜빵바지를 입고 다녔다. 오드가 그처럼 밉살스럽지만 않았더라면 그 애를 불쌍하게 생각했을지도 모른다. 애들 모두가 오드를 무서워했다. 우리처럼 더 어린 아이들뿐 아니라, 동년배나 더 나이 많은 남자애들까지도.

아무도 오드에게 싸움을 걸지 않았다. 하지만 딱 한 번 앤 '점보' 핀치버그라고 이웃 동네에서 골목대장을 하며 아이들을 괴롭히던 여자아이가 싸움을 건 적 있었다. 점보는 체구는 콩알만 했지만 당찬 말괄량이로서 절대 빠져나갈 수 없는 레슬링 기술을 갖고 있었다. 어느 지루했던 아침, 점보는 조회 시간에 오드의 등 뒤에서 덤벼들었고, 서로 죽여버리겠다고 이를 가는 두 사람을 떼어놓는 데만도 세 명의 선생님들이 달라붙어 한참을 씨름해야 했다. 결과는 비긴 셈이었다. 점보는 이 하나를 잃었고 머리카락 반이 뽑혀 나갔으며 왼쪽 눈에 회색 구름 같은 게 끼었다(점보는 그 후 다시는 깨끗하게 볼 수 없게 되었다). 오드는 엄지손가락이 부러지는 고통을 당했으며 훗날 관 뚜껑을 덮을 때까지도 사라지지 않고 남아 있을 할퀸 흉터를 얻었다. 그 후 몇 달 동안 오드는 점보의 약을 올려 재대결을 붙으려고 갖은 수를 다 썼다. 하지만 점보는 자기가 이길 수 있는 마지막 기회는 이미 다 써버렸음을 알고 오드를 요리조리 피해 다녔다. 아마 오드가 내게 빠져나갈 구멍을 만들어주었더라면 나 또한 그런 방법을 썼을 것이다. 하지만 맙소사. 나는 오드의 가차없는 관심의 대상이었다.

  그 시대와 동네를 생각하면 나는 꽤 잘사는 집 아이였다. 나는 마을과 농장은 끝나고 숲이 시작되는 곳에 자리한 천장 높은 오래된 시골집에 살았다. 이 집주인은 내 먼 친척인, 나이 든 사촌들이었다. 노처녀 세 분과 노총각 한 분이었던 이 사촌들은 내 양육권 분쟁으로 인해 내 외가에 분란이 일자 나를 당신네 지붕 밑에 거두어주었다. 그러한 이유로 나는 약간은 기묘한 앨라배마 집안에 맡겨져 오도 가도 못하는 꼴이 되었다. 그렇다고 거기서 내가 행복하지 않았다는 뜻은 아니다. 실로 그 몇 년 간은 거기서 살지 않았더라면 꽤나 힘들었을, 내 인생에서 가장 행복했던 시간이었다. 이 사촌들 중 가장 막내였던 60대의 여자 사촌이 내 가장 친한 친구가 되어주었기 때문이다. 이 사촌은 본인이 어린아이나 다름없어서(많은 이들은 내 사촌이 어린아이보다도 못하다고 생각했고 마치 이 사촌이 불쌍하고 착한 레스터 터커의 쌍둥이라도 되는 듯이 수군거렸다. 레스터 터커는 머리가 살짝 돌아서 길거리에서 소리치고 다니는 동네 바보였다) 어린이들을 잘 이해했고 나를 절대적으로 이해해주었다.

아마도 어린 소년이 나이 든 노처녀를 가장 친한 친구로 삼는다는 것은 이상한 일일 테지만, 우리 둘 다 정상적인 외모나 배경을 가진 사람들은 아니었으니 각각 느껴왔던 외로움 속에서 서로 우정을 나누게 된 것은 필연적인 일이었으리라. 학교에서 보내는 시간만 빼고 우리 셋—나와 기운이 철철 넘치는 랫 테리어 퀴니, 그리고 모든 이가 내 친구라고 부르는 숙—은 거의 언제나 함께 있었다. 우리는 숲 속에 향초를 캐러 가기도 하고, (마른 사탕수숫대로 만든 낚싯대를 들고) 멀리 떨어진 시내에 낚시도 갔으며 미리 여기저기 심어놓았더니 무성하게 자라버린 기묘한 종의 양치식물과 풀들도 양철 양동이와 요강을 들고 가서 따 모으기도 했다. 하지만 주로 우리의 삶은 부엌에서 이루어졌다. 커다랗고 검은 나무 풍로가 떡 버티고 있는 농가의 부엌은 어두움과 햇볕이 공존하는 장소였다.

숙은 손대면 오그라드는 양치식물처럼 민감하고 이 동네 너머로는 발을 디뎌본 적도 없을 정도로 집에만 틀어박혀 있는 사람으로 오빠나 언니들과는 완전히 달랐다. 이 언니란 사람들은 더할 나위 없이 현실적인 데다가 약간 남성적인 아주머니들로 건어물상 및 몇몇 사업체를 운영했다. 오빠 되는 B 아저씨는 이 동네 여기저기에 목화 농장을 여러 개 소유하고 있었다. 아저씨는 차를 몰기도 싫어했고 어떤 현대적 기계식 이동 수단하고도 관련을 맺고 싶어 하지 않았으므로, 말을 타고 하루 종일 달려야

이 농장에서 저 농장으로 갈 수 있었다. 아저씨는 친절한 사람이었지만 과묵했다. 뚱하게 단답식으로 그래, 아니를 말하는 게 고작이어서 밥 먹을 때 빼고는 입을 여는 법이 거의 없었다. 매번 식사 시간마다 아저씨는 겨울잠에서 깨어난 알래스카 곰처럼 먹어댔고 이 아저씨의 배를 채워주는 것이 숙의 임무였다.

아침 식사가 하루 중 가장 주된 식사였다. 일요일을 빼고는 낮에 정찬을 먹었고, 저녁은 간단하게 아침 먹고 남은 음식을 해치웠다. 아침 식사는 오전 5시 반에 딱 맞춰 배를 두둑하게 채울 수 있도록 차려졌다. 오늘날까지도 그 새벽에 아침 식사로 먹었던 음식들을 생각하면 그리움에 허기가 진다. 햄과 통닭, 돼지고기 튀김, 메기 튀김, 다람쥐 튀김(계절 별미), 달걀 프라이, 그레이비 소스를 친 옥수수 가루, 광저기, 콜라드 술을 뿌린 콜라드, 속을 말랑말랑하게 한 옥수수빵, 비스킷, 파운드케이크, 팬케이크와 당밀, 벌집꿀, 집에서 만든 잼과 젤리, 달콤한 맛이 도는 우유, 버터밀크, 치커리 향이 나는 무진장 뜨거운 커피.

요리사는 조수인 퀴니와 나의 보조를 받아 매일 아침이면 4시에 일어나 풍로 불을 피우고 식탁을 차리고 모든 일을 시작했다. 그 시간에 일어나는 건 말처럼 그렇게 어려운 일은 아니었다. 우리는 일찍 일어나는 일에 익숙해져 있었고, 해가 땅에 떨어지고 새들도 나무 위 둥지 속에 자리 잡는 순간 침대에 들었다. 물론 나의 친구도 보기보다 연약하지 않았다. 어린아이처럼 자주 아프고 등이 굽기는 했어도, 손 힘이 셌고 다리는 튼실했다. 숙은 아주 활기차고도 단호한 태도로 빠르게 움직였고, 항상 신고 다니는 낡아빠진 테니스 신발은 왁스를 바른 부엌 바닥 위에서 찍찍 소리를 냈다. 섬세하게 투박한 면이 엿보이는 얼굴은 남달리 눈에 띄었고, 불굴의 정신이 엿보이는 눈은 표면적으로 신체가 건강해서라기보다는 보상을 받아서 내면 영혼이 반짝반짝 빛나게 된 듯 아름답고 젊어 보였다.

하지만 계절이나 B 아저씨의 농장에서 일하는 일꾼들의 수에 따라서 이 새벽녘의 회식에 참여하는 사람 수가 열다섯 명이나 될 때도 있었다. 일꾼들은 하루에 한 번 따끈따끈한 식사를 할 수가 있었고, 식대는 임금의 일부였다. 보통은 흑인 여자 한 명이 도우미로 와서 설거지도 하고 침대도 정리하고 집 안 청소도 하고 세탁도 하기로 되어 있었다. 이 여자는 게으르고 믿을 수 없었지만 숙의 평생 친구였다. 이 말은 내 친구가 이 흑인 가정부를 자르고 다른 사람을 쓸 수 없으니 모든 일을 다 혼자 했다는 뜻이다. 숙은 장작을 패고, 닭과 칠면조, 돼지 우리를 돌보고, 우리의 옷을 문질러 먼지를 털고 수선하는 일을 했다. 하지만 내가 학교에서 돌아오면 언제나 열렬히 나와 함께 놀아주려고 했다. 룩이라는 카드 게임을 같이 하거나 같이 버섯을 따러 가거나 베개 싸움을 해주었고, 해가 저물어가는 오후 부엌에 같이 앉아서 내 숙제를 도와주기도 했다.

숙은 내 교과서를 차분히 읽어나가기를 좋아했고, 특히 지도를 보는 걸 좋아했다. ("오, 버디." 숙은 나를 버디라고 불렀다. "생각해보렴. 티티카카라는 이름의 호수가 있대. 세계 어딘가에 정말 그런 이름의 호수가 있다는구나.") 내가 받는 교육은 숙이 받는 교육이기도 했다. 어렸을 때 몸이 아팠던 탓에 숙은 거의 학교를 다니지 못했다. 손글씨는 들쑥날쑥했고 철자는 본인만 알아보고 발음할 수 있는 글자의 나열이었다. 나는 벌써 그 나이에 숙이 할 수 있는 것보다도 더 술술 읽고 쓸 수 있었다(숙은 매일 하루에 성경 한 장씩 '공부'하고 〈모빌〉 신문에 연재되는 '고아 애니'나 '카첸잼머 키즈' 만화를 빼놓지 않고 읽었지만 진전이 없었다). 숙은 '우리의' 성적표를 아주 뿌듯해했다("어머, 버디! A를 다섯 개나 받았구나. 심지어 산수도 A야. 산수까지 그렇게 좋은 점수를 받으리라고는 감히 바라지도 않았는데). 그래서 숙에게는 내가 학교를 싫어한다는 것이 수수께끼였고 아침마다 내가 이 집안의 결정권을 쥔 B 아저씨에게 제발 그냥 집에 있게 해달라고 울면서 비는 까닭을 이해하지 못했다.

물론 학교가 싫어서 그런 건 아니었다. 내가 싫었던 건 오드 헨더슨이었다. 그 애가 나를 얼마나 괴롭혔던지! 예를 들자면, 오드는 학교 운동장 가장자리에 어둑어둑하게 서 있던 물참나무 그늘에 숨어서 나를 기다리곤 했다. 손에는 집에서 학교 가는 길에 모아두었던 가시 많은 도꼬마리가 가득 찬 종이봉투를 들고 있었다. 오드는 똬리 튼 뱀만큼이나 빨랐기 때문에 따돌리려고 해봤자 아무런 소용이 없었다. 방울뱀처럼 오드는 나를 땅에 때려 눕히고서는 가는 눈에 환희를 띠고 도꼬마리를 내 정수리에 문질러댔다. 보통 때라면 주위에 한 무리의 애들이 둘러싸고 킥킥 웃거나 재미있는 척이라도 했을 터였다. 하지만 이때만은 아이들도 재미있다고 생각하지 않았다. 하지만 오드가 무서워서 아이들은 안절부절못했고, 오드의 비위를 맞추려고 했다. 후에 남자 화장실로 숨은 나는 머리에 꼬인 도꼬마리를 털어냈다. 얼마나 오래 걸렸는지 1교시에 시간에 맞춰 들어갈 수도 없었다.

2학년 담임이신 암스트롱 선생님은 다정한 분이었고 무슨 일이 일어나고 있는지 감은 잡고 있었다. 하지만 나중에는 내가 계속 지각하자 지쳐버려서 애들 앞에서 내게 화를 내셨다. "건방진 꼬맹이 같으니! 조그만 게 잘난 척하기는! 어떻게 수업 종이 울린 지 20분이나 지나서야 어슬렁어슬렁 들어올 수 있니? 30분이나 지난 후에!" 거기에 나는 이성을 잃었다. 나는 오드 헨더슨을 가리키며 소리를 질렀다. "소리는 쟤한테 지르세요. 혼은 쟤가 나야 한다고요. 저 개새끼가."

나는 욕설을 많이 알고 있었지만 쥐 죽은 듯 조용한 교실에 내가 내뱉은 욕설이 울려 퍼지자 나조차도 깜짝 놀랐다. 암스트롱 선생님은 무거운 자를 들고 내게 다가왔다. "손 내밀어. 손바닥을 위로 해서." 오드 헨더슨이 싱글싱글 웃으면서 구경하는 동안 암스트롱 선생님은 내 눈앞이 흐릿해질 때까지 놋쇠를 가장자리에 두른 자로 내 손바닥을 내리쳤다.

오드가 내게 주었던 온갖 정신적 고문들을 다 나열하자면 깨알 같은 글씨로 적어도 종이 한 장으론 모자랄 테지만, 내가 가장 원망하고 고통받았던 건 오드가 나타나기 전부터 벌써 불길한 기분이 들고 으스스해진다는 것이었다. 한번은 오드가 나를 벽에다 몰아붙이자, 나는 대놓고 내가 뭘 잘못했기에 나를 그렇게 싫어하냐고 물었다. 갑자기 오드는 맥이 탁 풀어지더니 나를 놓아주며 말했다. "넌 계집애 같아. 난 그저 너를 바로잡아 주는 거야." 오드의 말이 맞았다. 내가 계집애 같은 건 사실이었다. 그리고 그 애가 그 말을 하는 순간, 나는 깨달았다. 오드의 판단을 바꾸기 위해서는 마음을 굳게 먹고 그 사실을 받아들이고 방어

하는 방법밖에는 어쩔 도리가 없다는 것을.

하지만 퀴니가 오래전에 묻어두었던 뼈다귀를 뜯고 친구가 파이 껍질을 만드느라 산만하게 왔다 갔다 하는 따뜻한 부엌의 평화로움에 다시 젖어들면, 오드 헨더슨의 무게는 고맙게도 어깨 위에서 스르르 내려졌다. 하지만 종종 밤만 되면 그 찌푸린 사자 눈이 꿈속을 파고들었고 오드의 높고 거센 목소리는 잔인한 말을 내 귓가에 식식 속삭였다.

내 친구는 내 옆방에서 잤다. 종종 내가 악몽을 꾸다가 소리를 질러대면 친구는 잠에서 깨고는 했다. 그러면 숙은 내 방으로 와서 오드 헨더슨 혼수상태에서 나를 흔들어 깨웠다. "이거 보렴." 숙은 등을 밝혔다. "너 때문에 퀴니도 겁을 집어먹겠다. 애도 부들부들 떨고 있어." 그러고는 덧붙였다. "열 때문이니? 흠뻑 젖었네. 스톤 의사 선생님을 불러야 할지도 모르겠구나."

하지만 숙은 이게 열병이 아님을 알았다. 내가 오드 헨더슨이 어떻게 괴롭히는지 몇 번이나 말해준 터라 학교에서 겪는 문제 때문임을 알고 있었다.

하지만 나는 이제 더 이상 그 얘기를 털어놓지도, 더 이상 언급하지도 않았다. 내 친구는 내가 묘사한 정도로 인간이 그렇게 악할 수 있다는 걸 결코 인정하지 않으려 했기 때문이었다. 숙은 항상 혼자 고립되어 사느라 세상 경험을 못한 덕에 순수함을 간직하고 있어서 그렇게 완전한 악을 끌어안을 능력이 없었다.

"오." 숙은 내 차가운 손을 문질러 따뜻하게 해주며 이렇게 말할 것이었다. "걔가 널 괴롭히는 건 단지 질투심 때문이란다. 걘 너처럼 영리하지도 멋있지도 않잖니." 혹은 좀 더 진지하게 이렇게 말했다. "버디, 네가 염두에 두어야 할 것은, 이 아이가 그렇게 흉한 짓을 저지를 수밖에 없다는 거야. 다른 방법은 모르니까. 헨더슨네 집 애들은 고생이 많아. 대드 헨더슨네 집 문간에만 가봐도 금방 알 거야. 이런 말을 하기는 싫지만 그잔 못된 짓과 바보짓 말고는 한 적이 없지. 너, B 아저씨가 언젠가 그 사람을 말채찍으로 때린 거 아니? 그 사람이 개를 막 두들겨 패고 있는 걸 아저씨가 잡아서 현장에서 채찍으로 갈겨주었단다. 이젠 그 사람이 주립 교도소에 갇혀 있으니 그나마 잘되었지. 하지만 몰리 헨더슨이 대드와 결혼하기 전에 어땠는지 아직도 기억에 생생해. 그때가 열다섯인가 열여섯인가 되었을 때인데, 강 건너 마을에서 여기로 온 지 얼마 안 됐었어. 그때 재봉사가 되려고 길 아래 있는 세이드 댄버스 가게에서 배우면서 일하고 있었지. 몰리는 우리 집을 지나면서 내가 정원에서 호미질하는 모습을 보곤 했단다. 얼마나 예의 바르고 빨강 머리가 예뻤던 처녀인지. 세상만사에 감사하는 아이였지. 언젠가는 내가 스위트피였나 동백이었나 꽃다발 하나를 만들어주었는데, 그 일로 항상 고마워했단다. 그런 후에 대드 헨더슨이랑 팔짱을 끼고 돌아다니기 시작했지. 대드는 몰리보다도 훨씬 나이가 많고 술이 취했든 멀쩡하든 간에 구제불능 날건달이었어. 글쎄. 주님이 행하시는 일엔 다 이유가 있겠지. 하지만 얼마나 안타까운 일이니. 몰리는 아직 서른다섯도 안 되었는데 벌써 이 하나가 없고 돈이라고는 한 푼도 없지. 먹여 살려야 할 애들이 집안에 바글바글한데. 이런 걸 모두 감안해야 해, 버디. 그리고 좀 더 참을성을 가지렴."

참을성이라고! 도대체 그런 얘기를 해봤자 무슨 소용이람! 마침내 내 친구도 내 절망의 심각성을 이해하게 된 모양이었다. 이런 깨달음은 조용히 온 것이지 내가 한밤중에 깨어나거나 B 아저씨에게 울고불고 매달리는 모습을 보고 알게 된 게 아니었다. 어느 동짓달의 해거름, 우리는 부엌에서 단둘만 불이 사그라지는 풍로 옆에 앉아 있었다. 저녁 식사는 끝났고, 접시는 정리해서 쌓아놓았으며, 퀴니는 안락의자 위에 누워 코를 골고 있었다. 내 친구의 속삭이는 듯한 목소리는 지붕 위에 똑똑 떨어지는 빗방울 소리와 함께 어우러졌다. 하지만 내 마음은 오로지 걱정에만 쏠려 있어서 친구의 말이 별로 귀에 들어오지는 않았다. 하지만 지금 친구가 말하고 있는 주제가 앞으로 일주일여 남은 추수감사절임은 인식하고 있었다.

내 친구는 결혼한 적이 없었다(B 아저씨는 거의 결혼할 뻔했지만, 아저씨의 약혼녀가 같은 집에서 살아야 할 시누이가 셋이나 된다는 걸 알자 약혼반지를 돌려주었다). 하지만 우리 집은 이 일대에 친척들이 많다는 것을 자랑하고 있었다. 사촌들도 많았고 나이가 103살이나 되는 메리 테일러 휠라이트라는 할머니도 계셨다. 우리 집은 동네에서 가장 컸고 오가기가 편리한 위치에 자리 잡고 있어서 이 친척들이 매년 추수감사절이 되면 우리 집으로 오는 게 전통이었다. 추수감사절 손님은 거의 서른 명에 육박했지만, 성가신 잔일이 많지는 않았다. 우리는 단지 식탁과 속 채운 칠면조만 넉넉히 준비하면 되었다.

식탁에 차릴 음식은 손님들이 가지고 왔다. 친척들은 모두 자신들의 특식을 들고 왔다. 할머니 사촌 되는 플로마튼 출신의 해리엇 파커 할머니는 신선하게 간 코코넛에 투명한 오렌지 조각을 섞은 별미 음료를 만들어 가지고 왔다. 해리엇 할머니의 동생인 앨리스 할머니는 보통 고구마를 으깨어 휘젓고 그 위에 건포도를 섞은 요리를 가지고 왔다. 콩클린 일가, 빌 콩클린 부부와 그 집의 예쁜 네 딸들은 항상 여름에 재어놓은 맛있는 야채 통조림들을 들고 왔다. 내가 제일 좋아하는 음식은 차가운 바나나 푸딩으로, 고령에도 집안일 하는 데는 정정하기 짝이 없는 친척 할머니만이 만드실 수 있는 비장의 요리였다. 슬프게도 이 할머니는 1934년에 이 비법을 아무에게도 전해주지 않고 105세를 일기로 돌아가셨다. (그나마 노환으로 돌아가신 것도 아니다. 목초지에서 황소에게 공격받고 밟혀서 돌아가셨다니.)

내 마음이 젖은 저녁 햇살처럼 우울한 미로를 헤매는 동안 숙은 이런 문제를 여러모로 따져보고 있었다. 그러다 갑자기 숙은 주먹으로 탁자를 탁 내려쳤다. "버디!"

"뭔데?"

"내 말은 한마디도 듣고 있지 않구나."

"미안해요."

"올해에는 칠면조가 다섯 마리는 필요할 것 같아. B 아저씨에게 말했더니 너보고 칠면조를 잡으라고 하더라. 손질도 네가 하고."

"왜요?"

"아저씨가 그러는데 남자애는 그런 일들을 할 수 있어야 한대."

가축을 잡는 건 주로 B 아저씨의 일이었다. 나한테는 아저씨가 돼지를 도살하거나 닭의 목을 비트는 모습을 보는 것 자체가 고역이었다. 내 친구도 다를 바 없었다. 우리 둘 다 파리를 쳐서 잡는 일보다 더 피가 튀는 폭력은 견딜 수가 없었다. 그래서 친구가 내게 아저씨의 명령을 아무렇지도 않게 전해주는 데 흠칫 놀랐다.

"음, 난 안 할 거야."

그랬더니 숙은 미소를 지었다. "물론 넌 하지 않지. 버버나 다른 흑인 아이를 시킬 작정이란다. 그 애에게 5센트 주면 되겠지. 그래도," 숙은 공모하듯 어조를 낮추었다. "B 아저씨에게는 네가 한 것처럼 하자. 그러면 아저씨도 기분이 좋아져서 그렇게 나쁘다고 생각하지는 않을 거야."

"뭐가 그렇게 나쁜 일인데?"

"우리가 항상 함께 어울려 다니는 것. 아저씨는 네가 또래 남자 아이들과 어울려야 한다고 생각해. 어쩌면 아저씨 말이 맞지."

"난 다른 친구 필요 없어."

"쉿, 그런 말 마, 버디. 넌 정말 내게 잘해줬어. 너 없이 내가 어떻게 살아갈 수 있는지 모르겠구나. 그냥 고약한 할망구가 되었겠지. 난 네가 행복한 모습을 볼 바라, 버디. 강하고 세상에 나갈 수 있을 만큼 능력이 있는 사람이 되기를. 하지만 네가 오드 핸더슨 같은 애랑 잘 지내면서 그런 애들을 네 친구로 만들지 못한다면 그렇게 되기는 힘들 거야."

"오드라고! 걔랑은 무슨 일이 있어도 절대 친구하고 싶지 않아."

"그러지 마, 버디. 오드를 추수감사절 저녁에 초대하려무나."

우리 두 사람은 가끔 자그락거리기는 했어도, 심각한 다툼을 벌인 적은 없었다. 처음에 나는 숙의 부탁이 단순히 재미 없는 농담이 아니라 진심이라는 것을 믿을 수가 없었다. 하지만 숙이 정말로 진지하다는 걸 깨닫고 나는 당황했고 우리 사이가 크게 벌어지기 직전임을 예감했다.

"난 숙이 내 친구인 줄 알았어."

"친구야, 버디. 진짜야."

"정말 내 친구라면 그런 생각을 할 수는 없어. 오드 핸더슨은 나를 싫어해. 걘 내 원수야."

"걘 너를 싫어하지 않을 거야. 널 잘 알지 못해 그러는 거야."

"어쨌든 난 개가 싫어."

"그건 네가 그 애를 잘 모르기 때문일 거야. 내 부탁은 그뿐이란다. 서로 조금 알아갈 기회를 갖자는 것. 그러면 둘 사이의 말썽은 끝날 거야. 어쩌면 네 말이 맞을지도 몰라, 버디. 어쩌면 너희 두 남자애들은 절대 친구가 될 수 없을지도 모르지. 하지만 그 애가 계속 괴롭힐 수 있을지는 모르겠다."

"숙은 몰라. 숙은 절대 사람들을 싫어한 적이 없으니까."

"그래, 난 사람을 싫어해본 적이 없어. 이 지상에서 우리에게 주어진 시간은 한정되어 있어. 주님께서 보시는데 내 시간을 그런 식으로 헛되이 쓰고 싶진 않다."

"난 걜 초대하지 않을 거야. 그랬다간 나를 미쳤다고 생각할 걸. 그리고 정말 초대한다면 내가 미친 거지."

하늘에서 내리는 비 때문에 우리 사이에 흐르는 침묵이 더 불행하리만큼 길게 느껴졌다. 친구의 맑은 눈은 마치 나를 룩 게임의 카드처럼 살피면서 어떻게 내야 할지 곰곰이 따져보는 듯했다. 숙은 앞이마로 흘러내린 희끗희끗한 머리카락을 뒤로 넘기며 한숨지었다. "그러면 내가 직접 초대할 수밖에 없지, 내일." 숙이 말했다. "모자를 쓰고 나가서 몰리 핸더슨을 만나봐야겠다." 이 말은 그야말로 숙의 의지가 얼마나 결연한지를 확실히 보여주는 것이었다. 내가 아는 한, 숙은 이제껏 한 번도 누구를 만나러 간 적이 없었다. 사교성이라고는 하나도 없기도 했고, 숙은 천성이 너무 겸손해서 다른 사람들이 자신을 환영하리라고는 생각지 않았기 때문이었다. "걔네 집은 아마 추수감사절 행사를 크게 치르지 않을 거야. 아마도 몰리는 우리가 오드를 식사에 초대하면 아주 기뻐할 거다. 아, B 아저씨가 결코 허락하지 않겠지만, 그 집 식구들을 다 초대할 수 있다면 얼마나 좋겠니."

내 웃음소리에 퀴니가 퍼뜩 잠에서 깼다. 잠깐 깜짝 놀라기는 했지만, 내 친구도 같이 웃었다. 숙의 뺨은 불그레하게 달아올랐고 눈은 반짝거렸다. 숙은 일어서서 나를 안아주었다. "오, 버디. 난 네가 날 용서해줄 줄 알았어. 내 생각에 일리가 있다는 걸 이해해줄 줄 알았단다."

숙은 잘못 생각했다. 내가 즐거운 건 다른 이유 때문이었다. 두 가지 이유였다. 첫 번째는 성질 고약한 핸더슨 가족을 위해 칠면조 뼈를 발라내는 B 아저씨의 모습을 상상하니 너무 웃겼다. 두 번째 이유는 이러했다. 내가 하나 걱정할 까닭이 없다는 생각이 들었던 것이다. 숙이 초대를 전하러 가고, 오드의 어머니가 오드 대신 받아들인다고 치자. 하지만 오드가 나타날 가능성은 눈곱만큼도 없었다.

오드는 자존심이 무척 세다. 예를 들어, 대공황 때 우리 학교에서는 너무 가난해서 도시락을 가져올 수 없는 아이들에게 공짜 우유와 샌드위치를 배급해주었다. 하지만 오드는 비록 가난에 찌들었지만 절대 급식을 받으려 하지 않았다. 그 애는 무리에서 혼자 떨어져 나와 주머니에 넣어온 땅콩을 먹거나 야생 순무를 갉아먹거나 했다. 이런 종류의 자존심은 핸더슨네 식구들의 특징이었다. 그 집 식구들은 물건을 훔치거나 죽은 사람의 금니를 빼거나 하는 일은 해도 공공연하게 주어진 선물 같은 건 절대 받지 않았으며 자선의 의미가 조금이라도 있는 행위를 베풀어주면 기분 나빠했다. 오드는 분명히 숙의 초대를 자선의 손길로 받아들일 터였다. 아니면 나를 더 이상 괴롭히지 말고 놔주라는 협박의 의미로 받아들일 수도 있었다. 그렇다고 해도 별로 틀린 생각은 아니겠지만.

나는 그날 밤 가벼운 마음으로 잠자리에 들었다. 내 추수감사절 행사가 불청객의 출현으로 망쳐질 걱정은 전혀 하지 않았다.

다음 날 아침 나는 심한 감기가 들었다. 학교에 가지 않아도 되니 오히려 유쾌했다. 불 피운 따뜻한 방 안에서 토마토 수프나 홀짝대고 《데이비드 코퍼필드》나 읽으면서 홀로 보낼 수 있다는 뜻이었다. 다시 가을비가 가늘게 내리고 있었다. 하지만 약속을 굳게 지키는 숙은 어제 한 말 그대로 빛바랜 벨벳 장미가 붙은 챙 넓은 밀짚모자를 찾아 쓰고 핸더슨네 집으로 향했다. "시간은 많이 안 걸릴 거야." 그렇지만 숙이 나가 있던 시간은 두 시간은 족히 되었다. 숙이 나나 자기 자신 말고 다른 사람과 그렇게 오랫동안 대화를 할 수 있다는 건 나로서는 상상도 못 해본 일이었다(숙은 종종 혼잣말을 하곤 했다. 제정신이지만 다정한 성격을 가진 사람들이 가지는 습관이다). 돌아왔을 때 숙은 기진맥진한 듯했다.

모자도 벗지 않고 오래된 헐렁한 비옷을 그대로 입은 채로, 숙은 내 입에 체온계를 쓱 집어넣더니 침대 발치에 앉았다. "난 그 여자가 좋아." 숙은 단호하게 말했다. "난 항상 몰리 핸더슨을 좋아했지. 항상 최선을 다하는 여자거든. 집도 밥 스펜서의 손톱처럼 깔끔하더라." 밥 스펜서는 청결을 꼼꼼하게 따지기로 명성이 높은 침례교회 목사였다. "하지만 집이 얼마나 후들거리게 춥던지. 지붕이라고는 양철판 하나 얹은 거라 바람이 방 안으로 그대로 들어오고 난로에 불도 안 피웠더라. 나한테 차라도 드시겠냐고 하던데, 커피 한 잔이라면 기꺼이 마시고 싶었지만 괜찮다고 했어. 그런 환경에서는 커피가 있을 리가 없잖니. 설탕도 없을 거고.

그 광경을 보니까 내가 다 부끄러워지는 것 있지, 버디. 몰리 같은 사람이 그렇게 아등바등 사는 걸 보니 마음이 어찌나 저려 오던지. 인생에 별들 날 하나 없겠더라. 원하는 건 뭐든 가져야 한다고 말하는 건 아니야. 하지만 생각해보면, 그런들 나쁠 게 뭐 있겠니. 너는 자전거를 가져야 하고, 퀴니가 매일 쇠뼈다귀를 먹으면 안 될 이유가 있니. 그래, 이제서야 나는 알겠어. 우리는 정말로 우리가 원하는 건 뭐든 가질 수 있어야 해. 주님께서도 그걸 원하실 거라는 데 10센트 걸어도 좋아. 그러니 우리 주변 사람들이 가장 기초적인 필요도 충족시키지 못하고 사는 걸 보니 얼마나 부끄럽던지. 아니, 내 자신이 부끄러웠다는 게 아냐. 내가 뭐라고. 나야말로 쥐뿔도 없는 그냥 늙은이인걸. 나도 나를 먹여 살려주는 가족이 없었다면 벌써 굶어 죽었거나 양로원 신세를 졌겠지. 내가 느끼는 부끄러움은 다른 사람은 아무것도 없는데 여유가 있는 우리에 대한 부끄러움이란다.

난 몰리에게 우리 집에 남는 이불이 있다고 했어. 여기 다락방에 퀼트 이불이 든 가방이 있다고 했지. 내가 소녀 때 만든 건데 거의 손때를 안 탔다고. 하지만 몰리는 내 말을 잘라버리더라. 핸더슨네 가족들은 그럭저럭 잘 지내고, 고맙다고, 필요한 게 있다면 대드가 빨리 자유의 몸이 되어 식구들 곁으로 돌아오는 거라고 하더라. '숙 양.' 몰리는 나를 이렇게 불렀지. '대드는 어찌됐든 좋은 남편이에요.' 하지만 그래도 애들은 돌봐야 하지 않겠니.

그러니 버디, 넌 몰리 아들 오드에 대해서 잘못 생각하고 있는 거야. 적어도 부분적으로는. 몰리는 오드가 집안일을 정말 많이 도와주고 엄마를 많이 위로해준다고 하더라. 엄마가 잡일을 아무리 많이 시켜도 결코 불평을 하지 않는대. 라디오에 나올 수 있을 정도로 노래를 잘해서 동생들이 아웅다웅 다투면 노래를 불러서 달랜다고 했어. 아, 가엾어라." 숙은 한탄하면서 체온계를 빼냈다. "몰리 같은 사람들을 위해서 우리가 할 수 있는 일은 존중해주고 그 사람들을 위해서 기도하는 거야."

체온계 때문에 나는 그동안 아무 말 하지 못하다가 비로소 지금에서야 물어볼 수 있었다. "그래서 초대는 어떻게 됐어요?"

"가끔은 말이야." 숙은 유리 체온계 속의 빨간 금을 보면서 얼굴을 찡그렸다. "눈이 아예 맛이 갔다는 생각이 들어. 내 나이가 되면 몸이 주위를 아주 자세히 살펴보기 시작하지. 그러면 거미줄이 정말로 어떻게 생겼는지 기억하게 될 거야. 그렇지만 일단

네 질문에 답하자면, 몰리는 네가 오드를 추수감사절 식사에 초대할 만큼 친하다는 얘기를 듣고 기뻐하더라. 게다가," 숙은 내 신음 소리를 무시하고 계속 말을 이었다. "오드가 기꺼이 가고 싶어할 거라고 했어. 네 체온이 간신히 38도를 넘는구나. 내일도 집에 있어도 되겠다. 그러니 웃어보렴. 웃는 얼굴을 보여주려무나, 버디."

공교롭게도 나는 화려한 정찬이 있기 전 며칠 동안은 방글방글 웃을 수 있었다. 감기가 점점 진행되어 후두염으로 변해 그동안 내내 학교에 결석해도 되었던 것이다. 오드 핸더슨과 마주칠 일도 없었고, 그래서 그 애가 저녁 초대에 대해서 어떤 반응을 보이는지 개인적으로 확인할 필요가 없었다. 하지만 난 처음엔 오드가 그냥 웃어넘겼다가 나중에는 침을 뱉었을 것이라고 생각했다. 그 애가 실제로 우리 집에 올 거라는 걱정은 하지 않았다. 그건 마치 퀴니가 나를 보고 으르렁거리거나 숙이 내 신뢰를 배반하는 일처럼 아주 가능성이 희박했다.

하지만 오드는 항상 내 마음속에 남아, 내 명랑한 기분의 문턱에 빨간 머리 그림자를 드리웠다. 하지만 한편으로는 오드의 엄마가 아들을 묘사한 말에 궁금증도 일었다. 나는 그 애에게 다른 면이 있고 악의 표면 위에 일말의 인간미가 존재한다는 것이 사실일까 궁금했다. 하지만 그럴 리 없었다! 그렇게 믿는 사람이 있다면 집시들이 마을에 왔을 때도 문을 잠그지 않고 다닐 것이다. 그냥 걔를 한번 보기만 해도 그럴 수 없다는 걸 알 것이다.

숙은 나의 후두염이 보기보다 심하지 않다는 걸 눈치채고 아침마다 다른 사람들이 집을 나서면―B 아저씨는 농장에 갔고,

다른 이모들은 건어물점에 갔다―내가 침대에서 슬쩍 일어나도 눈감아주었고, 추수감사절 모임을 맞아 항상 하는 대청소를 도와주는 것도 허락해주었다. 할 일이 너무 많아서 일손이 여남은 명 있어도 모자랐다. 우린 응접실 가구들과 피아노, 검은 골동품 수납장(이모들이 애틀란타에 사업차 여행을 갔다가 스톤 마운틴에서 집어온 돌멩이 몇 개만 들어 있는 장식장), 호두나무 안락의자, 화려한 비더마이어 양식의 가구들 몇 점을 윤이 나게 닦았다. 먼저 레몬 향 나는 왁스로 박박 문지른 덕에 응접실은 레몬 껍질처럼 환히 빛났고 감귤 덤불 같은 냄새가 났다. 커튼은 세탁해서 새로 달았고 베개도 손으로 탁탁 먼지를 털고 러그는 두드려서 먼지를 털었다. 누구든지 와서 한번 본다면 반짝이는 동짓달의 햇빛 속에 깃털들이 가볍게 휘날려 천장이 높다란 방들로 날아가는 모습을 볼 수 있을 터였다. 불쌍한 퀴니는 집 안의 장엄한 방 안에 털, 혹은 벼룩이라도 떨어뜨릴까 싶어 부엌으로 쫓겨났다.

가장 섬세한 작업은 식당을 장식할 냅킨과 식탁보를 접는 일이었다. 식탁에 까는 리넨 제품은 내 친구의 어머니가 결혼 선물로 받은 것이었다. 1년에 한두 번밖에 쓰진 않아도 지난 80년을 통틀면 200번은 써온 셈이었고, 80년이나 묵은 물건이라 여기저기 구멍 난 곳이 수선된 부분과 변색된 부분이 눈에 띄었다. 애초부터 그렇게 고급스러운 물건이라고 할 수는 없었지만, 숙은 마치 이 천들을 황금 손들이 하늘의 실로 짠 물건인 양 소중하게 여겼다. "어머니는 이러셨단다. '언젠가 우리가 내놓을 게 우물물과 차가운 옥수수빵밖에 없게 되는 시절이 오더라도 적어도 격을 맞춘 식탁보를 깔고 식탁을 차려서 낼 수는 있지 않겠니.'"

낮의 청소가 끝나고 식구들이 다 잠든 밤이면 내 친구는 희미한 등불 하나 밝혀놓고 침대에 앉아 무릎에 냅킨을 깔아놓고 얼룩지고 뜯어진 곳을 실과 바늘로 수선했다. 내 친구는 이마를 잔뜩 찌푸리고 안 보이는 눈을 어렵사리 뜨고 있기는 했지만 마치 오랜 여행 끝에 제단에 다가가는 순례자처럼 피곤에 찌든 황홀경에 빠져 있었다.

매 시간, 저 멀리 법원 시계탑의 떨리는 시계 소리가 열 번, 열한 번, 열두 번을 칠 때마다 나는 깨어나서 아직도 켜져 있는 등불을 보고 여전히 졸음에 잠긴 채로 옆 방으로 터덜터덜 들어가서는 숙을 꾸짖었다. "아직도 안 자면 어째!"

"잠깐만, 버디. 지금은 안 돼. 친척들이 다 온다고 생각하니 마음이 어찌나 떨리는지. 머리가 다 핑핑 돌기 시작한단다." 숙은 바느질을 멈추고 눈을 비볐다. "별들과 함께 핑핑 도네."

아이의 머리통만큼이나 커다란 국화. 끄트머리가 말린 구릿빛 잎에 연보라색이 어른어른 비치는 국화 꽃다발. "국화는 말이지," 우리가 원예용 가위를 들고 원예전에 출품할 만큼 아름다운 꽃을 찾아 정원을 헤매는 동안 내 친구는 말했다. "사자와 같아. 제왕의 면모를 가지고 있지. 가만히 있다가 튀어 오를 것 같아. 으르렁거리고 울부짖으면서 내게 덤벼들 것 같은 거야."

이런 말을 하면 사람들은 숙을 이상한 여자라고 생각했다. 지금 돌이켜 생각해보면 사람들이 그러는 것도 이해하지 못할 바가 없지만 그 당시에 나는 언제나 숙이 의미하는 바를 정확히 알고 있었다. 그래서 그 순간, 바로 그 발상, 집 안에 으르렁대는 근사한 사자들을 데리고 가서 촌스러운 꽃병에 가둬놓는다는 생각에(꽃꽂이는 추수감사절 전야를 위한 마지막 장식이었다), 우리는 바보같이 킬킬 웃다가 숨이 막힐 뻔했다.

"퀴니 좀 봐." 내 친구는 희열에 들떠 우쭐대듯 걸었다. "쟤 귀 좀 봐, 버디. 쫑긋 세웠네. 무슨 생각을 하나봐. 아, 내가 지금 여기서 왜 이런 미친 사람들과 어울리고 있담? 이런 생각을 하는 건가? 아, 퀴니. 이리 오렴. 커피에 담근 비스킷을 줄 테니."

생명력이 넘치는 날이었다, 그해 추수감사절은. 간간이 내리는 소나기와 급작스레 구름 하나 없이 맑아진 하늘을 가르고 솟아난 쨍쨍한 태양, 그 햇살 아래 가을에 남아 있는 이파리들을 흔들어 떨어뜨리고 지나가는 벼락바람.

집 안에서 흐르는 시끄러운 소리들도 사랑스러웠다. 냄비와 프라이팬이 부딪는 소리, 끽끽 소리가 나는 주일용 정장을 입고 복도에 서서 도착한 손님들을 맞는, B 아저씨의 평소와 다른 쉰 목소리. 손님들 몇몇은 말을 타거나 노새가 끄는 수레를 타고 왔지만, 대부분은 반짝반짝 닦은 농장 트럭이나 덜덜거리는 소형차를 타고 왔다. 콩클린 부부와 그 집의 예쁜 딸 네 명은 1932년형 민트색 쉐보레를 몰고 왔다(콩클린 씨는 부유해서 모빌 외곽에서 운행되는 어선을 몇 척씩이나 소유하고 있었다). 이 차를 보자 그 자리에 있던 남자들은 열광적인 호기심을 보이더니, 차를 바라보고 찔러보면서 거의 분해해볼 기세였다.

처음으로 도착한 손님은 메리 테일러 휠라이트 할머니로, 손자와 손자며느리가 모시고 왔다. 아주 귀여운 분이었다, 휠라이트 할머니는. 바닐라 아이스크림 위에 체리를 얹어놓듯이, 우웃

빛 백발 위에 슬쩍 얹은 깜찍한 빨간 보닛처럼 가볍게 나이를 먹어가는 분이었다. "어머, 바비." 할머니는 B 아저씨를 안아주었다. "우리가 약간 일찍 온 걸 알지만, 너도 알다시피 나는 심하다 싶을 정도로 시간을 딱딱 잘 지키잖니." 하긴 사과를 할 만큼 일찍 오기는 했다. 아직 9시도 되지 않았고 다른 손님들은 정오가 되어야 도착할 테니까.

하지만 모든 사람들이 우리 생각보다 일찍 도착했다. 퍼크 맥클라우드 가족만 빼고. 50여 킬로미터 정도 되는 길을 오는 중에 타이어가 두 번이나 구멍이 나서 다들 신경질을 부리며 쿵쿵 들어왔다. 특히 맥클라우드 부인의 발소리가 얼마나 거세던지 도자기가 깨질까 두려울 지경이었다. 이 친척들은 1년 내내 나오기도 힘든 외진 곳에 살았다. 고립된 농장, 간이역, 교차로, 텅 빈 강의 부락이나 소나무 숲 속 깊이 형성된 벌목 야영지. 그러니 이처럼 다정하고 기억에 오래 남는 가족 모임을 준비하기 위해 일찍 오려고 열과 성을 다하는 것도 당연했다.

그리고 정말 이 모임은 그렇게 기억에 오래 남았다. 얼마 전, 나는 콩클린 네 딸 중 한 명으로부터 편지를 받았다. 지금은 해군 대령의 아내가 되어 샌디에이고에 살고 있다고 했다. "해마다 이맘때가 되면 네 생각이 나. 아마도 어느 해 앨라배마에서 보냈던 추수감사절 때문인가 봐. 숙 아주머니가 돌아가시기 몇 년 전이었지. 아마도 1933년이었던가? 참, 그런데도 그날을 잊지 못할 거야."

정오가 되자 더 이상 한 명도 들어서지 못할 정도로 응접실이

가득 찼다. 벌집의 벌떼처럼 웅웅 수다를 떠는 여자들의 말소리와 여성적인 향기가 흘렀다. 휠라이트 할머니에게서는 라일락 향이 풍겼고, 애너벨 콩클린에게서는 비 온 후의 제라늄 꽃 같은 향기가 났다. 남자들은 는개비와 바람 강한 여우비가 오락가락하는 날씨에도 불구하고 대부분 현관 베란다에 모여 있어 그 위에는 담배향이 퍼져 나갔다. 우리 집에선 사람들이 담배를 피우는 건 낯선 일이었다. 그러나 실상 숙은 절대 이름을 밝히려 하지 않는 누군가에게서 담배 맛을 배워 간혹 몰래 담배를 피우긴 했다. 그 언니들이 눈치챘더라면 끔찍스러워 했을 것이고, B 아저씨도 버럭 화를 냈을 터였다. 아저씨는 모든 자극제를 도덕적, 의학적으로 백해무익하다며 반대했다.

나는 시가에서 풍기는 남성적인 향기, 파이프 연기에서 나는 톡 쏘는 향, 담배 향을 맡으면 생각나는 풍요로움에 계속 홀려 응접실에서 베란다로 들락날락하기는 했지만, 내가 주로 있고 싶어하는 곳은 응접실 쪽이었다. 응접실에는 콩클린 자매들이 있었기 때문이었다. 네 자매는 돌아가며 우리의 조율되지 않은 피아노를 숙련된 솜씨로 숨 가쁠 정도로 신나게 연주했다. 그들이 연주한 곡 가운데는 〈인디언 러브 콜〉이라는 곡이 있었고, 집에 들어온 도둑에게 애원하는 아이의 사연을 담은 1919년 전쟁 연가, 〈아빠의 무공훈장을 훔쳐 가지 마세요〉라는 곡도 있었다. 애너벨은 연주를 하면서 노래를 하기도 했다. 애너벨은 네 딸 중 맏이로 제일 예뻤다. 하지만 딸들의 미모를 가리는 건 도토리 키재기였다. 그들은 키만 다른 네 쌍둥이처럼 똑 닮았기 때문이었다. 이 자매들을 보면 자그마하고 향이 풍부하며 달콤새큼한 사과가 떠올랐다. 느슨하게 땋은 머리카락은 손질 잘된 검은 경주마처럼 푸른 윤기가 흘렀다. 눈이나 코, 입술 같은 부분들은 웃을 때면 남다른 모양으로 살짝 기울어져 매력에 유머까지 더했다. 가장 예쁜 면은 다들 약간 포동포동하다는 점이었다. '보기 좋게 포동포동하다'는 게 가장 적확한 표현이리라.

애너벨이 피아노에 앉아서 노래하는 소리에 홀딱 반해 사랑을 느끼던 나는 오드 핸더슨의 존재를 느꼈다. 느꼈다고 말한 건 내가 언제나 실제로 오드의 모습을 보기도 전에 그 애의 존재를 알아차렸기 때문이었다. 마치 위험이 닥쳐오면 느낄 수 있듯이, 경험 많은 나무꾼이 방울뱀이나 스라소니가 다가오면 직감할 수 있는 것처럼 경각심이 들었다.

몸을 돌려 보니 바로 그 애가 응접실 입구에 몸을 반쯤만 들이민 채로 서 있었다. 다른 사람들의 눈에 오드는 단순히 한참 행사가 진행되는 중에 머뭇머뭇 나가려고 일어선 열두 살짜리 소년, 지저분한 꺽다리로만 보였을 것이다. 말 안 듣는 머리를 억지로 빗어 넘겼는지, 축축한 머리에는 빗자국이 아직도 선명했다. 하지만 내게 오드는 병에서 나온 지니처럼 의외인 데다가 불길하게 보였다. 오드가 여기 오지 않을 거라고 생각했다니 정말 내가 바보 멍청이였지! 오로지 얼간이만이 오드가 악의로라도 여기 오리라는 생각을 하지 못할 것이었다. 내 즐거운 날을 망치는 기쁨을 누리기 위해서 얼마나 이 날만을 기다려왔을까.

하지만 오드는 아직도 내 모습을 보지 못했다. 오로지 애너벨과 망가진 피아노 위에서 재주를 넘듯 묘기를 부리고 있는 손가락에 정신이 쏠려 있을 뿐이었다. 오드는 마치 애너벨이 강에서 옷을 벗고 미역 감다가 나와서 몸을 말리고 있는 모습이라도 본 양 입술은 멍하니 벌리고 눈은 가늘게 뜨고 애너벨만 쳐다보았다. 마치 계속 바라던 환영을 드디어 만난 표정이었다. 그렇지 않아도 빨간 귀는 지금은 완전히 벌겋게 달아오른 피망 같았다. 오드가 들어오다 말고 눈앞의 광경에 넋을 잃고 있는 동안 나는 그 애를 바로 밀치고 나가 복도를 달려 부엌으로 갔다. "개가 여기 왔어!"

내 친구는 일찍이 몇 시간 전에 할 일을 다 끝내놓고 있었다. 더욱이 일손을 도와줄 흑인 여자 둘도 있었다. 하지만 우리 파티가 시작된 이래로 추방당한 퀴니의 벗을 해주는 척하며 부엌에 숨어 있었다. 하지만 실은 숙은 어떤 사람들과도 어울리기를 두려워했다. 친척들이라도 마찬가지였다. 그래서 항상 성경과 주님을 의지하지만 교회를 가는 일도 거의 없는 것이었다. 숙은 아이들이라면 모두 사랑하고 편히 지냈지만, 본인은 아이로 받아들여지지 못했다. 하지만 그렇다고 해서 자기 자신을 어른들과 동등한 동료로 받아들일 수도 없었다. 그래서 그들과 함께 모여 있을 때면 말없고 약간 놀란 듯한 태도를 보이며 몸가짐이 어색한 젊은 아가씨처럼 행동했다. 하지만 파티를 한다는 생각을 하면 신을 냈다. 그렇게 축제를 즐기는데, 눈에 보이지 않게 참여할 수는 없다니 참 안된 일이었다.

나는 친구의 손이 나의 손처럼 떨리는 것을 알아챘다. 보통 때 숙은 항상 무명 원피스에 테니스 신발을 신고 B 아저씨가 버린 스웨터를 뒤집어쓰고 있었다. 이렇게 정중한 행사에 걸맞은 의상 한 벌 없었다. 오늘은 어울리지 않게 덩치가 좋은 언니에게서 빌린 옷을 입고 있었다. 빌려준 언니가 기억도 못 하는, 옛날부터 시골 장례식에 갈 때나 입던 보기 흉한 남색 원피스였다.

"개가 여기 왔어요." 나는 세 번째로 친구에게 이 소식을 전했다. "오드 핸더슨이 왔어요."

"그럼 왜 가서 개랑 같이 있지 않니?" 숙은 타일렀다. "그건 예의 바른 행동이 아냐, 버디. 그 애는 네 손님이지 않니. 거기 가서 개가 다른 손님들과 인사하고 즐겁게 지내도록 살펴줘야지."

"그럴 수 없어요. 난 개랑 말도 할 수 없어."

퀴니는 몸을 똘똘 말고 친구의 무릎에 올라앉아 있었다. 숙은 퀴니의 머리를 쓰다듬어 주다 말고 일어서서 개를 내려놓았다. 남색 옷에는 개털이 그대로 묻어 있었다. "버디, 그럼 이제까지 그 애와 말 한마디 하지 않았다는 거니!" 내 무례함 때문에 숙의 소심한 성격이 사라져버렸다. 숙은 내 손을 잡고 응접실로 이끌었다.

하지만 오드가 잘 적응하고 있을지에 대해서는 내 친구가 끌탕할 필요가 전혀 없었다. 오드는 애너벨 콩클린의 매력에 끌려 피아노에 바짝 붙어 있었다. 실제로 오드는 애너벨이 앉아 있는 피아노 의자 위에 구부정하게 앉아 애너벨의 즐거운 옆얼굴을 뚫어져라 보고 있었다. 오드의 눈은 여름에 순회 극단이 우리 마을을 지나갈 때 차에 싣고 있던 박제 고래(극단에서는 〈원조 모비딕〉이라고 광고하며 나머지를 보고 싶으면 5센트를 내라고 했다. 사기꾼들!)의 눈알처럼 희끄무레했다. 애너벨로 말하자면, 바지만 둘렀으면 누구랑이라도 시시덕거릴 수 있는 여자였다.

아니, 그 말은 부당하다. 애너벨이 그러는 건 관대함 때문이기도 하고 단순히 활기찬 성격 때문이기도 했다. 그래도 애너벨이 노새 모는 녀석이랑 귀엽게 피아노 연주를 하는 모습은 내게 상처였다.

나를 앞으로 끌어내며, 내 친구는 오드에게 자기소개를 했다. "버디와 나는 네가 여기 와줘서 기쁘단다." 오드는 염소 새끼만큼도 예의가 없었다. 자리에서 일어나지도 않았고 손을 내밀지도 않았고 숙이나 나를 제대로 보지도 않았다. 기가 죽기는 했으나 굴하지 않는 내 친구는 계속 말했다. "어쩌면 오드가 우리에게 노래를 불러줄지도 모르겠구나. 오드가 노래를 잘한다며. 어머니가 그러시더라. 애너벨, 오드가 노래할 수 있게 뭔가 연주해보렴."

이제까지 쓴 내용을 도로 읽어보니까, 내가 오드 핸더슨의 귀에 대해서 자세하게 묘사하지 않은 것 같다. 귀에 대한 이야기를 뺐다간 큰 부분을 생략한 셈이다. 오드의 귀는 마치 〈우리 갱〉이라는 코미디 영화에 나오는 앨팔파라는 인물의 귀처럼 눈길을 사로잡았다. 내 친구의 제안에 애너벨이 기분 좋게도 수락하자, 그 귀는 보는 사람의 눈이 부실 만큼 새빨개졌다. 오드는 웅얼거리면서 쭈뼛쭈뼛 고개를 흔들었다. 그렇지만 애너벨은 계속 우겼다. "〈나는 그 빛을 보았네〉라는 노래 아니?" 오드는 그 노래는 몰랐지만, 애너벨이 다른 노래를 말하자 그 노래는 안다는 듯 싱긋 웃었다.

애너벨은 쿡쿡 웃으며 건반을 눌렀고, 오드는 조숙하게도 남자다운 목소리로 노래를 불렀다. "빨간, 빨간 울새가 머리를 까닥거리며 오네." 오드의 긴장한 울대뼈가 쿵쿵 뛰었다. 애너벨의 열정은 점점 고조되었다. 여자들이 새된 목소리로 수다를 떨다 말고 이 공연을 주시하기 시작했다. 오드의 노래 솜씨는 훌륭했다. 확실히 노래를 잘했다. 그 순간 내 몸을 충전한 질투심은 살인자를 전기처형할 만큼 강력했다. 아니, 내가 직접 살인자가 될 수도 있을 것 같았다. 나는 모기를 때려잡듯 쉽사리 오드를 죽일 수만 있을 것 같았다. 아니, 그보다도 더 쉽게.

한 번 더, 이번에는 이 뮤지컬에 완전히 몰입해 있는 내 친구도 눈치 못 채게 나는 응접실을 빠져나가 섬을 찾았다. 섬이란 내가 우울하거나 말할 수 없이 희열에 찼을 때, 아니면 그냥 생각할 일이 있을 때 찾는 집 안의 장소였다. 즉, 우리 집에 딱 하나 있는 욕실에 붙은 거대한 벽장이었다. 욕실 자체는 욕조, 변기가 없다면 겨울에도 안락한 방으로, 말 털로 만든 2인용 의자, 작은 러그, 거대한 화장대, 난로가 놓여 있고 〈의사의 왕진〉, 〈9월의 아침〉, 〈백조의 연못〉 등 온갖 명화 복제 액자가 걸려 있었다.

벽장에는 작은 스테인드글라스 창문이 두 개 나 있었다. 마름모꼴의 장미, 호박琥珀, 초록 색깔의 빛이 바로 욕실을 면하고 있는 이 창문을 통해 들어왔다. 창문에는 군데군데 색유리가 빛이 바래거나 빠져버린 부분이 있었다. 한쪽 눈을 이 빈칸에 대고 보면 누가 이 방으로 들어오는지 알아볼 수 있었다. 내가 거기 잠시 숨어서 원수의 승리를 곰곰이 생각해보고 있는데, 발소리가 끼어들었다. 메리 테일러 휠라이트 할머니가 잠깐 거울 앞에 서서 얼굴에 분을 톡톡 바르고 축 처진 뺨에도 빨간 연지를 바르더니 화장의 효과를 살피며 이렇게 말했다. "정말 예뻐, 메리. 내가 나한테 하는 말이지만."

여자가 남자보다 오래 산다는 건 널리 알려진 상식이다. 저 우월한 허영심 덕분에 계속 목숨을 부지하는 걸까? 어쨌든 휠라이트 할머니 덕택에 내 기분이 누그러졌고, 할머니가 나간 후 저녁 식사 종이 집 안에 뎅뎅 울려 퍼지자, 나는 피난처를 빠져나와 오드 핸더슨은 아랑곳하지 않고 잔치를 즐겨야겠다고 결심했다.

하지만 바로 그때 발소리가 다시 울렸다. 그리고 그 애가 나타났다. 이제까지 보아온 뚱한 모습과는 완전히 딴판이었다. 으스대는 발걸음에 휘파람까지. 오드는 바지 단추를 풀고 힘차게 오줌 줄기를 내뿜으면서 해바라기 들판을 나는 어치처럼 씩씩하게 휘파람을 불었다. 일을 마치고 나가던 오드는 화장대 위에 놓인 열린 상자에 눈길을 두었다. 내 친구는 이 담배 상자에 신문에서 오려낸 요리법과 여러 잡동사니와 함께 오래전 아버지에게 선물 받았던 카메오 브로치를 넣어두고 있었다. 숙은 이 물건에 감상적인 가치를 두고 있었을 뿐 아니라, 아주 진귀하고 값비싼 물건이라고 상상했다. 이모들이나 B 아저씨에게 앙심을 품을 만한 일이 생길 때면, 숙은 이렇게 말하곤 했다. "신경 쓰지 마, 버디. 내 카메오를 팔아서 그 돈으로 도망가자. 뉴올리언스로 가는 버스를 탈 수 있을 거야." 일단 뉴올리언스에 도착한 후로는 어떻게 할지, 카메오 브로치를 판 돈이 다 떨어지면 뭘로 먹고 살지에 대해서는 한 번도 의논하지 않았지만 우리는 둘 다 이 환상을 즐겼다. 아마도 우리는 서로 이 브로치가 시어스로벅에서 파는 물건 정도의 가치밖에 없다는 걸 알고 있었을 것이다. 그렇다 하더라도 이 물건은 우리에게 있어 시험해보지 않은 마술의 부적이나 다름없었다. 실로 우리가 이 우화의 세계에서 행운을 좇기로 결심하면, 우리에게 자유를 약속해줄 마술의 징표. 그래서 내 친구는 잃어버리거나 망가질까 봐 이 브로치를 다는 일조차 없었다.

이제 나는 오드의 불경한 손가락이 그 브로치를 향하는 광경을 목격하고 있었다. 오드는 손바닥 안에서 브로치를 튕겨보더니 도로 상자 안에 넣고 돌아서 나갔다. 그러다가 다시 돌아오고야 말았다. 그 애는 이번에는 너무도 빠르게 카메오 브로치를 꺼내어 주머니 속에 슬쩍 넣었다. 처음에는 이 벽장을 뛰어나가 오드에게 맞서고 싶은 충동이 들끓었다. 하지만 그 순간…… 혹시 이전에 만화가들이 자신의 만화에서 주인공이 좋은 생각을 떠올렸을 때 눈썹 위에 반짝 불이 들어오는 전구를 그렸던 것을 기억하는지? 마치 그처럼 전구가 하나 반짝 들어와 내 머릿속을 환하게 밝혔다. 얼마나 놀랍고 똑똑한 생각이었던지, 몸이 뜨거워지고 부들부들 떨릴 지경이었다. 게다가 웃음까지 저절로 터졌다. 오드는 내게 복수를 할 수 있는 이상적인 무기를 건네준 것이다. 도꼬마리의 모욕을 다 되갚아줄 수 있는 무기를.

식당에 들어가보니 탁자들이 T자 모양으로 놓여 있었다. B 아저씨가 위쪽 중앙에 앉았고, 메리 테일러 휠라이트 할머니가 오른쪽에, 콩클린 부인이 왼쪽에 앉았다. 오드는 콩클린의 두 딸 사이에 앉았다. 옆에 앉은 애너벨이 계속 칭찬을 해대는 바람에 오드는 기분이 최고조에 달해 있었다. 내 친구는 가장 어린애들 틈에 껴서 탁자 발치에 자리 잡고 있었다. 본인 말로는 부엌에 드나들기 쉽게 하려고 일부러 그 자리를 골랐다고 하지만, 그렇지 않아도 그 자리에 앉았을 것이다. 어느새 풀려난 퀴니는 탁자 밑에서 사람들 다리 사이를 헤치고 다니면서 흥분감에 몸을 부르르 떨고 꼬리를 살랑살랑 흔들어댔다. 하지만 사람들은 반들반들 윤이 나는 칠면조를 바라보느라 정신이 홀려서 퀴니가 그러고 다닌들 아무도 항의하지 않았다. 오크라와 옥수수, 양파 튀김과 뜨거운 민스파이에서 나오는 향기로운 냄새도 사람들 혼을 빼놓았다.

완전한 복수를 할 수 있다는 가슴 뛰는 생각에 입이 바짝 타지만 않았더라도, 나 또한 이 진수성찬에 침을 질질 흘렸을 것이다. 잠시 동안 오드 핸더슨의 상기된 얼굴을 흘깃 보았을 때는 아주 자그마한 후회의 파편 같은 걸 느끼기는 했지만, 실제로 양심의 가책 같은 건 느끼지 않았다.

B 아저씨가 식전기도를 했다. 아저씨는 머리를 숙이고 눈을 꼭 감았으며 굳은살이 박힌 손을 기도하는 자세로 모으고 읊었다. "주님의 이름을 찬양하며, 우리의 식탁을 이렇게 풍성한 음식으로 채워주셔서 감사합니다. 흉년에도 이렇게 우리가 한데 모여 추수감사절을 축하할 수 있도록 보내주신 여러 과일들에 주님께 감사드립니다." 자주 들을 수 없는 아저씨의 목소리는 버려진 교회 안 낡은 오르간에서 울리는 공허하고 불완전한 소리처럼 삐걱댔다. "아멘."

기도가 끝난 후, 사람들이 의자를 당기고 냅킨들을 바스락대며 펼치고 있을 때 마침내 내가 기다려왔던 잠시간의 침묵이 찾아왔다. "여기 있는 누군가가 도둑질을 했어요." 나는 맑은 목소리로 입을 열었고 좀 더 정확히 어조를 조절하여 한 번 더 고발했다. "오드 핸더슨이 도둑이에요. 숙 아주머니의 카메오 브로치를 훔쳤어요."

사람들은 냅킨을 펼치다 말고 딱 멈췄다. 남자들은 콜록거렸고, 콩클린 네 자매는 사중주로 동시에 숨을 헉 들이켰으며 꼬마 퍼크 맥클라우드 주니어는 아이들이 놀랐을 때 흔히 그러듯 딸꾹질을 하기 시작했다.

내 친구는 비난과 고뇌를 오가는 목소리로 입을 열었다. "버디가 한 말은 진심이 아니에요. 그저 장난치는 거예요."

"진심이에요. 제 말을 못 믿겠으면, 담배 상자를 들여다봐요. 카메오 브로치가 거기 없을 테니. 오드 핸더슨이 주머니에 넣었어요."

"버디는 심한 후두염을 앓았어요." 숙이 웅얼거렸다. "쟤를 탓하지 말거라, 오드. 버디는 지금 자기가 무슨 말을 하는지도 몰라."

나는 다시 한 번 말했다. "가서 상자를 확인해봐요. 난 쟤가 가져가는 걸 봤으니까."

B 아저씨는 섬짓할 만큼 차가운 눈길로 나를 바라보면서 이 일을 떠맡았다. "확인해보는 게 좋겠다." 그는 숙에게 말했다. "그러면 문제가 해결될 테니까."

내 친구가 오빠 말을 거역하는 일은 거의 없었다. 이번에도 그러지 않았다. 하지만 창백한 낯빛, 너무 놀라 굽은 어깨를 보면 숙이 마지못해 이 명령을 따르고 있음을 알 수 있었다. 숙은 단지 1분 정도 자리를 비웠을 뿐이지만 그 사이에는 영겁의 시간이 흐르는 것 같았다. 기괴할 정도로 빨리 자라나는 가시덩굴 같은 적대감이 식탁 주변에서 돋아나 밀려왔다. 덩굴손 안에 사로잡힌 사람은 도둑이라고 지목받은 사람이 아니라 바로 지목한 사람이었다. 나는 속이 울렁울렁 뒤집혔다. 반면 오드는 시체처럼 침착했다.

숙은 미소를 지으며 돌아왔다. "부끄러운 줄 알아야지, 버디."

내 친구는 한 손가락을 살랑살랑 흔들면서 약을 올렸다. "그런 농담을 하면 어쩌니. 내 카메오 브로치는 그 자리에 그대로 있더라."

B 아저씨가 명령했다. "버디, 손님에게 사과했으면 좋겠구나."

"아니, 그럴 필요 없어요." 오드 핸더슨이 자리에서 일어났다. "쟤는 사실을 말한 것뿐이니까요." 오드는 주머니에 손을 넣더니 카메오 브로치를 탁자 위에 놓았다. "변명할 말이 있으면 좋겠네요. 하지만 할 말이 없습니다." 문으로 향하면서 오드는 말했다. "정말 특별한 분이세요, 숙 아주머니. 거짓말을 하시면서까지 저를 감싸주시다니." 그러고는 젠장, 오드는 문밖으로 곧장 걸어 나갔다.

나도 그렇게 했다. 다만 나는 뛰어 나갔다는 게 다를 뿐이었다. 의자를 확 뒤로 뺀 탓에 뒤로 넘어졌다. 쿵 하는 소리에 퀴니가 화들짝 놀란 모양이었다. 퀴니는 탁자 밑에서 뛰어나와 왈왈 짖으면서 이를 드러냈다. 내가 그 앞을 지나칠 때 숙은 나를 말리려고 했다. "버디!" 하지만 나는 숙도 퀴니도 지금은 꼴 보기가 싫었다. 그 개는 나를 보고 으르렁거렸고 내 친구는 오드 핸더슨의 편을 들었다. 숙은 오드의 체면을 세워주기 위해 거짓말을 했고 우리 우정과 내 사랑을 배신했다. 내가 상상도 못한 일들이었다.

심슨네 목초지가 우리 집 아래에 펼쳐져 있었다. 높이 자란 풀들이 11월을 맞아 황금색과 황적색으로 눈부시게 빛나는 초원이었다. 이 목초지의 가장자리에는 회색 외양간과 돼지 우리, 울타리를 치고 닭을 놓아 기르는 마당과 훈제소가 하나 있었다. 내가 들어간 곳은 바로 이 훈제소로, 찌는 여름날에도 시원한 검은 방이었다. 바닥은 더러웠고 훈제 웅덩이에는 히커리 장작과 보존 방부제 냄새가 났다. 지붕의 서까래에는 햄이 몇 줄씩 걸려 있었다. 내가 무서워하던 곳이었지만, 이제는 오히려 이곳의 어둠이 피난처가 되어주었다. 나는 땅바닥에 쓰러졌다. 갈빗대가 해변가에 좌초한 물고기의 아가미처럼 헐떡였다. 나는 긴 바지 자락이 흙과 재, 돼지기름이 범벅이 되어 있는 바닥에 쓸려 근사한 양복이 망가지는 것도 아랑곳하지 않았다.

내 머릿속엔 딱 한 가지 생각뿐이었다. 이 집을 떠날 거야. 오늘 밤 이 마을을 나가 길을 나선다. 화물차에 올라타고 캘리포니아로 가야지. 할리우드에서 구두닦이를 하자. 그러다가 프레드 아스테어의 구두를 닦는 거야. 클라크 게이블이나. 오, 아니면 내가 영화 스타가 될 수도 있어. 재키 쿠퍼를 봐. 그러면 사람들이 그때서야 아쉬워하겠지. 내가 돈을 많이 벌고 유명해지면 이 사람들이 보내는 편지, 전보에도 답장해주지 않을 거야.

갑자기 사람들이 더 아쉬워할 만한 생각이 떠올랐다. 헛간으로 향하는 문이 조금 열려 있고, 칼날처럼 날카로운 햇살이 선반 위에 놓인 병 몇 개를 비추었다. 해골과 엇갈린 뼈 표시가 붙어 있는 먼지 낀 병들이었다. 저 병에 담긴 액체를 마신다면, 식당에 있는 사람들 모두, 흥청망청 먹고 마시는 사람들에게 똑똑히 쓴맛을 보여줄 수 있을 것이다. 할 만한 가치가 있는 일이었다. 훈제소 바닥에서 싸늘하게 식은 내 시체를 발견했을 때 B 아저씨가 느낄 회한을 내 눈으로 직접 볼 수만 있다면. 내 관이 깊은 묏자리로 내려질 때 사람들의 곡소리와 퀴니의 긴 울음소리를 내 귀로 직접 들을 수만 있다면.

유일한 난관이 있다면 나는 그 자리에 없을 테니 실제로 볼 수도 들을 수도 없다는 것이었다. 죽은 사람이 어떻게? 조문객들의 죄책감과 후회를 볼 수 없다면 죽어봤자 별로 만족스러울 일도 없지 않나?

B 아저씨는 아마 마지막 손님이 탁자를 떠날 때까지 나를 찾지 않도록 숙에게 명한 모양이었다. 오후 늦게 비로소 내 친구의 목소리가 목초지 위에 떠돌았다. 숙은 마치 애도하는 비둘기처럼 쓸쓸하고도 부드럽게 내 이름을 불렀다. 나는 대답하지 않고 그 자리에 가만히 있었다.

나를 찾아낸 건 퀴니였다. 퀴니는 훈제소 주위에서 코를 킁킁대다가 내 냄새를 맡고 컹컹 짖었다. 그러더니 안으로 뛰어들어와 내게 다가오더니 내 손과 귀, 뺨을 핥았다. 퀴니도 나를 푸대접했다는 사실을 깨달았다.

이윽고 문이 활짝 열리더니 빛이 퍼졌다. 내 친구가 말을 걸었다. "이리 오렴, 버디." 나는 친구에게 가고 싶었다. 숙은 내 꼴을 보더니 웃음을 터뜨렸다. "어머나, 세상에. 너 지금 타르에 푹 빠진 꼴이니 깃털만 붙이면 되겠구나."* 하지만 이 말은 내가 옷을 망가뜨렸다고 혼내는 것도 아니고, 옷을 말하는 것도 아니었다.

퀴니는 소들을 못살게 굴러 뛰어나갔다. 개를 따라 목초지로 나간 우리는 나무 등걸에 걸터앉았다. "너를 위해서 다리를 따로 챙겨뒀지." 숙은 내게 왁스지로 싼 꾸러미를 건네주었다. "네가 가장 좋아하는 칠면조 부위도."

비참한 심경 때문에 잊고 있었던 허기가 나를 강타했다. 나는 다리를 깨끗하게 쪽쪽 빨아먹고는 소원을 비는 뼈** 주변에 붙은 가장 달콤한 살도 다 벗겨 먹었다.

내가 먹는 동안, 숙은 내 어깨에 팔을 둘렀다. "내가 해두고 싶은 말이 하나 있어, 버디. 잘못한 사람에게 잘못으로 갚는다고 올바른 행동이 되는 게 아니란다. 그 애가 카메오 브로치를 가져간 건 잘못이지. 하지만 우리는 걔가 왜 브로치를 가져갔는지 이유를 모르잖니. 어쩌면 아예 가지고 갈 생각은 아니었는지도 몰라. 이유가 뭐였든, 계산한 행동은 아니었잖니. 그래서 네가 한 행동이 훨씬 더 나쁜 거야. 너는 그 애를 망신 주려고 작정을 한 거니까. 고의였잖아. 내 말 좀 들어보렴, 버디. 세상에 용서할 수 없는 죄악은 딱 한 가지가 있단다. 일부러 잔인한 행동을 저지르는 것. 다른 모든 건 용서받을 수 있어. 하지만 그것만은 안 돼. 내 말 알겠니, 버디?"

그때는 어렴풋하게만 알 것 같았다. 시간이 흘러서야 나는 그

---

*영어에서 "타르를 바르고 깃털을 묻힌다"는 표현은 대중 앞에서 망신을 당한다는 의미다.
**닭이나 칠면조 흉골 앞의 두 갈래 뼈. 뼈를 갈라서 점을 치고 소원을 빈다.

말이 옳았다는 걸 깨달았다. 하지만 그 순간에는 단순히 내 복수가 실패했으니 내 방법이 틀렸나 보다 하고 막연하게 이해했을 뿐이었다. 오드 핸더슨은 나보다 더 우월한 사람이 되었다. (어째서, 왜?) 심지어 더 정직하게 보이기까지 했다.

"알겠니, 버디?"

"대충. 잡아당겨 봐요." 나는 숙에게 소원을 비는 뼈 한 갈래를 내밀었다.

우리는 뼈를 나누었다. 내 쪽이 더 컸으므로 내가 소원을 빌 자격이 있었다. 숙은 내가 무슨 소원을 비는지 알고 싶어 했다.

"숙이 계속 내 친구가 되어주기를 빌었어."

"바보 같으니." 숙은 나를 안아주었다.

"영원히 친구가 되어줄 거예요?"

"난 여기 영원히 있을 수는 없어, 버디. 너도 마찬가지야." 내 친구의 목소리는 목초지의 지평선 너머로 지는 해처럼 가라앉았다. 숙은 잠깐 아무 말 하지 않았지만 다시 솟아오르는 해처럼 강한 목소리로 말을 이었다. "하지만 그래, 영원히 친구가 되어줄게. 주님의 뜻대로 너는 내가 가고 난 뒤에도 이 땅에 오래 남아 있겠지. 네가 나를 기억하는 한 우리는 영원히 함께할 거야."

그 후, 오드 핸더슨은 더 이상 나를 건드리지 않았다. 그는 이제 자기 또래의 소년, 스쿼럴 맥밀런과 드잡이를 했다. 그리고 이듬해 성적도 나쁘고 품행도 거칠었다는 이유로 우리 학교 교장 선생님은 오드를 받아주지 않았으므로, 오드는 겨울 내내 낙농장에서 일꾼으로 일했다. 내가 그 애를 마지막으로 본 건 오드가 차를 얻어 타고 모빌로 가서 상선에 탄 뒤 영원히 사라져버리기 직전이었다. 내가 불쌍하게도 군대식 사립학교에 억지로 보내졌던 것도 그해, 내 친구가 죽기 2년 전이었다. 그러니 아마도 1934년 가을의 일이었으리라.

숙이 나를 정원으로 불러냈다. 숙은 꽃이 핀 국화 덤불을 양철 욕조에 옮겨 심은 후 화분을 좀 더 보기 좋은 현관 베란다에 올려놓기 위해 계단 위로 들어다 줄 일손이 필요했다. 그러나 화분은 뚱보 해적 마흔 명이 타고 있으면 이럴까 싶을 정도로 무거웠다. 우리가 화분을 들고 끙끙대고 있는 동안, 오드 핸더슨이 길을 지나갔다. 오드는 정원 문 옆에서 잠깐 멈칫하더니 문을 열고 말했다. "제가 해드릴게요." 낙농장에서의 생활이 오드에게는 여러모로 좋은 영향을 주었던 것 같았다. 몸도 튼실해졌고 팔은 알통이 생겨 실팍했으며 빨간 머리는 색이 짙어져 진한 갈색이 되었다. 오드는 거대한 욕조를 가뿐히 들어 베란다에 올려주었다.

내 친구가 감사 인사를 했다. "정말 고마워요. 이웃이라고 이렇게 친절하게 해주다니."

"아무것도 아닙니다." 오드는 여전히 나를 무시하고 있었다.

숙은 가장 예쁘게 핀 꽃들을 꺾었다. "이 꽃을 어머니에게 갖다 드려요." 내 친구는 꽃다발을 그에게 건네주었다. "내 안부도 전해주고."

"고맙습니다, 아주머니. 안부 전하겠습니다."

"오, 오드." 숙은 오드가 길로 다시 내려간 후에 뒤에서 불렀다. "조심해요! 걔네들은 사자니까." 하지만 오드는 벌써 말소리가 들리지 않을 먼 곳을 걸어가고 있었다. 우리는 오드가 모퉁이를 돌아갈 때까지 뒤에서 바라보았다. 자기가 어떤 무시무시한 존재를 들고 가는지 까맣게 모르는 소년의 뒷모습을. 초록빛으로 내리는 땅거미에 비쳐 발갛게 타오르는 국화는 으르렁거리며 울부짖었다.

모하비 사막
(1975)

오후 5시, 그 겨울 오후 그녀는 벤트센 박사와 약속이 있었다. 벤트센 박사는 이전에 진찰받았던 정신분석의이자 현재는 그녀의 애인이었다. 두 사람이 분석적 관계에서 감정적 관계로 바뀌게 되자, 그는 윤리적인 근거로 이제 그녀의 치료를 맡을 수 없다고 했다. 그런들 저런들 별로 중요한 문제는 아니었다. 어차피 그는 정신분석의로서 썩 도움이 안 되었으니까. 애인으로서는, 글쎄 뭐랄까. 언젠가 그녀는 벤트센이 버스를 타러 뛰어가는 모습을 뒤에서 바라본 적 있었다. 100킬로그램에 육박하는 몸무게에 키는 작은 50대 남자. 가늘고 곱슬거리는 머리카락에 엉덩이는 처지고 근시인 맨해튼 지성인. 그녀는 그저 웃어버리고 말았다. 어쩌다 에즈라 벤트센처럼 유머 감각이라고는 하나도 없고 멋대가리 없는 남자를 사랑할 수 있단 말인가? 대답은 사랑하지 않는다는 것이었다. 실상 그녀는 그를 혐오했다. 하지만 벤트슨을 생각하면 체념이나 좌절이라는 말을 연상하지 않아도 되었다. 남편은 무서웠다. 하지만 벤트슨은 두려워할 필요가 없었다. 그래도 그녀가 사랑하는 건 남편이었다.

그녀는 부유했다. 어찌되었든 역시 부유한 남편으로부터 상당한 용돈을 받고 있었고, 그 덕분에 일주일에 한 번, 때로는 두 번 정도 애인을 몰래 만날 수 있는 밀회 장소로 쓸 방 하나짜리 아파트를 구할 수 있는 여유가 있었다. 또 애인을 이렇게 만날 때면 은근히 기대하고 있는 듯한 선물도 사줄 여유가 있었다. 그렇다고 그 선물의 진가를 제대로 알아볼 수 있는 사람은 아니었다. 베르두라* 커프스, 고전적인 폴 플라토** 담배 케이스, 의무적으로 사주는 카르티에 시계, (가장 핵심인) 가끔 '빌려간다'는 명목으로 받아가는 상당한 액수의 현금.

벤트슨은 그녀에게 선물 한 번 한 적이 없었다. 아, 딱 한 번. 집안 대대로 물려 내려오며 어머니가 아끼셨다는 진주로 만든 스페인식 머리빗. 물론 그녀가 달고 다닐 수 있는 물건은 아니었다. 그녀는 짐짓 순진한 척 젊어 보이는 얼굴을 감싸는, 유치한 후광과도 같은 풍성한 담배색 머리카락만으로도 충분했기 때문이었다. 다이어트와 조지프 필라토스에게 받는 체형 관리, 오렌 트라이시 박사의 피부과 진료 덕택에 그녀는 20대 초반으로 보였다. 그러나 실제 나이는 서른여섯이었다.

스페인식 머리빗. 머리카락. 이 때문에 그녀는 제이미 산체스

---

*고급 보석 디자이너. 초창기에는 샤넬의 수석 장신구 디자이너로 일했고, 1939년 자신의 이름을 딴 부티크를 열었다.
**1920~1940년대의 유명 보석상.

모하비 사막 **391**

와 어제 일어났던 일을 떠올렸다. 제이미 산체스는 그녀의 담당 미용사로, 두 사람이 서로 알고 지낸 지는 1년도 채 안 됐지만 나름대로 친한 친구라고 할 만한 사이였다. 그녀는 어느 정도 자신의 비밀을 그에게 털어놓았고 그도 상당히 많이 털어놓았다. 최근까지 그녀는 제이미를 행복하고 거의 과하다 싶을 정도로 명랑한 청년이라고 판단했다. 그는 매력적인 연인, 카를로스라고 하는 젊은 치과의사와 동거하고 있었다. 제이미와 카를로스는 산후안에서 같이 학교를 다닌 동창이었다. 두 사람은 푸에르토리코를 함께 떠나 처음에는 뉴올리언스에 정착했다가 그다음에는 뉴욕으로 이주했다. 손재주가 좋았던 제이미가 미용사로 취직해서 카를로스의 치대 학비를 댔다. 이제 카를로스는 자기 진료소를 열고 부유한 푸에르토리코인들과 흑인들을 고객으로 받게 되었다.

그렇지만 최근 몇 번 미용실에 갔을 때, 그녀는 평소에는 구름 한 점 없던 제이미 산체스의 눈이 마치 숙취에 시달리는 사람처럼 누렇게 뜨고 우울해 보인다는 것을 눈치챘다. 또 평소에는 그렇게 침착하고 능수능란했던 전문가다운 손길도 약간 떨리고 있었다.

어제, 그녀의 머리를 다듬던 제이미는 갑자기 멈추더니 선 채로 숨을 헉헉 몰아쉬었다. 공기를 들이마시려 애쓰는 사람 같다기보다는 마치 흐르는 시내를 거슬러 올라가려고 발버둥 치는 사람 같았다.

그녀는 말을 걸었다. "왜 그래요? 괜찮아요?"

"아니요."

제이미는 세면대로 가더니 찬물을 얼굴에 끼얹었다. 얼굴을 닦으면서 그는 대답했다. "카를로스를 죽여버릴 거예요." 그는 마치 왜냐는 질문을 기대하듯 잠깐 기다렸다. 그녀가 그저 바라보기만 하자 그는 말을 이었다. "더 이상 말로 해봤자 소용없어요. 카를로스는 아무것도 이해 못 해요. 내 말은 아무런 의미가 없어요. 유일하게 소통할 수 있는 방법은 카를로스를 죽이는 것뿐이에요. 그러면 이해하게 되겠죠."

"난 이해가 되지 않는데요, 제이미."

"내가 안젤리타 얘기를 했던가요? 내 사촌 안젤리타? 걘 여기 여섯 달 전에 왔어요. 항상 카를로스를 짝사랑했죠. 그 애가 언제더라, 열두 살 때부터. 그런데 이제 카를로스가 그 애를 좋아하게 됐어요. 걔랑 결혼해서 아이를 낳고 가정을 꾸리고 싶대요."

그녀는 너무 어색해서 이 말밖에 물어볼 수 없었다. "사촌은 좋은 사람인가요?"

"너무 좋은 애죠." 제이미는 가위를 집어 들고 다시 머리를 잘라내기 시작했다. "아니, 진심이에요. 정말 멋진 애예요. 예쁜 앵무새처럼 몸매도 아담하고. 너무나 착하죠. 너무 친절해서 잔인할 정도예요. 자기는 잔인하다는 걸 모르고 있지만요. 예를 들면……," 그녀는 세면대 위의 거울에 비친 제이미의 얼굴을 보았다. 이제껏 그녀를 현혹시켰던 명랑한 얼굴이 아니라 고통과 당혹감이 그 위에 어려 있었다. "안젤리타와 카를로스는 결혼한 다음에도 나와 같이 살겠대요. 우리 모두 한 아파트에서. 처음 생각은 안젤리타가 했지만 카를로스도 좋다는 거예요! 좋다니! 우리 모두 같이 살아야 하고 이제부터는 형제처럼 지내면 된다나. 그래서 그를 죽이고 싶은 거예요. 갠 나를 사랑한 적이 없어요. 그랬다면 내 지옥 같은 고통을 그렇게 무시할 수 없죠. 카를로스가 이러더라고요. '그래, 난 너를 사랑해, 제이미. 하지만 안젤리타는…… 이건 달라.' 사랑하거나 사랑하지 않거나 둘 중 하나죠. 파괴하거나 하지 않거나. 하지만 카를로스는 이해하지 못할 거예요. 걔한텐 어떤 말도 소용없어요. 총알이나 면도날밖에 길이 없죠."

그녀는 웃어버리고 싶었다. 하지만 제이미가 얼마나 진지한지 알았고, 또 어떤 사람들은 자신을 극심한 형벌에 처하게 함으로써 진실을 깨달을 수밖에, 이해할 수밖에 없다는 게 얼마나 옳은 말인지 잘 알았기 때문에 그럴 수가 없었다.

그럼에도 그녀는 웃음을 터뜨렸다. 하지만 제이미가 순수한 웃음으로 해석하지 않을 정도의 웃음이었다. 동정하는 뜻으로 어깨를 살짝 으쓱하는 것과 비슷했다. "당신은 그 누구도 죽일 수 없을 거예요, 제이미."

제이미는 그녀의 머리를 빗어 내리기 시작했다. 머리를 잡아당기는 손길은 부드럽지 않았지만, 제이미가 화를 내는 대상은 그녀가 아니라 자기 자신임을 알 수 있었다. "젠장!" 그러더니 또다시 말을 이었다. "아니, 그래서 사람들이 자살을 하는 거겠죠? 누군가 고문을 하는 사람을 죽이고 싶은데 그럴 수 없으니까. 모든 고통은 그 사람을 사랑하기 때문에 생기는 건데 사랑한다는 이유로 그 사람을 죽일 수 없죠. 그러니 대신 자살을 하는 거예요."

미용실을 나서면서 그녀는 제이미의 뺨에 키스를 해줄까 생각했으나 그냥 악수를 하는 걸로 그치기로 했다. "내가 지금 하는 말이 얼마나 진부한진 나도 알아요, 제이미. 그리고 지금 이 순간은 별로 도움도 안 될 거고. 하지만 기억해요. 언제나 다른 사람이 있어요. 다만 똑같은 사람만 찾지 않으면 돼요. 그게 다예요."

밀회 장소로 삼는 아파트는 이스트 65번가에 있었다. 오늘은 집에서부터 거기까지 걸어갔다. 그녀의 집은 비크먼플레이스에 있는 작은 연립주택이었다. 바람이 거셌고 보도 위에는 눈이 녹지 않았으며 대기에도 눈 기운이 어려 있었다. 하지만 남편이 크리스마스 선물로 사준 코트를 입고 있는 그녀는 따듯했다. 같은 색의 담비털을 두른 스웨이드 코트였다.

그녀의 사촌이 자기 이름으로 이 아파트를 빌려주었다. 이 사촌은 입정 사나운 여자랑 결혼을 해서 그리니치에 살았는데 가끔씩 자기 비서와 즐기러 이 아파트를 빌렸다. 뚱뚱한 일본인 비서는 코가 저절로 벌름거려질 만큼 겔랑 미츠코 향수를 온몸에 칠갑하고 다녔다. 이날 오후도 아파트에는 비서의 향수 냄새가 진동했다. 그 냄새로 사촌이 최근에 여기서 비서와 농탕친 적 있음을 짐작할 수 있었다. 그렇다는 건 곧 침대보를 바꿔야 한다는 뜻이었다.

그녀는 그렇게 하고 몸단장을 시작했다. 그녀는 침대 옆 탁자 위에 반짝이는 셀로판 종이로 싼 작은 상자를 올려놓았다. 그 안에는 벤트센에게 주려고 티파니에서 산 황금 이쑤시개가 들어 있었다. 벤트센은 끊임없이 이를 쑤시는 불쾌한 습관이 있었고 그것도 종이 성냥으로 끊임없이 쑤셔댔다. 그래서 그나마 황금 이쑤시개로 하면 비위가 덜 상할까 싶었다. 그녀는 리 와일리와 프레드 아스테어 레코드를 축음기에 쌓아놓고 차가운 백포도주를 한 잔 따라놓고 옷을 다 벗었다. 그러고는 술을 마시며 침대에 누워 명가수 프레드의 노래를 따라 흥얼거렸고 애인이 문을 따고 들어오는 열쇠 긁는 소리에 귀를 기울였다.

겉으로만 보면 오르가슴은 에즈라 벤트센에게 있어 아주 고통스러운 삶의 고행인 것만 같았다. 그는 얼굴을 찡그렸고 이를 득득 갈았으며 겁에 질린 잡종개처럼 낑낑거렸다. 물론 그가 낑낑대는 소리를 들으면 그녀는 오히려 안심이 되었다. 그의 땀투성이 몸뚱이가 곧 떨어져 나갈 거라는 신호였으니까. 그는 일이 끝난 후에도 계속 붙어서 다정하게 칭찬의 말을 속삭이거나 하는 사람이 아니었다. 그는 그냥 쑥 내려왔다. 그리고 오늘도 그렇게 하면서 탐욕스럽게 파란 상자에 손을 뻗었다. 자기를 위한 선물임을 알고 있었기 때문이었다. 선물을 열어본 벤트센은 꿍얼댔다.

그녀는 설명했다. "황금 이쑤시개야."

그는 킥킥 웃었다. 유머 감각이라고는 빈약하기 그지없는 사람이었으므로 그렇게 웃는 일도 드물었다. "이거 귀엽네." 그러면서 그는 이를 쑤셨다. "지난밤에 무슨 일 있었는지 알아? 텔마의 뺨을 때렸어. 세게. 그다음에는 배도 한 대 갈겨줬지"

텔마는 그의 아내였다. 텔마는 아동정신과 전문의였고 실력이 뛰어나다는 평판이었다.

"텔마의 문제는 말이 안 통한다는 거야. 도대체 이해를 못해.

말을 알아듣게 하려면 그 수밖에 없어. 입술이 터지도록 매를 주는 것."

그녀는 제이미 산체스를 떠올렸다.

"로저 라인랜더 부인 알아?" 벤트센이 물었다.

"메리 라인랜더? 걔 아빠가 우리 아빠랑 가장 친한 친구셨지. 두 사람은 경주용 말 외양간도 공동소유하셨어. 언젠가 메리의 말이 켄터키 더비에서 우승한 적도 있고. 불쌍한 메리, 그럼 뭐 해, 남편이 개새끼인데."

"그렇게 말하더라."

"아, 그래? 라인랜더 부인이 새 환자야?"

"아주 새 환자지. 재미있는 여자야. 당신이 나를 만나러 왔던 특정 이유와 얼마간은 비슷해. 상황은 거의 똑같고."

특정 이유? 마침내 벤트센 박사를 꼬여내 진료소 소파에서 일을 치르기까지 매번 찾아가고도 남을 만큼 그녀에게는 문제가 많았지만, 그중에서도 가장 주된 문제는 둘째 아이가 태어난 이래로 남편과 성관계를 맺을 수 없다는 것이었다. 그녀는 스물네 살 때 열다섯 연상의 남편과 결혼했다. 두 사람이 자주 싸우고 서로 질투하긴 했어도, 처음 신혼 다섯 해 동안만은 기억 속에서 흠 한 점 없는 완벽한 광경으로 남아 있었다. 문제는 남편이 아이를 갖자고 했을 때 시작되었다. 남편을 그처럼 사랑하지 않았더라면 절대로 동의하지 않았으리라. 그녀는 자신이 어린아이였을 때부터 아이들을 무서워했고 아이와 함께 있으면 불편했다. 하지만 남편이 원하니까 아들을 낳아주었고 임신 경험은 마음속에 트라우마로 남았다. 실제로 고통을 겪지는 않았지만 그렇다고 상상했고 산후 우울증이 1년이나 지속되었다. 매일 세코날을 먹고 열네 시간씩 내처 잤다. 다른 열 시간 동안은 암페타민*을 연료 삼아 버텼다. 역시 아들이었던 두 번째 아이가 생긴 건 음주 사고였다. 하지만 그녀는 남편이 고의로 자신을 속인 게 아닌가 의심했다. 임신 사실을 알게 된 순간 여자는 낙태를 하겠다고 주장했다. 만약 남편은 그녀가 뜻을 밀고 나간다면, 이혼해버리겠다고 했다. 뭐, 그는 그렇게 한 걸 평생 후회하리라. 아이는 예정일보다 두 달 먼저 태어나서 거의 죽을 뻔했다. 또 산모나 아이나 내출혈을 심하게 일으켜서 몇 달 동안 중환자실에 누워 죽음의 심연 위를 떠돌았다. 그때 이후, 그녀는 결코 남편과 잠자리를 같이하지 않았다. 하고 싶었지만, 할 수 없었다. 벌거벗은 남편이 옆에만 있어도, 그의 몸이 자기 몸에 들어온다는 생각만 해도 참을 수 없는 공포심이 밀려들었다.

벤트센은 대님이 달린 두꺼운 검은 양말을 신었고 '사랑을 나누는' 동안에도 결코 벗지 않았다. 이제 그는 양말 대님을 끼운 발을, 닳아서 반들거리는 파란 능직 바지에 꿰어 넣으면서 말했다. "자, 어디 볼까. 내일이 화요일이지. 수요일은 우리 기념일이니까……."

"우리 기념일?"

"결혼기념일! 20주년이야. 텔마를 어디 좋은 식당에 데려가고 싶은데. 이 근처에 제일 좋은 식당이 어디야?"

"알면 뭐하게? 거긴 아주 작고 아주 근사한 곳이라 주인이 당

*각성제.

신에게는 결코 자리를 안 내줄걸."

이 순간 유머 감각이라고는 없는 벤트센의 성격이 고스란히 드러났다. "거 말 이상하게 하네. 나한테는 자리를 안 내줄 거라는 게 무슨 뜻이야?"

"말한 대로야. 딱 보면 당신 발뒤꿈치에 털이 덥수룩하다는 걸 알 테니까.* 뒤꿈치에 털이 덥수룩한 사람은 받아주지 않는 식당이 있거든. 거기도 그런 데야."

벤트센은 낯선 표현을 쓰는 그녀의 말 습관에 익숙해져 있었고 그게 무슨 뜻인지 아는 척하는 법도 익혔다. 그녀가 벤트센의 기분을 별로 신경 쓰지 않듯, 그도 그녀의 기분을 전혀 몰랐다. 하지만 계속 오르락내리락하는 불안한 성격 탓에 그는 그 사실을 결코 인정하려 하지 않았다.

"아, 그럼. 금요일은 괜찮아? 5시경?"

여자는 대답했다. "아니, 이젠 됐어." 그는 넥타이를 묶다 말고 멈췄다. 여자는 여전히 벌거벗은 몸에 이불도 덮지 않은 채 침대 위에 누워 있었다. 프레드 아스테어는 〈나 혼자서〉를 노래하고 있었다. "이젠 됐어요, B 선생. 우리가 여기서 만날 일은 더 이상 없을 거야."

그녀는 벤트센이 깜짝 놀라는 모습을 볼 수 있었다. 물론 그는 그녀를 그리워하리라. 그녀는 아름다웠고 신중했으며 돈을 달라고 해도 전혀 거리낌 없이 주었다. 그는 침대 옆에 무릎을 꿇고 그녀의 가슴을 애무했다. 그의 입술 위에 식은땀이 콧수염 모

---

*영어에서 발뒤꿈치에 털이 덥수룩하다는 건 버릇없이 자랐다는 뜻도 있다.

모하비 사막

양으로 송골송골 맺힌 게 보였다. "무슨 일이야? 약 했어? 술 마셨어?"

여자는 웃어버렸다. "내가 마신 거라곤 백포도주뿐이야. 그것도 약간. 아니, 친구. 그냥 당신 발뒤꿈치에 털이 덥수룩해서 그래."

정신과의들이 주로 그러듯이, 벤트센도 말을 곧이곧대로 받아들이는 성격이었다. 한순간 그녀는 그가 양말을 벗어 자기 발을 확인해보지 않나 싶었다. 벤트센은 마치 어린이처럼 뿌루퉁하게 말했다. "내 뒤꿈치에는 털 안 나 있어."

"무슨 소리, 덥수룩한걸. 말 같던데. 평범한 말들은 다 뒤꿈치에 털이 났잖아. 서러브레드만 그렇지 않지. 혈통이 좋은 말들의 뒤꿈치는 말끔하고 윤이 나. 자, 텔마에게 내 안부 전해줘."

"웃기지 마. 금요일 좋지?"

아스테어의 레코드가 다 돌아갔다. 그녀는 남은 포도주를 다 삼켜버렸다.

"아마도. 전화할게."

결국 그녀는 한 번도 전화하지 않았다. 그의 모습도 다시는 보지 못했다. 하지만 딱 한 번, 1년 후에 우연히 라 그레누이 식당의 긴 의자에서 그의 옆에 앉았던 적이 있었다. 그는 메리 라인랜더와 식사 중이었다. 그녀는 라인랜더 부인이 계산서에 서명을 하는 걸 보고 슬그머니 웃었다.

아까부터 올 것 같던 눈은 그녀가 다시 걸어서 비크먼플레이스의 집에 막 도착했을 때 내리기 시작했다. 그녀의 집 현관은 연

노랑색으로 칠해져 있고 사자 앞발 모양의 청동 문고리가 달려 있었다. 집에서 일하는 아일랜드 하녀인 애나가 문을 열어주더니 아이들은 오후 내내 록펠러센터 앞에 만들어진 스케이트장에서 놀다가 들어와 기진맥진해서 벌써 저녁을 먹고 잠자리에 들었다고 알려주었다.

다행이기도 하지. 이젠 아이들과 반시간 정도 함께 놀아주면서 이야기를 해주거나 으레 그러듯 아이들에게 하루의 일과를 마치는 입맞춤을 해주지 않아도 되었다. 그녀는 애정이 깊은 어머니는 아니었지만 적어도 의무는 다했다. 그녀의 어머니도 마찬가지였다. 7시였고 남편은 아까 전화해서 7시 반까지는 돌아오겠다고 했었다. 8시에 샌프란시스코에서 온 친구 실베스터 헤일스가 여는 만찬에 가기로 되어 있었다. 그녀는 목욕을 하고 벤트센의 흔적을 지우기 위해 향수를 뿌렸으며 좀 더 정숙하게 보이도록 화장을 새로 하고는 회색 실크 카프탄 드레스와 진주 고리가 달려 있는 회색 실크 구두를 신었다.

2층 서재 안 난롯가에 서서 자세를 잡고 있노라니 남편이 계단을 올라오는 소리가 들렸다. 그녀가 서 있는 자태는 우아하고 이 방처럼 사람을 끄는 데가 있었다. 이 서재는 특이하게 팔각형 모양이었는데 벽에는 계피색, 마루에는 노란색의 래커를 칠했다. 또 방 안에는 놋쇠로 된 책꽂이(빌리 볼드윈*의 개념을 본 따서 만든 책꽂이었다)와 풍성한 갈색 양란 두 다발이 편안히 꽂혀 있는 노란 중국제 꽃병들이 있었다. 구석에는 이탈리아 조각가

---

*미국의 유명한 실내장식가.

모하비 사막 **401**

마리노 마리니가 만든 말이 놓였고, 난로 위에는 고갱이 그린 남쪽 바다의 풍경화가 걸렸다. 난로에서는 섬세한 불꽃이 타닥타닥 타고 있었다. 여닫이 유리창 밖으로 내다 보이는 어두운 정원에는 눈발이 날렸고, 이스트 강에는 등불처럼 환히 불을 밝힌 예인선들이 떠다녔다. 모카색 벨벳을 씌운 사치스러운 소파가 난로를 마주보고 있었고, 그 앞에 있는, 바다처럼 노란색 래커를 칠한 탁자 위에는 은제 얼음통이 놓여 있었다. 그 속에 들어 있는 것은 후추향이 풍기는 러시아 보드카가 가득 든 유리 주전자였다.

남편은 문간에서 잠시 머뭇거리더니 그녀를 보고 마음에 든다는 듯 고개를 끄덕였다. 남편은 정말로 여자의 외모를 잘 알아보는 남자였다. 한눈에 전체 분위기를 딱 알아차렸다. 남편을 위해서라면 옷을 차려입어도 보람이 있었고, 이건 그를 사랑하는 사소한 이유 중 하나였다. 그보다 더 중요한 이유는 남편이 그녀의 아버지를 닮았다는 것이었다. 한때, 그리고 영원히 그녀의 인생에 있어 가장 소중한 남자. 그녀의 아버지는 총으로 자살했는데 아무도 그 이유를 알지 못했다. 그는 비정상적일 정도로 신중한 사람이기 때문이었다. 이 일이 일어나기 전, 그녀는 세 건의 약혼을 깨버렸지만 아버지가 죽은 지 두 달 후, 조지를 만나서 결혼했다. 조지는 외모나 태도 양쪽에 있어서 그녀가 제일 사랑했으나 이제는 이 땅에 없는 남자를 거의 비슷하게 닮은 사람이었다.

그녀는 방을 가로질러 들어오는 남편을 중간에서 맞으며 남편의 뺨에 입을 맞췄다. 입술에 닿은 남편의 피부는 창밖에 내리는 눈송이만큼이나 차가웠다. 그는 키가 큰 아일랜드인으로 머리가 검고 눈은 초록색이었다. 최근에는 약간 살이 붙고 아래턱에 군살이 생겼지만 그래도 여전히 잘생긴 남자였다. 외면적으로 그는 활력을 발산했다. 남자나 여자나 그것만으로도 다 그에게 끌렸다. 하지만 자세히 관찰하면 그에게서는 비밀스러운 피곤을 감지할 수 있었고 진정한 낙천성은 없다는 것을 알 수 있었다. 그의 아내는 이를 통렬히 느꼈다. 어찌 그렇지 않겠는가? 아마 그녀가 바로 그 주된 원인일 텐데.

그녀는 말했다. "바깥 날씨가 정말 험하네요. 당신도 너무 피곤해 보이고. 그냥 집에서 불가에 앉아 저녁이나 먹죠."

"그럴까, 여보. 정말 괜찮겠어? 헤일스 가족에게는 좀 미안한데. 비록 그 여자는 화냥년이지만."

"조지! 그런 말 쓰지 마요! 내가 얼마나 싫어하는지 알잖아요."

"미안해." 그는 정말 미안해했다. 조지는 항상 그녀의 마음을 상하지 않게 하려고 신경 썼다. 그녀가 남편의 마음을 해치지 않도록 주의하는 것이나 다름없었다. 이런 침묵의 결과는 두 사람을 한데 묶어놓기도 하고 동시에 멀리 떨어뜨려놓기도 했다

"전화해서 당신이 감기 기운이 있다고 할게요."

"그래, 그런 건 거짓말도 아냐. 정말 그런 것 같으니까."

그녀가 헤일스에게 전화하고 애나에게 한 시간 안에 수프와 수플레를 저녁 식사로 차리라고 일러놓는 동안 조지는 선홍색 보드카를 어질어질해질 정도로 들이켰다. 술은 빈 위장 속에서 타오르는 듯했다. 아내가 돌아오기 전에 그는 한 잔 더 쭉 따르고

는 소파에 몸을 펴고 누웠다. 그녀는 바닥에 무릎을 꿇고 앉아 남편의 신발을 벗겨주고 발을 주물러주기 시작했다. 남편의 뒤꿈치는 털 하나 없이 매끈했다.

남편은 신음했다. "음, 기분 좋은데."

"사랑해요, 조지."

"나도 사랑해."

그녀는 레코드를 틀까 생각했지만 곧 생각을 접었다. 불 소리만으로도 충분했다.

"조지?"

"그래, 여보."

"무슨 생각해요?"

"아이보리 헌터라는 이름의 여자."

"정말로 아이보리 헌터라는 이름의 여자를 알아요?"

"음, 그건 예명이야. 그 여자는 벌레스크 쇼*의 무용수였어."

그녀는 웃었다. "뭐예요, 대학 시절의 모험담?"

"그 여자와 아는 사이는 아니었어. 다만 이름을 한 번 들었을 뿐이지. 내가 예일을 떠난 후 여름이었어."

그는 눈을 감고 보드카를 쭉 들이켰다. "그해 여름 나는 히치하이크를 해서 뉴멕시코와 캘리포니아로 갔었어. 기억해? 그때 내 코가 부러진 거잖아. 캘리포니아 주 니들스에 있는 술집 다툼에 휘말려서." 그녀는 남편의 부러진 코를 좋아했다. 코가 비뚜름한 탓에 극도로 부드러운 얼굴 생김이 좀 더 강해 보이는 효과

---

*저급한 풍자와 해학이 곁들여진 희가극 쇼.

가 있었다. 남편은 언젠가 다시 한 번 부러뜨려서 새로 세워야겠다는 농담을 했지만, 그녀는 그렇게 하지 못하게 했다. "9월 초순이었어. 남부 캘리포니아에서는 1년 중 제일 더운 때지. 매일 38도가 넘는 날이 계속돼. 그런 더운 날씨에는 버스를 탔어야 했는데. 적어도 사막을 건널 때만이라도. 그런데 거기 난 바보같이 모하비 사막 한가운데서 20킬로그램이 훌쩍 넘는 배낭을 메고 몸에서 수분이 다 빠질 때까지 땀을 뻘뻘 흘리고 있었지. 그늘을 찾아 들어간들 65도가 넘었을 거야. 물론 그늘 하나 없었지만. 오로지 모래와 메스키트 나무, 타는 듯 뜨거운 파란 하늘뿐이었지. 딱 한 번 큰 트럭이 지나갔지만 멈춰주진 않았어. 길 위에 꿈틀꿈틀 기어가는 방울뱀 한 마리만 휙 치고 지나갔을 뿐.

난 뭔가 나타나야 할 텐데 하는 생각만 계속했어. 주유소라도. 가끔씩 차가 지나가긴 했지만 난 그 사람들 눈에 안 보였나 봐. 점점 내 자신이 불쌍해지면서 이렇게 무력하다는 게 뭔지, 어째서 불교에서는 젊은 승려들에게 수행의 일환으로 시주를 받아오라고 하는지 이해하게 되었지. 이런 게 바로 고행이라는 거 아니겠어. 남아 있는 지방 하나까지 다 쪽 빼버릴 테니까.

그런데 바로 그때 슈미트 씨를 만난 거야. 처음에는 신기루일지도 모른다고 생각했어. 백발 노인이 500미터 정도 떨어진 고속도로 위에 있지 않겠어. 그 사람은 아지랑이가 아른아른 피어오르는 길 한가운데 서 있었지. 가까이 가니까 그 사람이 지팡이와 까만 안경을 쓰고 있는 게 보였지. 게다가 옷은 마치 교회에라도 가는 차림이었어. 흰 양복, 흰 셔츠, 검은 넥타이, 검은 신발.

그 사람은 나를 보지도 않고 먼 곳을 바라보면서 큰 소리로 외쳤지. '내 이름은 조지 슈미트요.'

난 대답했지. '네, 안녕하세요. 어르신.'

'지금 오후요?'

'3시가 넘었습니다.'

'그럼 여기 서 있은 지 두 시간이 넘어가는군. 여기가 지금 어딘지 말해주겠소?'

'모하비 사막입니다. 니들스에서 130킬로미터 떨어진 곳이죠.'

'거참, 이런 일이. 일흔 살 된 장님 노인을 사막에 혼자 오도 가도 못하게 내버리고 가다니. 주머니엔 달랑 10달러에, 옷가지도 하나 안 남겨주고. 여자들은 파리와 같다니까. 설탕 아니면 똥 위에 내려앉으니. 내가 설탕이라고 말하는 건 아니지만, 그 여자는 이제 똥 위에 앉게 될걸. 내 이름은 조지 슈미트요.'

나는 그 사람을 상대해주었지. '네, 어르신. 말씀하셨습니다. 전 조지 화이트로입니다.'

그 사람은 나보고 어디로 가냐고, 뭐 하고 있는 거냐고 물었어. 지금 히치하이킹을 해서 뉴욕으로 가고 있다고 했더니, 슈미트 씨는 나보고 좀 도와주지 않겠냐고 부탁하더군. 차를 얻어 탈 수 있을 때까지만이라도. 말하는 걸 깜박했는데, 그 사람의 말에는 독일인 억양이 묻어 있었지. 거의 뚱뚱하다고 할 정도로 건장한 사람이었는데 평생을 일하지 않고 그물 침대에 누워서 산 사람 같다고나 할까. 그렇지만 그 사람의 손을 잡는 순간 거칠고 강인한 힘을 느꼈지. 그런 손이 목을 조르기라도 하면 정말 큰일일 거야. 그 사람은 이러더군. '그래, 내가 손 힘이 좀 세다오. 50년 동안이나 안마사로 일했거든. 지난 12년은 팜스프링스에 있었고. 물 좀 있소?' 나는 그 사람에게 반쯤 차 있던 양철 물병을 건네주었어. 그 물을 마시면서 슈미트 씨는 계속 말했지.

'그 여자는 물 한 방울 남겨두지 않고 떠났다오. 어찌나 놀랐던지. 하기는 아이보리 성격을 잘 아는 만큼 별로 놀랄 일도 아니었지만. 아이보리는 내 아내라오. 아이보리 헌터. 스트립쇼를 하는 여자지. 1932년 시카고 세계 박람회에서도 공연했고, 샐리 랜드*만 아니었더라면 스타가 되었겠지. 아이보리가 부채춤을 개발했는데, 랜드가 훔쳐가 버렸다고 하오. 아이보리 말이 그랬다는 거지요. 아마도 그것도 거짓말이었을지 모르지만. 어, 방울뱀 조심하시오. 어딘가에 있어. 방울뱀이 식식대는 소리가 들리거든. 내가 두려워하는 게 딱 두 가지 있소이다. 방울뱀과 여자. 둘 사이에는 많은 공통점이 있어요. 그중 하나는 이거지요. 죽을 때까지 꼬리를 친다는 것.'

그때 차 두 대가 지나갔어. 나는 엄지손가락을 쳐들었고 노인은 지팡이를 쳐들어서 세우려고 했지. 우리 꼴은 꽤 기묘했을 거야. 푸른 데님을 입은 더러운 젊은이와 도시 양복을 입은 뚱뚱한 장님 노인이라니. 만약 트럭 운전수 한 명이 멈추지 않았더라면, 우리는 아직 아마도 거기 있었을걸. 멕시코인 운전수였어. 구멍 난 타이어를 때우느라고 길가에 주차했던 거지. 그는 영어가 섞인 멕시코어를 다섯 마디밖에 할 수 없었고 그 모두가 다 욕설뿐이었지. 하지만 나는 그해 여름 쿠바에 있는 앨빈 삼촌 댁에 갔

---

*벌레스크 쇼의 무용수이자 배우.

모하비 사막 **407**

다가 배운 스페인어를 꽤 많이 기억하고 있어서 어떻게 말이 통했지. 이 멕시코 운전사는 엘파소에 가는 길이라면서 우리도 그쪽으로 가면 기꺼이 태워주겠다고 했어.

하지만 슈미트 씨는 타는 걸 꺼리는 눈치였어. 나는 거의 그 사람을 질질 끌다시피 해서 트럭 뒤 칸에 태웠지. '난 멕시코인이 싫소. 이제까지 만난 멕시코인 중엔 마음에 드는 사람이 하나도 없었다고. 게다가 그 멕시코 애만 아니었더라도……. 그 남자는 고작 열아홉이었고, 피부의 감촉으로 보아 아이보리는 예순은 훨씬 넘은 여자였지. 2년 전 그 여자랑 결혼할 때, 나한테는 쉰둘이라고 했었지요. 우리는 111번 도로 외곽 트레일러 야영지에 살았소. 이 트레일러 야영지 중 하나는 팜스프링스와 커시드럴시티* 중간에 있었지. 커시드럴시티라니! 싸구려 카바레에 당구장, 게이 바가 있는 쓰레기 동네에 그런 거창한 이름을 붙이다니 말이오. 그 동네에서 자랑할 거라고는 빙 크로스비가 살았다는 것 정도? 어쨌든 우리 옆 트레일러에는 내 친구 홀가가 살았소. 내 첫 마누라가 죽은 이후로—마누라는 히틀러랑 같은 날 죽었지요—홀가가 나를 일터까지 태워다주었지. 홀가는 내가 안마사로 일하는 이 유대인 클럽에서 웨이트리스로 일하고 있었거든. 이 클럽의 웨이터와 웨이트리스들은 모두 덩치 큰 금발 독일인들이었어요. 유대인들은 그걸 좋아했지. 독일인들을 쉴 새 없이 부려먹는 거. 그런데 어느 날 홀가가 자기 사촌이 방문하러 온다는 거 아니겠소. 아이보리 헌터. 법적 이름은 뭔지 잊어버렸

---

*캘리포니아 주에 있는 곳이다. 커시드럴은 대성당이라는 뜻이다.

지요. 결혼증명서에 있었는데, 잊어버렸구려. 아이보리는 이전에 남편이 셋이나 있었소. 그러니 자기도 아마 태어날 때 이름도 뭔지 몰랐을걸. 어쨌든 훌가는 이 사촌 아이보리가 유명한 무용수라고 했어요. 그렇지만 지금은 병원에서 막 퇴원했다고 하더군. 결핵 때문에 1년 동안이나 병원에 입원해 있는 바람에 마지막 남편이 도망갔다는 거요. 그래서 훌가는 나보고 아이보리를 데리고 팜스프링스에 나가달라고 하더이다. 바람 좀 쐬러. 또 달리 갈 데도 어디 있었겠소. 아이보리가 여기 온 첫날, 훌가는 나를 초대했고 나는 그 사촌을 금세 좋아하게 되었지. 우리는 별로 말을 나누지 않고 라디오만 들었지만 난 아이보리가 마음에 들었어요. 목소리가 정말 멋졌지. 아주 느릿느릿하고 상냥한 목소리. 착한 간호사들 목소리 같았다오. 아이보리는 담배도 안 피우고 술도 안 마시며 나와 같은 교파 신자라고 했소. 그 후 나는 거의 매일 밤, 훌가의 집에 갔지요.'"

조지는 담배에 불을 붙였고 그녀는 위스키 잔을 기울여 보드카를 더 따라주었다. 그녀는 스스로도 놀랍게도 자기를 위해서도 한 잔 더 따랐다. 남편이 하는 얘기는, 여러모로 그녀에게 항상 존재하고 있었지만 요새는 리브리엄*을 복용해서 가라앉혀 놓았던 걱정을 슬쩍 도로 일으켰다. 그녀는 남편의 회상이 어떤 결론에 이를지 알 수 없었지만 분명한 목적지가 있다는 것만은 직감할 수 있었다. 조지가 이렇게 횡설수설하는 경우는 극히 드물

---

*진정제의 일종.

기 때문이었다. 남편은 예일 법학 대학원을 3등으로 졸업했다. 한 번도 직접 변호사 일을 한 적은 없었지만 하버드 경영 대학원을 1등으로 진학했다. 지난 10년 동안 그는 내각의 주요직 제안을 받았고 영국이나 프랑스, 원하는 나라면 어디든지 대사로 부임할 수 있었다. 하지만 그녀가 정말 난로 불빛에 비쳐 타오르는 듯한 루비색 보드카를 마시고 싶다는 생각이 든 건 조지 화이트로가 슈미트 씨 흉내를 낼 때 보이는 태도 때문에 마음이 심란해진 탓이었다. 남편은 남의 흉내를 내는 데 일가견이 있었다. 그는 친구들이 화를 낼 만큼 똑같이 따라 할 수 있었다. 하지만 이건 평소처럼 무심하게 하는 흉내가 아니었다. 그는 거의 환각 상태에 빠져 있었다. 다른 사람의 마음에 달라붙은 한 남자의 모습이었다.

"'난 마누라가 죽은 이후로 아무도 몰지 않는 낡은 셰비*를 가지고 있었소. 하지만 아이보리가 차를 손보니 이제 훌가가 아니라 아이보리가 나를 출퇴근 시켜주었지. 이제 보니 그게 다 훌가와 아이보리가 짠 책략이었지 뭐요. 하지만 그때 당시는 그렇게 짜맞추지 못했다오. 트레일러 야영지에 사는 사람들 모두가, 아이보리를 만난 사람 모두가 아이보리가 얼마나 예쁜 여잔지 모른다고 했어요. 큼지막한 파란 눈에 다리도 예쁘다고. 나는 그게 단지 같은 교회 신자로서 베푸는 선의인지 알았소. 그래서 매일 밤마다 장님 노인을 위해 요리하고 집 청소를 해주는지 알았지. 어느 날 밤 우리가 라디오에서 〈히트 퍼레이드〉를 듣고 있는데

---

*쉐보레 자동차의 약칭.

아이보리가 내게 입을 맞추면서 자기 손으로 내 다리 사이를 문지르는 게 아니겠소. 곧 우리는 하루에 두 번씩 하게 되었지. 아침 식사 전에 한 번, 저녁 식사 후에 한 번. 나야 예순아홉이나 된 노인이었지. 그렇지만 아이보리는 나랑 하는 씹에 미쳐 있는 듯 보였소. 내가 그랬던 것처럼.'"

그녀는 보드카를 난로에 휙 던져버렸다. 술이 튀면서 불꽃이 식식 타올랐다. 일종의 항의였지만 소용이 없었다. 슈미트 씨라면 그런 저속한 말을 쓰는 데 거리낌이 없을 테니까.

"'그래, 아이보리는 정말 씹할 년이었소. 그 말을 무슨 뜻으로 쓰든 간에. 우리는 만난 지 딱 한 달 만에 결혼을 했다오. 아이보리는 별로 달라지지 않았지요. 밥도 잘 차려주고, 항상 클럽에 오는 유대인들에 대한 얘기도 잘 들어주고. 섹스를 끊은 것도 내 쪽이었소. 혈압이 도저히 감당이 안 되어서. 하지만 아이보리는 불평하지 않았지. 우리는 함께 성경을 읽었고 매일 밤 아이보리는 내게 잡지를 읽어주었어요. 《리더스 다이제스트》나 《새터데이 이브닝 포스트》 같은 좋은 잡지들을 내가 잠들 때까지 읽어주었지. 항상 나보다 먼저 죽고 싶다고 했지요. 내가 먼저 죽으면 마음이 아프고 가난해질 거라고. 내가 남겨줄 만한 유산이 없다는 건 사실이었소. 보험도 없었고, 공동 계좌로 돌려준 약간의 예금 말고는. 그리고 트레일러도 아이보리의 이름으로 해주었지. 아니, 우리는 부부 싸움도 하지 않았소. 아이보리가 홀가와 크게 다투기 전까지는.

한동안 나는 두 사람이 뭣 때문에 싸우게 되었는지도 몰랐다오. 내가 아는 건 두 사람이 서로 더 이상 말을 하지 않게 되었다는 것뿐이었지. 그래서 아이보리에게 무슨 일이냐고 물었지만, 아무것도 아니라고만 했소. 자기가 아는 한, 자기는 훌가와 다투고 사이가 멀어진 게 아니라고. "하지만 당신도 훌가가 얼마나 술을 많이 마시는지 알잖아요." 그래, 그건 사실이었지. 내가 젊은이에게 말한 대로 훌가는 클럽의 웨이트리스였으니까. 그런데 어느 날 훌가가 마사지실로 찾아왔어요. 때마침 나는 손님 하나를 마사지 하고 있었는데, 손님은 훌떡 벗고 엎드려 있었거든. 그런데도 신경 쓰지 않더란 말이지. 훌가는 아주 버번 통에 빠졌다가 나온 것처럼 술 냄새를 풀풀 풍기고 있었어요. 제대로 서지도 못할 정도로. 그러면서 하는 말이 방금 해고당했다지 뭐요. 그러면서 갑자기 욕을 하고 분통을 터뜨리기 시작했소. 내게 소리를 버럭버럭 지르더니 바닥에다 오줌을 질질 싸지 않나. 그러면서 트레일러 야영장에 사는 사람들이 다 나를 비웃는다는 거요. 아이보리는 나를 꼬인 늙은 화냥년이라고. 아이보리는 무일푼에다가 행실도 나쁜 년이라서 그랬다는 거지. 또 나한테 백치 노인네라고 했소. 마누라가 프레디 페오랑 놀아났는데도 나만 깜깜히 모른다면서.

프레디 페오는 뜨내기로 여기저기 다니는 멕시코 출신의 젊은 놈이었지. 감옥에 갔다가 나온 지 얼마 안 된다는데, 트레일러 야영지의 관리인이 커시드럴시티의 게이 바에서 개를 주워와서 잡역부 일을 주었다오. 난 개가 100퍼센트 호모일 리는 없다고 생각했지. 이 근처의 늙은 여편네들이 돈만 주면 무조건 자줬거든. 그중 하나가 훌가였소. 아주 개한테 홀딱 빠져서 얼마나 야단벌석을 피웠는지. 날이 더운 밤이면 개하고 홀가는 그 집 트레일러 밖 그네 의자에 앉아서 테킬라를 마시곤 했어요. 라임 조각도 하나 없이 물도 타지 않고. 그 자식은 기타도 치고 남미 노래도 불렀지. 아이보리가 설명해준 바에 따르면 초록색 몸체에 인조 보석으로 자기 이름을 붙여 만든 기타였다는구려. 그래도 이건 인정해줘야지. 이 남미 녀석은 노래 하난 잘 불렀어요. 하지만 아이보리는 언제나 걔 노래를 참을 수가 없다고 했소. 홀가를 다 벗겨 먹으려고 하는 싸구려 멕시코 놈이라고. 난 걔하고 열 마디도 나눠본 적이 없었지만 걔 냄새 때문에 싫었소. 나는 사냥개만큼이나 코가 좋은데, 100미터 밖에서도 그놈 냄새가 풀풀 났지. 머리카락에 기름을 칠갑하고 아이보리 말로는 파리의 저녁인가 하는 향수를 뿌린다나.

아이보리는 절대 그런 일이 없다고 펄쩍 뛰었소. 자기가? 자기가 어떻게 저런 프레디 페오 같은 멕시코 원숭이가 손을 대게 놔두겠냐면서, 홀가가 저 젊은 애에게 차이고서 화가 나고 질투가 났다고 하는 거요. 그래서 커시드럴시티에서부터 인디오까지 동네 여자란 여자랑은 다 놀아났다고 의심하고 있다고. 또 홀가는 화를 내기보다 불쌍하게 생각해줘야 할 여자긴 하지만 내가 그런 거짓말에 귀를 기울이다니 정말 모욕적이라고 화를 냈소. 그러면서 내가 준 결혼반지를 뺐어요. 그건 첫 번째 와이프 헤다가 끼던 건데, 예전에 아이보리는 내가 헤다를 사랑하는 거 아니까 더 잘되었다면서 괜찮다고 했었지. 그러더니 그 반지를 내게 건네주면서 나를 못 믿겠으면 여기 반지를 돌려주고 자기는 다음 버스를 타고 어디로든 가겠다고 하더이다. 그래서 나는 반지를

모하비 사막

도로 끼워주었고 우리는 바닥에 무릎을 꿇고 함께 기도했지요.

그래서 난 아내를 믿었어요. 적어도 그렇다고 생각했소. 하지만 어떤 면에서 이런 생각이 내 머릿속의 시소처럼 계속 까닥거렸소. 그럴 거야, 아닐 거야, 그럴 거야, 아닐 거야. 그리고 아이보리는 예전의 느긋함을 잃어버렸어요. 이전에는 마치 목소리처럼 몸도 아주 편안했는데 이제는 모두 철사처럼 빳빳이 긴장했지. 자기들 걱정을 씻어주지 않는다고 잉잉대고 꾸짖는 클럽의 유대인들처럼. 홀가는 미라마에서 일하고 있었는데, 나는 트레일러 야영지에 나갔다가 홀가가 오는 냄새를 맡으면 몸을 돌려버렸소. 어느 날은 홀가가 내 옆에 다가와서 이렇게 속삭이더군. "당신의 다정한 아내가 그 멕시코 녀석에게 금귀고리 준 거 알아요? 하지만 걔 남자 친구가 걸지 못하게 할 건데." 난 모르겠소. 아이보리는 매일 밤 나와 함께, 우리의 몸과 마음을 건강하게 지켜주시고 항상 같이 있게 해달라고 주님께 기도했으니까. 하지만 나도 눈치채기는 했지. 어느 더운 여름밤, 프레디 페오가 어둠 속에 나와 기타를 치면서 노래를 부르니까 아내는 밥 호프인가 에드가 버겐이 나오는 프로그램 중간에 라디오를 휙 꺼버리더니 밖에 나가서 노래에 귀를 기울이지 뭐요. 말로는 별을 보고 있다고 했지. 이 세상에서 이처럼 아름다운 별을 볼 수 있는 곳은 없을 거라나. 하지만 갑자기 아내는 커시드럴시티와 팜스프링스가 싫다고 했소. 사막이나 모래바람, 거의 섭씨 55도가 넘는 더운 날씨도 짜증 나고 돈이 많아서 라켓 클럽*에 가입할 정도가

---

*고급 사교 테니스 클럽.

아니면 아무것도 할 수 없는 곳이라며. 그러더니 어느 날 아침에 이러는 거요. 트레일러를 몰고 좀 더 날씨가 시원한 곳에 가서 정착하자고. 위스콘신이나 미시건. 난 좋은 생각이라고 했소. 그러면 적어도 아내와 프레디 페오 사이에 대해서 신경을 쓰지 않고 마음이 편해질 테니까.

그때, 내가 일하는 클럽에 디트로이트에서 온 손님이 있었어요. 나한테 디트로이트 애슬래틱 클럽에 안마사로 취직시켜주겠다고. 확정된 건 없었고, 그냥 몇 가지 거래 중 하나였지. 하지만 아이보리에게는 그것만도 충분했소. 여기서 뜨자더군. 그러면서 15년간이나 땅에 박혀 있던 트레일러를 뽑아냈지요. 셰비도 굴릴 준비를 마치고, 우리 예금을 모두 여행자수표도 바꾸고. 어젯밤에는 나를 머리부터 발끝까지 싹싹 문질러 닦아주고 내 머리도 감겨주더이다. 우리는 오늘 아침에 해가 뜨자마자 출발했어요.

하지만 난 뭔가 잘못되었다는 걸 알았지. 우리가 고속도로에 도착하자마자 내가 졸지 않았더라면 금방 눈치챘을 텐데. 아마도 아이보리가 내 커피에 수면제를 탔던 거 같소.

하지만 깨어나 보니 그놈 냄새가 나더군. 그 머릿기름 냄새랑 싸구려 향수 냄새. 이 자식이 트레일러에 숨어 있었던 거지. 거기 뱀처럼 똬리를 틀고 앉아 있었던 거요. 그때 내가 무슨 생각을 했는지 아오? 아이보리와 이놈이 나를 죽여서 독수리 먹이로 주려는구나. 그때 아이보리가 말했소. "깼네요, 조지." 내 이름을 부르는 아이보리의 목소리는 살짝 두려워하는 듯해서 내가 무슨 생각을 하는지 아내도 아는 게 분명했지요. 내가 사태를 다

짐작했다는 것을. 나는 아내에게 말했소. 차를 세우라고. 아내는 뭣 때문에 그러느냐고 했지. 나는 물 좀 빼야겠다고 했어요. 아내는 차를 세웠지. 아내가 우는 소리가 들리더이다. 내가 내리자 아내가 말했어. "당신은 내게 참 잘해줬어요, 조지. 하지만 더 이상 어떻게 해야 할지 몰랐어요. 당신은 직업도 있잖아요. 그러니 어디든 갈 데는 있을 거예요."

나는 차에서 내리고 나서 정말로 일을 보았소. 하지만 내가 거기 서 있는 동안 시동을 걸더니 아내는 떠나버리더군. 그래서 나는 그 자리에 그냥 서 있었던 거라오, 여기 댁이 올 때까지……. 성함이 뭐였더라?'

'조지 화이트로입니다' 나는 슈미트 씨에게 말해주었지. '세상에, 그거 거의 살인이나 다름없잖습니까. 눈먼 노인을 오도 가도 못하게 사막 한가운데 버려두고 가다니. 엘파소에 도착하면 경찰서로 가요.'

하지만 슈미트 씨는 이렇게 대답했어. '무슨 소리, 안 돼요. 아이보리는 경찰하고 얽히지 않아도 문제가 많은 여자요. 이제 똥 위에 올라앉았으니 자기가 알아서 뒤를 닦으라고 해요. 아이보리야말로 오도 가도 못하는 신세가 되었으니. 그 말고도 난 아내를 사랑하오. 여자가 그런 짓을 해도 남자는 여전히 여자를 사랑하는 법 아니겠소.'"

조지는 보드카를 다시 따랐다. 그녀는 난로에 작은 장작 하나를 던져 넣었다. 그녀의 뺨을 갑작스레 물들인 홍조는 새로 붙은 불길과 거의 맞먹을 정도로 환하고 격렬했다.

"그런 여자들은," 그녀는 약간 공격적이고 도전적인 어조로 말했다. "그냥 미친 사람인 거예요······. 당신은 내가 그런 짓을 할 거라고 생각해요?"

그의 눈에 떠오른 표정, 실체 있는 침묵에 그녀는 충격을 받아 질문에 대한 대답을 회피하며 고개를 돌려버렸다. "그럼, 그 사람은 어떻게 되었어요?"

"슈미트 씨?"

"슈미트 씨요."

남편은 어깨를 으쓱했다. "마지막으로 그 사람을 보았을 땐 엘 파소 외곽의 트럭 휴게소 식당에서 우유 한 잔을 마시고 있었어. 난 운이 좋았지. 거기서 뉴어크까지 곧장 가는 트럭을 만났거든. 그 후에는 그 일에 대해 잊고 있었어. 하지만 지난 몇 달, 나 또한 아이보리 헌터와 조지 슈미트의 일이 궁금해졌지. 아주 오래전 일이야. 나도 이젠 슬슬 늙었다는 기분이 들기 시작하니까."

그녀는 남편 옆에 다시 무릎을 꿇었다. 그녀는 남편의 손을 잡고 자신의 손과 깍지를 꼈다. "쉰두 살인데도요? 늙었다는 기분이 들어요?"

남편은 약간 움츠렸다. 입을 열었을 때는 자기 자신에 대해서 말하는 남자 특유의 두서 없는 웅얼거림이 이어졌다. "난 항상 대단히 자신감을 갖고 살아왔어. 그저 길을 걸을 때도 그런 활력을 느꼈지. 사람들이 나를 바라보는 걸 느낄 수 있었어. 거리에서, 식당에서, 파티에서. 나를 부러워하고 저 사람은 누구일까 궁금해하고. 파티장에 들어갈 때면, 내가 원하기만 하면 방 안에 있는 여자 반은 취할 수 있을 거라는 느낌이 왔지. 하지만 이제 그런 일들은 다 끝났어. 조지 화이트로는 이제 투명인간이 된 것 같아. 아무도 돌아보지 않아. 지난주에 미미 스튜어트에게 두 번이나 전화를 했는데, 한 번도 답을 하지 않더군. 당신에게 말은 안 했지만 어제는 버디 윌슨의 집에 들렀었지. 그 친구가 작은 칵테일파티를 열었거든. 거기에는 상당히 매력적인 여자가 스무 명이나 있었는데, 모두들 나는 거들떠보지도 않았어. 아마 나를 너무 많이 웃는 지친 노인네로 생각했을 거야."

"하지만 난 당신이 아직도 크리스틴을 만나는 줄 알았는데."

"비밀 하나 얘기해줄까. 크리스틴은 필라델피아에서 온 러더포드와 약혼했어. 지난 11월 이후로 크리스틴은 만난 적도 없어. 그 친구 괜찮은 청년이지. 크리스틴은 이제 행복하고, 그 애가 행복하다면 나도 좋아."

"크리스틴이 약혼을? 러더포드 형제 중 누구와요? 케니언, 아니면 폴?"

"형 쪽."

"그럼 케니언이겠네요. 당신은 알면서도 내게 말을 하지 않았어요?"

"내가 당신에게 하지 않은 말은 너무도 많아."

하지만 그건 전적으로 사실은 아니었다. 같이 자지 않기로 하면서부터 두 사람은 서로의 외도에 대해서 터놓고 이야기했다. 실로 협동을 했다고 해도 과언이 아니었다. 앨리스 켄트: 다섯 달. 여자가 조지에게 이혼하고 자기와 결혼해달라고 해서 끝. 시스터 존스: 1년 정도 사귀다가 그쪽 남편에게 걸려서 종결. 팻 심슨: 《보그》 모델을 하다가 할리우드로 감. 돌아오겠다고 약속했으나 감감무소식. 아델 오하라: 예쁘지만 알코올 중독에 말릴 수 없을 정도로 난동을 피우는 여자. 결국 조지 쪽에서 참. 메리 켐벨, 메리 체스터, 제인 비어 존스. 그 외 다른 여자들. 그리고 이제 크리스틴까지.

몇몇은 조지가 직접 찾아낸 여자들이었다. 하지만 대다수는 그녀가 직접 나서서 맺어준 '로맨스'였다. 친구를 소개하기도 하고, 사적인 문제를 털어놓는 지인을 믿고서 그의 배설구로 제공했다. 하지만 물론 한계를 넘어서는 안 되었다.

"할 수 없죠." 그녀는 한숨지었다. "크리스틴을 탓할 순 없죠. 케니언 러더포드는 구미가 당기는 남편감이니까요." 하지만 그녀의 마음은 장작 사이로 떨리는 불꽃처럼 계속 줄달음치며 무언가를 찾고 있었다. 그 빈칸을 채울 이름을. 앨리스 콤: 지금은 괜찮을 거야. 하지만 너무 둔해. 샬럿 핀치: 너무 부자야. 조지는 여자든 남자든 자기보다 돈 많은 사람에게는 약했다. 엘리슨 부인은 어떨까? 빈틈 하나 없이 옷을 차려입는 해롤드 엘리슨 부인. 지금 아이티에서 급속 이혼을 준비 중이라는데…….

남편이 말했다. "얼굴 좀 그만 찡그려."

"찡그리는 게 아니에요."

"그러면 실리콘 주사를 더 맞아야 할 거고. 오렌트라이시 피부과에 지불할 돈만 많아져. 난 인간 주름을 보는 편이 차라리 좋겠어. 누구의 잘못이든 중요하지 않아. 우리 모두는 가끔 저 하늘 아래에서 서로를 버리는 거지. 그 이유를 전혀 모르는 채."

메아리가 동굴에 울려 퍼진다. 제이미 산체스와 카를로스, 안젤리타. 홀가와 프레디 페오와 아이보리 헌터와 슈미트 씨. 벤트센 박사와 조지, 조지와 그녀, 벤트센 박사와 메리 라인랜더…….

조지는 서로 깍지 낀 손가락에는 가볍게 힘을 주었고 다른 손으로는 아내의 턱을 들어올리고 눈을 마주보게 했다. 그는 그녀의 손을 입술로 가져가더니 손바닥에 입을 맞췄다.

"당신을 사랑해, 사라."

"나도 사랑해요." 하지만 남편 입술의 감촉, 그 안에 은근히 감추어진 위협에 사라는 몸이 팽팽히 긴장되었다. 계단 아래에서 쟁반에 은식기가 부딪히는 소리가 났다. 애나와 마거릿이 저녁 식사를 들고 올라오는 중이었다.

사라는 졸린 척하면서 반복했다. "나도 사랑해요." 그리고 짐짓 나른한 발걸음으로 창가로 다가가 창문 커튼을 걷었다. 커튼이 걷힌 창문 너머로 밤이 내린 강과 그 위에 불 밝힌 배들이 보였다. 미설이 내려 강가의 풍경은 마치 겨울 야경을 담은 일본 판화처럼 고즈넉했다.

"조지?" 저녁 식사가 놓인 쟁반을 전문가다운 손길로 흔들리지 않게 들고 들어오는 아일랜드 하녀들이 도착하기 직전, 사라는 급박하게 애원했다. "제발요, 여보. 누구든 생각해낼 수 있을 거예요."

어떤 크리스마스
(1982)

글로리아 던피에게 바친다

먼저 짤막하게 자전적 이야기로 시작해보려 한다. 내 어머니는 남달리 똑똑한 사람이었고, 앨라배마에서 가장 예쁜 여자이기도 했다. 사람들이 죄다 그렇게 말했고, 또 실제로도 그랬다. 어머니는 열여섯에 뉴올리언스 좋은 가문 출신의 스물여덟 살 난 사업가와 결혼했다. 그 결혼은 1년 정도 갔다. 어머니는 엄마와 아내 노릇을 하기에는 너무 어렸다. 또 야심이 너무 많기도 했다. 어머니는 대학을 나와서 취직하고 싶어 했다. 그래서 어머니는 남편을 떠나버렸다. 어머니는 나를 어떻게 처리할까 하다가 친정, 앨라배마의 대가족 친척들에게 보살펴달라고 맡겨버렸다.

    앨라배마에서 사는 몇 년 동안 나는 부모님 중 어느 쪽도 만난 적이 거의 없었다. 아버지는 뉴올리언스에 직장이 있었고, 어머니는 대학을 졸업한 뒤 뉴욕에서 성공가도를 달렸다. 나로서는 별로 싫은 상황은 아니었다. 나는 그 당시 살던 곳에서 행복했다. 자상한 친척들, 아주머니들, 삼촌들, 사촌들이 많았고, 그중에서도 사촌 한 명과 특히 각별했다. 나이 들어 백발이 성성하고 약간 다리를 절던 숙이라는 이름의 여자 사촌, 숙 포크 양. 다른 친구들도 많았지만, 숙은 나의 단짝이었다.

산타클로스 얘기를 해준 것도 숙이었다. 물결치듯 흐르는 턱수염, 빨간 옷, 방울이 딸랑딸랑 울리고 선물이 그득한 썰매. 그리고 나는 숙의 말이라면 뭐든 믿었다. 모든 것이 신의 뜻, 아니 주님의 뜻이라는 것을 믿듯이. 숙은 항상 예수님을 주님이라고 불렀다. 내가 발가락을 어디 찧거나, 말에서 떨어지거나, 시냇물에서 월척을 낚거나, 좋은 일이건 나쁜 일이건 모두 주님의 뜻이었다. 뉴올리언스에서 무시무시한 소식이 왔을 때도 숙은 그렇게 말했다. 내 아버지가 크리스마스를 나하고 함께 보내고 싶으니 나를 뉴올리언스로 보내달라는데도 말이다.

나는 엉엉 울었다. 정말 가고 싶지 않았다. 나는 숲과 농장과 강에 둘러싸인 이 외딴 앨라배마 시골마을 밖에는 발도 디딘 적이 없었다. 밤에 숙이 머리를 손가락으로 쓸어주며 잘 자라고 입 맞춰주지 않으면 잠을 자지 못하는 어린애였다. 게다가 낯을 심하게 가렸는데, 아버지는 내게는 낯선 사람이었다. 아버지를 몇 번인가 보기는 했지만 기억은 어렴풋할 뿐이었다. 아버지가 어떤 사람인지 전혀 알지도 못했다. 하지만 숙은 나를 달랬다. "주님의 뜻이란다. 그리고 누가 아니, 버디. 눈을 볼 수 있을지도 모르잖아."

눈이라니! 내가 글자를 깨우칠 때까지는 숙이 이런저런 이야기를 많이 읽어주었는데, 눈은 거의 모든 이야기에 빠지지 않고 나오는 것 같았다. 반짝반짝 나풀나풀 흩날리는 동화 속의 눈송이. 눈은 내가 언제나 꿈꾸던 것이었다. 마술처럼 신비해서 항상 보고 느끼고 만져보고 싶던 눈. 물론 나는 눈을 한 번도 본 적이 없었고, 숙도 마찬가지였다. 앨라배마처럼 더운 곳에 살면서 어떻게 눈을 볼 수 있겠는가? 나중에 알고 보니, 뉴올리언스가 훨씬 더 더운 곳인데, 왜 숙은 뉴올리언스에 가면 눈을 볼 수 있을 거라 생각했는지는 모르겠다. 뭐 어찌 되었건 일단은 넘어가자. 숙은 내게 용기를 불어넣어 여행을 떠나게 하려고 했을 따름일 테니.

나는 새 옷을 얻었다. 옷깃에는 내 이름과 주소를 적은 카드를 핀으로 꽂았다. 길을 잃어버릴 경우를 대비한 것이었다. 알겠지만 나는 혼자 여행을 해야 했으니까. 그것도 버스로. 그래도 이름표를 달고 있으면 안전할 것이라고 모두들 생각했다, 나 말고 다른 사람들은. 나로 말하자면 무서워서 죽을 것만 같았다. 화도 났다. 아버지한테 부아가 치밀었다. 이 낯선 사람. 크리스마스 때 집에서 나오라 해서 숙과 내 사이를 떼놓은 사람.

640킬로미터, 대충 그 정도 되는 여행길이었다. 처음으로 정차한 곳은 모빌이었다. 거기서 버스를 갈아타고는 늪지대를 지나고 바닷가를 따라 한도 끝도 없이 가서야 마침내 전차가 딸랑딸랑 소리를 울리며 지나가고 이국적으로 생긴 위험한 사람들이 그득그득 붐비는 시끄러운 도시에 도착할 수 있었다.

그곳이 뉴올리언스였다.

버스에서 내려 발을 딛자마자 갑자기 한 남자가 나를 두 팔로 번쩍 들어올리더니 숨이 막힐 정도로 꼭 안아주었다. 우는 건지 웃는 건지. 키가 크고 잘생긴 남자가 웃다가 울다가. 남자는 내게 물었다. "나 모르겠어? 아빠 못 알아보겠어?"

나는 할 말을 잃었다. 나는 아무 말도 못 하다가 택시에 올라타고 한참 가서야 비로소 입을 열었다. "어디 있어요?"

"우리 집? 여기서 별로 멀지······."

"집 말고요. 눈이요."

"무슨 눈?"

"여기는 눈이 많을 줄 알았는데."

아버지는 나를 이상하다는 듯 바라봤지만 곧 웃음을 띠었다. "뉴올리언스에 눈이 온 적은 한 번도 없어. 적어도 나는 그런 얘기 못 들어봤는데. 그렇지만 잘 들어봐. 저기 천둥소리 들리니? 확실히 비는 올 것 같다!"

그때 뭐가 제일 무서웠는지 잘 모르겠다. 천둥인지, 번쩍번쩍 지그재그를 그리며 천둥소리를 따라오는 번개인지, 아니면 이 아버지라는 사람인지. 그날 밤, 잠자리에 들 때도 여전히 비가 내렸다. 기도를 올릴 때 나는 집에 빨리 돌아가서 숙과 함께 있게 해달라고 빌었다. 잘 자라고 입 맞춰주는 숙도 없는데 어떻게 잠을 자야 할지 눈앞이 캄캄했다. 그래서 실제로 한숨도 잘 수가 없었다. 그래서 나는 산타클로스 할아버지가 선물로 뭘 가져다줄지를 생각했다. 진주 손잡이가 달린 칼을 주면 좋겠는데. 그리고 커다란 조각 맞추기 퍼즐도. 올가미와 어울리는 카우보이 모자도. 그리고 참새를 쏘아 맞출 수 있는 BB탄 총도. (몇 년 후 BB탄 총을 가지게 되었을 때 나는 그걸로 지빠귀새와 메추라기를 쏴서 잡았는데, 그때 느낀 후회와 슬픔을 지금도 잊지 못한다. 그 후에는 결코 어떤 동물도 죽이지 않았고, 잡은 물고기는 다 도로 놓아주었다.) 그리고 크레용을 갖고 싶었다. 무엇보다도 가장 갖고 싶은 건 라디오였지만 그건 언감생심이었다. 내가 아는 사람 중에 라디오를 가진 사람은 열 명도 안 되었다. 생각해보라, 그때는 대공황 시절이었고, 남부 지방에서 라디오와 냉장고를 갖춘 가정은 아주 드물었다.

아버지는 둘 다 갖고 있었다. 아버지는 뭐든 갖고 있는 것 같았다. 뒷좌석이 딸린 지붕 없는 자동차부터 시작해서 프랑스식 주택가에 자리 잡은 고풍스럽고 예쁜 분홍색의 작은 집까지. 철제 난간이 달린 발코니가 있고, 으슥한 뒤쪽 테라스에는 알록달록한 꽃들이 활짝 피어 있으며 인어 모양의 분수에서 시원하게 물이 솟아 나오는 그런 집이었다. 아버지에게는 또한 예닐곱 정도 되는 되는, 보기에는 한 열두 명 정도 되는, 여자 친구들이 있었다. 그때는 어머니처럼 아버지도 아직 재혼하지 않았을 때였다. 하지만 부모님 두 분 모두 끈질기게 구애하는 사람들이 많아서 나중에는 본인들이 원하건 원치 않건 웨딩 카펫 위를 걷게 되었다. 실은 아버지로 말하자면 여섯 번이나 그 길을 걸었다.

그러니 아버지에게 매력이 있었다는 건 두말하면 잔소리였다. 실로 아버지의 매력은 대부분의 사람에게 통하는 듯했다. 나 말고 모든 사람에게. 내가 아버지를 좋아하지 않았던 건 아버지가 언제나 나를 여기저기 데리고 다니며 친구들에게 선을 보이는 바람에 좀 창피했기 때문이었다. 아버지는 은행 담당자부터 매일 면도를 해주는 이발사까지, 만나는 사람마다 나를 소개했다. 물론 아버지의 여자 친구들도 다 만났다. 가장 최악은 아버지가 항상 나를 껴안고 입맞추면서 나에 대해서 허풍을 떨어댄 것이었다. 나는 정말로 부끄러웠다. 무엇보다도 내게는 자랑할 만한 점이 하나도 없었다. 나는 진짜 촌 소년이었다. 예수님을 믿었고 독실하게 기도를 했다. 나는 산타클로스를 실제로 믿었다. 그리고 앨러배마에 있는 집에서는 교회 갈 때 말고는 겨울이나 여름이나 신발을 신은 적이 없었다.

그러니 지옥의 불길처럼 뜨겁고, 납덩이처럼 무거운 신발 끈을 꼭 죄어 신고서는 뉴올리언스의 거리를 여기저기 끌려다니는 일은 내게는 순전히 고문이나 다름없었다. 뭐가 더 나빴는지 지금도 정할 수가 없다. 신발인지 음식인지. 나는 집에서 먹던 통닭이나 콜라드, 버터 바른 콩과 옥수수빵을 비롯해서 마음이 편안해지는 소박한 음식들에 익숙해져 있었다. 그렇지만 여기 뉴올리언스의 식당들이란! 처음 굴을 먹었을 때의 기분은 영원히 잊지 못하리라. 굴이 목구멍 속으로 미끄러져 갈 때는 정말 악몽 같았다. 그 후로 다시 굴을 삼킬 수 있게 된 건 수십 년이 지나서였다. 그리고 크리올* 스타일 요리는 생각만 해도 속이 쓰릴 정도로 맵디 매웠다. 오븐에서 갓 구운 비스킷과 소에서 막 짜낸 신선한 우유, 양동이에서 바로 꺼낸 당밀 같은 음식이 그리웠다.

가여운 아버지는 내가 얼마나 비참한지 꿈에도 몰랐다. 아버지가 절대 눈치채지 못하도록 내가 아무 말 하지 않은 탓도 있었지만, 아버지는 어머니의 반대도 무릅쓰고 이 크리스마스 명절을 나와 함께 보낼 수 있도록 무던히 애써 법적 권리를 따냈기

---

*미국 남부의 프랑스나 스페인계 이민자와 흑인 사이에서 태어난 혼혈인이나 그들의 문화를 뜻한다.

때문이었다.

아버지는 문득 말하곤 했다. "솔직히 말해보렴. 여기 뉴올리언스에 와서 아빠랑 같이 살고 싶지 않니?"

"그렇게는 할 수 없어요."

"할 수 없다는 게 무슨 말이야?"

"숙이 보고 싶어요. 퀴니도 보고 싶고요. 퀴니는 우리 집에서 기르는 랫 테리어 강아지예요. 얼마나 웃기게 생겼다고요. 그렇지만 우리 둘 다 퀴니를 사랑해요."

아버지는 물었다. "아빠는 사랑하지 않니?"

나는 대답했다. "사랑해요."

하지만 난 솔직히 숙과 퀴니, 몇몇 사촌들과 내 침대 옆에 붙어 있는 예쁜 어머니 사진이 좋은 것 말고는 사랑이 무엇을 뜻하는 말인지 별로 알지도 못했다.

하지만 나는 곧 사랑의 의미를 알게 되었다. 크리스마스 전날, 아버지와 나는 카날 가를 따라 걸었다. 바로 그때 나는 커다란 장난감 가게의 진열장에 놓인 마술과도 같은 물건에 홀려 우뚝 멈춰서고 말았다. 바로 장난감 비행기였다. 그 안에 앉을 수 있을 만큼 크고 자전거처럼 페달이 달려 있었다. 녹색 몸체에 빨간색 프로펠러. 페달을 빨리 밟으면 비행기는 붕 떠서 날 수도 있을 것만 같았다! 하늘을 날다니 얼마나 근사할까! 내가 비행기를 타고 구름 속을 날아가는 동안 사촌들은 땅 위에 서서 그 모습을 바라보는 광경이 눈앞에 그려졌다. 이렇게 근사한 초록색 비행기를 처음 보면 다들 엄청 샘을 내겠지. 나는 연거푸 웃음을 터뜨렸다. 내 웃음에 아버지는 처음으로 자신감을 얻었다. 내가

어떤 크리스마스 **427**

무슨 생각에 이렇게 재미있어 하는지는 전혀 몰랐지만.

그날 밤 나는 산타클로스 할아버지에게 그 비행기를 선물로 주세요, 하고 기도했다.

아버지는 벌써 크리스마스 트리를 사다 놓았고, 우리는 싸구려 잡화점에서 오랜 시간을 들여 트리 장식품을 골랐다. 그러다 나는 실수를 하고 말았다. 엄마의 사진을 트리 밑에 놓은 것이었다. 아버지는 그 사진을 보자마자 얼굴이 하얘져서 바들바들 떨기 시작했다. 나는 어찌할 바를 몰랐다. 하지만 아버지는 알고 있었다. 아버지는 찬장으로 가서 커다란 유리잔과 병 하나를 꺼내왔다. 앨라배마에 있는 삼촌들이 모두 즐겨하는지라 나는 병 모양을 보고 금방 알 수 있었다. 바로 밀주된 술이었다. 아버지는 큰 잔에 술을 하나 가득 채우더니 한숨에 꿀꺽 다 마셔버렸다. 그 후로는 사진은 마치 어디론가 사라진 것이나 다름없었다.

그래서 나는 크리스마스 이브와 언제나 신나는 일, 뚱뚱한 산타 할아버지가 오시기를 손꼽아 기다렸다. 물론 뚱뚱한 몸에 딸랑딸랑하는 방울을 단 배불뚝이 거인이 굴뚝을 타고 내 크리스마스 트리 아래 가지고 온 선물을 명랑하게 놓아두는 모습을 직접 본 적은 없었다. 사촌 빌리 밥, 성격은 못되어 먹은 데다가 철로 된 주먹처럼 단단한 머리를 가진 그 녀석은 산타클로스라는 게 다 지어낸 얘기일 뿐이고 그런 건 없다고 말했다.

"야, 정말 어이없다!" 빌리 밥은 황당해했다. "산타클로스가 있다고 믿는 사람은 팥을 콩이라 해도 믿을걸." 우리는 작은 법원 앞 광장에서 이렇게 말다툼을 했다. "산타는 있어. 산타는 주님의 뜻이고 주님의 뜻은 뭐가 되었든 진실이니까." 그러자 빌리 밥은 바닥에 침을 뱉더니 걸어가 버렸다. "전도사 한 명 나셨네."

나는 크리스마스 이브에는 결코 잠들지 않겠다고 언제나 다짐하고는 했다. 지붕 위에서 순록들이 폴짝폴짝 춤추는 소리가 들리면 바로 뛰어올라 가 굴뚝 발치에서 산타클로스와 악수를 나누고 싶었다. 그리고 특히 이 해 크리스마스 이브에는 잠자지 않고 깨어 있는 것은 식은 죽 먹기였다.

아버지의 집은 3층이고 방이 일곱 개나 되었다. 그중에서도 특히 뒤쪽 테라스 정원으로 이어지는 방 세 개가 큰 편이었다. 응접실, 식당, 춤추고 노래하거나 카드놀이를 좋아하는 사람들이 쓸 수 있는 '음악실'이 이 큰 방에 해당했다. 2층과 3층 가장자리에는 레이스 형태의 발코니가 있었다. 복잡하게 꼬인 진녹색 철제 난간 장식에는 부겐빌리아와 붉은 혓바닥을 날름거리는 도마뱀을 닮은 진황색 거미 난초 덩굴이 얼기설기 얽혀 있었다. 아버지의 집은 래커 칠을 한 마룻바닥 위에 고리버들로 만든 가구 몇 점, 저기에 벨벳을 씌운 가구 몇 점 정도 놓아두면 가장 돋보일 그런 집이었다. 언뜻 보면 그냥 부잣집으로 치부해버리기 쉬웠다. 하지만 잘 보면 고상한 취향에 대한 욕심이 있는 사람이 사는 집이었다. 가난한 (그렇지만 행복한) 앨라배마 출신 맨발 소년에게는 아버지가 무슨 수단으로 그런 욕심을 다 채우고 사는지 자체가 참 수수께끼였다.

하지만 내 어머니에게는 전혀 수수께끼가 아니었다. 어머니는 그 당시 대학을 졸업하고는 동백꽃 같은 매력을 한껏 발휘하여 뉴욕에서 서튼플레이스의 아파트와 담비털 코트를 사줄 만한 재력이 있는 약혼자감을 열심히 물색 중이었다. 그러니 아버지의 돈줄에 대해서는 어머니도 잘 알고 있었다. 그러나 어머니는 몇 년이 지나 담비털 코트에 진주 목걸이까지 얻은 후에야 이 문제에 대해서 말을 꺼냈다.

어머니가 아주 속물스러운 뉴잉글랜드 기숙학교로 나를 만나러 왔던 때였다. (내 등록금은 어머니의 너그러운 부자 약혼자가 대고 있었다.) 내가 뭔가 어머니의 심기를 거스르는 말을 던지자 어머니는 버럭 화를 내며 소리쳤다. "그래, 너는 네 아버지가 어떻게 그렇게 잘사는지 모르니? 전세 요트에 그리스 섬 크루즈 여행에? 네 아버지는 다 마누라 덕을 보는 거 아냐! 그 여자들 줄줄이 세워놓고 따져봐라. 죄다 돈 많은 과부 아니었니. 네 아버지 마누라들이 얼마나 부자인데. 게다가 모두 네 아버지보다 나이도 훨씬 많아. 제정신이 박힌 젊은 남자라면 그런 늙은 여자들이랑 결혼할 생각을 하겠니? 그래서 네가 네 아버지한테는 유일한 자식인 거야. 그래서 내가 다른 아이를 갖지 않게 된 거고. 난 애를 낳기엔 너무 어렸다고. 하지만 그 남자는 짐승이었어. 내 인생을 망가뜨렸어. 나를 망쳤어."

"나는 그냥 지골로*일 뿐, 내가 어디를 가든 사람들은 발걸음을 멈추고 나를 바라보네……. 달, 마이애미에 뜬 달, 그게 내 첫경험이에요. 그러니 부드럽게 대해줘요……. 이봐요 아저씨, 잔돈 있어요? 나는 그냥 지골로일 뿐, 내가 어디를 가든 사람들은 발걸음을 멈추고 나를 바라보네……."

*남창.

어머니가 말하는 동안 내내(나는 듣지 않으려고 했다. 나를 낳아서 어머니 인생이 망가졌다는 말이 내 인생을 망가뜨리고 있었다) 이 노래가 계속 내 머리에서 웅웅 울려댔다. 아니 그 비슷한 노래가. 이 노래를 떠올린 덕에 나는 어머니의 말을 듣지 않을 수 있었지만, 이 노랫소리는 오래전 그 크리스마스 이브에 열렸던 이상한 파티를 다시 기억 속에서 *끄*집어냈다.

뒤쪽 테라스에는 촛불이 가득했고, 테라스로 이어지는 방 세 개도 마찬가지였다. 대부분의 손님들은 벽난로의 이울어진 불빛에 비쳐 크리스마스 트리가 한층 더 빛을 발하는 응접실에 모여 있었다. 그리고 또 적잖은 수의 사람들이 음악실과 테라스에 모여 태엽형 빅터 축음기에서 나오는 음악에 맞춰 춤을 추고 있었다. 나는 손님들에게 선보이기 위해 이리저리 불려 다닌 후에 위층으로 올려 보내졌다. 하지만 침실의 여닫이 유리문 바깥의 테라스에 서면 파티에서 쌍쌍이 춤추는 모습을 내려다볼 수 있었다. 아버지가 우아한 여인과 인어 분수를 둘러싸고 있는 풀장 가장자리를 돌며 왈츠를 추는 모습도 보였다. 우아한 여인은 불빛에 은은하게 빛나는 올이 성긴 은색 드레스를 입고 있었다. 하지만 나이가 많은 여자였다. 그때 당시 서른다섯이었던 아버지보다 열 살은 많아 보였다.

나는 갑자기 아버지가 파티에서도 가장 나이가 어린 축에 속한다는 것을 깨달았다. 숙녀들은 모두 매력적이기는 했어도 저 흐르는 듯한 은빛 드레스를 입고 나긋나긋하게 왈츠를 추는 부인보다 어린 사람은 없었다. 남자들도 마찬가지여서, 달콤한 향이 피어 오르는 아바나산 시가를 피우는 남자들 중 적어도 반 이상은 내 아버지의 아버지 뻘이라고 해도 될 만큼 나이가 많았다.

그때 나는 무언가를 보고 눈을 끔뻑거렸다. 아버지와 날렵한 파트너가 진홍색 거미 난초가 드리워진 어둑한 틈새로 춤추며 들어가는 것이었다. 그러더니 그 으슥한 그늘 속에서 두 사람은 서로를 안고 키스를 나누었다. 나는 깜짝 놀랐고, 속이 메슥거렸다. 나는 방으로 뛰어들어 가 침대에 펄쩍 올라가서는 이불을 머리 위까지 뒤집어썼다. 잘생기고 젊은 우리 아버지가 저런 아줌마를 좋아하다니! 그리고 왜 저기 아래층에 있는 사람들은 집에 안 가는 걸까? 사람들이 있으면 산타클로스가 올 수 없잖아? 나는 몇 시간 동안이나 눈을 말똥말똥 뜬 채로 누워서 사람들이 이제나저제나 떠날까 싶어 귀를 기울였다. 마침내 아버지가 마지막으로 손님들을 배웅하고서 계단을 올라와서는 내가 잘 자나 확인하기 위해서 내 방문을 빠끔히 여는 소리를 들었지만 나는 그냥 계속 자는 척했다.

하지만 몇 가지 일이 생겨서 그 밤 내내 나는 한숨도 자지 못했다. 먼저, 발소리. 아버지가 숨을 헐떡이며 계단 위를 오르내리는 소리가 너무 시끄러웠다. 나는 아버지가 무슨 일을 하고 있는지 봐야만 했다. 그래서 나는 발코니의 부겐빌리아 사이에 숨었다. 그 자리에서는 응접실과 크리스마스 트리, 아직도 불이 희미하게 타오르고 있는 벽난로가 훤히 내려다보였다. 더욱이 아버지의 모습도 보였다. 아버지는 트리 밑을 꾸물꾸물 기어 다니면서 포장된 선물을 피라미드 모양으로 쌓고 있었다. 자주색 종이, 빨강과 금색, 하얀색과 파란색 포장지로 싼 선물 상자들은 아버지가 여기저기 옮길 때마다 바스락거리는 소리가 났다. 머리가 어지러웠다. 지금 눈앞의 광경으로 인해 나는 이제 모든 사실을 깨닫지 않을 수가 없었다. 이것들이 내 선물이라면, 주님이 주문해서 산타클로스가 배달해온 게 아님은 분명했다. 아니, 그 선물들은 아버지가 사서 포장한 것들이었다. 그렇다면 못된 사촌 빌리 밥과 그만큼 못된 다른 애들이 나를 놀려대면서 산타클로스는 없다고 말한 게 거짓말이 아니었다는 뜻이었다.

무엇보다도 최악은 이런 생각이었다. 숙은 진실을 알면서 내게 거짓말을 했다는 말일까? 아니 숙은 결코 내게 거짓말을 하지 않았다. 숙도 그렇게 믿고 있었던 것이다. 그냥 그런 것이다. 뭐, 숙은 60대이긴 했지만, 어느 면에서는 나와 별다르지 않은 어린애였으니까.

나는 아버지가 잡다한 일을 끝낸 후 여전히 켜 있던 촛불 몇 개를 불어 끌 때까지 그 자리를 뜨지 않고 계속 구경했다. 그다음에는 아버지가 침대에 들어 깊이 잠든 게 확실해질 때까지 기다렸다. 그런 후 아랫층으로 몰래 기어 내려가 아직도 치자꽃 향기와 아바나 시가 냄새가 짙게 배어 있는 응접실 안으로 들어갔다.

나는 거기 앉아 잠깐 생각했다. 이제 숙에게 진실을 말해주어야 하는 책임은 내게로 떨어졌다. 분노가, 기묘한 악의가 내 안에서 구불구불 피어올랐다. 아버지를 향한 분노는 아니었지만, 그 분노의 희생자는 아버지가 될 것이었다.

새벽이 다가올 때 나는 각각 선물 꾸러미에 달린 이름표를 찬찬히 살펴보았다. 모두 다 '버디에게'라고 쓰여 있었다. 딱 하나만 '에반젤린에게'라고 쓰여 있었다. 에반젤린은 나이 지긋한 흑인 가정부로, 코카콜라를 입에 달고 사는, 135킬로가 넘을 듯한 육중한 몸매의 아줌마였다. 에반젤린은 아버지를 어머니처럼 보살피기도 했다. 나는 선물들을 뜯어보기로 했다. 크리스마스 날 아침이고, 나도 깨어 있는데 안 될 이유가 뭐 있나? 그 선물 안에 뭐가 들어 있었는지는 굳이 여기서 설명하지 않겠다. 셔츠나 스웨터, 그와 비슷한 따분한 물건들이었다. 그나마 내 마음에 든 선물은 오직 근사한 장난감 권총뿐이었다. 나는 총을 쏴서 아버지를 깨우면 참 재미있을 거라 생각했다. 그리고 그 생각대로 했다. 빵. 빵. 빵.

아버지는 무서운 눈으로 방에서 번쩍 뛰쳐나왔다.

빵. 빵. 빵.

"버디, 너 지금 무슨 짓을 하고 있는지 알기나 하니?"

빵. 빵. 빵.

"그만둬!"

나는 깔깔 웃었다. "이거 보세요, 아빠. 산타클로스 할아버지가 제게 이런 근사한 선물들을 주셨어요."

이제 침착을 되찾은 아버지는 응접실로 들어와서 나를 안아주었다. "산타클로스가 가지고 온 선물이 마음에 드니?"

나는 아버지를 보고 미소 지었다. 아버지는 나를 보고 미소 지었다. 하지만 이 순간 맴돌고 있던 다정한 분위기는 내가 다음 말을 하자 산산조각이 났다. "네. 하지만 아빠는 뭘 주실 거예요?" 아버지의 미소는 공기 중으로 사라졌다. 아버지는 수상쩍다는 듯 눈을 가늘게 떴다. 아버지는 내가 무슨 속임수를 부리는 게 아닐까 의심하는 듯했다. 하지만 아버지는 곧 그런 생각을 한 게 부끄러웠는지 얼굴을 붉혔다. 아버지는 내 머리를 토닥여준 후 헛기침을 했다. "글쎄, 나는 기다렸다가 너한테 직접 갖고 싶은 걸 고르게 하려고 했지. 뭐 특별히 갖고 싶은 게 있어?"

나는 아버지에게 요전 날 카날 가의 장난감 가게에서 본 모형 비행기가 갖고 싶다고 했다. 아버지의 얼굴이 축 처졌다. 아, 그래, 아버지는 그 비행기를 기억하고 있었고, 얼마나 비싼지도 잘 알았다. 그렇지만 바로 다음 날 나는 아버지가 물건을 팔아 행복해하는 판매원에게 수표를 써주는 동안 그 비행기에 앉아서 하늘까지 날아오르는 꿈을 꿀 수 있었다. 이 비행기를 앨라배마까지 어떻게 가지고 갈 것인지에 대해서 약간 옥신각신했지만, 나는 고집을 꺾지 않았다. 나는 그날 오후 2시에 탈 버스에 실을 수 있다고 우겼다. 판매원이 버스 회사에 전화를 걸어주었고 버스 회사 쪽에서 그 문제는 쉽게 처리할 수 있다고 말해서 해결을 보았다.

하지만 나는 뉴올리언스에서 아직 벗어난 게 아니었다. 커다란 은제 술병에 가득 담긴 밀주가 사단이 되었다. 내가 떠난다는 사실에 마음이 아파서 그랬는지 모르지만 아버지는 온종일 술을 찔끔찔끔 들이켰으며, 심지어 버스 터미널로 가는 도중에 무섭게 내 손목을 잡아채더니 쉰 목소리로 속삭였다. "너를 안 보내줄 거다. 너를 그 미친 집구석의 미친 식구들에게 돌아가게 내버려둘 순 없어. 그 노인네들이 너한테 뭔 짓을 했는지 봐라. 여섯 살이나 된 애를, 이제 일곱 살이 다 됐는데 아직도 산타클로스 타령이나 하게 하고! 노인네들 잘못이지. 성경을 읽으면서 뜨개질이나 하는 성질 못된 노처녀들하고 술주정뱅이 삼촌들 잘못이야. 내 말 잘 들어라, 버디. 하느님이란 없어! 산타클로스란 없다고!" 아버지가 손목을 어찌나 세게 비틀었는지 손목이 시큰거렸다. "가끔, 제기랄, 네 엄마랑 나, 일찌감치 우리 둘 다 콱 자살해버리는 게 낫겠다는 생각이 들어. 일을 이 꼴로 만들다니……." (역설적이게도 자살한 쪽은 아버지가 아니라 어머니였다. 어머니는 30년 전에 세코날을 가득 먹고 황천길로 가버렸다.) "뽀뽀해주렴, 아빠한테. 뽀뽀해줘. 아빠, 사랑한다고 말해보렴." 하지만 나는 아무 말도 할 수 없었다. 버스를 놓칠까 겁이 났다. 그리고 택시 지붕 위에 줄로 묶어놓은 비행기도 걱정이 되었다. "말해줘. '사랑해요, 아빠'라고. 말해. 제발 말해라, 버디. 말해봐."

우리가 탄 택시 기사가 마음 좋은 사람이었던 게 나한테는 참 다행이었다. 기사의 도움이 없었더라면, 그리고 일 잘하는 수화물 운반인들과 친절한 경찰관이 도와주지 않았더라면 우리가 역에 도착했을 때 무슨 일이 일어났을지 모르겠다. 아버지는 다리에 힘이 쫙 풀려서 제대로 걸을 수도 없었지만 경찰관은 아버지에게 말을 걸어 진정시키고 똑바로 일어서도록 도와주었고 택시 기사는 집까지 안전하게 태워다주겠다고 약속했다. 하지만 아버지는 수화물 운반인들이 나를 버스에 태우는 모습을 볼 때까지는 그 자리를 뜨려고 하지 않았다.

일단 버스에 올라타자 나는 좌석에 웅숭그리고 앉아 눈을 감았다. 정말로 이상하게 몸이 아팠다. 온몸이 어디에 나가떨어진 것처럼 쿡쿡 쑤셨다. 나는 십자가에 매달린 것만큼이나 고통을 주는 괴물, 무거운 도시 신발을 벗어버리면 마음의 아픔이 사라질지도 모른다고 생각했다. 그래서 신발을 벗었지만 수수께끼 같은 고통은 나를 떠나지 않았다. 어떤 의미에서 그 고통은 아직도 떠나지 않았다. 아마 앞으로도 떠나지 않으리라.

열두 시간 후, 나는 앨라배마 집의 침대에 누워 있었다. 방은 어두웠다. 숙이 내 옆을 지키고 있었다. 안락의자를 까닥거리는 소리가 파도 소리처럼 편안했다. 나는 숙에게 뉴올리언스에서 생긴 일들을 죄다 털어놓았고, 밤새 짖은 개처럼 목에서 쇳소리가 나고 나서야 말을 멈추었다. 숙은 손가락으로 내 머리를 빗겨주며 말했다. "물론 산타클로스는 있단다. 다만 산타클로스가 해야 하는 일들을 한 사람이 혼자서는 할 수 없었던 거야. 그래서 주님께서는 그 일을 우리 모두에게 나눠주셨지. 그래서 모든 사람이 산타클로스가 되는 거란다. 나도 산타클로스야. 너도 그렇지. 네 사촌 빌리 밥도 산타클로스야. 이제 잠을 자렴. 내가 숫자를 셀게. 세상에서 가장 조용한 걸 떠올려보렴. 눈처럼. 눈을 못 봤다니 참 아쉽구나. 하지만 이제 눈송이가 별들 사이로 내릴 거야……" 별들이 반짝거리고 눈송이가 내 머릿속에서 빙글빙글 휘날렸다. 마지막으로 남은 기억은 내게 해야 할 일이 있다고 말씀하시는 주님의 평온한 목소리였다. 그래서 나는 그 다음 날 그 일을 행하였다. 난 숙과 함께 우체국에 가서 1페니를 주고 우편엽서를 샀다. 그 우편엽서는 아직까지도 남아 있다. 아버지께서 작년에 돌아가신 뒤 아버지 금고 상자 속에서 그 우편엽서가 발견되었다. 내가 아버지에게 보낸 엽서에는 이렇게 써 있다. "안녕하세요 아빠 잘 지내세요 나도 잘 지내요 나는 이제 비앵기 패달을 아주 빨리 밥는 법을 배우고 잇어요 금방 하늘로 날아갈 거니까 눈을 크게 뜨고 잘 보세요 그리고 네 사랑해요 아빠 버디 올림"

요트 여행
(2012)

언젠가 어떤 이탈리아인 친구가 크고 무척 우아한 요트를 전세 냈으니 자기 가족과 함께 3주간 그리스 섬들과 터키 남부 해안, 아나톨리아를 도는 크루즈 여행을 하자고 초대해준 적이 있었다. 그 가족과 나 말고 올 손님으로는 저명하고 지적인 여성 한 사람뿐이었다. 여기서는 윌리엄스 부인이라고 부르겠다. 그 외에 애들라이 스티븐슨이 손님으로 올 예정이었지만, 애석하게도 그는 크루즈가 출발하기 일주일 전에 죽었다.

출발일에 윌리엄스 부인과 나는 요트 '위치크래프트'가 정박한 피레우스*에 도착했다. 요트는 가장자리에 금테를 두르고 마호가니 갑판이 번들거리는 하얀 배였다. 참으로 아름다웠다. 선장 외에 이탈리아인 요리사와 선원 열 명이 대기했다. 우리가 배

*그리스에서 가장 큰 무역항.

에 오르자 선원들이 자기들 짐을 들고 따라 탔고, 몸에 잘 맞는 하얀 제복을 입은 선장이 갑판에서 우리를 맞았다. 선장은 잘생긴 남자였지만, 바람에 찌든 얼굴은 엄숙했다. 우리에게 엄숙한 소식을 전해야 했으니까. 맙소사, 우리를 초대한 친구의 가족 중 한 명이 갑자기 세상을 뜨는 바람에 온 가족이 상을 치르는 중이란다. 우리를 초대한 친구는 미리 알리지 못해서 무척 안타깝다는 말을 전했다고 했다.

"어머나," 윌리엄스 부인이 한숨을 내쉬었다. "처음엔 애들라이가. 그 다음엔 이렇다니. 어쩌면 이 배를 '비위치트크래프트'로 다시 이름 붙여야 할지도 모르겠어요."*

내 기분도 푹 가라앉았다. 크루즈 여행이 당연히 취소되리라 짐작했기 때문이었다. 하지만 천만의 말씀! 선장은 계획대로 크루즈 여행을 계속하겠다는 명령을 내렸다.

"이게 바로," 윌리엄스 부인이 말했다. "소위 상류층의 기품이라는 거죠."

우리 이탈리아인 친구들이 오지 못한 것이 아쉽기도 했지만 그만큼 요트 전체를 우리 마음대로 쓸 수 있다고 생각하니 들뜨고 우쭐했다. 한 시간도 채 되지 않아 우리는 햇빛이 별처럼 반짝이는 에게 해를 갈랐다.

하늘이 깊어지기 시작하고, 레몬 껍질 조각처럼 얄따란 새 달이 떠올랐을 때 진청색 스페초풀라의 가파른 지형이 보였다. 그리스의 선박왕 스타브로스 니아르소스가 개인 소유한 섬으로,

---

*위치크래프트는 '마법'이라는 뜻이고, 비위치크래프트는 '마법에 걸림'이라는 뜻에서 한 말이다.

우리는 첫 밤을 그곳 해안에서 보내기로 예약되어 있었다. 활기 넘치고 민감한 니아르소스 부인, 에우게니에가 항구까지 우리를 맞으러 나왔고, 여러 소형 지프에 나눠 타고 우리는 저택으로 향했다. 바다와 저 멀리 외로이 뜬 하얀 섬들까지 한눈에 아우르는 벼랑 위에 지어진 집이었다.

이 섬은 원래 자연적으로는 식수가 나지 않고 황량해서, 물은 급수선으로 들여왔다. 그리하여 지금은 루소*가 그린 숲처럼 꽃이 만발하고 푸릇한 곳으로 변모했다. 가을에 열리는 사냥 파티를 위해 기르는 꿩 수천 마리가 나뭇잎 사이를 바스락거리며 날아다녔고, 수백 마리 사슴의 눈이 나무 사이에서 반짝였다. 나이팅게일이 노래했다.

하얀 장갑을 끼고 정장을 입은 고용인들의 시중을 받으며 우리는 촛불을 무수히 밝힌 테라스에서 식사했다. 아테네의 뿌연 열기로부터 아련히 들려오는 울음소리와 애리조나의 산봉우리와 비슷하게 생긴 그리스 섬들의 전원적인 어촌 풍경이 에게 해 속으로 떨어졌다. 약간 인공적이기도 하고, 심지어 불길하게 보이기도 했지만, 자연이 독특한 감수성으로 길들이고 새로 지은 예술 작품이었다.

"우린 아주 운이 좋네요." 니아르소스 부인이 한마디 했다. "보통 저녁때 야외에서 식사하기엔 바람이 너무 세거든요."

그 후, 우리는 별빛 아래를 거닐면서 이야기를 나누고 샴페인을 마셨다. 마침내 햇빛과 바닷물, 와인, 오늘 본 찬란한 풍광에

---

*프랑스의 화가 테오도르 루소를 뜻한다.

지친 내 눈이 감겨버렸다.

다음 날 아침 에우게니에는 부두에 서서 손수건과 미소로 우리를 배웅했다. 이때 본 에우게니에의 모습이 마지막일 줄 알았더라면 한층 더 서글픈 이별이 되었을 텐데. 고작 몇 년 후, 아직까지 정확히 알려지지 않은 정황에서 에우게니에는 스페초풀라에서 죽어 거기 묻혔다.

8월은 멜테미, 즉 저 먼 사막에서 실려온 모래가 가득한 요란한 바람이 부는 달이다. 바람이 어찌나 거칠게 포효하는지 이따금 우리는 안전한 동굴에 피신해야 했다. 하지만 대개 날은 고요했고 수정처럼 맑은 물, 스파게티와 갓 잡은 생선, 차갑게 식힌 와인, 꿈도 꾸지 않는 달콤한 오수吾睡와 같은 푸른 안개 속에서 흘러 지나갔다. 이따금 우리는 배를 세우고 먼 바다에서 헤엄쳤다. 가끔은 바닷조개의 속처럼 깨끗한 무인도 해안을 보면 스피드보트를 타고 그리로 가 소풍을 즐기기도 했다.

에게 해를 떠나 터키의 바다로 들어갈 때, 돌고래 한 마리가 우리를 따라오기 시작했다. 선원들은 돌고래를 예뻐했다. 우리 모두 마찬가지였다. 돌고래는 이틀 동안 우리 주변에 얼쩡거렸다. 참 다정하고 똑똑한 동물이었다. 물 위로 훌쩍 뛰기도 하고, 꼬리로 춤을 추기도 했다. 매끈하고 통통한 몸체는 훌라 댄서처럼 꿈틀거렸다. 가끔은 물속으로 뛰어들었다가 배의 반대편으로 획 튀어나오면서 우리를 '비웃기'도 했다. 돌고래가 몸을 돌려 자기 영역으로 도로 향했을 땐 우리 모두 꽤 섭섭해했다.

윌리엄스 부인과 나는 더할 나위 없이 잘 지냈고, 결과적으로 평생토록 막역한 친구가 되었다. 뜻이 맞지 않았던 적은 딱 한 번 뿐이었다. 윌리엄스 부인은 여행 준비로 책을 많이도 읽고 왔고, 8월의 터키 더위에도 아랑곳하지 않는 열혈 관광객이었다. 나는 관광을 싫어했다. 옛날 돌덩이야 그저 옛날 돌덩이일 뿐. 나는 아마, 아테네를 갔으면서도, 그것도 한 번이 아니고 여러 번 갔으면서도, 파르테논 신전 근처에는 가보지도 않은 몇 안 되는 사람 중 하나일 것이다. 그래서 내 동행이 무너져가는 모스크나 옛 무덤 일대를 탐험하겠다며 펄펄 끓는 터키 건물 속으로 들어가겠다고 했을 때, 나는 같이 가지 않겠다고 잘라 거절했다. 대신, 나는 수영하다가 일광욕했고, 좀 더 수영하거나 낚시를 했다. 책도 읽고, 명랑한 요리사가 만들어준 맛있는 트라이플*을 먹고, 밀린 일기를 적고, 수영을 좀 더 했다. 그래서 문화 탐사를 갔던 윌리엄스 부인이 땀에 흠뻑 젖고 더위 먹어 돌아왔을 때도 나는 산뜻하기 그지없었다.

어느 초저녁, 우리는 작은 만처럼 구불구불한 해안에서 멀지 않은 곳에 정박했다. 바닷가에는 흥미로운 전시회가 열리고 있었다. 아랍식 천막 여남은 개가 서 있었고, 음악이 울렸다. 피리와 북에 맞춰 노랫소리가 울리고 아이들과 어른들은 바닷가에서 춤을 추었다. 거대한 냄비에선 음식이 보글보글 끓고, 사방에서 낙타들이 어슬렁거렸다. 무슨 일인지 알아보러, 우리 선원 몇 명과 함께 윌리엄스 부인과 나는 보트를 저어 가보았다.

우리가 도착했을 때 터키인들은 반가이 맞아주었다. 그들 모

---

*와인에 적신 스펀지케이크에 크림과 설탕을 뿌린 과자.

두, 적어도 남자들은 빨간색이나 사프란색 터번을 쓰고 있었다. 그들은 우리에게 뜨거운 박하차와 해시시를 내주었다. 그들 중 누구도 영어나 그리스어, 이탈리아어를 말하진 못했지만, 우리는 이 행사가 아주 특별한 가족 잔치이고 이들 모두 친척 간임을 짐작할 수 있었다.

그중 가장 연로한 이, 백발 수염을 기르고 햇살에 주름진 문중 어른이 '위치크래프트'에 가보고 싶다는 뜻을 비쳤다. 그는 눈을 가리켰다가 다시 배를 가리켜 이 의도를 전했다. 그래서 우리는 그를 배에 태우고 갔다. 소동이 왁자지껄 일었다. 모두 배 구경을 하고 싶어 했기 때문이었다. 물론 그럴 수는 없는 일이었다. 하지만 해시시에 취한 선원들이 배를 저어 왔다 갔다 한 덕에 모두 스물다섯 명이나 태워줄 수 있었다. 그들은 동틀 녘까지 머무르며 해시시를 피우고, 축음기에서 돌아가는 미국 음악에 맞춰 이상한 춤을 추었다. 얼마나 대단한 밤이었는지!

처음에 선장은 노발대발했다. 그는 이 "더러운" 터키인들, 별난 외국인들이 배 위를 흥청망청 뛰어다니며 엉망으로 만든다며 싫어했다. 하지만 내가 그에게 위스키 몇 병을 먹이고 꼬여서 해시시를 피우게 한 후에는 아예 배를 통째로 내줄 기세였다.

나는 이전에는 해시시를 피워본 적이 없었다. 윌리엄스 부인도 마찬가지였다. 그 탓에서 우리 둘 다 완전히 나가떨어졌다. 마침내 우리는 갑판 위에 뻗었다. 주된 이유는 더는 서 있을 수 없었기 때문이었다. 하늘에서 빙빙 돌아가는 별을 보고 있노라니 별들이 우리 머릿속에서 빙빙 돌아가는 기분이었다.

"근사해라." 윌리엄스 부인이 킥킥거렸다. "모두 웃기게 보여. 신 난다. 춤춰요."

하지만 두 발로 설 수도 없는 주제라 춤은 꿈도 꿀 수 없었다.

그래서 우리는 거기 누운 채로 끌어안고 킥킥대고 웃어댔다. 마침내 윌리엄스 부인이 코를 골기 시작했고, 나도 곧 잠에 빠져들었다. 다음 날 아침 우리가 깨어났을 땐 터키 손님들은 떠난 지 오래였고, 배는 부드럽게 바다 위를 가르며 나아가고 있었다. 하지만 윌리엄스 부인과 나는 여전히 담요를 덮은 채 갑판에 누워 있었다.

"있잖아요." 부인은 하품했다. "이렇게 즐거운 시간은 처음이었던 것 같아요. 심지어 숙취도 느껴지지 않네. 애들라이가 이런 즐거움도 못 누리고 떠났다니 그게 참 아쉽기만 하네요."

"옛날 돌덩이 보겠다고 더위 속에서 넋 빠지도록 땀 흘리며 돌아다니는 것보다야 훨씬 낫죠."

"그 옛날 돌덩이가 없다면, 이 여행을 오지도 않았을걸요. 아마 엄청나게 죄책감을 느꼈을 거야."

"물론 우린 항상 정신 계발을 해야 하죠."

"당신은 너무 쾌락주의자야. 참을 수 없을 만큼."

이튿날, 우리 돌고래가 다시 나타났다. 돌고래는 함께 놀고 안내해주며 우리가 다시 에게 해로 돌아갈 때까지 친구가 되어주었다. 성실한 터키 돌고래는 거기서 우리를 보내고 뒤에 남았다. 나는 윌리엄스 부인에게 말했다. "저 고래도 쾌락주의자겠네요." 그러자 부인이 대답했다. "뭐라고 했어요?" 나는 대답했다. "아무 말도." 그러자 부인이 말했다. "아, 뭐라고 한 줄 알았어요." 내 대답은 이러했다. "아마도 바람 소리였겠죠."

해설

쓸 수 있는 대답

레이놀즈 프라이즈

미국은 독서가들의 나라라고 할 수도 없고 아무리 좋게 말한다고 해도 소설이 득세하는 나라라고 할 수도 없다. 20세기 들어서 소설가로는 단 두 명만이 미국의 평범한 대중에게 이름을 날렸다. 그들은 바로 어니스트 헤밍웨이와 트루먼 커포티다. 이 둘은 그들의 탁월한 작품과는 거의 상관없이 그보다 좀 더 미덥지 못한 방식으로 사람들 눈에 띄고 성공을 거두었다는 공통점이 있다. 키가 크고 건장한 몸집에 턱수염을 기르고 활짝 웃는 얼굴의 헤밍웨이는 《라이프》나 《룩》 《에스콰이어》 같은 잡지에서 낚싯

이 글을 쓴 레이놀즈 프라이스는 1933년 노스캐롤라이나 주의 메이컨에서 태어났다. 듀크 대학에서 학업을 마친 후 로드 장학생으로 머튼 대학과 옥스퍼드 대학에서 수학했다. 1958년부터 듀크 대학에서 가르쳤고 현재는 영문학과 교수이다. 1962년 첫 소설 《길고 행복한 인생》을 발표하고 '윌리엄 포크너 상'을 수상했다. 1986년 출간한 여섯 번째 소설 《케이트 베이든》은 '전미 도서 비평가 협회상'을 받았다. 최근에는 2002년 열두 번째 작품 《노블 노어플리트》를 출간했다. 소설과 시, 희곡과 수필, 번역서 등 서른다섯 권에 이르는 책을 출간했으며, 그의 작품은 17개국의 언어로 번역되었다. 미국 예술문학아카데미의 회원이다.

대나 엽총을 들고 있거나 죽을 운명에 처한 불운한 스페인 황소 옆에 있는 사진을 통해 미국의 일반 대중과 친근해졌다. 반면, 몸집이 자그마하고 새된 목소리의 커포티는 캔자스 시골에서 일어난 일가족 살인 사건을 다룬 논픽션을 출간한 직후, 수많은 텔레비전 토크쇼에 초대를 받는 스타가 되었다. 그 후로 술과 마약에 탐닉하며 과거의 자아에 부풀어 오른 그림자를 드리우긴 했어도 그 명성만은 계속 유지되었다. 헤밍웨이가 1961년 엽총으로 자살하고 커포티는 1984년 무절제한 약물 및 알코올 중독으로 사망한 후, 그들의 작품들은 지금까지 계속 불만을 품은 비평가들과 독자들에게 혹평을 받아왔다. 하지만 헤밍웨이의 간명한 단편들과 적어도 세 편의 장편소설만은 산문이 성취할 수 있는 가장 완벽에 가까운 완성도를 보여준다. 커포티 역시 매혹적인 범죄 서사뿐 아니라 그가 아주 오래전에 받았던 면밀한 관심과 신중한 찬탄을 기다리는 상당수(세 권의 간결한 장편소설과 적지 않은 수의 단편)의 초기 소설들을 남겼다.

이 작품집에 담긴 대부분의 단편들은 커포티가 마흔을 넘긴 1965년에 발표했던 《인 콜드 블러드》가 엄청난 성공을 거두기 전까지 그의 문학 인생 전반에 걸쳐 쓴 작품들이다. 작가 본인이 계획한 대로 이 매혹적인 범죄 논픽션은 크나큰 대중적 성공을 거두었다. 그의 작품은 수백만 미국 가정의 커피 탁자나 TV 위에 놓였을 뿐 아니라, 그가 젊었을 때 애타게 쫓아다닌 상류층들이나 삐쩍 마른 패셔니스타들의 사랑도 한몸에 받았다.

곧 커포티는 마르셀 프루스트가 19세기 말에서 20세기 초에 걸쳐 프랑스 상류사회를 묘사했듯 미국의 상류계급을 가차없이 진단하는 장편소설을 낼 것이라고 발표했다. 그리고 아마 그는 그 계획을 어느 정도 실행했던 것 같다. 하지만 커포티가 논의하지도 않았던, 심지어 공공연하게 질문 받지도 않았던 사항은 궁극적으로 그의 야망을(그런 게 있었다면) 무너뜨리는 역할을 하고 만다. 프루스트가 묘사한 사회는 혈연사회로, 수세기 동안 쌓아온 돈과 부동산, 다른 이의 삶을 지배할 수 있는 실질적 권력 위에 세워진 프랑스 사교계의 지위에 군건한 기반을 둔 것이었다. 하지만 커포티의 사회는 그저 실체도 없는 빈약한 지반 위에 지어진 물질적인 부, 세련된 의상과 집, 요트와 가끔씩 볼 수 있는 육체적 아름다움을 딛고 아슬아슬하게 서 있었다. (이런 사회에서 여자들은 아름다운 경우가 많지만 남자는 그런 경우가 아주 드물었다.) 그러한 세계를 소설로 길게 탐구한들 궁극에는 그 주제의 비천함 때문에 안으로 파열되기 십상이었다.

상류사회의 정신 나간 사교적, 성적 활동을 지난하게 훑고 온 트루먼 커포티가 200페이지도 채 되지 않는 소설의 일부를 발표하자, 그는 그야말로 하룻밤 사이에 부자 친구들에게서 버림받았고, 결국 현실도피를 위해 마약과 알코올, 그리고 정신적으로 가장 해로운 류의 성적 관계로 이어지는 길고 캄캄한 터널로 빠져들고 말았다. 회복하기 위해 수없이 시도해보았지만 중독 증세는 오히려 더 깊어만 갔다. 커포티가 노년이라고 할 수도 없는 나이에 비참하게 죽었을 때, 자신의 최대 명작이 될 거라 주장했던 소설의 두툼한 초고는 오로지 몇 장밖에 남아 있지 않았다. 이 소설의 다른 부분이 애초에 존재했다면, 아마도 죽기 전에 없애버린 것으로 보인다. (게다가 커포티의 절친한 친구들은 애당초 이 작품이 일정 이상 쓰였을 가능성도 부인하고 있다.)

한 인간 삶의 비극적인 흥망성쇠를 보면 시대의 관찰자들은 그 원인에 대해 여러 가지 추측을 내놓고 싶을 것이다. 그리고 처참한 성인기는 비참했던 유아기로 인한 필연적 결과일 뿐이라고 예측하는 프로이트 학파의 학자들은 커포티의 어린 시절에 대한 지식을 바탕으로 그의 인생 행적을 나타내는 거의 완벽한 그래프를 얻어낼 수 있을 것이다. 제럴드 클라크가 꼼꼼하게 저술한 커포티의 전기를 보면 그렇게도 뒤틀리고 외로웠으며, 감정적으로 박탈된 유아기와 청년기, 초기 장년기가 질서정연하게 도표화되어 있다. 어린 트루먼은 역시 본질적으로 어리고 성적으로 모험적이었던 어머니와 벼락부자가 된 아버지 모두에게서 버림받고 앨라배마 주의 작은 마을, 결혼하지 않은 사촌들로 득시글거리는 집에 떠맡겨진 셈이었다. (하지만 적어도 사촌들과 이웃들은 트루먼에게 재미있는 이야깃거리를 가득 안겨주기는 했다.)

트루먼의 어머니가 마침내 재혼하고 청소년이 된 트루먼을 코네티컷과 뉴욕에 있는 집으로 데려왔을 때, 어머니는 트루먼의 법적인 성을 퍼슨스에서 두 번째 남편 조 커포티의 성으로 바꾸었다. 쿠바인인 새아버지는 매력이 넘치기는 했으나 가족에게는 별로 충실하지 못했다. 신체적으로 기이하게 자란 소년은 목소리는 아이 같고 태도는 소스라칠 정도로 여성스러워서 어머니는 실망하고 말았다. 그는 북부에 있는 명문 학교에 다녔으나 문학과 작문을 제외한 모든 과목의 성적이 좋지 않았다. 그 후 작가의 길로 마음을 굳힌 커포티는 대학에 입학하는 대신 《뉴요커》

의 미술팀에서 조그만 일자리를 얻은 후, 대도시 작가들로 이루어진 상호배타적인 사교 집단과 밤의 여흥에 끼어들어 소설을 쓰기 시작하면서 나이에 비해 일찍 명성을 얻게 되었다.

여기 모아놓은 초기 소설들에는 커포티가 동시대 작가들의 소설을 읽은 영향이 고스란히 배어 있다. 특히 같은 남부 출신 작가들, 조지아 주 출신의 카슨 맥컬러스나 미시시피 주의 유도라 웰티 같은 작가들이 쓴 최근작의 영향을 많이 받았다. 너무 편안하게도 무시무시한 분위기를 풍기는 〈미리엄〉이나 작은 마을을 배경으로한 정다운 재치가 넘치는 〈은화 단지〉 같은 단편들은 맥컬러스의 초기 작품을 연상시킨다. 또한 〈사물의 형태〉나 〈내 쪽의 관점〉 〈생일을 맞은 아이들〉은 마무리가 덜 된 웰티의 작품으로 볼 수도 있을 것이다. 특히 〈내 쪽의 관점〉은 웰티의 유명한 단편 〈내가 우체국에 사는 이유 Why I Live at the PO〉와 매우 유사하다.

하지만 커포티도 웰티나 맥컬러스처럼 중산층 백인 세계, 게다가 웰티의 코믹한 독백풍의 소설에 등장하는 집과 으스스할 정도로 비슷한 가정에서 어린 시절을 보냈기 때문에, 실제 웰티나 맥컬러스의 이야기를 읽은 적이 없더라도 재능 있는 젊은 작가로서 비슷한 류의 이야기를 뽑아냈을 수도 있다.(웰티 본인이 내게 털어놓은 바에 의하면, 그가 1972년 《패리스 리뷰》와 인터뷰를 할 때 커포티 전기를 썼던 조지 플림튼이 인터뷰 질문자에게 웰티가 커포티의 초기작에 끼친 영향력에 대해 물어보라고 제안했으나, 웰티는 그 문제에 대해 논의하기를 거절했다고 한다. 웰티는 다른 작가가 자신에게 문학적으로 의존하고 있다는 주장을 즐기고 싶은 마음이 전혀 없었다.)

하지만 대체적으로 1940년대 후반 커포티의 소설은 분명한 자기 목소리를 내기 시작했다. 기묘하리만치 강력했던 첫 소설 《다른 목소리, 다른 방》(1948)은 현대 남부 고딕소설의 관습 위에 세워졌으나 궁극에는 질문의 여지 없이 독창적인 구조로 끝을 맺는다. 이 소설은 어린 시절 자신이 느꼈던 고독과, 성性과 가족에 관한 수수께끼를 대면했을 때 커포티가 느꼈던 당혹감의 고통을 강하게 보여준 작품이라 할 수 있다. 이 수수께끼는 그의 자신감을 야금야금 갉아먹기 시작하더니 심지어 예술적으로나 사회적, 재정적으로 성공을 거둔 다음에도 사라지지 않고 마침내는 고민과 수치심에 빠져 파멸을 맞는 데 큰 원인이 된다. 이와 같은 딜레마는 〈머리 없는 매〉나 〈마지막 문을 닫아라〉 〈밤의 나무〉와 같은 단편소설에서도 부분적으로 드러난다.

하지만 동성애가 그 당시 커포티에게는 곤란한 일상의 현실이었다는 사실을 감안할 때, 그리고 미국 잡지들이 여전히 그 문제를 선명하게 그려내는 작업에 대해 혐오감을 드러낸 것을 생각해볼 때, 그의 초기 단편들에 명백한 감정의 축이 결여되어 있는 이유를 이제는 이해할 수 있다. 커포티가 첫 장편에서만큼 단편들에서도 동성애에 대한 관점을 명확히 표현했더라면 아마도 출판되지 않았을 공산이 크며, 그 시대 가장 훌륭한 단편소설의 중심지였던 여성 잡지에 실려 널리 읽히는 일은 없었을 것이다. 1951년에 발표된 두 번째 소설 《풀잎 하프》에서 커포티는 비로소 확고한 개인의 진실을 보여주면서 깊은 여운을 남길 수 있는, 힘 있는 소설을 쓰기 위해 자신의 과거의 중요한 부분을 이용하는 성숙한 글쓰기 방식을 찾아낸다. 그것은, 성적인 측면이 아니라 그의 마음 깊이 힘을 북돋아주는 헌신적 애정에 대한 측면이었다. 이는 트루먼이 어린 시절 한 특별한 사촌과 함께 놀며 자주 가곤 했던 곳에서 느낀 감정이었다. 숙 포크라는 이 여자 사촌은 항상 걱정과 애정이 넘쳤고 몸이 야위었던 탓에 많은 사람들은 포크 양을 단순한 사람이라고 생각했으나 그녀는 단지 (그것도 아주 존경스러울 정도로) 소박한 사람일 뿐이었다. 그리고 어린 트루먼과 한집에 살았던 시기에 이 사촌은 그에게 고귀한 사랑이라는 엄청난 선물을 주었다. 트루먼이 어느 누구에게서도 받지 못했던 선물이었다.

후반부 커포티 소설의 특징인 명징한 산문체로 심오한 감정을 대가답게 전달하는 기술은 유명한 〈크리스마스의 추억〉과 그보다는 좀 덜 알려진 〈추수감사절에 온 손님〉, 그리고 〈어떤 크리스마스〉에서 모두 찾아볼 수 있다. 〈어떤 크리스마스〉는 현대적 취향으로는 지나치게 감미로운 느낌이 있으나 무책임하고 관계도 소원했던 친아버지가 남긴 어린 시절의 상처를 선명하게 드러냄으로써 진실과 감동을 동시에 준다. 〈크리스마스의 추억〉은 대부분의 미국인들이 제럴딘 페이지가 뛰어난 연기를 보인, 잘 만들어진 TV 드라마를 통해 접했겠지만, 실제로 책을 읽은 사람들은 영상으로 이 이야기를 접했을 때보다 더 뛰어난 솜씨를 느꼈으리라. 산문의 순수한 명징성과 계속 이어지는 서사적 리듬을 영리하게 경제적으로 써서, 커포티는 몇 안 되는 인물과 행동, 감정들에서 감상성을 제거함으로써 좀 더 경솔하고 미숙한 솜씨로 건드렸더라면 달콤하다 못해 궁상스러워질 법한 얘기를 구해낼 수 있었다. 이런 비슷한 주제를 다룰 수 있는 재능을 가진 작가로는 체호프 정도밖에 떠올릴 수가 없다.

그러나 본인의 소원대로 광범위한 감정을 전달하는 기술을 일단 소유하게 되자 커포티는 사실이든 허구든 간에 어린 시절 이야기를 되풀이하는 데만 그치지 않았다. 대부분의 소설가들처럼 그는 점차적으로 단편은 적게 쓰게 되었다. 인생이란 짤막한 형태의 소설로 쉽게 담아내기에는 너무도 복잡하기 때문이다. 그러나 1975년에 쓴 〈모하비 사막〉은 부자들 사이에서 지냈던 시기에 얻은 통찰력을 훌륭하고도 끔찍하게 보여주고 있다. 그가 좀 더 오래 살아서 부자들의 증오스러운 세계를 흘깃 들여다보는 수준 이상의 작품을 써냈더라면, 쓰다가 말았다는 장편소설의 소문이 일으킨 미완의 느낌은 남기지 않았을지도 모른다.

또한 커포티가 그의 가장 훌륭한 장단편소설들이 바탕을 둔 남부를 수십 년 동안 떠나 있으면서 근원적 세계에 대한 작품을 쓸 수 있는 관심과 능력을 잃어버리지만 않았더라면, 그의 작품에 대해 좀 더 고마움을 표할 이유가 더 많았으리라. 하지만 《인 콜드 블러드》를 포함하여 힘 있는 다른 논픽션 작품들이 꽂힌 책장에 커포티의 소설 작품들을 골라 죽 꽂아보기만 해도, 20세기 후반에 미국에서 활약한 동시대 작가들의 작품 중 단 몇몇만이 이와 필적할 수 있는, 다양한 작품들을 모으는 셈이 될 것이다.

초기에는 좀 더 개인적이고 이국적인 광대 노릇을 하다가, 결국 과거의 육중한 무게에 짓눌려 대중을 위한 미치광이 광대가 되어버린 이 남자는, 죽은 뒤 한참이 흐른 지금까지도 왜소한 몸집과는 달리 높은 위치에 그를 올려놓을 만한 1급 소설들을 충분히 남겼다. 1966년 장편을 쓰겠다고 발표하고, 출판권을 얻기 위해 수많은 출판사들이 접근을 해왔을 때, 커포티는 이 책의 제목을《응답 받은 기도》라고 붙였다고 말했다. 또한 그는 이 제목을 아빌라의 성녀 테레사에 관한 표현에서 빌려왔다고 했다. "응답 받지 못한 기도보다 응답 받은 기도에 더 많은 눈물을 흘린다." 하느님을 향한 것이든 하느님에게 이어주는 성인을 향한 것이든—예를 들면 발작 증세가 있는 스페인인 신비술사라거나 소박한 사촌 숙이라거나—기도 자체가 트루먼 커포티의 인생에 있어 꾸준한 관심사였다는 것을 보여줄 만한 흔적은 거의 없지만, 일생 동안 대중의 관심과 부를 추구하려는 그의 노력은 소름이 끼칠 만큼 성공적이었다. 마흔이 되기 전 커포티는 파도처럼 밀려왔다가 밀려가는 풍요로움과 가슴을 찢어놓는 실연의 아픔 속에서도 자신의 두 가지 목적을 모두 성취했다.

말년의 파멸 상태에 이르렀을 때, 그의 단편을 모아놓은 이 얄팍한 작품집은 커포티에게 인생에서 그가 이룬 업적 중 가장 하찮은 것이었을지도 모른다. 하지만 인간의 감정 표현이라는 면에서 이 단편들은 그가 거둔 가장 인상적인 승리의 표상이다. 처음에는 자식을 애초에 낳지 않는 게 좋았을 만큼 사악하고 무책임한 부모에 의해서, 다음에는 개인적 굶주림을 극복하기를 거부한 자기 자신에 의해서 그의 인생은 격류처럼 요동쳤지만, 그럼에도 커포티는 영문학이라는 전장에서 이러한 이야기들을 얻어내는 승리를 거두었다. 이 단편들은 오래도록 남아 고요히 인내하는 기도와 마침내 이루어낸 신의 축복이 될 것이며, 이를 읽는 모든 독자들은 이 소설들을 기꺼이 그들의 기도문으로 쓸 수 있을 것이다.

트루먼 커포티 연보

1924   9월 30일 뉴올리언스에서 17세의 어머니 릴 매 포크와 세일 즈맨 아버지 아출러스 퍼슨스 사이에서 트루먼 스트렉퍼스 퍼슨스라는 이름으로 출생.

1928   아버지가 사기죄로 수감되고 부모가 이혼하는 등 어린 시절 가정이 불안정하여 앨라배마 먼로빌에 있는 어머니의 친척 집에 맡겨짐. 먼로빌에서 5년 정도 지내는 동안 커포티가 어린 시절의 진실한 친구로 표현하는 예순 살의 다정한 친척 '숙', 이웃집에 살던 하퍼 리(《앵무새 죽이기》의 작가) 등과 친하게 지냄. 이때의 기억은 〈어떤 크리스마스〉《다른 목소리, 다른 방》 등 여러 작품에서 묘사되고 있음.

1933   재혼한 어머니가 있는 뉴욕으로 가서 어머니와 쿠바 출신 사업가인 새아버지와 함께 살게 됨(커포티라는 성은 이 새아버지에게서 물려받음).

1935   뉴욕의 트리니티 스쿨에 입학. 그 후 학교를 옮겨 군대식 사립학교인 세인트 조지프 밀리터리 아카데미를 다님.

1939   코네티컷 주 그리니치로 이사해 그리니치 고등학교에 다니면서 학교 문예지인 〈그린 위치〉와 학교 신문에 글을 씀.

1942   뉴욕으로 다시 돌아와 명문 사립고인 프랭클린 스쿨에 입학. 높은 아이큐에도 불구하고, 문학과 작문을 제외한 모든 과목의 성적이 안 좋았음. 12월 즈음 문예지 《뉴요커》에 파트타임으로 작은 일자리를 얻어 사환으로 일하기 시작.

1943   프랭클린 스쿨 졸업. 대학 입학 대신 작가의 길을 가기로 마음을 굳히고 본격적으로 여러 편의 단편을 쓰기 시작함. 자신이 일하는 《뉴요커》를 통해 데뷔하고 싶어 했으나 몇 번의 좌절을 겪음.

1945   1월 《뉴요커》에서 개최한 시인 로버트 프로스트의 낭독회에서 사소한 문제를 일으켜 해고됨. 그해 6월 단편 〈미리엄〉이 처음으로 잡지 《마드무아젤》에 실리고, 이어서 10월 《하퍼스 바자》에 〈밤의 나무〉가, 12월 《마드무아젤》에 〈은화 단지〉가 실리면서 단번에 주목받는 신인 작가로 떠오름.

1948   《애틀랜틱 먼슬리》에 1947년 발표한 단편 〈마지막 문을 닫아라〉로 '오 헨리 상' 수상. 랜덤하우스에서 첫 장편 《다른 목소리, 다른 방》 출간. '전후 세대를 이끌어갈 스타 작가의 탄생'이라는 찬사를 받음. 이 소설은 9주 동안 〈뉴욕 타임스〉 베스트셀러에 오르며 2만 6천 부 이상 팔려, 스물네 살의 젊은 커포티에게 명성을 가져다줌. 특히 책 뒤표지에 실린 커포티

의 사진은 소설만큼이나 사람들의 입에 오르내리며 그의 유명세를 형성하는 데 큰 역할을 함. 그해 가을, 동료 작가이자 평생의 동반자가 되는 잭 던피를 만남.

1949   그동안 발표한 작품들을 모은 단편집《밤의 나무》출간. 에드거 앨런 포, 윌리엄 포크너 등 남부 고딕 작가들의 후계자라는 평가를 받음. 훗날 커포티는 이 시기의 많은 작품들은 어린 시절 경험했던 불안과 공포의 감정을 반영하고 있다고 말함.

1950   1946~1950년 사이 잡지들에 발표한 여행기를 모은 책《지방색》출간.

1951   앨라배마에서 살던 어린 시절의 추억과 향수를 담은 경장편《풀잎 하프》를 발표하면서 일찍 얻은 명성을 한층 더 공고히 함.

1952   《풀잎 하프》를 연극으로 각색(이후 1971년에는 뮤지컬로, 1995년에는 영화로 제작됨).

1953   존 허스튼 감독의 영화〈비트 더 데블〉각본 작업을 감독과 함께함.

1954   1월 커포티의 어머니가 다량의 수면제를 복용하고 사망함. 단편〈꽃들의 집〉을 브로드웨이 뮤지컬로 개작.

1956   〈포기와 베스〉순회공연 제작팀과 함께 소련 방문 중《뉴요커》에 기고한 글들을 모은 에세이《뮤즈들의 노랫소리》발표.

1958 단편 〈꽃들의 집〉〈다이아몬드 기타〉〈크리스마스의 추억〉과 중편 〈티파니에서 아침을〉을 한 권으로 묶어 《티파니에서 아침을》 출간. 이 소설의 여주인공 홀리 골라이틀리는 커포티가 창조한 인물 중 가장 유명한 사람이 되었고, 소설가 노먼 메일러는 이 책을 보고 커포티를 "우리 세대 작가 중 가장 완벽한 작가"라고 평함. 이 작품은 1961년 오드리 헵번 주연의 동명 영화로도 만들어져 세계적 인기를 얻음.

1959 11월 〈뉴욕 타임스〉에 실린, 캔자스 주 홀컴에서의 일가족 살인 사건에 대한 짧은 기사를 읽고 논픽션 작품에 대한 영감을 얻어, 하퍼 리와 함께 직접 홀컴으로 가서 사건에 대해 면밀히 조사하기 시작.

1965 홀컴 일가족 살인 사건을 6년간 조사한 끝에, 커포티의 문학 경력에서 가장 성공작으로 평가받는 《인 콜드 블러드》를 《뉴요커》에 4회에 걸쳐 분재하기 시작. 커포티 본인이 '논픽션 소설'이라고 칭한 이 작품은 엄청난 호응과 센세이션을 불러일으킴.

1966 《인 콜드 블러드》 단행본으로 출간. 이 작품으로 에드거 앨런 포 상을 수상하고, 커다란 부와 명성을 얻음. 책의 성공을 자축하기 위해 11월 28일 뉴욕의 플라자 호텔에서 가면무도회 개최. 당대의 유명 인사들이 한자리에 모인 이 파티는 1960년대의 '상징적 사건'으로 남음. 이후 한동안 유명 잡지와 텔레비전 토크쇼, 영화 〈5인의 탐정가〉에도 출연하며 스타 작가로서의 삶을 누림.

1973 여행 에세이와 개인적 스케치들을 엮은 《개들은 짖는다》 출간.

1975~1976 잡지 《에스콰이어》에 '응답받은 기도' 중 네 편(〈모하비 사막〉〈라 코트 바스크, 1965〉〈순수한 괴물〉〈케이트 맥클라우드〉) 공개. '응답받은 기도'는 《인 콜드 블러드》처럼 커포티가 오랜 기간 기획했던 야심작으로, 또다시 '논픽션 소설' 기법을 써서 상류사회 부자와 유명인들 사이에서 살아가며 목격했던 사건들을 써내려 했던 책. 이 작품들이 발표되었을 때 은밀한 비밀이 폭로된 커포티의 부자 친구들은 격노했고, 결국 커포티는 한때 자신이 지배했던 사교계에서 추방당함(커포티는 '응답받은 기도'를 끝내지 못했고, 이는 결국 사후 1986년에 미완성작으로 출간됨).

1980 소설과 에세이를 모은 작품집 《카멜레온을 위한 음악》 출간.

1984 《인 콜드 블러드》 집필 당시 시작되어 오랜 기간 이어져온 알코올 중독과 약물 중독으로 8월 25일 로스앤젤레스에서 세상을 떠남.

옮긴이 박현주

고려대학교 영어영문학과 및 동 대학원을 졸업하고, 일리노이 주립대학교에서 언어학을 공부했다. 현재 전문 번역가 및 칼럼니스트로 활동 중이다. 옮긴 책으로는 제드 러벤펠드의 《살인의 해석》과 《죽음본능》, 페터 회의 《스밀라의 눈에 대한 감각》과 《경계에 선 아이들》, 마이클 온다치의 《잉글리시 페이션트》, 존 르 카레의 《영원한 친구》, 켄 브루언의 《런던 대로》, 찰스 부코스키의 《여자들》, 조 힐의 《뿔》, 레이먼드 챈들러 선집(전 6권), 도로시 L. 세이어즈의 《시체는 누구?》《증인이 너무 많다》《맹독》《탐정은 어떻게 진화했는가》 등이 있으며, 지은 책으로는 에세이집 《로맨스 약국》이 있다.

차가운 벽

초판 1쇄 발행일 2013년 6월 24일
초판 5쇄 발행일 2023년 1월 19일

지은이 트루먼 커포티
옮긴이 박현주

발행인 윤호권
사업총괄 정유한

편집 김민지 **디자인** 윤정우 **마케팅** 윤아림
발행처 ㈜시공사 **주소** 서울시 성동구 상원1길 22, 6-8층(우편번호 04779)
대표전화 02-3486-6877 **팩스(주문)** 02-585-1755
홈페이지 www.sigongsa.com / www.sigongjunior.com

이 책의 출판권은 (주)시공사에 있습니다. 저작권법에 의해
한국 내에서 보호받는 저작물이므로 무단 전재와 무단 복제를 금합니다.

ISBN 978-89-527-6924-4 04840
ISBN 978-89-527-6919-0 (세트)

*시공사는 시공간을 넘는 무한한 콘텐츠 세상을 만듭니다.
*시공사는 더 나은 내일을 함께 만들 여러분의 소중한 의견을 기다립니다.
*잘못 만들어진 책은 구입하신 곳에서 바꾸어 드립니다.